嘉庆
一个"英明伟大"到一事无成的皇帝

立业 / 编著

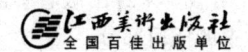

江西美术出版社
全国百佳出版单位

图书在版编目（CIP）数据

嘉庆：一个"英明伟大"到一事无成的皇帝 / 立业编著. -- 南昌：江西美术出版社，2020.1（2022.3 重印）
ISBN 978-7-5480-6854-9

Ⅰ.①嘉… Ⅱ.①立… Ⅲ.①传记文学—中国—当代 Ⅳ.①I25

中国版本图书馆 CIP 数据核字（2019）第 022778 号

出 品 人：周建森
企　　划：北京江美长风文化传播有限公司
责任编辑：楚天顺　朱鲁巍　　策划编辑：朱鲁巍
责任印制：谭　勋　　　　　　封面设计：韩立强

嘉庆：一个"英明伟大"到一事无成的皇帝
JIAQING: YI GE "YINGMING WEIDA" DAO YISHIWUCHENG DE HUANGDI

编　　著：立　业

出　　版：江西美术出版社
地　　址：江西省南昌市子安路 66 号
网　　址：www.jxfinearts.com
电子信箱：jxms163@163.com
电　　话：010-82093785　　0791-86566274
发　　行：010-58815874
邮　　编：330025
经　　销：全国新华书店
印　　刷：北京市松源印刷有限公司
版　　次：2020 年 1 月第 1 版
印　　次：2022 年 3 月第 2 次印刷
开　　本：889mm×1194mm　1/32
印　　张：24.5
ISBN 978-7-5480-6854-9
定　　价：48.00 元

本书由江西美术出版社出版。未经出版者书面许可，不得以任何方式抄袭、复制或节录本书的任何部分。
版权所有，侵权必究
本书法律顾问：江西豫章律师事务所　晏辉律师

前言

循规蹈矩守成君,
传是清龙汉凤根。
毕竟天威能抖擞,
白绫三尺缢遗臣。

——富察·鹤年先生作《清帝十二咏之七·仁宗嘉庆皇帝》

爱新觉罗·颙琰,初名永琰,1760年生,其生母魏佳氏,祖上属汉军旗,后被抬入满洲旗。所以,后人称颙琰是"清龙汉凤"所生。颙琰的父亲乾隆,做了六十年皇帝后仍很健康,只是因为不愿超过其祖父康熙的在位时间,才立他的第十五皇子颙琰为皇太子,并将帝位内禅给颙琰,改元为嘉庆。于是,大清朝便空前绝后地出了一位太上皇,和一位在太上皇余荫下登极的嘉庆皇帝。

嘉庆真正掌握国政,是在嘉庆四年太上皇驾崩之后。这时的大清,已不是史家称道的"康乾盛世"那般光景了。白莲教、天理教纷纷举义,一些外藩也屡示不恭,而最令嘉庆头疼的,还是贪官污吏横行,引起百姓的强烈不满。可以说,嘉庆执政的二十五年,也正是他为整顿吏治伤透脑筋的二十五年。他首先拿天下第一贪官和珅开刀,没收其家产以充实国库,继而又铲除了一大批贪官污吏。可惜的是,嘉庆长期在乾隆的耀眼光环下生活,养成了他优柔寡断的性格。因此，对弊政多是惩而不杀、戒而不绝，直到他驾崩，吏治也没有得到真正有效的整饬。这不能不说是嘉庆一生最大的遗憾。

嘉庆驾崩于1820年，谥号为"受天兴运敷化绥猷崇文经武孝恭勤俭端敏英哲睿皇帝"，庙号仁宗，葬于昌陵。

本书生动地刻画了颙琰的内心世界和嘉庆一朝的风风雨雨，文笔流畅，情节曲折，语言犀利，读后令人感慨万千、掩卷长叹……

目录

第一章　祭苍天心语佑皇储　赴远任箴言赠门生

"如皇十五子永琰能承洪业，则祈佑以有成，若其不贤，亦愿上天潜夺其算，令其命短而终，予亦得以另择元良……"旁边的永琰只见父皇神情庄重地念念有词，却做梦也没想到这是为他在祈祷上苍！ ………………………………………… 2

第二章　恼权臣迁怒笞内侍　察贪吏据实奏君王

乾隆下旨道："永琰无故殴伤太监，任性妄为，朕已着人逐他出宫，到别处监禁隔离，派专人严加看守，以示惩戒。若有为永琰求情探问者，格杀勿论！"王公大臣们闻言震惊骇异，只有和珅暗自高兴。 ………………………………………… 23

第三章　献如意权臣谋退路　吝玉玺太皇恋重权

嘉庆登基的典礼大臣刘墉急急奔往乾清宫，要替新皇帝索取玉玺。而太上皇乾隆却紧紧攥着玉玺的绶带，似乎生怕被人夺了去。一旁的和珅神情也非常不安，见刘墉进来，斥责道："你不主持大典，到此作甚！" ………………………………………… 44

第四章　诵咒语乾隆忧教乱　草遗诰和珅试帝心

嘉庆帝的心里布满了浓重的阴云而又寒风飕飕。他深知和珅是要把太上皇的《遗诰》当成紧箍咒来要挟自己。但是，他又怎能违拗弥留之际的父亲，又怎能从和珅手中夺过纸笔来起草《遗诰》呢？...68

第五章　太皇崩朝廷逢热丧　新帝怒权臣死黑牢

正月十七日，天已向晚，经过两天的思索，嘉庆帝决定以三尺白绫赐和珅自尽。福长安判斩监候，秋后处决，并提福长安至和珅狱中，跪视和珅自尽。和珅已故的弟弟和琳也被追回爵位，撤出贤良祠……......................................90

第六章　背信义勒总督使诈　反贪墨新皇帝倡廉

"胡齐仑私自克扣白银二万九千余两……永保接受胡齐仑送银六千两，毕沅受银两千两……"看完奏报，嘉庆大惊，这么多贪官污吏！他狠狠地拍着龙书案："抄家！杀头！给朕狠狠地整治这些混账东西！"..........................111

第七章　千言书谏君不避祸　七寸匕刺驾只复仇

嘉庆帝坐在黄帷轿内拈须沉吟，甚觉满意。轿子拐过神武门，内侍恭请圣上下轿步行折向顺贞门。就在这时，突然从西厢房南山墙后暗处迅速闪出一条黑影，手执一点寒光，不顾一切地扑向圣驾……..........................132

第八章　摹笔迹害兴家父子　套供词惩诚氏叔侄

嘉庆缓缓言道:"此事并非简单。想那诚、兴两家,仇隙很深,冤冤相报,已在情理之中。那封书信已是漏洞百出,又称下书之人已死无对证,其中的毛病显而易见。你只需如此这般,定能勘破这桩无头疑案!"..................153

第九章　庆藩台青楼访劣迹　王司书绿酒吐真言

庆格轻蔑地转过脸向老鸨道:"就这些寻常脂粉,你是在打发叫花子吗?""这么艳的姑娘你还不满意,难道老爷要九天仙女不成?""不错,老爷我今天谁也不要,就要你们保定府顶尖的红姑娘'赛天仙'!"..................177

第十章　大清帝褫庸官禄位　安南王授强盗爵名

话还没说完,嘉庆皇帝打断道:"直隶总督乃我朝重臣,为各省楷模,理当严于律己,约束部下!出此大案,竟如同木偶,不闻不问!如此尸位素餐,若从轻发落,那大清王法将何在?我大清江山将何保?"..................197

第十一章　请奢靡真错拍马屁　恃恩宠敢倒捋龙鳞

"住口!"嘉庆勃然大怒,"朕自登基以来,便崇尚节俭,严禁奢靡,而你,作为殿前御史,竟妄言惑朕洞开此例,你,该当何罪?"景德这下是真的害怕了,连连叩首道:"陛下,奴才可是为圣上着想的啊……"..................217

3

第十二章　索良驹罗织大逆罪　淫民妇排遣中夜情

广兴几乎没有合眼,尽在王氏身上折腾,还未尽兴,却看见窗外已是泛起白亮,公鸡也此起彼伏地叫唤起来。广兴很是有些懊恼,不禁想起"春宵苦短"这个词来,心中嘀咕道:本钦差分明刚刚上床,如何天就亮了?..................233

第十三章　绞钦差嘉庆动肝火　选御史英纶沐春风

嘉庆怒目载指对广兴道:"你,恃宠骄横,作威作福,视黎民为草芥,视王法如儿戏!你弹奏和珅,却又步其后尘,贪污敲诈银两竟累至数百万之多!和珅已死,尔岂独生?来,推出午门,处绞!"..................253

第十四章　代天子巡漕纵淫欲　为百姓请命写弹章

英纶不禁笑出声来,好像自己真的到了苏杭,真的有如云的绝色女子供自己玩乐。"唉,可惜这巡漕御史太小,只能在漕河周围逞威,而漕河沿线又多偏僻荒凉,若不尽力找些女人乐乐,岂不枉此一行?"..................273

第十五章　遭果报狗官丢狗命　交好运猪儿嘟猪爹

直到此时,英纶方才悟出自己已是大祸临头,忙大叫一声,向嘉庆爬去:"陛下,奴才不该死啊!奴才还要以身相报陛下知遇之恩啊……"嘉庆背过脸去,挥挥手。两个侍卫便像拖死狗似的将英纶拖出了宫门。..................293

第十六章　泼皮汉行贿成县令　文弱生对句得佳妻

王谷惊道："老弟，若非本府及时赶来，你就闯下大祸了！"王伸汉不以为然地道："小弟我该做的都做了。又送银子、又送女人，可我如此仁至义尽，他却一点情也不领，这不是把小弟我逼上了绝路？" ……………………………… 310

第十七章　拒美色委员秉正气　恋重金家奴动邪心

那两个女人媚笑道："大人此刻有些心烦意乱，待奴家姐妹替大人稳稳心神可好？"说罢竟扭腰摆臀、一舞一唱。李毓昌按捺不住，大喝道："呔，大胆贱人，竟敢如此调戏本官，看不砸烂尔等的狗头！" …………………………………… 332

第十八章　趁黑夜恶仆行罪恶　吁青天遗孀究冤屈

睹物思人，林氏心中真如刀绞。忽然，她在那羊皮袍的衣袖上发现了几块黑色的斑痕，手搓不去，放到鼻下闻闻，有一丝淡淡的腥气，气味虽然淡淡，但却准确无误。她一下子明白过来，啊，这是血迹！ ………………………………… 351

第十九章　吟长歌忠良真堪悯　听短曲娇娆也须怜

嘉庆批断道："即墨新科进士李毓昌，一身正气，为民请命，不避斧钺，宜为群臣之表，特令赏加知府衔，优厚安葬。"写到这里，嘉庆笔走龙蛇，写了一首题为《悯忠诗三十韵》的五言长诗…… ……………………………………… 370

5

第二十章　小舟子无端殪二美　大皇帝有意驱一阉

嘉庆就像疯了似的，一把将晓月抱起，使劲地摇晃着："大美人，你醒醒，你醒醒啊……"晓月还真的费力睁开了双眼，凄然一笑道："陛下，奴婢再也不能侍奉皇上了……"头一歪，便随她的妹妹走了。……………………………388

第二十一章　寻漏洞小吏弄巨案　忧荒年天子治悬河

一听皇上提起河患，乾清宫里的气氛顿时铅一般凝重。不光各位大臣一个个面沉如水、一言不发，就是在宝座后面手执孔雀翎伞扇的宫女，宝座两侧垂手侍立的太监，也都面无表情，如木桩般一动不动。……………………………404

第二十二章　太和殿难题试举子　逸兴楼薄酒酬知音

嘉庆帝扫视广阔的大殿，开口说道："今日之大清，国运昌盛，海内一清，望尔等各展所学，不负朕亲试之厚望！"言罢，鸿胪寺正卿金盘捧来一张摊开了的黄绢，嘉庆帝提起朱笔，写下积郁于胸的题目：治河……………………… 421

第二十三章　看花灯世事成幻景　揖逝水宦海生横波

"贤弟，愚兄先行一步了。"徐端冲着岸上的戴衢亨紧紧地一抱拳，"贤弟请回吧，恕愚兄未有请辞之过。贤弟放心，愚兄落官不落志，还要整治河患，保一方水土，救一方百姓。"说着，竟流出两行老泪，声音不由得颤抖起来。………………439

第二十四章　拜圣屈尊行臣子礼　过府传诏品女儿茶

明亮奏道:"历代君王拜孔庙只行学生之礼,皇上欲行臣子之礼,这怕有些不妥吧。"嘉庆帝一笑,说道:"朕就是要以臣子之礼,来表达朕的敬仰。为了民心归附,社稷安宁,多磕几个头,难道我就不是皇上了吗?"……………………………458

第二十五章　惩河臣雷震勤政殿　会御妻雨润坤宁宫

嘉庆帝读着读着,眉头皱起来了。南河工程已由户部拨了两千四百万两,还是旧工未竣,新工未开,好个温承惠,狮子大张口,还要数百万才能如期完工,这些钱都花到哪里去了?一掷笔,心中难捺阵阵激动……………………………472

第二十六章　医病客弱女尝苦药　惊艳容旷夫起遐思

嘉庆感到,头上的盏盏灯笼有如一个个小太阳散发着和煦的柔光,周身毛孔有说不出的舒展、畅快。嘉庆帝迈着沉稳的步子,不时用余光瞟瞟梅香细白如玉的脖颈,一阵莫可言状的快慰,春风一般地掠过他的心头……………………………486

第二十七章　恤民情招惹糊涂账　愧君恩了断潦倒身

嘉庆帝心想,真是东家长西家短的陈芝麻烂谷子的事,一甩手,走到张明东跟前,低声说:"去,备轿!"随后对躺在地上的郎中道,"朕不是给你们两家断个是非曲直的,各自写一份诉状,交给你们的县令!"……………………………508

7

第二十八章　哭良臣倩谁佐大政　训庸吏怒其偾全局

月光如水，泻于地面，嘉庆帝站在月光里，心中甚是凄凉。对于他来说，失去了戴衢亨这样的一位贤相，有如剜去心头肉一般，不禁默默念道："上天啊，朕有何错，竟连连夺朕的臣子，夺朕的股肱之臣！" 522

第二十九章　毙烈豹侍卫真勇猛　吐黑血富豪假威风

武子穆情急之下，喊一声："护好主子！"便抖落披风，刀交左手，一提丹田气，右手已变得猪肝样的青紫。这是红砂掌。说时迟，那时快，眨眼间，那只刚被马蹄声踏碎美梦的金钱豹已经身首异处了！ 544

第三十章　同伴驾旧恋人邂逅　单赴任新太守遭殃

梅香怒从心头起，恶向胆边生，对着发愣的徐三标，扬手就是一巴掌："徐三标，徐老贼，你还认得我吗？"那徐三标先是目瞪口呆，像庙中的土偶一样钉在地上，最后竟然眼睛一翻，嗷了一声便瘫倒在地。..564

第三十一章　蒙隆恩姣娥别御苑　期厚宠阉童入宫闱

梅香紧闭着眼，任由他疯狂地吻着，她渴望得到的终于满意地得到了。冥冥之中，她感到这是一种补偿，也是一种报答，是弥补她自己生命的某种缺憾，她也忘情地投入其中，如痴如醉……不知何时，烛火灭了。..582

第三十二章　松钦差灾城放赈米　如皇妃月夜博欢心

受灾的百姓全都手指陈凤翔的囚车高声叫骂,有的骂他是"贼子贼孙",有的骂他是"侵吞公物的朝廷蛀虫",骂声一时不绝于耳,有几个愤然已极的灾民竟抓起一把把稀泥朝囚车飞掷过去。转眼间,陈凤翔已面目全非了。..................597

第三十三章　恼群臣轻重五十板　悯孤雁凄凉三两声

半夜里,寒气裹袭着陈凤翔冰冷的躯体,他滚落到潮湿的地面,他一动不动地静躺在那里,无数个人影在眼前跳跃,披戴白色孝布,发出一声声兴奋的邀请,他的灵魂悄然脱离躯体,在礼坝工地的上空游荡......................616

第三十四章　常总管烟榻亵宫女　清天子行宫差皇儿

听着皇二子绵宁的舒心话语,嘉庆帝颇感宽慰,不禁笑了:"绵宁,难为你的一片心意。这样吧,朕要你去办件差事,"顺手拿起桌案上的一份奏折,递给二子绵宁,"这加急文书朕都已阅过,你去一趟,坐镇治蝗!"..................636

第三十五章　天理教深宫收徒众　嘉庆帝龙舟纳嫔妃

听到华妃问他,嘉庆帝慢声地说道:"也许世间真有所谓'悠悠生死别经年,魂魄不曾入梦来'的苦思之时,翩然出现。"华妃小嘴一撇,心道,我再怎么做,也不能夺去他对姐姐的一片痴情吗?..................652

第三十六章　造兵刃秘密起大事　劫囚牢公然反朝廷

几千人的教徒在滑县城里大大地骚扰了一番，百姓家家户户没有不上灯点烛的，一家家的都蜷缩在屋子的一角，惊恐地听着街道上一阵阵声浪，如同飓风卷过松林一样。"顺天保民，推翻大清！顺天保民，推翻大清！"......................672

第三十七章　礼亲王失礼遭贬斥　宁阿哥归宁受褒扬

嘉庆帝不紧不慢，口气却是那样的严厉，不留任何余地："着即革除昭梿的王位，以辱没大臣、私刑官员罪，罚其圈禁三年，朕早就说过，皇族不该仗势压人，尤其是对朝中的大员！"......................690

第三十八章　攻大内教徒挥刀剑　守禁宫皇子放鸟枪

突然，乌云骤起，雷声大作，大雨如注，刚烧起来的大火，不多会便熄灭了。战至傍晚时分，起义军死伤过半，尽管奋力抵抗，终因寡不敌众，或被擒，或被杀。仪亲王永璇亲率健锐营搜捕教徒，起义失败了......................710

第三十九章　偷工减料皇陵塌陷　吐雾吞云国运衰竭

嘉庆帝的陵墓，他的万年吉地居然因为偷工减料崩塌了！嘉庆帝脸色铁青，抓住安福的手道："小福子，总管陵墓工程的盛柱是喜塔腊氏的亲哥哥，是国舅呀！盛柱对得起朕吗？对得起他死去的亲妹妹吗？"......................730

第四十章　荒唐甚兵部丢大印　憾恨极山庄尽余生

嘉庆帝睁着恐怖的眼睛，他的灵魂在战栗，浑身哆哆嗦嗦，脸色铁青，在闪电的映照下，显得格外恐怖吓人。突然，嘉庆帝举起手来，伸出两个指头，绵宁忙跪倒哭喊道："皇阿玛，您放心吧，儿臣明白，一是腐败，一是鸦片……"........747

第一章

祭苍天心语佑皇储
赴远任箴言赠门生

"如皇十五子永琰能承洪业，则祈佑以有成，若其不贤，亦愿上天潜夺其算，令其命短而终，予亦得以另择元良……"旁边的永琰只见父皇神情庄重地念念有词，却做梦也没想到这是为他在祈祷上苍！

乾隆二十五年（公元 1760 年）金秋时节，圆明园中各处都搭起了菊花架，菊花堆叠成山；松柏伸展着虬劲的枝条，比夏日还要青翠。几竿碧竹，数棵红枫，间杂在亭台楼阁之间。仰望长空，秋高气爽。这是北京最美丽最怡人的季节。

正大光明殿后的第三个殿堂天地一家春的旁边，挖好了个坑，这是喜坑，坑内安放了筷子（谐音"快生子"）、红绸和金银八宝。天地一家春的门旁，挂着避邪的大刀，放着助产的易产石。这一切都说明殿堂内的主人魏佳氏快要生产了。

十月初六日，一声响亮的婴儿啼哭回荡在天地一家春，回荡在整个圆明园，乾隆帝的第十五个儿子降生了。

稳婆把婴儿放在魏佳氏的身旁，魏佳氏望着婴儿高高的鼻梁、红扑扑粉嫩嫩的脸蛋，目光中充满了无限的爱意和无比的自豪。

保姆走过来，看着魏佳氏的表情，不忍把婴儿抱走。但是宫中的规矩是不能破的，她不得不走到床前道："娘娘千岁，奴婢该把小阿哥抱走了。"魏佳氏的眼中涌动着泪花，她艰难地转过身，宫女会意，把婴儿放进她的怀里。魏佳氏抱着刚从自己身上掉下来的骨肉，难以割舍。但最后，还是亲了亲儿子，把他交给保姆抱走了。

宫中的规矩，皇子一生下来，无论嫡庶，一坠地，就由保姆抱出，由乳母喂养。一个皇子按例应有八个保姆、八个乳母，另有十几个太监和宫女。自襁褓之中至成婚，母子相见，也不过百余面。

尽管儿子一生下来就被抱到别处喂养，魏佳氏实在难以割舍，但她心里还是充满了喜悦，毕竟她生了个皇子。

乾隆老来得子，更是无比喜悦。太后年望八旬，又添皇孙，高兴得整日合不拢嘴。

两年后，即乾隆二十七年十一月，魏佳氏又生下皇十七子。

魏佳氏的两个儿子，乾隆帝给他们取了名字：十五子叫永琰，十七子叫永璘。

乾隆三十年，魏佳氏又晋封为令皇贵妃，其名位仅次于那拉皇后。

乾隆的第一位皇后是富察氏，也就是军机大臣傅恒的姐姐（满族"富察"的汉姓为"傅"），乾隆十三年薨逝于随乾隆下江南的途中，谥曰"孝贤"。乾隆十五年，在富察氏死后的第三个年头，乾隆才册封娴贵妃乌拉那拉氏为自己的第二任后宫之主。与魏佳氏走向人生的辉煌相反，不幸而又无辜的那拉皇后揭开了她人生中最悲惨的一页。

乾隆三十年正月十六日，乾隆皇帝奉皇太后自京启銮，举行第四次南巡，那拉皇后以及令贵妃、庆妃、容嫔等随行。路上也不知道发生了什么事情，那拉皇后竟然发起疯病来，与乾隆帝大吵大闹，甚至动了手，浑似寻常百姓家两口子打架一样，又是抓又是挠的，闹得不亦乐乎。群臣也不好解劝，赶紧搬来太后大驾。谁知太后还没说上两句话，那拉氏从身上掏出一把剪刀，咔嚓几下，万缕青丝，瞬间抛撒于地。

满洲习俗，逢至亲大丧，男子截辫，女子截发，平素无事猝然自行截发，乃是最忌讳的乖张之举。

乾隆以皇后突发疯病为由，让额驸福隆安对她严加监护，先期遣回北京。两宫在苏杭之地又游了数日，但因那拉氏之事，不免大煞风景，内心扫兴，便匆匆回京。乾隆自此与皇后恩断义绝，命将那拉氏历次受封的册宝悉数收缴，其中包括皇后一份、皇贵妃一份、娴贵妃一份、娴妃一份。那拉氏失去了一切封号，永远地、彻底地从皇帝身边、从皇帝诸后妃嫔中被摒弃了。

那拉皇后在冷宫中忧愤成疾，乾隆三十一年七月，泪尽血枯，奄奄一息。临危之时，乾隆帝仍然从圆明园启銮，奉太后前往木兰秋狝去了。六天后，那拉皇后痰喘交作，气绝身亡。乾隆皇帝接到留京王大臣的讣告之时，恰逢中元节，大驾刚刚到了避暑山庄，于是立即诏告天下臣民皇后薨逝，并且宣布以皇妃而不是皇后的丧仪为她料理后事。

乌拉那拉氏死后，魏佳氏的名位，已排在宫中第一，而她的两个儿子，也渐渐地长大。

乾隆三十年正月。刚过十五，天还没亮，六岁的永琰睡得正熟，保姆硬是把他摇醒。永琰烦躁地道："干什么，烦死人了。"小太监忙道："十五阿哥，要上学了。"听到"上学"二字，永琰一翻身站在床上，道："快！快穿！"宫女们拿来小袍小靴，永琰一会儿穿戴整齐。

昨天团圆筵后，母亲令皇贵妃魏佳氏将他叫到一边，语重心长地说："儿啊，你已经六岁了，明天就要到上书房读书，从今以后，就不可随着性子戏闹玩耍，要与各位皇兄及皇侄们和睦相处，要谦让恭敬，不可任性造次。读书的人更应知礼，对太后和皇阿玛，更是要有孝心。我出身卑微，因此，你凡事都不可逞强，要守宫中及书房中的一切规矩。你虽天资聪颖，但是与几位皇兄相比，还是差一点儿，你只记住一句话：'勤能补拙。'事业的成与败，都在一个'勤'字上。"

永琰眼里闪着泪花，偎依在母亲怀里，说道："额娘，我一定记住您的话。"永琰临行，母亲又道："你一定记住，一切都在勤谨上。"

永琰随太监来到上书房，天虽然还没亮，但里面已亮起灯光，不知是谁已在灯下读书了。

永琰暗下决心道："以后，上书房里第一个到的人，一定是我！"

举行过隆重的拜师礼，永琰便在自己的师傅前坐下。

永琰的启蒙老师是兵部侍郎奉宽，老成持重，宽厚仁慈。他拿出一张布帛，展开在永琰面前道："我既是臣子，又是师傅；出了上书房是臣子，在上书房里我就是师傅。十五阿哥，你明白吗？"

永琰躬身行礼道："谨遵师傅教诲。"

奉宽又道："这布帛上面是你皇阿玛的圣谕。是早年对上书房师傅张廷玉等人的训诫，你拜读一下吧。"

永琰听说是皇阿玛的圣谕，忙跪倒接在手中，只见上面写道：

"皇子年龄虽幼，然陶淑涵养之功，必自幼龄始，卿等可殚心教导之，倘不率教，卿等不妨过于严厉。从来设教之道，严有益而宽有损，将来皇子长成自知之也。"

永琰跪在地上，把圣谕举过头顶，说道："我深深地体会到皇阿玛的爱子之心，请师傅今后对我严加管教。严，就是爱。"

奉宽双手抚着永琰的肩头，见眼前这位六岁的阿哥居然说出这番话来，激动不已，久久地凝视着永琰，目光里蕴含着意外的惊叹和无限的期望。

这一幕，被静立在外的乾隆帝看得清清楚楚，他不打算进上书房再训导儿子了。

一连许多天，十五阿哥永琰总想第一个来到上书房，但总是有一个人在他来到的时候就已经开始读书，这个人，就是五阿哥永琪。

五阿哥永琪已经二十五岁，在上书房里算是最年长的了。大阿哥永璜、二阿哥永琏、三阿哥永璋都已经去世，而四阿哥永珹，则在乾隆二十八年十一月已经过继给履亲王允祹为孙。

永琪面目清秀，身材笔挺，站在那里，犹如玉树临风，特别是一对大眼睛，明亮有神，目光中透出睿智和温厚。永琪见十五弟小小的年纪，每天到上书房这么早，心里特别赞叹，想，他这般年纪就如此用功,我这做哥哥的怎能懒惰?于是每天来到上书房的时间就更早了。

多数情况下,永琰来到上书房而师傅们都还没有来到,永琰读书时,不免有些疑问。一天,背到《诗经·羔羊》中的"退食自公",永琰想:师傅说朱熹解释的"退朝而食于家"不当,而应是"吃罢饭退朝回家",怎么能是在朝中吃饭呢?越想越觉得还是朱熹的解释好,于是向永琪请教道:"五哥,弟弟看这句'退食自公'应是'退朝而食于家',但师傅又明明说朱先师注得不当,而说应是'自公食而退',师傅肯定有他的道理,这道理是什么呢?"

永琪很喜欢十五弟的勤学好问,于是便解释道:"师傅的说法是根据杜预注《春秋》的解释,杜预说,当时公家供卿大夫膳食。联系《羔羊》这首诗,'退食自公'的下句是'委蛇委蛇',为什么高高兴兴,优哉游哉呢?是因为下朝吃饱了饭回家。这样依《羔羊》原诗的诗意看来,朱熹的注解似有不当,所以师傅的说法是有道理的。"

永琰道:"五哥看的书真多,懂得真多,以后多帮帮小弟。"

永琪道:"我须向你学习才是,你小小年纪,勤学好问,正是读书人的榜样。"

永琪说的是那样的诚恳,永琰的心里更是激动,心想:五哥才是我学习的榜样。

渐渐地,永琪既是永琰的兄长,又成了永琰的益友。

转眼间到了盛夏,因为夏日昼长,永琰到上书房去得更早。这一天永琰到上书房门前刚要进去,见皇上和五阿哥正在说话,皇上道:"你身体一向虚弱,每日当歇息歇息才好,过几日朕要去避暑山庄,你就随朕一同前去,养一养身体。"

"谢皇阿玛关心。"

乾隆道:"每天的饭食还能吃得惯吗?"

"能,胃口比以前好多了。"

"那是朕特为你吩咐的,人们常说'食不厌精',其实,粗粮果蔬更是养人。"

"原来儿臣的饭食是皇阿玛吩咐的……"

乾隆道："朕最担心的是你的身体，身体不好，怎堪大任？所以今年夏天乃至秋末，你就随朕到避暑山庄和木兰围场好好锻炼一下身体，你早作准备吧。"

永琪道："永琰能随我一同前去就更好了。"

乾隆道："我已知道你二人非常要好，没有什么比兄弟融洽和睦能更令朕高兴的了。永琰也确是一个好孩子，小小年纪就专心致志，勤奋恭谨，朕确实也喜欢他。可是，对小孩子，虽然表扬很重要，但更重要的是鞭策，你今后对他也应这样，现在应是他努力读书的时候，今后随朕到别的地方去也不迟。"

"儿臣谨遵皇阿玛教导。"

永琰在门外听着五哥和皇阿玛的对话，心中涌起阵阵暖流，平日他总觉得皇阿玛过于严厉，他真羡慕一般人家的天伦之乐。今天，他才更深切地体会到皇阿玛也深爱着他们。可是帝王之家爱的方式不同，皇阿玛是用他的严厉来表示他的爱，来防止他最担心的兄弟相残。祖父辈的血的教训，圣祖爷为皇子而心力交瘁，怎能不令皇阿玛心有余悸。想到这里，永琰迈进上书房，忙给乾隆请安。

出乎意外地，乾隆把永琰抱在怀里，永琪和永琰的眼里，都充溢着泪花。

秋后，皇阿玛和五阿哥从避暑山庄回到京师，永琰高兴异常，急忙去见五阿哥。永琪略显黑了些，但更精神、更硬朗了。永琪道："几个月不见，十五弟长高多了。"说着把他拉进怀里，永琪总有一种长兄为父的感觉。

第二天，永琰早早地来到上书房，见五阿哥和皇阿玛已在那里，虽然乾隆对皇子们教育的严厉是出了名的，但永琰没有想到他刚到京师的第二天清晨就来到了上书房。

永琰请安后，乾隆一脸的严肃，说道："你先背一背《诗经》，我知道你已经学到了《节南山》了。"

永琰背得很熟，乾隆道："你读了《节南山》有什么体会吗？"永琰道："儿臣以为君王当正则圣明，识出邪正，摒除奸相权臣。"乾隆微微点头，道："今后你更应向你五哥学习，加倍努力。"

没过几天，五阿哥永琪被封为荣亲王，是继追赠永璜定安亲王之后，乾隆帝第一次为皇子封授的亲爵。永琰自然由衷地高兴，忙向五哥表示祝贺。

可是天有不测风云，人有旦夕祸福。次年春天——乾隆三十一年三月，永琪却得了一种急病，匆匆地离开了人世，他没有来得及和皇阿玛见最后一面，没有来得及再教导十五弟几句话，就被天神带走了。永琰扑到皇阿玛怀里，父子二人哭个不住，父子二人都难以接受永琪之故的现实。待稍一清醒时，又互相安慰，生怕对方被悲痛压倒。

每到上书房，五阿哥永琪的音容笑貌就浮现在眼前，一连数日，永琰都精神不振。师傅奉宽看在眼里，忧在心中，对永琰道："你若是再这样不振作，就真的对不起五阿哥了。你报答五阿哥对你厚爱的最好办法，就是尽快地忘了他，何况你若是这样，也对不起你已年迈的祖母和已近花甲的皇阿玛。"

永琰觉得师傅的话是对的，化悲痛为力量，恢复了往日的活力和勤奋。

皇六子永瑢过继给慎郡王允禧做孙子后，八阿哥永璇就是上书房中最年长的了。皇九子、皇十子、皇十三子、皇十六子早夭，永琰的同胞弟十七阿哥尚年幼。这样，尚书房中"永"字辈的，就八阿哥、十一阿哥、十二阿哥和十五阿哥四人。而十二阿哥的母亲名分虽然最高，是皇后，说起来他是嫡子，但他在诸皇子中，命运也许是最悲苦的，只因为他的母亲是皇帝最讨厌的乌拉那拉氏。因此，他整日郁郁寡欢，是一个被抛弃的人、宫中多余的人，他只是在苟活着。

八阿哥永璇和十一阿哥永瑆是同母兄弟，性情也最相投契，二人耽于书画，勤于诗文，聪颖异常。特别是十一阿哥永瑆，书法学欧阳询、赵孟頫，出入王羲之之笔法，临摹唐宋各家名帖，书法造诣极高，宫内宫外，以索取其一字半画为极大的荣幸而倍加珍惜。

永琰钦佩永瑆的才华，又与他年纪最接近，因此与他交往最多。

夏天，皇子皇孙们在圆明园勤政殿旁的上书房中读书。这一天放学后天色尚早，永琰正和永瑆在湖边谈诗论画，忽然有太监来叫永琰，说是皇帝召见他。永琰来到勤政殿，见过皇阿玛。乾隆见他手中拿了一把扇子，便要过来打开，见上面写了一首小诗，颇有意境，字也工整清秀，看上面的落款是"兄镜泉"三个字，便问永琰道："这镜泉是谁？"永琰答道："是十一哥。"乾隆听说是十一阿哥永瑆，又喜又忧：喜的是永瑆十四岁，竟有如此高深的造诣，可见天分很高；忧的是弃剑学书，渐染汉人陋习，难免丢掉满洲勇武的祖风，所关国运人心，良非浅鲜。

第二天，乾隆帝在勤政殿召见诸皇子，语重心长地说："你们都还年轻，让你们读书，是要求你们理解书中所阐述的道理。你们现在应该做的是深入钻研所读诗书。昨天朕看到十一阿哥给十五阿哥所题写的扇面，这不是十一阿哥应该做的事情，因为你还未到该吟诗题字的时候，下面还落款'镜泉'，就更不应该了。朕二十二岁那年，先帝爷问朕是否有字号，朕回答说'没有'。先帝才赐朕号'长寿居士'，和亲王号'旭日居士'。我们所以有号，均为你们皇祖所赐，而朕却从来没有以号落款。我们爱新觉罗家族，世敦淳朴，重骑射。你们要继承这一好传统，绝不能沾染上汉人的文人习气和恶习。你们千万不要小视这个问题，这可是保证我们祖业千秋永继的大事啊。"

从勤政殿回来，夕阳已没入西山，湖水映着空中的霞光，特别亮丽。永琰和永瑆、永璇站在湖边，永瑆不由地赞叹道："夕阳无限好，只是近黄昏。"永琰道："刚才皇阿玛的一番训导，竟还没有减了十一哥的诗兴。"永璇道："他一辈子也不会减了诗兴。"永瑆道：

"八哥不要说我，你的胸怀也在湖水蓝天之上。"永璇爽朗一声长笑，笑声直贯云霄。永琰道："都是我不小心，让皇阿玛训了一通。不过皇阿玛的话使我明白了一些道理。可是听听两位哥哥的话，我有些不明白，若你们仍然沉溺于诗书画，不会更招来皇阿玛的斥责吗？小弟想，二位哥哥还是不要把胸怀放在'湖水蓝天'之上好。"永瑆叹道："十五弟的一番心意，做哥哥的心领了。只是我和八哥的'湖水蓝天'，不仅指的是诗画，更是一番淡泊的情怀啊。"

是的，鉴于宫中的风涛险恶和皇上对继储问题上的神经质，阿哥们渐渐醒悟过来，特别是大阿哥的死，更是教育了他们。四阿哥永珹和六阿哥永瑢，首先体会到做阿哥的处境险恶，遂纵情诗书画，显出十足的颓唐，毫无大志，于是二人被过继出去。但事实上，他们找到了一个政治风暴的避风港，皇上再也不会怀疑他们想当什么太子了。

永璇继四阿哥六阿哥之后，更是做到了极端，终日沉缅于诗画书法，哪里管他什么《四书》《五经》，虽招来皇阿玛的不断斥责，但他反而觉得有一种安全感。永瑆受永璇的影响，也走上了这条路。现在，他们又来影响身边的十五阿哥永琰了。

令皇贵妃魏佳氏知道永琰被乾隆训斥了以后，召来永琰道："听说你们昨天被皇上召去训导了一番，是吗？"

"是的。"

"你觉得皇上说得对吗？"

"儿臣比以前更懂得学习鞍马骑射的重要性了。"

"你还没有领会你皇阿玛的意思。皇上不是说你们学习诗书画不好，皇上自己的书法、诗作和绘画不也是别人难以企及的吗？皇上是说作为皇子，作为统治汉人的满洲的爱新觉罗氏，是和一般汉人不同的，写诗作画固然不是什么坏事情，但是沉缅于其中，就会被汉化，就会失掉满洲民族的本色，这可是个严重的问题呀。你们做皇子的，不能胸无大志，一定要发扬光大祖上的事业，应以国家大事为重，这样看，写诗作画与国事相比较，孰轻孰重就明显了。所以皇上的训导,你要牢记心上。你和十一阿哥要好,额娘很高兴,但是你不能寄情翰墨,流连于诗赋之中而忘返,一定要以天下为己任,胸怀大志呀。"

"孩儿明白了。"

听了母亲的一番话,永琰明白了作为皇子所肩负的重任,懂得了父皇训导那番话的真正意义,于是便在《四书》《五经》上刻苦用心,努力学习鞍马骑射。

乾隆父辈在起名字时,其名的前一字为"胤",乾隆一辈为"弘",乾隆的儿辈取名上一字为"永",孙子辈为"绵",绵字辈下是"奕"。

在乾隆的孙子中,最受皇上宠爱的是长子永璜的次子绵恩。皇长子的忧惧去世与乾隆帝的无端怀疑指斥有直接关系,乾隆总觉得对不住自己的长子。永璜去世后,他的后代,受到了乾隆帝的特别恩顾。当然,这也不全是为了赎罪,乾隆也确实喜欢疼爱他的孙子,而绵恩能文能武,特别是武艺绝伦,自然受到乾隆帝的特别宠爱。

早年,乾隆木兰秋狝来到张三营行宫,皇上对随行的皇子皇孙们说道:"这次木兰秋狝,让你们练练骑射,提高你们的实战本领,但未到围场以前,朕要先看看你们的本领。你们先在这里比赛一下。"

于是各位皇子皇孙按年龄大小的顺序上场比赛。绵恩当时才八岁,他最后一个出场,拿着个小小的弓箭,只看那神情严肃的样子,乾隆帝就非常喜爱,再加上一身戎装,更显得神气十足。绵恩上来,竟一箭中的,再发再中。乾隆大喜,忍不住站起身来,走到绵恩身旁说道:"你如果再中一矢,朕就赏你黄马褂。"绵恩也不说话,面对靶子,拉满弦,一箭飞去,正透靶心,于是收下箭后,跪在乾隆面前。跪了很久,乾隆也不说话,好像不知绵恩为什么要跪着,问他道:"你这是为什么?是想要什么吗?"绵恩听到祖父这样说,更是跪在那里,一声不吭。皇上停了一会儿,放声大笑,于是拿来黄马褂穿在他的身上,仓促间也寻不着合身的,就用一个大的把绵恩包裹起来抱在怀里,笑道:"这个机灵鬼,他竟知道我在逗他玩,以不变应万变呢!"

现在,绵恩已长大成人,身材颀长,舒臂如猿,不仅射箭是百步穿杨、骑马是矫健如飞,而且摔跤搏打,也罕有敌手。

一天,魏佳氏对永琰道:"绵恩虽是你的侄儿,但他文武全才,又年长于你,你须向他虚心学习才是。"

果然,接近绵恩不几日,永琰就对绵恩憨厚的性格、高超的武艺心折赞叹,绵恩对这个比自己年幼几岁的小叔的谦逊好学一向就有好感,现在小叔更比以前亲近自己,绵恩更喜欢他了。这样,在和十一阿哥保持友谊的同时,永琰和这个侄子的感情日益融洽加深。上书房放学后,永琰常到绵恩的宫中,在习武场上腾挪,在砖桩上跳跃,更多的是舞枪弄棒,时而也学习火器,永琰觉得,绵恩的指教比上书房中的骑射教师还好。

一年后,永琰武艺精进,乾隆大喜。

乾隆三十二年,京师地区大旱,皇上亲率皇子及文武百官到西郊黑龙潭祈雨。永琰和八阿哥永璇分在一班。路上,永璇说道:"十五弟,你知道八大胡同吗?"

永琰道:"听说过。"

"你知道那里有什么好玩的吗?"永璇问。

"这我就不知道了。"

"你愿不愿意随我去玩一趟?"

永琰大惊道:"这怎么可能!皇阿玛从来都不让我们私自出宫,何况私自到城中玩耍。"

永璇笑道:"你真是皇阿玛的好儿子,可惜享受不了那城市中的许多快乐。"

祈雨典毕,皇帝有所垂询,却哪里也找不到八阿哥。乾隆叫来十五阿哥道:"你与八阿哥一班,你知道他到哪里去了吗?"

永琰道:"儿臣与八哥在一班一同祈雨,可刚一下班,一转身就不见了他，儿臣也不知他到哪里去了。"忽然，永琰想起刚才永璇的询问，于是道："皇阿玛，八哥可能是到城中去了。"

乾隆问道："你怎么知道？"

"刚才八哥在路上曾问过我知道不知道八大胡同，儿臣说不知道，他还说那个地方很好玩。儿臣想，他可能是到那里去了。"

乾隆气得暴跳如雷，吩咐侍卫们去找，侍卫们听说八阿哥跑到八大胡同去了，都吓得魂飞天外，即使八阿哥在胡同内不出什么事，回去也要降职降级；若出了什么事，不知道会落到什么处置。

果然，八阿哥在八大胡同内被找到，一回宫就被打得皮开肉绽。

可是数日后，永璇的伤疤刚刚愈合，在上书房里还没有安分几天，他便未经奏闻，也没转告师傅，擅自一个人溜出皇城去了。皇上经讯问虽然知道了他没有进妓院，但是也气得七窍生烟。第二天，乾隆召见诸皇子，当众严厉地痛斥八阿哥道："你刚刚好了伤痕，就忘了上一次的痛打——你怎能这样不知自重？真是太不识大体。"接着他又教训皇子们："朕要你们在上书房读书，一可以增长知识，二可以检束身心，涵养性情。你们外出则必派散秩大臣、侍卫等护行，以防万一。此次八阿哥私自出游，只带几名护卫，出了意外怎么办？"

乾隆帝随后又喝令太监，对永璇一顿痛打。而后，将永璇的师傅观保、汤克甲一律革职。

儿子的不成器，使乾隆帝更钟爱孙子，特别是绵恩。乾隆决定让年方弱冠的绵恩做火器营的总统。健锐营和火器营是大清朝最精锐的部队，把火器营交给他，说明乾隆对他是多么器重，抱着多大的希望！

永琰在上书房中又少了一位"良师"益友，虽然绵恩是他的侄儿。绵恩的离去与五阿哥永琪不同，永琰没有伤感，有的只是喜悦，他为侄儿有了用武之地而高兴，为侄儿的辉煌前程而自豪。

绵恩来到永琰的宫中，依依不舍地和永琰告别道："十五叔，我会经常来看你的。"

永琰在上书房中克勤力学，涵濡德义，宫中无不称赞。乾隆三十七年，十三岁的永琰学通五经，乾隆决定让永琰随工部侍郎谢墉学今体诗。永琰与启蒙师傅奉宽洒泪而别。

而就在这个时候，乾隆帝正在作着艰难的抉择——六十二岁的他意识到建储立嗣已刻不容缓了。

想到立嗣，乾隆的心里就充满了无限的痛苦。早年他本想立嫡，可是嫡子二阿哥永琏、七阿哥永琮都短命而亡。后来想立五阿哥永琪，永琪又得急病薨逝。除此之外，大阿哥、三阿哥、九阿哥、十阿哥、十三阿哥、十四阿哥、十六阿哥又都去世，而四阿哥、六阿哥又过继给了别人，现在可供自己选择的阿哥就只剩下五个了：八阿哥永璇、十一阿哥永瑆、十二阿哥永璂、十五阿哥永琰和十七阿哥永璘，说是五位，其实只有四位——乾隆帝对继后那拉氏所出的十二阿哥永璂想都不愿意想。

八阿哥永璇沉缅酒色、溺于诗文，性情又极为乖戾，况且还有脚病，仪表欠佳，做国君实在难以胜任。十一阿哥永瑆聪明异常，天资甚高，仪表堂堂，可是受永璇影响太深，一心只在书画上，流连诗酒，染上汉人恶习，屡教不改，实在难以光大先祖事业。更何况这个永瑆最让乾隆头痛的事还不止这些，他还吝啬成性。乾隆帝选了大学士傅恒的女儿作永瑆的福晋，可是这位曾穿金带银、吃香喝辣的大小姐进门以后，竟然只能日日以薄粥度日，陪嫁的金银珠宝全被永瑆纳入府中。傅家人时常把小姐在王府受苦受难的事告到乾隆那里，真令这位天子万分羞惭。可是屡次训斥永瑆，永瑆仍是本性不改，一切如旧。更让人难以置信的是，永瑆的坐骑死了，他竟下令府中烹马代膳，当天再没有其他饭食。这样的人怎能继承大统，君临天下？

想起十七阿哥永璘，乾隆帝最疼的就是他，因为他是乾隆最小的儿子，自幼身体又孱弱；但他又是最不成器的孩子，虽然和十五阿哥是一母同胞，但二人性情却有着天壤之别。这个老儿子从来就不喜欢读书，小小年纪，经常溜到外城，四处游荡，惹是生非。

思来想去，乾隆觉得只有十五阿哥永琰饬躬读书，勤奋刻苦，文武全才，刚明有戒。他自幼长于禁中，为人沉稳持重，度量豁达，可以立为储君——皇子中似乎也只有他可以担此大任了。

这样，储君的人选就非十五阿哥永琰莫属了。可是乾隆帝决定，还要对永琰再仔细地暗暗地考察一番。

三十八年冬天，乾隆帝最后决定立十五阿哥永琰为皇太子，把永琰的名字密存在木匣内，藏在正大光明匾额后，然后谕知军机大臣，他已立下太子，并谕令他们绝不许吐露半点风声。至于皇太子是谁，只有天知地知和乾隆帝自己知道了。当年冬至，皇帝亲自到南郊天坛举行祀天大典，特命诸皇子侍仪观礼，当着十五阿哥的面，乾隆帝向苍穹默默祷告道：

"如所立皇十五子永琰能承国家洪业，则祈佑以有成，若其不贤，亦愿上天潜夺其算，令其命短而终，毋使他日贻误，予亦得以另择元良。朕非不爱己子也，然以宗社大计，不得不如此，唯愿为天下得人，以继祖宗亿万年无疆之绪。"

旁边的永琰见皇阿玛神情庄重，一脸虔诚，做梦也没想到这是为他在祈祷上苍！

乾隆三十九年。金秋时节，正是太阳高高升起的时候，蓝蓝的天空飘浮着几朵白云。乾清门东阶下，宗人府主管大臣正在宣读着乾隆帝的圣旨：

"奉天承运皇帝诏曰：今以副都统、内务府总管和尔经额之女喜塔腊氏作配与皇子永琰为福晋。钦此。"

和尔经额行三跪九叩大礼，领旨谢恩。

两天后，永琰身着彩衣，骑着骏马，去拜见福晋父母。内务府官员把筹备好的礼品送到了和尔经额家，有：金豸钦一副，大小金簪各三支，金珥六个，金钏四个，金衣钮一百粒，银衣钮二百粒，制衣用貂皮一百零四张，制帽甲貂皮三张，制被褥用狐皮二百五十张，水獭皮七张。此外，赐福晋父亲金、银、狐皮、貂帽、金带、佩带、靴袜及马一匹；赐福晋母金珥、狐皮袍、獭皮和马一匹。和尔经额举行了盛大的宴会。

成婚前一日,福晋家把嫁妆送到宫中,送嫁妆的队伍浩浩荡荡,嫁奁共有一百多抬。

成婚这天,婚礼由乾隆皇帝亲自主持,由于他已密定永琰为太子,所以婚礼举行得十分隆重,甚至超过了十一阿哥永瑆的婚礼——虽然永瑆娶的是当朝第一权臣傅恒的女儿。

子时,紫禁城内灯火辉煌,明如白昼,宫内各条路上红毡铺地,宫门、殿门都高悬着红灯,鲜红的"喜"字贴在宫门上。

过了一个时辰,永琰身着蟒袍到慈宁宫向太后行礼,老态龙钟的太后见孙子神采奕奕,笑得脸上像盛开的牡丹。永琰平时对太后特别孝顺,为人恭谨,礼节周到,学习勤奋,绝无不良习气。太后一向就喜欢这个孙子,今日见他已经成婚,怎能不高兴。

随后永琰又拜见了乾隆。乾隆道:"成婚之后,不能耽于儿女私情,应以大业为重。"

永琰道:"谢皇阿玛的教诲。"

永琰来到母亲令皇贵妃魏佳氏的膝前。魏佳氏早已热泪盈眶,激动得说不出话来。她——香雪海的女儿,今日看到儿子成婚,那种高兴怎能用语言表达出来。

拜过太后、皇上和令皇贵妃,宫中乐声大作,仪仗队前行,永琰骑着高高的骏马,前去迎亲。内务府大臣率属官二十名、护军四十名至福晋家迎来。待永琰把喜塔腊氏接到宫中,轿落之后,喜塔腊氏在福晋们的搀扶下跨过一盆烧得极旺的火,又跨过一个朱漆的马鞍,预示着未来的生活红火而又平安。之后,永琰携喜塔腊氏到奉先殿行谒庙礼,礼毕还宫行合卺礼。

洞房之内布置得一派喜气洋洋,喜床上首悬挂着红纱百子帐,帐上绣着各种姿态的百名童子。永琰与喜塔腊氏按男左女右盘膝坐在喜床上"坐帐",接着二人喝交杯酒,随后吃半生不熟的饺子,取"生子"之意。此时,窗外命妇高唱"交祝歌",祝愿新婚夫妇相亲相爱、白头偕老。之后举行合卺宴,两人各吃一碗长寿面,随后,共度良宵。洞房花烛,春意盎然。

是日,永琰宫中张幕结彩,设宴招待福晋喜塔腊氏父母及亲族,文武二品以上大臣及命妇都赴宴祝贺。

次日清晨,永琰刚一睁开眼睛,一个轻柔的声音在耳边响起:"你醒了?你睡得好香啊!"

永琰见喜塔腊氏已穿戴整齐站在自己的面前,于是道:"你该叫我一声才是。"

"我看你睡得甜甜的,就没叫你。"说罢端过一碗汤道,"这是燕窝粥,早晨吃了,滋补身体的,快喝了吧。"

永琰接过碗,心里充满了甜蜜。

永琰沉浸在新婚的欢乐里,可是他的生母魏佳氏却病倒了。永琰新婚,她过于激动,过于劳累,又受了点风寒。起初她觉得自己有时发热,有时发冷,认为并不是什么大病,何况在儿子新婚的喜庆日子里,她不忍扫大家的兴,于是就把病情瞒了起来,装成没事一般。谁知道旬余过去之后,她只觉得自己时常头晕目眩,有时眼前发黑,知道得了大病,才让请太医诊治。永琰和喜塔腊氏得悉母亲得病,早晚守候侍奉,尽心尽意。特别是喜塔腊氏,更是无微不至地关怀着婆母。可是魏佳氏的病却不见好转,竟日日加深。乾隆帝也心急起来,谕令太医会诊。太医们都说娘娘的心里曾经受过大喜大悲,大悲大喜,积郁日久,待时而发。遇到儿子娶妻,是自己一生中最得意的事,过去积郁于心中各种情感一时迸发,使身体虚弱阴亏阳损,恰遇邪气袭浸,造成今日忽热忽冷之病。若是及时延医极是好治,但现在已是病入膏肓,无可奈何了。

四十年正月,令皇贵妃魏佳氏去世,享年四十九,谥"令懿"。

喜塔腊氏用女人的全部柔情抚慰着永琰丧母的哀痛,丧期过后,永琰又回到上书房。

上书房里,永琰又换了个新师傅,一个对永琰的一生都发生了深刻影响的师傅——朱珪朱石君。

朱珪，字石君，顺天大兴人，先世居萧山。年少时随大学士朱轼研读经书，与哥哥朱筠一同乡试得中，并负时誉。乾隆十三年中进士，时年仅十八岁。乾隆帝极赏识他的才学，累迁其官，三十二年补湖北按察使，后又到山西代理巡抚一职。

　　朱珪做了永琰的老师后，发誓要把他培养成一个辨忠奸、明是非、勤政爱民、摒奢尚俭的君主。于是朱珪在教授咏吟李杜诗篇、韩柳文章、苏辛词句的同时，更从《四书》《五经》中阐发仁政爱民、国以民为本的道理，特别是对历代帝王的治国方略、成败得失、经验教训，讲得明白、析得透彻。当讲到《出师表》中"亲贤臣、远小人，此先汉所以兴隆也；亲小人、远贤臣，此后汉所以倾颓也"时，更是详细讲明，何为"贤臣"，何为"小人"，而君王只有自正自清，才能有识，才能辨出贤佞。

　　日月如梭，光阴似箭。转眼间，永琰随朱珪在上书房已度过四年时光。四年中，二人朝夕相处，感情已超过师徒了。永琰对朱珪的感情，似乎赶上了对乾隆的感情。步入老年的乾隆更加专制，贪图享受，对皇子们也更加严厉，特别是永琰是他内定密缄的太子，对他的要求，几乎达到了苛刻的地步。在永琰面前，他没有了早年时做父亲的少有的温情的一面，而只有威严了。因此，永琰比以前更少了天伦之乐。永琪年岁已大，和自己来往渐少，绵恩在宫外管着军队，已升到九门提督，事务繁多，和自己交往日稀；母亲又已病故。父亲如此高高在上，不能接近。特别是和珅受宠以后，皇帝的身边似乎只有和珅一人了。好在永琰娶了个温柔多情、贤淑贞正的妻子，使永琰备感家庭的温馨。在上书房中，朱珪温厚中正，对他悉心栽培，在感情上，似乎弥补了残缺的父爱。因此，永琰的感情中，没有什么空白，也正因为如此，永琰对喜塔腊氏和朱珪的感情深深如海。

　　五月，骄阳似火，天气酷热。上书房里却很凉爽，永琰特别喜爱这几间书房，细细再看，五楹书室，不雕不绘，在这里整日学习书史，游艺于诗文，或临摹法帖，真是怡然自得。永琰常想：这五间屋子要永远是我的该多好。于是向朱珪道:"师傅,在五楹书室中,真正惬意怡然,我想为它题一斋名,师傅看这书房叫什么好呢?"

朱珪道:"勤学者有余,怠者不足,有余可味也,可名此书房曰'味余书室'。"

永琰想"余"之义可谓深广了,民生在勤,勤则不匮,禹惜寸阴,晋陶侃说众人当惜分阴,为学者可不勉哉!为政者可不勉哉!于是对朱珪说道:"弟子明白了,师傅是教我终生勤勉不辍。"

朱珪点头道:"人生在勤啊。天下的一切事情,都在这'勤'字上。"

永琰听了朱珪这句话,不觉泪流满面,道:"我到上书房学习的前一天——那时我方六岁,正是正月十五,额娘把我叫来,嘱咐我的也是这样的一句话,如今额娘的音容笑貌历历如在目前。"

朱珪激动地道:"你没有愧对你额娘,令皇贵妃娘娘若地下有知,也应含笑九泉。你不妨以《民生在勤论》为题,作一篇文章。"

永琰提笔写道:

"民生在勤,勤则不匮。自天子以至庶民,咸知勤之为要,则庶政修而万事理矣。人日习勤之则日近善实,日习惰驰则日近于恶也。如其不勤,则为学者安于下流而不能上达,为治者惰于事功而庶政怠荒,欲求齐家治国平天下,其可得乎?故勤者夫人所当勉者也。若农夫不勤,则无食;桑妇不勤,则无衣;士大夫不勤,则无以保家;公卿不勤,则无以佑治,其害奚胜言哉?书曰:惟日孜孜,可不戒与?可不勉与?"

朱珪看罢永琰的文章,暗暗点头,内心充满了神圣庄严的感觉。

永琰又问道:"师傅,人非神仙,过错难免,怎样才能不犯或少犯过错呢?"

"做到'俭'和'慎'即可。诸葛氏说:'静以修身,俭以养德。'孔圣人说:'以约央之者鲜也。'俭约可以培养人美好高洁的德行节操,做到了俭约,犯过错就非常少见了。御孙说:'俭,德之共也;侈,恶之大也。'奢侈浮华必然带来国家的灾难和个人品德的沦丧，国家便会衰败，社会便会寡廉鲜耻而追求金钱享乐。所以孔圣人说：'与其奢也宁俭'，十五阿哥，你对孔圣人的这句话是怎样理解的呢？"

永琰想了想道："创业之始，皆有朴素之质，先民都崇尚节俭，不务浮华。可后世之人，踵事增华，变其本而加后，竟奢靡之习，忘节俭之风，实在是忘本啊！移风易俗，拨乱反正之道，莫善于俭也。"

朱珪心内一震，又复一喜。细酌永琰话的意思，分明是指责乾隆皇帝的肆意奢华，又分明有意在以后拨乱反正，分明这十五阿哥早已留心世事，似乎也意识到未来的储君是他了，看来，永琰已经做到了"慎"字。

永琰见师傅思考着什么，又道："师傅说的'慎'，学生看来比孔明的'静'含义更丰富，师傅解释一下好吗？"

"要做到'慎'，首先要'静'，唯有'静'才能潜心审察事之端倪及趋势，触摸到物的本质和奥妙所在；唯有'慎'才能'明'，唯有'明'才能'断'；唯有'慎'，才能虚己以待，如积柔水，既可润万物亦可破一切阻挡。'慎'绝不是优柔，而是果敢。"

永琰道："师傅教我四年，学生今天把所学的概括为四个字：仁、勤、俭、慎，不知当否？"

"是啊，这四个方面你都已经做到了，只是其中的'仁'最难把握，不可失之偏颇。"朱珪心潮澎湃，他为他塑造了一个英明伟大的灵魂而骄傲自豪。

永琰道："师傅能再说一说'仁'吗？"

"追求社会大同、天下为公的人，才是心中有'仁'的人，——你背一下《礼记》中的'大同'那一章。"

"大道之行也，天下为公。选贤与能，讲信修睦。故人不独亲其亲，不独子其子，使老有所终，壮有所用，幼有所长，鳏寡孤独废疾者皆有所养，男有份，女有归……"

永琰与朱珪朝夕讲求，涵濡德义，度过了他人生中的美好时光。

悲苦伤心总是永伴着愉快欢乐。乾隆四十五年三月，永琰从家庭与上书房的快乐巅峰中跌落下来。乾隆四十四年十二月由侧福晋刘氏刚刚生下的长子，在此时夭折了。这对刚过二十一岁的永琰来说是一个巨大的打击；可是，正当永琰沉浸在悲哀之中的时候，他的恩师朱石君又要离开了。

圆明园的春天虽然桃红柳绿，莺歌燕舞，但永琰的心里却是一片凄风苦雨。上书房内，永琰满含着泪花道："真舍不得师傅走，可是分别又是不可避免的。我只盼望着我们团圆的日子。"

朱珪道："我这次外出为官，肯定不会只是三年两载。这一去，不知什么时候才能见到十五阿哥……"朱珪也哽咽起来，道，"我不能再侍奉十五阿哥了，我送你《五箴》就当是我临别的礼物。"朱珪提笔写下《五箴》道：

"养心，敬身，勤业，虚己，致诚。"

永琰道："这《五箴》，应是我一生的座右铭。"

第二章

恼权臣迁怒答内侍
察贪吏据实奏君王

乾隆下旨道:"永琰无故殴伤太监,任性妄为,朕已着人逐他出宫,到别处监禁隔离,派专人严加看守,以示惩戒。若有为永琰求情探问者,格杀勿论!"王公大臣们闻言震惊骇异,只有和珅暗自高兴。

自春到夏,皇子皇孙仍在圆明园勤政殿旁的上书房中读书。永琰在上书房中,自朱珪走后,再没有改添别的师傅。

这一天,他拿了一本《贞观政要》,很快全身心地投入到书中,不知看了多长时间,忽然,一只小手捂住了扉页,永琰转头一看,见是十妹和孝公主,忙抱起她笑道:"真调皮。"

"十五哥,我叫你好几声了,你总不理人。"

永琰道:"哥哥没有听到,该打。"说着拿起十公主的手打在自己鼻梁上。

两人在上书房里戏闹起来。

十公主是乾隆帝最小的女儿,是他的心肝儿宝贝,掌上明珠。乾隆帝对十公主的疼爱超过了任何皇子皇孙。这不仅仅是因为乾隆快到了七十岁才生下此女,老来捧珠,自然珍爱;更重要的是,十公主活泼可爱,正好填补了老年乾隆的情感空白,让他享受到天伦之乐。皇后早逝本来就是给他留下终生的遗憾,太后去世后,一些心里话再也找不到人说,晚年宠爱的妃子魏佳氏可以和自己作情感心灵的交流,但是四十几岁就薨逝了。平时他对儿子们过于严厉,严厉得近乎苛刻,所以儿孙们对他多是敬而远之。十公主聪明伶俐,活泼可爱,整日绕在膝旁,给了他无限的温馨和天伦之乐。每当一抱起十公主,乾隆帝所有的烦恼,所有的疲惫,顷刻间就会化为乌有。所以乾隆无论到什么地方总是带着她。

宫中的人也都喜爱十公主，尤其是永琰，这却不是因为她是皇上的掌上明珠，而是十公主确实讨人喜爱。平时，十公主像个男孩子，好与哥哥及侄子们在一起玩耍，可是乾隆帝的心里，只有两个人带她他才放心，一个是永琰，一个是和珅。而永琰，在宫中极为寂寞，带妹妹玩耍又不受皇阿玛训斥反受到鼓励；特别是长子夭折后，永琰似乎把爱儿子的感情都转到了十妹身上。

永琰抱着十公主刚走出上书房，一个声音叫道："十妹。"

"十七哥。"公主叫道。

乾隆的这个老儿子十七阿哥永璘，早看见十妹到了十五兄的房中，心里像长了草一样，哪里还能安静下来。看十公主和哥哥出了门，忙走出上书房。平时，十七阿哥最会说，所以十公主挺喜欢他，可就是皇阿玛不让她与十七哥在一块儿，现在看见十七哥来了，十公主道："我们去粘知了去。"

永璘高兴非常道："好，快走！不过，不要带太多的太监、宫女。"

不料永琰厉声道："永璘！"

永璘如被当头倒了一盆冷水，立时站在那里不动。永璘最怕的就是这个同母哥哥永琰，皇阿玛有时还迁就他，就是永琰对他一点也不客气。永璘见永琰虎着脸，只得悻悻地回到上书房。十公主道："十五哥，你不让十七哥玩，你给我粘知了。"

永琰道："好，我带你去。"

女儿中，只有十公主才可以到上书房去；儿孙中，在上学时间只有和十公主在一块玩耍才不会受到训斥。

此时乾隆帝正好来到上书房门口，永琰忙向乾隆请安。乾隆道："刚好，我有一些事要做，你带她去玩吧。"

永琰道："我们到丁香堤去粘知了。"

乾隆笑道："你回到童年了。"

永琰道："小时候，我从来也没有粘过知了。"

乾隆帝不无深意地说："宫中的人倒向往平民生活。"

永琰拿了根竹竿，竿头用刀劈开，再用一细硬的小棍撑开，然后捆缚结实，让太监们拿到不知什么地方给网了一些蛛丝，这时永琰才带着十公主来到丁香堤。丁香堤上栽了些柳树和白杨，这是知了最喜栖集的树木。永琰粘了几个知了后，十公主高兴得又蹦又跳，把知了装在盒子里，便自己要拿着竹竿粘，永琰把竹竿交给她，她两手擎着，竟真的粘着了一个。十公主高兴地叫着，连旁边的宫女和太监们也乐起来。

恰在这时，不知是谁喊了一声："十公主——"声音虽不大，可十公主听了这声喊，"啪"地把盒子、竹竿一扔，飞奔着向前。

永琰一惊，心道："是谁竟然这样讨十妹的喜欢！"放眼望去，见远远地有一个人向这边跑来，永琰倒吸一口冷气："是他？"

来的人是和珅。

乾隆已六十多岁，老臣一个个相继去世，朝列中出现的，多是新面孔，诸皇子皇孙对自己多是敬而远之，亲情甚少，后妃又皆色衰。因此乾隆虽为帝王，却甚为孤独。和珅到他身边后，刻意奉迎，乾隆帝顿时增添了许多欢乐。和珅不仅中外大事奏对称旨，在生活细节上更令皇上满意，皇上腰疼他便去为皇上捶腰，皇上背酸他便去为他揉背，皇上要吐口唾沫，他连忙把痰盂拿到皇上跟前，皇上要是吐片瓜子壳，他会立即伸手接住。时常，和珅似已忘了君臣礼数，竟开几句不俗不雅的玩笑，令皇上开怀大笑。乾隆帝极好作诗题字，和珅便跟着唱和，总是让皇上赞叹不止。

没有两个月的时间，和珅便被提拔为户部左侍郎任军机大臣，之后步步高升，做了内务府总管大臣、崇文门税务总监、御前大臣、户部尚书、协办大学士，而仍值军机处。

十公主扑到和珅怀里道："相公，你怎么去了这么长时间！"

谁也不知为什么公主叫和珅为"相公"。连乾隆也问为什么这样称呼和珅，公主道："我喜欢这样叫嘛。"

和珅抱着公主道："在云南的两个月中，我也时时惦着你呀。"

"给我带什么回来了？"每次和珅出门，绝不会忘记给公主带上点什么回来。

和珅答道:"马上就知道了。"

和珅抱着公主来到湖水中央镜殿前的草地上,乾隆正在逗弄着一对凤头白鹦鹉,十公主急忙从和珅怀里滑下来跑过去道:"这是相公给我的。"乾隆笑道:"还有谁和你争呀。"不料鹦鹉学舌道:"还有谁和你争呀。"公主欢呼雀跃,乾隆与和珅开怀大笑。

过了一会儿,和珅走到公主面前道:"还有一对比这更好玩儿的鸟。"

公主瞪大眼睛道:"在哪?"

和珅往右边一指,公主惊呼起来,那是一对孔雀,其中的一只正在展翅开屏,公主又是一阵阵地欢呼……

乾隆帝把目光移向和珅道:"你随朕来,朕有话和你说。"

和珅急忙扶着皇上,进了殿内。皇上坐下后,和珅为他捶过腿,又为他按摩着肩背,道:"万岁,有什么事要和奴才说?"

"十公主叫你'相公',这'公'可能就是'公公'的意思。"

和珅急忙跪倒道:"万岁,奴才绝没有这样想。"

乾隆道:"是朕这样想,既然她都叫开了,那就不要改口吧。朕想,你的儿子与她同岁,就让他做朕的额驸吧。"

和珅忙叩了几个响头,流泪道:"皇上对奴才如同再造,奴才做狗做马虽肝脑涂地也报答不了皇上对奴才的深恩啊。"

第二天,乾隆帝颁旨,赐和珅子名丰绅殷德,指为十公主额驸。

永琰从上书房出来,猛听到十妹与和珅子丰绅殷德定婚的消息,顿时头晕目眩,怔在那里。初时,太监们没觉出意外,过了好长时间见他目光直直地,身子似僵住了一般,于是走上前来轻声地叫道:"十五爷,十五爷——"不料陡然间永琰大喝一声"混蛋",一拳正打中一个太监的眉眼。太监们魂飞天外,不知永琰从哪里来的怒气,又听永琰喝道:"都滚!"太监们也不敢离开,都一齐跪在那里,恰好福安从此路过,忙跑过来指着那个鼻眼流血的太监吩咐道:"你们几个快把他扶走!你们还不赶快离开?"福安看了看永琰仍是一脸的怒气,心里十分惊讶,因为这不是永琰的性格。大惊之余,仔细思忖,心里豁然开朗:是为皇上与和珅结为亲家之事,一定是为这事了。福安也不去管永琰,让侍卫们远远地跟着,转身急忙来到天地一家春,让宫女把永琰的事转告给喜塔腊氏。

喜塔腊氏带着宫女急忙来到上书房门口,见永琰已离开那里走到湖边,喜塔腊氏走到他身边说:"这里倒凉爽得很。"永琰见福晋来了,惊讶道:"你怎么来了?"喜塔腊氏莞尔一笑道:"我怎么就不能来这里?"永琰并没有笑色,一脸的凝重,喜塔腊氏道:"有什么心事非要和湖水说,连我也不愿倾诉?"永琰仰天长叹道:"天也不晓得我的心思。"喜塔腊氏道:"但是天却不像你这样,你看那西边的太阳,就要沉没了,他仍然红灿灿地微笑着,因为他还等待着明天的升起。为了明天,他要乐观地面对那黑暗的一切,为了明天,他静静地微笑着,没有了微笑,他就无法面对眼前的黑暗,也就没有了明天。"

二人在湖边慢慢地走着,天上的月亮出来了,星星出来了,与他们一块同行。走着走着,永琰忽然道:"我饿了。"

不料,永琰打的那个小太监恰好是乾隆的内侍。两天没有见他,乾隆问身边的太监,他们都支支吾吾。乾隆看出蹊跷,问道:"你们不要欺瞒朕,到底发生了什么事,快快讲出来。"太监看遮掩不过去,于是就把永琰打人的事说了出来。

乾隆帝叫来福安道:"前天十五阿哥行为反常,你在跟前,你说他到底为了什么?"

福安道:"回万岁,依奴才看,十五阿哥刚出书房,骤对夕阳,似有感悟——那日夕阳格外红艳灿烂,把天地乾坤照得红彤彤光亮亮,十五阿哥沐浴在阳光之中,不免诗兴大发,此时小太监反复让他去用膳,他焉有不怒之理。"

"他怎么会请十五阿哥用膳?"

"他是受福晋宫中宫女的托咐,让他代为转告的。——这小太监确是无辜的。"

乾隆想了想福安的话,确实有道理,忍不住连连点头,想了一会道:"虽然在诗兴大发之时,在灵感到来之时,最烦有人打扰,但是也不应把小太监打成那种样子。看来他的性情还是有些不对。"

福安道:"奴才没想到十五阿哥孱弱如此,竟有那么大的力气。可能因为上书房中自师傅走后,他不免寂寞,情绪有点烦躁。"

乾隆忙道:"你看十五阿哥身体不强壮吗?"

福安道:"十五阿哥其实也很强健,只是在书房中待久了,成了书生,显得文弱。"

这句话一下子触动了乾隆的心事,他最怕皇子皇孙们沾染汉文人习气,失去满洲人勇武的传统和体魄,何况永琰是他内定密缄的太子。可是,一二十年把他们关在书房里,能不变得文弱吗?乾隆的心中酝酿着一件事情……

在圆明园的镜殿里,乾隆帝招来福安,摒退所有的人说道:"朕今天找你来,是有一件大事让你去做。"

福安道:"皇上有什么吩咐,奴才虽肝脑涂地、赴汤蹈火也在所不辞。"

乾隆道:"你已跟我几十年,现在已到了知天命的年龄,朕本应让你享几年清福,可朕思来想去,此事非你莫属。"

福安道:"万岁,是什么事?"

"随十五阿哥去找木鱼石。"

福安内心一震:这是天大的责任啊!他不由愣住了。

乾隆道:"你不愿去吗?"

福安忙跪倒于地道:"万岁如此信任奴才,奴才感激不尽,奴才绝不辜负皇上一片苦心,一定会带回一个强壮、坚强的十五阿哥。"

乾隆道:"朕想了很久,也只有你去朕才放心,这一点你自己也明白。不过，你虽心细如发，又是武林高手，但此行责任过于重大，朕又为你物色了两位侍卫做你的帮手，他们都是武进士出身，有你们三人随行，朕想是万无一失了。"

当日，乾隆召来永琰、福安及两侍卫道："永琰性情暴戾，竟至无故殴打太监，本应禁闭严惩，朕念在永琰往日并无过错，更为了他今后好好做人，特遵循我满洲遗风，命永琰带福安、义隆、尔森去寻找木鱼石，一路上决不能暴露身份，违旨者斩。明日朕即颁旨天下囼禁永琰，隔离宫中，以此来掩盖真相。此次寻找木鱼石之事，只有朕及你们四人知道，除朕及你们四人外，若有一个人知道此事，你四人定斩不饶。"

次日，乾隆召来皇子皇孙和王公大臣们，下旨说："永琰无故殴伤太监，任性妄为，朕已着人逐他出宫，到别处监禁隔离，派专人严加看守，以示惩戒。若有为永琰之事求情探问者，格杀勿论。"

皇子皇孙们吓得哆嗦，王公大臣们震惊骇异，只有和珅暗自高兴。

喜塔腊氏获悉永琰被监禁隔离，五内俱焚。

永琰等四人易装离开了圆明园，悄悄地出了北京，根据乾隆旨意，永琰必须由直隶入山西越陕西再到甘肃，然后北折由蒙古而东进长白山，历东北数省然后回京，并交给四人一个路线图，必须沿规定路线行走。

木鱼石又叫木变石，满语称"安倭阿"，传说这种石头极其精美，更神奇的是敲着它便会唱歌。它的歌声能给勇敢者以智慧，使懦弱者充满勇气和信心。

永琰一行四人出北京后，往西进入房山县境，一路敲敲打打，哪里有唱歌的石头！永琰知道这是父皇在借故惩罚他，除此之外，似乎还有更深的含义。可永琰却不愿再想下去了。而福安一开始便洞察皇上的用意，皇上是要锻炼这个未来的君主啊！皇上此举，分明是把十五阿哥当成大清事业的继承人了。

一天，四人出房山县，过紫荆关，绕过涞源城，在太行山中往西行走,一个个渴得舌干唇裂,看看红日西坠,也寻不到一条小溪、一方池水。永琰道:"今后可要带足了水,至于干粮少带一点倒没有什么。"福安拿出罗盘测了测道:"我们加把劲吧,这里距灵丘县城不远,一定会有人家。"于是四人又重新振奋精神,加快了脚步。

果然,翻过一个山头,往下望去,壑谷之中藏着几间草屋,草屋之上,炊烟袅袅。四人大喜,往下狂奔。到草屋前,见荆条织篱圈成个院落,三间草屋并没有关门,草屋的左手还有一间小土房,这就是厨房了。福安走上前去,刚要说话,不料厨房里的人个个扔下饭碗面如土色,跪倒在地后再也不抬头。福安道:"我们并无恶意,是投亲行路之人,迷了路径,渴了一天,没有找到一滴水,现在特来叨扰乡亲,讨一碗水喝。"说罢,下跪之人神情稍为安定,福安见跪在地上的共有四人,一个老者已五六十岁,一个小伙子二三十岁,一个年轻的妇人怀里有个孩子。

听了福安的话,老者抬起头来,看眼前的几个人神情,像是温厚的人;又见他们个个嘴唇干裂,疲惫不堪,并没有一点张狂的意思,渴得如此,屋里现放着水,可几个人站在那里纹丝不动,看来这几个人是规矩人。老者这才说话道:"几位爷,请进堂屋,这里太小,老儿为你们准备吃的去。开水没了,那里的凉水,你们少喝点,我们马上就烧。"

永琰道:"拿水来。"

福安拿起一个碗,看那锅里有些青菜汤,盛了一碗,来到永琰跟前道:"金少爷,还是喝这菜汤好。"永琰接过,一仰头,一碗汤倒进肚里,看看福安和侍卫还站在那里,道:"你们还不快讨点水喝。"义隆和尔森得了这句话,忙跨入厨房,干脆把头埋在缸里喝个痛快。只有福安仍然没动,见永琰喝完,忙又盛了一碗递与他,自己这才走到缸前。

主人见四人喝好,道:"请到堂屋去吧。"

四人进了"堂屋",永琰面南而坐,福安等三人侍立,永琰道:"三位坐下吧。"三人齐声道"谢金爷",这才坐在凳子上。

老者道:"家中实在没有什么好吃的,请四位爷原谅。"

福安从怀中掏出一些散碎银子,放在案上说道:"请尽量给我们做得好一点,我们实在是饿了。另外,今天还想在这里叨扰一晚,请多烧点开水。这些银子不成敬意,请大哥收下。"

老人也不多说话,收过银子,转身去了,不一会儿端来热水。永琰和几位都烫了脚,把血泡放了,涂上带来的云南白药。这时那个三十左右的男子已把饭菜摆上桌子,桌上有主人刚杀的鸡,居然还有一坛酒。四人围在桌前,斟了酒。福安道:"老哥和后生一块坐下吧!"老人还要推辞,福安把他们拉到桌旁道:"哪有主人不陪客的道理?"

老人和年轻人坐下,酒过三巡,老人说他叫李文敬,小伙子是他的儿子,叫李明东。福安也介绍了他们的来历道:"我们随我们家主人金少爷到灵丘投亲,不想在山中迷了路。我们三人都是金少爷的家人。"福安见气氛和缓了许多,呷了一口酒道:"这荒僻的山中,竟有这种好酒,实在想不到。不过,我有一事不明,我们刚到时,你们极为惊慌恐怖,不知为何?"

"我们以为你们是官府中的人。"那小伙子李明东道。

福安看李文敬,他听了儿子的话,浑身一颤,拿眼角示意儿子不要说话。李文敬道:"小儿生在山野,无知妄说,请各位不要见怪。"

义隆是个直性子,心直口快,不由得说道:"恕在下冒昧,在下看你谈吐举止并不是山野之人,听你口音也没有半点太行山的味道,想你们大概是从保定来的吧?"

老人听了义隆的话浑身又是一颤,又看一眼这几位客人的神情,并无半点不善的意思,便道:"老儿想几位是从京城来的吧?"

永琰笑道:"你说的是,适才我的家人多有冒犯,请你原谅。不过我的家人说的恐怕也是实情,我想问一问明东,为什么官府的人会让人吓成这种样子?"

李明东看来不像他的父亲那样会藏心机,说道:"我们确是从保定来的,从保定逃到这儿的。"

永琰道:"你们为什么要藏到这太行山的深处呢?何不说与我们听听?我们过路之人,听了也当没听一样。"

明东的话如冲决了堤坝的水:"我家本是非常富足的,我父亲是个庄头,家里有六百多亩肥沃的土地,旱涝保收。谁知道就因这六百多亩肥沃的土地,县令刘宝杞起了歹意,想夺了去。他图谋了许久,终于从我身上寻出一条计策。

"我在保定随父亲的好友韩渊读书。韩渊是一个举人,可无缘做官,家中只有一女,妻子早逝,并没继娶。我长大后,恩师与家父做主,两家结为姻亲。可是内人有一表兄,游手好闲,最是无赖,不仅对其表妹有非分之想,而且还要霸占韩家家产。恰好我内人的表兄刘三与刘宝杞是同族近亲,二人便定下毒计。

"一天,我到恩师房中,见他伏案而卧,连叫几声,他没有答应。我心中诧异,把他扶起一看,大吃一惊——恩师显然是中了毒,面目青黑,口角流血,已无气息。正在我惊慌无措之时,刘三进来,大叫着说是我毒死了恩师,说着就去报官。当时也是我命不该绝,恰好父亲来到城里,见此情况,忙道:'快逃命吧,刻不容缓。'于是我带着内人,坐进父亲赶来的马车,狂奔出城,直逃到山中,连家也不敢回,如今在这里已待了二年了。"

永琰道:"家中的事有消息吗?"

一直沉默的李文敬,早已泪流满面,道:"逃到这里的一年之后,我曾扮成要饭的,抹黑了脸,潜回去一次。家中男丁都被斩首,女人全都被卖,地被官卖,实际上是被刘宝杞低价卖了出去。庄人也受连累,或被屈死,或被流放,或沦为家奴。我们活在这里,生不如死。"父子二人呜呜咽咽,泣不成声。

永琰正色道:"你父子既是庄主,又是读书之人,为什么只是潜藏而不上告?"

刘文敬道:"客人有所不知,这刘宝杞是呼图的亲弟弟,谁能告得倒他？"

永琰问道："呼图是谁？"

李文敬道："看来金老爷乃是埋首读书的书生，老爷既是京城人，就应该知道呼图是和珅的一个太监，是和珅的内管家。刘宝杞谋我的土地，实际上就是献给和珅的。"

"和珅竟干这种勾当？"

"看来金老爷确是不出书房，就老儿所知，和珅在京城周围的几个县都有土地，在京城中也有几十家铺店，他收取的租税，他做的生意，恐怕是天下无人能比的了。"

永琰脸色惨白，再也不说一句话。

福安道："我看你们当时那种骇异神情，恐怕还另有原因吧。"

李明东道："这些天来，衙门里的人不断来山中搜捕，搜捕那些不堪苛捐杂税逃到深山里的人。"

永琰道："捐税有这样繁重吗？"

李明东道："金爷有所不知，这些年来，朝廷接连用兵，皇上到处巡游，赋税自然增多；地方官吏又巧立名目，增税派捐，中饱私囊，百姓哪堪重负啊！"

第二日，永琰浑身如散了一样，疼痛不已，于是在李文敬家中又待了一天，这才告辞离去。待四人走远了，李文敬道："明东，你看出这四人的身份了吗？"明东道："我看他们不是坏人。"李文敬道："那金少爷的气质威风，绝不是京城中一般人家可比的。"李明东道："那三个手下，也绝非等闲之辈。"

永琰一行经过灵丘而不入，过五台山也来不及赏那风景、拜谒寺庙，便急匆匆地向前赶路。这一日走出五台山，来到忻州城旁，福安道："金爷，我们该进城里去换换衣鞋，再买一些其他的东西。"

四人来到忻州城里，进了一个酒家，饭罢拿出银子，小二咬了咬，又看了看，喜道："竟是真银纯银呢。"柜台里的先生也是左看右看，左咬右咬，看罢咬罢，喜不自禁。永琰看这二人的举动

33

感到挺奇怪,便走到账房那里说道:"这里假银子多吗?"小二和先生立即正色道:"这位客官怎能这么胡说八道,这朗朗乾坤,光明世界,哪里会有假?"永琰心内疑惑不已,明明听他们说"竟是真的纯的",那不是说必有许多假的不纯的吗?

永琰对福安道:"我们就住在这里吧。"

福安到账房那里交了银子,要了上等的房间,账房先生又情不自禁地看了又看,欢喜一番。

永琰一行上楼,刚到走廊,见一个商人走近前来道:"这位爷看样子是外地来的。"他看着永琰道,"看你这书生,并没有出过门,不懂得这世上的事呢。"永琰道:"我怎的不懂?"那商人道:"你是京城口音,又带着两个高大的随从和一个玲珑八面的管家,想必是个贵公子哥儿,并没有出过门。现在全国各处暗探极多,专侦有对朝廷不满的言行,故小二与先生见你们陌生人绝不敢胡说。"永琰道:"适才见那小二账房的神情,似乎市上有假银子不成?"那商人道:"我见你言语真诚透着天真,不像是做作的,故才敢与你说这番话,你果然是个不懂事的书生。天下的银子,假的极多,只是这里靠近大同,假的更多,极难见到真的纯的。"永琰问他道:"你说这里靠近大同,假的更多,这却又是为何?"那商人道:"我们快进去说话,这里不方便。"于是几人进了房间,那商人道:"你知道大同的府尹是谁吗?"永琰道:"我哪里能知道?"商人道:"这大同的知府是和珅的亲母舅,开了银厂和锡厂,那银子哪还能不假?别说是市上流通的,就是交给朝廷的、国库里的,那成色也大打折扣。"永琰道:"据你说来,这假银子遍布天下了?"那商人道:"现在天下哪有不假的东西?一切都是假的。"那商人是个逞能的人,越说越起劲。这一席话说得永琰毛骨悚然。

当夜,永琰哪能睡着觉!

永琰一行出了忻州,翻过吕梁山过陕西而来到甘肃,满眼所见都是哀鸿遍地、民不聊生,其凄惨的景况更是超过山西。永琰的心情越来越沉重,再也没有什么心思去敲石头寻"木鱼石",而是一路察访起民情来。

永琰一行人来到皋兰地界,已经是深秋天气了,冷风裹着沙尘扫荡着原野,永琰等在路上侧身而行,好在这里地势极为平坦,因此行走起来也并不算太困难。

皋兰是甘肃过去的治所,又靠近现在的治所兰州,所以在这大西北比较发达,接近皋兰路上的行人渐渐增多。一个书生随永琰一行走了五六里路后,终于忍不住寂寞,问永琰道:"敢问这位兄台,是要到皋兰吗?"永琰道:"是。"书生道:"我看你们带着不少的行李,像是远行的,不像是捐监的。"永琰道:"我等是投亲的,请问尊姓大名?"书生道:"姓胡,名沛东。请问仁兄尊姓大名。"永琰道:"姓金,名大清。""原来是金兄——金兄不要怪小弟多嘴,你这名字可要改一改,如今是大清朝,大清……"书生压低了声音道:"如今文字狱遍行天下,一句'清风不识字,何故乱翻书'都要落个满门抄斩,你这个名字叫'金大清',居然到今天还安然无事,实在是侥幸。"永琰道:"你这么一说,我今后还真得把名字改换一下。""绝对要改,绝对要改。"永琰又问道:"刚才你说的这'捐监'是怎么一回事?"胡书生道:"就是花银两买个监生的资格。"永琰道:"这有什么好处,又没有真才实学,这不是鼓励读书人弄虚作假,不要读书吗?"胡书生道:"老兄真是个书呆子,如今满腹学问又有什么用?有用的只是逢迎拍马,阿谀奉承。如今如果会了拍马和贿赂这两种本事,天下的什么其他本事都不要学了。"永琰道:"你说的也太绝对了,未免武断。"胡书生道:"听金兄的口音,应是从京城来的,是见过大世面的人。依金兄看来,那朝中的和珅,一个小小的侍卫,不到两年,位至宰相,靠的是什么?还不是靠他把皇上的脾性心思摸得透熟。"永琰道:"你说的似乎也有几分道理,但是要说那和珅花钱贿赂,我倒不明白了,他能贿赂谁呢?"书生笑道:"我们这里,地处大西北,天高皇帝远,若有书生不知这个事情,那是有的,你这天子脚下的书生,竟不知这个问题,真是意外。"永琰道:"实在是不明白。"

胡生道："乾隆爷英明雄才，确是千古少有的帝主，几十年来建立了辉煌宏伟的业绩，文治武功都超过历朝历代，连昔日圣祖康熙爷也难以比得上。可是乾隆爷陶醉在他的丰功伟绩之中，不仅渐生享乐的思想，而且也渐渐地听不得指摘的言论，只喜歌功颂德，真正成了孤家寡人。"永琰道："这同和珅的贿赂有什么关系？"胡生道："和珅迎合皇上的心理，为他建宫殿，置珍玩，又怂恿他游山玩水，只说那第五次南巡，建了许多宏伟的行宫，官道运河两岸，结彩铺毡；戏台连连，更有上万青壮男女拉纤高歌；沿途地方进贡不绝，生活极尽豪奢。这些都是和珅布置，是拿国家百姓之财，讨皇上欢喜，这不是贿赂是什么？话又说回来，和珅揽了这么多的事情，名义上是为皇上，实际上那白花花的银子大半都落入了自己的腰包……"

这胡书生滔滔不绝，永琰的心越拧越紧，不禁对着漠漠的天空阵阵唏嘘长叹。福安和两个侍卫听得胆战心惊，心道："这书生如此胆大妄言，只道是天高皇帝远，哪知这黄土路上，与他相伴行走的几个人都是皇上身边与皇上朝夕相处的人。"

永琰几声长叹之后，又道："我还是要问你，既然只要会行贿逢迎就行了，你还捐监干什么？"胡书生道："一是为了面子，捐出银子，咱就成了监生；二来吗，表面文章还是要的，有了监生这个名义，进身仕途就较为通畅了。何况，捐监事实上也是一种贿赂。"

永琰一行来到皋兰城内，胡生对这里最熟，带他们找了本城最豪华的客店。此店果然与众不同，门口红灯高挂，车马声喧，红男绿女比肩接踵。一层一层的有几进院子，每进院子都围着一群二层的楼房，每进院子里轿子停了一地，楼上楼下，笙歌洋溢。

几人非常疲劳，在房内先洗了澡，又命小二把酒菜摆进房间内。胡书生也不客气，经不住永琰的一句邀请，便与永琰围在一桌。吃过几盅酒后，永琰道："今天这里如此热闹，不知这里有什么大事？"胡书生笑道："金兄看来在书房中真正是一心只读圣贤书，两耳不闻窗外事了，这哪里有什么大事，这里天天是如此的。"永琰惊道："我看这里出出进进的多是为官的人，怎么天天到这里来？"胡书生哈哈哈大笑不止，那声音几乎把上面的楼顶都快要掀起来了，然后说道："金兄，这世间若不是为官的，怎能天天进这样的饭店？……"正说着，房间内进来几个娇滴滴的女人，扭胸摆臀就要围上桌子。永琰大惊，福安急忙道："几位姐姐请跟我来。"说罢把她们领出房，给了些银子道："不许再来了。"然后转身进房，把门闩牢，训斥义隆、尔森道："怎能如此疏忽，发生这么大的事情！"义隆和尔森连忙跪倒向永琰请罪，说以后再不会出现这样的事。胡书生道："我今天算是真的见到君子了。"永琰又问他道："这些为官的天天就这样？"胡书生道："如今的世道就是这样，饭店、妓院便是当官的出入的地方。"永琰道："他们哪里有这么多钱？"胡书生惊讶万分，看了永琰许久才道："我今天算是见着真正的读书人了。金兄，他们一年的俸银也吃不上像这样饭店里的两三顿酒席，天天这样吃，不明摆着是敲剥勒索属下百姓、侵吞公款吗？"永琰道："这可不许胡说。"胡书生摇着头道："金兄，不是为弟的说你，东林党人有一副对联：'风声雨声读书声声声入耳，家事国事天下事事事关心。'似金兄这样闭门于书房而全不闻世上的事情，真正就成了书呆子。就说这侵吞公款勒索属下百姓的事，天下谁人不知？比如我吧，是来捐监的，但是捐的银两一分一毫也没有入国库啊。""什么？"永琰差点从椅子上跳了起来，随即又稳定了情绪道："你们这捐监普遍吗？实行多少年了？"

胡书生道："说来话长，还是在乾隆三十九年初，陕甘总督勒尔瑾上奏朝廷说：'陕甘连年大旱，土地颗粒无收，百姓流离失所，上无全瓦，家无存粮，但陕甘地方不想动用国库，请朝廷恩准收取捐监粮，即住户捐出粮食，获得监生资格，这样也减轻了国家负担。'当时朝中反对的极多，但由于奸相于敏中当权，收了贿赂，说服了皇上，于是准许开捐。勒尔瑾的意思，并不是要陕甘全境实行，只在肃州、安西两地，也还有点为国家筹集粮食以备仓储的意思，但是一旦朝廷恩准，情况就大不一样了。甘肃巡抚兼布政使王亶望闻讯大喜，先把总督勒尔瑾喂肥，然后买通各州府县官员，分别收取若干名监生交纳的监粮银，收取过银两以后，每年用救灾赈济的名义将此银冲销。于是这些充作监粮的银子，便完全为王亶望等人据为己有。从此以后，甘肃年年上报朝廷大旱，年年收取捐监粮，而实际上这大旱也是子虚乌有。"

这一席话真是耸人听闻，不仅永琰震惊，福安及两位侍卫也骇得目瞪口呆。永琰道："他们这样明目张胆，难道就没有人揭发？朝廷就不下来人查验？"

胡沛东道："也有揭发的，但折子递到朝中，就有人把它退回陕甘，那揭发的人的命运就可想而知了。朝中先前有于敏中，已是不敢有人告发，现在是更没有人揭发了。"

"为什么？"

"因为现在朝中当政的和珅比于敏中更奸邪贪婪百万倍！乾隆爷并非没有怀疑，他曾特派刑部尚书袁守相、刑部左侍郎阿扬阿前往甘肃盘察监粮。特别是袁守相，素以擅长办案著称，多次以钦差大臣的身份出使地方查巡。他这样的人到甘肃盘查，充分说明皇上对甘肃捐监一事存有疑心，而且很大。可是朝中先有人把袁守相等人的行踪密报到甘肃，待袁守相一到，甘肃大小官员早已做好了准备，手段无所不用其极：既有借粮供仓造假账的欺骗，也有美女的诱惑和成千上万的贿赂，袁守相等败下阵来，将实无一粒粮食的捐监粮，说成'仓粮系属实贮'，乾隆爷也信以为真。"

永琰脸色惨白，可那书生也不管他，只顾说自己的："……可是不久，万岁爷对这事又起了疑心，于是便派了一个他最信任的人和珅去盘查。和珅到了甘肃，有人传言美女就带走了六名，其中有西域和欧罗巴的绝色女子；其他如金佛、宝石等珍奇就更不用说了。和珅满载而归，他能向皇上奏报什么？"

"啪！"永琰一掌打在桌面，盘杯盏碗腾空飞起，两侍卫急忙收拾，永琰恨恨地道："非把他们杀光不可。"

胡书生道："金兄，还有更令人惊骇的事情哩！"

永琰更加骇异道："什么——"

胡生道："王亶望等人不仅侵吞了监粮，而且竟敢冒天下之大不韪，公然奏请朝廷拨银建造仓库。朝廷居然拨下来十五万两的所谓'建库银'。没有一粒粮食，建什么仓库？这些银子全被王亶望、勒尔瑾等人侵吞了。"

真是骇人听闻，福安和两侍卫面面相觑。

当晚，胡书生走后，福安道："如今已是深秋，我们必须在深冬来临时进入蒙古草原人烟较多的地方，所以明天不仅不去兰州，而且还要买几匹快马赶路。皇上让我们寻找木鱼石，我看这木鱼石大概在我们祖宗生活的长白山区。所以，在这里，我们就不要耽搁了。"

像往常一样，永琰远离窗户靠墙壁而睡，床边睡着福安，窗下睡着尔森，门前睡着义隆。

几人在皋兰歇息一天，置办好一切东西后，乘快马沿黄河而奔往东北，准备在深冬到来之前越过阴山。

永琰一行离开皋兰的时候正是八月，而此时，乾隆帝正在热河承德的避暑山庄举行隆重的七十万寿节庆典活动。八月十三日是皇帝的寿辰日，万寿庆典达到最高潮。庆典仪式在澹泊敬诚殿举行。庆典开始，从雪域远道而来的班禅六世与乾隆帝携手同登宝座，乾隆帝先接受了班禅六世敬献的恭庆万寿丹书和班禅代表达赖八世献给皇上的祝寿礼。随后，蒙古王公、扈从大臣和外国使节等各献寿礼，殿外乐亭奏起中和韶乐，六世班禅率领众僧亲自在内佛堂为乾隆帝唱赞无量寿佛经。

八方臣服，四面来朝。俯视宇内，一片太平。乾隆帝踌躇满志，御刻"古稀天子之宝"，并作《古稀说》。《古稀说》中言："前代所以亡国者，曰强藩、曰外患、曰权臣、曰女谒、曰宦夺、曰奸臣、曰佞倖，今皆无一仿佛者。"难道此数者乾隆帝时真的连一个都没有吗？

当日举行千叟宴，望着宴会上黑压压的老人，乾隆想：我肯定比他们长寿。继而又想：三代以下，做天子而寿登古稀的只有六个人，现在加上朕成了七个；待我八十大寿，帝王之中享此年龄的还有一人；而当我九十大寿、一百大寿时，真可以笑傲前代了。

乾隆四十六年春，永琰一行四人寻找木鱼石，来到了盛京附近，这是大清朝的发源地。走在这里，永琰感到无比的亲切，也备感身负发扬光大祖上基业的重任。这一日，几人正行在路上，忽听一个声音道："那不是十五爷吗？"永琰一惊，回头一看，见路边站着两个人，都是自己过去的侍卫，便道："你们怎么在这里？"

二侍卫热泪盈眶，急忙奔上前来，道："真是、真是……"便跪下行礼，"我们奉皇上命令，特地在这里等你们，已经等了三个月。皇上说你必经这里，今天终于等到了。"

永琰道："皇阿玛有什么旨意吗？"

二侍卫道："皇上让你们行到此处时，进盛京，并把消息告诉给皇上，皇上便会下旨解除对十五爷的监禁。既然到了，快进盛京吧。"

不久，乾隆帝下旨晓谕天下道："十五阿哥一向谦恭，并无过错，一时失手殴伤太监，故将十五阿哥监禁于祖陵。十五阿哥在监禁期间，追念祖上业绩，性情愈加仁厚，今特旨解除监禁，着令十五阿哥速速回京。"

乾隆望着眼前的永琰，见他身板更加硬朗，两眼闪着神光，嘴角刻着刚毅，心下欢喜。永琰道："儿臣不敢再见皇阿玛，儿臣并没有寻到木鱼石。"乾隆笑道："你已寻到了。歇息去吧。"

永琰道："儿臣不想歇息，儿臣有急章奏报皇阿玛。"

乾隆道："快奏上来。"

永琰道："皇阿玛，陕甘总督勒尔瑾和甘肃巡抚王亶望当尽快逮捕。"

乾隆道："逮捕勒尔瑾、王亶望，你有根据吗？"

永琰道："王亶望、勒尔瑾所言'捐监粮'纯属子虚乌有！"

乾隆道:"朕也已经怀疑此事,已经密言阿桂调查此事。"

永琰道:"皇阿玛让阿桂将军调查此事,儿臣就放心了,不过皇阿玛是怎样发现此事的?"

"早在三十九年推行捐监刚半年,王亶望奏报收捐一千九百名,得豆谷八十二万石。朕想:甘肃民贫地瘠,怎么能有近两千人捐监?又怎么可能有这么多余粮?半年已得八十二万,年复一年,又将何用?如果说每年借给民间,还不如不捐。于是朕就派人盘查,可是每次奏报都是说甘肃奏事属实。早些天回教反乱,阿桂、和珅前往镇压,军报言那里连日大雨,军队很难前行。朕想:勒尔瑾、王亶望等每年皆报奏陕甘大旱无雨,这与军报实不相合,于是便密令阿桂暗中调查此事。"

正说间,有太监报:"皇上,有阿桂军报呈上。"乾隆展开阿桂的奏报看了几眼,脸色铁青,双手颤抖。永琰见情况有异,忙道:"皇阿玛,阿桂所报何事?"乾隆也不答话,把拳头猛击向桌案道:"如此明目张胆冒赈贪赃,真为我大清开国以来空前大案,我朝从来没有过这样的奇贪异事!"乾隆把奏报递与永琰,只见阿桂奏道:"甘肃的所谓捐监粮一粒也没有。"乾隆道:"朕定要彻底查处此案,严惩贪赃枉法之徒!"

永琰道:"皇阿玛决定派谁去查?"

乾隆踱了半天道:"阿桂军务在身,不能全身心处理此案,但须让他从旁监察——朕想派一个人去,从狱中提出李侍尧,让李侍尧去。"

永琰初时一惊,继而对皇阿玛俯首心折:李侍尧是云贵总督,因贪赃而被判斩监候,秋后处决,现在让这个将死之人去查处此案,实际上是告诉他,处理好这个案子就有了生路。这样将死的人去查案,无牵无累,定能排除干扰,把案子弄个水落石出,何况又有阿桂将军从旁监视。

案子很快查明,王亶望处以斩立决,勒尔瑾赐以自尽,勒尔瑾与王亶望全家抄没,儿子发往伊犁,妻女官卖。案件中,冒赈殃民、侵吞国帑二万两以上的各犯二十二人即处以死刑，而兰州知府王廷赞被处以绞刑，其子发往伊犁。其后，随着案子的逐渐深入，又有九十人被处斩。此案自总督勒尔瑾以下至州县官员共正法五十六人，流放四十六人，贪污总额达数百万两之巨。

但是，令永琰迷惑不解的是和珅又逃脱了法网。原来和珅得知甘肃捐粮案发生后，立即派人连夜到甘肃布置，与各犯串通，把自己置于被欺骗的境地；而且李侍尧之所以由斩立决改为斩监候，正是和珅活动的结果。李侍尧为报和珅的恩情，尽量开脱和珅的罪责，因此和珅只受到了降两级的处分。

甘肃一案的处理，民心大快，但是和珅逃脱法网，那短暂的高兴顷刻间化为乌有。永琰也是如此，他意识到，贪污腐败的火焰会越烧越旺。

果然，距甘肃冒赈贪赃案查处不久，御史钱沣弹劾山东巡抚国泰贪赃枉法、侵吞国库，致使全省各州县府库亏空。乾隆帝命刘墉与和珅随钱沣前往盘查。钱沣乔装改扮，在路上抓住了从国泰处回家的和珅家人，搜得国泰给和珅的信，内里尽是暗语。之后，钱沣又在刘墉的配合下，查清山东更有亏空的实情：各州县亏空竟达二百万两白银。巡抚国泰及藩司于易简被正法。

但是，走了一只狐狸又来了一只恶狼。一批贪污犯被正法处决后，又一批当权者更加变本加厉，于是腐败丛生、贪污公行，国势遂不可逆转。

第三章
献如意权臣谋退路
吝玉玺太皇恋重权

嘉庆登基的典礼大臣刘墉急急奔往乾清宫，要替新皇帝索取玉玺。而太上皇乾隆却紧紧攥着玉玺的绶带，似乎生怕被人夺了去。一旁的和珅神情也非常不安，见刘墉进来，斥责道："你不主持大典，到此作甚！"

乾隆四十九年正月至四月，皇十一子永瑆、皇十五子永琰、皇十七子永璘随驾南巡。

一路上，各地踵事增华，竞侈豪奢，几位皇子都有了亲身的体会。特别是对和珅，更是恨之入骨。乾隆御前，皇子也不能靠近，而终日随伴皇上的竟是和珅。一路上，和珅公然收取贿赂及进奉，肆无忌惮地勒索各地官员及商人。

回京之后，永瑆叫来兄长永璇，又叫来永琰和永璘，说道："若不杀掉和珅，我大清必然衰颓萎顿，我大清必败在此人手中！"

永琰道："此事万万不可。父皇专宠他一人，我们不仅杀不了和珅，而且会引来杀身之祸，一定要寻个好时机才对。"

永瑆道："将来谁杀掉和珅，我们就拥戴谁做皇上。"

永璘道："皇上即使像树叶一样多，也不会落到我的头上，我是不会谋杀和珅的，但我可以帮帮忙。我只求哪位兄长杀掉和珅做了皇上，能把他的宅第分给我，我就心满意足了。"

永璇道："我们隐忍苟活吧。"

随永琰一起来的绵恩道："十五叔说得对，不是不杀他，总是等待个好时机才对。如今和珅势大，又有皇上宠他，我们确是撼他不动。"绵恩的九门提督一职已为和珅取代，他深知和珅有多大的权力，但又说道："但是，令我们忧虑的是，我们什么时候才能不受他的气呢？"

听了这句话，永瑆脸色铁青，道："我是再也受不下去了，我们做皇子的，他说打哪一个就打哪一个；在上书房中，除十五弟没被他令太监打过以外，谁没受过他的欺凌？如今我们都是为人父的人了，还能再受他的那份侮辱？"

这一席话说得众人哑口无言。确实是这样，和珅经常向乾隆爷告皇子皇孙们的状，说某某犯了什么错，怎么该打，偏偏皇上对皇子皇孙们的要求特别严格，总是听信和珅的话。在皇上让太监打皇子时，和珅总是眯着眼数着"一下、两下、三下……"，还会念叨着："今天打了这位阿哥，那明天该打哪位阿哥了？"如此的屈辱，皇子皇孙们怎能受得了！

绵恩，这位乾隆最喜爱的孙子，现在也被乾隆冷落了，听了永瑆叔叔的话，本很冷静的他也变得特别激动，道："我寻个机会杀掉他。"

正当永瑆等摩拳擦掌要杀掉和珅的时候，乾隆四十九年十二月的一天，七十四岁的乾隆召见皇子及大学士、军机大臣，说出了心中的秘密：

"朕即位之初，曾默祷上天，若蒙眷佑，不敢上同圣祖爷纪元六十一载之数，得在位六十年，即当传嗣子。当时默祷此话时，朕刚二十五岁，并未顾及六十年朕已八十五岁了。至五十岁生日时，与母后谈及此事，母后说皇帝如此勤政爱民，天下臣民也不肯让皇帝归政。朕又默祷，若上天嘉佑母后寿过百岁，朕即八十五岁也，何敢言归政？今母后已归天，回忆这些话，实甚悲咽。不过，朕离归政尚有十一年，将来归政颐养，亲为授受，岂不是古今稀有之盛事？"

在座的大学士及军机大臣们听了这些话，大都没把它放在心上，只有和珅心里一怔，想："若是皇上归政，我岂不是失了靠山？"但是转念一想，从这时算起，距离皇上归政，还有十一年的时间，又有什么可惊慌的？这十一年中，我大权在握，恩宠日固,即使皇上归政,我这棵大树根已深,叶已茂,谁也摇撼不了。这样想时,过了些天也就把这事淡忘了。

永琰听了父亲的话,心里陷入痛苦的矛盾之中,若像现在这样发展下去,和珅专权,吏治腐败,贪污公行,则十一年后百姓必处于水深火热之中,国家经济将面临崩溃,国家机构将面临瘫痪。

永瑆听了这段话,心想:父皇明示要在周甲之后归政,距今仅有十一年了。老人家归政之后,和珅难道还能这样猖狂吗?何况父皇已经年迈,若我们此时除掉他的宠臣,将置父皇于何地?父皇今年已七十四岁,我们做儿孙的难道不希望他健康长寿?永瑆心里一震,又想:看来父皇已选定了储君,若我在此时添了乱子,会置其他皇子于何地何境?于是永瑆打消了暗杀和珅的打算。

鉴于皇子们都已年长,乾隆帝也不再把他们终日限制在上书房里,西巡五台,东谒祖陵,拜祭孔庙,秋狝木兰,也都让他们随扈左右,学习政务。

五十四年,即乾隆八十万寿节的前一年,乾隆帝晋封六子永瑢为质亲王,皇十子永瑆为成亲王,皇十五子永琰为嘉亲王,皇十七子永璘为贝勒。

但是皇子们并没有怎么高兴,因为也就在同时,固伦和孝公主——他们的十妹,下嫁了大学士、军机大臣和珅之子丰绅殷德。乾隆对王大臣们说:"若十公主不是女儿,是位皇子,朕必立她为太子。"

这时,和珅以大学士的身份入值军机处,名位虽在阿桂之下,但他兼为户部尚书、吏部尚书、九门提督、御前大臣、内务府总管大臣、理藩院尚书、《四库全书》馆正总裁等等要职,又是乾隆爱女的公公,所以他已成为当朝的第一权臣,名副其实的二皇帝。

乾隆朝以更快的速度腐败,大清朝走到了鼎盛的极端,开始衰败。

乾隆六十年元旦。清晨，黑暗还仍然笼罩着京城，步军统领的番役们已经走到大街上，他们到处收拾着尸体，大年初一的早上，尸体似乎比往日更多。

紫禁城内灯火辉煌，炮竹燃放不绝，响声震荡着大地。

天亮的时候，皇子皇孙、宗室、王公、蒙古王公、准噶尔及回部首领、西藏喇嘛代表、各国使节，都齐集保和殿。乾隆帝一出现，鞭声一响，礼司官响亮地叫着："跪——拜——"随后，大殿内外齐声欢呼："吾皇万岁、万岁、万万岁。"欢呼之后，皇子、宗室、王公等依次向皇上拜年，献着自己的新年礼物。

隆重的贺年典礼结束后，皇上给每位到来的人一一赏赐礼物，当然对外国使节更应显示中华、大清的富足昌隆，礼物更是贵重。赏赐之后，保和殿内摆上丰盛的酒筵。皇上照例举行每年的迎新宴会，只是今年的宴会比往年更加隆重。乾隆帝已经临朝执政整整一甲子，六十年中，乾隆帝建立的文治武功超过了历朝历代，乾隆帝自誉是"十全老人"，乾隆说道："十功者，平准噶尔为二，定回部为一，扫除金川为二，靖台湾为一，降缅甸、安南各一，二次受廓尔喀降，合为十。"在这国富民强之际，又欣逢皇上执政六十年，真是普天同庆，宴会怎能不丰盛无比，宴会的规模怎能不与这强大的国家相称！

正当大家兴高采烈觥筹交错的时候，突然，黑暗像魔鬼一样把紫禁城包裹了个严严实实，也把京城包裹了个严严实实。宴会上的王公大臣、封疆大吏、外国使节等，都像猛然间掉进了黑沉沉的无底深渊之中，被恐惧攫住。

乾隆六十年大年初一发生了日全食，大家的心中都起了无名的恐慌、不祥的预感，大家想起这个冬天是这样寒冷，乌鸦被冻僵了，树木被冻僵了，京城的大街上天天到处都有冻死的人。昨天，大年三十，安南的使者竟被冻死在会同寺驿馆内。

乾隆的内心也被不祥的阴云攫住，极度恐慌不安，对身边的和珅道:"朕治理天下有什么失策吗?"

和珅答道:"皇上建亘古未有之宏业,怀柔天下,武功十全,万民敬仰,天下归顺,哪有什么失策?"

乾隆道:"据天监官奏报,十五还会有月食,朕正为此担心,担心国家有刀兵之事。"

和珅回道:"万岁,一月之内,朔望日月食共出,确是刀兵之象,但此兵事必出现于国家一隅,待大军到时,其星星之火即可扑灭,实瞬息间事。自汉迨明,其事屡验,皇上不必担心。我朝也发生过这类事情,五十一年,朔望剥蚀,万岁记得当时是林爽文跳梁台湾,待福康安大军一到,海疆即刻平靖,我大清反比以前更稳固了。"

一席话说得乾隆的心里宽松了许多,而此时光明复又照临大殿,紫禁城仍旧沐浴在阳光之中,乾隆的心里也亮堂起来。他端起酒杯,离开龙座,向大家祝酒,保和殿内重又充满了欢声笑语。

宴罢,乾隆帝来到乾清宫,一种不祥的预感总是萦绕在他的心头。皇帝想:是该归政了,六十年前我向上天许下的诺言,现在要实现了,在自己归政之时,总不能给嗣皇帝留下什么负担吧。于是乾隆帝下诏普免各省应征钱粮,这是乾隆帝第三次、也是最后一次普免天下有漕钱粮。

出了乾清宫,乾隆帝来到隔壁的养心殿,和珅和福长安紧紧地相随着。养心殿位于乾清门以西,遵义门之内,在一个三合式的院落中,坐北朝南的便是养心殿的正殿。

和珅看乾隆帝的表情举止与别日不同,透着奇怪。在以往,虽然他一生都少言寡语,但乾隆帝每当处理重大的军国大事,总要说点轻松的话题,甚至引和珅说些市井笑话,而和珅也总能讲得俗中有雅,引得乾隆帝捧腹大笑。可是今天,乾隆帝从乾清门出来到养心殿,一路之上眉头始终没有舒展开,步子迈得沉重,连痰也吐得少,所以自己并没有像往常一样要给他拿着痰盂。

到了养心殿正殿，乾隆并没有坐下，也没有躺在软榻上，而是来来回回地在殿内的窗前踱着，他在看什么？他在想什么？今天，和珅身上直发冷，多年来哪有和珅揣摩不透的事情，可是今天却一点也看不出头绪。

乾隆帝终于坐回御座，但马上就又站了起来走到东边的暖阁，在那里并没有停留随即又迈步踱进西边的暖阁。这个地方是多么舒适啊，六十年了，乾隆帝整日在这里饮食起居，可是不久，他将要离开这里，离开这个养心殿。他不由想起从乾隆三十八年起开始修造的宁寿宫，宁寿宫早已完工，那里有一个养性殿，完全是仿造这个养心殿建造的，一年后他就要离开这里而住在宁寿宫。虽然养性殿的建筑、摆设乃至每一个细节都完全与养心殿仿佛，但是乾隆帝继续在殿内转悠着，往南望去，那里是国家的中枢军机处；往东望去，乾清宫只有一墙之隔；而养心殿的北边，正与内廷相接。这里的环境，这里的地理位置是多么优越啊。多少年来他在这里召见王公大臣、六部九卿，接见官员，会见使节；六十年了，这里的一窗一几、一字一画、一草一木，他都是那样熟悉，那样的依依不舍。六十年了，他就要告别这宵旰寝兴的养心殿而移居到宁寿宫中，乾隆帝感到一阵迷茫……可是，无论如何，明年一定要禅位归政，现在归政的事应该按部就班地尽快落实了。

正月十四，湖广提督刘君辅的奏折送到了军机处，奏折曰：

"黔省松桃厅属大塘苗人石柳邓，聚众不法，恐窜入楚境，已带兵堵截。据镇篁游击田启龙等禀称：侦闻永绥厅属黄瓜寨苗人石三保纠众抢劫，由永绥之黄土坡及凤凰厅之栗林，烧毁民房，杀毙客民，现在竭力保护城池等语。臣恐石三保等，或与大塘苗人勾结，檄派永靖辰沅常德兵千四百名，速赴凤凰栗林处听用，臣带本标将弁及战兵六百名，前往办理。"

和珅见到奏折大惊，心想，这几天皇上正忧心忡忡，此时如把这道奏折递上，元宵佳节哪还有欢乐，把这个奏折压下一天再说。

正月十六日，乾隆帝早早来到勤政殿内。圆明园沐浴在晨曦中。乾隆帝的心情舒畅起来，日食和月食带来的阴影已在心头消散。和珅见皇上心情好转，于是奏道："万岁，奴才接到奏报：今有贵州铜仁府大寨营苗民首领石柳邓造反作乱，湖南永绥厅石三保、凤凰厅吴半生及吴八月等各寨苗民纷起响应。"说罢把湖广提督刘君辅的奏折呈与御览。

乾隆看罢，既没有吃惊，也没有愤怒，谕示道："贵州湖南等处苗民数十年来甚为安静守法，与民人分别居住，向来原有民人不准擅入苗寨之例。今日久懈弛，往来无禁，地方官吏及该处土著及客民等见其柔弱易欺，恣行鱼肉，以致苗民不堪其虐，劫杀滋事。迨至酿成事端，又复张皇禀报。看来石柳邓、石三保等不过纠众仇杀，止当讯明起衅缘由，将为首之犯拿获惩办，安抚余众，苗民自然服帖，何必带领多兵前往，转致启其疑惧，甚或激成事端。是因一二不法苗民累及苗众，成何事体？"

和珅当权后，贪污公行，腐败丛生，官吏们只知搜刮，欲壑难平，汉民已苦不堪言，苗民较腹地尤为鱼肉。苗民居住于湘黔山中，环以凤凰、永绥、松桃、保靖、乾州各城。官民营泛相望，"其驭苗也，隶尊如官，官尊如神"。乾隆诏谕处置苗民的办法确为中肯。

和珅不知乾隆如何知道苗民的事情，心下疑惑。可是对这次苗乱却不能按照乾隆帝的意图去办，因为和珅的心中正打着他的如意算盘，他要让和琳有立功的机会，趁机把军权捞到手。多年来在朝中和珅虽为第一权臣，可是名分上总是比不上阿桂，阿桂安定回疆，扫荡大小金川，镇压甘肃新教，屡立战功，军中上下莫不景仰，其在军中当然是一言九鼎。阿桂老而归朝，但国家重兵又为福康安领有，福康安与福长安虽为亲兄弟，但他是阿桂属下，不像福长安一样受和珅节制，反而看不起和珅并鄙夷和珅。这样，和珅虽握有京城的军队，担任卫戍北京的重任，位在九门提督，但与福康安的大军比较起来则不可同日而语，现在借苗民起事正好可让和琳带兵前往镇压，让和琳受封赏而从福康安手中夺取一部分军队。

哪知乾隆帝虽明知苗变真情，却怀着与和珅同样的想法。乾隆想：自己年事已高，这福康安可是自己的亲骨肉啊。这一点又不能明讲，只能让他立下大功，在朝中有威望才可以永远"福"且"康"且"安"。

过了两天，和珅奏曰："苗贼势大，不能养痈待患，应急征剿之。"

乾隆遂谕："逆苗聚众不法，必须痛加剿除。福康安迅速到彼，相机剿捕。"过了两天又谕："和琳速赴酉阳驻扎，孙士毅赴川暂代和琳四川总督职务，设和琳有需要带兵策应剿捕事宜，孙士毅兼办军需，期多一人，多得一人之益。"

和珅一心只想封拜其弟和琳，哪管他什么苗民百姓的死活，而此时的乾隆也正要封赏福康安，遂与和珅想到了一起，大开屠戮。

和珅与乾隆果然都如愿以偿，没过多少时日，征苗前线捷报频传。于是福康安一赏三眼花翎，再赏由公爵进封贝子，三赏貂尾褂，四赏其子德麟副都统、在御前侍卫上行走，五赐御服黄裹元狐端罩。和琳，则一赏双眼花翎，再赏一等宣勇伯爵，三赏上服貂褂，四赏黄带，五赏加太子太保、赏元狐端罩。

乾隆帝忙着封赏的同时，也在暗地里筹划着另一件事——周甲归政。日子飞快地过去，夏天已到季尾，乾隆的内心也逐渐地忧急起来：难道我真的归政？难道我真的老了？

京城过早地结束了它最美好的季节秋天。八月底，阵阵寒风从北方席卷过来，呼啸着卷起残枝败叶，沙尘漫天飞舞，天空中阴霾密布，大地显得灰蒙蒙的。乾隆和往常一样，在热河度过了他的八十五岁生日后，随即回到了京城。

大风依然刮个不停，乾隆正在养心殿里和和珅对弈，棋子每每投错。和珅道："皇上莫不是有什么心事吧，说与奴才听听，奴才好与皇上分忧。"

乾隆推枰而起，一脸凝重，踱了几步，说道："十月初一日要颁发明年的《时宪书》了，《时宪书》要用新皇帝的年号。"

和珅心内一惊，"砰"，一颗棋子从他手中堕落在棋枰上，他慌恐地道："奴才不懂皇上的意思。"

乾隆帝道："朕要在九月初三日把禅位的事谕示天下。"

和珅面如死灰，他的心犹如被谁攥住狠狠地拧了一下。他深深地知道，乾隆帝是他最牢固的靠山，是他的保护伞，若乾隆禅位，新皇上面前难保失却尊宠。和珅趋前奏曰："万岁，内禅的大礼前史上最是常闻，然而并没有多少荣誉。只有尧传舜、舜传禹，总算是旷古盛典。但帝尧传位时已经做了七十三载的皇帝；帝舜征庸，三十在位，又三十余载才禅位于禹。当时尧舜的年纪，都已到了一百岁左右。可是如今万岁身体康健，精神矍铄，将来比尧舜还要长寿，再在位一二十年，传与太子，也不算迟。何况四海之内，仰皇上若父母，皇上多在位一日，百姓也多感戴一日。奴才等近沐恩慈，更是希望皇上永远庇护；犬马尚知恋主，难道奴才不如犬马吗？"

这一番话，说得圆满。

首先，做太上皇"没有多少荣誉"，虽没说不光彩，但乾隆帝岂不知话里的意思？汉高祖刘邦尊其父为"太上皇"，仅"尊"而已。南北朝时，魏献文帝禅位于魏孝文帝，是因母后干涉；北齐武成帝传位高纬乃因天变。至唐，"玄武门之变"，李渊不得不传给李世民；诛杀韦后以后，唐睿宗不得不传给唐玄宗；唐肃宗在灵武即位后，远在蜀地的玄宗不得不做"太上皇"。至宋朝，金兵南侵，宋徽宗授玺于宋钦宗，实为不得已；南宋赵构传位于宋孝宗，宋孝宗又传位于宋光宗赵惇，虽此二人是主动禅位，但二人名声也并不可嘉。明朝，"土木之变"后，明代宗登位，明英宗只有退位。和珅说这番话，实是让皇上知"耻"而罢禅，但说得毫不刺耳。

其次说尧舜故事。乾隆最喜人把他比作尧舜和康熙帝，而尧舜都活到一百多岁,"在位"时间都超过六十年,这岂不能打动皇上?

最后又拍了一下马屁,说天下人都希望皇上继续执政,皇上继续在位,实乃顺应民心,是为四海安定、国家昌盛着想。

哪知道别的事情无论和珅如何说,乾隆帝总是"正合朕意",偏偏这件事就是不从。乾隆道:"你只知其一,不知其二。朕二十五岁即位,曾对天发誓,若在位六十年,就当传位嗣子,不敢同皇祖六十又一的年数。今蒙天佑,甲子已周,初愿正偿,何敢再生奢望?皇子永琏不幸早逝,皇十五子永琰克肖朕躬,朕已遵守家法,书名密缄,藏正大光明匾额后面,九月三日朕即宣布永琰为太子,命他嗣位;若恐他初登大宝或致丛脞,此时朕躬尚在,自可随时训政,不劳你等忧虑。"

"果真是他!"和珅心中打了个冷战,但他见乾隆如此坚决,也就不再多说,告辞皇上急急地出宫,想找和硕礼亲王永恩等联名汇奏,请皇上暂缓归政。他慌忙来到和硕礼亲王门前,但突然间心里一冷,又急急地令轿夫侍卫回转,他思忖道:"这一步棋幸亏没走,若是走了这步棋,必既受责于老皇上又成了新皇上的敌人。此事是皇上信任我才把机密泄漏于我,若把这个秘密告诉别人,岂不让皇上恼火。而且,若此事传扬出去,未来的皇上还不对我恨之入骨?"

中午回到府中,和珅哪有胃口吃饭,坐卧不宁,急得如热锅上的蚂蚁。渐渐地他镇定下来,思路也变得清晰:乾隆自称是文治盖世,武功"十全",若再加上周甲归政的禅位大典,岂不是锦上添花,功德圆满?若自己一意孤行,一奏再奏,必为乾隆愤恨,得罪新皇上更是不用说了。为今之计应是顺水推舟,因势利导,向新皇上靠拢。

九月初二日,即乾隆帝要宣布太子的前一天,和珅急急地来到宫中找永琰表露自己的心迹。

自康熙诸皇子交往大臣竞植私党酿成数起狱案后,清制皇子不许与诸大臣有任何来往，皇子不得擅离宫中，大臣也不得擅自与皇子接触，若有违者，罪在诛杀。可是和珅冒天下之大不韪，给永琰送去一柄玉如意。

永琰闻报和珅来见，忙起身恭迎。和珅见了永琰，忙双膝跪倒，五体投地，磕下三个响头道："奴才和珅叩见王爷千岁千千岁。"

永琰忙道："宰辅怎能对本王行如此大礼，折煞本王了，快快请起，快请起。"

和珅站起来，并不抬头，双手垂在两股边。永琰道："宰辅请坐。"

和珅道："奴才不敢坐，王爷面前奴才怎敢造次。"

永琰道："宰辅若不坐，真正是为难本王了。"和珅就是不坐。

永琰道："宰辅来见本王，有何见教？"

和珅道："久不见王爷，心里思念得很，皇上时常提到王爷勤勉有加，才智过人，为人恭谨温厚，因此奴才对王爷千岁心仪已久，早已神交。故这几日不见王爷心里思念，特来拜望。奴才见王爷千岁丰神俊朗，身体康健，内心有说不出的高兴。今日奴才特送玉如意一柄祝王爷千岁事事如意。"

永琰早已觉得和珅来得蹊跷，现在又见他送玉如意，心道："莫非，莫非……"心里一震，"莫非皇阿玛要宣布我为太子？十月一日就要宣布明年的《时宪书》。是了，必是如此，皇阿玛肯定把这个消息透露给了他的心腹和珅。"想到此，他见和珅便如吃了一只苍蝇在肚里，但表面上笑得更灿烂，说道："本王怎敢受宰辅的大礼！本王应向宰辅表示请教才是，只是碍于家法国法不便向中堂表达我的一片赤诚之心。"

和珅听他如此说话，心里一宽，道："奴才不敢让王爷请教，奴才只愿当王爷的上马石，做王爷的胯下鞍。"

永琰心想："这个狡猾的狐狸，是要市恩于我，以拥戴自居，又暗示我若能坐稳宝座只有依靠于他，这不是对我要挟、贿赂、收买吗？把我当成什么人了？"心里这样想着，嘴上却说道："本王万事都要仰仗宰辅相公，本王若有什么不是处，还望相公教诲，本王必恭听从受。"

是的，永琰心里明白，即使自己真的被立为太子，即使自己真的在明年做了皇上，但是有皇阿玛在，自己就必须俯首帖耳。允礽一废再废就充分说明这一点，太子随时都可以废除。而和珅正是皇阿玛面前的红人，皇阿玛对其言听计从，若和珅在皇阿玛面前进言废黜太子，也并非难事。我即使做了皇上，按皇阿玛的秉性，必不肯大权旁落，一个一生热衷于独掌大权的人绝不会心甘情愿丢弃手中的权力，何况有许多人靠他手中的权力而拥有权力。这第一步就必须走对，必须稳住和珅，因此他对和珅一味地恭维，解除和珅的警惕。果然，听了永琰的一番话后，和珅竟大大咧咧地坐在那里谈笑风生了，而此时的永琰更如一个小学生一样，恭立在那里听着老师的教导。

和珅告辞出门，心道："此等孺子书生可玩于股掌之上——"

永琰心道："必杀此儿！"

乾隆六十年九月初三日，连续刮了许多天的大风骤然停歇，天高云淡，鸿雁南飞。圆明园勤政殿里，皇子、皇孙、王公大臣们齐集这里，皇上将乾隆三十八年自己亲笔缄藏置于正大光明匾后已二十二年的传位密旨当众开启，上面写的是："立皇十五子永琰为皇太子。"乾隆降旨曰：

"兹于十月朔日颁旨，用是诹吉于九月初三日吉日，御门理事，召皇子皇孙王公大臣等，将癸巳年所定密缄嗣位皇子之名，公同阅看，立皇十五子嘉亲王永琰为皇太子，用昭付托，定制孟冬朔颁发时宪书，其以明年丙辰为嗣皇帝嘉庆元年。俟朕长至斋戒后，皇太子即移居毓庆宫，以定储位，皇太子生母令懿皇贵妃着赠为孝仪皇后，升祔奉先殿，列孝贤皇后之次，其应行典礼，该衙门查照实例具奏。皇太子名上一字改书'颙'字，其余兄弟及近支宗室一辈以及内外章疏，皆书本字之'永'，不宜更改。请书缺写一点，以示音同字异而便临文。至朕仰承昊眷，康疆逢吉，一日至倦勤，即一日不敢懈弛。归政后，凡遇军国大事，及用人行政诸大端，岂能置之不问，仍当躬亲指教。嗣皇帝朝夕敬聆训谕，将来知所禀承，不致错失，岂非天下国家大庆。"

按照乾隆旨意，永琰之"永"从此改为"颙"。

颙琰看了这个圣旨，高兴之余又复忧虑：皇阿玛"军国大事及用人行政诸大端，岂能置之不问"，这实际上是不给我一点实权，我真正成了一个"儿皇帝"。

和珅听了圣旨，忧虑之余又复高兴：皇上并不只是叫"太上皇"，更是名副其实的"太上皇"，一切军国大事人事大端仍由乾隆帝亲自过问，我还有什么可担心的？

次日，颙琰经过一夜的考虑，跪在乾隆面前奏曰：

"荷沐恩慈，册立臣为皇太子。以臣之材质，抚衷循省，已弗克胜，复奉慈谕，将以来年佚政于臣。臣五内战兢，局蹐弥日，奏请父皇改元归政事宜，敕停举行。儿臣谨当备位储宫，朝夕侍膳问安之暇，得以禀受至教，勉自策励。"

同时，和硕礼亲王永恩受和珅之托，率王公、内外文武大臣及蒙古王公等合词奏请皇帝俯顺亿兆人之心，久履天位。

和珅的意思，大家恭请皇上"久履天位"，虽不能达到目的，但也让颙琰看看王公大臣文武百官们都心系乾隆。这无异是一种示威。

颙琰怎能感受不到这种压力？他越发认为他刚刚的奏请多么正确。

鉴于众臣的奏请，乾隆因谕曰："若因群情依恋，勉遂所请，则朕初心焚香之语转为不诚。汝等毋庸再行奏请。唯朕必躬亲处理一切国事，尔等放心。"

乾隆更加坚定了自己虽已禅位，但军国大事必亲自处理的既定方针。

礼部为内禅大典忙碌着。内禅大典对清朝来说是创例，礼部便参酌古制，揆合时宜，尽量定得隆重堂皇，来满足乾隆帝的心意。一直到大年三十，才把大典的礼仪制定好，并交于乾隆帝圣裁。乾隆见定得得体尊崇，随即批准照行。

嘉庆元年（1796年）正月初一日，正是鸡鸣时刻，夜幕还笼罩着大地，太和门太和殿便张灯结彩，一片辉煌，太和殿比以往更显得巍峨庄严。太和殿正中的御座前，设皇帝拜褥，东楹设香案，上陈"传位诏"；西楹设表案，上陈传位贺表。宝座旁两侧设两个香几，左旁香几之上预备着放皇帝宝印。

太和殿外的檐下两边，布置好了中和韶乐庞大的乐队，丹墀大乐的乐队则安排在太和门内。

东方露出晨曦，太和殿前王公大臣、文武百官已整整齐齐分班列好，各国使者也尾随班末。他们的周围，照例陈设着銮驾卤簿等仪仗。

午门外，象队、马队、黄盖、云盘、龙亭、香亭排列整齐，队形威武雄壮。

太阳升起来，光明灿烂，整个广场沐浴在阳光之中。此时，乾清门外钦天监高声叫道：

"吉时——到——"

顿时，午门外钟鼓齐鸣，广场更显得庄严肃穆。

突然，筹备、主办大典的大学士刘墉得报：总管太监入内宫取皇帝印没有取到。刘墉命令道："再去。"太监急匆匆地走了。刘墉心急如焚，大典办到这个节骨眼上，乾隆爷却不愿交皇帝玉玺，从古到今哪有没有"大宝"的天子。不一会儿，太监又来报曰："皇上就是不交！"

刘墉道："典礼暂停。"他也顾不得许多，急急奔往乾清宫。此时乾隆正局促不安，手内紧紧地攥着玉玺的锦囊带，似乎生怕被人夺了去。和珅随扈在旁，神情也非常不安，见到刘墉进来，斥责道："你不主持大典，到此作甚！"

刘墉并不理会和珅，匍匐于乾隆面前道："臣刘墉冒死恳请皇上把玉玺传于太子。假若传位而不传印，天下人会说陛下什么呢?难道陛下留恋帝位?"

乾隆道:"胡说。"

刘墉道:"臣以为陛下绝不是因为贪恋帝位而不肯传印。先前王公大臣、蒙古王公贝勒,联名奏请皇上暂缓禅位,皇上圣意果决,不愿违背六十年前对上苍许下的诺言,遂天下之议,而领颁旨传诏归政储君,禅位决心既如此坚定,臣实不解皇上为何不传玉玺。"

和珅道:"皇上是为太子着想,太子即位,初理政事,恐有闪失。皇上为慎重起见,过一时期待新皇上熟悉政事,处理军国大事得当时,再交国玺不迟。"

刘墉道:"自古无无印的皇上,没有皇帝之宝,怎能称为皇上?臣以为若皇上心系国家,可对即位太子悉心指教;且已制太上皇印,内禅典后,太上皇印加于皇帝之印之上,如此,一切政事即不会有何闪失。"

乾隆不再说什么,默默地把玉玺递给了刘墉。

大典重新举行,刘墉急急奔向太和殿。

乾隆帝身着黄色龙袍衮服,外罩紫貂端罩,头戴红绒结顶的玄狐暖帽,帽上嵌着一颗硕大的东珠,乘舆出宫,皇太子颙琰着太子冠服随行于皇帝之后,经中和殿来到太和殿。此时,各种乐器一齐奏起中和韶乐,歌士们唱着《太平之章》:

"维天眷我皇,四海升平泰运昌。岁首肇三阳,万国朝正拜帝阊。云扬奏嘉祥,乘鸾辂建太常。时和化日长,重九泽,尽梯杭。"

乾隆帝听着这首他亲自改写的乐歌,缓步走向太和殿正中的宝座,步履略显艰难。和珅有意无意地扶他一下,他挥手制止了。他自己拾级而上,坐在高高的宝座上。内阁学士捧着传位诏书到了诏案,礼部官员举着传位贺表到了表案。

中和韶乐在乾隆帝就座的一刹那间恰好结束,此时,皇太子颙琰也缓步来到殿内向西侍立。只见銮仪卫官进至中阶之右,一声鸣鞭,附下立即响起三声清脆的鞭声,这是令王公百官们肃静的"静鞭"。此时,丹陛大乐随鞭声而作,这是特为大典时皇太子率王公百官跪拜乾隆帝而填写的《庆平之章》。

缓缓悠扬的歌声响彻大殿:"御宇六旬,九有浃深仁,勋华一家禔福臻,岁万又万颂大椿。文武圣神,帝夏皇春。"

随着歌声,鸣赞官抑扬顿挫的声音回荡在整个广场:

"跪——拜——,跪——拜——,跪——拜——。"

太和殿外黑压压的人群三起三落,向高踞在宝座上的乾隆大帝行三跪九叩大礼。

跪拜礼毕,年高德韶的大学士、首席军机大臣阿桂和大学士、军机大臣和珅引导嗣皇帝款款来到乾隆宝座之前,颙琰跪在拜褥上,阿桂从御座左边香几上请出"皇帝之宝",跪奉乾隆,乾隆帝手捧"皇帝之宝"玉玺,端详良久。这是一柄三寸九分见方、厚一寸、上有三寸一分高蛟龙钮的青玉大印。乾隆身体微微前俯,庄重地将国家最高权力的象征——皇帝之宝,授给了匍伏在脚下的皇太子颙琰。

之后,太上皇帝没有参加在太和殿举行的嘉庆皇帝的登极大典,而乘舆回宫。

新皇帝在太和殿行登基礼,王公大臣文武百官又在乐声中行三跪九叩大礼。最后礼部鸿胪寺官登上天安门,宣读传位诏书,布告全国。

正月初三日,福康安与和琳的奏报到了军机处,奏称:"连日暴雨阻路,大军不能前进,而军士中毒而死者甚众,苗匪吴八月诡称吴三桂之后,其势甚张。"

和珅来到乾清宫,乾隆面南坐于御座,嘉庆帝西向侍立于座旁。和珅径把奏折递与乾隆,乾隆道:"你转奏即可。"

和珅奏曰:"苗匪头目吴八月诡称吴三桂之后,自称吴王,竟有苗民纷往投之,汉民若干也风闻而至。福康安、和琳奏请增兵并添加粮草。"他把奏折中"军士毒死甚众"等语尽皆省下不报,至于"汉民若干风闻而至"则纯属子虚乌有。如果只有一个福康安，和珅一定诋毁之：与尔十万大军，七省财物，竟扑灭不了那星星之火，实属无能懈玩之辈。可是因为有弟弟和琳在，和珅正要借着征苗，让他握有重兵，兄弟二人一将一相，一内一外，自己根基岂不更加牢固深厚。所以他把那奏折的意思"演绎"了一下，偏偏乾隆帝也不仔细翻看奏折，也不细想那奏折中的"连日暴雨"是否推托之辞。

嘉庆帝站在一旁，一声不出，见和珅入殿并不向自己打声招呼，更别说行礼了，早已不满。此时听他转奏，已听出那其中的虚假。若那吴八月打着别人旗号汉民还可归附他，他却打着吴三桂的牌子，汉民不唾骂他才是怪事。心里如此想，也不驳斥他，只是低眉微笑。

乾隆问和珅道："依你之见，此事应如何处理？"

和珅道："依奴才之见，应急速加兵，开七省府库，灭那苗贼。湘黔多山，应把大山封住，勿使其与不轨汉民勾结。"

乾隆道："皇上以为如何？"

嘉庆帝道："和相所言甚是。当年吴三桂之乱，几乎祸至江南全部，今苗匪吴八月打出他的旗号，应引以为戒方是。和相为国劳瘁，而又见识高远，想苗贼不日可破。"

和珅心里欢喜，心想："你虽为皇上，实在是一个没有见过世面的孺子。"当下从乾隆身边退下，道："奴才就把太上皇和皇上的旨意颁往云贵湘川各省。"

和珅正要出门，乾隆道："明日千叟宴不知准备得如何？"

和珅道："禀太上皇、皇上，参加明日千叟宴的亲王、贝勒、贝子、大臣及蒙古贝勒、贝子、公、额附、台吉等俱已到京，兵民也已来齐，计有九千九百人。"

太上皇、皇上听了非常高兴，有"双九"之老叟赴宴，确为禅位大典锦上添花。

次日，即正月初四日，在宁寿宫皇极殿举行千叟宴，参加千叟宴的，王公大臣六十岁以上，兵民七十岁以上。是岁像去年一样寒冷,和珅早早地起来,如往日一样,让那番役收拾街上的死尸,之后,来到紫禁城。

和珅被乾隆赐"紫禁城骑马",他的轿子直入宫门,随滚滚人流直入宁寿宫太和殿前。

鞭响炮鸣,大家起立安定,由阿桂向太上皇、皇上贺寿贺年,对太上皇、皇上行礼毕,大家落座。

和珅为这千叟宴真是操碎了心,单看席上摆放的火锅,就可见和珅为筹备此次盛宴花费了多少心意。今年天气奇冷,参加千叟宴的人员众多,没有什么理想的取暖办法,于是和珅别出心裁,竟调来一千五百多只火锅。这真是世界历史上最大的一次火锅宴,和珅仅仅因为这个宴会也该千古留名,可惜众多老叟们没有一个站起来祝他一杯酒,没有一个人说:"和相爷,你辛苦了。"他们只知道吃!喝!

嘉庆帝陪着太上皇,向王公大臣们劝着酒。见此情景,和珅急执酒杯夹在二人之间。三人走到一席旁,只见一老者站起,对着乾隆道:"恕奴才年迈,不能恭行大礼,奴才敬祝太上皇万万岁。"说罢一饮而尽;转而他又到了和珅面前道:"奴才祝皇上万岁,万寿无疆。"说罢向和珅行礼。

和珅见这人是苏凌阿,气得一杯酒摔在他脸上,厉声道:"放肆,昏聩无能的家伙。"苏凌阿老眼昏花,此时定眼仔细辨认,才看清是和珅,吓得一屁股跌坐下去,瘫软在地上,既忘了叩头,也忘了谢罪。倒是乾隆爷打了个圆场道:"朕有时也把你和皇帝看混了呢,你二人太像了——你饶过你的亲家吧。"和珅回头看嘉庆帝,见他一脸笑容,全无怒色,道:"请皇上恕罪。"嘉庆帝道:"有几位皇兄,也说我长得像宰辅呢。"和珅心里的一块石头落了地。

又有一位老者站起来道:"如今二圣临朝,实乃未遇之完美禅位,老臣请问太上皇、皇上,以后奏折呈送批阅及降旨等事,与以前有何不同吗?"前半句说得乾隆还很舒服,听了后半句,乾隆帝就怪他没有把禅位的诏书看懂,非常不快,也好,此时再让皇上或和珅解释一下。

和珅把乾隆帝的表情看得一清二楚,忙向众人道:"太上皇用宫中喜字第一号玉宝镌刻上'太上皇之宝',皇上登基的诏书上就首盖着太上皇之宝。今后的圣旨诏书,先是太上皇之宝,而后才是皇帝之宝;内外大臣庆贺奏折,俱备两份呈进,凡有奏事,俱书太上皇帝,一切奏事由太上皇帝裁决定夺,皇上可以转奏。"

乾隆帝道:"和爱卿解释得甚为清楚,还有什么疑问吗?"

众人再也不吭。唯苏凌阿还想说话,却被和珅一眼扫去。这次苏凌阿竟然看清楚了和珅的眼神,和珅的那双怒目,使他再也不敢张口,老老实实地坐在那里,心想:我这大学士的职位恐怕要泡汤了。

是的,尽管苏凌阿耳聩目昏,但也是最听和珅话的人,给和珅送礼也是最勤的,何况又是他弟弟和琳的儿女亲家,所以和珅想把他从两江总督的位置上调到中央,给他个大学士的位置。苏凌阿是做梦都想成为宰相的,可是这一天在大庭广众之下,竟然连和珅也认错了,把他当成嘉庆帝,这种人提拔上来也太过分了。

宴后,苏凌阿回府一夜没有睡着觉,脑海中尽是和珅愤怒的目光。次日早晨他两眼红肿,瘫睡在床上也不起来用早餐,夫人来探视他,他只说了两个字"完了"。夫人和小妾看他并不像有病的样子,也不知道发生了什么事,昨天去参加千叟宴不还是兴高采烈吗?

苏凌阿躺了一天,左思右想,还是要做大学士,到朝中做位相爷,那是多么风光多么气派呀。不行,不能这么躺着,无论如何我与和琳是儿女亲家,和珅能不原谅我?

当苏凌阿把传了几世的翡翠盆景送到和府回来的时候,又挺起了那个硕大的肚子,恢复了往日的高兴劲儿,不几日便到两江总督的任上去了。

正月初十日,在乾清宫举行了盛大的宗亲宴,参加宴会的共两千人，其中包括皇子、亲王、贝勒、贝子、王公以及三四品顶戴宗室等。和硕亲王以下，辅国将军以上四十八人的宴桌设在大殿之内；近支将军、侍卫、官员、近支闲散宗室的宴桌，设在丹墀左右；甬道两旁摆放远支闲散宴桌，共五百三十席。

和珅紧紧地跟着乾隆，嘉庆帝则随着和珅的后面，三人一同为众人祝酒，这使众人感到非常意外，连和珅的儿媳十公主也觉得和珅过分，内心感到非常不安。

宴后，和珅向与宴的宗室们分颁着如意、朝珠、珍玩、银币等礼物，谈笑风生。

十公主与乾隆帝及嘉庆帝坐在一起，待皇阿玛与皇兄及和珅一起祝酒时，她便扯着嘉庆帝。此时向宗室分颁礼品她更是目不转睛地看着她的十五哥。只见她的皇兄颙琰立于乾隆身侧，纹丝不动，眼观鼻，鼻视口，口问心，那气定神闲的意态，好像对世上的一切都不在乎，在他的眼里，似乎一切都是一样的，都是虚无的，一片树叶、一粒沙尘、一块石头、一根筷子、一把汤匙、弥漫的欢声笑语、巍峨的乾清宫……在他的心里，这一切都是一样的，都是"一"，万物为"一"。看皇上是那样的平静，平静得如不起任何涟漪的浩瀚的大海。十公主再看看她的公公和珅，则是又说又笑，得意洋洋，满面春风，俨然是这乾清宫的主人，向众宾客发放礼品。看到这里，十公主顿时感到毛骨悚然，浑身冷汗直冒：和珅已为刀下之鬼矣！

当夜纷纷扬扬卷下一夜大雪，北京城被厚厚的大雪覆盖着。次晨，额附丰绅殷德像一只小鸟一样在花园里游戏。他堆了一个雪人，又扫了一片雪，拿来箩筐要捕捉小鸟。十公主站在门下，静静地看着他。丈夫英俊而又有才气，公主非常爱他。结婚以来，二人情投意合，如胶似漆。公主与丰绅殷德生活在一起，觉得十分美满幸福。她感谢皇阿玛为她选了个好郎君；但是，她的欢乐却被蒙上一层阴影。在十公主的心里，这阴影有时十分浓重，紧紧地攫住她，这个阴影就是和珅。

和府中每天都有送礼的人，这礼物有金银、珍奇、文物甚至也有女人。和珅对金钱、对女人的贪婪与疯狂比起对权力来，一点也不逊色，他几乎达到了变态的程度，这样的人能有好的结果吗？昨天的宗亲宴上，十公主对和珅大祸临头的感觉更强烈了更分明了。可是这一切，似乎都无法挽回。

十公主看着雪地里的丈夫，丰绅殷德与和珅不同，他胸无渣滓，更无野心；可是，他是和珅的儿子，他为什么偏偏是和珅的儿子呀！

突然，十公主对着园中雪地里的丈夫喝道："丰绅殷德！"

丰绅殷德急速地跑来拉着公主的手道："走，我们一块赏雪去，一块玩会儿去。"

"丰绅殷德！"十公主甩开丈夫的手喝道，"你进里边来！"丰绅殷德看到十公主一张铁青的脸，十分骇异，他木然地站在那里，不知道自己做错了什么，手足无措。见他这样，十公主又喝道："丰绅殷德，你——快进屋里。"

丰殷绅德进到厅里，跪在公主面前道："我实在不知我做错了什么。"

"你年已逾冠，不思用功进取，竟做着小孩子的游戏，还不知道错在哪里，成何体统。"

丰绅殷德觉得有点委屈，以前，他在读书舞剑时，十公主总是让他放松一下，让他多休息多玩会儿，可是现在怎么了？丰绅殷德还是叩了个头说道："谨遵公主教诲，我今后必定勤奋用功。"

十公主也意识到了自己的发怒有点欠妥，语气平缓了些道："你起来吧。"说着拉起丈夫坐在自己身旁，看了他许久，才语重心长地说道："你父亲受皇阿玛厚恩，却毫无报答，只知贪财贪权。我为他担忧，他日恐自家不保，我们一定会受到他的连累。你如今不知居安思危，到那时如何保全自己？"

一席话说得丰绅殷德心惊肉跳。

当天晚上，和珅从朝中回来，丰绅殷德向和珅问安后说道：

"父亲,自古物极必反,盛极而衰,父亲须居安思危才是。父亲何不广结善缘,澹泊胸怀。近日读司马温国公《训俭示康》,收益良多,父亲何不也读一读。"

和珅道:"我与你叔父和琳自幼备尝艰辛,目前的局面,来得不易,怎能缩手不管。至于居安思危,却时系我怀,儿不必担心。"

正如十公主所料,和珅就是和珅,他已不可能有任何改变了。

儿子走后,和珅来到锡葆斋楼。宠妾卿怜见他似有心事,问道:"发生什么事了吗?"

和珅道:"没有什么。你看过《石头记》有什么感想吗?"

卿怜笑道:"怎么,你还想建大观园?那淑春园比大观园还好上万倍,楼阁中也藏着裙钗,怎么,还嫌不够吗?"

和珅一脸严肃地道:"你说高鹗和程伟元为什么把《石头记》改为《红楼梦》?'红楼一梦',你想过没有?"

卿怜的心情顿时也沉重起来,她是经过了一次挫折的过来人。想当年,自己的前夫王亶望何尝不是花天酒地,后来落得身首异处,妻离子散,连我卿怜也被官卖,若不是凭着自己沉鱼落雁之容、闭月羞花之貌和绝高的才艺,如今还不知道落个什么下场。如今和珅又提起这"红楼一梦"的事,恰恰戳疼了卿怜心灵深处的那块伤疤。卿怜想,自己当年也曾劝过王亶望该缩手时应及时收手,可他却是变本加厉,何曾有些许的收敛。卿怜回望这锡葆斋,这楼的四壁,楼的地下室,藏满了金块。和珅能抛开这些吗?不能,绝对不能,那么和珅会不会和王亶望一样……卿怜不敢再想下去了,她不由得倒吸了一口凉气,如掉进了暗无天日的恐惧的深渊。许久,卿怜偎依在和珅怀里,说道:"你时常说,有了权就有了一切。如今嘉庆帝临朝,你若能保有过去的权力,成为两朝权臣,那么其他的一切都不会改变。贾府的凋零衰败,还不是因为他们失去了皇上的恩宠,被抄了家?"

是的,有了权就有了一切,可是这权力是要讨得君王那一人的欢喜才能得到的。要巩固自己的权力,就必须巩固自己在君王心目中的地位，如今最重要的是要巩固太上皇的至高无上的权威，我要借着太上皇的权威培植我权力的大树，我要让我权力大树的根须布满全国，布满军政部院各界，只要我权力的大树铁干遒劲，枝叶繁茂，谁能撼动我？即使是在太上皇百年之后！

第四章
诵咒语乾隆忧教乱
草遗诏和珅试帝心

嘉庆帝的心里布满了浓重的阴云而又寒风飕飕。他深知和珅是要把太上皇的《遗诰》当成紧箍咒来要挟自己。但是，他又怎能违拗弥留之际的父亲，又怎能从和珅手中夺过纸笔来起草《遗诰》呢？

元宵节的清晨，圆明园山高水长楼前的小广场上，数十支烟火架已经排好。下午，王公大臣以及各国使者来到山高水长楼前，坐于两侧，楼前正中放着御座。

申时已过，乾隆乘黄色小轿到来，后面是嘉庆皇上与和珅。乾隆帝入座后，嘉庆帝西向侍立，太上皇向王公大臣们赐茶，和珅代表太上皇、皇上向各国使节赐酪一巡，又赠予他们果盒月饼一份。此时，各种乐器齐鸣，乐奏二阕，满洲、蒙古歌唱会开始，随后是摔跤、爬竿、射箭等表演赛。诸戏演毕，天色渐暗，由三千人组成的大型灯舞开始表演。每人手执彩灯，口唱《太平歌》，循环上进，翩翩起舞，不断组成各物造型。突然间队形变成几十个小圆围着的一个大圆，大圆放着光芒，小圆里绚丽的向日葵图案，组成朵朵葵花向太阳。不久，小圆又复变化，幻成颗颗明星，随后大圆和明星又重新组合成"太平万岁"四个大字，到此，灯舞结束。随后侍卫将架子上的烟火点燃，顷刻间烟火冲天而起，犹如一道闪电，突然间那道闪电幻成千万条光道，光道五颜六色，赤橙黄绿青蓝紫无所不有，随着一片耀眼炫目的火光之后，只见烟雾蒸腾，有如祥云瑞霭，把人带入仙境。此后，福海沿岸编篱上摆好的花炮一齐点燃，万响齐发之后，一时间如群星谪凡，圆明园真正成了人间仙境。

焰火罢后,太上皇、皇上赐馔款待。和珅一一向王公大臣们问好,最后来到使者们的旁边,他长久地站在那里,看着使臣们所食多少,向他们问寒问暖。他俯下身来问一个朝鲜使者的科名职品,使者正要起身,和珅忙按下他道:"有招待不周之处,还请海涵。"使者报出自己的科名职品后,和珅又和他寒暄几句,随后,又一一地向琉球、安南、暹罗、缅甸等各国使者一一问候。和珅道:"这是太上皇、皇上让我来看望大家,务必要让大家吃得甘甜,观览得开怀;当然,我本人也衷心祝愿大家玩得愉快,祝愿大家新年幸福。"

使者们被和珅的风度以及平易谦诚所感动,一一向他表示感谢。

一个使者问道:"阁老,在下冒昧地问一问:以后上国的军国大事还由太上皇亲自处理吗?"

和珅道:"问得好。此次我到这里来,也是代传太上皇的旨意。"众使者齐齐地跪下,和珅请诸位起来后口传太上皇圣旨道:"朕虽然归政,大事还是联办。你们回国后,代朕问国王平安;又,道路遥远,回国后,国王不必再差人来谢恩。"

朝鲜使者问道:"请问阁老,从今以后,小邦凡有进奏进表之事,太上皇帝前及嗣皇帝前,是否各进一度?"

和珅答道:"现在军机处还没有制定出具体的规定及体例,各位使者回去后,军机处自会有文书送至使官说明这一切。"

暹罗使者问道:"敢问阁老,以后进贡,下国如何敬献礼品?"

和珅答道:"太上皇有旨:'以后各国进贡,只需查照旧例,毋庸添备贡物于太上皇帝及皇帝前作两份呈进。'"说罢拱手含笑而去。

朝鲜使者张秉模回国后,国王召见他问道:"太上皇筋骨还强壮吗?身体还康宁吗?"

秉模答道:"太上皇容貌气力不甚衰耄,但极善忘,昨天的事情,今天就忘了;早晨做过的事情,傍晚的时候竟说没有做。"

国王问:"听说新皇仁孝诚谨,勤奋节俭,誉闻远播,是这样吗?"

张秉模回答道:"新皇上礼貌平和洒脱,终日随太上皇宴戏,静侍太上皇身侧,绝不旁顾游目,太上皇喜则喜,太上皇笑则笑。"

国王道:"然则国中大事有谁处理?"

张秉模道:"和珅为出纳帝命之人,对外使且是这样,其他一切政务可想而知。和珅之专擅,甚于往日,人皆侧目,确实是国中的二皇帝。"

国王又问道:"新皇上一点动静也没有吗?"

张秉模道:"新皇帝平居与临朝,沉默持重,喜怒不形于外。新皇上对国家政事悉听和珅,从无主见。不是到了开讲经筵时,则引接不断,虚己吸受。阁老刘墉的话,他采纳最多,新皇上对他特为眷注,异于诸臣。刘墉夙负朝望,为人正直,独不阿附和珅。"

国王道:"此是新皇上用韬晦之计,和珅祸至无日矣。"

"吾王圣明。"张秉谟道,"和珅死无葬身之地。"

正当北京接二连三地饮宴不断,新皇上陪侍太上皇终日游赏的时候,正当福康安与和琳带领七省大军围剿苗民起义正酣的时候,白莲教起义已成燎原之势,朝野一片恐慌。

嘉庆元年正月初七日,也就是乾清宫举行宗亲宴的前三天,聂杰人、张正谟率领教徒在枝江和宜都发难起义。

不久,王聪儿(齐王氏)、姚之富在襄阳黄龙垱起义。之后,陕西、四川、甘肃等省教徒纷纷举起造反大旗。

官逼民反,各地的起义都是官府敲剥荼毒百姓的结果。

对于和珅来说,白莲教起义是一次扩充自己权力,婪取钱财的极好机会。福康安正在征苗,而朝中的阿桂已老态龙钟,不仅不能到前线临阵,连军事上的事务都已无力再问。此时白莲乱起,不正是把军权从阿桂手中夺过来,而同时又与福康安分庭抗礼的机会吗?和珅想:我若趁此把全国的军队掌握在自己手中,岂不是如虎添翼?和珅拣来选去,最后决定让永保总统剿匪事宜,让心腹毕沅、惠龄专剿枝江宜都"教匪",升族孙景安为河南巡抚,负责河南职事;先前在军机处的宜绵,是自己一手提拔的,让他任陕甘总督，领重兵驻扎在川陕边境。一切人事在心中想好后，和珅来到乾清宫，请太上皇定夺。

太上皇在宝座上显得有些忧急，再没有了他壮年时期东征西讨时的风采，只几天的时间，太上皇显得苍老了许多。

嘉庆帝仍在御座旁面西侍立，精神倒也镇定，待听到和珅的奏报后，再也沉不住气，立刻转身向南道："毕沅虽是一个状元，但实在是一个书生，湖北贼势又炽，让他握有重兵，朕实在觉得不妥；宜绵、景安毫无领兵陷阵的经历，怎可把数省的军事交与他们，此事须重新考虑。"

和珅道："奴才以为，这白莲教乃几个区区蟊贼作乱，用不着惊慌。至于说到领兵打仗，想当年诸葛孔明、孺子陆逊，难道不都是一介儒生吗？将在谋而不在勇，特别是白莲教匪，纷起于地方，混杂于百姓，奴才认为非文武双全者难以灭除，非军政合一难以治理。以上愚见，请太上皇、皇上考虑。"

如此的军事大事，自己还没有发话，颙琰就急躁地训斥军机大臣，太上皇感到非常不快，太上皇想自己征战了半个世纪，熟知战事，朕还没有考虑成熟，颙琰你怎能遽发议论？听罢和珅的陈奏以后，太上皇道："和珅所言极是，对白莲教应剿抚并用，而将帅也须文武全才者。朕即准和珅所奏，各路兵马不得懈怠，有贻误军机者，决不宽恕。皇上以为如何？"

"儿臣谨遵皇阿玛教诲。"颙琰向西侍立道。

各路军马奉诏并进，自正月及四月，先后奏报杀教徒数万，其实多是虚张功绩，只有枝江起义军首领聂杰人，总算被总兵富那擒住。这班统兵剿匪的大员，都是和珅的党羽，总往和珅处恭送财钱，就是如何贻误军事，也无人纠缠。

嘉庆帝忧心如焚，明知战报有虚，可总不能握有确凿的实据。一天，嘉庆帝来到军机处福长安的值室。福长安见皇上来到，心里一惊，忙跪倒行礼。嘉庆帝命他平身后，坐在福长安的案旁，见上面放着奏折，于是拿来阅览一番。福长安哪敢造次，只得任由他看。嘉庆帝看那奏折上写道:"教匪现集襄阳,异常猖獗,日甚一日,姚之富、齐王氏俱在此处,刘之协为各路教匪领袖,亦在其中……"阅后,嘉庆帝又拿起一个奏本,是景安报来的,上面写道:"姚之富、王聪儿现在河南,又有教匪总目刘之协在此统筹谋划,贼势猖獗,应再加兵马到河南,同时增添粮饷……"

嘉庆帝览罢大怒道:"着令将永保奏折复于景安处,将景安奏折送至永保处,看彼等有何话说。"随后,嘉庆帝发下诏书,痛责永保、景安等诸路带兵大员信口雌黄。

嘉庆帝走出军机处后。福长安急急地跑到和珅那里,把嘉庆帝的举动报告了他。和珅急忙来到太上皇那里奏道:"太上皇,皇上亲到军机处处理军政大事去了。"

"真有这事?"

"太上皇一问便知。"

皇上真到军机处处理国事,这不是有意要撇开太上皇吗?乾隆帝召来嘉庆帝,问道:"你去了军机处?"

"儿臣顺道前往。"

"下了诏令?"

"永保、景安等奏折互相抵牾,漏洞百出,儿臣痛斥其玩忽儿戏。"

"朕看不出其中虚实?"

"儿臣实无此意。"

"你若下诏,须奏与朕知道,不得擅专。"

嘉庆帝唯唯诺诺。

嘉庆帝在心里恨恨地道:"这个福长安做狗竟做到了这个地步!"

嘉庆帝的举动引起了和珅的警惕。很明显,嘉庆帝是在寻找自己的人,寻找自己的力量,是在招兵买马呀!和珅想:难道我以前对嘉庆的估计有误?难道嘉庆的种种表现都是装出来的?难道他是在行韬晦之计?如果真是这样,那就毫不留情地把他从帝座上掀下来。这很容易,只要拨动一下太上皇的那根权力的神经,借太上皇废掉他也不是难事。

和珅想,其他的皇子们哪个较好?想了半天,觉得其他皇子皇孙们对他都恨之入骨,流于表面,这些人做了皇上对我绝没有好处。那么只有嘉庆帝了,但是若这嘉庆真的是在行韬晦之计,岂不更为可怕?可见现在的当务之急是如何才能知道颙琰内心的奥秘。

和珅想了许久,决定派吴省兰做嘉庆帝的侍读学士,帮助皇上整理诗稿。和珅想到这条妙策的时候,真佩服自己的想法高明!任你颙琰再会隐藏自己的心思,你的诗作也总不能不流露出一点蛛丝马迹,通过吴省兰给颙琰整理诗稿,就会整理出颙琰内心的真实世界。

和珅又想,颙琰正在"招兵买马",必须把他还没有招到手的和招到的都统统歼灭。朝中最要害的部门是军机处,而军机处现在就数那个王杰是又臭又硬,必须把这个茅厕中的石头搬出军机处。可是太上皇一向器重王杰,把王杰当成才子,耿直忠贞之士,因此,要从太上皇那里想法子把王杰打发走是不行的。太上皇这一生中,对阿桂、王杰、董诰、刘墉、纪晓岚,总是过分地宠爱。纪昀、刘墉并不足虑,刘墉模棱,纪昀行将就木,又是十足的书生。董诰虽位至大学士,但没有实权,只要留心他就行了,最大的敌人就是阿桂和王杰了。阿桂素负众望,一言九鼎,而王杰又在军机处。对阿桂可缓一缓,因为他已不问朝政;可是对王杰却不能再等待了,必须立即把他逐出军机处!可是用什么办法把他挤兑出去呢?

第二天,王杰早朝之后来到军机处,此时廊间集了许多人,和珅就站在其中,见王杰来了,和珅忙上前作揖,王杰还礼时,猛不防和珅拿起他的手,抚摩着道:"这手真真是柔滑细腻。"那一群人顿时放浪地笑起来,王杰把手甩开,气愤已极,脸色煞白,怒目对着和珅道:"我这手比不上你那手,既会捞权又会捞钱,更会玩女人。"

和珅初时一怔,随即大笑道:"是啊,我就会玩女人。"

放荡的笑声响彻在整个军机处。

一天，军机处的人皆已回家，王杰走得晚了些，和珅带着福长安来到王杰的值室，进去后，福长安反手把门关上。和珅夹着雪茄来到王杰面前道："王大人好忙啊，这么晚了还不回家，真是鞠躬尽瘁啊！"说着把雪茄放在桌子上，搓着手，眯着眼，向王杰走来。

王杰看着和珅淫荡的目光，正色道："无耻之徒，还不赶快离开！"

"骂得好，骂得好，骂得我好舒服啊，你让我朝思暮想，今日午睡，我还做了一个梦，真的，做了一个梦。梦中，我抱着你，搂着你，——你真可人儿，何必浪费你的姿色，一本正经地，我们何不快活快活？"说罢猛然间抱住王杰。王杰生得小巧，挣脱不开，气得脸色铁青，浑身直打哆嗦，再说不出一句话。情急之下，王杰突然看见桌上的雪茄，于是拿在手里，对着和珅猛戳过去。

"啊——"和珅杀猪般地嚎叫起来，松开王杰。福长安急忙扶着和珅，王杰趁势溜走了。

没过多少天，王杰辞去了军机大臣的职务。

如果说王杰离开军机处是和珅蓄谋已久的结果的话，那么福康安五月在征苗前线染瘴而亡则是和珅的意外之喜。

和珅的快意是无法用语言来形容的。多年来，福康安受乾隆固宠，比对和珅有过之而无不及；同时，福康安建立了赫赫战功——他参加了大小金川的战斗，平定了回部的第二次叛乱，万里远征廓尔喀，平定台湾，抚绥安南。对这样的人，和珅不敢与他为敌，总是想与他套近乎。可是福康安对和珅却从来都不屑一顾，回朝时见到和珅总是冷冷淡淡，从不和和珅打招呼，对和珅的诌媚巴结总是嗤之以鼻。和珅对福康安真是恨之入骨又毫无办法。曾在福康安做两广总督时，和珅借事弹劾过他。那次，阿桂去查案，和珅一箭双雕，既打击了福康安，又置阿桂于难堪。从那以后，福康安也不敢小看和珅，多年来耐心地与和珅、和琳兄弟周旋。而和珅对福康安虽视为眼中钉、肉中刺，却无可奈何，生怕得罪乾隆帝而无法下手。现在好了,福康安自己染瘴死了。近二十年来,乾隆朝的政治格局是:阿桂、和珅、福康安,三人鼎立,能与和珅抗衡的,只有阿桂和福康安,现在福康安死了,和珅去一劲敌,怎不令他快意。同时,七省的征苗军队就可名正言顺地落入和琳手中,军队就可以成为"和家军"了。真是踏破铁鞋无觅处,得来全不费工夫。

福长安为兄长福康安的死滴了几滴眼泪之后,随即奏请皇上:军队不可一日无帅,应迅速委任和琳统一指挥征苗军队。

朝廷准奏,飞诏前线:征苗军队统由和琳统帅。

福康安的去世对乾隆帝是一个巨大的打击,他的精神几近于崩溃,福康安是他的儿子、他的爱将,更何况福康安的去世使他想起他昔日的情人傅夫人、他的爱后富察氏。这一切又都那么清晰地呈现在脑海里,如同昨天刚刚发生的事情一样。乾隆帝不久便变得昏聩委顿。

嘉庆帝恪尽孝道,已三十八岁的他,对父亲既崇拜、畏惧而同时又充满了满腔的依恋、满腔的爱。他时刻照顾着乾隆帝的一切,饮食起居莫不一一过问。儿子的孝道对乾隆帝来说更是一种欣慰,一种传位得人的欣慰,虽然由于他对权力本能的近乎变态的占有欲时刻使他对颙琰抱着警惕。

和珅更不情愿乾隆死去,当他看到乾隆帝因福康安的去世而几近崩溃时,既怀着对福康安的嫉妒又深恐乾隆有什么闪失,总是拿一切高兴的事安慰他,特别是编造一些前线的胜利来安慰他。这一着果然灵验,现在乾隆帝最放心不下的,就是白莲教乱了。

圆明园的问津堂是三间非常简朴的房屋,"问津"二字是雍正帝的手书,乾隆又为此屋题写了"云无心以出岫,鸟倦飞而知还"的对联。乾隆站在问津堂里,伫立窗前,遥望西南方,面对一个个胜利的捷报,他也感到疑惑。既然官军节节胜利,为何又要从东北、从西北、从蒙古抽调军队?为什么一天天地增加着军饷?他似乎意识到了官军的无能,但是他又不愿承认这一点。难道官军还能收拾不了那几个草寇？大小金川、国疆、林爽文、安南、缅甸、廓尔喀，他都一一征服了，这几个"教匪"难道还能跳出他的手心？他宁愿相信官军的胜利，他宁愿相信他的帝国是多么强大，那些"教匪"只不过是蚍蜉撼大树，可笑不自量。

猛然间，他觉得自己头昏，身体像是要飘起来。正月里宴游不断，他常有这种感觉。此时，也许是在窗前站得久了，才使他这样。嘉庆帝看他有点摇晃，急忙扶住他，于是太上皇在嘉庆帝的搀扶下坐在软榻上。乾隆帝到底还是感到有点疲倦了，近来，他经常这样，早朝以后便觉得四肢无力，连扭动一下头都显得困难。他终于躺了下来，命和珅来见他。

和珅到了以后，见太上皇面南躺在榻上，皇上西向坐在一个小机上。和珅面对太上皇，跪着说道："奴才和珅叩见太上皇。"太上皇也不吭声，只闭目在那里好像睡着了一样，和珅跪在那里好久时间，忽然似乎有什么响声，和珅把头抬起来，看太上皇双唇不住的翕张，喃喃似有所语。嘉庆帝极尽耳力谛听，最终也没听清一个字。又过了好久时间，忽然，太上皇猛地睁开眼睛道："其人何姓名？"

和珅应声对曰："齐王氏，徐天德。"乾隆听罢，复又闭目，口中又喃喃不绝，半个时辰过去了，太上皇才睁开双目，让和珅出去，再不说一句话。嘉庆帝惊愕无比。

嘉庆帝尾随和珅出来，到了无人处，向和珅道："相公，刚才召对时，太上皇说的是什么？相公回答那两个匪首又是什么意思？"

和珅对曰："太上皇所诵念的，是西域秘密咒。诵念此咒，他们讨厌憎恨的人就会无病无疾而死，要么就有奇灾横祸。奴才听太上念这种咒语，知道他所咒的必定是教匪悍酋，故竟以二人姓名对也。"

嘉庆帝听了他的话，内心又是一阵惊骇：和珅怎么竟知道这种邪术？和珅竟然这样了解太上皇，几乎与太上皇心意相通！

当和珅仍快意于福康安的亡逝的时候，突然传来和琳在征苗前线染瘴而亡的噩耗。犹如乾隆失去福康安一样，和珅失去了和琳，精神也几近崩溃。福长安悲恸异常，就是福康安去世时他也没有流过这样多的眼泪，他终日陪着和珅安慰他，并替和珅为和琳办理后事。

嘉庆帝在这种情况下才得以了解军队的实情。

永保本是军机章京，是和珅一手提拔起来的，被委任为诸路军马的统帅后，其军队在诸路剿匪军队中实力也最强。但是他知道，只要能送给和珅金银，无论多么贻误战机也是不妨的，何况他到军队去的目的就是要借征匪而捞一把。于是他在军中蓄养优伶，每日里只知歌舞淫乐，那手下的人也是拿贼不行，劫掠民财民女却个个是好手。

永保这路军主剿王聪儿（齐王氏）和姚之富率领的襄阳义军，王聪儿带着队伍不走大路，只行山间，不攻城市，只在乡村，忽东忽西，忽南忽北，搅得永保晕头转向，要不是天下大雨，江水猛涨，义军差点儿攻下武昌。王聪儿撤出武昌城下后，朝廷命永保截住，不料永保只会尾追，不懂迎击，更不懂如何包围堵截。结果襄阳义军从湖北横扫河南又转战山西，转眼间又回师湖北，永保只能捉住义军的影子了。

永保如此，其他各路带兵大员也是这样，湖广总督毕沅，人称"毕不管"，专会在无"教匪"的地方扎寨，敌来他跑，敌走他追。其余如景安、福宁、秦承恩等也大同小异，只知贪财婪饷，纵部下奸淫掠掳，坐酒肆，嫖妓女，无所不为。

嘉庆帝大怒，立即下诏逮捕了永保，正要处置毕沅的时候，毕沅却在军中病逝，嘉庆帝也不再追究，对于其他诸将，嘉庆帝则下旨严厉痛责了一番，这样一来，各路统兵将帅未免注意起来，彼议分剿，此议合攻，忙乱了一阵子，仍旧没有结果。

鉴于军队毫无战斗力，嘉庆帝又下了一道谕旨，要在冬季举行阅兵大典，检查军队的战斗力，特别是检阅官员的统兵指挥能力。

和珅见嘉庆帝一连做了许多事情，他已顾不上悲痛，若这样下去，他岂不大权旁落。于是很快地从失去爱弟的悲痛中解脱出来。和珅向太上皇奏道："皇上现在要亲自执掌军政，调动军队，尽快剿灭教匪，先下旨逮捕永保，后下旨训斥诸将，如今又下旨秋冬季阅兵，皇上这是为国家社稷着想，作为一国至高无上的君主，一个国家的最高统帅，理当如此；然而湖陕豫川等地教匪正在嚣张，于今冬阅兵，奴才以为实在不妥，请太上皇定夺。"

一席话说得乾隆帝非常生气，颙琰怎么成了国家的最高统帅了，怎么成了至高无上的君主了？那么难道我这个太上皇只是个摆设，真的和历朝历代的太上皇一样有名无实？不行，我要做实在的太上皇，于是下诏曰：

川陕鄂豫数省贼势正炽，正是用兵之时，且火器营、健锐营从前线决不能撤回，京中之此二营官兵亦不能稍动，着令本年冬季大阅兵停止举行。钦此。

嘉庆帝有说不出的孤独，他不能单独下任何诏书，不能私自与任何大臣交往。孤独之时，竟想起老师朱珪来。正巧，此时朱珪正担任两广总督，他把乾隆的诗作四万多首收编订册，并详加注解评述，这真是一项伟大而又艰巨的工程，太上皇异常高兴，便准备授朱珪为大学士。

嘉庆帝得知消息后，喜出望外，写了许多诗篇向老师祝贺，并盼他早日到京，以解渴想之情。

吴省兰发现这些诗稿后，立即抄给和珅，和珅想，正要找机会敲一敲朱珪，现在正是时候，这些诗稿就是"石头"，用它一石二鸟。于是和珅跪到太上皇面前奏道："太上皇要提拔朱珪作大学士，诏书还没发下，却有人向他报喜道贺了。"

"哪一个？"

和珅把嘉庆的诗递与乾隆帝，奏道："如此，则皇上欲市恩于师傅显而易见了。"

乾隆听说是嘉庆帝要向他的师傅卖恩讨好，非常震怒：这不是培植私党吗？自己的权力受到威胁，岂能听之任之。太上皇立即召来董诰，问他道："你久在军机处、刑部，像嘉庆帝这样的事按大清律，违背了哪一条？属于哪一款？"

董诰听到这些，内心震惊：这是和珅谋害皇上，千钧一发，市恩大臣，按大清律即要将其监禁。董诰不露声色，回太上皇的话道："臣请太上皇息怒，人发怒时是容易心情激动，而心情过于激动就要说过头的话；待太上皇息怒，心平气和，臣再为太上皇解释，若太上皇此时心情激动不止，臣则不敢言。"

太上皇沉默了一会儿，渐渐冷静下来。

董诰道："朱珪作了皇上五年的师傅，皇上与朱珪既然是师徒，其情当是师生之情；且皇上诗稿之中绝无不当之言。太上皇暂且搁下其君臣不论，若是一个学士得知能与教授了他五年、与他朝夕相处了五年的老师相会，作诗向他祝贺，难道不是情理之中吗？这样看来，太上皇只认皇上与朱珪是君臣关系，却忽略了二人本为师徒也。君臣之义，义；师徒之义，亦义也。后者可废止乎？如太上皇与皇上，为君臣又父子也，皇子孝敬父皇，体贴入微，此为人子之大伦也。若只以君臣论之，则疑其有他图，这实在是不恰当的理解呀，请太上皇明察。"

乾隆帝听后，道："你是朝中的元老重臣，希望你好好地为朕辅助他，经常地教导他，让他知仁、知义、知伦。"

这件事虽然被乾隆的宠臣董诰一篇巧妙的说辞化解了，但和珅到底还是找了个不是，贬朱珪做了安徽巡抚。

一连串的事情让嘉庆帝更加清醒。太上皇视权如命。我若不加收敛，必为所废，真是如履薄冰呀。过去，康熙帝屡废太子，杀了多少大臣！而对和珅，我决动不了他；我虽为一国之君，其实只是个摆设。自乾隆四十六年至今，每年看起来赴避暑山庄我都随去，可御前行列只有和珅随从，别人不能靠近，连我们这些做皇子的都不能近在御前。和珅揣摩透了皇阿玛的心思性情，几十年来，对皇阿玛的思想言行了如指掌，以至于皇阿玛念咒，他都能听懂。我若不小心而得罪了他，他必然挑唆于皇阿玛面前，

79

他必有种种的说词借太上皇之手要挟于我，乃至更我嗣位。

嘉庆帝把朱珪当年送给他的《箴言》又看了几遍：养心、敬身、勤业、虚己、致诚。为今之计只有涵养身心，虚己以待，静己以待，做训"慎"字，谋定而后动。"静"则可制动，可以不显己之真貌，不露己之弱点，无说无错而又能全神贯注于敌之弱点，敌之破绽。有大作为者就要"虚己以待"，"虚"则可密纳万物，老子云：为天下合。为"合"则可保全自己而密纳万物。"善建者不拔，善抱者不脱"，凡事欲速则不达。"飘风不终朝，骤雨不终日。""知人者智，自知者明，胜人者有力，自胜者强。"如今我要克制自己，战胜自己，不动声色。只要我亲政以后，杀他即易如反掌，现在如果派一武士，亦能置其于死地，但那不是真丈夫真天子所为。想当年曾祖康熙帝杀那鳌拜，真英明绝伦也。曾祖的要点就在于置敌人于不防。现在我无所事事，平庸静处，就是将来大事成功的关键。

嘉庆帝为麻痹和珅，补写了几首咏玉如意的诗。嘉庆想：当初，父皇宣布我为储君的前一天，和珅曾送我一柄玉如意。既然和珅派吴省兰来侦视我，我何不"配合"吴省兰，难道能让吴省兰空手而回吗？于是嘉庆帝补写了几首玉如意诗，并注上年月，成为前年和去年的诗作。

吴省兰穷心尽意地搜索着嘉庆帝的诗稿，找到的竟有许多是赞美和珅的诗句，偶尔也有吟咏和珅坏处的，如说和珅整日吸着雪茄，原本洁白的牙齿变得黑黄，身上又有一股烟味，真不想与他靠近。吴省兰把这些诗作抄与和珅看时，和珅竟咧着大嘴，露出满嘴的黑牙，哈哈大笑。当吴省兰把那些咏玉如意的诗并序抄与和珅时，和珅更是得意非常。吴省兰与和珅得出共同的结论：嘉庆帝胸无城府，是个典型的儒学书生，他对和珅，有爱又有依赖。和珅内心的警惕渐渐地消除了。

嘉庆二年九月初八日，太上皇正为重阳节的到来而高兴。九月，是北京最好的季节，天高云淡，风清气爽，最为宜人。乾隆帝准备在重阳节到来之际到西郊打猎,然后再赏香山红叶。

可是九月初八,皇后喜塔腊氏却薨逝了。喜塔腊氏是嘉庆的结发妻子,旻宁(后来的道光帝)的生母。如今舍嘉庆帝而去,嘉庆帝悲痛无比,写诗抒发自己的哀思:

> 琴瑟和鸣忽断弦,冬宵夏昼廿三年。
> 云烟缥缈旧冲漠,儿女伶仃忍弃捐。
> 心绪萦牵情不断,泪珠错落洒同浇。
> 寂寞椒房谁是伴?独听莲漏耐心宵。
> 凤帏摇风魂欲返,垂髫合卺岂忘情,
> 自叹痴情真说梦,镜花水月片时浓。

正当嘉庆帝说自己"垂髫合卺岂忘情",悲痛欲绝时,太上皇却降下谕旨:虽处大丧,只辍朝五天,嘉庆素服七日,遇祭奠时方才摘缨,各衙门章疏及引见折照常呈递;七日内,值日奏事之王公大臣及接见人员俱着素服,唯不挂朝珠。

乾隆到了老年,最怕听到两个字:"老"和"死",乃至与"老"和"死"有关的一切东西、一切词语,他都厌烦,何况正值九九重阳节到来的前日皇后却薨逝了。太上皇想:这太不吉祥了,这不是损折我的阳寿吗?太上皇又想,在这种时候,他要观察一下颙琰对父皇与对妻子孰轻孰重。

和珅命福长安对嘉庆帝严加监视,处处盯梢,若见其有"不孝"之处立即禀报。福长安此时已是吏部尚书、军机处行走,哪有不听和珅的话的道理?而太上皇也让和珅侦视皇上是否重情爱而忘孝义。

嘉庆帝听罢太上皇的谕召,哪能不明白太上皇的心理,遂也对内阁下了诏谕,迎合太上皇心意,而更显孝心深厚,诏曰:

朕日侍圣上,昕夕承欢,诸取吉祥。礼以义起,宫中之礼亦当尊义而行。故王公大臣等奏事如常,服饰如常;天下臣民等自当共喻朕崇奉皇子孝思,敬谨遵行,副朕专降尊养至意。

嘉庆知道,自己的皇位就如筑在幕帐上的燕巢,稍有不慎,一有风吹草动,就会巢倾卵破。

服丧期间,和珅和福长安向太上皇递了两份奏折,将皇帝的活动作了详尽全面的汇报:

"七天之内,嘉庆皇上从不走乾清宫一路。帝去吉安所皇后灵堂时,俱出入苍震门,不走花园门。皇帝因奉养太上皇,诸事唯取吉祥,至永思殿才换素服,回宫即换常服,随从太监也穿天青褂子。且皇上总以孝为务,其能以义制情,并不过于伤感,御容一如平常。"

嘉庆强忍内心的悲恸,总算是做到了滴水不漏。

一天,和珅想,我须亲自试探嘉庆帝一番,于是便带了宜绵报来的前线奏折,来到皇上面前,跪在地上。嘉庆帝急忙拉起他道:"相公请起,以后见朕,非公开场合,绝不要行此大礼。"

和珅道:"奴才怎敢在皇上面前无礼,礼仪乃义之表,奴才岂敢违君臣之大义!"

嘉庆道:"相公尽心国家,忠心皇上,此等大义,天下共知,像如此些许小节,不必太苛。"

和珅奉上奏折道:"请皇上御批。"

皇上道:"朕何能与焉,此等军政大事,唯皇阿玛处置,朕于此等大政不谙,于军事更不熟悉,正要请教皇阿玛、相公才是。"

和珅心里有说不出的高兴,后来又派福长安屡次试探,福长安回报:"看皇上样子,对政事军事等确实所知甚少,更不懂其中关节,诸事迷糊,见解浅陋,虽为帝王,实如后主李煜,又似北宋徽宗,一书生耳。"

此后,嘉庆帝若有事奏报太上皇,俱请和珅转奏,和珅心里更是高兴。转念一想,又觉此事可能有假,于是派一侍卫道:"你到皇上面前,如此说,看他如何。"于是和珅交待了侍卫几句。

侍卫有意对嘉庆帝道:"皇上向太上皇奏事,乃礼规所在,由外臣转奏，有悖于情理，奴才等以为皇上这种做法实是失当，就吾等侍卫也觉羞赧。"

嘉庆道："你等有所不知，朕依靠相公治理国家，哪能轻视薄待他呢？何况相公尽心报国，忠心事主。朕正要厚待尊重于他，以使其尽力辅朕；若相公对朕略有懈怠，朕如何是好？朕靠谁治国？"

和珅又趾高气扬起来，以为自己必是两朝宠相。

一天，嘉庆帝召来刘墉道："你替朕探视一下阿公，望他保重。"

刘墉领旨来到阿桂府上，此时阿桂已卧于病榻之上。刘墉径至床前，见阿桂须发零乱，面容憔悴，心里一阵酸痛。阿桂见刘墉也已白发苍苍，瘦骨伶仃，心里也是痛苦。两位老人手握一处，相视许久。也不知过了多长时间，阿桂道："你也快八十了吧？"刘墉道："快了。"阿桂突然大声呼号道："我年纪已经到了八十，寿享颐年，可以死了！位居将相，位群臣之首，恩遇无比，可以死了！子孙都在部中任职，心满意足，可以死了！可是现在我还不想死啊！我不想死！我之所以在这里偷生，是要等到皇上亲政啊！这点犬马的心愿，如能上达，则死了也没有遗憾了。"

刘墉泪流满面道："我何尝不作此想，中堂更要挺住，定要活到皇上亲政啊！那奸贼已树大根深，为皇上、为国家社稷，我等要活着啊！"

可是阿桂并没有活到嘉庆亲政，不久，他即撒手人寰。此时乾隆帝和嘉庆帝刚由避暑山庄回銮京城，消息传到宫内，乾隆老泪纵横，让嘉庆帝亲到灵前祭奠，赠太保，祀贤良祠，谥文成。

和珅虽为第一权臣，可是阿桂在时，和珅名分却在次相；阿桂已殁，和珅继为首席军机大臣，可谓夙愿已偿，自己最觉为绊脚石而又搬不动的福康安、阿桂相继去世，不能不让和珅分外得意。此时，乾隆的功勋之臣尽皆先乾隆而去，和珅踌躇满志，对天下大臣，心内再没有半点担心，哪一个还被他放在眼里。

这一日，和珅骑在马上，行于紫禁城内，觉得天高云淡，日朗风清。往日里行在这宫中，看那殿宇，心上不免觉着重压；今日再看这乾清宫、太和殿、天安门、前门等等,反觉得非常渺小,似乎自己吹一吹它就要颤动,跺跺脚它便摇晃。和珅志得意满之下,竟哼起昆曲来。

马停处,还是乾清宫前,和珅下马,进宫内时,见太上皇面南而坐,皇上西向侍立,又有其他几位大学士和军机大臣。和珅心里高兴,自己为军机首席,太上皇、皇上必召大家颁陈圣旨,明确我的职位责任。和珅跪倒拜过太上皇和皇上,站立于乾隆身侧。果然,太监让各位跪拜接旨,和珅等跪倒,恰如和珅所料,是宣和珅为军机首席明确其职分的圣谕。和珅飘飘然起来,如升腾到了云雾之上……

正当和珅神游天外的时候,猛听乾隆帝道:"和珅!"和珅急忙跪倒,五体投地道:"奴才在。"

乾隆道:"阿桂秉力年久,且有功,汝随同列衔,事尚可行。今阿桂身故,单挂你的头衔,外省无知,必疑事皆由你,甚至称你帅国,汝自揣摩揣摩,你配得上这个称呼否?"

和珅犹如五雷轰顶,当头泼下一盆冷水,却听乾隆帝又道:

"军机首揆也不可擅权称相,自此以后,你不得在军机处所发的谕旨上列名,只写军机大臣;其余军机大臣,更不准列名于其上,着为例。"

亏了此时八十八岁的乾隆帝老眼昏花,看不清和珅的面部表情,不然必剐杀他。此时,和珅咬牙切齿,面如猪肝,目如铜铃,只恨不得把太上皇咬在嘴里,连骨头也嚼他几遍。

和珅不知道自己是如何出宫的。他深切地认识到,任何君王的宠爱都是靠不住的。何况指望两个君王的宠爱,任何君王视他的大臣都如小丑,如牙签,让你表演过之后,让你剔掉他的那些不快活的地方后,就把你打发走了,把你扔了。和珅内心恨恨地道:"弘历,尽管你玩弄权术玩弄到这个份上,可是,如今国家的军政大权都已被我控制,军中将领是我的人,朝中部院大臣、内阁军机处多是我的人,各省督抚多是我的人——弘历,你虽把我当成弄臣,难道我就甘愿作弄臣吗？我也要把你当成工具，把你当成浇灌我权力大树的粪土，让我这棵大树根深叶茂，看谁能撼动我！"

虽然已是正月初二，北京城却很少显出新年的气象来。街上很少有行人，街边倒了许多尸体。天空中彤云如铅，寒流滚滚，北风则呼啸着席卷紫禁城，撕扯着屋顶檐角，发出呜呜的响声。

宁寿宫里，嘉庆帝率王公大臣侍立在太上皇乾隆帝的病榻前。乾隆帝已经意识到他即将走完人生的旅程。虽然他在年前腊月二十九还在接待外国使者，看杂戏，三十日还参加了在保和殿举行的盛大年终宴，但是初一日，他再也挪动不了身子了，只觉得阵阵头晕目眩，终于没有出现在群臣及外国使者面前，接受他们的新年祝贺。

乾隆帝艰难地睁开浮肿的眼睛，望着窗外，满眼是一片灰白。他的嘴角嚅动着，手抖个不停，和珅急忙拿起纸笔砚纸墨。所有的人，特别是嘉庆帝，他们都知道，只有和珅理解太上皇的每一个细小的动作的含义。于是嘉庆帝急忙抱起乾隆，果然，乾隆拿起笔，抖抖索索地写下了一首诗——《望捷》：

> 三年师旅开，实数不应猜。
> 邪教轻由误，官军剿复该。
> 领兵数观望，残赤不胜灾，
> 执讯迅获丑，都同逆首来。

乾隆帝多么想在他生命的最后一息听到剿灭白莲教的消息呀！

嘉庆帝与和珅都满含着泪水。"皇阿玛，您一定会看到报捷的红旗。"随着嘉庆帝的声音，和珅也哭泣着道："太上皇，奴才要亲临前线，定将教匪荡平，为太上皇八十九万寿节献礼！"

听了他们的话乾隆似乎兴奋起来，示意嘉庆帝把他扶下床，可是他刚一起身，忽然眼前一黑，又一头栽倒在嘉庆帝怀里。嘉庆帝与和珅急忙把太上皇平放在床上，太医紧急救治一会儿，乾隆帝又慢慢睁开了眼睛。

和珅意识到乾隆帝也许活不过今天,内心不由一阵阵紧张,自觉不自觉地时时望着身旁的嘉庆帝。若太上皇崩逝,自己失掉了这个稳固的靠山,再也没有了这个为自己遮挡一切的保护伞,那么眼前的嘉庆帝会对自己如何呢?多年来,自己一直在观察他、试探他,甚至让福长安盯他的梢,让吴省兰整理他的诗稿窥视他心中的奥秘。多年来大家得出的结果是一致的:嘉庆帝是平庸的,至多是一个书生。多年来,嘉庆帝一直称呼和珅为"相公",所有的军政大事无不请教他,毫不掩饰对他的信任和依赖。可是,人都是变化的,太上皇一旦驾崩,嘉庆帝亲政以后还会对和珅这样吗?和珅会成为两朝元老重臣吗?从以前侦视的结果来看,结论是肯定的。而且,如果嘉庆帝忠实地执行太上皇制定的大政方针,接受太上皇留下的一切,那么和珅就会成为两朝权臣的。

和珅望着病榻上的乾隆,不时地走神;而此时的太上皇,嘴唇翕动,喉咙里发出浑浊的声音。和珅心里一亮,尽快颁布《遗诰》。快,否则就来不及了。和珅忙贴近乾隆的耳边说道:"太上皇,是要颁发诏书吗?"太上皇立即做了个肯定的动作,又浑浊而分明地指示他要颁发《遗诰》,和珅急忙拿过纸笔,含泪道:"太上皇,奴才听旨。"可是乾隆帝刚说了几句,嘴角再也张不开,和珅道:"奴才追随侍奉太上皇几十年,就让奴才起草吧。"太上皇又给了个肯定的动作和眼神,接着又艰难地说出一个字"好"。

嘉庆帝的心里有如外面的天空,充满了浓重的阴云而又寒风飕飕。他深深地知道,和珅这一招是针对他来的,和珅是要借太上皇的《遗诰》要挟他,把《遗诰》当成他的紧箍咒。

嘉庆帝望着病榻上的乾隆,他虽然觉得乾隆犯了年老的人都容易犯的错误,做了许多让人遗憾的事,可是他仍然爱他的皇阿玛,乾隆是他一生中最崇拜的人。此时,他又怎能违拗处于弥留之际的父亲呢,又怎能从和珅手中夺过纸笔,而由自己起草那份《遗诰》呢?

初二日下午，太上皇《遗诰》颁示天下：

奉天承运太上皇帝诰曰：朕惟帝王诞膺天命，享祚久长，必有小心昭事之诚，与天无间，然后厥得不回，永缓多福。是以兢兢业业，无怠无荒，一日覆于帝位，即思一日享于天心。诚知夫持盈保泰之难，而慎终如始之不易易也。朕仰荷上苍鸿祐，列圣贻谟，爰自冲龄，即蒙皇祖钟爱非常，皇考慎选天良，付畀神器。即位以来，日慎一日，当重熙累洽之期，不敢存豫大丰亨之见。敬思人主之德，唯在敬天法祖，勤政爱民。而此数事者，非知之艰，行之唯艰。数十年来，严恭寅畏，不懈蓝虔，每遇郊坛大事，躬亲展恪，备极精禋，不以年齿自高，稍自暇豫。中间四诸盛京，恭谒祖陵，永唯创业之艰，益切守成之惧。万几躬揽，宵旰忘疲，引对臣僚，批封奏章，从无虚日。各省雨旸丰歉，却萦怀抱。凡六巡江、浙，相度河工、海塘，转念民依，如保赤子。普免天下钱粮者五，漕粮者三，积欠者再，间遇水旱偏灾，蠲赈频施，不下亿万万。唯期藏富小民，治臻上理。仰赖天祖者祐，海宇升平，版图式扩，平定伊犁、回部、大小金川，缅甸来宾，安南臣服，以及底定廓尔喀，梯杭所至，稽首输忱。其自作不靖者，悉就殄灭。凡此肤功之累奏，皆不得已而用兵。而在位日久，经事日多。祗懼之心因以日切，初不敢谓已治已安稍涉满假也。回忆践阼之初，曾默祷上帝，若能仰邀眷命，在位六十年，即当传位嗣子，不敢有逾皇祖纪年之敉。其时朕春秋方二十有五，预料六十年时日方长，若在可知不可知之数。乃荷昊慈笃祐，康强逢吉，年跻望九，亲见五代玄孙，周甲纪元，竟符初愿。抚衷循省，欣感交加。爰于丙辰正朝，亲授玺皇帝，自称太上皇，以遂初元告天之本志。初非欲自暇自逸，深居高拱，为颐养高年计也。是以传位之后，朕日亲训政，盖自揣精力未至倦勤，若事优游颐养，则非所以仰答天祖深恩，不唯不忍，实所不致。训政以来，犹日孜孜，于兹又逾三年。近因剿捕川省教匪，筹笔勤劳，日殷盼捷，已将起事首逆，紧要各犯，骈连就获。其奔窜伙党，亦可计日成擒，蒇功在即。此岁寰宇屡丰，祥和协吉，衷情若可稍纾，而思艰图易之心，实未尝一日弛也。越岁庚申，为朕九旬万寿，昨冬皇帝率同王公内外大臣等，预请举行庆典，情词恳切，实出至诚，业降敕旨俞允。夫以朕年跻上耋，诸福备膺，皇帝合万国之欢，申亿龄之祝，因为人子为人臣者无穷之愿，然朕之本衷，实不欲侈陈隆轨，过滋劳费。每思《洪范》以考终列五福之终，古帝王躬享遐龄，史册想望，终归有尽。且人生上寿百年，今朕已登八十有九，即满许期颐，亦瞬间事。朕唯在敬日强，修身以俟，岂尚有所不足而奢望无已。朕体气素强，从无疾病，上年冬腊，偶感风寒，调理就愈，精力稍不如前。新岁正朝，犹御乾清宫受贺，回来饮食渐减，视听不能如常，老态顿增。皇帝孝养尽诚，百方调护，以冀痊可。第朕年寿已高，恐非医药所能奏效。兹殆将大渐，特举朕在位数十年翼翼小心，承受天祖恩祐之由，永贻来叶。皇帝聪明仁孝，能深体朕之心，必能如朕之福，付托得人，实所深慰。内外大小臣工等，其各勤思厥职，精白乃一，用辅皇帝郅隆之治，俾亿兆黎庶，咸乐升平。朕追随列祖在天之灵，庶无遗憾矣。其丧制悉遵旧典，二十七日而除。天地宗庙社稷之祭，不可久疏，百神群祀，亦不可辍。特兹告诫，其各宜遵行。

诏书发出后，嘉庆帝、和珅、王公大臣及皇子皇孙等，陪侍太上皇一夜。初三日，太阳正要升起，突然，乾隆帝睁大眼睛，手指着西南方向不住地抖动着，久久不肯放下。

和珅忙跪倒大哭道："太上皇，放心吧，奴才等一定效犬马之劳，实现太上皇的心愿。"

嘉庆帝也跪在地上痛哭失声："皇阿玛，儿臣一定要平定西南，剿除教匪，早日把捷报奏报皇阿玛。"

皇子皇孙、王公大臣等也跪倒向太上皇发誓，一定要早日剿灭"教匪"。

乾隆放下他的手，闭上了他的眼睛，他没有活到初三日太阳升起的那一刻，这位"十全"老人，一生建立了宏伟的业绩，但却带着深深的遗憾离开了人世。

第五章
太皇崩朝廷逢热丧
新帝怒权臣死黑牢

正月十七日，天已向晚，经过两天的思索，嘉庆帝决定以三尺白绫赐和珅自尽。福长安判斩监候，秋后处决，并提福长安至和珅狱中，跪视和珅自尽。和珅已故的弟弟和琳也被追回爵位，撤出贤良祠……

初三日上午，大行太上皇帝的梓宫停放在乾清宫。

上书房在乾清宫的左侧，除早晚到殡殿哭灵外，嘉庆帝在这里席地寝苫。

上书房里静悄悄的，似乎能听到外面雪花落地的声音。嘉庆帝要理一理他的思路：

必须剜除腐败的毒瘤，否则国将不国；而要铲除腐败，就必须改革弊政，整顿吏治；要改革，要整顿，就必须首先诛杀和珅。即使为自己的亲政着想，为巩固自己的权力着想，也必须首先诛杀和珅。

苗民和教众作乱，都是地方官吏贪婪敲诈、勒逼暴虐的结果，而白莲教众越剿越多，白莲怒火越烧越旺，更是由于军队和地方官的腐败所致，而腐败的根源就在和珅这里！

可是，诛杀和珅岂不是落了个不孝的罪名？会不会引起朝野的动乱？时局会不会因此而动荡？

祖宗创下的宏伟业绩岂能在我手中衰败！拯救国家于危难就是对列祖列宗的最好报答，诛杀和珅，整顿军队，荡平教乱，就是对先皇的最好祭奠。至于皇考的《遗诰》，里面有些谎言和大言不惭，又对军队对征苗的过分溢美之词，实是受和珅这个奸贼胡乱编造所致，并非先皇本意，决不能受其束缚。和珅祸国殃民，铲除他即是对黎民百姓的爱护，更是对皇考的孝道。

处理和珅之事如果做到了"稳"和"快"，就不会引起动荡。诛杀和珅必须以"稳"为核心；要做到"稳"就必须"快"，不能囿于国家大丧之日就缩手缩脚，要趁这个机会打和珅个措手不及。尽快尽早地诛杀元凶，不仅不会引起时局的动荡，而且是稳定时局的关键。

可是，和珅毕竟是皇考最宠幸的大臣，又是当朝第一权臣，诛杀他，虽然要讲求一个"快"字，也要做得顺理成章，水得渠成，因此从现在开始，就要因势利导，营造诛杀和珅的有利的政治形势和政治环境。

首先要稳定朝廷。若是阿桂还在，诛杀和珅要简单一些。可是阿桂已死，朝中已没有他那样功勋卓著、德高望重、一人可稳定局势的大臣。但是王杰、董诰、刘墉等既受皇考宠爱，又与和珅龃龉，刚正不阿，清廉忠贞，素有厚望，应任用这批老臣，遏制和珅在朝中的党羽，抵消我对皇考的不孝不敬。

其次要稳住宗室。仪郡王永璇、成亲王永瑆、定亲王绵恩等可以重用，其余宗室皇亲都可以封赏。他们对和珅早已恨之入骨，我在大丧中惩治和珅，想来他们也一定会支持的。

至于和珅，也要先稳住他，要等到夺了他的军政大权之后再动手；他的其余党羽，可以先不加追究，以免与和珅有点瓜葛的人都人人自危。

总之，在处理和珅这件事中，要坚决果敢，要突出一个"稳"字，避免出现时局的动荡，哪怕是一点小小的风波。

嘉庆帝要扫清亲政路上的障碍，在谋划着诛杀和珅的具体行动，尽量安排得周全，尽量把每一个细节都考虑到，一个完整的方案在他的胸中形成了。

屋外的冷风似乎在寻找什么，捕捉什么，到处乱钻，四面搅旋。

在谋划如此重大行动的当口，嘉庆帝有说不出的孤独，他多么渴望见到他的老师朱珪，多么想把满腹的心事和盘托出与别人商量。多少年来，在宫中，在陪伴太上皇的时候，他不能独自过问军政大事，不敢吐露自己的真实心声，写诗作文也要字斟句酌应付和珅党徒的窥探，甚至在结发妻子病逝的时候，也要强忍内心的悲痛，装出轻松，因为年老的太上皇不喜欢看见人悲戚的样子。如今亲政了，可是身边的王公大臣哪一个是他的心腹？没有，只有对师傅朱珪，可以和盘托出自己的心事，可是朱珪却还在几千里之外的安庆。

十年没有见了，不知师傅身体如何。

嘉庆帝望着座旁的箴言：养心、敬身、勤业、虚己、致诚。这是朱珪当年送与他的临别赠言。多年来嘉庆帝一直把它当成自己的座右铭，特别是做了嗣君以后。现在的寝苦之地正是"味余书室"，这个书房的题额正是朱石君先生赠与的，当年在这里，朱珪教他"勤"、"俭""仁""慎"，如今要是先生仍然在他身边那该有多好，他有多少事要和他商量啊。

本来，朱珪是可以在朝中做大学士的，可正是和珅，不仅寻借口贬谪了他，甚至差点把嘉庆也给监禁了，多亏了董诰巧妙的回答，嘉庆才躲过了一次灾难。

想到这里，嘉庆帝不由得又把和珅的名字嚼了几嚼：必杀此儿！

嘉庆帝命以六百里快驿，诏朱珪快速进京，同时，对和珅，他开始动手了。

初三日上午，和珅、福长安、苏凌阿、吴省兰等都聚在军机处和珅的值庐等待着嘉庆帝亲政后的第一道诏书，他们要看看嘉庆帝是如何评价他的皇阿玛的，他们要从诏书里窥见嘉庆帝是不是忠实于他的父亲。不久，诏书颁下，和珅等人急不可待地读着其中对乾隆帝评价的部分：

> 我皇考大行太上皇帝御极六十年，抚御万邦，法天行健，遇郊庙大祀，必亲必敬。崇奉皇祖妣孝圣宪皇后四十二年，大孝弥隆，尊养备至。综览万几，爱民勤政，

普免天下钱粮者五、漕粮者三、积欠者再。偶遇水旱偏灾，蠲贷兼施，以及筑塘捍海，底绩河防，所发帑金，不下亿万万。至于披览章奏，引对臣工，董戒激扬，共知廉法。礼励旧而敦宗族，广登进而育人才。征讨不庭，则平定准部、回部，辟地二万余里，土尔扈特举部内附，征剿大、小金川，擒渠献馘，余若缅甸、安南、廓尔喀，僻在荒服，戈铤所指，献馘投诚，其台湾等处偶作不靖，莫不立即殄除。此十余纪绩，武功之极于无外也……

和珅等人见嘉庆如此尊崇太上皇，料定他一定会沿太上皇的路线走下去；而且，这个诏书，几乎是照抄和珅起草的《遗诰》，这令和珅特别快意。这样，大家都松了一口气，特别是看到诏书中下面的文字，更是有说不出的欣喜，那几行字是任命治丧大臣的，上谕中任命亲王、大学士、尚书、总管内务府十二人总理一切丧仪。一般说来，被任命为治丧大臣的人必既是先皇的宠臣，也是嗣皇帝的宠臣，和珅和福长安等不仅名列十二个治丧大臣之中，而且和珅的名字位居诸大臣的首席，而福长安则排在诸尚书的第一位。和珅和福长安异常高兴，他们认为自己已经是两朝重臣。

可是吴省兰却不无忧虑地说："这个诏书中为什么没有提白莲教匪的事呢？这可是个关键问题啊，皇上会不会是故意地避而不谈呢？"

福长安道："此时是国家大丧之日，皇上不会直说白莲教匪之事。况且皇上诏书中也提出军营将官是'皇父简拔委任'，并让他们'横扫余孽'，皇上自然要对诸将鞭策勉励一番，但倚重之意，溢于言表。"

和珅默而无声，他认为福长安的话有道理。

当日上午，和珅、福长安被皇上召到上书房，上书房中，王公大臣已挤得满满的。

嘉庆帝道:"和珅听旨。"

"奴才在。"

"你是大行太上皇帝的近臣、首席军机、内阁大学士,实为国家勋旧;朕初亲政,诸事仰赖,望相公不负大行太上皇帝的重托,辅朕处理一切军政大事。如今国家大丧,丧事为国家首务,朕特命你全权主持丧务;主持丧务期间,暂免你军机大臣、步军统领等职,专心治丧。待国家大丧期满,再复你原职。"

"奴才领旨。"

嘉庆帝又道:"福长安。"

"奴才在。"

嘉庆帝谕令曰:"大行太上皇帝在日,你与相公一起朝夕服侍,朕甚为感念。特命你与相公一起专心治丧,也暂免你军机大臣及尚书等职。"

"奴才领旨。"

嘉庆帝又道:"你二人乃大行太上皇帝的亲臣、近臣,又皆皇亲国戚,受先皇厚恩,为先皇最倚重宠爱之臣,特命你等昼夜守值殡殿。"

和珅与福长安二人及所有的王公大臣都觉得皇上的安排合情合理,没有什么其他的意思。满朝文武,亲王、贝勒、贝子,他们哪一个在乾隆那里所受到的宠爱,也比不上和珅与福长安。让和珅与福长安值守殡殿,是天经地义的,何况日夜守殡殿,这是皇子皇孙般的恩宠啊。至于被暂免军机大臣等职务,也是情理之中的事,想这治丧诸事如此繁杂而劳累,怎能顾及到其他的军政大事呢?

于是,和珅、福长安心安理得地日夜值守在乾隆帝的殡殿内。

初三日的傍晚,嘉庆帝到殡殿哭灵后,与和珅、福长安商量了一些大丧的事,便回到了上书房。还没坐下来,皇上立即召见仪郡王永璇、成亲王永瑆、定亲王绵恩。

永瑆道:"皇弟此时召见我等,必有重大事体。"

嘉庆道:"朕命你入军机处为军机大臣,处理军政大事。朕即晋封八哥仪郡王永璇为亲王,总理吏部,特命定亲王绵恩为步军统领,总管京师卫戍及防务诸事。同时,火器营、健锐营也交于绵恩。"

永璇道:"谢皇上盛恩。只是恐怕不止这些吧。"

嘉庆帝道:"绵恩应连夜调出和珅宅内一千余名步甲兵丁,迅速调换步军统领衙门及巡捕五营的将官,严密警戒内外城各处,并在和珅及其党羽栖居处布暗哨。同时,宫中的侍卫要清理审查。"

永瑆道:"皇上是要捉那个瓮中之鳖了?我要亲手剐了他!"

嘉庆道:"皇兄切不可急躁。如今须严禁和珅、福长安与外界联络、沟通消息,要斩断他与外界的一切联系。此事决不可疏忽大意。今夜十一哥守殡,在和珅面前决不可流露出半点端倪,应一如往常待他。"

初四日五鼓,嘉庆帝哭灵殡殿,和珅陪侍着皇上,没有一点倦容。哭毕,和珅道:"皇上节哀,注意身体。"

嘉庆道:"相公也应节哀,如若相公感到守殡过于劳累,朕即让成亲王永瑆代你,但朕对他并不放心:如此重大的事情……"

没等皇上说完,和珅道:"先皇视奴才如子,皇上又如此体爱奴才,奴才敢不肝脑涂地以报先皇、皇上厚遇。皇上放心,我身体很好。"

嘉庆帝道:"相公一定要注意身体,先皇山陵骤崩,现在诸事只有仰赖相公了。"说罢又呜咽起来。

不一会儿,王公大臣等俱都哭灵殿上,和珅尽心尽力地陪着,一刻也不停地忙着各种丧务。

嘉庆帝回到上书房,立刻做了一番人事调动,任命成亲王永瑆、大学士董诰、尚书庆桂为军机大臣;那彦成、戴衢亨留任军机处;盛柱署工部尚书,保宁为英武殿大学士,庆桂为御前大臣、协办大学士,书麟为吏部尚书,松筠为户部尚书,富锐为兵部尚书。当然,担任京城防务重任的要职——步军统领及健锐营、火器营统领的,是定亲王绵恩。同时,让仪郡王永璇总理吏部,成郡王永瑆除任军机大臣外,总理户部兼管三库。

随后,正式晋升仪郡王永璇为仪亲王,贝勒永璘为庆郡王,绵亿封履郡王,另有皇室成员俱受封赏。

内阁、军机处、京城防务及各重要部院官员安排就绪后,嘉庆想,现在是与和珅算总账的时候了!嘉庆首先从"教匪"一事开刀,嘉庆想,和珅在起草《遗诰》时,企图以"蒇功在即"的只言片语掩盖一切弊政恶习,开脱自己的一切罪责,那就首先从这里向天下发出信号,号召天下讨伐和珅,从而顺理成章地逮捕和珅。于是嘉庆帝通过军机大臣发出上谕曰:

> 谕军机大臣等。我皇考临御六十年,天威远震,武功十全。凡出师征讨,即荒缴部落,无不立奏荡平。若内地乱民王伦、田五等,偶作不靖,不过数月之间,即就殄灭,从未有经历数年之久,糜饷至数千万两之多而尚未蒇功者,总由带兵大臣及将领等全不以军务为事,唯思玩兵养寇,借以冒功升赏,寡廉鲜耻,营私肥橐。即如在京谙达、侍卫、章京等,遇有军务,无不营求前往。其自军营回京者,即平日贫乏之员,家计顿臻饶裕,往往托词请假,并非实有祭祖省墓之事,不过以所蓄之资,回籍置产。此皆朕所深知。可见各路带兵大员等有意稽延,皆蹈此端牟利之积弊。试思肥橐之资皆婪索地方所得,而地方官吏,又必取之百姓,小民脂膏有几,岂能供无厌之求?此等教匪滋事,皆由地方官激成。即屡次奏报所擒戮者,皆朕之赤子,出于无奈,为贼所协者。若再加之朘削,势必去而从贼,是原有之贼未平,复驱民以益其党,无怪乎贼匪日多,辗转追捕,迄无蒇事之期也。自用兵以来,皇考焦劳军务,寝膳靡宁。即大渐之前,犹频向捷报。适至弥留,并未别奉遗训,仰窥圣意,自以国家付托有人,他

无可谕。唯军务未竣，不免深留遗憾。朕躬膺宗社之重，若军务一日不竣，朕一日负不孝之疚，内而军机大臣，外而领兵诸臣，因为不忠之辈，何以仰对皇考在天之灵？伊等即不顾身家，宁忍陷朕于不孝、自列于不忠耶？况国家经费有常，岂可任意虚糜坐耗，日复一日，何以为继？又岂有加赋病民之理耶？近年皇考圣寿日高，诸事多以宽厚，凡军中奏报，小有胜仗，即优加赏赐；其或贻误军务，亦不过革翎申饬，一有微劳，旋经赏复。虽屡次饬催，奉有革职治罪严者，亦未惩办一人。即如数年中，唯永保曾经交部治罪，逾年仍行释放。其实各路纵贼窜逸者，何止永保一人，亦何止一次乎？且伊等每次奏报打仗情形，小有斩获，即补叙战功；纵有挫衄，亦皆粉饰其辞，并不据实陈奏。伊等之意，自以皇考高年、唯将吉祥之语入告。但军务关系紧要，不容稍有隐饰。伊等节次奏报，杀贼数千名至数百名不等，有何证验？亦不过任意虚捏。若稍有失利，尤当据实奏明，以便指示机宜。似此掩败为胜，岂不贻误重事？军营积弊，已非一日。朕总理庶务，诸期核实，止以时和年丰，平贼安民为上端。而以军旅之事信赏必罚，尤不肯稍纵假借。特此明白宣谕：各路带兵大小各员，均当涤虑洗心，力图振奋，期于春令，一律剿办完竣，绥靖地方。若仍蹈欺饰怠玩故辙，再逾此定限，唯按军律从事。言出法随，勿谓幼主可欺也。

这道切中时弊的谕旨刚一发出，天下随即震动。

吴省钦看到嘉庆帝的诏谕后，犹如正月里打了个霹雳，骇异而又意外，他急急惶惶地来找吴省兰。兄弟二人相见，目瞪口呆，许久许久没有一句话，他们知道：大祸马上就要临头了。

兄弟二人颓然地倒在椅子里，吴省钦道："是不是写份奏折，参和珅一本，我们知道和珅一些内幕，不如把这些东西公开。"

吴省兰道:"哥哥,我也想过这么个计策,但我觉得现在已为时太晚了。想想上谕中的最后一句话吧,'言出法随,勿谓幼主可欺也'。'幼主',皇上已是不惑之年,四十岁了,还自谓幼主,可见其愤懑之情郁积于今日已非一日一年,否则,岂出此语?想我侍读皇上,实际是和珅的暗探,我曾把他的诗稿拿给和珅,为此,皇上差一点受先皇严惩。过去,我们跟着和珅,不就是觉得皇上平庸无能,为一介书生,觉得他是'幼主'而可欺吗?想想我们做过的事,皇上能原谅我们吗?"

吴省钦道:"现在如之奈何?如今要紧的是与和珅一起商讨对策。"

吴省兰摇了摇头,长叹一声,说道:"这一层,我已想过。这是根本不可能的了。我们平时只是说皇上本是个平庸的人,谁知他是在装憨卖傻,行韬晦之计,以此保全自己而等待时机,以静制动。如今自内阁到都院的人事已作了调整,特别是步军统领及巡捕五营及健锐营、火器营的兵权,已收归定亲王绵恩,皇上如此迅速地在太上皇驾崩的第二天就作了如此的部署,这说明,皇上是在胸有成竹的情况下才发布这个上谕的。至于和珅,表面上是让他日夜值守殡殿,实际上是软禁他,斩断他与外界的一切联系。想一想,我们怎么可能与他联系上,更何况,你我的宅旁,有许多陌生人。这样看来,京城,已被皇上牢牢地握在手中了!唉,爱新觉罗氏都非等闲之辈啊,想一想这嘉庆帝的祖上,哪一个皇帝不是如此。"

"这么说连苏凌阿也不能见了。"

"那只能罪加一等,何况苏凌阿两耳重听,双目昏蒙,混蛋之至,找他何用。别说苏凌阿,其他的一些将官侍卫也已经或撤换或看管,也是联系不上的。这绵恩的动作也够快的了。"

吴省钦瘫软在椅子里,如一堆烂泥。想当年,曹锡宝弹劾和珅家人刘全,觉得此事重大,便把奏折拿来与他的同乡、同学、知己吴省钦看,可是吴氏兄弟明里大骂和珅,稳住曹锡宝,暗地里却连夜向在热河的和珅告密。这种卖友求荣的可耻之徒,此时也急惶惶如丧家之犬了。吴省钦、吴省兰只能在大厦倒塌之前，胆战心惊地熬着。

吴省兰倒镇定一点，他只恨自己聪明一世、糊涂一时，在嘉庆帝面前他把事情做得太绝了。吴省兰本来是和珅在咸安宫官学就读时的老师，后来和珅显达，他竟拜和珅为老师。吴省兰想起这些事一点也不脸红，他只恨自己为什么在嘉庆帝面前没有把和珅的坏事给抖露出一些，他侍读皇上时为什么愚蠢到不脚踩两只船。吴省兰想：当时我只要搪塞一下和珅，而暗地里把和珅的所作所为向嘉庆帝密告该多好啊，这样两方面讨好，而又绝对不会引起和珅的怀疑，无论哪方面得势，我都能顺势成事，比如现在，我若不是在嘉庆帝面前做得太绝，只要顺势奏和珅一本，踹他一脚，我还可以捞个头功啊。

"只要奏他一本，踹他一脚。"吴省兰不自觉地把这句话说了出来，哪知吴省钦听得特别真切，突然从椅子上弹了起来道："我一直在这样想。现在就写！"

哪知道吴省兰却道："这样不成………"

吴省钦疑惑地望了吴省兰一会儿，又颓然地瘫倒在椅子里，恍恍惚惚中，他又听吴省兰咕哝道："这个头功，让别人捞去了。"

吴省兰说的一点也不错。

广兴正在研究嘉庆帝刚颁发的诏谕。广兴的叔祖高斌、父亲高晋都位至宰相，是乾隆朝有名的治河大臣，其兄书麟与和珅一向不和，现在正充军伊犁。广兴起初是在礼部做事，背案牍如流水一般，大学士王杰非常器重他的才能，于是一路提拔上去，做了御史。但是他时刻都在等待着时机，等待着……

对于广兴这样聪明敏感而时刻又都在寻找机会的人来说，是不难发现嘉庆帝诏谕的真正用意的。

在大丧的第二天，皇上就发布了措词如此严厉的上谕，而且实际上是对先皇两天前的《遗诰》的推翻，这一切说明了什么？说明了嘉庆帝亲政维新的开始。而皇上亲政后要做的第一件大事，就是要铲除和珅。这个上谕,就是号召天下的人去揭发他。试想上谕中的话,"带兵大臣及将领全不以军务为事,唯思玩兵养寇,冒功升赏,寡廉鲜耻,营私肥橐",这是在说谁?军队的将官多是和珅保举,而且如果没有和珅,他们又怎能这样为所欲为?这里显然是明点前方诸将及地方官吏,实际上不正是把矛头直指向他们的总后台和珅吗?如果这里还比较含蓄的话,那么后面的话已经直露无遗:"伊等每次奏报打仗情形,小有斩获,即铺叙战功,纵有挫衄,亦皆粉饰其辞,并不具实陈奏。伊等之意,自以皇考年高,唯将吉祥之语入告。"和珅当政,一切奏报都经由军机处,军机处留有副本,"入告""皇考"的能是谁?只能是和珅,这不是把剑锋直指和珅吗?特别是最后一句,"勿谓幼主可欺也",这是愤懑已极的话,谁能把四十岁的皇上当"幼主"而进行欺侮?看来皇上对和珅已是恨之入骨,诛杀和珅,已等不得片刻了。虽然是大丧期内,皇上还身着丧服,但皇上看来已作了充分的准备,胸有成竹,而且在理论上已作了解释:"弥留之际,自以国家托付有人,而仅对军务留有遗憾","朕躬膺宗社之重,若军务一日不竣,朕一日负不孝之疚"。皇上把自己当成是先皇选定的满意的接班人,而让他处理军务是目前最大的事情。皇上的英明之处、机智之处就在于把剪除和珅与整治军务联系起来,从而表明剪除和珅就是对大行太上皇帝的大孝。

既然皇上已号召我们揭发和珅而且和珅注定是输家,那么我还有什么可以观望犹豫的?

可是,广兴思来想去,却想不出和珅几件实在的罪证,于是又不免踌躇起来,若笼统地说一些事情,比如议罪银制度,这又和先皇联系在一起,怎么办?广兴在书房中踱着步,过了许久,突然哈哈大笑,道:"我真是庸人自扰。"是的,广兴想:罪证自有皇上列举,皇上现在心里早有定算,他所要的是有人弹劾和珅这一事实,从而顺理成章地、冠冕堂皇地逮捕和珅,我只要在奏折上写有"和珅坏蛋""和珅元凶"不就行了?

弹劾和珅的奏章立即写好。

后来，广兴才知道，世上还有像他那样聪明的人，王念孙、广泰、刘墉等也几乎是与他同时递了奏折，而给事中王念孙竟比他还早了一步！

嘉庆帝暗暗高兴，有了这些奏折，处理和珅的事便水到渠成了。

正月初八日，一连肆虐了许多天的大风忽然刹住，连风的影儿也没有了，但天地之间立刻被大团大团的雪花充塞着，不一会儿，雪花把大地上的一切都覆盖了个严严实实，天坛、景山、圆明园等各处的苍松翠柏，也被压弯了枝梢。

天明，嘉庆帝照常哭灵殡殿，和珅道："皇上，瑞雪兆丰年，这场春雪胜过及时的甘霖呀。"

嘉庆帝道："你说的是。"

福长安也过来向皇上跪拜问安，嘉庆帝仍像往常一样对待他们。

回到上书房，嘉庆帝立刻召集王大臣宣旨道："现有给事中王念孙、御史广兴、大学士刘墉、御史广泰等列款奏劾和珅，言之凿凿。朕命即刻削夺和珅大学士、军机大臣及步军统领等职；夺军机大臣、吏部尚书福长安职，并将伊等下狱治罪，特命仪亲王永璇、成亲王永瑆前往传旨，由武备院卿兼正红旗邦军都统阿兰保监押以行。命永璇、永瑆、绵恩、额驸拉旺尔多济及刘墉、董诰等，对和珅、福长安进行审讯；命永瑆、绵恩、淳颖、缊布、佶山等，查抄和珅、福长安及其家人财产。至于平日有被和珅挟从者，概不追究、余不累及。"

此旨一下，国人为之振奋，举世称赞皇帝为智、勇、仁三全，而平日那些趋炎附势之徒，惶惶然虽如丧家之狗，但看到"概不追究、余不累及"的诏谕，皆心存侥幸，但愿能度过生死关。

殡殿里。

和珅与福长安望见八王永璇和十一王永瑆又来到殡殿，忙迎上去道："二位王爷刚刚离开不久，现在复又转来，有何吩咐？"

见两位亲王也不搭话，满面含霜，心里诧异，觉得将有什么事情要发生，心里不由一紧。

永瑆看了和珅许久，突然道："和珅接旨。"和珅疑惑不已，心里已然发紧，跪倒在地上说道："奴才接旨。"

永瑆念道："奉天承运嘉庆皇帝诏曰：今有王念孙、广兴、广泰、刘墉等列款奏劾和珅欺罔擅专、贪婪纳贿，言之凿凿，特谕革和珅大学士、军机大臣等职，逮捕下狱鞫审，钦此！"

和珅骤听此旨，证实了刚才心里不祥的预感，犹如五雷轰顶，还没弄明白是怎么回事，已被侍卫牵拽而去。一旁的福长安早已吓得魂飞天外，随即也被锁走。

嘉庆帝翘首苍穹，仍没有一丝儿冷风，鹅毛般的大雪飘飘扬扬，落地悄无声息，北京城是那样的安详而静穆。

嘉庆帝想：应发一首谕旨，令今后陈奏的一切事件，俱应直达御前。各部院文武大臣，也不能将所奏之事，预先告知军机大臣。这既是疏通言道、加强皇上集权、摒除和珅弊政的开始，也是为了让所有的人尽快揭发和珅罪状以期早日结案。

封章密奏直达御前的诏书一下，弹劾和珅的奏折像雪片一样飞来，而同时，绵恩及内务大臣缊布等查抄和珅、福长安家产的清单奏折也一道道递到嘉庆帝的案上。

永瑆奏称："和珅家中，有一座楠木厅，照大内格局盖造，用龙柱凤顶，又有多宝阁。他的楠段式样，是仿照宁寿宫盖造的，花园的景致，仿佛圆明园。"

七额驸又奏道："和珅的珍宝都藏在密室里，有一挂正珠朝珠和御用衣帽，已是大逆不道。他曾私娶出宫女子为小妻，此二小妻说和珅常戴御用衣帽，挂正珠朝珠，在镜前念念自语，顾镜自笑，问其小妾和珅所说何语，皆供称听不清楚。"

随着案子的逐步审理，和珅家产的逐渐被清理，其财物暴露得越来越多。

嘉庆帝只知道和珅当政的二十年来时刻不忘婪索搜刮，但没想到他的家产竟富过皇室,富可敌国。面对初步抄得的和珅家产的清单,嘉庆帝更觉得诛杀他的必要了,如今国家财政困难,这是多么大的一笔收入啊!

十一日,嘉庆帝为和珅的问题专门发一道诏谕,指斥和珅僭妄不法,目无君上,延匿军报,贻误重务,独揽部务,弄权舞弊,党同伐异,任人唯亲,贪污纳贿,害国肥己。与此同时,令五大部尽快鞫审和珅,各省督抚及部院九卿则对和珅进行议罪,并此外有何款迹,各据实覆奏。

嘉庆帝看着案上大学士、九卿及翰詹科道等官员们议论和珅罪行的结果,他们一致奏请将和珅凌迟处死,抛尸街市,而对福长安,则处以斩立决。

虽然嘉庆帝仍然沉浸在丧父的悲痛中,但这种悲痛的心情不仅没有成为他诛杀和珅、革除弊政的负担,他现在反而感到轻松了许多。一切都按照他原先设想的那样,事情发展得如此顺利。现在他只要大笔一勾,和珅就会抛尸街头。嘉庆帝望着窗外,乾清宫飞檐上挂着的长长的冰凌正在融化,白雪在太阳的照射下晶芒四射,亲政第一个回合的战斗已经取得了胜利。现在是惩治腐败的时候了。惩治腐败从何抓起?——首先从自己抓起。嘉庆帝对皇考不是没有微词,和珅侵吞如此庞大的财物与皇考晚年太过奢华不是没有关系的。正因为如此,嘉庆帝认识到不能让大臣们漫无边际地揭发和珅,在和珅的问题上不能过多地纠缠。既然皇考有失于奢华的遗憾,那么,我现在就从节俭做起,这一点自己首先要做到,为天下树立榜样,使天下形成俭朴的风气。君心正,则天下莫不归于正。那么节俭之风又从何抓起呢?

嘉庆帝想,首先从禁呈宝物抓起。若身为君王贪图珍玩,崇尚奢华,那么天下怎么会有良好的风气?君主贪婪奢华,那么要员大吏就会以进奉呈送珍玩宝物而邀宠,以此图进身之途。这样,他们哪里还会有清正廉明的品格?要员大吏们要谄媚于上,就必然索之于州县,而州县就必然要剥削于小民。向皇上呈进宝物,实在是官风之蠹虫，民生之大害。和珅不正是借各地呈献之机，把呈献宝物窃为己有，而聚敛了如此众多的珍奇吗？现在，和珅之事实际上已解决，还应顺水推舟，因势利导，摒除呈贡之积习陋规。于是嘉庆帝便向全国发出谕诏，不许任何人呈献宝物。

天下又为嘉庆帝的这一谕诏而振奋！

嘉庆帝正在思虑如何处置和珅之时，门内突然走进一个人来，玉容凄惨，泪水满面。众大臣见她进来，齐跪倒向她行礼，她却一直走到嘉庆帝面前，跪倒在地。大臣们观之，不一会儿都退了出去。

嘉庆帝余怒未息，但看到跪在地上的人，也只有把气忍了，来人是皇上的小妹妹十公主。嘉庆帝心想，她到底还是来了，来了也不行，我一定要剐杀和珅。

十公主跪在地上道："拜见皇兄。"

嘉庆帝道："十妹快站起来说话。"

十公主哭道："皇兄，请你看在大行太上皇帝的面上，对和珅酌情宽宥处置。"

嘉庆道："十妹岂不知和珅辜负皇考厚恩、欺君罔上、败坏朝纲、祸国殃民？岂不知和珅克扣军饷、贪污中饱、网罗私人、诬陷异己？像这样大奸不道之徒，若不剪除，国家有宁日乎？皇考临终仍然记挂的剿匪大业能蒇功乎？"

一席话义正辞严，问得公主满面羞愧。

公主道："虽然如此，仍恳请皇上赐他个全尸。和珅虽是大奸不佞之人，但他毕竟是先朝大学士、首席军机，又是皇考最宠爱的大臣，又是妹妹的公爹、皇考的亲家。若将和珅凌迟处死，抛尸街头，皇考大丧之日，这样做合适吗？"

嘉庆帝虽觉得她说得有道理，但多年来的积愤，使他对和珅恨之入骨。他恨不得剥了和珅的皮，亲手剐杀之。如今十公主跪在面前求情赏其全尸，在情感上，无论如何，嘉庆帝也不能接受。

嘉庆帝站在那里一言不发，十公主在他脚下哀哀地哭泣。

虽然和珅恶贯满盈，十公主觉得，他毕竟是自己的公爹，自己应该求皇上赏他一个全尸。

嘉庆帝并不是不疼爱自己的这个小妹妹，可是她所要求的对于嘉庆帝来说，实在是太难以办到了。许久，他只是扶公主站起来说话，或让她坐着说话，可公主竟仍跪在那里不起来。

董诰和刘墉进到上书房，见公主仍跪在那里哀求，皇上扶她起来，她仍是不起身，便走上前来。两位老臣都受乾隆宠爱，都是和珅的死对头，因而深受皇上的信任。两位老臣也都知道乾隆一生中最疼爱的孩子是十公主，超过疼爱任何一位皇子皇孙。两位老臣看了眼前的情况，思想了一下，双双跪在嘉庆帝面前道："皇上，公主说得有理，和珅罪大恶极，虽千刀万剐，还嫌太轻，但他毕竟是先朝首辅、皇亲国戚，且先皇刚刚故世。若将他凌迟剐杀、碎尸肆市，对朝廷、对皇上都影响不好。看来应减等量刑才是，请皇上三思。"

嘉庆帝道："容朕斟酌处理。"说罢亲手扶起妹妹及两位老臣。

十公主和二位老臣刚一离开，皇上听说直隶布政使吴熊光哭灵殡殿，于是把他召到上书房的余味书室。

皇上问吴熊光道："你过去曾在军机处，与和珅相处了很长时间，据你看来，和珅是否心存异志？"

吴熊光回道："据臣看来，凡心怀不轨者，必收买人心。可是和珅声名狼藉，满汉中没有多少人真正地归附他，即使他心怀不轨，谁肯跟从他叛逆呢？"

皇上道："既然如此，那么处治和珅是不是太急切了？"

"不然。如果不速治其罪，那些无识之徒就会观望投机，攀附于他，另生事端；及早地揭发他、诛杀他，是出于国家大义上的考虑。而尽快的结束此案，则是体现皇上的仁爱。"

一席话坚定了嘉庆帝尽快诛杀和珅、尽快结案的想法。是的，不尽快诛杀和珅，就无法挽救颓败的风气，甚或愈演愈烈，对国家不利；但若纠缠细节，株连过多官员，人人自危，则臣子就领会不到君上的仁爱之心。

吴熊光的一席话刚刚说完,忽报安徽巡抚朱珪奏折送达。

听到朱珪的名字,皇上激动得热血沸腾,差一点掉下眼泪,急忙把奏折接到手里,展开一看,上面写道:

"臣闻太上皇驾崩,肝胆俱裂,号呼上天,俯首撞地,悲痛难抑;转念太上皇十全武功,五福俱享,禅位传器,功德圆满,太上皇在天之灵,也可告慰了,希望皇上节哀保重。

"臣听说皇上要守三年之孝,这虽然是超迈千古、垂范万世的义举,但天子之孝,最主要的是继承祖上的遗志,发扬光大祖上开辟的事业。臣以为皇上应当立即投身政务,不可拘小节而失大体。

"亲政伊始,皇上当远听近瞻,运筹乾坤于心胸之中,一旦有重大决策,要像滂沱大雨倾天而下,要像霹雳震响在九天。刚毅果敢之雄风,要如太阳喷射它的光芒;同情恻隐之心,则不应轻易有所流露。修养身心要严格区分欺诈和真诚的界限,判断一个人,要辨明他是君子还是小人。君主若果自己心地中正,礼义廉耻就会昭然于天下;朝廷清明,则天下整肃,皇上应自己首先节俭,崇尚奖励清正廉明的人,若真能做到以上这些,则自然盗贼可平,财用丰富。

"面临表奏,泪如泉涌。臣昔日侍奉皇上读书,十年离别,今又奉诏返京,怎敢不勉励自己,竭尽心力,任皇上驱使?

"只愿皇上以上天之心为心,以祖宗之志为志。臣朱珪顿首。"

正月十七日,天已向晚,经过两天的思索,嘉庆帝决定判决和珅自尽,赐他一个全尸。福长安判斩监候,秋后处决,并提福长安至和珅狱中,跪视和珅自尽。大学士苏凌阿,年迈昏聩,令其退休,侍郎吴省兰、李潢,太仆侍卿李光云,俱降黜治罪。和珅已故的弟弟和琳也被追回爵位,撤出贤良祠。

和珅看着嘉庆赐给他的白练,五内俱焚,不由感慨万千。片刻之间由朝廷第一权臣而沦为阶下囚,马上就要用眼前的这条白练结束自己的生命,和珅心有不甘。

自童年起,我与弟弟和琳发愤努力,在穷苦困厄中不坠青云之志,学得满腹经纶,铸就文武全才。后来,自己凭着艰苦卓绝的努力,勤勉奋争,由侍卫而升至都院大臣、军机首席和内阁大学士,而弟弟和琳也一步步直升到封疆大吏,统兵将帅。二十年来,我兄弟二人为大清竭尽心力,弟弟死在疆场,而我的归宿就是眼前的这条白练。

是我空负一身才华,还是才华误了我?

牢房的门吱呀响了一声,是福长安戴着锁镣进来了。福长安扑向和珅,和珅紧紧拥住福长安,泪流满面道:"是我连累了你,误了你。"

福长安紧紧地抱着和珅,不愿松开。衙役把他俩扯开,令福长安跪倒在地上。

和珅拿起白练,把它搭于梁上,微笑着对福长安道:"你望着我,要微笑,不要悲戚。"

和珅站在那里,虽已五十岁整,但面如美玉,光洁白皙,二目炯炯,神采奕奕,颀长的身躯笔立挺挺,如玉树临风。

福长安哭道:"我生前追随你,死后也一定不离你的左右。"

和珅拿过纸笔,作诗一首道:

五十年来梦幻真,今朝撒手谢红尘;
他时水泛含龙日,认取香烟是后身。

写罢,引颈套上白练。

嘉庆帝从殡殿回到上书房,太阳已经给紫禁城里的城楼及大大小小的宫殿镀上一层金色。天空蓝蓝的,犹如深山幽谷中的湖水,澄明清亮。

嘉庆帝的心情如澄明的天空一样,亮堂了许多,他像朱珪说的那样,立即全身心地投入到政务之中。他又回想起朱珪在来京途中遣快马送来的奏折上的话，做君主的要内心中正，身先节俭。是的，必须首先从自己做起，他也已经这样做了，几天前，他已经发了不准呈进宝物的谕诏，现在他决定采取进一步的行动。

他想起去年五月都尔嘉曾就叶尔羌采玉的事上折和珅，而被和珅压在军机处的事来。他命军机处立即寻出原折送到御前，见奏折中写道：

"叶尔羌之玉或是采自大泽，每过秋分，采玉人需浸入冰冷的水中用脚去探；或是采自大山，采玉人需骑牦牛身背大铁钉及巨绳攀援上山，纳钉悬绳，然后将玉一块块凿下，再用悬绳徐徐吊下。这些玉石，大者重逾万斤，次者重八千斤，又次者重三千斤。和田玉的开采略容易些。但这些地方距京师十分遥远，每搬运一块玉石，要动用几百匹马，沿途或泥沙或丘陵，每日仅行数里，且这些浩浩荡荡的队伍招摇而过……"

嘉庆帝看到采玉搬运如此辛苦，即刻谕令军机大臣道："这事全怪和珅，朕若早知此事，断不会劳役回众。你等速谕运解玉石的大臣，无论到何处，都要把玉石抛弃路旁，采玉及运送玉石的回民伯客，酌情赏赐。"

董诰曰："皇上圣明。但是，据臣所知，从乾隆四十三年起，朝廷规定玉石由官方开采，不准当地人私开，更不准其售卖，朝廷还在那里派兵设卡，日夜守护监视。售卖玉石本是当地人的一项丰厚收入，这样，玉石全被朝廷所有，百姓岂不心存埋怨？……"

不待董诰说完，嘉庆帝道："君上所贵者人心，玉不能吃不能穿，朕怎能喜欢这无用之物。那些官员禁止民间售卖开采，表面上是要禁偷漏，暗地里肯定是借此营私肥己，此等事情，只能养贪败性，现即撤去官兵哨卡，令百姓各自采摘。朕所贵者，是回民生活幸福，边疆宁静，那些玉石粪土不如！"

嘉庆这番话一说，在场的人无不激动振奋，乾隆崇尚奢华的风气，有希望扭转过来了。正月十五皇上刚刚下谕禁呈宝物，十八日杀过和珅后，这十九日办的第一件事就是抛弃大玉，看来皇上改换奢靡风气的决心是坚定的。

但是，成亲王永瑆的心内，像被猫抓的一样，这么大的一块玉抛在路旁，太可惜了！于是道："皇上，以后这大玉不采不运也就罢了，可是现在花了九牛二虎之力，费了那么多的人力物力，已经运到陕甘，可谓是费尽了千辛万苦，抛弃岂不可惜，况且那块大玉不运就算了，那块小的，不妨运回。"

嘉庆帝问内务府大臣道："小的那块玉有多重？"

缊布道："七八千斤。"

嘉庆帝道："运回七八千斤的大玉，要动用几百匹马，沿途扰扰攘攘，运回这么个无用之物，劳民伤财，运它干吗？"嘉庆帝深知十一兄贪财的性格，便说道："十一兄如果想运也可以，但是路上的一切费用都由你自己开销，若动用朝廷或地方一文，即以违制抗旨论处，决不宽贷。"

永瑆忙道："我只是觉得扔了可惜，哪里是贪那块玉，不运也罢。"

嘉庆帝有关抛玉及撤除哨卡等等的谕旨发下去之后，北京的珠玉之价，骤降十之七八。

刚刚处理完玉石的事情，嘉庆帝问道："审理王三槐的事有没有进展？"

王杰道："回皇上，这王三槐自来京至今，对审问他的话只回答四个字：'官逼民反'。"

嘉庆帝心想：此语不无道理。于是道："把王三槐提到军机处，朕要亲审。"

第六章

背信义勒总督使诈
反贪墨新皇帝倡廉

"胡齐仑私自克扣白银二万九千余两……永保接受胡齐仑送银六千两,毕沅受银两千两……"看完奏报,嘉庆大惊,这么多贪官污吏!他狠狠地拍着龙书案:"抄家!杀头!给朕狠狠地整治这些混账东西!"

王三槐是由勒保诱捕而解送至京的。

勒保字宜轩,费莫氏,满洲镶红旗人,大学士温福的儿子,永保的哥哥。乾隆六十年,勒保任云贵总督时,苗疆不靖,福康安往讨,勒保赴军安抚。嘉庆二年,勒保前往镇压贵州苗民起义有功,被封为威勒侯。

嘉庆二年,宜绵继永保及惠龄之后做了第三任征剿白莲教义军的统帅,总统诸路军马,干了将近一年,没有什么起色。于是朝廷任命勒保做第四任统帅并任四川总督。

勒保上任时,白莲教义军中力量最强大的一支队伍襄阳义军已经基本上被歼灭,王聪儿、姚之富已跳崖牺牲。襄阳义军覆没后,白莲教义军集中于四川,而诸路起义军中,数白号王三槐、青号徐天德的力量最为强大。于是朝廷令勒保率中军征剿王三槐和徐天德,令额勒登保、明亮专剿张汉潮和刘成栋,令德楞泰专剿高均德、李全,并会同惠龄、恒瑞,专剿罗其清、冉天俦。宜绵专守陕境,毋使川寇入陕,景安专守楚境,不使川寇入楚。

勒保急于立功,请来罗思举和桂涵,他俩曾夜袭襄阳义军而削下王聪儿的一只"莲勾"。他二人本是江洋大盗,如今做了乡勇头目。勒保把他们二人招来后,打仗时让乡勇在前,八旗军在后,一开始一连打了几个胜仗,可是勒保奏捷朝廷时,都冒为己功;

罗思举和桂涵见自己伤亡惨重，又没有功名，不免懈起气来。于是勒保对义军便一筹莫展，只是跟在王三槐等人的屁股后面转悠。嘉庆三年七月，乾隆帝连责勒保劳师养寇，勒保焦虑之极，日日和心腹商议，希望寻出一个法子。

一天，一个幕僚叫作刘芝田的说道："大帅若是捉住了王三槐，岂不是天大的功劳？"

勒保道："这个自然，我追了几个月，不就是想把他捉住吗？"

刘芝田道："署理广元县知县刘清，极得民心，四川百姓称他为'刘青天'，贼匪为百姓时，知道他的名声，作乱后若遇到刘清都是尽量避而不击。嘉庆二年春天，徐天德的舅舅王学礼被擒，声言徐天德与王三槐都有归顺朝廷的意向，当时总督宜绵派刘清前往招抚王三槐，遍历诸贼垒，贼匪对刘清酒食相待，迎送恭谨。刘清宣示招抚的意思，王三槐随刘清到了宜绵的大营，不料众官员都对其不恭。王三槐机警过人，连夜逃出大营。后来王三槐、徐天德等人再也不肯出降。现在，总统派刘清前往招抚，若王三槐再到大营……"

勒保道："让我再筹划周全些。"

刘清奉命带着随员刘星渠来到勒保大营。

勒保道："朝廷剿匪已经三年，损兵折将，耗费军饷，至今仍没成功，若能招抚其头目，贼势自然衰减，也可免动干戈，残害生灵。老兄大名鼎鼎，连贼人也敬惧你的名声，现在请你代我去王三槐处走一趟，传达朝廷招抚的意思。如果王三槐肯归顺，我决不会亏待他。"

刘清道："下官前次去招抚，宜帅言王三槐实是想探视我军形势，前后态度不一，致使王三槐等绝了投顺的念头。今番我再前往，恐怕只是徒劳。"

勒保道："我是真心实意招安，请你把我的意思、朝廷的意思传达给他们，若此事成功，实在是国家之福、百姓之福也。"

刘清再也不好推托，于是带刘星渠来到安乐坪王三槐的驻地。

王三槐忙到寨外迎接，奉刘清上座。刘清道："我知道王兄是顶天立地的英雄，但正因王兄是人中俊杰，当知道凭恃轻军弱旅与朝廷对抗，势难久立；何况你争我斗之中，生灵涂炭，百姓苦甚。现在，朝廷诚意招抚，勒大人为人忠厚，王兄正可弃歧路而赴康庄大道。况且此举即使不为自己，也是为百姓、为四川父老也。"

王三槐动容道："去岁我曾随刘大人到清军大营，真心实意想归顺朝廷，可是却被慢待。小人看那样子，必是有诈，忙偷跑出来。今番前去，这勒保大人若像旧总统宜绵，我不是生生送死吗？"

刘清道："你尽可放心，勒大人心诚意恳，亲口向在下说，若你归顺，必厚待于你；况且有我担保，你还不相信我吗？"

王三槐道："我不是不相信你，而是不相信那些做大人的。"

刘清道："若你信不过我，请你前去大营，我在这里做人质，如何？"

王三槐道："小人怎敢如此？我愿随青天大老爷前往，但若您肯留下随员在这里，那是最好不过的事了。"

冷天禄慌忙对王三槐道："大哥不要听他胡说，相信谁也不能相信官府、相信朝廷啊！官府与朝廷，那是猪狗不如，哪有真话，他们向来是最无信义的。"

王三槐道："以刘青天的声名信誉，他还能诱我不成？况且，若我见到事有不测，会相机行事的。"

冷天禄笑道："大哥，此番他们必定作了周密打算，何能如前次那样轻易脱身。大哥，官府中人的话是连放屁也不如的呀！"

王三槐竟不听冷天禄的话，与冷天禄挥泪而别。

王三槐随刘清刚过军门，即被拿下。任刘清如何苦苦哀求，勒保这只久饿的恶狼，岂能吐出口中的肥羊，更不管刘清的随员还在做着人质。

刘清仰天长叹道："服天者，唯信义二字，如此无信无义，玩弄小人伎俩，能让天下臣服乎？"

勒保既得王三槐，急忙向朝廷报捷，哪里提到刘清的名字。

113

太上皇闻报，欢喜非常，和珅也趁机邀功请封，太上皇授意嘉庆帝发下谕旨道：

"据勒保奏，攻克安乐坪贼巢，生擒贼首王三槐，朕心深为喜悦，着晋封勒保为威勒公。伊弟永保前因剿匪不力，革职逮京，交刑部监禁，现并加恩释放，以示权衡功罪，推恩曲宥之意。"

现在，和珅已被绞杀，嘉庆帝可以按自己的意愿处理军队的事情了。

嘉庆帝望着跪在地上的王三槐道："你个刁民贼寇，本是个生员，却不守本分，为何造反作乱？"

王三槐道："皇上此言差矣。自古官逼民反，我们小百姓，哪个不思安居乐业？可是那些官吏却如狼似虎，残害生灵。他们贪得无厌，敲骨吸髓。就如达州知州戴如煌，驱使胥役五千，横行城乡，无钱就是'教匪'，有钱他才放人。他不仅勒索无厌，又强奸掠夺民妇，百姓朝不保夕，妻离子散，不造反就没有生路，这能是百姓不轨吗？至于湖北的常丹葵，与戴如煌相比，也差不了多少。其余大小官吏，带兵将官也皆如此。你做皇上的，不责问你那些官吏，反倒捉拿我们这些受害的人，请问，国法何在？"

嘉庆帝被他抢白得头脑发紧，硬着头皮又说道："难道四川就没有一个好官吗？"

"好官也是有的，就一个刘青天。"

"哪个刘青天？"

"就是四川人人都知道的广元知县刘清。"

嘉庆帝头脑又是嗡地一声，心想，全四川的人都知道有个刘清，而朝廷知道的又有谁呢？

嘉庆帝又问道："刘清之外，就没有别的好官了？"

王三槐道："刘青天外，要算巴县老爷赵华、渠县老爷吴桂还是个好官，此外，再没有了。"

嘉庆帝再也不能理直气壮，道："纵然如此，你是读书之人，应懂大义，使下情上达，相信朝廷，怎能谋反作乱、甘当匪徒？"

王三槐气愤已极，怒目视看嘉庆帝道："你有什么资格指责我？你朝野尽是背信弃义之人，哪个有信？哪个有义？我们是匪徒，你们是什么？"

嘉庆帝怒道："大胆狂徒，怎能如此放肆无礼？"

侍卫们刚要掌嘴，嘉庆帝道："不要打他，看他的样子还有话说，让他说完。"

王三槐道："前年，刘清到我们营中招抚，说是朝廷旨意，宜绵总督的差遣，我和徐天德以礼相待，把刘清当成贵宾。我亲自随刘清到宜绵大营，但营内官员都慢怠无礼，甚至诬我偷袭大营。我视他们毫无诚意，得间逃出。这一次，又是刘清到了安乐坪，我们对他没有丝毫责怪，诚心诚意欢迎他。他又陈说了朝廷招安的旨意，同时说勒保不同于宜绵，为人宽厚。于是我又亲自随刘清到了清军大营。可是，我刚一踏进营门，就被早已埋伏在那里的兵士捉住。试问，你们的信义何在？"王三槐看了嘉庆帝许久，见嘉庆帝坐在那里脸色煞白，一句话也没有。许久，王三槐又道："听说徐天德已被大炮轰毙，罗其清、冉文俦都不愿再继续与清军为敌，早有悔意，因畏惧王法，不敢出来，他们都在观望我能否顺顺当当地在清军中来去而决定他们是否出降。可是，现在我被诱骗拘押，这不仅绝了他们向朝廷归顺的念头，也绝了百姓对官府的信任，我们白莲义军必将因此而更加强大，百姓必定弃无信无义之官府而归顺我们，即使他们死在我们的队伍中。"

嘉庆帝眼前一阵阵发黑，挥手让侍卫把王三槐带走。

嘉庆帝虽然实现了通过审王三槐掌握前方第一手材料的目的，但是已气得七窍生烟。王三槐的无礼固然让他痛恨，但勒保等人的无耻之极，更让他气愤填膺。勒保靠刘清的声誉诱来王三槐，竟扯下弥天大谎，说是自己攻下安乐坪，阵前生擒王三槐。天下竟有这样无耻胆大之徒！而宜绵，反反复复，毫无信义，这种人除危害国家外，更有何用？也难怪"教匪"越剿越多。

嘉庆帝越想越气，决意立即逮捕勒保、宜绵。于是立即起草谕诏。可是刚刚写了一半,又犹豫起来。军队中的将官几乎全是和珅党徒,昨天刚绞杀了和珅,若今天发旨逮捕两将,军中人人自危,会不会引起祸乱?况且,逮了勒保,又用何人为帅?

思考了一天多的时间,嘉庆帝觉得,每事都要稳妥,"稳"是第一位的。嘉庆帝决定,对勒保谎报在阵前擒获王三槐的事不予揭穿,佯装不知,而以别的事敲打勒保。同时,提高勒保在军中的威望,增加他的权力使他能做到令行禁止,当然,这也是给勒保一个立功赎罪的机会。这样,嘉庆帝便以诏令的形式发出圣谕:

"改总统军务为经略大臣,赐勒保以印信,各路带兵大臣及总督宜绵、景安,巡抚倭什布、秦承恩、高杞等悉受勒保节制,明亮、额勒登保为副都统、参赞大臣。勒保接旨后,应带领重兵,或于川省、或于陕省,咸中调度,统摄各路,若有不遵军令、贻误军情者,准勒保一面拿究,一面奏闻。"

写好诏令,恰好案头摆放着勒保慰问皇上的奏折,嘉庆帝又通过书信的形式向勒保训谕道:"先皇武功十全,开疆拓土,从没有似此次用兵迟延三年仍没藏功者。先皇弥留之际,执朕之手,频望西南,满腔遗憾。你等满洲世家,上志父祖旧勋,不思尽忠报国,只知迁延岁月。更有甚者,终日于军中宴乐,对剿匪却总不尽心。朕若不继承先志,则大不孝矣,使朕有不孝之名,尔等当罪乎?"

嘉庆帝觉得将帅的问题已处理完毕,于是决定逮捕常丹葵和戴如煌以遂民愿。贼遇刘清而不击,被刘清杀而不加仇视怨恨,被招抚失信而不怪罪,此等百姓,皆性情中人,渴望清官,呼唤清官,敬畏清官,把清官奉作神灵,可见清官是少之又少。这样看来,王三槐所说的官逼民反是有道理的,对"教匪",应剿抚并用,对投降者,应妥善安置处理。嘉庆帝谕曰:

"教匪滋事,以官逼民反为词。昨冬贼首王三槐解京,讯供屡出此语,闻之恻然。是以暂停正法。我国家百数十年厚泽深仁,皇考临六十年疴瘝在抱,普免钱粮漕粮,以及蠲缓赈贷,不啻亿万万,百姓安土乐业,焉肯铤而走险?缘亲民之吏,不能奉宣朝廷德意,激变至此。然州县剥削小民,不尽自肥己囊,半奉上司;而督抚之勒索属员,不尽安心贪黩,无非交结和珅。是层层朘削,皆为和珅一人,而无穷之苦累,百姓当之。见在大憝已去,各省官吏,自当大法小廉,湔除积习,民无扰累,可遂其生。"

嘉庆一连作出许多重大的举措。不久,朱珪抵达北京,直奔永忠殿哭灵。皇上拉着朱珪的手痛哭失声,几年来,他如履薄冰,受了多少委屈,如今,终于有了倾诉心声的人;虽然亲政,他仍战战兢兢,百废待兴,如何做起,他焦虑不安。如今老师来了,他最可信任的人来了,他能不痛哭失声吗?

嘉庆帝命朱珪当值南书房,任户部尚书。朱珪走马上任,奏曰:"数年来百姓苦甚,当减免赋税,平抑物价。至于军队粮饷,臣以为军在精而不在多,故军中不可再加军饷;而且,军中将官克扣挪用者甚多,当下旨严词制止。"

嘉庆曰:"所言甚是。朕想,若百姓安居乐业,贼人也就无藏身之地与衣食供给。"

"是啊,若轻徭薄赋,百姓就可安居乐业。"

嘉庆帝对朱珪言听计从,每每谈到深夜。一天,在上书房中,皇上道:"朕甚爱这味余书室,故现在并没让与皇子等作书房,仍为朕用。朕不忍离去此室,实在怀念与师傅相处的那段岁月。"

朱珪道:"臣见皇上如今圣明灵聪,甚感欣慰,大清必又蒸蒸日上,繁荣昌盛。有一事,臣须奏皇上罢之。先朝于文章诗词一脉,搜索太苛,不唯遏止文治兴隆,而且使文人学子人人自危。写诗作文诋毁本朝,就如桀犬吠尧。圣人大公无私,如日在中天,什么不能容纳得下?如果把那些诗文毁弃或借此造成大狱,那么私自藏匿者更多,这是堵塞治水的办法。何况更多的诗文并不是诋毁本朝,只不过是捕风捉影、穿凿附会而已。"

于是清朝文字狱至嘉庆亲政时结束。

朝野上下见嘉庆帝亲近贤臣,崇尚节俭,勤政爱民,于是社会风气在渐渐地好转。

一天，朱珪又向嘉庆帝奏道："皇上，尹壮图以耿直受到朝野的称赞，先皇也喜欢他的憨直，何不召他来京。"

内阁学士尹壮图被召还京师，他本是多年前奏劾和珅、批评时政，而被迫回家养母的。尹壮图刚到北京，见了嘉庆帝，马上就向皇上奏道：

"现在的当务之急，是荡清白莲教匪。但是，这还不是最根本、最急迫的，最急迫的事情莫过于整顿吏治。现在各种陋习相沿，督抚司道经过所属州县，随从动辄百余人，公馆五六处。他们索取供应，以致州县借口向百姓摊派。京城出差的大员，经过下面各省，督抚司道迎送，每天跟随，不离左右，途中宴请不断，吃喝不断；每到一处，地方都送上许多礼物。督抚司道衙门的铺设器用，修缮房物的费用，乃至喂养的马匹、乘坐的轿子、家中的凉棚煤炭等等，皆巧立名目由公款报销，或者由所在州县承办，摊派到百姓身上。府衙整日设宴征歌，蓄养优伶，每一次宴会犒赏，竟多达百金。这些风气如不扫除荡涤，那么最终就会使国家衰亡。风气日趋浮华，人心习成狡诈，属员以讨好巴结为能事，上司以下官逢迎为可喜，这种种事情，需要大刀阔斧地彻底整治。吏治日见澄清，贼匪自然消灭，贼匪不过是癣芥之疾，吏治实为腹心之患，决不能讳疾忌医，以致病入膏肓。"

嘉庆看罢尹壮图的奏折，虽觉是良药，但感到苦口。便对朱珪道："尹壮图真乃骨鲠之士。"

朱珪道："壮图所言，句句要害，当行之。"

嘉庆帝于是下诏号召朝野揭露弊政，讦劾贪污腐化之官吏。

果然，一连串的大案一个个揭发出来。

首先，罗国俊揭发出了仅次于王亶望的清朝贪污大案——郑源璹贪污案。

罗国俊，湖南湘乡人，任礼部左侍郎，他虽然不是专职言官，但为人尚气节，耻奔竞，性刚烈，遇事无所依违。嘉庆帝号召揭发贪污的诏书颁发后，罗国俊即上书奏劾郑源琦道："布政使郑源琦需索属员多金，方准到任，备员借书役为之干办，纵其吓诈浮收，苦累百姓。"

嘉庆帝接奏后即革郑源琦职交姜晟审问，并谕令："将郑源琦任所盗财，即行严密查抄，毋任隐寄。"

案件很快查清，郑源琦在湖南任布政使期间，贪污府库银八万余两，署内眷属三百人，自蓄优伶，服官奢侈，其勒索属下银两不计其数。

嘉庆帝命将郑源琦立即斩首，并谕：

"诸直省大吏，宴会酒食，率以属首县，首县复敛于诸州县，率皆朘小民之脂膏，供大吏之娱乐，辗转前源，受害仍在吾民。通谕诸直省，须悛改积习，绝戒移靡。"

郑源琦被斩首后，天下官吏为之肃然。

随即，嘉庆帝又开始调动各省大员，重新任命地方大吏，并说："去一贪吏，万姓蒙福；进一贤臣，一方受惠。"他首先撤去山东巡抚伊江阿的职务，调陈大文为巡抚，又调岳起做江苏巡抚，阮元做浙江巡抚。这些省都是贪污大省，也是清朝国家财政收入最多、人才最集中的地方，诸大员到任后，清廉奉公，风气大变。

陈大文刚到任，召来济南、济宁及几个县的县令到了任所，谈笑风生。县令州官们见上司如此平易近人，有时甚至低声下气，于是内心皆高兴异常，心想：我们山东初是刘国泰，后是伊江阿，能捞就捞，不捞反遭贫穷与谪斥，甚至被人讥笑；如今这位大员到来，与我等说得如此投机，肯定与过去的几任巡抚没什么两样。于是这些县令也都放下了戒备，拿出谄媚伊江阿等人的本事来。当晚，陈大文道："诸位，今晚我们就到大明湖畅饮一番吧——听说大明湖的曲子和妞儿都很可爱，怎么，不把这些东西献出来吗？"

下属们兴高采烈，马上张罗起来，当晚，陈大文等和诸人嫖妓听曲，一晚上下来，花了一万多两白银。

第二日，陈大文坐于衙门的堂上，众官来见。突然，他惊堂木一拍,道:"你等有何话说,贪挪公款,吃喝玩乐,被我亲见;且尔等事迹全已在我掌握之中,还不速速下跪交待罪行,难道让我把你们的罪行揭露出来而罪加一等吗?"

诸官员初时认为是开玩笑,你看我、我看你相视而笑。陈大文怒道:"左右衙役,把他们打倒跪下,绳之枷上!"

衙役们的棍棒打来,此时他们方知道这陈大文昨天戏弄了他们。

一时间,陈大文弹劾了山东三十多名官员,山东历来废弛的吏治得以改观。

岳起到了江苏后,时刻以"清介"二字要求自己。其夫人有一次见其饮酒致醉,即斥之曰:"你平日痛恨的就是奢靡,可现在竟饮酒饮醉,饮酒事情虽小,但是奢侈却是从小事情上染成的。你若不从小事做起,从自己做起,如何能服属下而正官风?"岳起惭愧,自此,一生不再饮酒。

岳起到了江宁后,立即变卖府衙的马匹和彩舆等,官衙中只有寥寥几个童仆,出门时只几匹瘦马,衣装简朴。同时,他又贴出布告,禁止开妓院,无论官民,无事不准演戏。因此,吴下奢靡之风因岳起的到来而为之一变,吴民称颂其为"岳青天"。

阮元,仪征人,乾隆时进士,选翰林院庶吉士、编修,督山东学政。一次酒宴上,嘉庆帝道:"你学问高深,朕出一联,你对下联,如何?"

阮元道:"皇上请赐联。"

嘉庆道:"上联即'阮元'。"

阮元脱口而出道:"臣对'伊尹'。"

嘉庆帝奇其才,擢其为浙江巡抚。阮元一生清廉,埋首著书,勤于政事。他的前任十分贪婪残酷,阮元到任后,下属都有重见天日之感。

浙江不仅有阮元一个好官,闽浙总督长麟,从云贵被调来,惩治严重的贪污腐败现象。长麟与阮元不同,他好微服私访。上任不久,来到浙江仁和县,听说仁和县贪污腐化,便微服察访。

一天晚上，长麟见县令仪仗大摇大摆地招摇过市，便直冲过去，被衙役喝令退避。长麟不退，被衙役拘住推到县令轿前，县令掀开轿帘，大吃一惊，急忙出来跪倒道："不知总督大人到此，小人罪该万死。"

长麟道："如此半夜，你欲往何？"

县令道："夜间巡逻。"

长麟笑道："此时仅二更，出巡恐怕太早了吧？且夜间巡逻，是为查究奸人，你这么大的排场，奸人贼盗早已藏匿，能巡察什么？你干脆退回去吧！"

长麟并不让县令回府，而是让其屏退左右，着便装与他单独到一酒家，县令哪敢不从？

到了酒家坐定，长麟向掌柜的道："近来生意如何？"

掌柜的道："回爷的话，小店得利甚微，且官府科派严苛，索捐婪贿，连老本都亏了。"

长麟道："你这一小小酒店，能科派到你头上？婪索到你头上？"

掌柜的道："父母官视财如命，不论茶坊酒肆，他都要搜刮的。每月他都派人来收，县衙又从中加一层勒索，小民真是无法活下去了。客官如若不信，且看这些底账。"说着拿出科派的种种名目来。

长麟道："我看你也知足了，我们那个地方的县官，不只是苛捐杂税多，其他的坏事也都做尽，还是你们这个地方好呀！"

掌柜的忙道："我们的父母官，不只贪财如命，其他也是坏事做绝，让我说与客官听听……"

他竟一口气说出县令做过的十件坏事。

一旁的县令，早已面色如土。

长麟道："你们的县令如此枉法，你们何不上告？上面又为何不察？"

掌柜的道："以前的巡抚州官，与这县令都是吃在一个锅里，怎能管他？如今来了清廉的巡抚，但这阮抚台总以学问为重，虽为人清廉公正，但对下面的事情也不全知道。至于我们百姓，那是不敢告官的，从古到今，告官的哪有好结果？"

长麟连连让县令喝酒，县令哪里还能喝下去。长麟道："我们走吧。"便付钱走了出去。到了门外，长麟道："酒家多嘴多舌，本督并不轻信，你也不要生气。此时正好巡夜，就此告辞吧。"县令请总督到馆中歇息，长麟不肯，县令也不好强求，便跪别而去。

长麟马上又回到酒家，叩门求宿，酒家掌柜道："这又不是客店，客人还是到别处去吧。"

长麟道："我当然知道这不是客店，我是特来保护你的。"酒家掌柜虽很疑惑，还是把他留下了。

到了半夜，敲门声大作，原来是县衙门吏来拘捕掌柜，长麟出门应曰："我是掌柜店东……"话未说完，即被捆个结实带走了。掌柜的浑身颤抖，心道："反添了乱子，还说保护我……"

到了大堂，长麟被推到县令面前，县令大惊，免冠叩头。长麟即刻登座，夺其印，罢其官。

次日，长麟惩治仁和县令的事马上哄传开来。

地方上廉吏日多，京城中也风气大变。嘉庆帝发现京城中戏馆日多，八旗子弟征逐歌场，习俗日流于浮荡，生计日见拮据，遂下诏禁在北京城中演戏，若非特许或一定节日，见有演戏及观戏者，必定严惩。

嘉庆初政，国家出现转机。

嘉庆四年三月，嘉庆帝已经亲政三个月，朝野一片赞扬之声，嘉庆帝特别得意，但仍勤俭不辍，一如既往。他每日批阅着奏章，渐渐地，奏折弹劾的矛头指向军界。首先，他决定查处湖广总督景安，命他解职来京候旨，可是没过几天却另发一旨道：

"景安在督抚任内，畏葸无能，本应治罪。但念伊平日操守尚属谨饬，现在川省军需转输甚关紧要，着景安于倭什布到楚接印后，以伯爵前赴川省，更换明兴，接办军需事务。此系朕格外施恩，予以自新之路。"

王杰看罢奏折后，直入乾清宫，跪倒道："皇上，臣有本奏。"

皇上道:"朕刚发谕旨不久,臣下决不单独面君,你可知道?"

"臣知罪,但臣以为此事须与皇上单独长谈。"

皇上道:"不可,朕刚立的规矩岂能破了,不要以为你是首席军机,就可有此殊遇。当年和珅乱政,多是单独面对先皇,以至先皇对和珅不免偏听,故如今所有大小臣工,绝不可单独面朕。"

王杰退出,不一会儿与董诰和朱珪进见,皇上道:"王杰有何话说,现在奏来吧。"

王杰道:"臣以为皇上对景安的处置太过手软。景安为和珅族孙,无德无能。在山西时只知婪索属下,借征剿白莲而肥己;其于军事更是懈怠疲玩,终日只知听曲观戏,敌来则跑,贼走则追,人送外号'迎送伯'。此等人,皇上犹下旨曰其'平日操守尚属谨饬',不对其严惩,反而调其到川省置办军需,臣认这样做实在不妥。"

皇上道:"朕正因为他是和珅族孙,所以才法外开恩,示天下以'仁',并借此希望和珅余党能接受教训,儆戒将来,决不追究既往。让所有大小臣工,都不必因此而心存疑惧。"

王杰道:"既要'儆戒将来',而又不'追究既往',将来能儆戒乎?臣以为,必要严究既往,方可儆戒将来。"

皇上道:"朕以为目前最迫切的问题是剿除白莲教匪,如果造成人人自危的局面,岂不使局势变得更加动荡?"

"皇上,宁受剧痛而剜除腐败之毒瘤,不可留疥疤不治而变为脓疮。"

"朕岂是怕痛怕担风险之人?你休要再说,朕意已决。如今百废待兴,安定第一,王爱卿要深深领会朕的意图。朱爱卿以为如何?"

朱珪道:"天子当以宽大为民,怀柔天下,以仁治国。如今,贪黩之风被刹,不肖之徒遭退。天子当乘以清廉风范化育之,使入正轨。但惩贪也不可手软,对景安之辈,当德威并重,不可过于宽容。"

皇上道:"师傅所言即是,若景安再有劣迹,定斩不饶。"

123

董诰王杰相视默然，跪拜而退。

不几日，嘉庆帝诏逮秦承恩。秦承恩是和珅一手提拔的陕西巡抚，负责陕省"匪事"。嘉庆帝闻知秦承恩虽负有堵剿之责，却任由"教匪"在川陕、楚陕、晋陕来往，因循畏葸，对难民亦未能加意抚恤，非常震怒。嘉庆帝降旨将秦承恩革职逮京治罪，并查抄家产，交军机大臣论处。军机处按玩忽军机律定斩监候。嘉庆帝看到军机处的奏折后批示道：

"秦承恩畏葸渎职，不能安抚百姓反骚扰之，固应按律斩杀；但念秦承恩本系书生，未娴军旅，若以未能堵剿窜匪定拟重辟，则满门大臣中若惠龄、景安、宜绵又当如何？今惠龄尚未加严惩，仍准在家守制，若独秦承恩治罪，转似朕宽待满门而苛待汉人，同罪异罚，非所以示平允。秦承恩业经革职，着加恩释放，令其回籍守制，闭门思过。俟服阙后，由本籍督咨送吏部带领引见，候朕另行局用，所有查抄秦承恩房产田地，即行赏还。"

早朝，王杰奏道："皇上，惩治奖掖，历来以法为依据。似秦承恩，按法当斩则斩，按法当赦则赦；皇谕令宽赦秦承恩，且赏还其家产，此乃施仁爱于国法之上，窃以为不妥，请皇上三思。"

嘉庆帝道："朕已说得透彻，你不要再多说了。"

王杰想：自古有"莫须有"的罪名，有"欲加之罪何患无辞"的说法，现在则有"莫须有"的宽宥，"欲赦其罪何患无辞"了。这样看来，吏治腐败难以杜绝了。

嘉庆四年三月底，湖北布政使奏劾湖北安襄郧道员胡齐仑经手军饷，克扣肥己，浮冒报销，私自馈赠。嘉庆帝接奏后立即谕示新任胡广总督倭什布，察访胡齐仑，并将胡齐仑即刻押解到京。胡齐仑到京后，在审讯时闭口不说实话，嘉庆帝又谕倭什布："胡齐仑经手荆襄安郧四府军需银四百一十九万余两，为数甚多，只因景安、祖之望在查办之初，未将底账封提，致使胡齐仑得以弥补抽放，无瑕可谪。倭什布则由豫抚升援湖广总督，应另派自豫带来能干弁员，密行体访，庶不致为属员欺蒙，毋得稍有徇庇，倘仍复颟顸了事，一经发觉，唯倭什布是问。"

不久，倭什布覆奏："胡齐仑经手湖北襄阳郧军需四百一十九万两，并不按例支发，私自克扣白银二万九千余两，任情馈送。永保接受胡齐仑送银六千两，毕沅受银两千两，庆成接受送银后，已置房地产，而且贷借出一万多两，鄂辉收馈银四千两。"

嘉庆帝大惊，没想到此案后面牵涉到这么多的封疆大吏和军中将帅。毕沅、鄂辉已死，也就算了。永保、庆成等如何处理？嘉庆传谕将永保、庆成家产查抄。交钦差大臣那彦成、松筠严加审讯。那彦成、松筠奏胡齐仑当绞杀，庆成、永保等当斩监，其余如原湖广总督毕沅，原云贵总督鄂辉应追赃抄家，祖之望流放。

嘉庆帝览奏后，下旨曰："朕本欲对祖之望徇私失职降调三级，但唯念祖之望在湖北藩司任内，于军需总局支发各项，尚无染指情弊。且闻其名声尚好，着加恩以按察使降补。"

更令人惊讶的是对庆成等人的处理。嘉庆帝谕者曰："庆成本应按罪流放，抄查家产本应照例入官，但念庆成之曾祖孙恩克，曾于国初著有勋绩，又有公主下嫁伊家，其祖王福，亦曾任御前侍卫。今庆成虽因带兵不力，得受馈送得罪，但念伊从前打仗，曾经得伤，朕法外施恩，将所抄财产，赏还其家，着令庆成仍在军中效力，若今后吏部奏闻其有所改变，仍可升援，但观其今后所做所为耳。"

对永保的处理也大体如此，先是"该"如何如何，后是"但"如何如何。

朱珪的客厅里来了几位学生和贵客，真是高朋满座，盛客如云。来的有他的得意门生洪亮吉、张惠言；他的朋友、同事刘权之、王杰、董诰等几位朝廷重臣。这些人中，数洪亮吉和诸人的关系最特殊。洪亮吉是乾隆时期刘权之、朱珪和王杰三人的门生，又做过刘权之和王杰的幕僚，乾隆时中进士后，受王杰推荐，在翰林院任编修，以后辞官回家。和珅被诛后，受朱珪推荐充实录馆纂修官，不久又奉旨教习己未科庶专士。洪亮吉于嘉庆三年在翰詹诸员的考试中,以一篇《征邪教疏》而备受乾隆帝的赏识,同时受嘉庆的盛赞,他也因此而名扬天下。现在,他的几位老师都是皇上的亲臣近臣权臣,他的前途是无可限量的。

可是,与以往不同,洪亮吉在今天对其几位恩师却并不特别恭敬。谈话没有多久,洪亮吉道:"几位恩师都是朝中重臣,可谓一言九鼎,皇上对几位恩师的话也是言听计从,可是却为什么见皇上倒退踏步而无动于衷呢?"

王杰道:"亮吉不要如此无礼,说话要有根据。"

洪亮吉道:"很明显,皇上失于过仁,对最近的几个大案,处理得过于宽容,这不是纵容枉法贪污,又回到先皇的老路上去了吗?"

朱珪道:"天子当以宽大得民。"

洪亮吉道:"老师仁爱宽大之说,学生也很赞同,但却不能因宽而懈怠了国法,特别是吏治腐败积重难返的形势下。当年康熙爷失之过宽,以致贪吏横行,雍正帝则雷厉风行,该杀就杀,该杀多少就杀多少,官场上一度弥散的种种歪风邪气真的给'杀'住了,震慑住了。先帝早年宽严并用,刚柔相济也很得体,但晚年和珅擅专,遂使世风日下,腐败公行。如今,世风刚有好转,皇上又无端无原则地宽宥,学生以为,贪污腐败之风不久就会重新燃起。"

张惠言道:"学生也同意北江兄的高见,倒以为老师的'天子当以宽大得民'的说法不妥。国家承平百余年,至仁涵育,远出汉、唐、宋之上,吏民习于宽大,故奸孽萌芽其间,宜大伸罚以肃内外之政。"

朱珪道:"天子当宥有过大臣。人非圣贤,孰能无过?若犯点过失就置之于死地,岂不施法太苛乎?"

张惠言紧接着道:"庸猥之辈,倖致通显,败坏朝廷法度,惜全之当何所用?"

洪亮吉道:"败坏朝纲,贪污受贿,岂能是可宽可饶之过!从前的、先辈的功绩乃至微劳,岂能作为罪过的抵当品!"

王杰道:"我也担心皇上若这样的宽容下去,不肖之徒,又会生侥幸心理。"

洪亮吉道:"更何况现在的风气好转只是表面上的,最起码说并没有从根本上转变。就如那个桐城人汪志伊,由县令迁升到福建巡抚的位置后,竟乘一辆破牛车,穿着破烂衣服、带三个仆从来京觐见皇上!这不显然是沽名钓誉吗?那纯粹是做给皇上看的,至于他骨子里到底是什么样,还说不清楚。"

朱珪道:"既然如此,你们可以举荐忠心事国、才高志雅之士。"

张惠言道:"应当进内治官府、外治疆场之人。"

洪亮吉道:"各位老师现在都是朝中重臣。学生以为若不根本改换官吏队伍,整顿吏治则是一句空话,以上的意思,老师何不奏明皇上?"

……………

揭出胡齐仑的同时,代理四川总督魁伦奏称四川军营人员营私牟利,交结应酬,串通一气,使兵丁粮饷不能及时发给。嘉庆帝看奏后遂谕曰:"湖北支用军需为数尚少,已有如此严重弊端,胡齐仑竟挪用几万两,其余任意开销不明;四川军需比湖北多好几倍,副都统福宁系四川总办粮务大员,过去曾送贿和珅,其挪用贪污侵蚀,必更甚于胡齐仑,着即将福宁解任质审,第一紧要之事,系审讯经略大臣勒保,其次即严查福宁经手饷银。"

福宁接旨被罢官后,心想:我不能落个胡齐仑的下场——自己掉了脑袋,那些大员仍然逍遥自在。何况看皇上的心理,牵涉的人数越多,牵涉到的人物越大,特别是牵涉到的满洲官员越多越大,皇上就不会怎么处理了。不仅胡齐仑一案只绞杀胡齐仑结束,两淮盐政征瑞所贪之数是胡齐仑的十倍也没有受到什么大的惩治,只是削官训诫,以后还有复用的可能——他是满洲官员。现在我首先把勒保给扯出来,看皇上如何处置。

于是福宁向皇上奏曰:"勒保军月饷十二万两,比他路军饷多,但所剿贼匪却有增无减,这都是勒保疏于剿贼的结果。"

这一招果然很灵。嘉庆帝接到福宁的奏折后踌躇起来,他想,胡齐仑一案已几乎涉及了所有的带兵大员,我只绞杀了胡齐仑,其余人等从宽处理。为此,从军机大臣王杰到一些詹事,对此都意见很大,更有的上奏指责朕:为什么连明亮、德楞泰等人的名字提也不提。如今,四川军需的案子审理下去,看来会涉及到更多的人,若这样一路揭下去,打下去,军队岂不是换个底朝天?一时到哪里能找到这么多的领兵将帅及地方大员?不如对他们示以宽宥,使他们倍加感奋,歼贼立功;若能知错立功,就予以奖励,若仍有贻误战机、费靡军需者,严惩不贷。

嘉庆帝于是诏令魁伦到达州视察军事,印证福宁所奏勒保事是否属实。

魁伦接到谕旨后,觉得皇上对此案有点雷声大雨点小、虎头蛇尾的感觉,这个诏书和上次的谕令比较起来,措辞温和多了。看来皇上对此事欲示以宽宥。魁伦又联想到胡齐仑的军需案,明亮、德楞泰等人提都没提,其余涉及的人也都宽大处理,如今这个四川的案子,是我揭出的,皇上若仍像胡齐仑案那样处理,带兵大员如勒保、宜绵等人岂不笑话我?我不如现在卖个人情算了。

正当魁伦这样想的时候,勒保前往魁伦处,笑嘻嘻地说道:"你我同在四川多年,彼此最为熟悉,结为知己,互相应帮助、提携才是,万万不可互相拆台。"

魁伦新官上任,原为勒保手下,自己的屁股上也有屎,哪能不知道勒保的意思?于是说道:"经略放心,我一定据实秉报朝廷。"

魁伦奏报皇上说:"教匪贼数实际上是大大减少,只不过他们大股分成小股,贼名反多,福宁处理军需多含混不清,但其自己并无什么贪墨事迹。"

嘉庆帝看了魁伦的奏报,查不出勒保什么实据,福宁也没有大问题,便不再纠缠经济问题。检索一下福宁的过去,见福宁曾虐杀投降的"教匪"五百余人,便以此为借口,把福宁解职。

四川军队贪墨案,不了了之。

但是，军队必须有所改观，贪污的情况再也不能继续下去了。为此，嘉庆帝派内务府大臣、工部尚书那彦成前往四川，督理军务。

那彦成，字绎堂，章佳氏，大学士阿桂的孙子，向以鲠直著称。到了四川后，他发现军旅腐败、将惰兵疲；更为严重的是兵士们衣衫褴褛，形同乞丐，爬山行军，竟然没有鞋子而以牛皮裹足。那彦成震惊之余，便拿出钦差大臣的威风，毫不留情地杀了几个将弁，并表示，要坚决铲除军中的腐败，有再敢贻误军机者，将弁以下，军法从事。军队为之一震，将弁变得规矩起来。

那彦成的做法被一些将官奏报到皇上那里，并添油加醋地渲染那彦成在军中的骄横。嘉庆帝即刻传谕那彦成：整饬军纪，务必慎重，不可草率，并责难道："经略大臣勒保从来也没有先斩后奏之事，何况你钦差大臣？朕没给你这个权力。如果真的查出有贻误军机者，无论在战事或军需上，即使是游击员弁，都应候旨遵行，哪能独自擅专！"

嘉庆帝的谕令，弄得那彦成在军队中反而灰溜溜的，勒保屡在其面前道："虽为功勋之后，又为皇上钦差，但遇事也要冷静，不可草率乃至擅专，想怎样便怎样。"

那彦成匆匆从四川回到北京，嘉庆帝也并没有再斥责他，反而说，在适当的时候，仍让他军中督军。

嘉庆帝治军如此宽仁不讲原则，致使军队又陷入以往的疲软无力的状态。自正月到六月只有额勒登保一军斩了冷天禄，德楞泰一军与徐天德相持，追入郧阳。明亮一军，只是徒劳地奔走在陕西境内，并没有胜仗。勒保虽有所顾忌，不敢全行欺诈，但是江山易改、本性难移，终究是见敌生畏，多方诿饰。

直隶总督胡季堂又上奏道："自乾隆三十二年以后，一直未清的亏欠银款竟然已达到一百四十四万两，历任各官对这笔银两皆有染指，有一百三十九人之多，臣以为，应把这些官员全部捉拿，集中于省城，勒令他们赔偿。"

嘉庆帝谕示道："凡在任期间亏欠的官员，库收应得银数与实际库存数不符合者，所欠款项，分别年限追补交定；若限期内补清，准其开复官职，否则分别情况给予处分。"

嘉庆帝的这个诏谕事实上并没有也不可能得到贯彻，因为地方官员亏欠的面太广。

新任湖北布政使孙玉庭奏道："应盘查湖北全省仓库究竟亏欠了多少银子和粮食。应将那些亏欠数在一万两银子以内的，先行革职离任，调到省城，勒逼其在一定时间内交完欠款。在一万两银子以上的，立即参劾撤职，把其逮捕，追还欠款。"

孙玉庭的这个建议是在吸取了富森布和胡季堂的奏折被否决的教训后提出的。嘉庆帝览过后，怕波及面太大，谕示道："此事不可宣露于众。"

嘉庆帝反而包庇这些贪污犯起来！

第七章
千言书谏君不避祸
七寸匕刺驾只复仇

嘉庆帝坐在黄帷轿内拈须沉吟，甚觉满意。轿子拐过神武门，内侍恭请圣上下轿步行折向顺贞门。就在这时，突然从西厢房南山墙后暗处迅速闪出一条黑影，手执一点寒光，不顾一切地扑向圣驾……

不久，山东新任巡抚的奏折又递到御前：

"山东各州县亏空银七十余万两，究其原因，有的是因出差的官员路过，地方除供奉他外，招待浪费极为严重；有的是因为驿站分口，经费不够；有的是因为前任官吏已故，交待难清；有的是因为应酬馈送，挪用捐垫。上司不能洁己，取给无度，下属效仿肥己，有恃无恐。臣以为皇上应规定期限，勒令欠国库银两者补交，对吏治须严加整肃。"

嘉庆帝一看，心想，这陈大文刚上任时已劾奏撤掉了二十多个官员，现在若再为积欠之事处分各州县，亏空涉及那么多官员，如何解决？新的山东州县官员从何而来？于是答复巡抚陈大文曰："此事须徐徐办理。"

王杰看皇上对这些事情的处理太过手软，恐后患无穷，于是不顾年近八十，耳聩目昏，又上书曰：

"各省亏空之弊，起源于乾隆四十年以后，州县有所营求，即有所馈送，往往以缺分之繁简，较贿赂之等差，此岂州县私财？直以国帑为夤缘之具，上官既甘其饵，明知而不能问，且受其挟制，无可如何。一县如此，各县皆然；一省如此，天下皆然。于是大县有亏空十余万者，一遇奏销，横征暴敛，挪新掩旧，小民困于追呼，而莫之或恤，靡然成风，怡不为怪。名为设法弥补，而弥补无期，清查之数，一次多于一次；宽缴之银，一限不如一限，辗转相蒙，年复一年，未知所底。臣以为治吏须从彻查亏空入手，如若不然，贻害无穷。"

嘉庆帝有点惊心，老臣王杰所言，据实理明，他认识到，"亏空"问题关乎吏治民风，关乎国力强弱。可是如何做起呢？怎样做呢？

嘉庆帝还要与朱珪、王杰等商讨如何清理亏空，几个奏折马上让他把此事搁起：萨彬图连连奏请皇上再查和珅家产！

萨彬图，乾隆四十五年进士，授户部主事，迁员外郎，后典贵州乡试，改历翰詹，累迁内阁学士兼副都统。

萨彬图先奏言："和珅家产甚多，绝不止查出的那些数目，一定在哪些地方仍有埋藏、寄顿、侵蚀、挪移等项情弊。"

皇上对其折没加理会。不久，萨彬图又奏道："刑部审查时，司员等意存含混，内务府、步军统领衙门官员，有的意存袒护，请皇上密查。"

皇上仍没有理会！

萨彬图傻得可爱，他竟执拗地又上一本，道："据奴才查访，和珅有埋藏金银的大地窖，这个地窖就在和珅宅中。奴才得到确凿证据，证明和珅家的金银库都由其小妾卿怜及四个使女掌管。虽然卿怜已为和珅殉情自尽，但四个婢女犹在，请皇上将她们交给奴才提审，奴才定能抄查出更多的金银财物。"

此时，嘉庆帝对萨彬图再也不能不加理会，于是特派怡亲王永琅、尚书布彦达来等会同萨彬图提审和珅的四位使女。再三刑讯，萨彬图一无所得。

嘉庆帝恼怒异常，发谕训斥萨彬图道：

"萨彬图真乃无识之徒，斤斤计较和珅财产，不但不知政体，实在也不体谅朕的本意。和珅一案早已结束，军机大臣朱珪等也从来没有在朕面前提及和珅家产有隐寄之事，尔有何证据提及？朕确实要怀疑萨彬图的居心何在！难道怀疑朕贪污了和珅的家产？真正无知妄谈，卑鄙不堪！着吏部将萨彬图严加议处。今后所有大小臣工，不得以和珅家资之事妄行渎奏，不要两眼死盯和珅家产不放！"

萨彬图本欲讨好皇上，却被革职罢官，和珅家产的多少及去路，难道能让人乱加提起吗！

但是，更让嘉庆帝恼火的还不是追查和珅家产的去向，而是法式善的一篇奏言。

嘉庆刚一亲政，打出"咸与维新"的旗号，法式善又见皇上重用一批贤臣，处理一批贪官污吏，革除文字狱，整顿军机处，疏通言道，禁止王公大臣督抚等呈进宝物，核减关税，并亲自微服巡查京城中的饭店旅馆，平息大吃大喝、纵情声色的颓靡之风。法式善认为，皇上是要彻底革除弊政，于是便向皇上奏言，大谈起"维新"，并提出："诏有宜恪遵守，军务宜有末摄，督抚处分宜严，旗人无业者应调剂，忠谠宜简拔，博学鸿词科宜举行。"嘉庆帝看到其有关"维新"的主张非常嫌恶，心想：这些人是不是在让我与皇考唱对台戏？这些"维新"的主张不明明对朕的权力有很大损害？于是皇上下诏表明心迹道：

"朕以皇考之心为心，以皇考之政为政，卒循旧章，唯恐不及，有何维新之处？"

更让嘉庆帝烦恼的是法式善的这样两条建议："请派亲王一员授为大将军，节制诸军；另外，口外西北一带，地广田肥，让八旗闲散户丁自愿前往耕种，开垦生产，减轻国家负担。"

永瑆在军机处已使嘉庆帝很不放心，若照法式善的说法，再给亲王以军权，我这皇帝手里还有什么？随乾隆听政的经验告诉他：君王一定要集权，决不能让大臣把权力揽去。若让一亲王在军机处，让一亲王做大将军，这不是动摇了皇上集权的基础吗？嘉庆帝对法式善的建议怒斥道：

"国初可使王公领兵，太平之时，自不宜用。因为若用亲王统兵，有功劳再也加封不上去。倘若犯罪，根据国法议处，则伤天潢一脉深恩；照顾皇亲，则废朝廷之法规。法式善眼见亲王在军机处行走，便揣摩迎合，完全不顾国家政体，岂不是趋向风气乎？"

对京师旗人屯田塞外的建议，嘉庆帝怒斥道："如果所奏请的事情成为现实，京城岂不成了一座空城！更是荒谬到了极点！"

之后，嘉庆帝指责法式善声名狼藉、赃私累累，降其职务为编修。

恰在这时，内阁学士尹壮图也提出清查考核各省陋规、整顿前朝留下的许多弊政的建议，指出应明定科条，规范朝廷、地方及军队大员的行为，废除前朝留下的一些坏习惯及政体。

面对尹壮图的奏言，嘉庆帝声明道："前朝之遗风及政体等怎能全行革除？尹壮图的建议不合政体，实在昏庸。"

遭到申斥之后，这位名震两朝的直言争谏之士仰天叹曰："曹锡宝幸未活到今日，不然，则蒙羞二次矣。"不久他就被革职回籍。

面对一篇篇的奏言，嘉庆帝显得不耐烦了，这些奏言，渐渐地都把矛头指向先皇，实在有损大清的威严和体面。虽然在乾隆手下颤琰胆战心惊，如幄幕上的燕巢，但他一生最崇拜的还是他的父亲。如今，嘉庆帝每天清晨起来的第一件事，便是诵读《高宗实录》，不得有任何人打扰，诵读一个时辰后，才上朝听政，从不改变这习惯。到现在，先皇的一些事动辄就被提起并受到责备乃至攻击，他如何能受得了，于是便下诏曰：

"近来言事诸臣，往往不为国计民生，揆厥本衷，大约不出乎名利两途。其沽名者，如议增俸、赏兵等事，若蒙允准，于以市惠于人；不准，则归怨于上，似此居心，其巧作尚可问乎！其牟利者，则请修不急工程，图沾余润。况在宫言官，各有职守。近日并有现任封疆大臣，将他省之事越俎陈奏，或干预京师政务，是欲自见其长，而忘其出位之思。夫以总督统辖两三省，幅员辽阔，其任内应行整理及兴利除弊之事，不知凡几，即殚精竭虑，尚恐未能周到，何暇舍己田而耘人之田？嗣后内外大小臣工，若怀私见，不出为名为利者，断难逃朕洞察，不得不治以妄言之罪。

今朕特降此旨,杜莠言正所以来说论,并非欲诸臣安于缄然,切勿错会朕求正言之意。"

何为正言?朝野大小臣工都明白:皇帝喜欢的即正,皇帝不喜欢的即不正。亲政时的求"直言"而今成了求"正言",言路又复回往日。

那么,还会有人向皇帝直言吗?

虽然白莲教尚未平定,但朝野一片稳定,嘉庆帝竟在丧服期间,选起秀女来。暮春选看八旗秀女,而今八月间则选看包衣三旗女子。刑部郎中达冲阿的女儿没有送到宫中让皇上选看,就私自许配给了人家,嘉庆帝知道以后大为震怒,申斥达冲阿目无皇上,并通行晓谕八旗及包衣三旗,在宫中选秀之后,才准许婚配。

果然没人指责嘉庆帝。然而真的就无人直谏了吗?

面对嘉庆帝的所作所为,洪亮吉痛心疾首。他经常与法式善等人在一起畅谈国事,慷慨激昂,认为国家富强的出路就在于革新弊政,可是皇上现在却踏步不前甚至反对维新了,这怎能不让志士仁人痛心。洪亮吉在诗中写道:"幸多同志友,肝胆索郁勃,纵谈当世事,喜罢或呜咽!"对国家前途的担心溢于言表。

洪亮吉和他的同仁们看到,朝中的高官,地方的大吏,乃至州官县吏,只是贪恋官禄,贪图钱财,哪个为国分忧为民着想?洪亮吉更多一层烦恼,他的老师,他过去崇拜的偶像,现在为了保住自己的高官厚禄,也是装聋作哑,明哲保身。

洪亮吉想:我何去何从?只要我不吭不响,我就必然官运亨通,我刚到北京连升二级就是明证。那么我洪亮吉也是贪图富贵的人了?可是,如果我向皇上进言,我面对的是整个腐败的社会呀,面对的是已经倒退了的皇上呀!何况虽然有些人也指责贪官污吏祸国殃民,但是如果你奋臂疾呼,挺身战斗,他们就会龟缩起来,甚至还要反过来讥笑你,说你逞能。如今那些腐朽的官僚们已经麻木,国人士子也都趋吉避凶,我若有所直言,必定会落得可悲的下场。这是必然的,他们一定骂我是傻瓜蛋、憨蛋、疯子、狂徒。

我还是回归故里，过悠闲自在的生活吧。于是他决定九月二日叩送高宗纯皇帝梓宫后即收拾行囊，回归故里。

可是，乞假获准后，一个月中洪亮吉都寝食不安，特别是听到川陕官吏偶言军营情弊时，感叹焦劳，有时竟至彻夜不眠。

八月二十三日，经过许多个日日夜夜的灵魂的煎熬，他终于作出决定，要向皇上直谏，他不愿做檐下的小雀。这一天，他写了《乞假将归留别成亲王及言时政启》，手抄三份：一份交与恩师朱珪，一份交与恩师刘权之，另一份则交与多年诗友成亲王永瑆。这封直陈时政的长篇大论后人称为《千言书》。文章开始就开门见山地说道：

"今天子求治之心急矣，天下望治之心孔迫矣，而机局未转者，推其原故，盖有数端。亮吉以为，励精图治，当法祖宗，初政之勤，而尚未尽法也。用人行政，当一改权臣当国之时，而尚未尽改也。风俗则日趋卑下，赏罚则仍不严明，言路则似通未通，吏治则欲肃而未肃。"

接下来，他大声疾呼地连连发问："何以言励精图治，尚未尽法也？……何以用人行政未尽致矣？……何以言风俗日趋卑下也？……何以言赏罚仍不明矣？……何以言言路似通未道也？……何以言吏治欲肃而未肃也？……"每发一问，又以事实作答，痛陈利害，慷慨激昂。

最后，他说道："亮吉以为，今日皇上当法宪皇帝之严明，使吏治肃而民生生，然后法仁皇帝之宽仁，以转移风俗，则文武一张一弛之道也。"

八月二十三日，洪亮吉把《千言书》手抄三份送出后，便把手稿拿出给长子饴孙看，并告诉他："为父大祸就要临头，你应有所准备。"

饴孙道："儿深知父亲一片为国忠心，儿死而无怨。"

之后，洪亮吉又与他的知交一一相别，大家惊惧之余，都觉得这是诀别。

朱珪、刘权之接到洪亮吉的谏议书后,吓得浑身直打哆嗦,同时又可惜亮吉这个人才。他们都以为洪亮吉只送给自己一份,便匿不上奏,生怕牵连自己。成亲王永瑆接信后,可不管他什么三七二十一,于八月二十五日把《千言书》呈送嘉庆帝。嘉庆帝看罢大怒,立即经内阁发下谕旨:

"内阁奉谕旨:本日,军机大臣将编修洪亮吉所递成亲王书禀呈览。朕亲加批阅,其所言无实据,且语无伦次,着交军机大臣即使该员将书内情节,令其按款指实,逐条登答。"

这是一个罗织罪名的谕旨,皇帝既然公开表示洪亮吉所言皆无实据,且语无伦次,那么再让洪亮吉按款逐条指实答法,岂不是虚假的幌子。

不一会儿,谕旨又下,革去洪亮吉的职务,把他交于刑部,军机大臣会同刑部严加审讯,并具实奏据。洪亮吉当即被关入刑部南监。

二十六日四更,洪亮吉被送往西华门外都詹司衙门由军机大臣刑讯,未刻审讯完毕,照"大不敬"律,拟斩立决。行刑的人已做好准备。一些亲朋好友也都忙来吊唁,期与洪亮吉见最后一面。洪亮吉的同事们来与他诀别,有的抱着洪亮吉痛哭。洪亮吉反而笑道:"这有什么悲伤的,你们应该和我一样心情轻松愉快才是。"说罢吟绝句一首赠于大家并笑道:"……丈夫自信头颅好,愿为朝廷吃一刀。"

成亲王永瑆定洪亮吉为"大不敬"罪,同时奏道:"亮吉自称迂腐木臣,并罔识政治,一时糊涂,实在追悔莫及,只求从重治罪。"

嘉庆帝看了成亲王的奏折后,见也没审出个什么,于是颁旨道:

"昨军机大臣等将洪亮吉逞递成亲王书札进览,语涉不经,全无伦次。洪亮吉身系编修,或交掌院及伊素识之大臣代奏,亦无不可。乃洪亮吉辄作私书,呈递成亲王处,并分致朱珪、刘权之二书，因部一并呈阅。书内所称，如前法宪皇帝之严明，后法仁皇帝之宽仁等语。又称，三四月以来，视朝稍晏，恐有俳优近习，荧惑圣听等语。朕孜孜图治、每日召臣工，批阅奏章，视朝时刻之常规。及官府整肃之实事，在廷诸臣，皆所共知，不值因洪亮吉之语，细为剖白。若洪亮吉以此等语，手氾陈奏，即荒诞有甚于此者，朕必不加之责，更为借以自省引为良规。今以无稽之语，向各处投机，是诚何心？……"

下面的诏谕使朝野震惊，以后，士人再也不敢轻易论政了——

"……唯知近日风气，往往好为议论，造作无据之谈，或见诸诗文，自负通品。此则人心士习所关，不可不示惩戒。岂可以本朝极盛之时，而辄蹈明末声气陋习哉！"

嘉庆帝对洪亮吉还算法外开恩，他是王杰、朱珪、刘权之等大臣的弟子，又是成亲王的诗友。虽然成亲王判其为斩立决，以示《千言书》与他毫无瓜葛，但嘉庆帝以为，若真的判洪亮吉斩立决，此数大臣及成亲王，心必有戚戚，于是下谕把斩立决改为流放伊犁。

嘉庆五年三月，嘉庆帝册封皇贵妃钮祜禄氏为皇后。同时晋封莹嫔侯佳氏为华妃，淳贵人董佳氏为淳嫔，春贵人王佳氏为吉嫔。

暮春过后，初夏来临，嘉庆帝正与后妃们打得火热，奏折偏偏渐渐地多起来，不是这个盐政贪污，就是那个大吏婪索。嘉庆想，难道刚刚整治的吏治腐败现象，现在又死灰复燃？他内心不由警惕起来。最令他头痛的是勒保等人征剿"教匪"一年来毫无进展。案头正放着徐天德带"教匪"入湖北、冉学肱部却进入四川的奏报。这军中的将帅一点悔改没有，仍旧黩贪懈玩！倭什布在奏折中说，勒保等将帅与前相比，前一阵子虽有所收敛，但现在已故态复萌，川楚"教匪"比去年更加猖獗。嘉庆闻报大怒。

可是，正当嘉庆帝要再整军队的时候，两个更让他震惊的奏折摆在他的面前，一个是初彭龄参劾巡抚伊桑阿，一个是揭发吏部书吏。两个案子直把嘉庆帝气得差点吐出血来。

伊桑阿在过去任山西巡抚时因斥骂手下,暴虐属员,勒索无厌而被罢官。嘉庆帝对他宽大处理,流放他到伊犁,后来又把他从伊犁召回,亲自接见他。伊桑阿在皇上面前痛哭流涕,说:"奴才若不悔改,猪狗不如。"于是嘉庆帝又让他去贵州做巡抚。

初彭龄在奏折中说:"伊桑阿甫经莅任,便故态复萌,因沿途州县供应不周,即肆口谩骂;州县办差稍不如意即行撤回;又将黔抚衙署全行拆改,添置房数十间,耗银六千余两,又不发作,以扣缴养廉不足为名,勒令各府帮贴;甚至纵容家人逞威作势,索取属员门包;更有甚者,于石岘之战中,其驻扎铜仁,并未亲赴军营,却诳报上阵歼敌,扫荡逆剿,全境肃清,骗得交补议叙。"

另一个奏折是劾揭吏部书吏竟然欺蒙上司,私用印信舞弊,愚弄五部堂司乃至侍郎尚书。吏部京兆相争,任书吏颠倒是非,变动案例。

两个奏折,摆在案头,令嘉庆帝恼怒异常,可又觉得无从治起。治军队恐无人任帅,治朝廷,恐朝中无可当大任之人。正在忧愁时,朱珪登殿奏曰:"皇上,如今再不能手软了。军中,虽然可令那些渎职将帅戴罪立功,可是他们确是除贪婪淫乐之外,剩下的只有昏庸无能,如果再对他们放纵,实在于国不利。教匪之乱,绝不能再拖延下去了。且皇上初政刚一年,去岁诛杀和珅,下诏求言,万民称快,国运昌隆,如今沉滓泛起,贪污腐败之风气又有死灰复燃之势,皇上决不可犹豫以待,令其形成势头习惯,从中央到地方该是狠心整治的时候了——应该像诛杀和珅一样。"

朱珪的话,说到了嘉庆帝的心坎上,于是道:"朕正要整治中央、地方及军队,可一时黜去如此众多的大吏,新人从何而出?"

朱珪道:"臣想皇上最担心的是军中帅才,臣保举一人可担此任,此人叫额勒登保,旧属勇将海兰察麾下。胡齐仑挪用军饷馈送于诸将帅,唯独额勒登保拒而不受。其军中运饷之困难,也都由其自行筹办,从无借口为难。近二年来,诸军无不畏缩不前,而唯有额勒登保左突右击,而且从不虚冒功劳。额勒登保不仅是善战的勇将，而且还是廉洁谨慎的官吏，这样的人一定可以做领兵统将的元帅。经略之职交于此人，南方'教匪'可定矣！——至于中央官员可选贤任能，不拘一格，要善于发现新人；地方大吏，更不足虑也——也不必虑及太多。"

嘉庆帝此时觉得洪亮吉确有爱君之诚，于是首先下诏释放洪亮吉，决心重新举起剔除积弊、革新国政的大旗。刚好，此时京师大旱连月无雨，皇上多次祷雨未应，哪知皇上赦洪亮吉回籍的诏书刚下，京师即普降大雨，连月之旱，一夕解除。嘉庆帝得此效验，立即大刀阔斧地整顿起来。

首先处理了军队的一批旧将，诏逮勒保，判斩监候，明亮逮京问罪，永保拟处斩，后诏免斩流放。秦承恩重新处置，与宜绵、庆成等一起皆远戍伊犁，其余贻误军机之大小将官亦俱受惩处。同时授额勒登保经略印信，军队从此开始转入节节胜利。不过勒保因为是"斩监候"，所以当时并未行刑，五年之后，被重新起用。

对伊桑阿则立即斩首——这是嘉庆亲政后从快惩处贪赃大吏的第一个案例。

对吏部书吏舞弊一案，嘉庆帝也毫不留情，吏部尚书书琳宁被革去协办大学士及尚书职务；吏部侍郎范建丰、钱樾亦被革职；军机大臣刘权之亦交都察院严加论处，兵部尚书兼顺天府尹戴衢亨亦交都察院议处。同时选年富力强的英和入值军机处。

嘉庆帝如此痛下决心，大刀阔斧、雷厉风行地整顿，又给国家带来生机。

额勒登保是满洲正黄旗人，在海兰察麾下时，曾讨台湾，远征廓尔喀，每战必策马前冲，争先陷阵。海兰察曾对他说道："你真是个将才，可惜不识汉字。我有一本满文的兵书，是从汉文译过来的，你熟读以后，他日定会成为名将。"

额勒登保接过海兰察的书一看，见此书名叫《三国演义》，便日夕揣摩，居然熟读，每战能出奇制胜。

如今额勒登保既受了经略印信，果然不负海兰察厚望。他手下有两员汉将，一名叫杨遇春，四川崇庆州人；一名叫杨芳，贵州排厅人。杨遇春以黑旗率众，敌望见即知为杨家军；杨芳好读书，通经史大义，应试不中，于是投笔从戎，来到军中，为杨遇春所赏识。额勒登保阵斩冷天禄，实是二杨的功劳。如今额勒登保授为经略，于是特保举杨遇春为提督，杨芳为副将，二人得额帅知遇，非常卖力，就是过去的乡勇头目罗思举、桂函也因额勒登保做了统帅，有功必赏，愿效驱驰。后来，杨遇春、杨芳和德楞泰追逐徐天德，转战陕境，与高海德等相遇，德楞泰乘着大雾，袭击高海德，把他擒住；接着王廷诏被捕；徐天德、樊人杰在均州投水牺牲。

嘉庆七年，经略大臣和川楚陕诸省总督，都奏称大功戡定。嘉庆帝在京师祭告裕陵，宣示中外，封额勒登保为一等威勇侯，德楞泰为一等继勇侯，均世袭罔替，并加太子太保，授御前大臣。其余诸将，爵秩有差。自此以后，裁汰营兵，遣散乡勇。兵勇无家可归，或归家衣食住所无着落，又加上发放的恩饷，经官吏层层克扣剥削，七折八扣，到了兵勇手里已所剩无几。因此游兵冗勇，又聚众杀官造反，出没为患。复经额、德两将帅东剿西抚，忙了一年，事始大定。

劳师九载，所用兵费，不下两亿两白银，教众死亡不下数十万，清兵乡勇阵亡多少则无从查考。白莲教起义后，清朝再也无法恢复元气，从此一步一步走向衰亡。

但毕竟白莲教被平定，内外官吏又是歌功颂德，极力铺张。嘉庆帝觉得自己功德无及，国家复兴，百姓安居乐业，便渐渐地骄奢起来。

可是，国家真的就太平了吗？不久，一起突发事件令朝野震惊。

嘉庆八年闰二月二十日，嘉庆游幸圆明园回宫，此时天已傍黑，车辇一路迤逦奔回皇城。沿途早已是黄土垫道、净水泼街，京城百姓便知要过圣驾，全都早早回避了，真个是市井寂静、街巷空寥。侍卫们前簇后拥，随同圣驾逶迤而入神武门。两旁卫士一个个侧立端肃，不敢稍有懈怠。嘉庆帝坐在黄帷轿内拈须沉吟，甚觉满意。轿子拐过神武门，内侍恭请圣上下轿步行折向顺贞门。

就在这时，突然从西厢房南山墙后暗处迅速闪出一条黑影，手执一点寒光，不顾一切地扑向圣驾。京城步兵统领定亲王绵恩讶然一怔，黑影已从身边疾飞掠过。众侍御、兵卫乍见有人奔来，俱愣怔立定，莫名其妙，及见人影欺近圣驾，几名侍卫不由自主地"呵呵"咋舌不下，居然呆了神，圆睁着两眼，发僵似的忘了动弹。此时电光火石间不容发，定亲王猛一激灵，本能地扑上去，随即扯着黑影一只手，死死拖住。那黑影一面拼命挣扎，一面狂叫道："杀！杀！"

这定亲王还算神智清明，反应快捷，模模糊糊地听到呼"杀"字，立即意识归位，连声高叫："抓刺客！"不料左臂一麻，却是吃了一刀，略一分神，竟被黑影挣脱了去。

恰在这时，众随员侍卫一拥而上，扭将起来，门内光线微微昏昧，但听得踢踏声、喝骂声混里混沌地夹杂一起，喧嚣如雷。绵恩定睛一看，才辨出固伦额驸、喀尔喀亲王拉旺多尔济等俱在内扭结一团。侍卫等亦大梦初醒，蜂拥而上，七手八脚扳倒刺客，摁住不放。很快喧嚷骤停，唯有地下的刺客犹自发疯般地嚎骂不休。

众人定目一瞧，见地上紧缚一人，身量不高，头发蓬散，双目尽赤，面颊已是血红一片，犹自狂呼乱叫，嘴里喷着血沫，如困厄的恶魔，全身痉挛似的扭曲滚动。

定亲王心下一宽，动动胳膊，方才觉出疼痛来，低头一看，左袖已被鲜血染浸，湿红一片。想是那利刃划了臂肘，当时没顾得上细看。护军唐起早已觑得，慌上前来。定亲王斥道："还不去护皇上！愣着作甚！"复又指示众兵卫马上四处搜寻，凡有可疑人等，一律拿获查审。众护卫军应了一声，立即分路而去。

吩咐既毕，定亲王等随员大臣疾趋视皇上。只见黄帷轿停靠在顺贞门牌楼底下，四周团团簇拥着御前侍卫，宫门兵校，人人执刃相向，如临大敌。定亲王分开众人，趋前奏禀："陛下圣安，刺客仅止一人，现已被拿获。为防廷门各隅暗藏同党，臣已遣人搜查，如有，谅其绝难逃脱。敬请圣驾勿忧。"嘉庆意少舒缓，惊魂甫定，勉强稳定心神正身坐起。接着诸位文武官员俱上前来，诚惶诚恐，叩拜请罪。嘉庆略一正色，即挥手令起，严斥各门加强防守严加盘查，谨防姑息养奸。谕令一下，御林军闻风而动，分由定亲王绵恩、护军章京、侍御喀喇沁公丹巴多尔济等亲督兵彻查，举凡行迹可疑人等，一律严加盘诘，不教一人漏落。随后御前侍卫扎克塔尔护轿，径直回宫不提。

这一夜，皇城内灯火通明，御林军搜罗往来客栈，闹得人心惶惶，鸡犬不宁。其流落街头不三不四的市井无赖，多被锁了去，权且充数。

次日升朝，满朝文武不约而同来得绝早。众人战战兢兢目不斜视，再无敢喧哗者，较平素大为不同。嘉庆登上殿来，声色内敛，沉稳地坐下。稍顷，才令六部九卿文武百官有疏即奏，不得延误时辰。

国子监祭酒法式善上本奏道："闻昨日惊驾，诸臣忧恐，幸龙体安泰，尚可慰之。然此而非同小可。自圣上训政以来，尚属首例，不可疏究，此定为教匪流寇冒窜为乱，散落京城受使而为，其猖獗一至于此，宜于及早剪灭，杜免后患。内贼一日不除，则民一日不安。伏乞圣上从速讯查，抑止恐吓之势，以儆效尤。清肃宫禁闲吏役使，确保大内安宁为要。"

嘉庆听了微微点头，当即准奏。接着，又有工部、礼部、刑部、内阁、军机处等上本奏禀，也是请求迅速清理此案，以正视听。嘉庆略一思忖，便下诏命内阁大学士庆桂偕同刑部会堂讯审，务必究出主使、同党，予以一网打尽。各部领命退朝不提。

经过严刑审讯，终于搞清楚了事情的真相。这个胆大妄为的刺客姓陈名德，字化淳，河南泰县人。他并不是大臣们所猜想的什么"穷途流匪"，而是内务府御膳房的一个杂役。其父陈良也曾是宫中御厨，厨艺精良、为人淳厚，在内务府颇有口碑。后来陈良告老还乡，陈德仍在内务府效力。按说陈德身为宫役，虽然地位不高，但毕竟衣食无虞，为何敢冒天下之大不韪，而拼却一身刚去行刺皇帝呢？

原来陈良离京之后，适逢家乡河南白莲教乱起，老头儿不敢居于祸地，于是带了两个小孙子和儿媳妇北上甘肃宁长县，打算投奔表兄。不料行至金家湾关口，被守关清军将所携细软强行勒索一空。陈老头儿先是苦苦哀求，不见效果，气怒之下，言语自然便有些不堪入耳，结果几位兵丁上来一顿结实暴打，竟将陈良打得气绝身亡。

儿媳李氏悲痛欲绝，一面将两孩寄托人家，一面请众人帮忙，哭哭啼啼掩埋公公，并托人代书捎信宁长县亲戚处，教来照应。安排妥之后，李氏遂就近到县衙鸣告，为公公申冤。县令一听事涉八旗官军，哪敢秉公裁处？推说官兵只受督员辖制，本官无权过问。李氏遂向督员诉苦，不料也被逐出，并被斥道："民案乃县衙之事，竟敢闯营乱告，真是无理之甚！"

李氏无奈，遂屡屡至衙门公堂喊冤，执意不懈。那县令不耐其烦，又推诿不过，见事情拖延不了，不由得火气上腾，把惊堂木一拍，厉声喝叱责道："大胆刁妇，尔公公私通教匪，假扮流民入我城来，欲探究底细，为官兵拿住，竟至殴打守兵，其罪已极，死有余辜。本县念你不晓事体，或可宽宥。谁知你不思愧怍，三番五次，扰乱公堂，要挟公堂，岂可轻容！左右，立刻拿下收监，择日卖为官奴！"

李氏万没料到事情会有如此逆转，当下极力申辩，怎奈县衙差役如狼似虎，只管上前来执定李氏，锁上铁镣，推下堂去，收入监房。任是百般哭骂，并无一人答理。

再说宁长县亲戚接书后，不敢耽延，日夜兼程赶至金家湾来，方知事已闹大。且官大嘴大，信口开河，非占理者能伸结此事的，忙用银钱打点，央求释放李氏。谁知县令恐李氏出狱，再行滋扰生事，遂硬是不允。李氏闻知，才觉悔悟，只是为时已晚。又闻说将被卖身官奴,不由悲凄伤惨,思前虑后,想到将来受侮,不若及早自尽,尚可存留名节,于是,自缢身亡。陈德的表叔表兄父子,见事已成此,不胜悲愤,只好带着陈德的两个幼子禄儿、对儿回乡去了。

且说独自留在京师的陈德,风闻河南慌乱,唯恐老父妻子身遭池鱼之殃,日夜渴盼家人书信,怎奈战火频仍,音信阻隔。好容易闻说河南已经平靖,这才向总管告假,回家探视。谁知风尘仆仆到得故里,唯见人去室空,满目狼藉。陈德急找邻里打听,只说携家外投,不晓去止。陈德愣怔半晌,辗转寻思估量父亲定会前去投奔宁长表叔家了。于是顾不得旅途劳累,披星戴月,昼夜兼程。这日赶到宁长,又费尽一番周折,方找到表叔家来。刚进门,迎面看到禄儿弟兄正于中庭玩耍,不觉心下一宽,脱口便喊了出来。禄儿、对儿乍见父亲到来,一齐奔向前去,抱住腿膝竟呜呜哭将起来。

陈德也是潸然泪下,但旋即发觉异样,心下顿生疑惑,忙问出了什么事。两儿只管呜咽,却说不出话来。这当儿陈德表叔、表兄闻声出来,方才痛切叙来。陈德一听父、妻各俱冤死,立刻头脑发涨,双目冒星,一时气塞,大叫一声仆身倒地。表兄父子慌忙扶起,又是揉搓又是灌汤,忙乎了好半天才算醒活过来。免不了一番号啕,呼天抢地,痛不欲生。加之两儿嚎啕泣血,表叔一家连同近邻无不落泪。众人规劝半晌,方渐渐止了声泪,又劝慰一番,时近薄暮,邻里自各散讫。

夜晚,陈德辗转反侧,百般思忖:"父亲无端被遭屈打而死,未能侍奉身前,若不得报仇,可谓不孝;妻子遭逼,殉节而死,此仇若不得报,将谓不义;不孝不义,有何面目见于人前?"

转念又想道:"既然决意舍命报仇,便要闹他个惊天动地!想那行凶官兵不过是走卒,徇私县令也只是小吏,便是那督员,杀了他也不足以惊世骇俗。我即在宫中当差,何不来他个刺王杀驾,纵然事情不成,动静也是不小,圣上查问起来,岂不顺藤摸瓜将那傲民的督员、徇私的县令、行凶的官兵全都牵扯在内一网打尽？对，我就是这个主意！"

主意已定，却又发起愁来。盘算道，若回京刺王杀驾，带此二子甚是不便，倘将二子寄养叔父家中，又恐将来事发株连他人。思来想去，只好咬牙道："也罢！我父子三人死在一处便了！"

次日清晨，携了两个儿子，便去拜别叔父，叔父先还疑虑陈德要去复仇，一见有两个小儿随行，暗思有此累赘，表侄断断乎不会妄为，方才放他回去。

且说陈德回京，禀明总管孟明，瞒住横祸等事，绝口不提。孟明也不着意，唯命即日入厨。陈德本欲在御膳中下毒，可是每道菜都有尝膳太监先行品尝，只怕难以得手。意欲效法鱼肠藏剑刺杀王僚的专诸，自己只是一介杂役，哪又有面君的机会？思来想去，总是不成，不由没情没绪，一连数日日日酗酒，喝得烂醉，便坐于内院大哭一阵，再大笑一番，几近疯狂情状。总管孟明遇见两次，大发雷霆，严加责罚。哪知陈德依然故我，颠狂如旧。孟明等恐事出意外，拟将他除名，以免滋事。陈德闻听更加惶急，这要是除名出宫，老父爱妻之仇岂不是永难得报了么？

正于无计可施之时，忽听传膳太监言说次日皇上游幸圆明园，傍晚方得回宫，命御膳房好生预备晚膳。陈德得信，彻夜未睡，收拾身边物什，全都齐备。次日携了长子禄儿，趁天黑隐身在神武门西厢房南山墙后，只待一击而中。可惜陈德身无武技，凭血气相拼，终难以得手，未曾伤及嘉庆，只是削落轿帘的几串垂珠，然而嘉庆确也受惊不小。禄儿见事情不谐，抽身回家去了。

审讯室里，刑部尚书勒保声色俱厉："你刺王杀驾系受何人指使，还不从速招来，免受皮肉之苦！"陈德耷拉着头，并不理会，茫然不知的样子。勒保连声斥问，只是不答，勒保大怒，喝令掌嘴。顿时劈啪声响，一阵狂暴之后，陈德满脸鲜血流淌，牙齿尽脱，大堂之下，喷泉一般。然陈德任是怎样喝问，硬是一声不吭，如同不知就里的哑巴，丝毫没有开口说话的打算。

勒保冷笑一声，道："好个刁民，装聋作哑，蒙混本官，看来不动大刑，谅你不招！来呀，板责伺候，先发四十！"说罢拢出签来掷于堂下。两名刑役立刻上前，尽力打将起来，震得大堂乱颤。别看这板削薄，然分量却是不轻。县署衙门之所用刑板，乃选用上等松、檀等厚实木材制作，其分量亦叫人望而生畏了。而此刑部大板，较前略有不同，板中留有空隙，注铅其中，以增其威力。因此京城惯犯，对此板责尤为胆丧，甚至刚刚领略几板之后即呲牙咧嘴，告饶愿招了。

一时间板起板落，舞得呼呼生风，一五一十，四十板终于打完。再看大堂之下血涸一片，陈德伏在堂下更不动弹，身上衣衫褴破，如在血中浸染。腰至两腿，血肉一发迸裂开来。烂肉腥血，目不忍睹。左右差役揪起头发，见其双目枯瞑。伸手试探，仍心跳微微，只是昏死过去多时。

勒保喝令冷水浇灌。连泼两桶，血人才被激醒，稍一活动，勒保立即一拍惊堂木，斥道："招是不招！"堂下血人作势欲抬起头来，然而一动之下，又昏死过去。内阁大学士庆桂，工部尚书屯范初等面面相觑。不得已，只好暂且退堂，隔日再审。具报嘉庆，只言犯人受刑昏迷，俟待略有恢复之后再行拷问。

次日春和景明。嘉庆理罢政务，径往毓庆宫维德堂来。此里是嘉庆幽居慎思的地方。想到种种困扰，嘉庆颇为不安，尤其念及谋刺之事，心生郁烦，不觉自语道："朕终日劳苦，所为者民也。然士民不察，纷乱频仍，奈何！教匪乱国，朕毕力镇而抚之，亦为民计，不意前日竟有此等舍命之徒，预谋弑联，岂天下流匪皆与朕不共戴天？"又想到护军、内侍人数众多，前后环卫，却险些让歹徒得逞，军心疲散，一至于此，怎不令人担忧？

嘉庆边踱边思，但见两旁廊柱红润，阶草茏翠，桃花灿然。然嘉庆视若无睹，径向东来，穿过继德堂，乃一书房，宽敞净洁。原为嘉庆幼年时读书所在，朱石君先生授以勤学之理，取名曰"味余书屋"，嘉庆记念颇深。嘉庆于堂壁正中悬一条幅，上为五句箴言,曰:"养心、敬身、勤业、虚己、致诚",下有恩师朱石君的朱文印签。嘉庆每每至此,常肃然默诵,用心揣摩,多方检视,从来不曾废弛。嘉庆忽然想到,就养心而言,兼听则明,偏信则暗,是谓心地宽隘。如有谈听,结果杜忠良之言,坏金玉之纲,贻害匪浅。近期诸部奏折锐减,敷衍、阿谀、粉饰、谎报等等日多,不正是痕迹么?

逾两日,诸部再行提审陈德。陈德新创初愈,步履蹒跚,形销骨立,如同脱了一层皮。诸部合议,恐再次动刑定然不支,坏了其性命,不若兼施以软,晓以利害,令其知悟。于是庆桂遂令撤去刑具,徐徐道:"今皇上明治,匪寇已靖,负隅者随处正法,投靠者念其悔悟,尚可网开一面。尔等所为,实为奸狡之人暗中挑使,一时蒙蔽,酿此大错。罪责在彼,与尔何干?圣上只追主谋之人,察其原委。你若一意孤行,顽固不化,徒遭世人唾弃,所为何益?况尔不惜身家性命为同党遮隐欺君罔上,罪及妻孥家族,而谋刺之名揽于一身,乃千古罪人,有何面目存于世间?"

庆桂一番话推心置腹,不料陈德并不反应,亦不动弹,如一截枯木桩丢在那里,依然充耳不闻。痴痴地听完,继而呆呆地发愣,似与己无干。几位大员见状怒不可遏,俱道:"该犯装聋作哑,戏耍主审不容宽宥,宜早动大刑,看他招是不招!"

庆桂也火朝上腾,拍案而起:"刁民不知天高地厚,自讨苦吃,今日非叫你开口不可!"遂略一商量,令刑役分作两班轮换,先将犯人吊起,脚离地似沾未沾,由差役看住,只是不许困觉,如一合眼,便行抽打。此名之曰"彻夜熬审"。凡人皆有疲惫的极限,超越极限而不得休歇,可谓苦状难以忍受。

众官部署完毕,退堂自去,留下刑役们虎视眈眈盯着陈德。黄昏时分,陈德熬受不过,竟吊着呼呼瞌睡。立刻,鞭影挥动,疼痛烙心,又把陈德的瞌睡赶跑了。此种皮鞭,亦是刑部特制,细软而长,然而挥舞起来,却不弱于板棍威力,或者更甚。两位刑役凸着圆眼,只管啪啪抽打,一鞭下去,一条血痕,复一鞭即陷肉泥。陈德马上扭动起来，呻吟不绝。两刑役皮鞭蘸水，呼呼生风，好一阵发挥。一边连声呼喝："快招！快招！"皮鞭落处，火辣辣地灼焦皮肉一般，宛如一条条毒蛇，肆虐地啃啮。陈德只是闭紧嘴巴，不叫一声。霎时身上衣衫被撕裂成碎片，又血肉模糊地沾在身上。两刑役一阵狂风暴雨，汗水淋漓，方才歇了手。

挨过子时，陈德头昏脑涨，鞭伤钻心地疼痛，似乎开初时忘记了，此时才重新发作，痛彻骨髓。时近二更，陈德陡觉天旋地转，双目昏黑，一下掉进深不可测的渊薮里，模模糊糊地游离了这个吊挂着的破烂不堪的躯体，又觉得这个吊起的身体不再是自己的，而是妻子李氏的。分明妻子李氏刚刚自缢，气息未绝，自己正站在她跟前。陈德想看个清楚，但四周黑洞洞的，努力睁开眼来，怎耐眼睑沉得如铁闸门一般。他想去摸摸，却忘了自己的手放在什么地方了。

这时刻，鞭声又响，真真切切，缠绕身体抽个不住。他们凭什么抽打妻子呢？陈德想仔细看看，可还是睁不开眼来。唯能感到鞭子在李氏的头上、背上、肩上、腿上倏忽绞动。突然一鞭挟着风丝正抽打在脸上，颤颤地痛，接着又是几鞭，更加迅猛着力，陈德恍恍惚惚借助这一股力量，骤然睁开眼来，只见两位刑役，正卖命地大打出手，不见了妻子李氏。陈德一急，又落进了黑暗之中，好一会儿，忽有叔父来搀扶他，接着禄儿、对儿奔来抱住腿欢叫，陈德想哭，却出声不得。急切间，表兄忽又压低声音地唤道："表弟。"陈德惊慌万状，心中一紧，竟又直跌下去，任是百般挣扎，却也再难上来。

那两刑役只道皮鞭伤不得大骨，只管抽将下去。但犯人眼皮也不动，令刑役十分恼火，更加手不释鞭，全力以赴。谁知打来打去，如抽布袋，不见回音。两家伙先就慌了，忙去禀明。

刑部尚书勒保、兵部尚书魏明、大学士庆桂闻讯而来，令人检视，却道不大关紧，仅仅熬撑不住，昏迷过去。勒保道："这厮最是刁滑，颇善欺蒙，妄图装假来求得片刻瞌睡，我等岂能被其蒙混。听之任之？何不立用烙刑，令其知道刑法厉害！"众人听了，也道极是，遂命灼烧铁烙。

此铁烙巴掌大小，锻铁所铸，一般囚犯死党、亡命之徒亦见之魂飞魄散。而此时陈德正于昏迷之中，阴阳不辨，连胆怯畏怕都不知。有顷，铁烙烧得通红。勒保令烙，见一名刑役持铁烙朝向陈德袒裸的胸部贴去。就听"嗤"的一声长嘶，一阵白气夹杂焦臭气味直上冲起。犯人陡然"嗳"了一声，再度昏死过去，胸口已黑糊糊一片。勒保立令再烙，于是铁烙试探一般又在几个部位印下了黑印。但陈德气息奄奄，一直无所反应。气得勒保抓挠无着，嗷嗷叫骂不休，众人无奈，只得暂令收监，俟后再审。

内务府膳房总管孟明自知干系重大，早把陈德其父陈良所作所为、来龙去脉统作禀明，无敢一漏。于是兵分几路：一路在京，将禄儿、对儿擒拿在监。一路往陈德祖籍河南泰县去锁拿陈良、李氏，不意扑空。另一路往甘肃宁长县去拿陈德表叔，陈德表叔父子拼力对抗，死于乱枪之中。

第八章

摹笔迹害兴家父子
套供词惩诚氏叔侄

嘉庆缓缓言道:"此事并非简单。想那诚、兴两家,仇隙很深,冤冤相报,已在情理之中。那封书信已是漏洞百出,又称下书之人已死无对证,其中的毛病显而易见。你只需如此这般,定能勘破这桩无头疑案!"

再说陈德彻夜熬审之后,抬回去险些毙命。一连三日汤水不进,梦魇频频,周身横七竖八裹满伤痕,兼又烙印深入,腐肉片片,痛彻骨髓。半月之后,方才大半结痂。而监狱内霉湿秽潮,烂草污褥,肮脏不堪,很快伤口感染,不少地方流血出脓,红肿斑斑,不忍目视。

孰料近日皇上催问,诸部甚为惶恐。勒保、庆桂等决意乘势提审,仍以严刑相逼,料他血肉之躯,能撑几合?主意已定,便设堂提人。那陈德九死一生,与阎王打交道亦不过如此,但想到屈死的父亲,缢死的妻子,心下伤痛盖下肌肤伤痛,早已铁下心来。

刑讯之始,施用了"拧耳跪炼"的酷刑,陈德疼痛不过,叫出声来,但一让他招供,便依旧一声不哼了。随即令刑役押棍,两脚分缚板上,固定棍的一端,刑者执另一端,将犯人双腿慢慢按将下去。陈德哪里受过这等折骨掏髓的刑法,立刻虚汗淋淋,浃背透湿,但问:"招是不招!"他只管紧咬牙关。两边刑役见无喝止,也一味施力下去,就听"嘣"的一声轻响,犯人的左腿猝然垂了下去。原来左腿压折了。犯人随即昏晕过去。

眼见得不能再审,众人都躁乱异常,不知所措。只听刑部尚书勒保道:"此时万万不可泄劲,一旦让他缓过劲来,必然依旧狡赖,这样势必拖延时间,我等怎样回复皇上?依我之言,索性趁热打铁,续加重刑,纵他金刚之意志,怕也耐不住挫折。先丧其胆,方能够俯首招供!"

众人依言,令刑役提来冷水,兜头照泼,把陈德激醒过来。一问,自然还是无招,便又喝令搬上刑夹,一班五大三粗、凶神恶煞样的刑役奔上前来,给犯人套上拶子,发一声喊,两边用力,陈德随即一声嚎叫,两手血洗一般。而拶子已深嵌指内,只恐稍一用力,便会将指头齐齐截下,"谁指使你刺王杀驾,还不从速招来!"堂上乘机连声逼问。

陈德此刻挣扎起一点心神,寻思道:杀驾之事本无人指使,却又如何招供?有心说出父、妻仇事,苦于不知道督员姓氏、县官大名,那几个行凶的八旗官兵更是泥牛入海无踪无迹,说了又有谁信?可是若再无供招,这帮狗官狼吏决然不能够放过自己,前几次经历几般大刑,都以昏死幸免苦痛,然此次再也熬受不住,除非如此这般,才能让这班狗官不再刑讯逼问。

陈德思想已定,大叫道:"惊了圣驾,自然诸事有我!尔等也不必苦苦逼问,自今日起陈德再无一言好说!"说到这里,只见他牙关狠命一咬,半截舌头豆腐块一般应声而落,随着酱末般的血水喷射而出,染浸了衣裤,弄得近旁一个刑役猝不及防,满头满脸都是。

突发此变,堂上堂下都愣怔了。拶子还夹着,刑役不知是收了刑具好,还是继续施刑好。勒保正威气怒发,指手画脚,扬起的胳膊落在半空也不知是该缩回来,还是继续挥下去。僵了片刻,还是魏明立作决断:"马上停审,先将犯人押回监牢,请医调理,听候发落。"堂下齐应一声,收拾刑具,打扫秽污,押监延医,好一阵子忙乱。

这边大学士庆桂也沉静不住,开言道,"此番审讯,不意陈犯竟作此下策,以死相抗,咬下了自己的舌头,只怕来日再难理出什么口供来了。"勒保瞪了瞪眼,接口道:"不是还有手吗?还可以叫他笔供,也是一样,谅他不会咬下自己的双手吧!"内中恰有一人，乃内务府大臣涉事出堂，忽拍桌子道："可惜可惜，这陈德在内务府多年，斗大的字不识一个，是人人尽知的，如何令他笔供？依我看，却是没了指望。"语音方顿，众人复又忧急起来。勒保道："照如此说法，是没办法再审啦，那么各位大人如何向皇上交待？"

各位大员忧心忡忡，神色阴暗。只听庆桂又说道："列位大人也不必烦恼。陈犯咬下舌头，看来并非初衷，不然前面几次大刑早已咬下了。这次熬撑不住，情急之间才咬掉自己的舌头，以绝我等所图，也未可知。然此人平素交往绝少，又一直在内务府御膳房当差，我等只在这其中做文章如何？"众人听说，并不以为然，可是不这样又能如何？于是决定第二天询问内务府有关人员，本来也是本着有枣没枣三杆子的宗旨，不想这一来竟然被他们找到了应付差事的办法。

翌日，诸部钦命办案官齐会，也不再提审那个断了舌头的陈德，只是在内务府一干人员中打主意。果然有效，只听内务府该管大臣章京道："某曾闻陈犯于府内供职期间，酗酒成性，且屡次大哭大笑，大吵大骂，形同痴狂。据从役告禀，确系属实。月前一晚，我经过前院，亦亲见其癫狂之状，喝斥门下驱逐，反而越发撒泼。门下俱称神经失常，也无可奈何了。殊料竟作出这等事来，说不定正是原先的本性沉迷所致。"众人听得，都道："这下好了，正好以此据，断其神经昏乱，身不自主所为，于情于理俱合，自然拷问不出别番口供。"于是，大家吁气，公推庆桂执笔草拟讯审奏本，大堂内立时气氛和畅，笑语飞扬。乾隆帝手书的"明镜高悬"匾牌金灿灿的，庄肃醒目，两旁又有嘉庆帝亲笔御书的楹联以作诠参，上联为"一字无虚始可定案"，下联为"片言不实勿厌重推"。笔画精工，遒劲有力，与匾牌相映对照，别有一番气象。

不多时，奏折拟定。众人看过，各各署名签押。大致奏称："臣等受命讯审，其内情已结。该犯惧惮严刑，感化皇恩，俱俯首招供不讳。供酗酒成性，精神昏乱，业已成为病症，且时有发作。

二十日之事，纯系一时病发，狂颠而起难以自持所为，当时却不知所以。事后醒觉，痛悔不及，经拘拿其亲眷及内务府各臣役招承，完全符实。目今此案正于切责落实之中，克日完藏，唯陈犯虽非蓄意谋划，然业已私闯禁地，惊动圣驾，罪不容赦。为正国法宫纪，以儆效尤，宜于凌迟处死，其所遗只膝下二子，年尚幼，然亦不可留，宜为处斩。臣等恭请陛下圣裁。"众人遂联衔上奏。

恰冬春之交，暖凉反复，嘉庆偶招风寒，鼻阻内滞，迎风流泪，正于养心殿延治。奏事处听差贺清泰见诸部大员联衔递奏，不敢怠慢，急命差弁何兴祖、李治国二人入内投折，二人七转八绕，行至养心殿阶陛，正遇上御侍太监外出。太监问明来意，忙摆手道："皇上正需清静，早朝已是勉强撑持的了，你们有折何不早奏？单单地选择这时辰赶来，皇上要是有兴致，算你们造化，万一皇上不高兴，你们岂不自讨苦吃？现在皇上正安睡，我去请御医，二位自便吧。"说罢提步而去。

二人听他一番话，一琢磨，甚觉在理。何兴祖道："既然皇上龙体欠安，定然烦躁得很。我俩贸然打扰，万一真若触恼了他，只怕我们兜不了。"李治国仍犹犹豫豫道："记得当今曾发布圣谕，对办事拖拉、迟延耽搁之事要大加整饬，你也该听过，当初拿办和珅时，特别重申压搁报折之事，颇令人难忘。如今我们长几颗脑袋，怎敢消磨公事？恐怕皇上怪罪下来，你我承担不起。"

何兴祖一听，立刻反驳道："你怎能拿和珅同咱们相提并论？他固然罪有应得，开列罪款达二十条，杀了也应该。咱们跑脚递折，明日早朝递进也并不打紧，误不了多少事体。实在犯不着现在硬去触碰霉头。你听说过没有，圣上虽然雷厉风行地颁谕发诏，其实还不都是写在纸上的，哪里能落到实处里去，都说上头的雷声儿大，下面的雨点儿小，其实不假。"

李治国想想也是，与其自寻苦处，不如留待明天再看情形。更有一层，就是纵然皇上怪罪，也无非不关痛痒地一番申饬，不至于大动肝火。皇上的仁厚是内外尽知的。假如不闻不问，侥幸拖得过去，岂不省便？二人这么一合议，都觉推迟明日最是稳妥，于是返身而回。

按说推迟半日，无大关要，嘉庆不知晓，也无甚事。孰料事非人想就能，活该着何、李二人倒霉。两人策划已毕，才刚退至水榭廊柱之后，外门尚是没出，偏偏嘉庆帝不耐静养，竟独自踱出殿来。这两天天公不作美，阴晴多变，寒热不是。嘉庆染了小恙，心中郁烦不已。出得殿来，乍见桃花粉灿，园圃里细草茸茸，不觉心清气爽。再往远处一望，恰好何、李二人的身影入得眼帘，一晃而过。嘉庆暗想，二人到此，定是有折呈递，何故又急急惶惶地回去了呢？看来别有因由。于是立命近身太监前去内外奏事处询问，太监应命而去。

嘉庆帝再无赏景之心，想到士官懒散，朝臣懈怠，不由愤愤起来，遂径回殿来。不多刻，觑见何、李二人战战兢兢进来，早已面无人色，"扑通"一声跪下，诚恐诚惶地告饶起来。嘉庆见状，已猜八九，更加怒火中烧，厉声责道："尔等毋庸狡辩。定是有折不报，意欲延搁，诸等大事，全因尔辈如此玩忽而败坏。长此以往，贻害无穷。朕三令五申，多次严谕，难道你们聋了不成？此风不端，难以正律，你二人以身试法，定不宽饶！"

何、李二人汗流浃背，连连叩首，只道："闻圣上欠安，方欲递折，恐圣体未康，不敢打扰，是以暂先退回，伏请皇上开恩。"二人语无伦次，唯求开恩。

嘉庆揸了揸双目，沉吟片刻，方拖着风箱似的鼻音瓮声瓮气地训曰："尔等从今而后，有折必报，不必顾虑朕的病疾。但你们此次知法敢犯本应罪加一等。姑念坦诚，尚属首次，姑且从轻发落，革去你二人半年钱粮，以资前车之鉴。如后有发现，必严惩不贷。谕你二人将此改过，下不为例。"

何、李二人闻听"姑且"二字，心下稍安，及至讲到"下不为例"，不由心上放下一块石头。前闻皇上时常出此二语，今日亲聆，果不其然。回看自身，早已汗出如浆。二人慌忙谢不迭，呈进方折,方小心退下。

嘉庆拆折阅视,暗想:此事也怪,自从朕接手御室以来,首次遭遇,竟是个狂傻的病役。真若这般简单的话,各门守卫和侍卫人员,实在渎职严重,应严办才是。虽然事出意外,终究万幸。但明早朝必得严责此事,作为借鉴,以防后来不测。又想,此番骇朕不轻,念此,不由得叹息一声,自语道:"先列皇祖立基以来,端正清治,天下威震,四海靖平,何等辉煌。不料遗及于朕,竟百般生滋,出现各种事来,真正堪忧。"遂抚纸吮笔,在案上草就一诗。诗云:

　　半遭惊兀兀,尘下非重重。
　　止有花雨多,岂晓露霜浓。
　　阴霾风落树,空明时驱蝇。
　　不道秋多事,神龙何图腾?

写毕,搁笔沉吟。忽报御医进见,嘉庆不悦,斥道:"朕偶感风寒,隔日即去,何用三番五次反复诊断?速令其退回,不必来见!"因心下紊乱,遂只身穿过后殿,径向毓庆宫走去。

次日朝见,两班文武济济一堂,料知前次刺驾有了结局,因此来得格外齐全。嘉庆帝面容清癯,双目炯炯,因风寒尚未痊愈,说起话来仍然呜呜囔囔,带着浓重鼻音。各臣员分外留心,一派恭肃。坐定之后,嘉庆扫视全殿,方徐徐而言:"诸部众卿有本即奏,莫要延迟时辰。"

话音方落,军机处经略大臣德楞泰出列奏称:"据分军合围,教匪余酋罗思兰、苟文华走投无路,大部歼灭,余部逼入南江一带,新近合兵一处,潜入密林。现水面结冰,各关口河道俱已增兵防护,谅不至走脱。又有余匪会集巴山,煽动裹挟百姓,近日进占川北通江一带,目前正于堵截之中。然纠民余匪,临时乌合,不足为患。江南乃教匪活动猖獗之地,近有姚之富之子姚馨佐伙同惯匪熊老八等煽动民人，沆瀣一气，意欲向东窜犯，臣等已遣部防驻，只待天气晴朗，便可一鼓歼之。"

嘉庆颔首道："民安而贼自平，剿贼必要安民，民不安，则易为贼所裹挟。白莲教余部时至于今，已是强弩之末，务将彻底击溃，无使扰民。然贼居关险，犹不可轻视，各省仍应互作协助，不致乱匪疏隙，流走边界。唯有分军击破，方为稳妥。各省仍依前例，分别督军，限日剿获。"德楞泰遵旨退回，自去布置。

两广总督趁机出奏道："安南国新主阮福映押解三名海盗已抵广东，此三者系阮光缵旧臣参与海盗，骚扰中国海域。请示是否解京正刑？"嘉庆略一沉吟，即批示就地处决，不必劳力解京。余时各部皆有所奏，巨细各异，不一而足。

稍歇，嘉庆道："二十日之事，内外震惊。朕交付刑兵诸部会合审理，延至今日，眉目已清。经多方查核，基本讯实。朕昨日接奏，意欲澄明此事，以示赏罚。"于是命人将奏折宣读了一遍。

然后，嘉庆说道："朕初遭此劫，实是意料之外。然身边臣侍于险难关口亦能镇定自若舍身救驾，确属不易。为旌其功，特嘉赏如下：赐定亲王绵恩、固伦额驸各御用蟒袍补褂一件，加十万石年俸，加封定亲王之子奕绍为贝勒。封喀尔喀亲王拉旺多尔济之子巴颜济尔几葛为辅国公，并赐紫禁城骑马；封乾清门护军唐起、顺贞门驻军马甲张庆磊京城骑马，并加赐年俸五千石；封喀喇沁公丹巴多尔济为贝勒，加三万石年俸，准在御前行走；赐御前贴身侍卫扎克塔尔世袭三等男；赐珠尔杭阿、桑吉斯塔尔世袭骑都尉，并赐京城骑马。"

众人听得，俱叩谢龙恩。嘉庆赏封完毕，忽语音一沉，道："此事因出意外，然各位官员臣侍尽职克任，又何至于此？是以各部懈怠，诸吏玩忽，非止一日。皇考于乾隆二十三年六月，逢有一疯疯颠颠僧人持刀擅入东华门，事后究查，虽未有所闪失，但亦拟绞十六人。"

话音方顿，殿下有关诸臣皆脸色如土，两股战栗。嘉庆不动声色,继续沉缓而言:"而今有陈犯径入神武门,通畅无阻,藏匿多时,各护军、侍卫居然丝毫没有觉察,足见各门军卫失职到了何等地步!为肃风气、正国法,理应一一斩讫,以作前车。然事发之后,军卫侍从竭力尽忠,以补前疏。姑念各门奋勇,未致大患,尚可从轻处治。但各领队护驾不力,形神狼狈,情不可原,着革去阿哈保神武门护军统领职,革去苏冲阿顺贞门护军副统职。京城侍卫副统领绪华着革职留任,以赎罪抵还。革去京城侍卫统领贤福之职、并京城骑马衔,发往热河披甲抵过。内务府该管护军失察,革职留任,拔去花翎。内务府御膳房总监孟明渎职失察,罪责严重,发成伊犁。"余下失职门卫兵弁拟斩三名。众人听了,慌不迭地叩恩,心下却暗暗吁气。

嘉庆处置已毕,遂转向各部道:"诸部会审,尚能务实切责,不曾延慢。陈犯口供仍需详加查验,以核其实。联衔所奏之事,朕准允,依旧责成刑部便宜从事。"嘉庆忽转念想到一病患之人遽遭厄难,且亲眷尽殁,坐累幼子,顿觉恻然。然而木已作舟,非情理可容逆改,也只好如此了。于是退朝回宫。

勒保见奏折允准,大喜过望。心里暗道:"幸可蒙混过去。不然复查将起来,那么该死的囚犯语不能说字不能写,任是扒皮抽筋也是无用,那时皇上追究,怕是哭也没泪的。"会审诸员亦十分欢欣,皆想这下万事大吉了。于是大家丢开,再不闻问。

春日苦短,眼见得碧草繁绿,花木葱茏,雨水飘飘洒洒连绵几日,洗得京城清洁无尘。"绝胜烟柳满皇都"亦不过这番景象。嘉庆每日早起处理政务,巨细繁杂,确也疏怠不得。然每次朝后,必去春熙院留连片刻。这日天开云霁,花叶含水,真个鲜翠欲滴。嘉庆心爽神怡,不由得叹息道:"怪不得世祖弃绝尘世,宁可出家为僧,享其清淡生活。原来竟有这般情景陶情冶性,怡然自娱。比之登坐大位,殚精竭虑批阅奏,真个强胜百倍。可惜朕无此福,天下不靖,守成尚且力绌,何以安享!"遂情致翻腾,来回踱动,吟道:

吟毕，觉"妍"字似不如"深"字贴当，一时忖度不下。恰在这时，内监报称御前内侍大臣诚存求见。嘉庆即令延入。诚存进来趋前叩拜，奏道："月前陈德刺驾之案业已讯审完结，臣不敢妄议。然近日臣内侄湖南耒阳县令诚江保剿灭一股余匪，竟搜得一封密札，启视乃工部大臣兴德保所书，内中有关陈德之事，原系受他指使，看后令人骇异。内侄不便离任，交托稳妥家人星夜赶来，委员呈递。臣深知事关重大，稍慢不得，所以特来奏禀。"

嘉庆听了，先是吓了一跳，道："竟有这等事么？这还了得，快呈上来！"诚存连忙呈上，自退一边。嘉庆展开一瞧，果见下有兴德保的签名，上有"教匪"首领的称谓，内札写道："由于筹划不周，陈德行刺功亏一篑，实是痛心之至。陈德不幸被捕，好在其乃坚烈之人，誓不招供，各部居然无可奈何。幸吾令其平日装疯卖傻，借以惑人，于是刑部仅以病症发作为因匆匆结案，暂还无碍。只是以后皇上出入居留愈加森严，再难下手。唯逾隔两年，内外松懈，方好作为，请将军静候。"底下另附："兴夔已将余下众人妥善安置，勿忧。"

兴夔即兴德保之子。看来他父子二人早已私通乱匪，蓄谋劫驾。嘉庆不胜惊怒，见诚存在旁，遂问："此事你已知晓，有没有走漏风声？"诚存见问，忙道："臣不敢，所以前来密报。""好吧！"嘉庆牙关一咬，命内侍太监速传军机大臣刑部尚书勒保及京城警卫步军总统领定亲王绵恩。

不一刻，二人急惶惶赶来，叩问何事，嘉庆犹自愤愤不已道："朕虽自知吏治腐败，亟图振作，却不料竟有私通乱匪欲谋刺朕之事。朕今日方知工部尚书兴德保父子里通敌匪，蓄意谋反，特着你二人统领西城御林军速去抄拿其全家，务必一个不漏！"二人听罢大惊，慌不迭遵命而去。霎时偌大京城剑戟林立，兵士穿梭。商贩行人纷纷避退，都道又要发生大事了，个个咋舌不下。

这当儿兴德保闲来无事，正在后庭下棋消闲，闻得家人通报说府宅已被官兵围得水泄不通，吓得大汗淋漓，不知手中一个

"马"安置何处。不得已，急忙整冠出迎。但见定亲王绵恩与刑部尚书勒保带领御林军长驱而入，慌得兴德保趋前拜问。

二人并不答话，展诏宣读："查工部尚书兴德保连同其子兴夔，私通乱匪，蓄谋刺驾，特谕拿获问罪，抄没家产，钦此。"兴德保一听，即大呼"冤枉"，随即软瘫在地。绵恩饬部从拿下，锁进囚车。勒保遂麾军抄查，立时兴府鸡飞狗跳，一片哭嚎，满地狼藉。检点人口果然不曾漏落一个。于是全数押回，听候处置。

嘉庆听到禀奏，即命详加搜觅兴府文牍，务要翻出私通信件来。结果兴府被捅得底儿朝天，也没发现片言只字。只是搜得些许违禁的放债账契和赌具，收拾收拾，倒还不少。嘉庆暗想：兴府未得罪证，实出蹊跷，即兴德保父子与"教匪"联络非止一日，何故没有半点风声走泄。罪证既然一时不及销毁，却搜查不出，岂不咄咄怪事！然湖南所截获的书札确其亲书，看来内中定然颇有曲折。于是，责成刑部讯审。

兴德保做梦也没料到会被逮捕审讯。大堂上又惊又怕，只管喊冤叫屈，不绝于口。主审勒保冷笑一声道："兴大人不必喊冤，既已至此，自是隐瞒不掉。古人道，'要想人不知，除非己莫为'，别以为做事天衣无缝，然天理昭彰，终难免露出马迹。我奉命行事，念及平素情谊，不愿动刑逼供，兴大人亦应谅我苦衷，不必叫我为难。坦诚实言，或许圣上网开一面。"

兴德保愈加发急，颤声道："冤枉呵！大人，兴某一向恪守朝纲，从未稍有逾越。你我同朝列班，兴某所作所为何曾瞒你？皇天后土，我兴德保受恩难报，怎敢做出此等伤天害理万世唾弃之事？请大人明察，我确实冤枉啊……"勒保听得不动声色，命递一书札与兴德保自看。兴德保接过，不知就里，颤颤抖抖地展看，不看还可，一看顿时嘴张难合，双目呆痴，早已惊得魂飞天外，向后便倒，竟至昏了过去。

众衙役一拥而上，左掐右捶，方又整醒过来。兴德保大呼一声："冤枉！"便痛哭流涕，几不能持。那确是像自己亲笔，然而怎么完全是通匪语句？兴德保有苦难言，只是呼冤不止。惹得勒保性起，一气之下责打了数板，直至告饶，仍是不愿承招。

勒保见兴德保铁心一词，料得持续下去，徒劳无益，只好暂且退堂，思谋他策。退至后室，勒保心下烦闷，思前虑后，对此事总是疑惑。尤其首场讯审，大出乎意外。暗想：若是兴德保蓄意谋划刺驾，发现自己手书密札被获，理应惊异骇怕，供认不讳。孰料其只认笔迹，不认内容，反而犹自呼屈喊冤，正是可疑。其乍然昏晕当堂，虽属骇异过度，然观其神志，终不像是畏罪所致，而是震惊导使。若仅凭此信定案，断其不轨，实有失之轻率之嫌。恐怕里中亦不会如此简单。

勒保郁郁不乐，遂面谒嘉庆，俱陈讯审情状，道："由此观之，疑窦甚多，且兴德保非能比之于陈德那般禁受刑讯拷打，只怕严刑之下，不是丧生，亦必将屈打成招。"

嘉庆思虑再三，也心有所悟，便依旧谕他道："既如此，亦不必甚为难他，只消慢慢讯审，终会有结果。"勒保不好再请，即告退。

打发了勒保，嘉庆沉吟一时，命太监传大学士庆桂入殿。庆桂不知何事，急慌赶来。嘉庆道："现今吏治不明，多有错舛，办案尤不可草率蹴就，此次捉拿兴德保全家，全城皆知，然朕有所觉察，兴德保许是无辜。为细查是非，端正视听，特遣你私下讯问兴德保贴心家人，兴家与谁以前有过仇隙，再作计较。"庆桂心悟，领命而去，连夜提审兴家管家何旺，亦小心谨慎，不在话下。

且说湖南驱逐教徒已如风吹云散。官兵东追西赶，大加围剿，教徒上天无门，入地无路，不是弃械乞降，就是做了刀头之鬼。纵有些许命大的、腿长的，亦成了惊弓之鸟，远窜蛮荒之地再不回头。眼见得湘地靖平，报功奏折亦如雪片一般纷至沓来。嘉庆甚悦，忽翻见其中有耒阳县令的奏报，内里无非是言及某日歼敌多少，并捉获某匪首等等。嘉庆略一沉顿，便批朱谕道："耒阳连日克敌制胜，功不可没，且细致防护，未有闪失，更查得京城官员私通外匪一事，实属难得，其功交诸部议叙。目今流匪伙窜，事殊易变,戒令各部竭力尽效,不得玩忽职守。"

谕示发出,即闻庆桂叩见。礼毕,庆桂奏道:"臣于昨日询问兴家管家何旺,晓以利害,令其实说。那兴家果有冤家对头,便是内侍大臣诚存,两家积怨很深。据言,诚存之侄诚江保原为山东总督之时,收贿索贿,聚富敛财,行迹败坏。而工部尚书兴德保为了使其子兴夔能补缺京城侍卫,曾拜求内侍大臣诚存代为举荐。不料诚存肚大气窄,却嫌贿礼太少,有意延拖致使肥缺旁落。因此得罪兴家,由是兴德保访得实情,出面参劾诚江保贪赃枉法,致被查革,贬至湖南南部边远耒阳县为令,原是公而报私之念。自从两家结下仇怨,互相之间,伺机攻讦,结果愈演愈烈,再难调和。然而这一年来,却相安无事,没有多大动静,想是有所缓和。除此之外,似与几家颇有瓜葛,但仅仅为此纫末之事,不足挂齿,所以谈不上什么冤家的。"

嘉庆听罢,喟然长叹,道:"想不到诸臣之间如此龌龊,实是始料不及,令朕痛心。"庆桂道:"皇上宜于严加整饬,尚为时不晚,无使臣吏勾心斗角,因私废公,乃至祸国殃民。但凡参劾,皇上亦宜稍加注意方是。"

嘉庆此刻方记得年初为征集耕牛,兴德保弹劾诚存蓄牛居奇的事来,不觉气涌,自语:"诸部疏奏,朕只道顾念国本,体恤民生。谁知却也有为营己私利,假公泽己,最是可恨。然同列廷臣,不思扶助社稷,反而不共戴天,倍及惑乱之能事,专营倭造之言语,岂不堪哀?如此看来,吏风日下,已是难容不治的了。"于是饬令刑部尚书勒保严审兴德保,而绝口不提其通匪诸事,只限查审放账与开圈聚赌之事。兴德保心下稍慰,凡有问,亦不敢瞒饰,俱各一一详答。不两日,便审讯告结。遂将兴府放账、聚赌的家人役使一干人尽行依律发落。

远在湖南耒阳的诚江保,此刻恰得意洋洋。自从接得朱谕之后,越发不可一世。暗忖:如今朝廷里面心腹之患已除,又有叔父周旋照顾,以后自可高枕无忧了。于是,终日花天酒地,不问政事。除却搜罗美妾之外，概不领兵出城。兵士乐得其所，巴不得待在城里消闲，真是内外无患，如同身处神仙洞府。原来这小子上任以来，便贿通巡抚左右，言兵少将寡，力单势薄，只可守城，难能出战。巡抚遂令其坚守。于是每有流匪经历，诚江保便教闭紧城门，上墙防御，伺其退走，便又随后出城喊叫追逐，虚张一番，所以安然无恙，绝少伤亡。远近流匪也尽人皆知，并奉送一外号，曰"诚脓包"。这样一来，控制湘江至衡阳、耒阳、郴县一线的交通要塞便成了聋子的耳朵，虚加摆设罢了。

不料这小子犹不知足，异想天开，居然屡屡上报表功，虚捏战绩。此番接到朱谕，更如获至宝，欣喜若狂，自谓从此飞黄腾达、平步青云了。是以不加防范，日日于后园与娇妻美妾嬉戏作乐，左拥右抱，肆意作为。即有军事战报，一概置之脑后。这一天，日上三竿方起，闻报钦差大臣到了，这小子大喜过望，急命摆案焚香，整冠迎候，慌促间，竟把补褂品服的纽扣扣个错位，上下扇动，恰似两面小旗，也不自知。

只听钦差展招宣谕："查耒阳县令诚江保纵贼不剿，虚捏战功，欺君罔上，罪不可绾。又诬告朝廷命官，胆大包天，不容缓赦，着革去县令一职，由随至贡生耿明玉接任。饬立即押解，克日赴京。钦此。"诚江保初听，全身筛糠，抖个不休，及至听罢，竟两眼上翻，瘫软如泥。钦差也不客气，即令从员锁拿诚江保塞进囚车，一路风驰望京城而来。真是昨天要升官，今日下牢监。满盘筹划定，临头仍难逃。诚江保一路之上想前虑后，惊死惊活不提，却说京城又闹出事来。

内侍臣诚存眼见兴家满门抄斩，已是定局，不觉兴奋得梦里都笑出声来。妻子程氏将他推醒追问因由。诚存眯着细眼，摇头晃脑道："记得江保被参的事吧？都是兴德保这老贼跟我过不去，还想给我颜色瞧呢！还有我辛辛苦苦经营多年的黄牛饲养场，本想发笔横财，竟然被老贼知觉，统毁于一旦。这次他满门抄斩，恐怕一个苗都不会剩，该是尝到了厉害，还能与我斗么？"

程氏一惊,道:"这么说,是你参劾的他?"诚存不以为然地哼了哼道:"也是他咎由自取。"程氏始有些慌了,道:"兴德保固然可恶,但咱们私仇可慢慢了结,你弹劾他满门抄斩,究竟无凭无据,万一被查出,怎生是好?"诚存索性披衣而起,道:"真是妇人之见,大惊小怪的。欲加之罪,何患无辞?没有这般手段,怕是早被人家给踢飞喽。"遂眉飞色舞地把前后经过一五一十地说了。程氏迟疑半晌,道:"只怕那兴德保父子抵死不认,府内再搜不出什么实据来,岂不令人生疑?"诚存呵呵一笑,道:"这倒不消顾虑,那老贼养尊处优惯了,一俟严刑伺候,恐怕叫他怎么说他就怎么说,你若不大相信,他也会让你相信。"又一转念,自语道:"江保那儿,得叫他小心才是。前虽教他在此事上一口咬定书信是从流匪身上搜得的,但他口风不严,须叫他切切小心。"复坐下修书。程氏不敢打扰,自在一旁思想。

不多会,天色熹微。诚存忽然停下笔来,沉思片刻,掷笔而起,顾谓程氏道,"书信往来,白纸黑字,终为不妥,还是口耳相传,无凭无据,出口自消,到头来也不至东窗事发。"程氏听得,也道很是。说:"如今路上不似往年平静,且湖南路途遥远,境内常有教匪出没,加上官军严守哨卡,万一有所差池,恐怕事就大了。"诚存一想,深觉传书不得。又想,江保对他向来唯命是从,前既吩咐,估量他也不会轻易出口。于是,找来火具,将已写之信札一焚了之。

唯程氏心里总是忐忑,对诚存道:"你也应该去刑部打听打听,瞧瞧风声才对。这样大的事情,怎就一点儿也不担心?"诚存斥道:"真正妇人之见,须要打听什么!如今罪名钦定,只待……"话未说完,只见管家气喘吁吁地闯了进来,神色惊惶地禀道:"钦、钦差刘公公到了!"程氏立时愣了,道:"这——"诚存打断她的话,道:"这什么,有何惊怪的!"遂转向管家:"速去摆设炉案,不得迟缓。"管家应声而去。诚存麻利地穿好朝服,蹬上朝靴,整正冠带,方匆匆奔正堂走去。留下程氏一人木鸡般呆在那儿提心吊胆。

果然，程氏的担惊并非杞人忧天。诚存入得堂来，瞥见钦差的脸色非同异常，不由得心头一凛，一时乱了手脚，跌跌撞撞跪下接旨。他两眼圆睁，大气不喘地听宣道："经刑部核实，内侍大臣诚存纯系挟持私仇，诬告工部大臣兴德保及其子兴夔蓄意谋刺罪，用心险恶，影响恶劣。着令革去内侍臣一职、并京城骑马衔，交刑部讯实议处。钦此。"

诚存霎时呆了，泥塑般一动不动，直愣愣地跪着。他实在想不到事情转得这样快，再快也不会快到这般地步呀！钦差从卫一拥向前，摘下他的珊瑚顶朝冠，解下他的补褂朝服，诚存方大梦初醒，连连高叫："冤枉！冤枉啊！"好像把刚才的耽搁都补上去。刘公公并不买账，令人锁拿结实，前簇后拥，拂袖而去。剩下诚府里家人仆役目瞪口呆，个个如无头苍蝇，神色张惶，心惊肉跳。后室程氏闻说，料知凶多吉少，号啕数声，竟自昏厥过去，众家人全来看视，百般抚慰，闹得不亦乐乎。

诚存入监，惊惶未定，又听说侄儿诚江保亦被押解，更是雪上加霜，几近崩溃。这时方才痛悔当初诬告之谋划来，然而为时已晚。折腾一天，诚存心力交瘁，苦不堪言。直至晚间，蜷在秽草污褥上，辗转反侧，左右思忖，自语道："刑部查我诬陷，并未得真凭实据，亏得我烧掉了手书，即便抄查起来，亦没有实证。此番捕我下狱，必是欲诈我实言，再欲定罪，现今如一招供，便必死无疑。索性一不做，二不休，将错就错，至死抵赖，不招实供，或可免脱，就是大刑之下丧生，也反正一死，亦能保全家小。可恨刑部无能，竟没把个兴德保老贼屈打成招！"又一转念："目下晓知内情者，在押仅侄儿诚江保一人，万一他撑持不住……"诚存摇摇脑袋，又连忙自语："不，不会，他跟随我这么多年……他不会。"一夜间，诚存似醒似梦如痴如幻颠颠倒倒地絮聒了一个通宵。

次日方睡意浓浓，却有两刑吏蹋开铁门，提了胳膊架起，硬是拖了出去。拖到刑部大堂，往前一推，诚存踉跄几步，方才立定。揉眼一看，两旁刑吏黑沉沉着脸杀气腾腾，烙铁的火炉烧得正旺。诚存的睡意立刻飞到九霄之外。不觉双膝一软，"扑通"跪下，大呼起冤枉来。

主审勒保板起脸色，冷冷道："诚大人既敢做得，也应敢于承担才是。大刑未动，倒先喊起冤枉。勒某不知，诚大人冤在何处，枉在哪里？"诚存只得先自开口争辩道："我并不曾诬告兴德保，虽与他素有仇隙，但系私情。我身为御前内侍，再是无知，也不至糊涂到这般地步。前次内侄剿匪截获一书，见有兴德保签名，恐牵扯重大，派人飞驰递我，窃以为不能怠慢，呈进圣上，此事圣上最为晓明。大人言我诬告，实是冤枉之至！"

勒保嘿嘿一笑，道："诚大人真是聪明一世，糊涂一时。那密札乃着意摹仿兴大人笔迹所书，岂能掩人耳目？此乃区区小儿玩戏，诚大人竟敢以为凭依，欲陷重臣。岂能瞒得诸位大臣的眼睛？"诚存一怔，赶忙急口争辩道："兴大人与我素不过往，他的字迹我何曾见过。大人可以把书信递与兴大人自认，唯他一见便知。"

勒保暗想：这可怪了，此书信兴德保看了也称是他本人笔迹，然只是从未书过此语。如此说来，那个摹仿笔迹之人，其功夫实在深厚。所以诚存才有恃无恐，唯以笔迹相抵。勒保遂厉声喝道："休得强辩，兴大人看后，即堂断定非出其手，乃有人刻意而为。此封书信如何能落在你侄手中？昨日大审，诚江保亲口供认并没抓获一贼酋，耒阳把总、守备俱各证实，分明是你捏造虚无，凭空生非。事至于今，不俯首认罪，还欲何为？"

诚存此时铁口心肠，只恐语多枝生，不敢信口，遂呼冤起来。勒保窥其狡赖，怒发冲冠，拔签掷下大堂，喝令先责四十板。诚存从未受过这般痛楚，立时杀猪般地嚎叫起来。止杖令招，却只喊冤枉，别无他言。遂又继续施刑。板责之后，早已皮开肉绽，痛昏两次。冷水激醒之后，犹自大呼冤枉。惹得勒保性起，斥令差役用烙铁灼烫，看其招不招。那诚存何曾见过这种阵势？见通红的铁烙向自己烙来,滋滋地冒着黑烟,竟骇得大叫一声,昏厥过去。刑役们却也并不放过,仍旧一番乱灼,弄得体体面面一位大臣焦头烂额,黑里糊涂。俟诚存醒转,却终不肯供,只是大喊大叫,直至嘶哑无声。完全是一副冤大难伸的模样。连同堂上众役都看得不忍,心存怜恤。勒保见犯人复又昏去,细眼睛也眯上了,恐不得实证便先送了他的性命,将来交待不清,也是麻烦,遂令停审退堂,将诚存依旧押监,好生看管。

嘉庆拿了诚存之后,抄查诚府,却如工部尚书兴德保一般无二,有关罪证不见一件。这下伤透了脑筋。嘉庆暗想,诚存定系诬陷,依据各方查证来看,不容置疑。既然搜不出证据来,唯以刑讯得了。这时,报称刑部尚书勒保求见,嘉庆遂召入。勒保于是把审讯诚存的经过大致略说,不免有些动摇,道:"诚存抵死不招,才动大刑,就已昏厥数次。只怕再次用刑诚存禁受不住,会毙在当堂。显见诚存坚意到底,拷打已是无益,审理异常棘手。再有,其侄诚江保大刑之下熬受不住,将虚报战功,贻误战机,纵贼玩忽等事俱已招供,唯独诬告一款,也是抵死不认。迄止于今,他叔侄二人,一直分禁,未得串供,然而供词一致,不由得令人生疑。要么是所奏是实,并非诬告,此大有可能。要么前有死约,才敢公然抵赖,也未可知。"

嘉庆默然不语,停了好大会儿,才缓缓而言:"此事并非简单。想那诚、兴两家,仇隙很深,冤冤相报,已在情理之中。那诚江保远在耒阳,截获密书,由其督军作战来看,漏洞百出,明明作假。且报称携书之人已死,岂非死无对证的伎俩?"勒保道:"然他叔侄二人供词一致,纰漏不出,酷刑不行,又能如何呢?"嘉庆忽灵机一动,道:"既他叔侄二人不服硬刑,那么巧施以软,怕是不能不服。"勒保迟迟疑疑道:"皇上意思是……"嘉庆呵呵一笑,立起身来,背起手,踱了两步,道:"口供一致,二人相互之间并未知晓,口供不一,亦可作权变。古语道,'以其人之道,还治其人之身',最是不易觉察,还不明白朕意吗?"勒保一听,豁然顿悟,满脸放光,连声道:"圣上圣明,臣立刻去办。"嘉庆遂吩咐道:"只可小心谨慎,务要切中肯綮,一举破案才好。"勒保领命而去。

诚存在监,连日来方得交厚的僚友委托关照,坏死的皮肉及时清洗敷药,很快痊愈了大半。诚存贴靠着阴湿的墙壁,意识逐渐清醒,不由回味起恶梦般的遭遇来:昔日的豪华放纵,仅在短短的几日之中起起落落,毁灭殆尽,自己得意的算盘反而弄巧成拙,搬起石头砸了自己的脚。然而现在……诚存一阵激灵,现在身陷大狱,已是命不由己,难逃劫数。但是,圣上并未确凿证据,纯是臆测而已,只要守口如瓶,幸许还得免脱。诚存喃喃自语,一时颓然惊惧,一时亢奋紧张,折腾得死去活来。有意无意之间,却又想到了诚江保,似乎发现他正隐伏在角隅昏暗里,涕泪横流,正在签字画押,又像伏卧不动,气息微微,奄奄一息。待到注目凝视,才觉是幻。诚存惊回神来,手里已攥出了汗水。这时,铁门响处,两位差役上前来押诚存过堂讯问,诚存愈加惊慌失措,但表面仍强自镇定,声色不动。

主审勒保见诚存押到,一拍惊堂木,斥道:"大胆诚存,作奸犯科,罪恶昭彰,本官体念与你素日交谊,不愿轻施重刑。不料你三番五次强词夺理,狡辩抵赖不知改悔。今令侄还算识时,俱已供认,你还有何话说?"诚存乍听,不啻当头棒喝,吓得呆愣半响,口欲言而嗫嚅。顷刻间,诚存察觉失态,慌得就势呼叫:"冤枉!我诚存司职以来,不曾敢抗章违纪,为祸他人,怎会有这种事情?实在冤枉,请大人明断,天地自有公理,怎会凭空诬人清白。"

勒保不屑一顾,冷冷讥笑道:"诚大人口口声声为人清白,只是如此阴诈的勾当不匹配。诚大人如若不明智的话,只怕清白名声不保,还落得罪加一等。"诚存没料到今日讯审开门见山,单刀直入,这般快捷,心绪纷纷乱乱,几近不能自持。听勒保的口气,似已了如指掌,愈加慌恐惴惴,心虚胆寒,口头上仍然坚执咬定,争道:"大人详察,我与内侄相距遥远,音信寥寥,断断不曾伪造书信，诬告他人。犯官只是据实禀奏，丝毫不敢添枝加叶，不意遭人疑谤，实是冤枉之至啊！"

诚存哀声连连，情真意切，如出肺腑，真是自有心裁，而且临了还不忘倒打一耙，更是自得其妙。勒保见其声泪俱下，煞有介事，不由勃然大怒道："诚大人休得装腔作势，自圆其说。有道是不到黄河心不死，不见棺材不落泪，本官暂给你内侄供词一观，你且好自为之，免得本官动用重刑！"说罢，抽出一纸，掷于堂下。

诚存战战兢兢，展开来看，不由得怵目惊心，但见那纸上诚江保供道："我与兴家宿有怨仇，屡屡借机攻讦。此番诬陷，并非是我倡出，实乃是叔父为兴家所逼迫不得已，才寻取兴大人字迹，着人摹仿，图一解愤怨。我远在耒阳，向不知晓，只因叔父密使，不敢不从，行此下策。今我自知触犯纲纪，罪责匪轻，不敢稍有隐饰，唯乞明察。"下有诚江保名签。

诚存看罢，手脚痉挛，牙关颤错，只觉四周堂壁排山倒海挤压过来，霎时天旋地转，上下翻飞，两眼发黑，如遭闷击，竟自颓然昏了过去。那页供书也撒手掉落，如折翅飞鸽一般。两旁役吏一拥而上，掐揉半天，那诚存方从黑门槛里退回来，张开了眼睛，便是疾呼："江保啊，你害苦我了！"又哽住难语了。勒保脸上挂霜，一声沉喝："大胆诚存，今诚江保如实招供，铁证如山，你还有何话说？！"

诚存此时再无往日茹苦衔冤的倔强，枯萎的草木一般，立时飘摆零落，一败委地。入监来，诚存最为忧心的只有与侄儿江保未曾串供，恐其不晓利害，径直招供。不想偏偏动了这根易断的细弦，诚存也随着这根弦的拗断而彻底瘫软了。诚存涕泪交流，仆地叩首不已，如圈里的羔羊，早已忘了逃生，遂一一实供不讳。至于怎样摹取兴德保字迹伪造书信，怎样唆使诚江保借助剿匪谎称搜得密信等等事宜俱毫不瞒饰，从首至尾招下供来，签字画押，复又押回监去。

原来诬陷兴家，诚存蓄意已久。苦于不得机会，一筹莫展。

一晚闲出散闷，忽来询问书办近日为盐商要求增加盐价的上疏进展状况，左右寻搜不见，诚存非常讶异。后有门役阴告："书办几乎每晚出门，大约聚赌去了！"诚存大怒，俟其归来严词诘问，书办见狡赖不过，只得实说乃是与一帮闲役在外开圈聚赌，各府俱有。诚存细问之下，竟也有兴府内役在里，心下一动，暗自嘀咕："若能收买，后必有大用。"于是便宽恕书办，并如此这般交待一番，令其去办。

书办不获责惩，反受宠用，自然格外乐意。便每每接近那兴府内役李绪，时常借贷支银，甚至赠送。"有钱能使鬼推磨"，或又道"钱能通神"。李绪这等粗下内役自然非神可比，不由得感恩戴德，俯首贴耳，言听计从。书办见时机成熟，便叫李绪尽可收拾些兴德保之亲笔字迹来。李绪觉得容易，于是，常从纸篓取出一些废弃的纸帖交于书办。兴德保哪里晓得下人作为。

诚存见事顺利，仍旧令书办去察能临字迹者，许以重金，令其练习。事也凑巧，圈赌之中恰有一位，书办不费周折，即将此位同仁荐给诚存。诚存令其试临，下得笔来，惟妙惟肖，果不其然。于是交付五百两银票，令他只管临习。这位赌场惯徒，名叫范从秀，京城人氏，只因从小家境贫寒，立志举考成名。于是饱览诗书，深谙文理，学富古今，腹有春秋，加之聪颖过人，才华早溢，自虑但凡开考，不致名落孙山。然而官场昏晦，考场亦是丑状迭出，买通主考作弊者，比比皆是。范从秀虽文章畅达，技艺娴熟，然苦于出身孤寒，拿不出重礼来，竟使考官不作理会。所以连年入试，不曾题名，连个秀才也未捞得。范从秀心灰意冷，求仕之望渐消。遂混迹市井，作些低贱营生，勉强糊口。然而"近墨者黑"，耳濡目染，禁不住怂恿，竟与诸赌徒厮混，结交杂役，经年累月，酗酒殴架，形同无赖一般。此番得到诚府重用，敢不竭诚？很快摹成字体，但见挥笔落纸，一笔一画，竟与兴德保所书如出一辙。倘如放置一起，确实难分真伪。

恰值陈德刺驾一事，讯审已毕，却无从获知预想的种种曲折，大出意外。诚存暗道："天助我也！"遂想到陈德之审纰漏明显，如把兴德保父子牵涉进去，凭那以假乱真的字迹，捏造一封书信，足可将兴德保拖进无底深渊，再难逃脱。而讯审时核对字迹来，绝能饰过众目，瞒天过海。因见字迹绝似，勘视不破，诚存方才信心笃定，大胆施为。多方筹划之后，终于致使兴家父子逮罪入狱，抄没家产。

诚存看在眼里，大喜过望，自以为大功告成，此后高枕无忧了。孰料审讯之初，还没有动用酷刑，皇上竟起了疑心，不教屈打，只是慢慢搜索，细致查访。纸里兜不得火，以往两家积怨洞若观火，很快查得清清白白，顺藤摸瓜，诚存竟也被生拉硬拽地拖进了此案。最让诚存痛心的，却是侄儿不禁刑逼，软弱招承，致使全盘筹算毁于一旦，反误了卿卿性命。勒保得供，乐得心花怒放，遂依供词中所述，捉拿范从秀归案，一面提审诚府书办，并兴府内役李绪。范从秀仍在市里闲混，一抓便得。诚府书办自然插翅难逃。三头六面，任是怎样猾赖之徒，也不敢半点支吾。于是，一五一十，竹筒倒豆子，悉数招供不讳。

勒保录其实供，签字画押，方才重新审理诚江保。你道为何再审诚江保？原来这诚江保亦刁猾异常，不亚其叔父。几番审讯，失职玩忽之事，料知瞒不住，只好吞吞吐吐地认了大半。唯一诘及诬兴之事，便一副披冤难辩的模样，任你软磨硬挫，就是闭口不认。自然也死去活来几番。将昔日衣冠楚楚的耒阳父母官折腾得遇到鬼也不知是谁吓着了谁的地步。但诚江保拼死撑着，一问不知，再问摇头，弄得主审茫然无计。"有钱难买神开口"，诚江保越发坚定。这厮暗忖：只要否认诬告之事，保全了叔父，叔父自会四处活动，即使被押，他亦会抵死不招，谅主审无把柄可抓，幸许还有得一线生还希望。

忽闻传审，诚江保睁开双目，抖抖锁链，神情漠然地乜斜刑役，等其来拖，也颇有些趾高气扬。可惜足步蹒跚，由不得己了。上来刑堂，两边威肃，虎视眈眈，诚江保犹自不惧。主审勒保端坐堂上，见犯人推进，却不虚张声势，只是微微颔首，双目似睁未睁，嘴角带一丝浅笑，一副志得意满、稳操胜券的模样。却也不急于开口，慢慢地抬起目光，视定犯人，缓缓道："诚江保，"他面带微笑，"本官讯你数场，不料你再三隐饰，徒遭一番刑苦，倒也十分为难你。这次讯审，已非由你招与不招，因此案铁定，已水落石出，纵你千般抵赖，怕是再难翻转。天网恢恢，疏而不漏。本官不拟再用大刑，你亦只管招承便了。识时务者乃为俊杰，免得留憾终生。"诚江保早已诧异非常，听完此语，只道是诳他，遂亦歪歪踹踹跪下诉屈，免不了一番涕泪挥洒，只说原无此事，请上明察。

勒保见其不认，道："果是顽固不化，这等奸猾之徒，出你诚家实乃不幸。既不可理喻，看来唯有当面对质，方才叫你心服口服。"遂命司吏，"传诚存上堂。"司吏学舌一般吆喝，"传诚存上堂。"镣链响处，但见两刑吏架着干柴般的一名犯人上堂。诚江保惊愕万状，一时慌张不能自持。

勒保道："诚江保，令叔父大人已具实招供，你还有何话说！？"那干瘦犯人睁开眼来，看定诚江保，裂眦大骂："该死的畜牲，你害得我好苦哇！"诚江保一听，顷刻什么都明白了，如山倾陷，一落千丈，大哭道："叔父，你好糊涂哇！怎么竟招了，你好糊涂呀！"一句刚完，气噎不下，竟然昏了过去。诚存怨气填胸，才要发泄，忽听侄儿言语，一时愣怔了。

勒保见目的达到，遂斥刑吏押下诚存，救治诚江保。一番折腾，诚江保回过神来，已是软不能跪，瘫在地上，手足摇动，哀哀地哭了半晌。勒保待其神志清明，遂命其笔墨招供，诚江保再无半点推赖，一边泣泪，一边书写，手指抖个不住，纸上亦斑斑点点。他好容易将供词写完，签字画押，又掷笔昏过去。勒保见事圆满，命将犯人押监，退堂。

嘉庆接讯审上疏，大为满意，遂将兴、诚两家交诸部议处。不久，发布朱谕，道：

朕三令五申，亦曾亲自缉查开圈聚赌之事，然诸臣不谅朕之衷苦，阳奉阴违，事有旁出。兹工部尚书兴德保严重失察，家人侣赌，招引内外赖散之徒，始终不知，又府内放债，有违禁律，实在责不可卸，既令革去半年钱粮，拔去三眼花翎，仍旧官复原职，其子兴夔亦照例复职。家人李绪结伙窝赌，竟又私通诚家，同谋陷主，罪大恶极，处以绞刑。内侍诚存挟怨诬陷，用心险恶，几致颠倒黑白，失朕之所望，依律处以绞刑。耒阳县令诚江保玩忽职任，纵贼逞凶，曾不及兵弁马卒，兼又拘陷朝廷大员，行迹败坏，依律处以绞刑。从犯范从秀、诚府书办等受主唆使，专营非务，发戍伊犁充军。余人不作深究，唯愿以此为戒，凡事勿以私意见行。朕特诏白其事，以醒众目，俟后作奸犯科，当予以重惩不贷。

此诏下发，诸部列卿王公大臣知道嘉庆严厉整治，因此大家各自检点，严束家门，一时间风气倒还平正，独诚府自诚存叔侄追陈德去后，蒙圣上恩恤，未动家产，痛定思痛，自此清肃家风，兢兢业业，倒也能勉强度日。

第九章

庆藩台青楼访劣迹
王司书绿酒吐真言

庆格轻蔑地转过脸向老鸨道："就这些寻常脂粉，你是在打发叫花子吗？""这么艳的姑娘你还不满意，难道老爷要九天仙女不成？""不错，老爷我今天谁也不要，就要你们保定府顶尖的红姑娘'赛天仙'！"

每年的夏季是一年中最炎热的季节，嘉庆十一年的六月更是特别酷热。连日来，艳阳高照，大地如着了火一般，各种农作物在骄阳的蒸烤下，有的低下了头，有的弯下了腰，各色人等尽管为了生计，要连续不断地劳作，不敢稍有片刻松懈，也不得不暂时放下手中的活计，就连那整日里不能安分下来的野狗，也伸长了舌头，专找那浓荫快活去了。皇宫中的嘉庆皇帝当然能够免了承受常人所受的一些苦，吃有佳肴美味，应时果品，清热解暑，喝有专门从千里之外运来的各地名泉，更兼有成群的宫娥嫔妃不时地在身前背后用那名贵的香扇不失时机而又恰到好处地扇几下，多多少少减轻了一些酷热，抵消了一点太阳的威力，但这也无法消除嘉庆皇帝心中的焦躁，他正为一件事焦躁不安，寝难眠，食无味。

嘉庆帝对自己的大清朝的情况，特别是那腐败不堪的官场的恶浊，虽受"不识庐山真面目，只缘身在此山中"之累，不能明察秋毫、洞若观火，但多多少少还是了解的，所以嘉庆皇帝自从先皇驾崩、尸骨未寒之时，自己亲政仅五天，就开始向那腐败的官场开刀，而且首先就向被其父倚为臂膀长达二十多年的"贪污大王"和珅开了刀，宣布其二十条罪状，抄没其家产，废除其爵位，责令其自尽。尽管和珅那巨额的财产后来下落不明，民间留下了"和珅跌倒，嘉庆吃饱"的谚语，但就是这样一件事对整个大清朝多多少少也引起了一些震动，使得当朝大大小小的贪官污吏们有所收敛。但是从乾隆后期就已形成的贪污腐败之风，并不是简单地杀一个两个和珅所能解决得了的，再加上从嘉庆元年（公元 1796 年）起就爆发的大规模的川、楚白莲教起义，遍及五省、延续九年，为镇压这次大规模的农民起义，更是耗尽了本已十分空虚的清朝国库。为弥补国库亏空、财政赤字，嘉庆朝卖官鬻爵，不同官级各有标价，而那些买来的官上了台之后，其才能不大，搜刮百姓的本领倒是发挥得淋漓尽至，所以，嘉庆皇帝自从即位后，就整日被那层出不穷的贪污、受贿案件弄得顾此失彼。

嘉庆十一年的六月，为整顿吏治，嘉庆皇帝对各地官吏又进行了一些调整，如调姜晟为工部尚书，秦承恩为刑部尚书，以奏封失实罪将庆成削职发配戍守黑龙江，任命特清额为成都将军，但直隶布政使一职的人选却使嘉庆帝颇费踌躇。

布政使全称承宣布政使司，又称藩司。明朝开国皇帝朱元璋为加强中央对地方的控制，于洪武九年（公元 1376 年）废除元朝设立的、权限极大的行中书省，改为承宣布政使司，后来定制设立十三个布政使司，每司设立左、右布政使各一人，成为一省的最高行政长官。后来为加强统治力量，专设总督、巡抚等官，布政使的权位渐轻。到了清代，则把布政使正式定为总督、巡抚的属官，专门负责管理一省的财赋收支和官吏的考察升迁。到康熙六年（公元 1667 年），每省设布政使一员，不分左右，又进一步改变旧制，废除直隶地区不设布政使的惯例，直隶地区亦设立布政使。布政使一职，比起总督巡抚来说，地位要低，权势要轻，但从其专管一省的财赋和人事来看，也不可小觑，既可以说是皇帝的摇钱树，也可以说是皇帝安插在地方上的耳目。其他地方倒还稍在其次，直隶的布政使则使得嘉庆帝不能不慎之又慎。况且近来不断传来的一些消息也令嘉庆皇帝感到十分不安。

前几天接密探来报，近来直隶地区民情有异。虽说这几年，直隶地区水旱灾害不断,老百姓受点灾、吃点苦是在所难免的,政府对这一地区也是给予特别厚待的,按理说不应该出什么大问题的,但却传来说不仅白莲教有死灰复燃之势,而且还新出来一个什么天理教!种种烦心事搞得嘉庆帝焦躁不安,头痛欲裂,这时一个人影闪现在嘉庆帝的脑际之中。

两年前的一个隆冬的夜晚,嘉庆皇帝突发奇想,忽然传令:"到军机处走走去。"值班太监听此出乎寻常的命令后,露出一脸的惊愕,但也不得不打着灯笼在前引路。到了军机处门前,太监尖着嗓子喊道:"皇上驾到,当班的军机大臣出见。"连喊两声,无人答应,此情此景,令嘉庆帝感到败兴至极,不禁怒从心头起,恶向胆边生,欲要严厉惩治当班的军机大臣,转身欲走。

正在这时,一个怯生生的声音道:"臣在。""你是何人?"嘉庆帝有些恼怒地问道。"臣乃军机处章京庆格。""当班的军机大臣呢?"嘉庆帝又进一步追问道。"嗯,臣……"话说到此,不言自明。在这数九寒天、滴水成冰的日子里,尽管军机处的值庐里炭火熊熊,暖意融融,但那些做惯了老爷的军机处大臣、满族贵族们也耐不住那份寂寞,早已是去搂着小妾,或者去寻那烟花柳巷了。

嘉庆帝看着眼前这个眉清目秀、眉宇间透着精明的年轻人,怒气消了一些,不禁问道:"你为什么没走?""这值庐乃臣的职责,尽职尽责乃臣的使命。"年轻人不卑不亢地回答道。嘉庆帝心头一喜,进一步问道:"你能谈谈为官之道吗?""臣不敢妄谈。""朕恕你无罪。""为官之道,小人不敢妄谈,但下官认为,无论为人臣、为人君、为人父、为人子、为人夫、为人妻,都应各负其责,各司其职。而当今官场上的一大痼疾已到了非切除不可的地步,那就是相当一部分官员奉行'多磕头、少说话'的原则。做官不想着怎样尽心尽力,而是想着怎样看上司的眼色行事,想着怎样升官,怎样发财,而置朝廷、置国家的利益于不顾。"一番话虽不是什么圣贤名言,但出自一个年轻人之口,让嘉庆帝听起来犹如醍醐灌顶。第二天,那个擅离岗位的军机大臣受到一番严厉的斥责,自在情理之中,而这个年轻人的形象也自然留在了嘉庆帝的脑海之中了。

经过一番苦思冥想,直隶布政使的人选基本敲定了。真可谓"踏破铁鞋无觅处,得来全不费功夫"。

第二天早朝,嘉庆帝传下旨来:"传军机章京庆格来见。"

庆格应召来见,随当班太监来到皇帝的御座之下,当下叩首道:"臣军机处章京庆格拜见圣上,吾皇万岁、万岁、万万岁!""免礼,赐坐。"

坐定之后,嘉庆皇帝当下宣布:"直隶地方乃我京畿重地,向来为我朝重视。自我曾祖康熙帝始,特增设布政使一职,而今此地连年多灾,加上一些官吏昏庸,致使水利失修,民不聊生,乱臣贼子乘乱而起。为安定直隶,朕特提升军机处四品章京庆格为从二品,刻日赴直隶就任直隶布政使一职。"听得如此突如其来的任命,不啻为喜从天降,庆格一时不知所措,忙跪下谢恩:"臣才浅德薄,恐不胜重任、有辱圣命、辜负皇恩,请圣上另简行他人。"嘉庆听后把手一挥:"不要推辞了,朕意已决,快去准备,一定不要辜负了朕对你的一片厚望。""谢圣上。"庆格在一片惊喜、羡慕、痴恨、不平的神色中退下了勤政殿。

庆格一行三人一色布衣打扮,悄悄赴任而去。时值七月份,直隶一带本该是各种夏季作物正在茁壮生长,大地呈现出一片碧绿葱郁的景色,然而此时却是遍地枯黄龟裂,个别地里长出几颗庄稼来,也是那样的无精打采,毫无生机。与此相反,本该正在农田忙碌的人们,却不少衣着褴褛、拖家带口,牵着打狗棍,面呈饥色,有气无力地走在行乞的路上,有的走起路来摇摇晃晃,随时都有倒毙的可能。一切的一切,看在眼里,庆格不由得面露悲容,但他深深知道自己并不是救世主,无法普渡众生,这也更加激起了他一定要当好这个管理财赋和人事的布政使的官、惩治贪官污吏的决心。

时近中午,庆格一行三人走到了一个街镇上,见到的是稀稀落落的行人，隔三差五开门的商店，就连那在农村集镇上极具吸引力的玩猴的场所，也是一片冷清，耍猴人孤锣冷鼓，牵着瘦骨嶙峋的猴子，沿着场子无精打采地转着，场边仅一些半大的、本应知羞、但却光着屁股的孩子，涎着鼻涕，和玩猴人一样，也是那样没精打采。突然，前面的行人中引起一阵骚动，传来一声尖厉的喊声："抓着那小贼，他把我的饼儿抢跑了。"目光所及，只见一位年近花甲的老人拼着全身的力气，追赶着一位慌不择路的孩子。"扑通"，逃跑的孩子跌倒在地，老人追了上去。只见那倒在地上的孩子顾不上擦那胳膊上、嘴唇上的血，一边"呸、呸"往饼上吐着唾沫，一边大口大口地咬着饼。老人赶到近前，只见那孩子磕头如捣蒜，连连求饶："老爷爷，老爷爷，饶了我吧，我已两天没吃饭了，我爷娘都饿死了，我妹妹还在那边躺着呢，老爷爷饶了我吧。"听着那孩子可怜兮兮的诉说，看着那孩子吃饼的狼狈相，老人本已举起的手停在了半空，嘴里喃喃地说道："造孽啊，我家的孙子也在等着这救命饼啊，可我……"说着，老人翻开了那已空空如也的口袋。看着这令人心酸的一幕，庆格背过行人擦掉泪水，走过人群，扶起那瘫倒在地上、眼睛里露出惊恐乞求神色的孩子，掏出几枚铜钱塞给了孩子，并叮嘱道："快买几个饼，留给你和妹妹吃。"说罢，庆格又转过身来，望着那心地善良的老人，掏出身上剩下的一些散钱给了老人家："买几个饼回家，给你的孙子吧！"正说着，只见一老一少扑通跪在庆格面前，老人不停地说："谢大官人，菩萨啊，菩萨……"

辞别一老一少，庆格心情沉重地向前走去。殊不知，一场更加令人心酸落泪的场景即将呈现在他的面前。

一反刚才行人的稀少和街市的冷清，只见前面一片开阔地方，五人一群，十人一堆，不时传来高声的喧哗、厉声的叱骂，也不时传来低声的哀求、悲声的饮泣。为探明究竟，庆格等人拨开一处人群，走进中间。只见场中间站着一个满脸皱纹、弓腰驼背的老人，其身旁立着一位衣衫破烂得仅仅能遮着几处隐秘地方，约莫十七八岁的满脸泪痕的女孩,头上插着一根草标。

"这是卖人啊!"庆格心中不禁打了一个冷颤。再看那人圈边的太师椅上,坐着一位身着绫罗长衫、脚踏平底丝绒鞋、头戴礼帽、嘴里叼着烟斗的人,眼睛不时露出乜斜的神色。那女子身旁正有一位膀大腰圆、满脸横肉的人,围着那女孩这里捏捏,那里掐掐,还故意加重用力,嘴角露出得意的、淫邪的狞笑,高声大嗓地叫道:"二十吊钱,怎么样?"

老人低声哀求道:"大人,行行好吧,我这女儿好说歹说也养了十七八年啊,怎能只给二十吊钱,给五十吊吧。""哈、哈、哈……"一阵狂笑,"你这老头,穷极了,咋得,想得倒美,五十吊,作白日梦。你看你这女儿,面黄肌瘦,除了骨头,能割下几两肉?二十吊,绝没有少给,不是看你可怜相,白送也不要。"说完,看了看坐在太师椅上的人,只见坐在太师椅上的人嘴角动了动,从牙缝中嘣出几个字:"三十吊。"场中的那位帮手,高声道:"三十吊,一个不能多,也绝没有少给,卖就卖,不卖,下一个。"说罢,向旁边扬了扬那双肥大的手。庆格随着那手望过去,只见那边还站着几个待价而沽的姑娘。老人忙不迭地说:"卖、卖……"庆格看着这一切,悲从心头起,怒从胆边生,拳头攥得咯咯直响,恨不得上去给那买主几个老拳,救下那可怜的女子,但想想自己的使命,还不能暴露自己的身份,悻悻地转身离去。路上,不由得想起不久前读过的当朝人写的一首诗:

富家卖米贵如珠,穷家鬻女贱如土,
米价日增女价跌,鬻女救得几时苦?

晚上,庆格一行三人投宿在另一集镇的一家旅店。庆格草草地用完晚餐,早早地躺在床上,一天来的所见所闻,历历在目。临行前嘉庆皇帝的殷殷重托,如雷贯耳。一切的一切,令他辗转反侧,难以成眠,窗外的一轮半圆的月亮,也不时在云中时隐时现，似乎对庆格在人间的所见所闻，也感到难为情。

第二天，庆格带着沉重的心情，和两位随从一起踏上了路途。三人已改变了行装，扮成了同道外出求活谋生的哥们儿，穿着脏兮兮的烂衫，肩背褡裢，背上背着补丁摞补丁、露出破棉败絮的被子，走到了雄县县城的一家小饭店。不算宽敞的店堂摆上了五张桌子，其中四张桌子都已坐满了人，只有一张临窗的桌子独自坐着一个人，喝着闷酒，旁边桌上的人还不时带着恨恨的眼光望着那个人。庆格感到其中必有蹊跷，但别的桌子已经坐满了人，三人只得一起走向那张桌子。

"去、去、去，看不见我烦吗？"登时其他桌上的人都转过头来，想必他们刚才也遇到了类似情况，希冀着能发生一场热闹景观。庆格的脸倏地给弄成了个关公，但他却微微一笑："老哥，火大伤身，这大热的天，火上加火，岂不伤肝坏脾。"庆格这么一说，不仅未与他对吵，反劝他不要火大伤身。那人的火气也稍稍消了点，于是不冷不热地说："坐吧。"

庆格三人坐下之后，庆格忙掏出自己的烟袋，恭恭敬敬地递了上去："老哥，抽袋烟吧。"那人口气稍微温和了点："我自己有，你自己抽吧！"庆格听出这口气有所改变，又看那人面前仅有一只酒壶，而没有菜，是喝干酒的，忙趁机说："老哥，借酒消愁愁更愁，抽刀断水水更流啊！"一句古诗，似乎和那人的心灵深处沟通了，那人心中微微一震，看不出这年轻人说话还文绉绉的，不似那等粗人，和他们无法说一起去。

喝闷酒的这个人，名叫宋之成，早年《四书》《五经》也足足念了十多年，但却屡考屡不中，连个秀才也没混上。早年不知挨了那土里刨食吃的父母多少责骂和埋怨，一气之下断绝了通过科举走上仕途的念头，同父母另起炉灶，通过多年的苦干加巧干，多多少少也挣下了一些家业。今天，他怎独自一人来到城里喝起闷酒来了呢？

原来，这宋之成是被官府的苛捐杂税逼的。

"兄弟,听你口音,好似京城的。树大好乘凉,好歹是个差事,也能混口饭吃,怎么离开京城跑到这穷县城来了?"宋之成问道。"唉,一言难尽,现在这世道,无论在哪里,都要吃饱肚子呀!"庆格答道,"京城的日子也难混呀!"宋之成似乎有些不太相信。"天下乌鸦一般黑,哪山老虎不吃人。"庆格回答道。"那是说,京城的官也和我们这里的官一样欺负老百姓了?"宋之成有些疑惑地问道。"你们这里的官是怎样欺压百姓的?"庆格不失时机地问道。"正如你所说,一言难尽,让我说三天三夜也说不完。单说那苛捐杂税就多如牛毛,仅就水利费一次来说吧,其名下就有控河费、筑坝费、修桥费、修涵洞费、护坝费、护堤植树费……一时我也说不完。""那官府不是明令禁止多收费、定期检查的吗?""禁止有什么用,不管什么东西,都让我们准备两套,上边来查了,就拿另外一套假的应付。""那你们为什么不告发呀?"庆格道。"嘿、嘿,看你还年轻,经的风霜还少,告有什么用,还不是官官相护。你告紧了,那上边也许会来虚张声势地查一下,最后还说你是奸民滋事。狐狸逮不着,干惹一身骚,老百姓只好忍着点。就说我吧,地有几十亩,前几年起早摸黑地干,日子还能对付着过。这几年,儿女大了,都成帮手了,按说,过那日月,该是芝麻开花——节节高,哪曾想,却是王小二过年——一年不如一年。"

话说到这个份上,庆格感觉到了解真实情况的时机到了,于是真诚地说道:"老哥,能不能到你府上详谈。"宋之成也感到人逢知己,这些年来压在胸中的闷气似乎有了一种一吐为快的感觉,于是欣然邀请庆格他们三人随自己回家。到了家中,宋之成叫夫人备出了他们能够备出的粗茶淡饭招待三位京城里来的客人。晚上,宋之成和庆格二人同榻而眠,抵足长谈。性格内向的宋之成确是一个有心人,他把多年来收藏的官府给他们打下的真假两种收据给庆格过目。庆格如获至宝,凭经验,庆格一眼就看出那应付检查的假收条上所盖的大印倒是官府的真印,而用于实际收款的条子上盖的印尽管也惟妙惟肖，可以以假乱真，但明眼人仔细推敲、反复比较，还是能够看出破绽的。经庆格再三央求，宋之成把这些收条全部交给了庆格。庆格带着一种满足感，进入了梦乡。

辞别了宋之成，庆格虽有获得重要证据的快感，但没有丝毫的轻松感，深感这一用真印糊弄检查，用假印借国家权力来收取各种苛捐杂税、盘剥百姓、鱼肉人民的案件的重大、复杂，这绝不是一般人物所为，一定是背后深藏着可以利用职权、玩忽职守的人。这一定是条大鱼，而且这条鱼一定藏得很深，也一定很狡猾，他决定继续深入调查下去。

庆格一行三人走进了直隶府治保定城。庆格头戴礼帽，嘴里叼着一支玛瑙烟斗，嘴边留着别致的胡须，身着绸缎长衫，俨然一副财大气粗、挥金如土的富商模样。那两个仆从模样的人也打扮得油油光光、体体面面，殷勤地在两边伺候着主人。

进得保定城，主仆三人无心留恋繁华热闹的街景、熙熙攘攘的人流、小城无与伦比的各色商品，专拣那灯红酒绿的去处，东瞅瞅，西瞧瞧，最后来到保定城规模最大、名头最响的妓院怡红院。

怡红院老鸨，早已像发现猎物似的盯着他们三人，认定发大财的机会来了。一声招呼，十几个姑娘呼啦啦地从各自的房间走了出来，一个个搔首弄姿，风情万种，各展手段，希冀得到客人的青睐，看着这些正处在豆蔻年华、花季岁月、青春亮丽的姑娘，本应该是人生最美好的岁月，却不得不在这里强颜欢笑，干着皮肉生意，庆格内心里不由得替她们深深地惋惜。别看她们个个笑靥如花，其实她们内心里都在滴血啊！

庆格不经意地看着这些可怜的姑娘，轻蔑地转过脸向老鸨道："就这些，打发要饭花子吗？""啊呀，我的天呀，这么艳的姑娘你还不满意啊，这可是全城最亮丽的了，打着灯笼也难找啊！"鸨母夸张地叫道。"不，这些绝不是全城最好的，我要的就是你们这里最好的，全城最漂亮的。""老板，你是说要……""是的，我就要那最有名气的'赛天仙'！"

"赛天仙"是怡红院最有名气的妓女,也是全保定城最走红的妓女。一听来者一口咬定"就要那最有名的'赛天仙'",老鸨禁不住大吃一惊,心中暗暗着急。要知道,这半年来,"赛天仙"是被一位惹不起的主包下来了,即使那主十天半月不来一次,"赛天仙"也不接任何客。那主儿有话,如果老板娘让她接了别的客。轻了,砸了她的妓院;重了,她的小命也难保。那老板娘是经过多少风雨、见过多少世面的,什么样难缠的主儿她没见过,心中虽急,但面不改色心不跳。俗话说,急中生智,只见老板娘那媚眼一转,计上心来,忙赔笑道:"大老板,不是我不让'赛天仙'伺候你,实在是这几天'赛天仙'身体略有不适,不便接客,请多包涵。说老实话,若让其他这些姑娘伺候你,确实有点委屈你,请你将就将就,来日方便,我一定让'赛天仙'多伺候你老人家几天。大老板,出门在外,多行个方便吧,都是生意场上的人,不容易!"说完,一躬到底,就差没给庆格跪下了。

　　任你老板娘怎样的花言巧语,媚态施尽,庆格就是拿定了"任尔东南西北风",我也"咬定青山不放松"的架势,急得老板娘团团转,但又不愿意轻易放掉这棵摇钱树。"大老板,你稍候勿躁,我去商议商议,看能不能通融一下。"老板娘豁出去了。

　　老板娘上得楼来,轻轻地推开房门,蹑手蹑脚地走到床前,轻轻地拍了拍"赛天仙":"起来,妈妈跟你商量件事。""赛天仙"懒懒地说道:"什么事呀,也不让人睡个好觉。"老鸨如此这般,这般如此把事情说了一遍,并哀求说:"权当你给妈妈帮个忙吧!""赛天仙"说道:"妈妈,你又不是不知道,我这段时间不接客,哪方的山神那么大的架子,告诉他,如若硬缠,小心他的狗头!"

　　老板娘下来对庆格好话说尽,可庆格就是不允,非要"赛天仙"不可,而且连改日都不行。这可愁煞了老板娘,老鸨只得舍出脸皮又上得楼来,对"赛天仙"低声下气,千恳万求,最后"赛天仙"勉强应了下来。

　　老板娘喜不自禁地下来,邀功似的说:"亏我千求万求,她终于答应了,你可要好好地消受了。"并向庆格做了个媚眼。庆格示意仆从掏出一锭银子甩手给了老鸨,乐得老板娘眉开眼笑,扭着腰肢又去招呼其他客人了。

庆格在丫鬟的引导下来到了"赛天仙"的房门前,轻启帘门,进了房间,眼睛不禁为之一亮。只见那房间的设置就给人一种清新脱俗的感觉。再看那人儿,更让庆格看得目瞪口呆,面若桃花,樱桃小口,眼若秋水,眉含远黛,真乃集古代四大美人之优点于一身。片刻的惊异失态之后,庆格回过神来,想起自己身上担负的嘉庆皇帝的使命,绝不是一般的嫖客,镇静地走到"赛天仙"面前坐了下来。

经历了一波三折才上得楼来的庆格,如若是一般的嫖客,该早已急不可耐地扑上床去行那事了,然而庆格却缓缓地坐了下来,而且态度是那样的从容,姿态是那样的优雅。这令对庆格早已心许的"赛天仙"大为气恼,她成心要气一气庆格,翻身坐起。

"客官,你好大的胆,今天来要我,不怕丢下你的命吗?"

"花钱买乐,怎么会有丢命之说?"

"怎么会有丢命之说?你知道我已经被谁包下了吗?"

"不知道,愿闻其详。"

"说了恐怕要吓得你屁滚尿流!连那事也做不成了!"

"来者不怕,怕者不来,我倒想听听这人的大名,是哪方的山神,能如此的吓人,真能比那青面獠牙的怪兽还吓人吗?"

正说着,却见那"赛天仙"哈欠连天,鼻涕眼泪都流了下来。只见"赛天仙"从床头小柜中抽出了一支晶莹剔透、小巧玲珑、颇具女性气质的烟枪,轻车熟路地用指甲捏起一小块黑色的膏状物放在烟枪头里,动作娴熟地点上了火。青烟缭绕中,满屋奇香,"赛天仙"也很快恢复了容光焕发的神采。

看着"赛天仙"得意地吸着鸦片,庆格心中不禁产生了一个疑团:她吸的鸦片是从哪儿来的?要知道,当时鸦片的流行还不是那么广,吸食鸦片还只是上层的贵族、官僚、地主中的一些有通天本领的人，这样一个烟花妓女哪里来的鸦片？她的背后一定有一个了不得的人物。

"你知道吸鸦片是要杀头的吗？"庆格问道。"知道。""赛天仙"不屑一顾地回答道。"知道怎么还敢吸？"庆格又问道。"我吸鸦片，也没人敢把我怎么样！""赛天仙"态度傲慢地答道。"谁人使你这么猖狂，难道没有国纪王法了吗？"庆格诘问道。"哈、哈，国纪王法，国纪王法在这里，一到他那里就没有了，不起作用了！""赛天仙"得意地说。"他是谁？"庆格不失时机地追问。不对，再说，不就漏嘴了吗？"赛天仙"缄口不语。

"你怎么不说？你不说，我就要把你送到官府治罪。"庆格口气严厉地说道。"哈、哈，你没有那么大的能耐，如果我说出谁送给我的鸦片，谁包下的我，恐怕你的胆早已经吓破了！""赛天仙"嘲笑道。"你说说看，看到底能不能吓破我的胆。"庆格又激了一将。"他就是咳嗽一声保定人要抖三抖，跺一跺脚保定城要颤一颤，吐口痰保定城要发大水的号称'难黎王'的直隶司书王丽南，你听说过吗？"

王丽南，直隶司书，早有耳闻，但一个小小的直隶司书怎么能有如此大的能量，又怎能号称"难黎王"？这不禁使年轻气盛的庆格怒火中烧。"啪"，庆格把随身携带的官印和赴任的文书甩在了桌上。"你睁开眼，瞧瞧我是谁？"这一看不打紧，吓得"赛天仙"面如死灰，如一滩烂泥倒在床上。

原来，"赛天仙"原名李金花，本是良家女子，只因父母染病不幸双亡，求亲不应、告友不灵，万般无奈，借下本村大户王家的高利贷，才算草草安葬了父母双亲。

王家的主人便是这个王丽南，早已对如花似玉的李金花垂涎已久，提出要娶李金花为第三房小妾，被李金花拒绝了。李金花用卖身所得，还清了王家的高利贷，却被人贩子带到保定卖给了这家保定城最大的妓院——怡红院。起初，李金花宁死不从，但遭到了老鸨、保镖等人从肉体到精神无以复加的折磨，最后在昏迷状态中，被她的第一个嫖客——王丽南奸污了。李金花欲死不得，万念俱灰。从此，李金花换了一个人似的自暴自弃，破罐子破摔，变得风流浪荡，和嫖客打情骂俏，风情万种，仪态万方。而对李金花垂涎已久的王丽南，既得到了李金花的处女身，仗着自己权大势重、财大气粗，兴致一来，把那李金花一包就是一个月或两个月，玩腻了就推荐给别的风流士宦、纨绔子弟。这样，李金花在王丽南等人众星捧月般的吹捧下，逐渐成了怡红院的摇钱树，老鸨的聚宝盆，红遍了整个保定城。表面上花天酒地、醉生梦死的李金花，其内心是何等的痛苦，但又有哪人知道、了解呢？她只好打掉牙齿往肚里咽。孤寂无聊时，李金花被王丽南诱惑，染上了鸦片瘾，从此被牢牢地控制在王丽南的手心。

"你怎么知道王丽南贩卖鸦片的？王丽南又是怎样贩卖鸦片的？"庆格打断了李金花的话问道。

"这不难理解，王丽南垂涎我的美貌，既想讨好我，同时也要在我面前显示他的能耐，就把他怎样贩卖鸦片，怎样在他贩卖鸦片的货车上盖上官印，在各个关卡畅通无阻，全部透露了出来。王丽南为了讨好我，每每给我带来鸦片，使我吸鸦片根本不用担心断绝了货源，而他还都在那鸦片小包上盖上官印。"

"能把王丽南给你的鸦片拿给我看看吗？"庆格问道。

这时的李金花已经不能、也不敢说"不能了"，于是把王丽南给她的鸦片烟拿出了两包，交给了庆格。庆格一看，心中不免大吃一惊，这赫然醒目的"官印"，和在宋家庄宋之成处见到的假印一模一样，如出一辙，显然为同一人所为。庆格看着鸦片烟的"官印"，不禁心花怒放、如获至宝，王丽南的尾巴渐渐地露出来了。但为了不打草惊蛇，特别是没有拿到最后的证据，庆格又严辞命令李金花一定要严守秘密，如若从她这里透出风声，将拿她是问，并语重心长地告诫她要尽快改过从善，同时也向她庄严许诺，事成之后，将她救出火坑，重新做人，李金花忙叩头不止，连声道谢。

第二天早晨，庆格一行三人简单用罢早膳，直奔直隶总督府而去。庆格本不打算声张，希望能悄无声息地走马上任。哪知就在他走在路途中，因微服私访耽误了几天时候，嘉庆皇帝任命庆格为直隶布政使的特别急谕，已经于前一天下午到了总督府。尽管布政使的职务要比总督低，但既要表示对新官的热烈欢迎，同时也借此表达对皇帝旨意的尊重，本来直隶现任总督颜检就爱热闹、好搞官样文章的，从接到谕旨的那时起，就开始了精心的准备，本来就已经十分巍峨的总督府大门被刷洗一新，并高高地悬挂着六盏大红灯笼。总督府的大院被打扫得寸草不存、片纸不留。这天的清晨，晨曦初露，颜检总督就命令总督府的衙役站立在大门两旁，盔甲齐全，刀光闪闪，当值的把大红的"回避""肃静"高高地举在大门前，给人造成一种不严自威的气氛。庆格远远地看到这种情形，知道一番热闹非凡的送往迎来在所难免，早早地把名帖投进门厅。得知新任布政使已经到来，颜检急忙率领随从迎了出来。

却说那颜检总督，字惺甫，广东连平人，为巡抚希深之子，因父亲的关系，被当时的学政相中，从生员中选送入京，作为拔贡。乾隆四十一年，授予礼部七品小京官，旋即又提升为郎中。乾隆五十八年，由京官被派出任江西吉安知府，后提升为云南盐法道，调至迤南。嘉庆二年，剿杀威远贼匪，擒拿匪首札秋，因功被擢升为江西按察史，其后五年历任河南、直隶布政使。嘉庆六年，颜检被擢升为河南巡抚，嘉庆七年，嘉庆皇帝诏命颜检任直隶总督，不久给予赏赐黄马褂的荣誉，可以说颜检到了宦海生涯中最为红火的时候。因任官直隶这样一个京畿重地，颇得嘉庆皇帝所信赖，颜检总督可谓春风得意。

只见此时的颜检总督，天庭饱满，地阁方圆，头戴红翎帽，身着当朝一品官服，挺着大腹便便的肚子，迈着坚实有力的步子，随着当班的一声高喊："新任直隶布政使庆大人到！"颜检总督已向庆格行了一个打躬礼，庆格慌忙跪倒向颜总督行了大礼。颜检连忙上前扶起，手执庆格的手，连声说道："庆大人这来，不辞劳苦，一路风尘，不曾远迎，失礼，失礼！"庆格连忙应道："哪里，哪里，本不想惊扰颜大人，干扰颜大人的公务，希望能先到府上拜访。哪曾想，还是劳驾部堂，亲自出迎，有愧，有愧！"一番寒暄，二人手拉手，肩并肩，俨然多年未见的兄弟似的，迈着方步走进了总督府。

外观上看来已经十分高大巍峨、令普通老百姓望而却步的总督府，其内部的装饰也令已算见过大世面的这位新任布政使感到十分眩目：只见那雪白的墙壁耀眼夺目，一色的楠木地板锃亮锃亮，人走在上面倒影清晰可见。总督大人的书案厚重结实，四周雕龙画凤，桌案上面高悬"公正廉洁"匾额。厅堂正中摆下了两个大方桌，每个大方桌周围摆下了八张太师椅。颜总督刚刚坐下，随着一声招呼，只见众多的侍者、使女鱼贯而入。不一会儿，两张方桌上已摆满了各种山珍海味、美味珍品，看着那色、香、形、味俱佳的佳肴，不禁令人胃口大开。作为主人的颜检总督，招呼庆格分宾主入座。庆格等也只得大吃特吃，大饮特饮，和众人毫无不同之处。片刻之后，酒过三巡，菜过五味，颜检及其同僚幕友也少去了平日的那种等级森严，开始大侃特侃，有的叙述当今的纷乱形势，有的念叨如今的做官经，也有的在为谁个谁家的夫妻隐事打趣，整个酒桌上呈现了一派其乐融融的气氛。

酒酣耳热之际，外面传来了一片吵闹声。"谁在这个时候吵闹，真不识趣，扫兴，赶下去算了。"颜检总督眉头一皱，低声命令道。一个衙役应声而去。不一会儿，那衙役回来走到颜总督身边，低语道："一帮乡民野夫，声称'非见总督不可！不见不走'。"颜检总督无奈，一场正在高潮处的酒宴不得不暂时停了下来，大多数人的脸上露出了不悦、失望的神色，庆格心中也不禁产生了疑问："是什么人，有什么事，非要见总督不可？"

颜检总督率领一班人马，其中包括新任直隶布政使庆格，带着满脸的酒色和被迫中断喝酒的不悦，一同从总督府的大厅里走了出来,向大门走去,远远地望去,大门黑压压的一片人影。有的光着头,有的打着赤脚,有的身上虽穿着点衣服,但也是破破烂烂,蔽体不周,活脱脱的一群叫花子。这时,见得颜总督向大门走来,前面早有几排人已齐刷刷地跪倒,不少人在齐声高呼:"青天大老爷为我们做主!""我们要吃饭!""我们要活命。"呼喊声声震屋宇,其中饱含着愤怒、不满的情绪,颜检总督作为一个经历官场多年、与老百姓多有周旋的"官油子",怎能听不出这声音的内含,但见颜检总督大手一挥:"安静、安静,有话慢慢讲,请你们选出代表来把事情讲清楚。"听到颜大人的喊话和要求,人群安静下来。大家你看看我,我看看你,没有哪一个人愿意出来,但最终还是有一位年近四十、气宇轩昂、满脸怒气和不满的中年汉子,从人群中走了出来,双手抱拳,向颜大人作了个揖:"小民乃永定河边的村民刘文理,自小生长在这块土地上,颜大人到任多年,治理这一方土地的情况,我多有了解。前些年,我们这条永定河,还在一定程度上得到治理,灾害多少有所减轻,但不知为什么这几年,我们修河费、挖沟费照交不误,而且多有增加,修河却成了光打雷不下雨。大人知道,今年前一段时间,我们这一片地方干旱无雨,上面要抗旱,要我们交钱,可河也没挖,水也没引来,如今马上又到汛期,又让我们交钱,但治理河道却无人提起。大人,我们老百姓要吃饭,而我们这里的村民想有饭吃,很大程度上要靠永定河。永定河不治理,我们哪能有饭吃!"

喝酒中途被迫停止,已经扫了这位颜大人的酒兴,又听了这位村民啰啰唆嗦的一长串讲话。"不就是修河吗?河不是年年修吗?真是些刁民!"想着这些,只见颜大人眼珠子一转,目光落在新任布政使庆格身上,"庆大人,这修河治渠的事,可是布政使的职责啊,请庆大人相机处理,我们先行告退了!"说罢转身离去。

村民们见总督大人离去,群情激愤,齐声高呼:"颜大人不要走,颜大人不要走,我们要吃饭!"看着群情激愤的村民,又看着慌忙离去的总督,庆格向村民们摆了摆手:"大家请安静,我乃新任直隶布政使庆格，总督大人已命令我全权处理此事，大家有什么冤情就向我说吧！"大家静了下来，对着这位布政使怒目而视，总督大人不处理的事情，你个布政使又能怎样，大家一时被失望的情绪笼罩着，沉默了下来。

庆格面对着沉默中充满愤怒的人群，说道："古往今来，收费修河，已成惯例，不知大家有什么不满意的？""收费如果修河，这是利国利民的好事，我们当然满意。"一位老者站起来说道，"但是，现在的问题是光收费不修河，有时真要修河了，不但不给我们工钱，还要我们自带干粮，还让我们给别人说，我们得到了工钱。布政使大人，天底下有这样的理吗？"

庆格听说此话，心头不禁一震："你如此说，你有证据吗？""有！"大家齐声高喊，并纷纷把他们手中的单据、收条收集了一大把递了上来。庆格略略翻了翻：又是这样的假收条，这难道又是出自他之手？庆格把手中的收条向大家扬了扬，说："请大家相信我，我一定帮大家把这等事查个水落石出，给大家个说法！"

庆格心情沉重地回到了府第，心里琢磨着如何抓住这个已经露出尾巴的狐狸，为了不打草惊蛇，庆格连日来继续到各个府第、治所去把酒叙话，联络感情，有几次甚至喝得酩酊大醉，好像已经把总督大人交给他的任务忘诸于九霄云外了。但也正是在这表面上的你来我往的交往中，庆格了解到，直隶司书王丽南可是个非同小可的人物，几任总督、藩司（布政使），初来乍到之时，听别人的反映，那王丽南的名声都不是那么好听，都想去之而后快，但不久之后，都和王丽南打得火热，难解难分。这可真是一个令人难解的谜啊！怎样才能除掉这样的贪官蛀虫呢？

就在庆格苦苦寻觅对策、准备出手的时候，另外一个人也在睁着一双贼亮的眼睛在窥视着。这人就是大名鼎鼎的直隶司书王丽南。自从那天总督大人把那件处理百姓要求修河的案件交给庆格后，王丽南就一刻也不曾忽视庆格的动向。经过多日的观察，王丽南凭经验判断，这庆格也不过如此，得过且过，当一天和尚撞一天钟,甚至连钟也不想撞,何不如此这般,让那事来个一了百了。

这天傍晚,将近黄昏时刻,只见一个人鬼鬼祟祟地来到直隶布政使的府第。看门人睁开那双昏花的老眼,见来人乃直隶司书王丽南的家人,赶紧向里通报,里面马上传出话来准予入见。庆格已端坐客厅,等候客人的到来。侍者把客人引到了庆格面前:"直隶司书王丽南的家人李平求见庆大人!"李平"扑通"一声跪在庆格面前,庆格急忙上前,双手扶起了李平:"免礼,免礼!请起!"施礼完毕,李平把王丽南的求见之意向庆格述说了一番。庆格道:"连日劳顿,你来我往,早有到府上亲自拜访之意,但一直未能得空,今日承蒙王司书派人登门,诚不敢当,有愧、有愧!""我家主人也一直希望来府上拜访,但大人知道,我家主人几乎成了整个总督府最忙的人,一直未能抽出空来。今日特派下人来到府上,一来向大人致意,二来略备薄礼,不成敬意,敬请大人笑纳。"说着,把一张一万两的银票和两柄玉如意递了上来,并连声道:"不成敬意,不成敬意。"

看着那一万两银票和两柄晶莹剔透的玉如意,庆格不禁思绪翻腾,一个小小的直隶司书,给我这样一个权不高、位不重的布政使送礼,一出手就是一万两白银和两柄玉如意。如果是给总督、宰相送礼,那数字真是令人难以想象。这直隶司书送礼的钱是从何来呢?如凭他的薪俸,怕一辈子也挣不到这许多银子来。心中思谋着,一条计策映入脑海,何不将计就计、智赚王丽南入我圈套?庆格的面上笑得如一朵花,特别是那两只盯着玉如意和银票的眼睛,眯成了一条缝,乐呵呵地说:"太破费了,太破费了,又不是外人,我们从今以后一同共事,何必如此客气。麻烦你先回去一趟,请你家主人来到敝府共进晚餐,以叙友情。"

得到盛情邀请的下人李平,忙不迭起身告辞,回到王丽南的府第。回到府上的李平,忙把拜见庆格的经过绘形绘色地叙述了一番,特别强调了庆格见到银票和玉如意是如何的心花怒放,如何的欣喜若狂,并转达了庆格对王丽南的邀请。听完了家人的叙述,特别是听说庆格见到其重礼的欣喜,王丽南心中不禁暗暗得意。天下没有不吃腥的猫,有钱能使鬼推磨,你庆格也将要为我所用。于是唤出丫鬟、使女拿来衣服,精心打扮一番,带着家人李平前往庆格府上赴宴。

出得大门,由于心情十分高兴,王丽南看那街上的灯火也比平时亮丽了许多,行人也比往日顺眼,街道也不像往日那样的拥挤、嘈杂。转眼间,王丽南和家人到了庆格府上,庆格迎出大门,把王丽南拥进府中。宾主坐定,一阵寒暄,庆格的眼还不时瞟向那两柄玉如意,这使得王丽南好不得意。王丽南忙说:"如若大人喜欢,下官那里还有几柄,改日命人给你送来。"庆格忙趁势说:"敝人眼拙,也不知这玉如意每个需要好些银子?"听到这样的问话,王丽南一方面心中暗暗嘲笑这个布政使见少识短,另一方面也认为卖弄的时机到了,忙直了直腰,清清嗓子,道:"这玉如意分为上、中、下三种不同的成色,也有大有小,像这两柄,是下官特意为大人挑选的,每柄需白银四千两。""四千两白银?"庆格露出吃惊的神色问道。"是的,确实不错。"王丽南得意地答道。

说话之间,一桌丰盛的宴席已经摆好。庆格招呼王丽南分宾主坐定,三杯酒下肚,王丽南见这新任布政使也没有什么官样,从其不辨玉如意的好坏,可知其见识也不太广,就开始大吹特吹起为官之道来。

一阵天花乱坠般的胡吹乱讲,听得这位新任布政使目瞪口呆,他也更进一步地感受到眼前这位人物决非一位等闲人物,为了达到自己的罪恶目的,为了实现自己的贪欲,是任何办法都想得出来的,是任何手段都使得出来的,从此人身上一定能够发现一些令人惊骇的大问题。于是庆格为了继续给王丽南灌酒,也使用了一点不正当的手法,招呼两名使女,一边一个坐在王丽南身旁,故施媚态,频频劝酒,搞得王丽南神魂颠倒,晕晕乎乎。不一会儿,王丽南烂醉如泥,被庆格派人送到一间屋中严加看管起来。另一方面,一个重大的行动开始了。

第十章

大清帝褫庸官禄位
安南王授强盗爵名

话还没说完,嘉庆皇帝打断道:"直隶总督乃我朝重臣,为各省楷模,理当严于律己,约束部下!出此大案,竟如同木偶,不闻不问!如此尸位素餐,若从轻发落,那大清王法将何在?我大清江山将何保?"

在这月黑风高的夜里,一队人马悄悄地出动了。但见这队人马,个个身着夜行服,手持长矛,腰别利刃,行动快捷,很快地靠近一座高大的府院,迅速地对此院实施了包围。这座院落的主人就是直隶司书王丽南。

为首官佐上前毫不客气地打门,好一会儿,守门老人才睁着睡眼惺忪的昏花老眼问道:"谁呀?"同时把门打开了一条缝。随着门缝的打开,为首的官佐和手下的兵士迅疾地闪进大门,把王丽南所有的家人,妻儿老小,丫鬟使女,绑的绑,捆的捆,口里塞上破布,眼上蒙上黑纱,集中在一间黑屋里看守,然后开始了大规模、全面的搜查,这一搜,可令这些还算见过世面的官兵们大吃一惊。

首先映入眼帘的是三箱黄灿灿的金条、金元宝,虽然是在微弱的灯光下也熠熠生辉;再就是白花花的银锭、银元宝,耀眼夺目,那一箱箱的银元,也是让人目不暇接;珍珠、珊瑚、玉石等,多得数不胜数,绫罗绸缎,各种细软,不可计数,更让这些平时胆大包天的官兵们此时也感到心惊肉跳的是赫然在目的两枚官印,一枚是藩司(布政使)的官印,一枚是库官的官印。

搜查完毕,为首的官佐派出得力的手下对王府上下的所有人等严加看管,不准乱走乱动,同时又把所搜查的各种金银玉器、珍珠、玛瑙，一一贴好封条。然后亲自带着两颗官印，率领一队人马打道回府，向主人庆格汇报。

听完手下人的汇报，庆格一方面有种捉到一条大鱼的快感，心中不禁联想起在上任途中得到盖着假印的收条和第一天到任上又收到农民交来的收据，另一方面也预感到这将是一件十分难办的大案，阻力一定会十分强大。为慎重稳妥起见，庆格特意又加派兵力对王丽南的府第严加把守，同时在家中更进一步把王丽南看管起来，另一方面把事情简明经过在心中打了个腹稿，准备第二天向颜总督颜检大人汇报。

第二天清晨，庆格草草用罢早膳，迎着初升的太阳，早早来到总督府大门，恭候总督大人的到来。不大一会儿，但见一队士兵在前面鸣锣开道，两旁士兵扛着长矛大刀护卫，中间一顶绿呢大轿缓缓地向总督大门处行了过来。到了大门前，总督颜大人挺着便便的大腹从轿中走了下来，庆格急忙上前："参见大人，下官有要事汇报。"颜检扶起庆格："走，走，事情再紧要，这里也不是说话的地方，赶快到里面说。"说罢，庆格随颜检向总督府走去。

双方依礼坐定，庆格忙起身汇报："下官到任当日，遇民众在府门前喧闹，大人把此案交下官办理，下官已初步查明。""情况如何，是不是那些刁民无中生有，寻衅滋事？"颜总督问道。"不！确实有人克扣民工薪饷，影响水利兴修，而且此人还打着官府的名义。""此人是谁？如此大胆。"颜检总督打断庆格的话问道。"此人乃直隶司书王丽南！"庆格回答道。"王丽南？可能吗？"颜检总督不禁疑惑道。

王丽南，这几年可是颜总督的大红人，鞍前马后，效犬马之劳，上与朝廷，下与各州县之间的公文往来，都出自王丽南一人之手，且王丽南这些年来用各种手段得来的赃钱，也没有少给这位颜大人送，故此颜大人听到王丽南的名字，心中不禁一震，面露不悦："王丽南人呢？""回大人，王丽南现已被下官扣押，等候审理，王丽南的府第也被臣查封！"庆格回答道。"怎能如此唐突,王丽南乃我府中人,怎能不打声招呼,擅自处置。"颜检责问道。"下官着实有点唐突,但为了不打草惊蛇,此乃下官不得已而为之,还请大人多多包涵。"说罢,庆格把从王丽南处起到的两枚大印出示给总督大人,同时还把从王丽南处查到的钱庄的银票,金银财宝的清单一并交给了颜大人。颜大人虽面露不悦,有心要袒护王丽南,但在铁的事实面前,且吏治整顿的职责也是布政使份内的事,此案又是自己亲自交给庆格办的,所以也不便公开阻止庆格查办此案,不冷不热地说了句:"好自为之,慎重处理。"

看颜总督的态度,庆格感到此案审理的难度将是难以想象的。临近中午,庆格回到府第刚刚坐定,门房忽然传来:"有人求见。"随着一声请进。来人已经走到庆格客厅的门前,庆格抬眼一看,不禁大吃一惊,此人不是颜总督的幕僚刘世清吗?此人饱读诗书、洞察世事,人称"小诸葛",遇事深谋远虑、左右逢源,许多棘手的事他处理起来总是滴水不漏,连总督颜大人都让他三分。此人的到来,决非善事。庆格忙上前一揖:"怎敢劳驾刘老先生亲自前来,有失远迎,不胜惶恐。"刘世清回礼坐下,带着长者的口吻说道:"我今天来到这里也没有外人,自家人不说外话,庆大人初来乍到,人情不明,风俗不清,对这里的情况可能不太了解。王司书可是我们这里难得的一个人物,勤勤恳恳、兢兢业业,对皇帝对国家忠心耿耿,各方面的人缘都十分好。俗话说,牵一发而动全身。近日来,直隶府各方对庆大人都十分看好的。况且现在的世道,你也应该清楚,民间不是流传着一句歌谣:'三年清知府,十万雪花银'吗?王丽南不过是小巫见大巫,况且,要说现在的贪官,可说是抓不净的虱子,捉不完的贼,你捉得一个王丽南,捉得完所有的王丽南吗?我还是希望庆大人得过且过,明哲保身,对各方都有个交待。"说着,把一张五千两的银票递了上来。听了刘世清的一席话,庆格气得脸色铁青,深感清朝的官场已病入膏肓,但想想临行时嘉庆皇帝的嘱咐,同时想想自己这些年来在京中碌碌无为,也为自己的前程着想,希望能够干出一番惊天动地的事业，将来出人头地，决心以此案为突破口，不论有多大的阻力，也要把这个案件查个水落石出。于是为了减少阻力，下令门房近日不论哪方来人，一律不见，凡事到公堂上说，决定来个快刀斩乱麻，迅速提审王丽南。

审讯就在布政使的衙门进行。庆格威严地坐在堂案的后面，啪地一拍惊棠木，庄严地高喊一声："带人犯王丽南上堂！"

随着这声高喊，王丽南被带到堂前，他倨傲不跪，脸上现出睥睨的神色，从牙缝中蹦出一句话："请问庆大人，我有何罪？"

"天知、地知、你知。你有何罪，请你自己从实招来。"庆格道。

"我无罪，无从招来，但我要问你，我在你家吃酒，你为何要扣押我，请你给我说个明白。"

"王丽南，你若从实招来，我尚可请皇帝给你些宽延；如若拒不交待，将罪加一等。"庆格加重了语气。

"哈哈，庆大人，你身为朝廷命官，不能不知道，上有王法，下有民心，要给人定罪，空口说白话能行吗？你说我有，你有证据吗？"

此时的王丽南还认为他做得天衣无缝，无人知晓。只可惜，他忘记了一个道理，要想人不知，除非己莫为。看着仍然在负隅顽抗的王丽南，庆格知道自己是遇到了个不见棺材不掉泪的对手。于是庆格又是一拍惊堂木，高喊一声："把证据呈上来。"于是两名衙役把一迭收条送了上来，庆格拿在手中："王丽南，这收据是你开的吗？"

王丽南抬眼看了看，眼神稍有慌乱，但很快镇定下来，坦然地说："是我开出的，作为直隶司书，开出这样的收条是应该合乎手续的，不知庆大人有何指教。"王丽南说完，奸笑了一声。

听着王丽南的奸笑，庆格如同吃了苍蝇一般，但仍强压着怒火："开收条，对于一个直隶司书来说，如果按正常手续是无可厚非的，但如果采取了不正当的手段，还是正常吗？"

"庆大人，请不要血口喷人，无中生有，我采取了什么不正常的手段？"王丽南问道。

"王丽南，你抬头观看！"庆格说完，差役已把两枚大印送到桌案前，猛一看到两枚大印，王丽南如同遭到了电击一般："小人该死，小人该死，我说，我说，请大人饶命，请大人饶命……"

原来这王丽南，是直隶定州王家庄人氏，出身于一个没落大地主家庭。小时的王丽南既聪明过人，也狡诈刁蛮，不讲道理。王丽南十三岁那年，他父亲在吃喝嫖赌之外又染上了大烟。祖父望着这个败家子，也只能气得七窍生烟，但也无可奈何，很快便命归黄泉。老头儿过世以后，王丽南的父亲更加放荡不羁，很快把一份家业卖光当尽，自己也精血耗尽，踏上了黄泉之路。过惯了衣来伸手、饭来张口生活的小丽南，不得不为生计而奔波，凭借着从小养成的坑蒙拐骗的本领，一张如簧之口，一张粉白细嫩的面孔，走上了他的畸形的人生之路。

王丽南通过各种关系，苦心钻营，终于当上了直隶司书。这虽是一个写写画画、收管来往文书、替总督起草一下公文的刀笔吏，职位不高，但善于利用这个职位的人，其实权可千万不能小瞧，而王丽南正是一个善于利用职权的人。

他渐渐发现：这些官僚机构，在外人看来在正常运作，有时甚至运作得十分正常，但这些老爷们官僚作风十分严重，哪个也不愿意在公务上多花力气，对来往公文往往是只看看有没有盖上图章，对具体内容根本不去管它。深谙官场的王丽南找到了发财的门路。

于是他以重金为诱饵，找人私刻了两枚印章，一枚是直隶藩司的，一枚是直隶库官的。刻完之后，又心狠手辣地杀害了刻章人，从此王丽南也就心安理得、放心大胆地实现其罪恶的发财梦想。

嘉庆元年的三月十四日，是王丽南实施罪恶的开始，作为开仓济民各种手续经办人的直隶司书王丽南，接待了来自易县的领银官。王丽南作为一名司书，虽然官不大，但毕竟是省城的官，给了那位领银官热情周到的接待，并答应一切手续都亲自帮他办好，让那位第一次来省城的领银官去好好领略一下省城的风光。那位领银官受宠若惊，感激不尽，悠然自得地去领略省城美景去了。

王丽南看易县地方申请领银的数字为三千两，灵机一动，大笔一挥改为五千两，说起来这一笔简单，但对初次犯罪的王丽南来说实在不简单。他的那颗心惊惧得都快跳出来了。改动数字后，王丽南又亲自盖上藩司、库官的大印，然后亲自前往国库领取库银。这样一来一回，王丽南得银两千两。

王丽南庆幸自己第一次的成功，随即也就产生了实施第二次的欲望。但第一次得手，是自己亲自出马，目标太大，容易暴露。于是就思谋着怎样才能做得人不知、鬼不觉。要这样，就必须有合作的伙伴，而且必须要寻找那些有实权的人物，他把目光对准了各州县的县官、库官、银匠等。

很快，王丽南的父母官定州县县令陈锡钰成了他的合作伙伴，他们狼狈为奸，并和徐承勋等其他州县的县官、库吏、银匠等成了一条绳子上的蚂蚱，内外勾结，互相串通，共同作弊，采取小数改大数、虚报多领、假印批收，蒙混多发种种卑劣手段，把国库中的大批白银流进了自己的私人腰包。

"得来全不费工夫"的不义之财进入腰包之后，王丽南一方面大量地置田买地，另一方面生活极尽奢侈豪华。李金花就是众多受害者之一，其家的土地先是被王丽南收买，然后李金花又被卖进了妓院。王丽南为了达到长期占有李金花的目的，自己在吸鸦片的同时，也让李金花染上了鸦片瘾，为了取得源源不断的鸦片，王丽南也干起了贩卖鸦片的勾当。当然，王丽南贩卖鸦片与众不同，他手中有布政使的假印，每每其手下人在贩卖鸦片时，总是拿着盖有布政使大印的通行证，有时甚至伪装成押运钱粮的人，所以他的手下人在各个关卡都能畅通无阻。王丽南既为了讨得李金花的欢心，也为了显示自己的能耐，所以在交给李金花的鸦片的小包装袋上，总是赫然盖着布政使的大印。

断断续续的陈述，基本上说清了他犯罪的大致经过，但到最后，王丽南贼眼一转："布政使大人，我王某人今天算是栽在你手中，但庆大人，我犯的罪，哪一项又是我一个人的罪呢，你可以处理我，但你能处理得了那些总督、巡抚、布政使吗？"

庆格一时被问得无言以对，但庆格对处理这个案件还是有决心、有信心的，我自己处理不了、做不了主的，就上报给皇帝。王丽南等人历年来利用职务之便，采取各种卑劣手段将司发库收小数改大数；将领款抵押钱粮，蒙混发给；串通银匠、给与假印批收，总共虚收定州等十九州县地粮、正耗、杂税等银二十八万余两，伪造藩司及库官假印两颗。庆格命令手下人根据王丽南的供述，将其罪行写出，以四百里特急的方式，派人迅速送信京城，呈给嘉庆皇帝。

这天清晨，嘉庆皇帝刚刚上得早朝，文武大臣三呼"万岁"，施礼完毕，分两班站定，门外传来直隶布政使庆格派人求见的喊声。

嘉庆帝自从派出庆格前往直隶接任布政使一职，心里就一直挂念着直隶地区的情况，听得直隶方面派人来见，嘉庆急忙令人传入进见。来人在当班太监的引导下来到皇帝的御座前跪下，道："属下乃直隶布政使庆大人所派，特来向皇上汇报一桩特大案件。"说罢，来人解开内衣，小心翼翼地递上奏章，旁边早有人接过奏章，朗声读了起来，嘉庆皇帝仔细地听着，那脸儿一会儿白，一会儿紫。你想想，朗朗乾坤，天子脚下，竟有如此众多的官员内外勾结，通私作弊，真乃胆大包天。这不是对皇帝权威的嘲弄吗？

"众位爱卿，"嘉庆皇帝强压着心头的怒火说，"你们有何高见？"

众人深深知道，嘉庆皇帝自从主政以来，对吏治是十分注意的，但他有点心慈手软，经不起犯事者的三哀五求，如果还有一些人帮腔打圆场，往往雷声大，雨点小，好搞"下不为例"，不时得使一些小人得以蒙混过关。他们都在暗暗揣摩着，这个案件虽然十分重大，皇帝会怎么样呢？如果皇帝心血来潮，大事化小，我们说些不利的话，传到当事人的耳朵里，不是打不着狐狸惹一身臊吗？因此面面相觑，谁也不发言。

嘉庆帝看着这些一言不发、弄巧卖乖的臣子们，内心十分愤怒，脸上表现出不悦的神色，但皇帝毕竟是皇帝，他还算是能控制住自己，但语气中不免带出嘲讽的味道："众爱卿，你们个个都是饱学之士，有的甚至是两朝重臣，平时都是伶牙俐齿，能言善辩，说起话来引经据典，评论起问题来头头是道，今天都吃哑药了吗？怎么都不言语了！"

一阵沉默之后，大臣费淳从队列中走出，行礼跪下："陛下，臣认为，王丽南在京畿之地，竟敢如此作奸犯科，贪赃枉法，藐视大清律例，置王纪国法于不顾。臣认为当严惩重处，杀一儆百，以儆效尤。"

"费爱卿所言极是，朕就派你为钦差大臣，全权负责处理此事，有先斩后奏的权力，你看如何？"嘉庆帝道。

"臣遵旨。"费淳答道。

费淳，字筠浦，浙江钱塘人，乾隆二十八年进士，授刑部主事，历郎中，充军机处章京，出为江苏常州知府，其间父亲死去，回到家中守丧，守丧期满，阙补山西太原知府，擢升冀宁道，累迁云南布政使，政绩不俗，名声颇佳。后费淳以母亲年老体衰，乞求回家为母亲养老送终。费淳为母亲安葬守丧完毕，重新担任原来官职。到了乾隆六十年，费淳被提升为安徽巡抚，不久调往江苏任职。嘉庆四年，擢升为两江总督。费淳为官清正廉洁，谨言慎行，深为皇帝所器重，仅举一例，即可以为证：两淮盐政徵瑞与费淳为姻亲，而费淳担任两江总督，皇帝却充分相信他，免其回避，时河南此岁浚溢，费淳以两江总督府事务繁多，自陈不熟悉河务，乞请免去所兼管职务，皇帝允许，命费淳与总河详议河务工程应行分事。嘉庆五年，费淳被加封为太子少保；八年，费淳被授予兵部尚书一职。

费淳及长麟一行领得圣命，马不停蹄直奔保定府而去。到了保定，费淳及长麟受到庆格布政使的热情欢迎，双方立即全力以赴地展开了王丽南案的审理工作。由兵部尚书和刑部尚书协同办理一件案件，在大清历史上不说是绝无仅有的，也是屈指可数的，兵部尚书和刑部尚书官衔的光环，照得那些犯案的人有些目眩，也不再敢于像对待庆格那样软抵硬抗，明遮暗掩，而且费淳、长麟两人也确实毫不含糊，办起案来雷厉风行，丝毫不给那些犯事的人以喘息之机，使得很多人根本无法来得及消灭罪证，且堵住所有说情讲情的门路。这样，不仅使庆格所查的那些事实得以证实，而且还有所进展，战果进一步扩大。经过月余的艰辛工作，费淳、长麟、庆格等很快审明，自从嘉庆元年起至本年（嘉庆十一年）止，直隶总督所辖州县，在地丁、耗羡、杂税等项目之下，俱有虚收虚抵、重领冒支等情弊，计有二十四州县，共侵盗国库的白银三十一万六百余两，其作案手段变化多端，手法多样，其中竟然有与州县讲明，每虚收、重抵、冒支银一万两，给与司书及说事人使费银千两不等，此外尚有幕友、长随，知情分赃，州县供领应解之款，每贿书吏将案卷销毁，或诓印库收，挖改数字等等，不一而足，其整个作案过程所表现的诡计之高绝，手段之高明，着实令人叹为观止，费淳等人把情况写明，飞马报与嘉庆皇帝。

嘉庆皇帝强压着心头怒火读完奏章，龙颜早已变得铁青，两手一拍御座的扶手，声音已经有些变了调："此……此等官员，目无法纪，胆大包天，贪赃枉法，无所不用其极，实堪令人发指！"御座下的诸位文武官员，好长时间没见皇帝发如此大怒，个个噤若寒蝉，不敢有所言语。但直隶总督毕竟非同一般的官员，而且是在那官官相护的环境中，直隶总督在朝中怎能没有三两个人为其说好的。只见一位官员走出队列，来到皇帝御座前跪下："皇上息怒，直隶司书等一班官员着实可恨，但请皇上怜念直隶总督这些年来为皇上守疆卫土，不辞劳苦，还请皇上从轻发落……"

话还没说完，嘉庆皇帝打断道："直隶总督乃我朝重臣，其所行所为当为其他各省树为楷模，理当严于律己，约束部下，现出如此大案，而历任总督、藩司懵然不知，竟同木偶，所司何事？

实堪痛恨！诸位爱卿，如此官员，如果从轻发落，那大清王法将何在？我大清江山将何保？"随即，嘉庆命人写好诏书：

"费淳、长麟、庆格，尔等奉旨前往直隶查得司书王丽南假雕印信，勾串舞弊，事实清楚，证据确凿，锄此大奸，实乃大快人心。望尔等依律严惩重处，交部审议。对于历任失察的总督、藩司，决不可姑息，均应计赃定罪，再加等问拟，以儆效尤。钦此。"

费淳等人接到皇帝的诏书，进一步地深挖细查，很快便查明，在藩司方面，瞻柱任内虚收之数量最多，有十九万余两；颜检任内次之，为六万二千余两，郑锦任内为二万二千余两；同兴任内为二万余两。在总督方面，颜检任内最多，虚收银达二十万八千余两；胡秀堂任内次之，为六万二千余两，梁肯堂任内二万二千余两；陈大文任内为七千余两；熊枚任内为二千六百余两；姜晟任内为一千五百余两。

嘉庆皇帝接到如此详细的报告，对费淳等人的工作甚为满意，很快传下命令，直隶司书王丽南及州县官陈锡钰、徐承勋等二十余人抵法，处以极刑并查抄家产；对于失察的历任直隶总督、藩司，亦各按其任内虚收数目多寡，分别予以惩治，除病故多员外均交部严加议处，侵亏各数，俱令在各任总督、藩司名下分赔；已故各员，亦当责令其家属按数追缴，对于在职的人员，也很快给予处理。现任总督颜检革职，充军发配至乌鲁木齐赎罪；同兴亦革职；姜晟、陈大文、熊枚降为四品京堂；裘行简在藩司及署督任内，均有虚收情况，但他在交接时，曾奏明藩库款项未清，着庆格接手后查办，故给予革职留任；吴熊光在接任藩司时，对前任之虚收情况未有查出，虽有失察之咎，但在本人任期内，由于对下属管察较为严格，未有虚收情况，故只交部议处。

嘉庆皇帝一次处理如此众多的地方大员，这对于心慈手软的嘉庆皇帝来说，虽不可说是绝无仅有，但也着实不多见。各级官员似乎从嘉庆皇帝的这一举动中看出，惩治腐败不再只是挂在口头上的了，要动真格的了，一些平时行为不端、手脚不干净的官员也要有所收敛了。

王丽南一案暂时平息了,但一波未平,一波又起。

这天,一位武官打扮的人在太监的引领下来到了嘉庆皇帝的御座跟前,但见那人"扑通"一声跪倒,先是一阵嚎啕大哭,哭得嘉庆帝莫名其妙。嘉庆帝毕竟是一国之尊,胸有成府,有容人的海量,耐着性子等那人哭完之后,和颜悦色地问道:"你有何事,有什么委屈,请慢慢地说来,朕为你做主!"

"我乃受水师提督派遣,特来向皇上汇报近来海疆情事!"

"海疆情事,近来海疆情况怎么样了?"嘉庆急切地问道。

嘉庆皇帝即位以来,有两件事最令他感到头疼和棘手。第一件事就是前面已经叙述的白莲教农民起义,第二件事就是浙、闽、粤等地海盗不断滋事,扰得沿海居民无法生产和安定地生活。而且这海盗是内外勾结,兵匪一家,势力甚为强大。这外部势力是最为棘手的因素之一。

乾隆五十一年,清朝的藩属国安南曾经发生了一场争权夺利的内乱。安南国内的阮光平、阮光缵父子(俗称"新阮")发动政变,从其国王黎维祁手中夺去政权。这一行为引起了黎维祁的外甥阮福映(俗称"旧阮")的强烈不满,他遂以正统自居,号召人民群众起来反抗,最后虽然阮光平、阮光缵父子基本上巩固了统治,阮福映的势力也仍旧存在。"新阮"虽然经过一番争战取得政权,但是也处于国破民穷、财政困难的境地,为维护其统治,阮氏父子就唆使其官兵出海为盗,掠得钱财与阮氏政权"分红",从而弥补其财政上的一部分亏空。这些海盗的目标首当其冲地就指向了势单力薄的中国商人,同时不断骚扰沿海居民,沿海居民为此灾害连连,叫苦不迭。乾隆皇帝曾因此发兵征讨安南,暂时解决了问题。但是到了嘉庆在位时,海盗仍常年出没于沿海,特别是嘉庆二年,一批海盗在罗亚三的率领下窜至中国沿海,为非作歹,作恶多端,引起沿海人民的强烈愤怒,震动了清廷。清朝出动水师,经过艰苦作战,俘获了这批海盗。经严刑拷打审讯,查明这批海盗的头目为罗亚三,内有安南总兵官十二人,安南乌槽一万余号,并有缴获的官印、旗帜等实物为据,这都足以证明海盗实受安南国王阮氏的支持。此时正被农民起义困扰得焦头烂额的嘉庆帝,虽然感到这是属国安南对天朝上国的至上尊严的明目张胆的藐视,如果此时出兵讨伐安南,也可以说名正言顺,师出有名,能够得到人民的拥护。但嘉庆帝经过审慎考虑,没有像他父亲那样好大喜功,而是十分克制,只是通过军机处谕示两广总督说:"……是此次乌槽夷匪,皆得受该国王封号,其出洋行劫,似该国王非不知情,若令会合,彼岂肯听从,且内地人民出洋为盗,尚不能官为禁止,何况外夷,倘安南借此抵饰,何从与之三分辨,又岂值因此生事,兴师征讨该国耶?!去庆等唯当于闽、粤、浙三省洋面,通同会擒,遇有外洋驶入夷匪,无论安南何官,即行严办……"

处理对外关系问题一向如此谨慎的嘉庆帝,此时又该当何为呢?

来人听嘉庆帝询问海疆情况,且口气是那样的焦急,那样的关切,急忙用衣袖揩干了眼泪,抬起头回答道:"我皇圣明,我等大清水师官兵,向来恪遵皇上旨意,从不轻开外衅,而是忠于职守,严格训练,日夜巡逻,常备不懈,时刻守卫着我大清海防。但那些外夷海盗,看我等官兵并不主动击出,以为示弱,不断滋生事体。同时海宽洋阔,我等兵少力薄,尽管我们都尽了力,但仍有一些海盗不断窥探时机,出没于沿海各地,扰我居民,劫我商人,沿海居民人心惶惶,正常的生产贸易无法进行,人们毫无安全感可言。此次事件,更是感到是可忍,孰不可忍!……"

"此次情况如何?"嘉庆帝打断来人的说话焦急地问道。

"这次事情发生的经过是这样的。一日,我大清渔船、商船为避风浪,进入一处三面环岛,只有一处狭窄入口的天然避风良港。不料一群埋伏多时的海盗杀了出来,不大一会儿,男人被海盗杀死、打伤,女子大都被海盗们掳掠而去。刘振东、张大明二人大难不死,到大清水师提督府报告了情况。我水师官兵义愤填膺,很快来到那伙海盗藏身的避风处。进到港内,就见那伙海盗们有的在狂饮大嚼,有的在淫辱那被掠掳的女子。大家看到这不堪入目的一幕,个个怒不可遏,争先向前,杀向那海盗,很快这批在渔民、商人们面前不可一世的海盗们,纷纷败下阵来,一部分负隅顽抗的被杀,一部分跪地求饶的被俘虏,从缴获的物品中,我们还搜到了这样一件物品,请皇上过目。"

说着,那位军官把随身携带的一个黄布包裹递了上来。嘉庆帝打开一看,眉头不禁拧成了一团,原来,那包裹里包的正是安南国国王赐给这批海盗的印玺和文书,且文书中白纸黑字,说得清清楚楚,海盗的枪支弹药、船只补给由国家补充,抢得财物后四六分成,视财物的多少,功劳的大小,分别给予加官晋爵。这嘉庆帝怎能不气!

来人向御座上看了看嘉庆帝一眼,顾不得嘉庆帝正在气恼,又继续说道:"卑职在此谨向皇上表达我官兵的殷切心情,请求皇上快发义师,征讨安南,为我民复仇,扬我国威,安我社稷,固我海防!"

嘉庆帝听完了来人的叙述,示意下人把来者带下去安排食宿,殷勤招待,以示慰抚。嘉庆帝捻着其稀疏的胡须,眉头拧成了一个"川"字,陷入了沉思。这安南国王,仰承圣恩,不思回报,却助纣为虐,扰我边民,掠我商人,着实可恨。"为民复仇,扬我国威,安我社稷,固我海防",民心所向啊,名也正,言也顺,如果真的发那么一支义师,打那么一仗,既灭了安南国海盗的威风,也长了我大清的志气,也能为我的皇帝生涯增光添彩,后来的史书也能大书特书,名垂青史!但这"打仗"二字,说起来容易,做起来难啊!嘉庆帝作为一位三十多岁当上皇帝的人,虽然少了一些年轻皇帝的血气方刚,但他对国家的事务是相当了解的。其父乾隆皇帝好大喜功,为圆其所谓"十全老人"的梦想,不管条件具备不具备,仗该打还是不该打,最后硬是打了那么多的仗,成全了其所谓的"十全武功"。虽然为尊者讳,为长者讳的古训,使得嘉庆帝对其父的行动不能有半点非议和微词,但他的心里是十分清楚,正是他的父亲乾隆皇帝几乎败光了其祖上的产业,使他接下了一个烂摊子。如今内顾尚且不暇,还能轻言对外开战吗?大清的国力还能经得起战争吗?一系列的问题萦绕在嘉庆帝的脑海之中,嘉庆帝一时无法做出决断,他决定把这一问题交给大臣们议一议。

"众位爱卿,"嘉庆皇帝向御座下扫了一眼,发现御座分两旁站立的大多数臣子可能是被刚才来人的陈述所感染,脸上出现了难抑的愤怒之情,说道,"刚才来人所述的情况,想必你们已经听到了,朕深为沿海居民遭此不不幸,深表惋惜,你们看,我大清该不该兴发义师,征讨安南,以示惩罚!"

"皇上,"伴随着一声宏亮的声音,一位两鬓染霜,须发皆白,脸上刻满雪雨风霜的皱纹的老臣从队列中走了出来。"臣下有一言,不知当讲不当讲。"嘉庆定睛一看,走出来的大臣原来是先帝时的老臣辜一铭,这些年来为巩固大清社稷没少出谋划策,忙谦和一笑,说道:"请讲,朕就是要你们各抒己见。"

"臣下窃以为,陛下圣聪,德加四海,兼统万国,兆民悦服,这安南国本我大清朝藩属,理当是年年来朝,岁岁来贡,以报圣恩,然而安南国不识君臣之礼,非但不履行属国之责,反而不断纵容其官兵犯我沿海,劫我商人,掠我居民,如果不出兵征讨,以示惩罚,这势必有损我大清皇朝的尊严,此应出兵征讨理由之一;出兵征讨的理由之二,沿海居民屡遭海盗骚扰,生产生活无法正常进行,群情激愤,此时出征乃顺天理、得民心之举;出兵征讨的理由之三,我大清朝不仅只有一个安南属国,还有那朝鲜、缅甸、廓尔喀等国,如果任由其纵容海盗而受不到惩处,这样我大清朝的其它属国也可能纷纷效仿,因此我皇理应兴发义师,征讨安南,为我民复仇,壮我国威。"

"臣以为不可,出兵打仗乃关系到国家生死存亡之大事,万万不可轻举妄动。"又一位大臣急切地从队列中站了起来,走到嘉庆的御座前。"请慢慢讲来,朕愿听听你的高见,"嘉庆帝说道。"臣以为,出兵打仗最讲究的就是那'天时、地利、人和',从这三方面来说,我大清朝都不宜出兵打仗。第一,现在时值农历七月份,正乃天气炎热之时,而安南国更是酷暑之地,如我军劳师远征,这兵士首先不能克服的就是酷热所带来的严重后果,可能相当一部分士兵,不会死于敌人的刀枪之下,而要倒毙于中暑;第二,要出兵征讨安南,遇到的又一个问题就是安南复杂的地形,特别是与我大清接壤之处,山高岭峻,坡陡沟深,林密草深,荆棘丛生,敌人易于隐藏,而我军处于明处,易受敌人袭击;第三,如若我出兵征讨安南,虽属义师,但是到了安南境内,也会引起安南民众的反感,同时,安南还会对其民众进行蛊惑和煽动,我大清义军必会遭到安南民众的袭击。基于此,臣以为万万不可出兵打仗,否则后果不堪设想,请我皇圣断。"

"不,这是一种懦弱的、惧敌的言论,"一位大臣怒气冲冲地从队列中站了出来,还未等嘉庆帝开口问他有何高见,他就急不可待地说道,"我大清建立一百多年来,兵多将广,威加八方,德惠四邻,外夷来朝,如今我皇屡出仁慈之念,而安南国不识大体,屡屡逞狂,理应征讨。首先,海盗的不断骚扰,已引起我沿海居民的极大愤怒,民心可用,师出有名,名也正,言亦顺;其次,安南国的阮氏政权并不巩固,其国家可谓是国破民穷,民不聊生,财政困难,军队战斗力虚弱,毫无抵抗力;第三,我大清地域辽阔,物产丰富,我大清的军队这多年也从未停止过战斗,士兵经历过战事考验,将领有指挥作战的经历。总之,我大清朝出兵安南,必获全胜,请皇上速下决心!"

"恕我直言,此仗万万打不得。"又一位大臣从队列中站了出来。"为什么?"嘉庆帝问道。"我皇圣明,臣以为这仗不可打的原因如下:孙子曰:'知己知彼,百战不殆',敌我双方的情况如何呢?臣以为,第一,我大清出师征讨,是劳师远征,天长日久,人困马乏,而敌方则以逸待劳;第二,出师征讨安南解决的一个重要问题是军需补给,而我南方地区及安南北部皆为山区,山高岭崇,坡陡沟深,交通不便,运输不利,军需供给相当困难,如解决不了军需供应,军队势必会出现抢掠民众的现象,这必将引起人民的反抗、不满;第三,自从陛下即位以来,大清朝的统治受到川、楚一带白莲邪教的威胁,我朝费时九年,灭了这股贼众,但为此我大清花费白银不下亿两,造成国库亏空、财政吃紧;第四,这……第四……"

"第四怎么样?"嘉庆帝问道。"臣不敢直言。""朕恕你无罪。""谢皇上,臣以为这第四,就是我大清朝的军队在镇压川、楚白莲邪教的过程中表现不佳,并不是威武之师,而是纪律松懈,装备不良,战斗力虚弱,凭这样的兵力出师远征,臣以为取胜的把握实在渺茫。"

嘉庆帝听得这话虽然感到有点不自在,但也确实让这位大臣说到了实处,只是自己不便说出,想想确是实情。就那乌合之众的白莲教徒,起初势力并不十分强大,按说,大清军队一到,他们还不作鸟兽散,然而其势力却如燎原之火,最后整整烧了九年。

嘉庆帝理智、审慎且极为克制地处理了同安南的关系,谕示两广总督吉庆道:"海盗夷匪,得受该国王称号,其出洋行劫,其国王并非不知情,若令会合挐贼,彼绝不肯听众,但若出兵征之,则劳师苦民。且内地民人出洋为匪,尚不能官为禁止,何况外夷。尔等可与安南交涉,并于洋面严以会擒,遇有外洋驶入夷匪,无论何国何官,一体逮拿,当即正法,毋庸解京。"

后安南内乱,皇上谕令绝不干涉其内政。安南双方俱解海盗至大清,海疆于是平静。

公元1809年,即嘉庆十四年,正月,某一天。点点的小雪花飘撒在偌大的京城。

雪花很小,也不甚密,但许是飘得太久,圆明园内一片素白。天是灰濛濛的,地也是灰濛濛的,只有不停飘落的雪花,给天地之间罩上了一层冷清清的白光。

蓦地，从圆明园内，传出一阵虽不很整齐但却非常清脆的吆喝声："安乐渡——"其声递相传呼，悠扬不绝。仔细看去，福海的四边岸上，挤满了千姿百态的宫女们。虽是雪天，虽是这个难以分辨朝朝暮暮的时候，但宫女们身上的红妆绿束，似乎也给这万物萧条的季节多少增添了一丝春意。

在宫女们的轻声漫呼中，一只彩舟缓缓地离了湖岸，慢慢地向中心岛驶去。彩舟虽小，但装饰得富丽堂皇，尤其是舟首的一条金龙，盘曲直指苍穹，似是在对灰濛濛的天空发问。金龙的旁边，笔挺挺地立有一人。此人双眉紧锁，目光迷离，像是蕴着满腹的忧愁。显然，能和金龙相依偎的，必是当今皇上嘉庆帝无疑了。

清例规定，若是皇上泛舟福海，宫女们必聚集四周，同呼"安乐渡"，直到圣上登临彼岸为止。往日，嘉庆帝在此乘船游玩时，听着宫女们此起彼伏的呼声，心中还是很高兴的，他会在有意无意中感到一种满足，感到一种高高在上的威严。然而现在，宫女们都一声接一声的吆喝，他感到异常地刺耳。他竭力想把那些声音从双耳里驱赶出去，可是，那些声音却顽强地从他的耳里钻到他的心坎里。他受不了，转身对恭立在后的鄂罗哩道："鄂公公，传谕下去，朕不想再听她们叫喊了。"

"是，"鄂罗哩连忙答道，"奴才这就照办。"

鄂罗哩是宫中一名资深的大太监，自乾隆朝就近侍皇上，时年已近七十，亏得身体尚好，耳不聋眼不花。蒙皇上恩宠，叫他一声"公公"，他便越发对皇上尽心尽力了。因在皇宫日久，又常伴皇上左右，故他对皇上的心思往往能猜出个八九不离十。他知道皇上近来的心情不好，所以侍奉皇上就更加殷勤。昨夜皇上留宿万春园，他几乎一夜未合眼，随时听候皇上的差遣。今天一大早，皇上就带着他来到了福海的岸边。看着皇上冲着空寂寂的湖面有些发愣，他便小心翼翼地道："陛下，此时此刻，若乘一叶小舟在湖面上荡漾，确有一番诗情画意。只是，天气正寒，又飘着雪……"嘉庆一挥手道："鄂公公此言正合孤意。快去找一小舟来，朕要踏雪横渡。"鄂罗哩忙道："陛下，奴才刚才说了，天寒，又下着雪……"嘉庆突然大笑起来："鄂公公有所不知，古人云，千山鸟飞绝，万径人踪灭，孤舟蓑笠翁，独钓寒江雪。朕虽没有蓑笠，也无心去垂钓，但此刻乘舟横渡，多少也能领略一些古人诗中的意趣。鄂公公，你以为如何？"鄂罗哩赶紧笑道："陛下圣明，奴才这就去准备。"而实际上，鄂罗哩早已把彩舟和宫女们都安排妥当了。出乎他意料的是，皇上今日对宫女们的呼声突然厌烦起来了。

鄂罗哩不敢怠慢，双手在唇边撮成喇叭状，扯起太监们特有的又尖又细的嗓门叫道："圣上有旨，从现在起，各种人等不许叫喊……"这声音虽欠浑厚，但穿透力极强。叫了两遍之后，岸上顿时变得鸦雀无声。鄂罗哩禀道："万岁，她们不再出声了。"嘉庆点点头，看了看四周，又道："鄂公公，叫她们都走开，朕不想见到她们。""喳！"鄂罗哩应诺一样，又扯开嗓门叫道："大家听着，圣上有旨，从现在起，你们统统回去……"很快，岸上的宫女们作鸟兽散，一个个全没了踪迹。鄂罗哩不失时机地媚道："万岁，现在真个是千山鸟飞绝，万径人踪灭了。"谁知嘉庆却不冷不热地回道："鄂公公，这个，朕已经知道了。"慌得鄂罗哩连忙掌了自己一个嘴巴："奴才多嘴！"接着便噤了声。

雪花在倏忽之间变得大了，又平地卷起了一阵阵的风。风裹挟着片片鹅毛，扑打在那条栩栩如生的金龙身上，也扑打在直立着的嘉庆身上。船，似乎也在微微地颤动。鄂罗哩看着动也不动的嘉庆，几欲劝说圣上回舱或泊岸，但没敢开口。而嘉庆，在小船驶到湖心之后，却命船工停桨。小船，就么孤零零地漂在湖中央，任风雪侵袭着，任波浪冲撞着。

嘉庆的内心也一如他脚下的小舟一般不平静的。这一点，鄂罗哩也是十分清楚的。十四年前，乾隆将皇帝的宝座内禅给了嘉庆。但在以后的四年里，在朝中说话算数的，却不是他嘉庆，甚至也不是乾隆，而是那个富可敌国的和珅。所以，乾隆驾崩之后，嘉庆做的第一件事便是处置和珅。若按嘉庆的实际想法，恨不能将和珅千刀万剐，但念及和珅是先皇的宠臣，乾隆对他恩爱有加，所以嘉庆也只好赐和珅一条白绫让他自决了事。嗣后的十年，嘉庆雄心勃勃，欲从根本上整治好官吏们的贪污腐败之风，使大清王朝在自己的手中重放光彩。有谁知，贪官污吏们越治越多，治来治去，矛头却渐渐指向了乾隆。嘉庆不能不感到自己有些束手无策了。就在他一筹莫展的时候，又困扰于白莲教反朝廷之乱。如今虽说反叛之患已平，但教徒们喊出的"官逼民反"的口号却让他久久难忘。诚然，教徒们即使有千条万般理由也不该犯上作乱，犯上作乱了就该毫不留情地诛灭，然而，从"官逼民反"的另一个角度却让他深深地觉得，官吏们贪污腐败之风，比他早先想象得要严重得多。他直觉得，这十年来的经历，就像他此刻脚下的小船，一时一刻也没有平静过。

　　风更大了，雪也更大了，小船开始摇晃起来。看着直立在船头动也不动的嘉庆，鄂罗哩十分惊恐。他咬咬牙，"扑通"一声跪在了嘉庆的脚下，顿首言道："万岁，奴才斗胆相陈，此时风大雪大，不仅危及上船，更累及龙体。奴才恳请圣上让小船靠岸。"稍顷，嘉庆长叹一声，回头拍了拍鄂罗哩瘦削的肩，轻轻地道："鄂公公起来，朕只是贪恋这里的风景罢了。好了，让小船靠岸吧。"鄂罗哩闻言急忙爬起来身，吩咐船工开船。

第十一章

请奢靡真错拍马屁
恃恩宠敢倒捋龙鳞

"住口!"嘉庆勃然大怒,"朕自登基以来,便崇尚节俭,严禁奢靡,而你,作为殿前御史,竟妄言惑朕洞开此例,你,该当何罪?"景德这下是真的害怕了,连连叩首道:"陛下,奴才可是为圣上着想的啊……"

驾舟的是一个眉目清秀的小伙子,岁数虽不大,但驭船的技术却十分娴熟。风雪中,小舟在湖面上行驶如履平地。嘉庆一时来了兴致,便问他道:"告诉朕,你叫什么名字?"小伙子叩首道:"回圣上的话,奴才叫王小二。"嘉庆让他起来,对鄂罗哩道:"鄂公公,回去后赏王小二五十两银子。"鄂罗哩"喳"了一声。王小二连忙跪倒,三呼"万岁"。

远远地,在小船的正前方的湖岸上,不知何时,已簇拥了一大群人。他们都是朝中的文武大臣。许是来得久了,他们的顶戴花翎上已积了一层薄薄的雪,打船上望去,煞是好看。

嘉庆下了船,在群臣的簇拥下一步一步朝正大光明殿走去。来到殿前,他忽地住了脚,抬头望着殿门上的"正大光明"四个字,有些怔怔地出神。这四个字金光闪闪,是先皇雍正所题。他又不禁想起先皇雍正帝在《圆明园记》一文中曾诠释过的先皇康熙亲赐的"圆明园"三个字的意义:

"圆明意志深远,殊未易窥,尝稽古籍之言,体认圆明之德。夫圆而入神,君子之明中也;明而普照,达人之睿智也。"

"唉……"想着想着,嘉庆不由得叹了一口气,"圆而入神,明而普照……说是一回事,可真正做起来,却又是另一回事了。"

嘉庆帝坐定,群臣礼毕,鄂罗哩宣旨道:"奉天承运,皇帝诏曰:值此圣上五旬万寿之初,特颁诏覃恩,加封仪亲王永璇子绵志、成亲王孙奕伦为贝勒,加庆桂、董诰太子太师,戴衢亨太子少师,邹炳泰、王懿修、明亮太子少保。钦此!"

绵志等人出列,望嘉庆跪拜,齐称"谢主隆恩"。嘉庆微微一笑,言道:"诸位爱卿,有本尽管奏来。"绵志复出列,道:"陛下,奴才有本请奏。"嘉庆简短地道:"讲。"绵志道:"陛下,万春园历来为宫中重地,然而至今尚无宫门,奴才奏请圣上恩准,为万春园建一宫门……"绵志说完便紧盯着嘉庆的眼睛。嘉庆沉吟片刻,轻轻言道:"万春园实为宫中重地,至今尚无宫门也委实有失体统,虽因剿灭教匪,国库吃紧,但该办的事也是要去办的。这样吧,朕就命你全权负责建造万春园大宫门一事。另外,朕近日发觉,敷春堂、清夏斋,还有澄心堂诸殿,都有不同程度的破损,你就一并将它们修葺一下吧。"绵志拜退:"奴才遵旨。"

绵志方退,另一人从队列中走出。此人便是朝中朝外无人不知无人不晓的两江总督铁保。关于他,数月之后,曾引发了一段让嘉庆简直伤透了脑筋的故事。而此刻,他雄赳赳气昂昂地向嘉庆奏道:"陛下命奴才等修治南河,可目前进展实在困难,最大的原因便是经费短缺,故奴才等奏请圣上将两淮、长芦、山东、河东、两浙、两广、福建、陕西、甘肃九处的盐价,每斤酌加三厘,这样一来,每年可得银四百余万两,而又与民生无损,于民工有益。奴才叩请圣上恩准。"嘉庆闻言皱了皱眉,然后淡淡地道:"整治南河的经费紧张,这个,朕已知道,不过你刚才提到的那九处,从整治南河中得到的利益,有大有小,若一概平均加价,于理未妥,朕的意思,此事还应从长计议。"铁保诺诺而退。

一时间,诸大臣再也无人请奏。鄂罗哩道:"有事请奏,无事散朝。"有几个大臣互相嘀咕几句,已准备离开。嘉庆也挪动双腿,拟转入内宫。就在这当口,一人飞步而出,单腿点地,口呼"万岁"道:"陛下,奴才有要事请奏。"

众大臣忙立定步伐,定睛一看,原来此人便是殿前御史景德。此人在朝中可谓臭名昭著,专营逢迎拍马投机取巧之能事。对他,嘉庆也是很有些看法的,但此时,却也只能耐下性子重新坐稳道:

"你有何事？"景德激动万分慷慨激昂地道："今年是圣上五十万寿之年，圣上五十万寿，是国之大事，国之要事，亦国之幸事也。圣上之美德，虽尧舜亦不啻也。万寿在即，理应大加铺张，借此以示皇恩浩荡、泽及山川也……"嘉庆有点不耐烦了："你，到底奏请何事？"景德复拜道："奴才乞请圣上，在五十万寿之正日，允内城演戏十日，后每年寿诞，都应如此，以表国泰民安、歌舞升平之意。"嘉庆没有点头，也没有摇头，只低低地问道："御史大人还有事请奏吗？"景德也许是太激动了，没能听出圣上的弦外之音，只涨红了脸道："陛下，奴才的话讲完了，乞请圣上恩准。"嘉庆盯着景德看了好一会儿，那眼光，是很有些分量的。末了，嘉庆转向众大臣："诸位大人，你们还有谁也同意这位御史大人的建议？"不知是有意还是无意，嘉庆把"谁"和"也"两个字的字音咬得很重。众大臣你看看我、我看看你，有点面面相觑的味道。实际上，内中很有些人也是抱有和景德一样的看法的，因为，去年的圣上寿辰，便是在同乐园的清音阁上摆了十数天的大戏，能有这个机会讨皇上欢心，何乐而不为呢？然而，踌躇了半天，众人却无一开口。个中原因，一是有人看出了皇上今年的做法与往年有异，不愿多事，以明哲保身为上，二是好多人平日不屑与景德为伍，不想跟着去附和他。而正是这两个原因，使得许多人至少是暂时保住了自己脑袋上的顶戴花翎。

　　嘉庆站了起来，慢慢地却又重重地走到景德的面前，很响地咳了一下道："御史大人，你知道诸位大人为何没有开口吗？"景德诚惶诚恐地道："奴才愚钝，奴才不知。""哈哈哈……"嘉庆大笑起来，忽又敛容言道："依朕看来，你这个御史大人也真的是太愚钝了。"说完，负手重新走回宝座。直到此时，景德方才悟出，自己今日的马屁可能拍错了，而且这还不是一般的错，是大错特错。吓得他双膝一软，"扑通"着地，口中连称自己"该死"："陛下，奴才对圣上可是一片忠心啊，奴才之赤胆忠心，天地可鉴……""住口！"嘉庆勃然大怒，"朕自登基以来，便崇尚节俭，严禁奢靡，而你，作为殿前御史，竟妄言惑朕洞开此例，你，该当何罪？"景德这下是真的害怕了，连连叩首道："陛下，奴才可是为圣上着想的啊……"嘉庆面色严峻地道："依你溺职之罪，朕本当严加惩处。念你确也不完全出自私心，理可稍加减免。来啊！摘去他的顶戴花翎，发往盛京充差。若不思悔过，依然若素，便永不许回朝。散朝！"

众大臣有的高兴，有的庆幸，还有的在提心吊胆。这样的事，何时会落到自己的头上？所谓伴君如伴虎，一言不慎，便累及自己的前程甚至身家性命。只看他们，一个个忙如漏网之鱼，急若惊弓之鸟，转瞬间，正大光明殿内便陷入空寂之中。

嘉庆自那日散朝之后，一连数日，都显出闷闷不乐的样子。鄂罗哩劝慰道："陛下，您整日茶不思饭不想的，可要保重龙体啊。"嘉庆叹道："唉！国政紊乱，叫朕如何思茶想饭啊。"应该说，嘉庆这话还是有一定道理的。连日来，奏章频频飞到他的手中，且大都是报忧不报喜的。如，安徽库银，已查明历年亏空高达一百八十余万两。再如，铁保监督的修治南河工程，几近毫无进展。

这一日午后，嘉庆用膳毕，独自回寝宫休歇。两个宫女为他宽衣解带，其中一个宫女不慎踩了他一脚，他劈脸一巴掌就将那个宫女打翻在地。吓得那宫女跪在地上不住地叩头："请陛下恕罪，请陛下恕罪！"嘉庆本欲动肝火的，可见那宫女一脸的泪珠，不知为何心中一软，只轻轻地道："起来吧。朕这次便饶了你，如若下次再有失误，朕定斩不赦！"两宫女服侍好嘉庆上床，按惯例，要为嘉庆按摩捶打了。嘉庆突然烦躁起来，挥手言道："你们给我下去吧。朕自己入睡。"然而宫女走后，嘉庆却怎么也睡不着，翻来覆去地，到最后，竟一点睡意也没有了。正在这时，鄂罗哩一头扎了进来，正要开口，嘉庆先拦住了："鄂公公，这一个上午，朕怎么都没见你的影子啊？"嘉庆的话中，明显地带有责备之意。鄂罗哩也不觉有些意外："陛下，奴才不是为您选秀女去了吗？"嘉庆恍然道："哦，朕怎么糊涂了，竟然把此事给忘了。"

按大清例律，朝廷每三年选一次秀女。选秀女的具体程序如下：各旗每年将本旗内十四岁至十六或十三岁至十七岁女子，无论贵贱，一概选册上报。行选之日，各旗的参领、领催等负责将候选的女子送上专车，运往皇宫，集中在宫城北门神武门，且运送秀女的车队必须在夜间进行。到达神武门后，秀女们在内监的引领下，进神武门，穿过门洞，在顺贞门外等候挑选。挑选工作由太监首领主持。秀女们五人一组，排队站开，由太监审视。中意者留下姓名牌子，称留牌子，牌子上书：某官某人之女，年若干岁，且须注明旗满洲人或蒙古人等。到中午，初选完毕，没被选上的由本旗专车载回，初选合格的再入宫后复选。复选时，试以锦绣、执帚等一应技艺，并观其仪容行态。若不合格者，送其出宫，叫撂牌子。合格者便成为大清皇宫的秀女了。如此复选之后，往往只剩一二百人。而至嘉庆时，却又让鄂罗哩在这一二百人之中另挑出十数佼佼者，由皇上亲自御览，合意者，便留在自己身边差遣。

今天，正是大选秀女之日。嘉庆复对鄂罗哩言道："鄂公公一心为选秀女奔波忙碌，朕却有轻责之意，如此看来，倒确是朕的不是了。"鄂罗哩忙道："为圣上做事，是奴才的本分，也是奴才的荣幸，哪敢言及辛苦？"嘉庆笑道："鄂公公也不必太过自谦。你对朕的忠心，朕自心中有数。好了，把你挑选出来的人才尽数召入，让朕仔细观瞧。"鄂罗哩喏喏，拍了两掌，掌声过后，一小太监领着十数女子由门鱼贯而入，在嘉庆龙床十数步远处一字排开。鄂罗哩道："陛下，奴才所选之人已全部在此，请圣上审视。"嘉庆点头道："很好。鄂公公请退至一边，让朕细细查看。"好个嘉庆，就那么敞胸露怀且赤着双脚地下了龙床，径自朝那十数女子走去。那十数女子的装束，原来是形态各异的，到了鄂罗哩手中之后，全让她们改穿旗袍。这旗袍与当代人穿的旗袍大致相同，只是下摆的两个叉，鄂罗哩在当时可谓创造性地将它们开得很高，高到人穿上它一走动便会忽闪忽闪地现出一小半臀来。鄂罗哩挑的这十数个女子，个头几乎相差无几，而旗袍的颜色又一律粉红色，这般模样的十数个女子站在一排，真可谓花团锦簇了。因嘉庆的寝殿里是不会冷的，所以鄂罗哩只让她们在旗袍里穿了一件很薄的贴胸内衣。这样一来,数位百里挑一甚至千里挑一的美貌女子,往嘉庆面前这么一站,真可以说是山明水艳且山重水复了。嘉庆当然不会懈怠,一双炯炯有神的眼睛在山山水水中不停地搜寻、鉴别且比较。他横看,又侧看;他远观,再近瞧。恐怕是嘉庆的一种爱好吧,他的目光停留时间最长的地方,是她们胸前隆起的部分。他看着,瞧着,有些奇怪地想起了宋代大诗人苏东坡的那几句流传千古的名句来:

横看成岭侧成峰,远近高低各不同。
不识庐山真面目,只缘身在此山中。

这一日,嘉庆在乾清宫批阅奏章。他看的是新任江西巡抚金光悌的报告。报告中称:到任不久,即查知巡抚衙门未了结的案件有六百九十五起,藩司衙门未了结的有二百六十八起,臬司衙门有五百八十二起,盐道各巡道有六十五起。嘉庆阅罢,怒气横生,急召军机大臣等有关要员见驾,严厉训斥道:"试思省城附近已有一千六百余起未结之案,则其余府州万县未结词讼当有若干?殆不下万余起。一省如此,则海内未结悬案岂不可胜数哉?似此悬案不结,拖累日多,无怪小民等冤案莫伸,冤案莫伸,小民等岂不结帮犯上?"还别说,嘉庆此时倒却也明白了百姓之所以叛乱的一个很大原因。只是,他虽知个中原因,但又有些无可奈何。他接着训斥道:"外省习气,督抚等养尊处优,不思勤以率属。初到任时,亦往往以清理积案为言,迨在任既久,仍复狃于积习,所谓纸上谈兵,何益于事?以致属官知儆惕,任意废弛。"嘉庆又愤而言道:"巡抚两司大员,受朕委任,今吏治疲玩若此,不可不示以惩儆!"

军机大臣等叩首道:"圣上所言甚是,然江西一省,来往巡抚不下十人,奴才等委实不知该追究于谁。"

嘉庆细想也是,这江西所悬一千六百余词讼,不是一年两年之事,究竟是谁在巡抚任上所拖欠,现在也实难查清。嘉庆摇头,摇头,再摇头,最后只得道:"朕以为,该省巡抚内,除景安、温承惠、张师诚等或未经到任，或到任未久，毋庸交议外，秦承恩在该省巡抚任内最久，先福久任藩司，此等积案繁多，伊二人无可辞咎，均着交部议处。"这，就是嘉庆处理此等案件的最后办法。然则"交部议处"，说到底，又不过是一种象征性的处分，有没有实效，也许只有天知道了。

众臣退去，嘉庆吩咐鄂罗哩道："没有朕的允许，任何人不得打扰朕。"鄂罗哩诺诺退下。嘉庆便续阅如山的奏章。他是越阅越气，越气还越是没有办法。末了，他头也疼了，眼也乏了，竟不知不觉伏在案上睡着了。这一觉睡得也真够香甜，足足有两个时辰。慵懒懒地起身，猛然发现在自己的脚下，正垂头跪着一个宫女。他不禁勃然大怒，喝斥道："尔等何人，竟如此大胆，不听朕之旨意，私闯殿内，该当何罪？"那宫女却也不惧，只低头应道："请圣上息怒。婢妾纵有虎豹胆，也不敢违背圣上旨意。乞请圣上容婢妾解释。"如若此宫女诚惶诚恐，说不定嘉庆早一脚将她踹出宫外，而此女镇定自若，毫无畏惧之意，却使嘉庆很觉意外。"你，向朕言明，所系何人，所来何事，如有半点虚妄，朕，定斩不饶。"那宫女静静地道："婢妾本外廷侍女，是鄂罗哩鄂公公将婢妾唤来，让我到此侍奉圣上。婢妾进来，见圣上安寝，不敢打扰，故长跪于此。婢妾所言字字属实，若有半点虚假，当天地同诛。""既是鄂公公所遣，朕也就不再追究了。鄂公公可曾告你，唤你至此，当为何事？"宫女答道："鄂公公并未言明，只说圣上见了婢妾，定会欣喜万分。""哦？"嘉庆顿觉此事有异。"你，告诉朕，姓什名谁？"宫女回道："婢妾原系寻常女子，入宫三年，姓氏早已淡忘，适才鄂公公为婢妾另起一名，唤作晓月，说是取晓风残月之意。"嘉庆不觉忆起北宋大词人柳永的那段千古绝唱：

今宵酒醒何处？
杨柳岸，晓风残月。
此去经年，应是良辰好景虚设。

便纵有千种风情,更与何人说?

嘉庆越忆便越觉得此事不那么简单。鄂罗哩找来此女定有缘故,而又将此女唤作晓月也绝非偶然。"晓月,抬起头来,让朕仔细端详。"晓月娇躯微动,秀发上举,只这么一抬脸,嘉庆便魂飞天外!原来这晓月果然十足的自然与清纯,较之宫中嫔妃,不但自然清纯有过之而无不及,且在自然清纯之中,还蕴蓄着二分成熟之味。一个女人,能将自然清纯与成熟有机地统一起来,当是女人中之极品了。嘉庆可谓此道中行家,稍事观察之后,便断定晓月乃是百年罕遇的美中珍品。他紧趋上前,一把将她揽入怀中,口中言道:"晓月,晓月,你乃天生尤物,可拟晓月,但断不可比残月。"说着,不免卖弄起老精神,往温柔乡里探幽寻胜去也。

片刻事毕,只听鄂罗哩在寝室前大呼道:"陛下,奴才有事禀报……"声音过大过尖,几乎吓了嘉庆帝一跳,要不是念及他奉送晓月的份上,虽已年迈,嘉庆帝也不会轻饶了他。嘉庆帝沉着脸道:"鄂公公,何事大惊小怪?"

鄂罗哩道:"适才山东巡抚吉纶派人快马来京,送来紧急奏章,参劾钦差大臣、刑部侍郎兼内务府大臣广兴……"

"什么?"

鄂罗哩紧接着又道:"河南巡抚清泰安也派人送来奏章,也是参劾钦差大臣广兴……"

嘉庆闻言,不由吐出一口气,身体一软,刚才那勃勃的兴致,顷刻间烟消云散了。

广兴,全名高广兴,字赓虞,是满洲镶黄旗人。当朝大学士高晋是他的父亲。他有两个哥哥,一叫高书麟,一叫高广厚,均庸庸碌碌,无甚出息。他自己一开始也是不为人注意的,先捐官做了主事,后在其父的荫护下,进了礼部。他的长相也很平常,除了有一身白净净的皮肤之外,别无特点。然而此人绝非平庸之辈,从某种角度上说,他还是个绝顶聪明之人。他深切地知道,要想官运亨通飞黄腾达,就必须有一个坚实的靠山,而最大的靠山,当然莫过于当今皇上了。而要想讨得皇上的欢喜取其信任,就必须投皇上所好。所以,乾隆朝时,当许多官吏为巴结和珅不知所措时,他却在一旁冷眼相看。他清楚地知道,别看和珅今日是一人之下万人之上,似乎能呼风唤雨,但情形只要一变,他和珅准没有什么好下场。而最主要的,和珅再神通广大,也得听圣上的。也就是说,和珅远远算不上什么坚实的靠山。所以,他在礼部任职期间,除了公干,其余的时间便一门心思去琢磨研究乾隆。乾隆是个风流倜傥之人,嗜诗好文,每遇佳景,必出口成章。鉴于此,一向不甚爱好文章的广兴,也潜心读经诵典起来。有一次,乾隆大宴群臣,广兴有幸参坐。席间,十数位倡优翩翩起舞助酒。霎那间,大殿内香烟袅袅、舞袖飘飘。一向喜动不喜静的乾隆坐不住了,走到倡优中间,恰巧就停在广兴的面前。乾隆看得兴起,脱口吟诵了一首小诗:

> 罗袖动香香不已,
> 红蕖袅袅秋烟里。
> 轻云岭上乍摇风,
> 嫩柳池塘初拂水。

乾隆方吟罢,一大臣立起道:"妙,妙。诗写得妙,圣上吟咏更是绝妙。所谓轻云岭上乍摇风,嫩柳池塘初拂水,真乃此时歌舞情状之实景也。"乾隆乜斜着那大臣道:"爱卿,你既能解得此时意境,但可知此诗为何人所写?"那大臣结舌道:"此诗……不是圣上所为?"乾隆笑道:"朕何曾写过此诗?爱卿若不知晓,还是坐下喝酒吧。"一时殿内笑声四起,这笑声分明冲着那大臣去的。那大臣通红着脸,一边言道"奴才无知",一边木然坐下,再也不吭声了。乾隆环顾四周高声言道:"哪位爱卿若能道出此诗为何人所写,朕就赐他一瓶安南进贡的御酒。"皇上赐酒,那是多大的荣耀?一时殿内议论纷纷,但终究谁也没有站出来。乾隆摇头道:

"想不到我堂堂大清,群贤毕至,竟无一人知晓此诗的作者。如此看来,那瓶外邦所贡之酒,只好留与朕慢慢品尝了。"

在一片静穆之中,广兴缓缓地站了起来:"陛下,奴才知道。"乾隆转身,看着这位相貌平平且又不很熟识的臣子。"这位爱卿,你知道此诗的作者?"一时间,所有的目光都射到广兴身上。广兴倒也不惧:"陛下,奴才昨日无聊,偶阅前人诗集,不巧正遇上圣上刚才所咏之诗。它,为唐朝贵妃杨太真杨玉环所写。"乾隆不由一怔,没想到这个貌不惊人的臣子却也博学多识。他走过去,拍了拍广兴的肩头道:"好,爱卿说的不错,此诗正是杨贵妃所写。来啊,将朕那瓶御酒呈来,赐与这位爱卿。"

就这样,广兴算是和乾隆熟识了。他舍不得将圣上所赐御酒喝下,为表孝心,献与父亲高晋享用。虽然乾隆并未因此而擢拔广兴,但广兴心中也不是很着急。他清楚得很,有些事情不可能一蹴而就的,只要圣上能记住他,他也就达到目的了。

没多久,广兴便由礼部迁升给事中。迁升的理由是:敏于任事,背诵案牍如泻水。当然,广兴是绝不会只满足一个给事中的职位,他要猎取更高更大的权位。乾隆将帝位内禅给嘉庆之后,虽然年迈的乾隆以太上皇的身份牢牢地握住大权不放,但广兴凭着其敏锐的嗅觉,认为这种局面只不过是暂时的。嘉庆虽目前只当个儿皇帝,说话几乎毫不管用,但广兴以为,乾隆终究是要驾崩的,而乾隆驾崩之后,天下不就是嘉庆的了吗?所以,广兴又把全盘心思用在了嘉庆的身上。广兴和嘉庆年纪相仿,当时也就三十来岁。嘉庆因手中无权,整日便是吃喝玩乐。若论此道,广兴可是行家里手,他若以此和嘉庆套近乎,两人会是有许多共同语言的。但广兴并没有这么做。他深知,此时乾隆还在,和珅又没有倒,如果一味地和嘉庆来往,是很容易被和珅整治的。故而,广兴当时也只和嘉庆保持着若即若离的关系。广兴只是在等待一个机会。他情知嘉庆最为痛恨的便是和珅。他是在等待乾隆升天的那一刻早日到来。这等待很苦,却又很有滋味。

终于，在嘉庆四年，也即公元1799年，乾隆皇帝带着诸多遗憾在养心殿撒手西去了。国丧还未料理完毕，广兴便先将一本奏章呈在了嘉庆的面前。奏章上的言辞极为激烈，清清楚楚地分条陈列着和珅的十大罪状。奏章的最后写道："和珅实为十恶不赦的国之蛀虫，国之罪人，如此贪赃枉法之徒，不杀何以整饬国纪、又何以平百姓之忿？"可以说，广兴的这本参劾和珅的奏章，正好说出了嘉庆一直想说却又一时不便说出的话，理应得到了嘉庆的特别看待。和珅尚未被赐死，广兴就已经被擢升为副都御史，领钦差往四川整治军需。之后，广兴屡屡被嘉庆钦差到全国各地按察。嘉庆九年，广兴一下子被嘉庆擢为兵部侍郎兼总管内务府大臣。是时，广兴达到了他权力的顶峰。

有一次，嘉庆在圆明园福海岛上饮酒，召广兴和给事中英纶陪饮。这等待遇，本就令朝中上下为之侧目。酒过三巡，嘉庆拉着广兴和英纶的手道："汝等二人，皆朕心腹之人，为朕之左右臂。朕希望汝等，尽心尽力，为国分忧，为朕分忧，为大清帝国繁荣昌盛而鞠躬尽瘁。"英纶答得好："蒙圣上如此关照，若奴才一味懈怠松弛，怎有颜面再见圣上？"而实际上，这位给事中英纶，在握有大权之后，不仅一味懈怠松弛，而且还一味荒淫享乐，给本已是疮痕累累的大清王朝，又添了一块浓重的伤疤。当然这是后话。英纶当时答得好，而广兴比英纶答得更好："陛下，奴才虽为父母所生，但圣上如此看重奴才，则又胜过奴才父母何止百倍。从此往后，奴才就是圣上的马前卒。奴才不敢妄言能为陛下分忧解难，但大凡陛下能用得着奴才之处，奴才虽赴汤蹈火也万死不辞。"广兴的话可谓铿锵有力，掷地有声，直听得嘉庆喜笑颜开。嘉庆连连言道："好，好！二位爱卿既如此以国为重、以朕为重，朕，便也可高枕无忧了！"只是，嘉庆不知道的是，广兴话虽这样说，但心里却又是另一种想法。广兴想的是，自己已重权在握，皇上又如此器重，那朝中上下及大小官吏，自己还有什么可顾虑的呢？也就是说，自此以往，广兴要在大清王朝的国土上任意驰骋了。

广兴是这么想的,也就真的是这么做的。广兴对骑马有嗜好,有事没事地带几个人,骑几匹马,在京城街道上横冲直闯,见行人唯恐避之不及的那种慌乱模样,他很是觉得开心与满足。有一次,他竟骑着一匹高头大马径自溜进圆明园内。一位通政副使看他不惯,便向嘉庆参了一本,说广兴径闯圆明园,实乃藐视圣上、不守王法,谁知嘉庆却言道:"广兴素好骑马,马入园内,实是无意之举,何乃大惊小怪?"这位通政副使不仅没讨着好,反而碰了一鼻子灰。广兴得知后,找来那位通政副使,冷笑言道:"你算老几?敢向圣上参我?我看,你是不想待在朝中了。"没多久,广兴找着了一个借口,将这位通政副使连降三级,遣往黑龙江当差。

如此一来,别说六部三司官员,即便是军机大臣诸等国家要员,见着广兴也要敬畏三分。广兴便越发骄横任性。有一位大臣不知从何处得了一匹马,广兴见着了,立刻喜欢上了它,便对那位大臣直言道:"此马四肢劲健、皮毛发亮,当能日行千里、夜行八百,为古人所言千里马是也,实是人间罕见、世之珍品。请大人将此马送与广兴如何?"那大臣也是爱马之徒,若白白送给广兴,实在舍不得,可要是当面拒绝,又怕开罪了正权势炙人的广兴。大臣权衡再三,拖延道:"侍郎大人既看中此马,本应即刻奉上,只因此马某也是刚刚获得,容某逗留些日再行奉上如何?"广兴心里话,还敢跟我耍滑头,我就让你几天,到时候看你送还是不送。

然而,几天过去了,那大臣毫无动静,又是几天过去了,情况依然如故。广兴再也耐不住了,招来亲信盛师曾和盛时彦兄弟,恶狠狠地道:"我得不到的东西,别人也休想拥有。那老家伙存心跟我过不去,你们就替我把那老家伙的马处理了。"盛氏兄弟历来对广兴忠心耿耿,广兴的话,对他们而言,那就是圣旨。很快,那位大臣的那匹千里马,不明不白地就在马厩里死去了。那大臣虽情知此乃广兴所为,但无凭无据又能拿广兴如何?即便有了证据,却有圣上庇护,一匹微不足道的马,也不可能把广兴怎么样的。所以那大臣只得面对着死去的马,难过了一整天,还落下了两行清浊难辨的热泪。广兴得知后，兴高采烈地对盛氏兄弟道："谁存心跟我作对，他就绝没有好果子吃。"然而，他这话未免说得有些过头，因为有一个人，他本不应该去惹恼的，可他偏偏也惹恼了。而惹恼了这个人，他就等于在自己的颈脖子上缠了一条绳索。这个人，就是嘉庆特别倚重的身旁大太监：鄂罗哩。

说来鄂罗哩同广兴也是十分熟悉的。广兴尚未发迹之时，鄂罗哩和他就常常在一块儿叙谈。因鄂罗哩年岁远远长于广兴，在一块儿叙谈时，鄂罗哩便常以长者自居。那时，广兴还位卑言轻，也没怎么过多计较。后来，广兴升为侍郎，又兼职总管内务府大臣，便对鄂罗哩的长者姿态着实不满了，只因广兴也知鄂罗哩不是一般的太监，是圣上的近侍，所以一时也没有将心中的不满表现出来。

那一日，二人散朝归来，在朝廊上相遇，鄂罗哩便唤住广兴，用明显的教训口吻道："广兴，你乃陛下信任之人，为何外廷怨恨于你？"鄂罗哩的本意应该说是好的，他是在提醒广兴要注意搞好臣子之间的关系，不要一意孤行，弄得诸多大臣都对自己有意见。谁知广兴却不领这个情，没好气地道："鄂公公，外廷怨恨与否，是我广兴自家的事体，本与公公无关，公公又何必操这份闲心？"鄂罗哩有些不快道："广兴，你如此任性下去，不仅误了你自己，却也大大辜负了圣上对你的信任。"广兴答道："鄂公公，陛下信任我，那是陛下的英明，你只要聆听圣上差遣便罢了，不必在此说三道四。鄂公公以为如何？"鄂罗哩恼道："广兴，此话何意？莫非我鄂某不能说你不成？"广兴点头道："一点不错。看来鄂公公倒也是个有自知之明的人啊！"鄂罗哩的气真是不打一处来。"广兴，你不要以为陛下看重于你，你便可以任意妄行。如此下去，你终究要自食其果。"广兴再也按捺不住，勃然大怒道："鄂罗哩，本大人的名字是你能随便乱叫的吗？汝辈阉人，当敬谨侍立，安得与大臣论长道短、信口雌黄？"如果鄂罗哩真的有许多自尊心的话，那广兴此言，可就大大地伤害了他的自尊心了。鄂罗哩尖着嗓门叫道："广兴，你记着，此恨不报，誓不为人！"言罢气喘吁吁而去。广兴瞪着鄂罗哩的背影道:"汝辈本为阉鬼,岂是人乎?"

恰巧,是年冬天,内库发给宫中的绸缎数量不够,且质量粗劣。鄂罗哩趁机向嘉庆指控内库作弊,而身为总管内务府大臣的广兴,实难咎其职。嘉庆对鄂罗哩道:"此次内库所发绸缎,确有问题,但是否与广兴有关,朕断不敢轻言。朕的意思,此事就由你去查实,但不可过于声张,弄得满城风雨。"鄂罗哩是何等精明之人:"陛下,于老奴身份地位,查实此事恐有诸多不便,还望圣上多为老奴着想。"嘉庆道:"这有何难,朕给公公一道手谕便了。"

鄂罗哩领了圣旨,径直找到了广兴,大声言道:"兵部侍郎兼总管内务府大臣广兴听旨……"广兴笑着坐下道:"鄂罗哩?别装神弄鬼的了。想拿圣上来吓唬本大人?你还是从哪儿来再回到哪儿去吧。"鄂罗哩正色道:"广兴,面对圣上的旨谕,你竟如何傲慢轻侮,该当何罪?"广兴也怒道:"阉人,本大臣若不念你年迈,早着人将你轰赶出去。尔若识相,尽快退出。否则,别怪本大臣对你不客气。"鄂罗哩冷笑道:"广兴,算你有种,你就等着瞧好了!"言罢,朝观德殿奔去,那速度,当真如脱兔一般。

嘉庆正在观德殿与军机大臣、两广总督百龄等人拟议制定《民吏贸易章程》。这是一个有关对外贸易的章程,规定各国护货兵船,不许驶入内港,夷船销货后依限回国;早清商欠;葡人于澳门不准再行添屋;引水船户须给照销照等。嘉庆批道:"均准执行!"军机大臣、两广总督等刚要退出,鄂罗哩一头扎了进来,且口中大呼道:"陛下,奴才奉旨前往调查内库所发绸缎一事,遇及兵部侍郎,他态度倨傲,言辞轻慢,不仅竭尽侮辱恐吓老奴之能事,还双腿交叉,坐听谕旨,实为藐视王法和圣上。老奴见事关重大,不敢贻误,故速来对陛下言明。"

嘉庆不觉看了军机大臣、两广总督诸人一眼,轻呼道:"竟有这等事?来啊,唤兵部侍郎广兴进见。"

没多久,广兴悠搭悠搭地进了观德殿,也不看军机大臣等人,只扫了鄂罗哩一眼,然后问嘉庆道:"陛下,不知此时急招奴才进见,有何要事?"嘉庆沉着脸道:"广兴,适才鄂公公对朕说,你双腿交叉、坐听谕旨,可有此事?"广兴回道:"陛下,哪有什么圣旨?只鄂罗哩对奴才胡言乱语,奴才一气,就将他赶跑了。没想到,他又跑到陛下这里来胡言乱语了。"鄂罗哩急忙跪道:"陛下,广兴一向骄横,此时见驾,竟态度散漫,站着与圣上论理,足见老奴所言非虚。此等轻侮圣上之罪,实不可饶恕也。乞望圣上明察。"

广兴一听,也觉自己有些不妥,忙单腿点地,然而有些过迟。一来对圣旨不恭,也就是对嘉庆不恭,任何皇帝都不会轻待这种事情;二来此殿内尚有诸多臣子,如若一任广兴所为,岂不造成极大影响?嘉庆虽亲信广兴,但此时此刻,却也不能不为自己着想。他厉声对广兴道:"朕再问你一遍,鄂公公奉旨查事,你却坐听谕旨,可有此事?"广兴不能不有些心慌:"陛下,鄂罗哩找到奴才,并未拿出圣旨,奴才委实不知……"

"住口!"嘉庆大喝一声,"朕就算你当时并不知晓鄂公公是奉旨行事,可此番前来,你与朕理论,竟直立不跪,又是何道理?"嘉庆似是越说越气愤,自顾站了起来:"像此等藐视王法、对朕不恭不敬之举,在朕之国家,决不允许发生。来啊,摘去广兴的顶戴花翎。从即日起,广兴罢职反省,视其表现,再行复议。"言讫,匆匆退殿。

应该说,在这场争斗中,鄂罗哩是个胜者。然而,广兴也不是个什么失败者,因为没有几天,嘉庆又以"广兴反思深刻表现卓著"之名,将一口顶戴花翎复扣在了广兴的脑袋上。至此,广兴和鄂罗哩之间的矛盾算是越来越尖锐了。广兴恨不能将鄂罗哩打翻在地、再踏上一只脚,然而嘉庆似乎很是离不开鄂罗哩,广兴对此也是莫可奈何,只得将仇恨牢记在心。鄂罗哩呢,却从此次争斗中悟出一个道理,那就是:要想搞倒广兴,绝非轻而易举,除非弄到了什么把柄,即使圣上想袒护广兴也袒护不了,到那个时候,便能置广兴于死地了。所以,从此往后,鄂罗哩从不在嘉庆的面前参劾广兴的什么不是了。相反,每遇广兴,他还堆上笑容,主动地打招呼,暗地里却在绞尽脑汁搜罗置广兴于死地的材料和证据。所谓皇天不负有心人,两年之后,鄂罗哩一直苦苦等待的机会终于来了。

第十二章

索良驹罗织大逆罪
淫民妇排遣中夜情

广兴几乎没有合眼,尽在王氏身上折腾,还未尽兴,却看见窗外已是泛起白亮,公鸡也此起彼伏地叫唤起来。广兴很是有些懊恼,不禁想起"春宵苦短"这个词来,心中嘀咕道:本钦差分明刚刚上床,如何天就亮了?

嘉庆十二年,广兴以钦差大臣身份,带着亲信盛师曾、盛时彦兄弟等一干人马,浩浩荡荡地前往山东境内按察。一路上倒也马不停蹄,刚踏入山东境内,便看见前方不远处有黑压压一片人众。广兴对盛师曾道:"你前去察看,究竟所为何事。"盛师曾快马加鞭,直往那一片人群奔去,旋即,他又折回,向广兴禀道:"大人,原来是山东巡抚长龄及曹州知府金湘、济南知府张鹏升等人专程前来迎候钦差大人。"广兴笑道:"这长龄老儿倒也识趣。本钦差一路上饥餐渴饮、晓行夜宿,行踪不可谓不隐秘,却没想到长龄老儿却不知从何处得了消息,在此恭候,着实让本大人惊喜。"话音甫落,几个人影速速奔来,在广兴的马前立定,一齐拱手道:"山东巡抚长龄、济南知府张鹏升、曹州知府金湘,在此恭候钦差大人!"广兴哈哈笑道:"好,好。汝等如此作为,本钦差着实感动。只是本钦差一路上鞍马劳顿,急于休息,还请几位大人前面引路。"说罢,广兴也不下马,径直挥鞭前行。这可就苦了长龄等人,一个个拼起性命,甩开大步跟在广兴马后猛跑。只跑了没几步,长龄等人的头上已是汗水晶晶。长龄叫道:"钦差大人,卑职若再奔跑,实是力不从心了……"张鹏升和金湘也跟着叫苦连天。广兴心念一转,勒住马首,跳下马背道:"本钦差骑马,几位大人步行,这样比赛委实不太公平。咦,现在,本钦差已经弃马,我们就徒步比赛一下，看谁先跑至前面的人群中。"

话刚说完，广兴就率先奔跑起来，只片刻工夫，广兴就将长龄等人远远地抛在了身后。长龄等人在这方面哪里是广兴的对手？别看广兴年岁也算不小了，但他终日以骑马纵横为乐，其身体也是相当棒的。别说长龄、张鹏升、金湘这等让酒色掏空了躯身的官吏，即使换上二十来岁的壮实小伙，若和广兴比起跑步，也不会占到多大便宜。广兴跑至人群中，脸不红，心不跳，气也不粗，再回头看长龄等人，差点乐出声来。只见长龄，帽子早拿在手中，一头乱发，已将整个脸面遮去大半，活脱脱像个囚犯。而那张鹏升和金湘的情状，也不比长龄好多少。

许久，长龄等人才气喘吁吁地赶到。广兴笑道："如此看来，几位大人当仔仔细细地保重身体哦。"长龄赔笑道："钦差大人真是天生神力，卑职等自愧不如。"金湘接道："钦差大人，前面不远便是卑职衙门，请大人上马，到卑职处稍作休息。"早有人拉过广兴骏马，盛师曾、盛时彦兄弟伺候广兴登鞍。广兴对长龄诸人道："几位大人也请上马吧。时已黄昏，又值秋天，风声飒飒，孤鸟飞鸣，本钦差实在不想在这旷野之中逗留。"原来，广兴为取悦乾隆而强记硬背的那些诗文，此时早忘却大半，虽偶尔还能道出几句文辞，但若让他久留荒野之中，他却是万万不会同意的。金湘道："如此便请钦差大人坐好，卑职前头带路。"

远远地，遥见曹州城楼上彩旗飘扬，隐隐地，还能听到鼓乐齐鸣的声音。广兴问道："本钦差见彩旗飘扬在先，闻鼓乐齐鸣于后，敢问金大人，此是何意？"金湘道："钦差大人有所不知，本州百姓，听说钦差大人今日至此，便自发组织起来，手摇彩旗，身背锣鼓，在城门列队欢迎钦差大人到来。"广兴听了很是高兴。"如此看来，金大人在本州可谓治理有方啊！本钦差回京后，定在圣上面前为金大人美言。金大人以为如何？"金湘忙道："如此便先行谢过钦差大人提携。"

说话当口，已到了城门附近。果见人头攒动，旌旗飘扬，那富有节奏的锣鼓声,更是震耳欲聋。广兴是越看越喜欢,越听越兴奋。在朝中,他是嘉庆的臣子和奴才,而做了钦差,他便是地方官的主子和皇帝。所以,他最爱做的事,便是以钦差的身份在全国各地巡查。巡查途中,他想说什么便说什么,想做什么便做什么,谁也不敢违拗。此刻,他置身于万众欢迎的盛大场面之中。简直有飘飘欲仙之感。他不住地点头道:"好,好,如此甚好。本钦差非常满意。"

这欢迎的人群,从城门一直逶迤到州府衙门。而在州府衙门两旁,其热烈隆重的场面,更是蔚为壮观。广兴的骏马一到,立刻有两个面俏衣艳的侍女走过来。金湘道:"钦差大人请下马,卑职的衙门到了。"广兴"哦哦"两声,迅速离鞍下马,在那两个俏艳的侍女搀扶下,一步步地循着足有一里地的红地毯向前缓缓地走去。广兴只觉得走在地毯上非常柔软舒适,而两边几乎是偎在自己身上的两个侍女,看起来却又比地毯柔软舒适得多。他频频点头、频频挥手,向欢迎他的众人问候致意,以便把天子的恩泽散布四方。殊不知,前来欢迎他的这人群当中,绝大部分是金湘逼来的。谁若不从,便以"犯上作乱"论罪。扪心自问,有几多百姓不怕杀头?广兴当然不知这些,即使知道他也不会去深究。他想看到的就是这场面,至于这场面因何而来,好像就不关他广兴的事了。

终于,鲜红若血的地毯走完,广兴进了曹州衙门,走进了一间专为他设置的房间里。这房间也说不上金碧辉煌,不过,广兴也曾入过嘉庆的一个寝宫,他觉得,金湘为他准备的这间房屋,跟圣上寝宫相较,也委实没多大差别。广兴在两个侍女扶持下落了座,看了看金湘,又看了看长龄和张鹏升,言道:"本钦差自入山东境内,至目前为止,都十分满意。几位大人对本钦差的悉心准备,本钦差已然心领。不过,私事私了,公事还得公办。本钦差是奉圣上旨意,前来山东按察。毋庸讳言,目前全国各地,贪赃枉法之风很是盛行,官浮于事,欺上瞒下,如此等等,让吾皇圣上在朝中很是不快。本钦差正是恭代圣上,往山东察视吏治,鉴此，还望几位大人多多协助配合，以报圣上隆恩！"

长龄、金湘和张鹏升一揖到底，齐声道："钦差大人请放宽心，吾等受圣上恩泽，在此为民之父母，必尽心尽力报效皇上，哪敢一日松懈？但不知钦差大人有何安排？"

广兴道："所谓客随主便，本钦差既已到此，当唯几位大人是听。"长龄忙道："岂敢，岂敢。顾念钦差大人旅途劳顿，还请屈尊在此歇宿一晚，明日再赴济南府，但不知大人意下如何？"广兴道："巡抚大人着意安排便是。"长龄道："如此甚好。只是曹州地僻人稀，条件不尽如意，还望大人海涵。"广兴笑道："本钦差此番离京，目的便是巡查山东政绩，怎敢奢谈什么条件？还望几位大人理解。"长龄不住地点头道："大人所言极是。虽大人此次是初来山东，但大人在别处巡视之情形，卑职等也早有所闻。大人每到一处，雷厉风行，别州别府所悬讼案，大人只几天工夫便处理完毕，此等才干睿智，着实令卑职等由衷佩服。大人此番前来，还请不吝赐教。"广兴哈哈笑道："巡抚大人如此夸赞本钦差，实难承当。本钦差只不过禀圣上旨意，想多为黎民百姓做些实事罢了，怎敢狂妄言功？又怎敢对几位大人赐教？"

真可谓你来我往，说得倒也冠冕堂皇。接着，长龄对金湘使了个眼色，金湘会意，挥手将闲杂人等赶出，包括那两个人娇衣丽的侍女。广兴似是不解道："几位大人此是何意？"长龄谦逊地回道："卑职怕闲杂人等围绕，有碍大人行止。"挥挥手，那张鹏升便走到广兴面前，呈出几张银票，仿佛有些不好意思地道："此处共有纹银三万两，是巡抚大人、金湘大人及卑职所凑，区区小礼，不成敬意，还望钦差大人笑纳。"广兴瞅了一眼银票，又瞅了瞅长龄等人，然后言道："几位大人可能有所不知，本钦差是按察地方吏治而来，不是收受什么馈赠。几位大人明白了吗？"

长龄趋前一步道："卑职十分明白钦差大人的言语。大人巡视别处，真可谓清正廉明。卑职等断不敢玷污大人名节。只是山东并非富庶之地，大人又要四处奔波，卑职等所奉银两，只是供大人一路食宿花费，岂敢妄言什么馈赠？恳望大人能明察卑职等对大人的一片心意。"广兴点头道："巡抚大人说得倒也在理。有道是恭敬不如从命。若本钦差再行推辞，岂不过于不近人情？"说着话，十分自然地从张鹏升手中抓过银票，递与常随身后的盛师曾道："好好保存着，聊供一路盘缠。"又转向金湘道："此处是金大人地盘，但不知以下有何安排？"金湘言道："卑职闻听钦差大人特别喜欢马匹，故而预先挑选了几匹，本欲牵来让大人一览，可此时天色已晚，正是用膳之时，所以卑职想……"一听说有好马，广兴陡长精神，即刻起身道："饭可早吃，也可晚吃，但马匹却应尽早观瞧。金大人，请前头带路，让本钦差看看曹州府上到底有何良驹。"

金湘闻言不敢迟疑，一路将广兴领入马厩。马厩很大，每个栏内都拴着一区骏马。广兴言道："烦请金大人将栏门打开，让所有马匹出来奔跑。"金湘很是听话，亲手打开了一个栏门。霎时，上百匹马一齐涌出，眼前顿时烟腾尘绕。金湘问道："钦差大人，这些马匹是卑职亲手精选，大人可否中意乎？"广兴一时没有言语，只眯缝着双眼仔细观瞧。应该说，广兴对辨识骏马良驹可算得上行家里手。大凡马匹，只要打他眼前掠过，他便可以娓娓道出优劣。这一点，先朝乾隆皇帝也很是佩服。广兴看过几眼之后，扭头问金湘道："曹州境内，你所说的好马就只有这些？"金湘隐约听出有些不对头。"目前，暂时，只有这些，但不知大人可否中意？"广兴缓缓言道："金大人所选马匹，应该说都是百里挑一了，也可将它们称为骏马。只是，真正能称为宝马良驹的，依本钦差看来，这里并无一匹。"又叹息言道："想不到，偌大的曹州府，竟然找不到一匹真正的好马来，真是可悲可叹啊！"金湘一听，很是有些不安，嗫嚅言道："钦差大人所言极是，曹州府内委实寒酸。不过，虽然敝州地广人稀，倒也确实有一匹好马……"

广兴急问道："你所说的那匹好马何在？"金湘道："离此地五十里，有一庄唤做孙家庄，庄内养着一匹好马，此马乃百年罕见，大凡见过此马之人，都言此马足可与当年西楚霸王胯下坐骑相媲美。"广兴不禁"哦"了一声。"金大人,既有如此好马,为何不牵来让本钦差一观?"金湘叹息道:"钦差大人是有所不知啊。卑职听说大人要来,又闻知大人喜马,昨日便亲往孙家庄,索要那匹好马,然而孙家庄庄主怎么说也不答应卑职要求。无奈,卑职只好空手而归。"广兴惊异道:"世间还有如此刁民?金大人,你乃一堂堂知府,竟拿一什么庄主莫可奈何,这是何种道理?"金湘言道:"钦差大人恐不知个中内情啊。如若那个庄主,只是一个庄主,卑职前去,还不手到擒来?然而,那庄主孙良把可不是等闲之人啊?"广兴哼道:"想那一小小庄主,又有什么不等闲之处?莫不是金大人以此来搪塞本钦差罢了。"金湘急道:"卑职岂敢?只是那孙家庄庄主乃高唐州知府孙良炳孙大人的胞弟,卑职实在不便强求于他。还望钦差大人谅解些许。"

金湘说得不无道理,他和孙良炳同为知府,俗话说,不看僧面看佛面,他又如何能对孙良把动武?然而广兴却不是这样看,在他的眼里,地方官吏一概是他的奴仆,当竭尽心力为他服务,岂能有丁点儿逆违?广兴的目光转向长龄。"巡抚大人,适才金湘所言是否属实?"长龄恭道:"金湘金大人所言字字属实。"广兴道:"想那孙良把,只是孙良炳之弟,而孙良炳只不过是区区知府,你身为巡抚,如何差遣不动?想必巡抚大人在此事上,并未认真仔细吧?"长龄忙道:"回钦差大人的话,即便卑职再过蠢笨,也不至于到这种地步。山东境内,各州各县,卑职皆可任意差遣,唯高唐州一府,卑职却是心有余而力不足啊!"广兴蹙眉道:"巡抚大人此话何意?你乃巡抚,他为知府,他却不唯你是听,莫非吃了豹子胆不成?"长龄道:"想那孙良炳,虽未吃过什么豹子胆,但他所倚仗的,却委实比豹子胆更胜一筹啊。这次钦差大人来山东巡查,卑职吩咐各州各县当精心准备,而独有孙良炳不听。卑职拿他也实在是没有办法啊!"

广兴怒道:"一个知府,竟如此抗拒巡抚,你为何不将他革职拏问?"长龄回道:"钦差大人既提起此事,卑职也就不敢相瞒。

这山东境内，卑职以下大小官吏，卑职是想撤就撤，想换就换，若得罪卑职过甚，卑职就将他打入死牢，真可以说是随心所欲、得心应手啊。而那孙良炳，自知府高唐州以来，卑职却始终不敢动他。"广兴道："这究竟是为何？"长龄长叹道："卑职本也不知，后来才听说，这孙良炳在朝中有人撑腰，故而他敢为所欲为。"在朝中，谁不敬让广兴几分？广兴道："巡抚大人可知那为孙氏撑腰之人是谁？"长龄道："据卑职所知，那为孙良炳撑腰之人，便是宫中鄂罗哩鄂公公。"

广兴一听勃然作色："那个阉人，不在宫中好好侍奉圣上，竟将手指伸到山东境内，真是气煞我也。此气不消，焉可为人？"转脸对金湘言道："金大人，再烦引路，本钦差要直驱孙家庄，看看这什么孙良把，到底是几头几臂，竟敢有如此恶胆！"广兴此言，正中长龄等人下怀。他们早就想拔掉孙良炳这眼中钉、肉中刺。广兴此番前来，岂不是最佳良机？然而长龄面上却说道："钦差大人，此时天色已晚，孙家庄距此又有数十里路程，依卑职看来，当由卑职等侍奉大人吃了晚饭，好好歇息一阵，明天再去也不为迟。"广兴朗声道："饭可以不吃，觉也可以不睡，但那匹好马，本钦差是一定要看的。尔等若嫌路途遥远，那本钦差自己去好了。"长龄等人急忙赔笑道："钦差大人言重了。大人一路奔波劳累，何等辛苦？吾等只有追随大人，方觉略略心安，怎有推三辞四之理？"说完话，几位大人翻身上马，盛师曾、盛时彦等人紧跟其后。一干人马，威风凛凛地直向孙家庄扑去。

没有风，没有虫鸣，只有这"嘚嘚"的马蹄声踏碎了这十分静谧的秋夜。一轮明月，高悬于夜空之中，静静地注视着这即将要发生的事情。远远的，有几点灯火闪烁，在月光的映照下，那几点灯火就仿佛是天上的几颗淡星。金湘言道："钦差大人，那儿便是孙家庄了。"广兴暗道："孙家庄啊孙家庄，本大人今日不搅得你鸡犬不宁，誓不为人！"马鞭一指，冲着金湘道："尔等速速前去，本钦差随后就到。"金湘也不待答话，双腿一夹马肚，人马便似利箭一般直向庄门射去。来到近前,金湘看见庄门的两侧各挂一只大红灯笼。左边的灯笼上写着:庆三秋永嘉。右边的灯笼上写道:贺五谷常丰。金湘此时也未在意,只扯起嗓门冲庄内叫道:"尔等听着,钦差大人驾到……"

喊了两遍,就听"支楞楞"一阵响动,庄门洞开,庄内火把烛照,一片通明,数十人跪于院内,为首的是一位精瘦汉子,口中呼道:"属下孙良把率家眷人等在此迎候钦差大人光临……"恰巧广兴正策马赶到,瞥了一眼那两个灯笼,面上现出一丝冷笑,又瞥了跪于院内的孙良把等人一眼,脸上又是一阵冷笑:"没想到,这小小的孙家庄,人丁倒很兴旺啊!"说着话,人马已踏入院内。那马蹄扬起的灰尘,早扑了孙良把一脸。广兴下了马,在盛氏兄弟的护持下,进了一间大屋,稳稳地坐好。那边,孙良把已毕恭毕敬地在广兴的身边肃手而立。广兴笑道:"孙良把,本钦差奉皇上旨意,前来山东巡查,到现在,肚内依旧空荡,但不知贵庄可有什么东西聊以果腹?"孙良把道:"钦差大人光临敝庄,何止蓬荜生辉!只是敝庄饭简菜陋,实恐污了大人肠胃。"广兴挥手道:"饥饿之人,还挑拣什么食物?庄主自去准备便是。"

原来,广兴此刻的确是饥肠辘辘了。而长龄等人又何尝不是如此?好在这里庄大人多,动作倒也快捷,不多时,几大桌丰盛的酒席已然准备停妥。说丰盛,倒也不尽然,因为菜虽颇多,却没什么珍馐佳肴。看来,这庄主倒也是个俭省清淡之人。广兴此时却也顾不了这些。只管大口地吞咽,间或也喝上一碗两碗米酒。摸摸肚皮,膨胀了许多,广兴打着嗝放下了箸。他这边一落筷,长龄等人便立刻停止了动作。广兴斜目对一直恭立在身边的孙良把道:"孙庄主,此刻本钦差已酒足饭饱,接下来,就该和你谈谈一些正事了。"孙良把道:"一切但凭钦差大人吩咐。适才敝庄招待若有不周之处,还请大人海涵。"

广兴懒洋洋地道:"本钦差听说,贵庄养有一匹绝世宝马,可有此事?"孙良把道:"属下不敢相欺,确有此事。"广兴道:"听知府金大人说，他曾来此索要过此马，而你没有同意，可有此事？"孙良把道："也有此事。"广兴道："可否告诉本钦差，这是为何？"孙良把道："小民以为，钦差大人奉旨离京，当一路关切民生民计，哪有余暇逗玩马匹？故小民不曾答应知府金大人索求。"

一边的金湘似要发作，广兴拦住了："说得好，孙庄主，说得真好，真不愧是孙良炳孙大人的弟弟啊！只是，贵庄主还有所不知，本钦差除了巡视民生民计之外，还一路探访有无刁民作犯上作乱之举。这，孙庄主明白了？"孙良把道："小民不知大人何意？"广兴点头道："好，好，你若不知，那本钦差就来告诉你。"猛地一拍桌子，厉声喝道："刁民孙良把，你知罪吗？"孙良把不解，倒也不惧。"钦差大人，小民实是不知所犯何罪。"广兴怒道："大胆刁民，有犯上作乱之实，却又佯装一无所知。来啊，给我将这刁民孙良把拿下，重重拷打，看他招还是不招！"

早走过来那如狼似虎的盛氏兄弟，将孙良把搋倒，捆牢。盛师曾拿鞭，盛时彦持棍，两人鞭来棍往，直打得孙良把皮开肉绽，鲜血飞溅。好个孙良把，竟一声不吭，怒目直射广兴。广兴摆手，棍止鞭停。广兴笑问孙良把道："孙庄主，这回该招了吧？"孙良把圆睁二目，正气凛然："钦差大人，你若强行索马，着人牵去便是，何必空捏罪名，滥施刑法……""住口！"广兴又一拍桌子，"孙良把，你以为本钦差是为了要你的马而捏造你的罪名？本钦差一路走来，日理万机，废寝忘食尚嫌时间无多，怎会贪恋你那一匹鸟马？告诉你，本钦差是接到密报，说这孙家庄有犯上作乱之举，故不辞辛劳夤夜而来，本想若你如实招供，本钦差念及孙良炳情谊，也就不加深究，没想到，你这刁民竟如此狡诈，看来，不重重教训于你，你也不知王法天理何在。来啊，着这大胆刁民，狠狠地打！"

一时间，盛氏兄弟鞭飞棍舞，直打得孙良把奄奄一息。这等打法，令长龄也为之心惊："钦差大人，恕卑职愚钝，卑职实是不知，这刁民孙良把，究竟所犯何罪？"长龄的声音很低，低到只有广兴一个人能听清。广兴微微一笑，冲着金湘和张鹏升道："二位

241

大人，可知这刁民所犯何罪？""这……"金湘和张鹏升你看我、我看你，不知如何回答。因为，即使孙良把不肯让马赎罪，那也够不上"犯上作乱"啊。广兴"哈哈"笑道："看来，几位大人当真是有些愚笨啊！"转向盛师曾道："去，把庄门的红灯笼取来。"

旋即，两只红灯笼摆在了广兴的面前。广兴提起一只，指着上面的字问长龄等人道："几位大人，可看清上面的字迹？"这只灯笼上的字是：庆三秋永嘉。长龄一时依然不解。"大人，这字迹，卑职实是看不出什么……"广兴用手指点了一下"庆"字，又点了一下"嘉"字，然后道："这二字连起来再倒过来念，如何？"若连起来再倒念便成了"嘉庆"了。长龄等人这才恍然大悟。广兴道："这等刁民，竟敢将圣上年号倒悬于庄门灯笼之上，实乃居心叵测。这如何不是犯上作乱？"长龄等忙道："大人真是英明无比。像这等刁民，必须重重惩戒才是。"只是，孙良把已经不能再惩戒了，他已经昏死了过去。

广兴起身言道："金湘金大人听谕：着人将这刁民及全家即刻押往曹州府，并将这刁民打入死牢，听候发落。尔等速速去办！"金湘应诺一声，便去着手准备。一时间，喊声四起，哭声震天。广兴听着这哭喊声，却有一种满足之感。他又对长龄道："尔可速派一人，去高唐州告知那个孙良炳，叫他三天后到济南府见我。"长龄刚要离去，广兴又叫住他道："算了，本钦差也没穷工夫听他啰唆，只需一纸公文，叫他去职回乡，听候处置。"长龄道："大人处事，果然雷厉风行，卑职等实在佩服。"广兴道："好了，公事算是办完了，现在该办私事了。本钦差倒要好好地看一看，孙良把的那匹马究竟是如何之好。"却见济南知府张鹏升已然将那匹马牵进了屋内。广兴只这么一看，便立刻喜欢上了它。只见这匹马，浑身纯白，无一丝杂色，头昂颈健，四脚强劲，实属旷世难见的千里马无疑。广兴开心地道："想不到本钦差能在这曹州境内觅到这样一匹宝马，实乃幸事。这，亦是吾皇恩泽遍洒四方所致啊！"长龄、张鹏升等齐呼："吾皇万岁，万万岁！"广兴也不要人伺候,翻身便上了马。"巡抚大人,时候不早,本钦差要回曹州府歇息去了。"说罢,便绝尘而去。慌得长龄、张鹏升等人,赶紧爬上马背,穷追而去。只盛师曾、盛时彦兄弟没有急着离开。他们似是很理解主子的心理。主子有些事情忘了做,但他们是不会忘的。他们在庄院内燃了一把火。就这一把火,将偌大的庄子焚得一干二净。熊熊大火中,露出了盛氏兄弟那狰狞的脸。

却说广兴,骑着千里马,一路呼啸,早跨进曹州城内。是时夜阑更深,城内几乎阒无一人,家家关门闭户,也不见一盏灯火。广兴忖道:这景况,与来时那盛大场面相比,可谓反差大矣。当时广兴也未多想,直奔衙门而去。衙门处,倒也彩灯高照,热闹非凡。许多人众立在彩灯之下,窃窃私语什么。广兴也不停顿,策马前驱。进了衙门,早有人过来,伺候广兴下马。广兴叮嘱那人道:"此马要好生伺候,若有半点差错,唯你是问。"那人唯唯诺诺,牵马离去。

广兴径自向金湘为他特意准备的房间而去,那房间的大门边上,也挂有几只大红灯笼,灯笼上也无非写着"肃静""回避"字样。广兴对此毫无兴致。他感兴趣的是,在那灯笼底下,正立有两个侍女。而那二人,又正是先前搀扶他在红地毯上行走的女子。广兴紧走两步,舒左臂伸右膀,左右搂住两个美人,嘻嘻笑道:"本钦差见两位美人在此,当真欣喜若狂呢。"这两个女子当然是识得风趣之人,当下言道:"奴婢自钦差大人走后,一直守候在此。"广兴言道:"如此说来,本钦差委实深受感动。但不知两位美人一直守候本钦差,所为何事?"一女答道:"知府金大人叮嘱奴婢等,一定要好生伺候钦差大人,故奴婢等一直守候于此,未曾移动分毫。"另一女说得便很直截了当:"奴婢等守候在此,专供钦差大人驱遣。大人若叫奴婢等上刀山下火海,奴婢也不敢推辞。"广兴似是极为爱怜地道:"两位美人言之过重。像尔等这般娇滴滴粉嘟嘟的美人,本钦差又有何铁石心肠让尔等上刀山下火海?"言罢,将二女搂得更紧,直向内屋走去。屋内,早已椒兰腾雾,扑鼻生香。广兴道:"如此环境,又有美人在侧,当真可足慰平生了。"

正在此时,那个金湘金大人一头栽了进来。说是栽,是因为金大人跑得太快太急,差一点栽倒在地。好在广兴本人尚未脱衣,面子上倒也过得去。"金大人,何事如此惊慌?"

金湘见屋内情景,很是有些不好意思。"钦差大人,卑职发现一个情况,觉得应该速速告知,如若不然,卑职定然不敢贸然闯入。"广兴只得下床,皱着眉道:"金大人,何事如此匆忙?"金湘瞅了一眼床上景致,俯在广兴耳边语道:"大人,卑职发现有一绝色女子,正好可伴大人度过漫漫长夜。"广兴也扫了一眼床上:"金大人,你所说的那绝色女子,比这二位如何?"金湘道:"这二女简直无法相提并论。"广兴"哦"了一声:"这绝色女子是谁?现在何处?"金湘道:"这绝色女子便是那刁民孙良把之妻王氏。顷刻便到。"广兴哼道:"想那孙良把,年岁已然不小,他的妻子,即便年轻时如何美貌,现在只怕也是明日黄花了。"金湘忙道:"大人此话可谓差也。依卑职眼光,那王氏珠圆玉润,活脱脱是杨贵妃再世。大人意下如何?"

原来,广兴虽不是十足的好色之徒,但对丰腴饱满的女人却情有独钟。金湘早摸透了广兴为人,故有如此一说。果然,广兴一听,顿觉兴奋。"金大人,那王氏果真珠圆玉润?"金湘道:"卑职怎敢诓骗大人!稍顷大人一看便知分晓。"既如此,广兴便立刻对床上的那两个女人兴味索然。恰好盛师曾、盛时彦兄弟赶到,广兴便对盛氏兄弟道:"尔等今晚也算辛苦,这两个女人拿去玩乐便是。"盛时彦也不谦让,大踏步上前,夹起一女人便走。盛师曾似是犹豫了一下,但终不敌美色诱惑,在众目睽睽之下,学着乃弟模样,也抱着剩下的女人离去。

广兴道:"金大人,那王氏何时能到?本钦差已有些焦急难耐了。"金湘忙道:"卑职已将王氏载入马车,想必顷刻便到。"话音甫落,门外一阵嘈杂声响起,一差人跑入禀道:"大人,那王氏已奉命押到。"金湘对那差人道:"速速将那王氏押来,钦差大人有要事相问。"即刻,从门外走进一位五花大绑的女人。这女人一身衣着，虽不艳丽，却也整整齐齐、端端正正。广兴当然看的不是她衣着，而是她的脸面。虽只看到她的脸面，广兴也敢肯定，这女人的肉体定然丰腴无比。广兴冲着金湘挥挥手，金湘会意，领着几位差人退去，并将房门关严。

广兴走过去，亲手替王氏松了绑，并特意将绑绳在她的眼前晃了晃。"孙王氏听着，本钦差既能把你的绑绳解掉，也就同样可以再把你捆绑起来。你明白了吗？"端端正正的王氏，一言不发，脸上的表情，显然有愤怒，但更多的，则是痛苦。广兴道："本钦差做事、说话，历来不喜欢绕弯子。你丈夫孙良把，犯了灭九族之大罪。不过，如果你能乖乖地听话，本钦差倒可以考虑放你丈夫一条生路。你以为如何？"王氏的眉毛不觉动了一下，但依旧没吭声。广兴道："本钦差就直话直说吧。你，现在如果乖乖地陪我睡觉，本钦差明天一早就放尔等回庄，共享天伦之乐。怎么样？"王氏终于开口了："钦差大人此话当真？"广兴昂首道："本钦差代圣上行事，一言既出，驷马难追。莫非你担心本钦差会骗你不成？"这个广兴，居然将行奸民女与嘉庆皇帝连在了一起，真可谓是别出心裁。再看王氏，也不言语，只眼角潸潸然流出两串毅然决然的泪珠。

一夜过去，广兴几乎没有合眼，尽在王氏身上折腾，他是越折腾越有精神。而王氏，身上是青一块紫一块，不忍卒睹，直如她夫君一般，已是奄奄一息模样。广兴似是还未尽兴，却看见窗外已是泛起白亮。再一听，城内公鸡也此起彼伏地叫唤起来。广兴很是有些懊恼，不禁想起"春宵苦短"这个词来，心中嘀咕道：本钦差分明刚刚上床，如何天就亮了？不觉打了个哈欠，睡意便向他袭来。他调整了一下姿势，将头枕在她胸前，慢慢地合上了眼。这一睡，直到日上三竿，广兴才勉强睁开了眼。再看王氏，整整齐齐地穿着衣裳，端端正正地站在床边。广兴有些发愣。"孙王氏，你这是何意？"王氏毫无表情地道："钦差大人，昨夜你许诺，等今日天亮，便放我夫君及家人离开，可曾记否？"广兴道："本钦差一言九鼎，既已说出，就不会忘记。"王氏道："那好，现天已大亮,就请钦差大人放人吧。"广兴暗道:这王氏看来还是个挺认真的人。又一想,那匹千里马已经到手,这王氏又被自己好好地玩了一夜,该做的都已做过,即便把那孙良把放掉,他又能对自己如何?说不定,这还是本钦差体贴民意、宽大仁厚的表现呢。

想到此,他胡乱穿好衣服,冲着门外叫道:"来人啊!"只这一声喊,门外便"呼啦啦"拥进许多人来。有长龄等几位大人,还有盛氏兄弟等一干仆从。这些人早就在门外等候,但钦差大人没发话,谁也不敢闯入。广兴对金湘道:"金大人,本钦差现在决定,昨夜押来的孙良把一干人犯,统统放掉,不得迟疑。"金湘大为不解:"大人,这些人犯刚刚押来,又要放掉……"长龄也道:"是呀,大人,他们可是定的犯上作乱之罪啊。"广兴不以为然地道:"本钦差既已这么决定,那就不会更改。几位大人不必多言。"金湘无奈,只得遵命而行。广兴转而对王氏道:"孙王氏,本钦差说话可否算数?"王氏点了点头,面色清冷地道:"如此便谢过钦差大人。"言罢,在张鹏升等人愕然的目光中,她步履坚定地走出了这间让她饱受一夜耻辱的房间。

钦差大臣广兴在巡抚长龄、知府张鹏升和金湘等人的簇拥人,又向济南府进发。这正是秋季,天上艳阳高照,地下道路宽广。一口两口池塘,在阳光照耀下,波光粼粼。风儿乍起,吹得路旁的树木一片婆娑。这正是一年中最好的金秋季节。然而,路两边的广袤田野中,却是稻禾零落,一派凋敝荒芜景象,与这大好季节很不谐调。广兴面对着艳阳水波,很想吟出一首什么诗词来,然而抠索了半天,终也未能如愿,只得作罢。就在这时,只听得身后"嗒嗒嗒"一阵马蹄声响,一个差人飞马来到。金湘扭头问道:"何事这等匆忙?"那差人回道:"禀大人,那孙良把之妻王氏,刚出衙门,便嚼舌自尽了。"金湘一时不知说什么好:"这……她如何不想活了?"张鹏升言道:"这无知草民,不知珍惜生命之宝贵是也。"而广兴却一边回味昨夜情景一边喃喃自语道:"万没想到,这孙王氏倒也是个贞烈女子啊……"

冷不丁地，身后又是一阵马蹄声碎。长龄眼尖，早远远看清了来人是谁，急向广兴道："钦差大人，这便是高唐州知府孙良炳……"广兴笑道："我不找他，他却送上门来了。来得好，本钦差也正要找他。"转瞬间，孙良炳连人带马就到了广兴的面前，也不下马，径自开口问道："钦差大人，我弟弟所犯何罪？为何遍体鳞伤？我弟媳所犯何罪？为何嚼舌自尽？我孙家庄又所犯何罪？为何被焚为平地？"这番话，就像连珠炮一样，劈头盖脸地向广兴砸来。广兴直气得眉毛胡子一起乱动。"大胆孙良炳，你见了本钦差既不下马也不下跪，反而对钦差大人一派胡言乱语，该当何罪？你身为知府，当思忠心圣上报效国家，却纵容乃弟行犯上作乱之举，本钦差对此已是仁至义尽，你不声言谢，反倒振振有辞，这又该当何罪？"

孙良炳冷笑一声道："钦差大人，你既奉旨来山东巡查，就当尽心竭力代皇上察按此地吏政民情。可你，为自己私欲所驱，竟鞭打无辜、焚烧村庄、逼死人命，你，这又该当何罪？"广兴气得差点从马背上摔下来。"好个孙良炳，竟敢厚颜无耻地教训本钦差？你不要以为有那个阉人鄂罗哩撑腰，我就不敢动你。告诉你，本钦差除了圣上，谁也不怕！你孙良炳算老几？本钦差要捏死你就像捏死一只蚂蚁。来人啊！将这无耻小人孙良炳拿下，押往曹州府，打入死牢！"早窜过去几个差人，把孙良炳拖下马来，打翻在地，五花大绑起来。孙良炳无所畏惧，声音越叫越大，简直是在破口大骂："广兴，你听着，你瞒上欺下，胡作非为，终究有一天，你会得到报应的！"广兴却似乎冷静下来，唇角还漾出几缕笑纹。"孙良炳，就算本钦差是胡作非为，尔等又将本钦差如何？"又转向金湘道："金大人，你也不必跟本钦差往济南府而去了。你就将这孙良炳带回曹州，好生看押起来，待本钦差完成圣上交给的任务后，再行回来处置。"金湘诺诺，带人押着孙良炳而去。

广兴叹道："地方竟有如此不守王法之官吏，看来，本钦差此行，定是任重而道远啊！"长龄忙着宽慰道："大人不必焦虑。山东境内，像孙良炳之辈，据卑职所知，只有这一个。一个孙良炳，又能怎样?"广兴点头道:"如此便好。如若孙良炳之流层出不穷,那大清王朝,岂不是岌岌可危?"

一路无话。第三天的早上,广兴等人策马进了济南城内。这济南城比曹州府大不相同。真可谓是家家泉水、户户垂杨,风光无限娇媚。这巡抚衙门,比曹州府衙门要大了许多,而济南府衙门,就设在这巡抚衙门之内。广兴未及细看,却被一群人迎面候住。原来,这都是山东各州县大小官吏,奉长龄之命,在此专候钦差大驾。广兴清了清嗓门,大声言道:"本钦差是奉圣上旨意,来此察按各地吏治,各位大人若有事禀报,请按官职大小依次排列,不得混乱。"说完,在长龄、张鹏升的引导下,广兴进了一间装饰无比华丽的大房子。坐好了,坐稳了,广兴这才对长龄言道:"叫他们一一入见,不得哗然。"长龄点头称是,走到了门边,充当起广兴的传令兵来:"布政使某某入见!"布政使某某便走进,将手中的银票递与张鹏升,张鹏升念了一声"布政使某某奉送钦差大人纹银一万两"之后,将银票呈给广兴,广兴点点头,扫银票一眼,再将银票交给身后的盛氏兄弟,并吩咐道:"仔细记录,不得有差错。"然后,广兴朝着布政使笑笑道:"好,很好。本钦差已然记住。你可以走了。"接着,那布政使便退出。跟下来,长龄又喊道:"按察使某某入见……"于是一切程序便又从头再来。

如此往复,竟延宕至中午时分,可见前来"入见"广兴的大小官吏也不知有多少了。这其中,有一个插曲似乎颇有意思,那就是有一个高唐州的知县,只带了一千两银票入见。广兴冷冷地问他道:"莫非,你这个地方父母官,就是用一千两银子买来的?"吓得那个知县连忙跪在地上叩头如捣蒜。"钦差大人有所不知啊。山东境内,只有卑职所在的高唐州为官艰难。你若是聚敛百姓钱财,那孙良炳孙大人便会撤你的职、罢你的官,弄得不好,还要坐牢、杀头。卑职所奉这一千两银子,是卑职为官五年来所积蓄的全部资财。钦差大人如不嫌弃,敬请笑纳,只望大人能将卑职调离高唐州。"广兴听了,哈哈大笑道:"你起来,本钦差告诉你，你现在不需要调离高唐州了，那个孙良炳已被本钦差打入了死牢。你还是回去继续做你的父母官吧。"那知县闻言，"腾"地窜起来，一蹦三丈，口中连呼道："我不怕了，我不怕了……"就那么带着呼声而去。

广兴转脸问盛师曾道："今日收获如何？"盛师曾回道："大人，今日共收了八十三万五千两银子。"盛时彦也道："比去年赴山西又多了二十万两。"广兴自言自语道："传说三年清知府，十万雪花银。本钦差就这一次，又抵得上几个知府呢？"又叮嘱盛氏兄弟道："汝辈将这些银两仔细保存，千万不可差错。本钦差回朝之后，是少不了你们好处的。"盛氏兄弟连忙点头称是。见长龄、张鹏升在一边有些目瞪口呆的样子，广兴笑道："两位大人，本钦差今日上午太过劳累，可否先吃些东西，然后休息？"长龄、张鹏升这才从盛氏兄弟手中那厚厚实实的银票中醒过神来："卑职该死，真是该死。来啊，接钦差大人前去用膳。"

喊声方落，已走进两位袅袅亭亭的女子。这二女一直走到广兴身边，揖了个万福道："奴婢恭请钦差大人前去用膳。"广兴"好"字尚未喊出，那二女就一边一个将他轻扶了起来。其中一个女子扶得位置不大对头，一只手伸到了广兴的胳肢窝下，虽然广兴也穿了不少的衣服，但还是觉着了痒痒得难耐，便忍不住"咯咯"地笑起来。长龄等不知所以，急忙道："钦差大人因何发笑？"若是平日，广兴早就将那女子踹过一边，但今日不同，一来他已将孙良炳打入了死牢，算是出了一口对鄂罗哩的怨气，二来今天的"收入"颇丰，为历次外出巡查得银票最多的一回。所以，广兴就笑着回答长龄道："本钦差以为，这济南府的女子，与那曹州府女子相比，当真是别有不同呢。"张鹏升讨好道："钦差大人，您以为，这济南女子和曹州女子，究竟有何不同之处？"广兴道："想那曹州女子，一个个风姿绰约，亭亭玉立，美则美矣，则似涂了一层灰尘，少了许多韵致。而这济南女子，却仿佛都是泉水泡大，又好似出污泥而不染，天然标致，气韵非凡。但不知，本钦差说得对否？"

249

实际上，广兴这是在瞎扯一通，他观察女人，远逊于他观察马匹。或许，像他这样的人，即使不懂的事情，他也不会当别人的面承认的。而长龄、张鹏升当然不会这么想。在他们的耳里，广兴的话就永远是正确的。所以，长龄等即刻道："钦差大人真是英明无比。吾等在此为官数年，一直以为各地女人都差之不多，而大人只来山东数日，便已发觉两地女人之细微差别。大人此番高论，当真令卑职等有茅塞顿开之感。"广兴哈哈笑道："世间女人，直如世间马匹一般，乍看都仿佛一样，细看则有本质不同。"他搂定身边的两个侍女道："两位美人，本钦差所言当否？"

说话的当口，广兴等人已走入用膳的地方。两个侍女伺候广兴坐下，一个为他端酒，一个替他夹菜。酒是陈年老酒，菜是山珍野味。长龄、张鹏升等殷勤相劝，两个侍女又是百般妖娆。直吃得广兴乐不可支，嗝声不断。广兴道："本钦差是不能再吃了，若再吞咽，肚皮恐要爆裂。"长龄等还要敬酒，广兴道："如此敬来敬去，实是没甚意思。两位大人，与本钦差猜上两拳如何？"这一听，长龄和张鹏升可就犯了难。与钦差大人猜拳，断然是不可赢的，赢了钦差，那还了得？而若老是输拳，他们已经喝了不少酒，再喝下去，岂不要烂醉如泥？

没想到，有一个叫小红的侍女却向广兴伸出了手："钦差大人，若蒙恩准，奴婢想向大人讨教几拳。"张鹏升急道："大胆小红，不得无礼！"小红忙着缩手道："奴婢不敢无礼。"广兴却笑道："张大人不必如此。所谓酒席桌上无大小，既然这位美人想和本钦差交手，那又如何不可？"说着话，广兴便将小红拉入怀内，伸出手道："来，我们就这样划。不过话要说清楚，谁要是输了拳，可是要喝酒的呵！"小红柔声道："奴婢不敢不喝酒。"说来也怪，别看小红的手指东出一个西出一个，可广兴就是逮它不着，相反，不多工夫，却让她连着逮了几拳。也许，这就是所谓"生拳如烈马"的道理。别看广兴是驭马高手，但若遇到了真正的烈马，他也是无可奈何的。或许，这其中还有另外的原因，比如，小红是一美女，正娇喘吁吁地坐在广兴的怀内，一个男人，怀拥香汗欲滴的美女，怎能不影响正常水平的发挥？但不管怎么说，广兴是输了拳，同时也输了酒，酒不多，两杯。广兴喟叹道："吾等男人，竟不如一女人，真可谓巾帼不让须眉啊！"长龄忙站起道："大人，这酒让卑职代喝。"张鹏升也立起道："大人，还是让卑职替您喝吧！"

谁知广兴却不领这个情，他自己端起一杯酒，又将另一杯酒递到小红手中道："这两杯酒，本钦差喝一杯，美人也喝一杯。美人意下如何？"小红献媚道："钦差大人发话，奴婢不敢不从。"说着她便将酒杯送往唇边。广兴却即刻拦住了。"不，美人，不是这样喝，这样喝没什么意思，应该是这样喝。"广兴的手伸到她的胸前，从她的肘弯处拐出来，两人的手缠在了一起。"美人，这种喝法名曰交杯酒，本钦差今日就同你这美人喝上一杯交杯酒，如何？"长龄见状，率先鼓起掌来。一时是掌声四起。广兴喝罢，依然感慨不已。"像这等美人，若是须眉男子，一定是前程无量啊！"还别说，自此以后，这小红的地位比一般的侍女要明显高出许多，只要是朝中来人，或是其他地方的官吏打此经过，这小红总要在席间陪伴。

却说长龄等人的掌声刚刚停歇，隐隐地，又传来一阵"嗵嗵嗵"的鼓声。广兴问道："张大人，这是何事？"张鹏升冲着屋外叫道："来啊！去查看一下，是何人在擂鼓。"不多时，一差人急急地回报："禀大人，又是那个李赓堂之妻子马氏在击鼓鸣冤。"张鹏升还未及发话，广兴就皱眉道："这朗朗乾坤，有何冤可鸣？"长龄道："只因这马氏的丈夫和儿子，忽一日悬梁自尽，这马氏大脑受了刺激，硬说丈夫和儿子是那武举人张大勋所害，故而三天两头跑到这里来喊冤。"广兴一听来了兴致。"本钦差自赴山东境内，还从未亲自审断讼案，这实是有负圣上重托。来啊，将那马氏带往大堂，本钦差要亲自了结此案。"这一审，便审出一个叫人有些啼笑皆非的故事来。

第十三章

绞钦差嘉庆动肝火
选御史英纶沐春风

嘉庆怒目戟指对广兴道:"你,恃宠骄横,作威作福,视黎民为草芥,视王法如儿戏!你弹奏和珅,却又步其后尘,贪污敲诈银两竟累至数百万之多!和珅已死,尔岂独生?来,推出午门,处绞!"

济南城内有一女子叫胡氏,虽不能说长得绝代姿色,但与别的女子相较,却实是有其独特的地方。个头很高,胸脯很大,腰身很细,双臀很肥,有人说,这种女人天性便是放荡的。但是,她居然嫁给了一个比她至少要矮一个头的男人张大功,而张大功又恰巧是在市面上做小买卖的,这就让胡氏不觉想起那个武大郎来。若张大功就是那个武大郎,自己也就成了潘金莲了。武大郎有个弟弟,是盖世英雄武松,而张大功却也有个兄长叫张大勋,虽不能同武二郎相提并论,但也是济南城内赫有名的武举人。和武二郎不同的是,张大勋已经结过婚了,虽说妻子因病死去,但却给他留下了一个儿子张小力。张小力虽只有十六七岁,倒也长得跟父亲一样,人高马大,虎背熊腰。张大勋同武二郎之间的最大差别是,武二郎就像柳下惠,坐怀不乱,而张大勋就如同西门庆一般,一味地追腥逐臭。

胡氏嫁给张大功是在春天,成家之后,两人就在街面上租了两间屋子居住。同武大郎一样,张大功也是常在市集上跑的,早上出去,中午才回来,然后再出去,直到天上了黑影才匆匆走入家门。一开始,胡氏还不错,在家拾掇家务,为丈夫准备吃的喝的,可渐渐地,胡氏就感到了厌烦和空虚。个中原因当然很多,但最大的原因还是晚上睡觉。结婚头一个月,张大功还挺卖力,然而一月之后,不知是买卖太过辛苦,还是张大功对男女情事失了兴趣，隔三差五地，他才好不容易地翻到她身上乱撞一通便草草了事。这就使得胡氏越发厌烦也越发空虚起来。

厌烦和空虚当中，她也懒得收拾屋子了，有时连饭也懒得去做。她做的最多的，是倚在门框上，向东南方向不远处痴痴的望着。那里，便是张大勋的高宅深院。她虽只见过张大勋一面，但他那高大魁梧的身躯却深深地印在了她的心里。只是碍于许多顾忌，她一时也没敢轻举妄动。这么一耽搁，就迎来了济南城的夏季。夏季是最容易让一些男女蠢蠢欲动的时候。这胡氏当然也就按捺不住了，终于，有一天早晨，这边张大功刚走，那边胡氏也就迈出了家门。为遮人耳目，她用一块花布将自己的头缠得严严实实，只露出两只欲喷出火来的双眼。

走进张大勋的宅子，还不错，就张大勋一个人。见弟媳来访，张大勋多少有些意外。所谓男女授受不亲，虽是张大勋慷慨出资成全弟弟结了婚，但弟媳究竟长得如何，张大勋本也不很清楚。而此刻，弟媳就站在自己面前，尽管她的脸已让花布掩去，但她的那双眼睛，尤其是那个身段，立刻就使他的热血奔涌起来。这可是夏天，穿再多的衣裳也抹不平身上的曲线，而胡氏又是有备而来，尽拣紧身的衣服穿，故而，她的身躯是凸的更凸、凹的更凹。而他，胸前那鼓突突的肌肉，孔武有力的四肢，也丝毫未逃脱她那双慧眼的扫射。

然而，尽管张大勋是个见了女人就想扑过去的男人，但此刻站在自己面前的却是自己的弟媳，这一点，张大勋也不能不加考虑。故而，他稍稍收敛了一下目光，稍稍稳定了一下心神，还咳了一声道："弟妹造访，实是出乎为兄的意外。哦，弟妹请坐，请坐。但不知，弟妹来此，所为何事？"她双眼一眨，竟眨出些许泪花来。"兄长，小妹真是个苦命之人啊……"他不觉前趋一步道："此处别无他人，弟妹但说无妨。"胡氏泣道："兄长为我等成亲，这本是好事，然而他却只顾生意买卖，常常将小妹冷落一旁。日浅还好，小妹尚能对付过去，可这天长日久，小妹如何经熬得住……"

说到伤心处,她扯下包头巾,自顾抹起泪来。

张大勋多精明,忙上前几步,走近胡氏身边,迟疑了片刻,终将一只手抚在她的肩上。"想想也是啊。小妹正值青春年华,本应尽情享受人生,可我那蠢弟,尽忍心将小妹弃置一边,这岂不是暴殄天物?想来为兄的真是替小妹既悲又叹啊!"胡氏真是所谓心有灵犀一点通,即刻站起,一下子扑到张大勋的怀中,呜咽言道:"兄长真是能理解小妹之人啊!小妹此等苦楚,还望兄长为我做主啊……"什么弟媳不弟媳的,张大勋早抛置一旁。他只知道,投送入怀的,只是一个女人,而他却是一个男人。一个男人和一个女人抱在一起,能干出什么事来?张大勋不再言语,只一提溜,她便离了地面。只是她个头过高,他要真是抱起她却也有一定困难。俩人就那么裹在一起,直往他的卧室里去……

自此,这胡氏可就算是入了天堂。张大勋在家,她便同他云雨。张大勋不在,她就和张小力翻腾。虽然张小力在这方面远不如其父经验老道,但年轻人血气方刚,却也着实让胡氏感到别有一种新鲜刺激。有时,同张大勋刚刚云雨罢,张大勋出去,她就又同猴急难耐的张小力滚在了一起。好在这张宅院大屋深,胡氏之事倒也做得隐秘。但再隐秘的事情也会有暴露的时候。那一天,上午,张大勋不在家,胡氏正和张小力在屋子里干那种男女勾当。时间混得久了,胆子也就混大了,两人干这种事情,院门、屋门竟然大明大亮地敞着。就在他们干得热火朝天之时,恰巧,本地秀才李赓堂携子前来找张大勋言谈。见院门开着,李赓堂父子也就毫不犹豫地跨了进来。

这一跨可不要紧,李赓堂父子将屋内那轰轰烈烈的场面尽收眼底。到底是读书人,李赓堂父子当时也未作声,退出后也未宣扬,而是暗地里找着了张大勋,向他提出了条件。许是读书人太过清贫吧,李赓堂父子提出的条件非常简单,只要张大勋给他们五百两纹银,他们将守口如瓶,反之,则请张大勋考虑。李赓堂当时还说:"五百两纹银对张举人来说,还不是九牛一毛?"

诚然，张大勋不会在乎这区区几百两银子，他有的是钱。但他着重考虑的却不是钱事。如果胡氏和儿子之事传扬出去，那对自己是很有影响的，而自己和胡氏的事情要是再泄露出去，那自己的美好前程也就算完结了。虽然李赓堂父子得了银子后会暂时守口如瓶，但那终不是长久计划。最长久也是最稳妥的办法就是让李赓堂父子永远沉默。想到此，他便对李氏父子说："好，我答应你们的条件。今晚，在城西古槐树下见。记住，此事不要对任何人提起。到时候，我会给你们银子的。"李氏父子兴高采烈地走了。只是他们也没去细想，这给银子干嘛非得要到古槐树下呢？

却说张大勋，怀着一肚子的怒气，急冲冲地赶回了家。胡氏还没走，见着张大勋，情知事情败露，"嗷"一声就扑到张大勋的怀里。张大勋猛一推，胡氏跌倒在地。"你，你们干的好事！"胡氏没有说话，她也无话好说，只呜呜地哭。张小力不愿意了，赶忙扶起胡氏。"父亲，你这是什么意思？只许你同婶婶干这事，我就不能同婶婶干了？"张大勋真是气得眼冒金花："你，你这个不肖子孙……"眼珠一转，一个歹毒的念头闯入脑海。张大勋一指胡氏："你现在回去，明天上午来，我有话跟你说。"

胡氏走后，他又对儿子道："所谓家丑不可外扬，现在，你和你婶婶的事已被别人发现了，我们总得想个什么办法才行，你说是不是？"张小力嘟哝道："只要父亲允许我和婶婶睡觉，我什么事都听你的。"张大勋笑了，笑得有些异样。"好儿子，只要今晚你帮父亲把那件事情办好了，父亲从明天起，就把婶婶让给你，怎么样？"张小力点头。张大勋便如此如此地对儿子说了一通。

是晚，天黑风高，张大勋怀揣十两银子，带着儿子摸到了城西古槐树下。李赓堂父子早在那儿等候了。张大勋摸出那锭白花花的银子道："过来，我给你们银子。"李赓堂一见，忙着奔了过来。谁知，一边的张小力按父亲授意，早摸出准备好的绳子，从背后勒住了李赓堂儿子的颈脖。张小力身高体壮，死死一勒，李赓堂儿子只发出"哦"的一声便再也没有声息了。李赓堂觉出了异样，这边刚一回头，那边张大勋就掏出绳子套在了李赓堂的喉咙处。李赓堂手舞足蹈地挣扎了几下，便随着儿子一道去西天了。接下来，张氏父子又将李氏父子吊在了老槐树上，伪装成自杀模样。一切办妥，张小力拍了拍手，刚说了句"这下婶婶是我的了……"便觉头脑"轰"的一声，就永远也见不着他那风骚可爱的婶婶了。张大勋丢了手中铁棍，多少有点呆呆地看了亲生儿子一眼，然后就踏上了归家的路途。

这三人的尸体是在第二天的早晨被一个放牛的小孩发现的。首先来勘验现场的是当地的地保。地保看了看三个人死的姿势，又看了看地上的铁棍和一锭银子，一时也无法判断。后来。张大勋赶来了，地保才知倒在地上、脑袋开花之人，是张大勋的儿子。地保顿时慌乱起来。因为，地保知道，这张大勋跟官场上的人是十分熟悉的。"张举人，这贵公子……到底是怎么一回事啊？"张大勋却也能做作，眼中竟然还挤出了几滴浊泪："我儿小力，昨晚对我说，他要到城西去要一笔赌账，没成想，昨晚一见，竟是我和犬子的永别……儿呀，你死得也太惨了，是谁居然如此狠心……"

地保受了感动，也受了提醒。"张举人，事情可能是这样的，那李氏父子欠了贵公子一笔赌账，昨晚，彼此说好了在此地付账。哪知，那李氏父子见财起意，不肯还账，贵公子理应不依，三人便扭打起来。李氏父子恶念顿生，抽出早已准备好的这根铁棍，将贵公子打倒在地。此时，李氏父子方知闯了大祸，怎有脸面和胆量再见张举人？故而双双悬树自绝。张举人，如此分析，可有道理？"张大勋偷偷地塞给地保一锭分量颇重的银子："犬子之事，还望地保主持公道啊！"地保得了实惠，随即眉开眼笑道："张举人放心，本地保不会做错事的。"

后来，地保也就如此上报了官府。官府也就如此了结了此案。只是李赓堂的妻子马氏不同意。她反反复复地说："我丈夫和儿子那晚是去拿钱的，是去拿张大勋张举人的五百两银子，因为张举人的儿子和张举人的弟媳私通，被我丈夫和儿子看见了……"官府问她:"依你所言,你丈夫和儿子是如何而死?"马氏肯定地道:"定是张举人所为,他要杀人灭口。"官府又问:"那张举人的儿子也死在原地,这又如何解释?"马氏犹豫地道:"他的儿子……也是他所杀。"官府言道:"所谓虎毒不食子。张大勋身为举人,岂能不如老虎?即便张大勋真的如此凶残,他一人又如何杀害三人?"最后官府结论道:"马氏之言,于情不合,于理不符,纯属胡言乱语、无稽之谈。"然而马氏就是不愿罢休,最后竟跑到巡抚衙门里来击鼓喊冤了。第一次,没人理他,第二次,有人将她轰了出去。今天,她是第三次来这里了。

却说广兴面容很是严肃地坐在了山东巡抚的大堂之上。这大堂比一般知府衙门的大堂要雄壮威严得多。不说大堂之下那如云的差仆喊声震破天空,单讲那大堂之上高高悬着的"公正廉明"四个斗大的字,也足以让心怀鬼胎之人不寒而栗,望而却步。广兴刚刚这么一坐,便有差役将一位妇人押到了堂下。一位差役推了她一把道:"见着钦差大人,还不快快跪下?"在两边差役轰声如雷的"威——武——"声中,马氏跪了下去。广兴一拍惊堂木,重重地喝道:"下面何人?为何击鼓鸣冤?"马氏回道:"草民马氏,只因丈夫和儿子为人所害,所以击鼓鸣冤。"广兴大声道:"马氏,抬起头来!"这一抬不要紧,可把广兴吓了一跳。她那一身破破烂烂的衣服本就叫广兴皱眉了,而她那像风干了的桔子皮一般的皮肤以及毫无任何姿色可言的衰老的面容,就更是让广兴作呕。不过广兴还是挺住了,他要在长龄等人面前显现自己的办案能力。

"马氏,本钦差问你,你状告何人?"马氏道:"草民要告张举人。他儿子和他弟媳通奸,被我丈夫和儿子发现,他便杀人灭口。草民到处告状,可没人信我的话。听说今日钦差大人到此,小民便又来击鼓,还望钦差大人能替草民作主。"广兴直了直身子道:"如果尔等所言属实,本钦差就一定为你作主。现在,本钦差问你,你状告张举人,可有什么证据?"马氏道:"草民没有证据。但是,我丈夫和我儿子那晚出去时十分高兴,以为能拿到张举人答应的五百两银子,所以,他们断不可能第二天早上就吊死树上。还请钦差大人明察。"广兴点头道:"马氏言之有理。不想死的人却吊死在树上,这其中必有蹊跷,来啊!将张举人等有关人犯统统押来,本钦差定将此案问个水落石出。"一旁的长龄悄悄地对广兴道:"大人,此妇从夏到秋,也不知喊冤了多少回,依卑职看来,此妇已然神智昏乱,若大人偏听她胡言乱语,可要耽误大人许多宝贵时间啊!"广兴将眼一瞪道:"巡抚大人此话何意?本钦差以为,此案很是复杂,若不详加盘查,岂不良莠不辨、好坏不分?"长龄边道"是是"边向张鹏升使眼色。张鹏升会意,悄悄地离开了大堂。

原来,长龄等和那个张举人平常是很熟悉的,并从张举人那里日积月累地很是得了不少好处。若广兴真要一味地审下去,岂不要出纰漏?说时迟,那时快,那个盛师曾不声不响地走到了广兴的眼前,低低地道:"济南武举人张大勋奉送钦差大人纹银一万两。"广兴心里话,动作好快啊,一个举人,出手就是一万两,倒也慷慨大方啊。他转过脸去,也低低地对盛师曾道:"你去对那举人说,此案很复杂,本钦差要好好地审查。你让那举人好好想想。"殊不知,广兴审案是假,从中捞点油水是真。这样的案子,广兴也不知审过几回了。这一次,他见张大勋出手便是一万两银子,情知还有更大的油水可捞。所以,他清了清嗓子,很是郑重地道:"此案十分复杂,若将人犯混在一起,审讯起来,会有诸多不便。来啊,先将这马氏带到堂下,待其他人犯到来,皆隔离关押,本钦差要一个一个地亲自审问他们。"说完,甩袖离坐,径入内室去了。

屋子里,只有广兴和盛氏兄弟三人,连长龄和张鹏升也被拒之门外。这颇使得长龄和张鹏升有些提心吊胆的。第一个被带进屋来的是那个地保。广兴对地保无甚兴趣,他感兴趣的是那个张大勋。广兴板着脸教训了地保几句,又装模作样地问了一些情况,便将地保打发走了。待张大勋进来之后,广兴就陡长了精神,胡子眉毛一并扬起多高,使人跪在下面只能看见他的下巴。"下面之人,可是举人张大勋?"张大勋不敢抬头。"正是小人,但不知钦差大人有何吩咐？""吩咐？"广兴一跺脚，"张大勋，本钦差告诉你，你身为举人，当讲究仁义伦理，为何你的儿子与你的弟媳通奸，你竟不闻不问？为何在李氏父子吊死的树下，又发现了你儿子的尸体？还有，为何那马氏，竟口口声声要状告于你？这其中，莫非真的有别的隐情吧？"张大勋忙道："钦差大人，小人是清白的，那马氏因丧夫失子，神智错乱，大人可不要听她一面之辞啊！"广兴的头低了下来，因为他看见了一样东西，那东西就在张大勋的手上。那当然是一张银票。

广兴十分自然拿过银票，瞟了一眼，这是张两万两的银票。广兴笑道："好了，张举人，你可以放心地走了。本钦差是一定会公事公办的。"张大勋这才偷偷地看了钦差大人一眼，慌里慌张地走了。接下来走进屋的，是张大勋的弟弟张大功。广兴知道这是做小买卖的，不可能榨出什么油水，于是便淡淡地道："张大功，本钦差问你，你妻胡氏与她侄儿私通，你为何不前去制止啊？"张大功急急地道："钦差大人，你不要听马氏疯言疯语地乱说，我娘子何等贤惠，我侄儿又何等忠厚，他们怎会做出这不为人齿的丑事呢？分明是那李氏父子，不肯还账，残忍地杀了我侄儿……钦差大人，你一定要替我做主，替我侄儿报仇，并还我娘子清白名节啊……"张大功太激动了，说话结结巴巴的。广兴听了很费力，也很烦。"好了，张大功，你也不要多言语了。本钦差为你娘子正个清白之名便是了。"至此，广兴觉得累了，也觉得困了。张大勋的油水捞得不少了，其他的人又没什么油水可捞，问来问去地，徒耗精力。广兴问盛师曾道："还有人犯没有？若没有，本钦差便要去升堂了结此案了。"盛师曾道："只有最后一名人犯，便是胡氏，大人若不想再审，属下就去告知。"广兴想了想，这胡氏不知何等人样，竟去私通自己侄儿，当真是情欲难耐吗？想罢，广兴点头道："叫那胡氏进来吧，本钦差要仔细地盘问。"

胡氏进来了，低着头，弯着腰，像只被猫追逐的老鼠一般，哆哆嗦嗦地给广兴跪下了。"奴婢胡氏，叩见钦差大人，祝愿钦差大人,福如东海长流水,寿比南山不老松……"她的声音既低又飘忽,显然内心十分地紧张,也十分地害怕。这也难怪,一个女子,平常又不在市面上闯荡,纵然多识得几个男人,那见识也依然是短浅的,听说要见皇上派来的钦差大人,心中能不紧张害怕?好在胡氏要比一般女人胆大灵活一些,故而见了广兴也能说出"福如""寿比"两句。

这两句本是她在跪倒之时偶尔想起又灵机一动胡喊出来的,却不料,广兴听了却很是受用。广兴想,这女子还真的不简单,说出话来也与别人不同。好在广兴一时也没瞧清她的身段相貌,要不然,广兴也就没有那么多的废话了。

"胡氏,本钦差问你问题,你要如实回答,不可弄虚作假,明白了吗?"胡氏的头垂得更低,腰弯得更深,这样一来,广兴就越发看不到她那一对几乎要挣脱束缚冲衣而出的丰乳了。

"请钦差大人放心,婢奴就是敢欺骗父母,欺骗丈夫,也不敢欺骗钦差大人。"

广兴不住地点头道:"好,好。既如此,那本钦差就问你,马氏说你与你侄儿私通,可有此事?"

胡氏的头似乎是想抬起来,但只是动了那么一下,终又垂将下去。"钦差大人明鉴。那马氏夫失夫子,内心定然悲恸,说些胡言乱语,奴婢也能理解。只是,她千不该万不该污我的名节。奴婢是有丈夫之人,虽不懂多少清规戒律,但也知嫁鸡随鸡、嫁狗随狗的道理,断不会再去做红杏出墙之事,更不会去无端地勾引我侄儿。想奴婢那侄儿,真是聪明伶俐,不明不白地死去,却还被蒙以污名。钦差大人,一个十几岁的黄口小儿,怎知这男女情事?"许是胡氏进来之后,见这钦差也没什么大不了的,便渐渐镇定下来,身子也不再乱抖了,说话也流畅多了。

广兴言道:"好一副伶牙俐齿,却也说得在理。想那十几岁乳臭未干的小儿,如何懂得男女勾当?如此看来,定是那马氏血口喷人了。"

胡氏接道:"钦差大人,还有何事相问?""这……"广兴一时语塞。既然胡氏未曾私通侄儿,那也就无话可问了。不过,张大勋连送三万两银票,又有何意?此时胡氏又道:"如若钦差大人不再有事相问,那婢奴即行告退。只是,在告退之前,奴婢有一事相求,不知大人可否?"听她说话,广兴却也欢喜:"但讲无妨。"

胡氏道:"想那马氏,虽然恶语伤人,造谣惑众,但念及她无夫无子,境遇倒也凄惨。奴婢恳请大人对马氏手下留情,从宽处理。"广兴笑道:"想不到,你还是个有情有义之人啊。好了,你可以走了。如何处置马氏,那是本钦差的事,尔等不必多虑。"

那胡氏说了一声"谢",不慌不忙地、缓缓地起身,站好,许是想看上钦差大人一眼吧,抬起头,冲着广兴嫣然一笑,又对着广兴做了个万福道:"如此,奴婢便告退了。"她这一站、一笑可不得了,直把广兴搞得有些发怔。原来,她身材如此高大,原来她笑得这么美,原来她的双乳这么硕大,而她背过身去这么一走,又将两片肥沃的臀部送入了广兴的眼帘。广兴连忙下意识地叫道:"唉……胡氏,你且慢走,本钦差还有话要问。"

广兴这还是第一次看见这样充满野性和朝气的女人。虽说广兴一向喜好杨贵妃式的浑圆女子,但像胡氏这样的女人,对他来讲,就是一种不可抗拒的挑战。就像他选马,虽然能时常挑到一些难得的千里马,但若在山中捉到一匹放荡不羁的野马,他广兴也是有着极大兴趣的。广兴扭头对盛氏兄弟道:"尔等出去,本钦差要单独和这女子谈论。"盛氏兄弟当然心领神会,不仅很快地出去,且还将屋门紧紧地带严。

胡氏一开始还不明白,以为钦差大人真的忘了什么事要问,待盛氏兄弟出去,又见屋门紧闭之后,她便隐隐约约地预感到将要发生什么事了。她对此当然不惧怕,更不在乎。在她的眼里,男人都是一样,不管地位多高,甚至皇上,也就是那么回事。而她,似乎是一天也离不开男人的。如若真的能和钦差大人搞上一手,倒也新鲜有趣……

二人言语缠绵，如胶似漆，倒也有些恩爱夫妻难离难分景象。然而屋外之人可是等得太苦，眼看时候已至正午，那钦差大人却还没有将胡氏审讯完毕，而大堂之上的许多人也正眼巴巴地等着钦差去决断此案呢。急得长龄和张鹏升在屋外是不停地走动。终于，屋门一响，广兴昂首阔步地走了出来。长龄忙迎上前去问道："大人，对这胡氏审讯得如何？"广兴很快地扫了一眼正低头而出的胡氏："本钦差对胡氏的所作所为十分地满意。"长龄还以为胡氏已如实招供，心下着实有点惊慌："大人，在胡氏身上，您定然知道了不少东西吧？"广兴意味深长地笑道："在胡氏身上，本钦差着实知道了许多东西。有些东西，本钦差是闻所未闻、见所未见啊！"见长龄还要问什么，广兴摆手道："巡抚大人不必多言，本钦差这就去决断此案。"

广兴又走回大堂之上，神情严肃地坐在"公正廉明"的牌匾之下，目光威严地扫了一通跪在堂下的一干人犯，特别是在胡氏的身上逡巡了一番，然后高声言道："本钦差已对所有案犯进行了详细的盘查，基本案情已了然在胸，为此，本钦差现对此案进行如下宣判。"一时间，大堂内鸦雀无声，尤其长龄和张鹏升，更是竖起耳朵倾听。

广兴朗声道："李赓堂父子，欠张大勋张举人之子张小力赌债纹银十两，不思偿还，反将其残忍杀死，手段之恶毒、情节之恶劣，实属罪大恶极，姑念李父子已有追悔之意，双双吊树而死，本钦差也就不加深究。"话音方落，那边的马氏就大叫道："不，钦差大人，不是这样的，冤枉啊……"公差役齐呼"威——武——"，愣将马氏唬跪下。

广兴继续言道："张大功之妻胡氏，清白善良，谨守节操，虽蒙不白之冤，却也深明大义。此等女子，实是可敬可佩。本钦差于此郑重地为胡氏正名。"张大功第一个发话："钦差大人真是无比英明啊……"广兴微微一笑，接着言道："本城武举人张大勋，虽抱失子之痛，又承无端谣言，却能以宽大仁厚为怀，不去追究马氏之过，此等胸怀与气节，应当重重褒奖。着山东巡抚长龄大人酌加提拔。"广兴咽了口唾沫，又言道："草民马氏，一味造谣惑众，污人名节，本钦差实想严惩，却念她孤单一人，无凭无依，确有可怜之处，只将她轰出堂去，令其不再胡说八道便是。"

广兴说完，笑问长龄、张鹏升道："二位大人，本钦差对此案审断得如何？"长龄和张鹏升的脸上堆满笑容道："大人审案，鬼斧神工，不只合王法，还尽符人情，实是叫卑职由衷地佩服。"广兴自得地捋了捋胡须，正待说些什么，忽见一人披头散发地冲了过来，定睛一看，正是马氏。马氏不顾差役拉扯，指着广兴大叫大喊道："我本以为，钦差大人是奉皇上旨意，定会为百姓做主，没成想，你与鱼肉百姓的赃官们没什么两样……苍天啊！天理何在？公道何在？这样的世道，我们还如何活得下去？"

广兴大怒道："来啊，将这刁民马氏重打四十大板，赶将出去！"马氏"哈哈"一笑，竟然挣脱了众多差役的拦截，径直一头向前撞去。广兴以为她要和自己拼命，吓了一跳，待回过神来，却见马氏正一头撞在公案上，鲜血横流，已然气绝。广兴淡淡一笑道："此等泼妇，死不足惜。只是那污血遍地，影响了本钦差的食欲。"

广兴就这么待在了济南城，每日有胡氏作陪，倒也逍遥自在，偶尔，他还会叫来那侍女小红，为自己的生活点缀点缀。一句话，他对自己这次钦差山东感到十分满意。因此，回京之后，他便在嘉庆面前对长龄等人大加赞誉。很快，长龄就被擢升为陕甘总督。金湘和张鹏升等也得到了相应的提拔。真可谓是喜气洋洋，皆大欢喜。

嘉庆十三年，广兴又奉旨对河南钦差了两次。他在河南的所作所为，与在山东相较，实在是大同小异，只是他的腰包越发鼓胀起来。然而，广兴万没想到的是，嘉庆十三年的下半年，新任山东巡抚吉纶和新任河南巡抚清安泰，都是鄂罗哩的私交，且一向对广兴深为不满。他们用了整整半年的时间，对广兴在两省的所作所为进行了详尽的查实，取得了大量的人证和物证。这就是说，广兴的末日，到了。

如山的奏章堆在嘉庆的面前。自山东巡抚吉纶和河南巡抚清安泰参奏广兴之后，如雪片似的奏章便接二连三地向嘉庆飞来，这所有的奏章几乎全是参劾兵部侍郎广兴的。真可谓是树倒猢狲散，墙倒众人推。这大量的弹章之中，虽也难免夹杂着一些因对广兴不满而趁机报复的言过其实的内容，但确凿的事实证明，广兴身为钦差大臣，却任意胡作非为，藐法营私，确是罪不容赦。嘉庆是越看越气，越看越怒。他气的是，自己对广兴倍加宠信，而广兴却在外面为所欲为。他怒的是，许多地方官吏，为讨好取悦广兴，竟敢挪用国库公款趋奉广兴。只是，嘉庆对有一点不敢相信，那就是，广兴不可能收受那么多的贿赂。他召来军机大臣，令其会同刑部对此事详加查实。也许，广兴要是没有接受那么多的钱财，嘉庆是很有可能放广兴一条生路的。然而，军机大臣等查奏的事实却是，仅从盛师曾、盛时彦兄弟处搜到的他们为广兴保存的银票就高达二百余万两之多。嘉庆真的是震住了。他即使真的想庇护广兴，此时也已不可能了。他虽是一国之尊，到了这种地步，却也没有任何选择的余地了。

观德殿。大凡在京的所有朝中大臣皆聚集于此，即使有患病的几位，也强撑着来到这里听谕。嘉庆高高在上，神情一派肃穆。两列文武大臣之间，跪着曾不可一世的广兴。只不过，从广兴的脸上，也看不出多少恐惧和慌乱。也许，广兴还以为，圣上是不会拿他怎么样的，只不过给其他的大臣们做做样子罢了。嘉庆大喝一声："广兴，你知罪吗？"广兴竟然还能做出一无所知的样子。"陛下，奴才不知所犯何罪？"嘉庆怒及，竟走下台来，用手指着广兴道："你，身为钦差，不思代朕按察、体恤百姓，却一路收受贿赂、草菅人命，且欺上瞒下、诓骗于朕，你，该当何罪？"广兴却反报冤道："陛下，是谁在您面前乱嚼舌头？奴才所作所为，皆奉圣上旨意。刁民行犯上作乱之举，奴才敢不镇压？至于受贿一事，那全是地方官吏所为，奴才委实没有办法，乞请圣上明察。"

"住口！"嘉庆已忍无可忍。他万没料到，到了这种时候，广兴居然还不承认。"无耻广兴，你为满足己之私欲，任意鞭打百姓，你以审断讼案为由，任意敲诈钱财。铁证如山，尔等还敢狡辩？"广兴此时，方悟出今天非同小可。他心也慌了，腿也抖了，声音也嘶哑起来："陛下，奴才委实冤枉啊！奴才一向对陛下忠心耿耿，何曾干出这些事来？"死到临头了，广兴还拒不承认。只是，嘉庆已经不再听他言论了。嘉庆重重地走回台上，转过身来，威严地扫了一下所有臣子。"广兴身居要职，大失朕望，罪孽深重，十恶不赦。若一味姑息迁就，实乃民心难平，于国法亦实难相容。"又一指广兴道，"你，倚仗朕之信任，平素骄横恣肆，作威作福，朝中上下无不恨你。你视黎民为草芥，视王法如儿戏，贪污敲诈银两竟累至数百万之多！这，又与和珅何异？你弹奏和珅在先，却步和珅后尘于后，和珅已被朕赐死，广兴理应不得生还。来啊，摘去广兴的顶戴花翎，速速推至午门之外，处绞！"

在广兴哀求的叫喊声中，嘉庆沉沉地坐了下来，目光掠过那些惊喜参半的大臣，缓缓言道："众位爱卿，朕如此处置广兴，可妥当否？"众大臣连忙齐刷刷跪下，三呼"万岁"道："圣上英明，圣上英明！"嘉庆喘过一口气来，神色有些黯淡地道："广兴之事若早有人奏及，小惩大戒，何至狼藉如此？朕并不于广兴独加信任，诸臣为何缄默不语？本应一并议处，姑念人数过多，免其深交。近来科道之风，只讲皮毛细事，琐碎陈奏，而于大奸大恶，相率容隐。诸位爱卿，这又是何种道理？"众大臣只得面面相觑，谁也不敢言语。

从上面的话中可以看出，嘉庆虽把广兴列为"大奸大恶"之列处于绞刑，但嘉庆的本意却是，若"早有人奏及"，他对广兴"小惩大戒"一下，广兴也就不至于被处死了。也就是说，嘉庆对广兴的死，确实有许多不安的。但不管怎么说，广兴一案，是嘉庆处理得比较彻底的少数几个案件之一。他不仅处置了广兴，还对与此案有关的大小官吏一并作了惩处。比如，他传旨将长龄从陕甘总督任上革职拿问,由甘省发往伊犁效力赎罪;张鹏升、金湘亦令收部严审,后金湘发往黑龙江赎罪,到戍后枷号半年,张鹏升则发往吉林赎罪,到戍后枷号三个月等等。而对敢于顶歪抗邪的官员则给以褒奖。比如前任高唐州知府孙良炳,嘉庆就令山东巡抚吉纶给咨送部引见。最值得一提的是,嘉庆还有意通过广兴一案,对官场上那股逢迎拍马的歪风刹一刹,因而在广兴伏法不久,嘉庆就发出上谕指出:

广兴性本贪鄙,山东省官吏遂极意逢迎,饱其欲壑,希冀代为弥缝掩盖。广兴之祸,虽由自作,实山东省大小官吏酿成,终亦不免革职发遣,陷人终身耳!若该省官吏平日悉皆奉公守法,无可指摘,亦何至惧广兴如此之甚乎!即如孙良炳,不肯趋奉,广兴亦不能将其任内事件格外搜求。乃不肖官吏只知逢迎,罔顾廉耻,属员公然以差费为名具禀上司,上司公然商同挪移库项。可见外省官吏,竟乐以办差为糜费开销之地,名为利人,实则利己,竟成贪官要钱之一巧法,此等恶习,实堪痛恨!嗣后钦差官员至所差省份及经过地方,永不许有差费名目,不准违例供给,若前项弊端不即革除,经朕查出,必当从严治罪,决不宽贷。

应该说,嘉庆能看出各省官吏之所以极意逢迎钦差,实乃想掩盖自己的罪责,这确实是十分难得的。他的"经朕查出,必当从严治罪,决不宽贷"的旨意,无疑也是正确的。然而,国家如此之大,贪官又如此之多,他又能"查出"多少呢?虽说官场上那种任意挥霍民脂民膏的歪风,经嘉庆如此一刹,确实有所收敛,但不过几月之后,一个比广兴之案毫不逊色的案子又赫然地呈在了嘉庆的面前。

却说嘉庆,虽毅然决然地处绞了广兴,但事后想起,每每总感到有些心疼。不管怎么说,广兴是第一个弹劾和珅的有功之臣,如果他不是如此的罪大恶极、罪有应得,嘉庆也不至于眼睁睁地看着自己的宠臣走上绞刑架。然而,事已至此,嘉庆也只好将这份隐痛埋在心里。偶尔听到大臣们提及广兴,嘉庆也不禁欷歔不已。如果广兴能洁身自好,他的前程当是远大光明的。故而,一连月余,嘉庆总是提不起精神来,有时,他还无端地发起火来,使得一些大臣们见了他,便战战兢兢,有惶惶不可终日之感。亏得是晓月善解人意,温柔有加,这才使得嘉庆随着时光流逝而逐渐平静下来。

嘉庆这日上得朝来,也不要鄂罗哩通报,径自走入殿内,朗声对群臣道:"朕五旬万寿正日行将临近,诸位爱卿的奏章朕已阅读,你们都想对朕表示祝贺之意,朕以为,这也合情合理。只是,朕一向主张清廉务实,无意因此而铺张浪费。御史景德不思朕之忠告,一味惑朕行铺奢之事,朕已将他发往盛京当差,想必诸位爱卿也都还能记得。朕考虑再三,允准各部各司送朕如意柄及书册字画,其余珠玉陈设,一概不准进献。诸位爱卿个人,也就不必费心再送朕什么礼物了。谁若不听朕言,朕定将唯谁是问。诸位爱卿以为如何?"群臣齐呼"万岁"。鄂罗哩道:"有事请奏,无事散朝。"

军机大臣前出一步道:"奴才有事上奏。"嘉庆道:"讲。"军机大臣道:"闽浙总督阿林保奏请,将闽西盐斤加价二厘。请圣上定夺。"嘉庆皱眉道:"朕已多次讲过,这盐斤之价,关系百姓生计,不得随意增加,如若加价不妥,定会引发百姓骚乱。传朕旨意,若阿林保胆敢擅加盐价,朕定严惩不饶。"军机大臣诺诺,复又言道:"奴才还有事请奏。"嘉庆道:"速速讲来。"军机大臣道:"伊犁将军松筠来报,言戍卫宁陕之地的总兵蒲大芳及属下一百余人,常常无端聚集,行迹十分可疑,松筠将军以为蒲氏等人图谋不轨,已在近日将蒲氏等人分别缉捕,并斩首示众。请陛下圣裁!"嘉庆一听便来了气:"松筠办事太过轻率。蒲大芳等人常常聚集,定然事出有因,不去详加调查,怎能指为无端可疑?即便缉捕之后,也应查证核实,谨慎从事,为何匆匆忙忙将其斩首?传朕旨意,松筠处事简单草率,实与草菅人命无异,夺其将军一职,命晋昌赴任伊犁。"军机大臣谨诺,又言道:"奴才还有一事请奏。"嘉庆道:"快讲。"军机大臣道:"陛下,自去年以来,瓜仪至通州的漕运一直不很通畅。奴才虽屡屡更换巡漕御史，但至今仍无济于事。奴才实在是黔驴技穷，乞望陛下委任一得力大臣担任此职，前往巡视，如若不然，漕运弊窦将越来越加严重，也就难以收拾了。"嘉庆点头道："汝等所言极是。漕运畅通与否，于国于民皆关系重大。只是朕一时也想不出谁可担此重任，尔可将科道各员名单呈上，朕从中遴选一人，着他前往漕运巡视。汝等以为如何？"军机大臣一边道"但凭圣上处置"，一边将各科各道人员名单递与了鄂罗哩。

嘉庆问诸大臣道："还有何事请奏？"众大臣摇头。鄂罗哩宣道："散朝——"余音还未停歇，众大臣已走之一空。嘉庆叹道："这些大臣，散朝时如此神速，实乃叫朕哭笑不得。"鄂罗哩道："陛下今欲何往？"嘉庆道："朕哪儿也不去，就在此挑选能担任巡漕御史之人。着鄂公公殿前伺候，没有朕之旨意，谁也不许打扰。"鄂罗哩老着脸皮道："陛下，若那晓月来此，又当如何？"嘉庆道："没想到鄂公公也会开此玩笑。朕以为，那美人深识大体，断不会在朕办公干之时前来打扰。鄂公公以为如何？"鄂罗哩道："那是自然。若晓月无德，老奴定然不敢将其引荐给陛下，老奴只是以防万一罢了。"嘉庆笑道："如晓月真的来找朕，那又另当别论。朕，如何会冷落于她？"鄂罗哩道："奴才知晓了。"便静静退至殿门边，看殿外那说不上是春天还是冬天的景致了。

嘉庆背着双手，蹙着双眉，在大殿内踱来踱去。他着实为这巡漕御史一职犯愁。巡漕御史的职责，是稽查漕运弊端，催趱迟延，以保证漕运畅通无阻。担任此职之人，一要不怕吃苦，任劳任怨；二要洁身自爱，勤慎奉职。两样条件齐备，方能膺斯重任。而嘉庆此刻考虑的却还有第三个条件，那就是，所选之人，一定要是自己信任倍加的大臣。可想来想去，自己倍加信任的大臣，大都已派往全国各地，这朝中诸臣，还真的没有什么可信赖的人。即使有那么一两个，却也身居要职，不能轻易离开朝廷。嘉庆想了一会儿，不由得感到自己能信任的人是越来越少了。他停止了走动,打开那本各科各道人员名册。看来,也只有在这名册里挑选一人了。刚刚打开名册,一个颇为熟知的名字便跃入他的眼帘:真是不可思议,朕怎么将他的名字给忘了?不信任于他,朕还能信任于谁?嘉庆顿时高兴起来,自以为已经找着了担当巡漕御史的最佳人选,忙着对鄂罗哩叫道:"鄂罗哩,传朕旨谕,叫给事中英纶速来见驾。"鄂罗哩一听"英纶"之名,很是有点吃惊:"陛下,恕老奴啰唆,传给事中英纶见驾,所为何事?"嘉庆道:"还有什么事?朕已决定让他荣任巡漕御史一职。公公无须多言,快点传朕旨谕便是。"鄂罗哩应了一声,不再多言,赶紧着人找英纶去了。

这巡漕御史一职,官不是太大,然而权力却非同小可,漕运一切事务皆归御史负责,地方上的总督、巡抚等大小官吏,均不得干涉,且还要受御史酌加调遣。也就是说,巡漕御史隶属于京城,他直接对皇上负责。鄂罗哩派人去找英纶之后,自己也悄悄地找到了一人,这人就是刑部郎中赵佩湘。鄂罗哩道:"圣上准备叫英纶任巡漕御史一职,若是,英纶将会去河南,那里的漕运问题最多。想英纶这小子,平日不学无术,又极其好色,此番离京,定会干出一些不雅之事来。尔等可速去河南,叫巡抚清安泰大人将英纶这两个月在河南的所作所为查证清楚,报与本公公知道。事成之后,本公公保你接替巡漕御史一职。如何?"赵佩湘道:"公公之命,敢不听从?属下这就前去河南,公公放心便是。"鄂罗哩冷冷地自言自语道:"英纶啊英纶,若本公公所猜不错,你此番前去巡视漕运,定是你末日来临之时。"

当然,这边发生的一切,那边的嘉庆是一点也不知道的。当英纶走入大殿之后,嘉庆也没要他跪拜,便执起他的手道:"连着两个多月,朕为琐事忙碌,也未和爱卿一块儿叙谈,实是朕之不是啊。"这英纶看上去着实和广兴不同。广兴只是一寻常男子,相貌无什么过人之处。而英纶却长得仪表堂堂,气度非凡,且鼻直口方,很有福相。见圣上如此待己,英纶当然高兴:"陛下,此番召奴才进见,所为何事?"嘉庆让英纶坐下,自己却站在一边:"朕今日方才知道,卿到现在,还只是一个给事中啊。"言下之意,嘉庆早就想提拔英纶了,只是公务繁忙,把这事给忘了。英纶一听有门儿,内心不禁沾沾自喜,只是说出来的话却倒也谦逊:"陛下如此说来,奴才委实受用不起。奴才以为,无论官职大小,都是在为国家为圣上效力。只要能为陛下贡献自己微薄之力,奴才也就心满意足了。"嘉庆道:"好,好,爱卿说得真好,真不愧为朕的知己。"嘉庆将英纶视为"知己",那当然有一番来历。这来历,似乎也只有他们自己方才清楚。

嘉庆又道:"朕记得,爱卿自入朝为官以来,还从未出过京城。对否?"英纶道:"陛下所言不虚。奴才能天天仰望龙颜,心中很是知足。"嘉庆道:"话虽是这么说,但朕之国家,屡屡爆出事端,爱卿这样的人才,不代朕外出巡查,仅靠朕一人,又如何照管得过来呢?"英纶闻言,大致便知怎么一回事了:"陛下此次召唤奴才,莫不是叫奴才离开京城?"嘉庆道:"正是此意。适才军机大臣奏言,国家漕运近年来一直不畅。朕经过反复考虑,朝中诸臣,唯有爱卿才可担当巡漕御史一职。卿以为如何?"英纶心里话,我一个小小的给事中,在朝中甚无地位,早就快憋死了。当然,他口里说出来的话却不是这样的:"陛下,如您觉得奴才能担当此任,奴才定义不容辞。"嘉庆连连道:"好,好,如此甚好。有爱卿这句话,朕也就放心多了。"接着,嘉庆又语重心长地对英纶道:"漕运之事,关系民生国计。据朕所知,漕运的问题一直不少,尤以河南一段为甚。所以,朕打算派你去河南,为期两个月。这两个月里,爱卿可要多多辛苦哦。"英纶答道:"为陛下办事,再苦再累也毫无怨言。"接着,君臣相视而笑。只是,嘉庆没有注意,英纶在退至殿门时,曾和鄂罗哩互相瞪了一眼。

敲定了巡漕御史的合适人选之后,嘉庆顿然觉得身上轻松了许多。一块沉重的缠身的大石头,终于被搬走甩掉了。

第十四章

**代天子巡漕纵淫欲
为百姓请命写弹章**

英纶不禁笑出声来,好像自己真的到了苏杭,真的有如云的绝色女子供自己玩乐。"唉,可惜这巡漕御史太小,只能在漕河周围逞威,而漕河沿线又多偏僻荒凉,若不尽力找些女人乐乐,岂不枉此一行?"

英纶确实是一个没有多大本事的人。鄂罗哩说他"不学无术"倒也不无道理。然而他的家世却很不简单。他是乾隆朝重臣温福之孙,嘉庆朝重臣勒保之侄,属于"旧家大族,世受国恩"之列。不过他本人由于能力不强,虽任职多年,名声却也不怎么显赫。他最大的嗜好,也可以说是他最大的本事,便是凭借其英俊的外表,没日没夜地和女人们鬼混。

英纶有一个堂弟叫英布,也是一个游手好闲之人。他和英纶真可以说是臭味相投。只是他的身份地位没有英纶高,手头也没有英纶阔绰,故而他只能跟在英纶的屁股后头,听英纶吩咐,为英纶跑腿,从而分得一些残羹剩汁。不过说实话,英纶对英布也是很不错的,自己有了什么好处,从未忘记过他。就说关于女人的事吧,英纶要是对哪些女人感到腻味了,便会痛痛快快地毫无条件地将她们赏给英布。也就是说,这兄弟俩在一块儿,真有点像狼与狈,谁也离开不了谁。英纶若是狼,英布则就是狈了。英布没有英纶,将会失去许多好处;英纶要是没有英布,也会失掉好多信息。换句话说,这兄弟俩相处,倒也十分融洽、百倍默契。

英纶是在三月下旬抵达河南的,随行人员,除了一营弁丁夫役之外,还有英布及其手下"十狼"。英布是"狼头",其余的按"大狼"、"二狼"直至"十狼"排列。可不要小看了这十一条狼,他们是英纶在京城时的耳目和打手。他们每人都有一身好武艺，且对英纶忠贞不二。英纶若叫他们下油锅，他们会连眉头都不皱一下。英纶想在河南大干一场，岂能少了他们？

三月的河南，风光自然与京城不同。京城里的一切，似乎都还沉浸在冬日的睡梦中。而河南的三月，虽然不敢说已是桃红柳绿，但扑面而来的微风，却使人有一种心旷神怡的感受。英纶骑在一匹高头大马上，注目着道路两旁的田野村庄，心中着实高兴。他转脸对同样骑着一匹大马的英布道："兄弟，离开京城，到这里玩乐，感觉如何？"英布道："大哥，这还用说？整天待在京城，闷都快闷死了。今番到此，兄弟可要跟在大哥的后面，好好地乐一乐了。"英纶笑道："这是自然。本御史出京，目的就是遍尝新鲜美女，至于巡漕不巡漕之事，那确是次之又次之了。"看看，一个朝廷大臣，来此巡视漕运，竟抱着如此荒唐目的，会有什么结果？

这兄弟俩人一路说笑，时间过得倒也很快，不多时，他们便接近了河南境内最大的漕站阎王埠。这阎王埠不仅是河南境内的最大漕站，也是瓜仪至通州这整个漕河中最重要的枢纽站。凡漕船打此经过，必要向该站站长交付关文，验收合格后方可继续运行。

英纶骑在马上向前这么一望，顿时怒火中烧。"真是气死我也。本大人到此，竟无一人前来迎接，这是何种道理？"英布和道："就是。这些人太不懂道理了，莫非是存心找死不成？"英纶气得牙齿咬住了嘴唇，没留神，竟将嘴唇咬出了血。这一路上，英纶所经之处，地方官吏大都只是礼节性地接待了他，有的官吏，还对他不冷不热的样子。英纶当时就在想，若我是钦差大臣来此巡查政情，你们保管都像龟孙子一样地跟在我屁股后面转。这也就罢了，现在到了巡漕御史直接要巡视的阎王埠，英纶却也受到了如此冷遇，这如何不令他气愤难填？

英纶冲着英布叫道："兄弟，去给我把那个混蛋站长拖到这儿来，为兄要好好地教训他一顿。"话音未落，英布就带着那十条狼撒马绝尘而去。不多时，英布将一个矮墩墩、胖乎乎的老头带到了英纶的面前。英纶也不多说，抄起马鞭就给了那老头一下，抽得老头当时就蹦了起来："大人……您为何不问青红皂白就抽打于我？"英纶冷笑一声，扬手又抽了老头一鞭。这一鞭正抽在老头的额上，那儿顿时便现出了一道深深的血痕。老头不禁有些怒气："大人，卑职所犯何罪，让您如此抽打？"英纶阴沉着脸道："本御史大人前来巡视漕运，尔等龟缩站内不来相迎，这岂不是大大的罪过？"老头道："冤枉啊！刚才不是这位大人前去唤我，卑职对御史大人的到来，简直一无所知啊。"英纶浓眉一攒道："什么？本御史奉圣上旨意前来巡漕，有关公文早已下发各处，你身为站长，竟然一无所知？"

老头叫道："大人啊，卑职本不是这儿的站长，卑职只是这儿的书记，负责记录来往漕船情况……以卑职之贱，怎可知御史大人前来？"英纶不觉看了英布一眼。英布忙道："大哥，兄弟进站，问谁是这儿的主管，这老头站了出来，所以兄弟就把他带来了。"英纶不满地哼了一声，然后对那老头道："如此说来，本大人刚才是有点冤枉了你。你且告诉本官，这儿的站长姓甚名谁，现在何处？"老头道："卑职的站长姓郑，叫郑有财，前日去往巡抚衙门，拜会清安泰大人，说好今日上午返回，不知何故迟迟未归。"英纶冷冷地道："郑有财？好名字，真是个好名字。本大人一定叫你变成没财……"用马鞭一指阎王埠，对那老头道："你且带路，本大人一路劳累，要进站休息。"

阎王埠漕站很大，大小房间有百十多套，房间周围圈着一排高高的栅栏，栅栏之外，三边是村庄，一边便是漕河了。英纶进得站来，立即吩咐那老头准备饭菜，说是肚中饿得难受，并对那老头说："本大人耳闻这漕河之中的鱼又大又肥，味道特别鲜美，立即着人下河捕捞。本大人要尝尝鲜。"老头面有难色地道："回大人的话，此事恐不好办理。"英纶立即道："此话何意？难道这漕河之中，没有鱼了吗？"老头道："河中确实有鱼，且也正如大人所言，鱼不仅体大，还很肥嫩。只是，卑职等不敢捕捞。"

英纶紧盯着老头,像是要把他吃了下去:"老家伙,为何不敢捕捞?莫非,这河中有鬼不成?"老头道:"大人,河中并无鬼怪。只是郑站长早有令下,站内所有人等,一律不得擅自下河捕鱼,违者革职查问。"英纶不屑地道:"那郑有财此举何意?"老头道:"郑站长说,漕河中鱼是附近渔民赖以生存之物,吾等不得……"

"混蛋!"英纶顺手给了老头一巴掌,打得老头原地转了两个圈方才定住。"郑有财算什么东西?他如此胡说八道,简直毫无道理。快去,叫人下河捕鱼。老家伙,你听好了,今天本大人要是吃不上新鲜的活鱼,我就将你这把老骨头拆巴了下锅熬汤喝!"这老头可吓坏了,他几乎在这漕站干了一辈子,但还从未见过有像英纶这样的凶狠御史。老头慌忙跑到一边,对着四周大呼小叫道:"汝等仔细听着,御史大人要吃活鱼,你们马上抄起家伙下河捕捞……"

他这一喊,漕站内可就乱了套,大大小小上百号人立即停下手中活计,一齐围到老头的身边来。老头急道:"你们围着我作甚?赶快下河捞鱼啊?"一个中年人道:"捕鱼的网叉都叫郑站长送给了渔民,我们拿什么捕鱼?"老头这才想起此事,转身就想向御史大人汇报,但又怕英纶发怒打他,只得站在远远的地方,对英纶喊道:"御史大人,这里的网叉都让郑站长送给了渔民,我们无法捕鱼啊……"英纶果然怒道:"废物!他能送过去,你们就不能再拿回来吗?"老头忙对那中年人道:"你速领两个人,去向渔民借些网具。越快越好。"中年人做事倒麻利得很,一盏茶工夫,他就和几个人拖着两张大网回来了。老头催道:"快将网下到河里。这御只大人有些特别,惹恼了他,我们都要吃不了兜着走。"这边刚吩咐妥当,那边英纶就又叫道:"老家伙,你过来。"老头诚惶诚恐地跑过去,点头哈腰道:"大人,有何指教?"英纶道:"快些准备酒菜,让本大人的手下吃着。另备一桌酒席,放在河边,本大人要边吃边观看河中风景。"老头道:"卑职这就去办,请大人稍候。"

半个时辰不到,一桌丰盛的酒菜就摆在了漕河的边上。英纶带着英布和那十条狼围坐在桌边,大吃大喝着。那老头不敢造次,只垂手肃立在英纶的身后。老头正害怕着呢,却听英纶又叫他道:"老家伙,本大人看来看去,怎么没见这漕站内有一个女人啊?"老头回道:"自郑站长去年上任以来,这漕站内便不曾有过女人了。郑站长说,谁在公务时间玩女人,便以失职罪论处。"英纶哈哈笑道:"这郑有财真是他妈的古董。什么公务不公务的,整天不见女人,那还不把人憋死了。这漕站不也就成了和尚庙了?那我们不就都成了和尚了?呃?"英纶话刚说完,英布及十条狼便狂笑起来。老头低低地道:"大人,郑站长说,漕站内所有人等不许赌博,不许嫖娼,这是圣上的旨意……"

英纶一拍桌面道:"胡说!混蛋!本御史大人刚从圣上那儿来,怎么没有听说过这等旨意?定是那郑有财胆大妄为,假冒圣上旨意,从而吓唬尔等。老家伙,你以为呢?"老头哆哆嗦嗦地道:"卑职委实不知其中根究。不过,巡抚清安泰大人来此,好像也说过这是圣上的旨意……"英纶冷冰冰地道:"这么说来,你这老家伙是不相信本御史的话了?"老头忙道:"卑职不敢。御史大人的话就是圣旨……"恰好厨丁端着一盆香喷喷的红烧鱼过来,老头方才长长地喘了一口气。英纶夹了一箸鱼放到嘴里,连连点头着:"不错。漕河中鱼果然味道鲜美。老家伙,本御史在此站居住期间,每天都要吃这漕河之鱼。如果你胆敢忘记,我就拿你是问。"老头勉强做出笑容道:"御史大人之言,卑职已铭记在心。"

英纶吃饱了喝足了,便挑了站内最大的一间屋子作为自己的行馆。是时,天色已近黄昏。也就是说,英纶的一顿午饭,足足吃了有两个时辰。而那老头,从中午到现在,还没有吃过一粒米饭。老头伺候好英纶躺下,吞吞吐吐地道:"大人,您先在这儿歇着,卑职腹内空空,实是饥饿难耐,想去找点东西垫肚,不知大人……"英纶醉眼蒙眬地道:"老家伙,着什么急啊?饭什么时候都可以吃,但本大人的有些事情却要马上去办。"老头又饿又累,加上提心吊胆,浑身几乎没有一丝力气了:"大人,您还有什么事要办?"英纶道:"本大人吃也吃了,喝也喝了,现在,你该去找几个女人来陪大人玩儿玩儿了。老家伙,听明白了吗?"老头弓下腰身道:"大人,卑职已说过,这漕站内无一个女人……"英纶一下子从床上坐起来:"混蛋!你这老家伙是越老越糊涂了。漕站内没有女人,漕站外能没女人吗?"

老头道:"大人,此漕站地处偏僻,站外只是渔村,并无娼妓,娼妓在桃花镇上才有,而桃花镇离此地足有三十里路……"英纶笑道:"老家伙,我说你是老糊涂了吧?本大人只说叫你找些女人来,并非叫你找什么娼妓。你怎么听不懂本大人的话啊?"

这老头还真是听不懂英纶的话:"大人,恕卑职愚钝。大人叫卑职找女人,又并非什么娼妓,那卑职又如何能找得女人?"英纶逼视着老头:"老家伙,这附近渔村,莫非一个女人也没有?"老头这下算是听懂了英纶的话了。"大人,您的意思,是在渔村里找女人?"

英纶道:"本大人正是此意。如此看来,你这老家伙也不算是太笨啊!"老头大惊道:"大人,想这渔村之女,不是为人妻子,便是为人之母,这……如何找得?"英纶恬不知耻地道:"在本大人眼里,无论红楼娼妓,还是良家女子,一律都是女人。既是女人,就得找来给本大人玩乐。老家伙,这下明白了吧?"老头下意识地摇着头道:"大人,依卑职愚见,此事万万不可。平日里,站内员工有谁胆敢狎妓,郑站长定然将其革职拿问。若平白无故强行掳奸良家女子,郑站长可是要杀头的啊……"

英纶抬手就给老头一巴掌,差点将老头打瘫在地:"老家伙,你好不识相!你开口闭口什么郑站长,你将本大人又放在哪里?"扭头对英布道,"兄弟,押着这老家伙,到渔村去给大哥找些女人来。要是这老家伙不听话,就拧断他的脖子。"英布一摆头,大狼、二狼走上前来,架住老头的胳膊,将老头拖出屋外。英纶又对英布道:"兄弟,多带些人去,如若哪个渔民不从,就好好地整治。"英布刚要走,英纶又唤住道,"兄弟,多找些女人来,一半胖些的，一半瘦些的。大哥既要尝鲜，就要尝他个全面。"英布道："大哥敬请放心。兄弟为大哥办事，出过几回差错？"手一挥，领着剩下的八条狼出门而去。

剩着英纶，躺在床上是浮想联翩。想自己在京城为官，虽蒙皇上宠信，但朝中上下，也没有几个大臣能瞧得起自己，虽整日和女人泡在一起倒也自在逍遥，然而京城弹丸之地，却也实在不是他英纶为所欲为的地方，还是奉旨离京四处巡视为妙，自己想干什么就干什么，没有人敢拦阻。要是……英纶陷入了无限的遐想之中。他想的是，两个月之后，自己巡视漕运之事完毕，回到京城，再向皇上讨个钦差大臣的身份，到苏州、杭州一带巡视，听说苏杭自古就出美女，自己到了那里，不是想怎么干就怎么干吗？想到这里，英纶不禁笑出声来，好像自己真的变成了钦差大臣，真的到了苏杭，真的有如云的绝色女子供自己玩乐。"唉，"英纶叹出一口气来，"这巡漕御史之职太小，只能在漕河周围逞威，对地方官吏竟莫之奈何，而漕河沿线又多偏僻荒凉，若不尽力找些女人乐乐，岂不枉此一行？"

正自言自语着呢，却听屋外传来一阵吵吵嚷嚷声。英纶喝道："是谁人在屋外吵闹？"一弁丁跑入答道："禀大人，有一渔家女子，口口声声要找大人评论。"英纶怒道："何种女子竟如此大胆，敢找本大人评论。去，把那女子带将进来，本大人倒要看看，她到底想胡说些什么。"顷刻，一端庄稳重的女子走进了这屋子。这女子看上去约莫三十岁左右，腰间系着一条花布兜，显得干净利落。不过英纶看的可不是这些。他看的是她的脸和她的身段。嗯，她的脸圆圆的，红扑扑地像一只熟透了的大苹果。她的胸鼓突突的，膨胀胀的，像蒸熟了的大馒头。只看到这两点，英纶的体内便燥热起来。他吞了一口唾沫，装作漫不经心地样子道："本大人问你，你是何人？要找本大人说些什么？"那女子道："妾身是郑有财之妻李氏。妾身找御史大人，是想问个明白……""哦，"英纶拖长了声音道，"我当是谁，原来是郑有财的老婆，难怪有如此大胆。"他下了床,走到她的身边。"你这不知天高地厚的女人,想找本大人问什么?"李氏不卑不亢地道:"妾身以为,巡漕御史本职司风纪,对奉巡地段,遇有不公不法之事,应列举弹劾,若沿途弁丁夫役有赌博宿娼、借端逗留等事,亦应立即查禁惩处。但御史大人此番前来,却反其道而行之,逼夫役下漕河违禁捕鱼在先,又差手下到渔村强抢民女于后,这一先一后,不知御史大人作何解释?"

英纶"嘿嘿"一声冷笑。"想不到,你这么一个妇道人家,竟然知晓这么许多东西,想必,定是那郑有财调教有方啊。不过,本大人要告诉你的是,本大人想吃这河中之鱼,所以叫他们下漕河捕鱼,本大人想找几个女人玩玩,所以又叫手下到渔村强抢民女。本大人如此解释,你这个贱人该满意了吧?"

李氏直气得脸色发白、变青:"你……你怎么能这样无耻?"英纶火道:"混账!你这个贱人,怎么敢这样与本大人说话?来啊!将这个没大没小、不守规矩的贱人拿下,听候处置。"立即过来两个弁丁,把李氏捆绑了起来。英纶伸手摸了摸她的下巴,阴邪地笑道:"小贱人,你如此冒犯本官,是要得到报应的。"李氏毫无惧色道:"你如此残害百姓,得到报应的一定是你!"英纶对一弁丁道:"找些东西将这贱人的嘴堵起来,本大人不想听她言语。"

正说着话,英布一步跨了进来。英纶急问道:"兄弟,事情办得如何?"英布抹了抹额上的滚滚汗珠。这三月的天气,他如何来得这么多汗水?"大哥,事情办得还算顺利。大大小小,胖胖瘦瘦,一共找得十五个女人。"英纶忙道:"那些女人现在何处?"英布道:"她们此刻就在屋外。"果然,屋外传来一声声啼哭。英纶道:"速速将这些女人带进来,大哥要逐一审视挑拣。"英布应诺一声,一拍巴掌,大狼率先走了进来。大狼的手中牵着一根绳子,绳子的那头,拴着十五个女人。十五个女人几乎个个含泪地被强行拉进了屋里。

英纶一见,立即手舞足蹈起来。"好,好,这些女人果然胖的胖，瘦的瘦，一应俱全。本大人今晚就要好好地品尝一下这渔家女人的风味。"英纶仔细地端详了一番那十五个女子的相貌和身段，哑哑言道："兄弟，这十五个女人，大哥我看了都很喜欢。你适才为何不多找些女人来？"英布道："大哥有所不知，这渔村内外，兄弟我找了个遍，有些姿色的，都带到这儿来了。剩下的，全是丑陋不堪的女人……"英纶点点头，终于从那十五个女人当中挑拣出两胖两瘦四个女人。

英布斜了一眼捆在墙角的李氏："大哥，这女人是谁？如何会待在这里？"英纶道："她是郑有财之妻，主动送上门来。大哥见她姿色不错，便将她留下来一并享用。"英布道："这事当真有趣。日后那郑有财得知，心里恐怕不会好受呢。"英纶道："兄弟操那么多闲心干吗？只要是女人，大哥我能玩就玩，从不管她是谁。"英布忙道："大哥所言极是。这些女人，生下来不就是供大哥玩乐的吗？她们能得到大哥的赏识，当真是三生有幸呢。"英纶笑道："兄弟不必再啰唆下去，你且带你的弟兄找地方乐去，大哥我已等得有些不耐烦了。"英布连忙刹住口，领着十条狼像拖牲口一般各自拖着一个女人到别处去了。一时间，这漕站的夜空中，飘荡出一声又一声女人的凄厉的哭叫声。

这间屋子里，就只剩下英纶和李氏等五个女子了。五个女人的手都被反绑着，且连结在一条粗绳子上，绳子的两端已被牢牢固定。就是说，这五个女人怎么跑也跑不出英纶的魔爪了。此刻，英纶的脸上堆满了淫荡，抽出腰间的那把从不离身的小刀，来到李氏的面前，奸笑道："小贱人，你冒犯本官威严，本官可就对你不客气了。"李氏怒羞难当，直想破口大骂，却因口中被堵，也只能发出模糊的"唔唔"声。英纶道："别急，小贱人，虽然你对本官不敬，但本官也不想惩罚你。相反，本官还要给你快乐，让你如醉如痴地享乐一番。如何？"李氏遇此羞辱，也只能闭目流泪。她万没想到，竟会有这样的人来做什么巡漕御史。莫非，当今圣上的眼瞎了吗？不然怎么会眼睁睁地看着这么一个畜牲不如的家伙在这里造孽?

英纶挨个地将那四个女子糟蹋了一遍。一时间,屋子里哭声震天。心满意足的英纶抬手给了一个女人一耳光:"哭什么?嚎丧啊?你爹还没死呢,有什么好哭的?"他亮出明晃晃的刀子道:"谁敢他妈的再哭,老子就将她的心肝挖出来喂狗!"英纶这句话,就活脱脱地是土匪口吻了。在土匪的面前,谁还敢作声?吓得那四个女人顿时闭了口。英纶望着她们道:"本大人对你们的表现不甚满意。所谓一回生二回熟,待本大人下次再和你们玩,你们就会有经验了。不过,话又说回来,本大人对你们的身体还是比较满意的。胖有胖的滋味,瘦有瘦的味道。而你呢,"他走到李氏跟前,托起她的下巴,"不胖不瘦,正好!"

第二天早晨,英纶醒来,对走进屋内的英布道:"兄弟,将所有女人都关押起来,好生看管。大哥在此逗留期间,要好好地玩玩她们。"正要找那书记老头索要早饭,却见那老头急急地奔了过来。一夜之间,这老头好像苍老了许多,变成另外一个人了。英纶差点没认出他来:"老家伙,你怎么变成这副模样了?找本大人何事?"老头有气无力地道:"大人,卑职的站长回来了。""哦?"英纶一听即刻来了精神,"那郑有财回来了?本大人正要找他呢。"迈开大步,领着英布及十条狼向屋外走去。宽阔的漕河上风平浪静,河水正静静地流淌着,似乎一点也不知道这漕站内昨夜里发生的事情。

英纶瞥了漕河一眼,问那老头道:"老家伙,那郑有财在哪儿?"老头用手指了指河面道:"郑站长在那只小船上。"果然,有一只小船正顺流向这里徐徐驶来。驶近了,才发觉那小船并不太小,足足有十好几米长,且船身装饰得也很考究。英纶望着那船道:"好你个郑有财,倒会享受,乘船在漕河里飘荡。哼,待会儿,本大人就要让你真正地享受一番了。"

船靠河岸,从船上走下来两个人。英纶不认识谁是郑有财,对英布道:"兄弟,叫那郑有财下跪。"英布扯开嗓门道:"郑有财听着,御史大人巡漕到此,还不敢快下跪叩拜?"那两人之中的一个即刻跪下道:"卑职郑有财,给御史大人请安。"英纶看了郑有财一眼。郑有财身躯高大魁梧,像是个北方大汉。英纶一步一步地踱到郑有财跟前,猛然喝道:"大胆郑有财,你知罪吗?"郑有财一愣:"御史大人,卑职何罪之有?"英纶哼道:"你所犯何罪,当自己清楚,还敢跟本大人装糊涂?"郑有财道:"下官委实不知所犯何罪?还请大人明示。"

英纶道:"好,你既不知,那本大人就来告诉你。第一,你玩忽职守,私自外出,本大人前来,你不曾迎接,这藐视王法之事,该当何罪?第二,你故作正人君子,下令漕站内不得容纳女人,而自己却将妻子藏在渔村之中,供自己享乐,这欺下瞒上之事,又该当何罪?"英纶一气道出郑有财的两大罪状,对他这么一个从不动用脑筋干正事的人来说,却也是实在难得。郑有财再拜道:"请大人息怒,容在下解释。御史大人离京前往河南,理应循漕河沿路巡视。卑职计算了一下,大人要巡视至此,最早也得是后天中午。但不知大人为何径自至此?故而卑职未曾布置迎接事宜。"

郑有财的这番话却也是实情。巡漕御史的任务就是沿着自己所巡漕段,一个漕站一个漕站地巡视。但英纶觉得那样做太过辛苦,且一般的漕站都很偏僻,连女人的影子都见不到,所以英纶就带人直奔这河南境内最大的漕站阎王埠,也算是完成了圣上所赋予他的神圣任务。郑有财接着道:"大人,您对卑职下令漕站内不准容留女人恐有所不知。卑职这里所说的女人,是指从桃花镇等地游弋而来的娼妓。漕站内弁丁夫役,若狎妓嫖娼,那就是犯法。犯法之事,卑职绝不允许发生。至于卑职的妻子住在渔村之内,那又是另外一回事了。不独是卑职,漕站内许多人等家小,都住在渔村之中。卑职以为,做完公务后回家享享天伦之乐,这也是人之常情。但不知大人以为如何?"郑有财一番话,说得英纶无以答对。

既然无以答对,英纶也就不去动脑子想了:"好你个郑有财,不思悔改在先，又巧言狡辩于后，本大人所举你条条罪状，证据确凿，怎容你无端抵赖？你数罪并罚，当从重从快惩处。来人啊，将这刁滑的站长郑有财拿下，大刑伺候！"话音甫落，早窜过去几条狼，将跪在地下的郑有财结结实实地捆翻在地。他们捆人动作的娴熟和快捷，就是那些牢房中专干此业的狱丁们，也只能望尘莫及。这边刚刚捆绑妥当，那边的英布就抽出了早就准备好的皮鞭。这可不是一般的皮鞭，这是英布专为英纶惩罚别人而特制的一条鞭子。鞭身短而粗，鞭身上布满了大大小小的刺钉。一鞭抽下去，不是皮开肉绽，便是血肉横飞。英布用这条鞭子打人似乎打上了瘾，若是连着几天不干这事，他会觉得浑身不自在。就在英布高举着皮鞭正要往下抽打的当口，一个人高声叫道："御史大人，且慢动手！"

英纶一怔，此时此地，还有谁敢大胆拦阻？定睛这么一看，却是那个跟郑有财一同下船的老头。英纶双眼一瞪，冲着那走过来的老头道："呔！你这老头子是何等样人？竟敢干预本大人之事。"那老头向着英纶一拱手，微微笑道："御史大人在上，河南巡抚清安泰这厢有礼了。"

原来，这老头便是那首劾钦差大臣广兴的清安泰。可惜的是，广兴一事闹得满朝风言风语，闹得嘉庆寝食难安，却对英纶几乎毫无触动。英纶对广兴一案根本就漠不关心，当然也就知之甚少。要不然，在这个清安泰的面前，他多少还是应该有所顾忌的。不过，英纶却也知道，对方既是一省巡抚，那自己在面子上也要说得过去。所以，他也冲着清安泰一抱拳道："原来是巡抚大人。失敬，失敬。但不知大人唤住本官，所欲何为？"英纶的话说得不冷不热，清安泰倒也没有在意："御史大人如此客气，下官愧不敢当。只是这郑有财与下官私交甚深，下官实不敢相信他会做出什么违法乱纪的事，还望御史大人详加查问才是。"英纶一听很是不高兴："巡抚大人，这郑有财所作所为，本官早已查实清楚，真可谓是铁证如山，断难翻改的。本官禀承圣上旨意，依据王法对人犯郑有财进行刑问，巡抚大人又何必要干涉呢？莫不是大人因为与人犯私交甚深，想替人犯推卸责任、开脱罪过？"

英纶这段话，听起来似乎不无道理。清安泰道："御史大人这是说的哪里话。如果郑有财果真犯了弥天大罪，即使他是在下的亲兄胞弟，在下也断然不会为之开脱。只是，郑有财适才对大人所言，下官听来，确也有很多道理。大人为何不广加讯问、查证清楚，就欲动用刑具伺候？"英纶的火气"腾"地就上来了："照巡抚大人看来，本官是滥用刑法、草率从事了？"清安泰道："下官没有这么说。下官只是希望大人能将事情问个明白之后，再动用刑法也不迟。"

英纶不想再同清安泰耗下去了，耗来耗去的，英纶觉得毫无意思。于是，他冷冷地对清安泰言道："巡抚大人，本官是在行使巡漕御史的职权，还请你不要插手为好。"清安泰道："大人代天子巡漕，下官怎敢插手？然而不问青红皂白便欲以刑具逼供，终也是不妥吧？"英纶道："妥与不妥，这是本御史之事，与你河南巡抚何干？本御史以为，你刚才从哪里来，还是回哪里去为妙。"英布等人一起轻笑起来。清安泰正色道："御史大人，你如此不听忠告，一意孤行，难道不有负于皇上的厚望吗？"英纶终于怒道："清安泰，本御史如何，自有皇上明察，还轮不到你一个小小的巡抚在这里说三道四。你若识相，就赶快走人。如若不然，别怪本御史对你不客气。"清安泰气得浑身颤抖："你……你意欲何为？"英纶撇了撇嘴道："你问我意欲何为？本御史老实告诉你，你若还在这里指手画脚，本御史就一并将你刑法伺候。老匹夫，你相信吗？"这一声"老匹夫"叫得清安泰七窍冒烟，满朝文武，甚至包括皇上，也都没有这么叫过他。清安泰气白了脸面，气红了眼珠，道了声"你终将会自食其果的"，接着便拂袖而去。

英纶望着清安泰的背影，恶狠狠地自言自语道："不知好歹的老匹夫，若惹得我性起，非扒了你的皮，抽了你的筋不可！"殊不知，正是这个清安泰，在英纶离开河南之后，将英纶在河南的所作所为查证个一清二楚，然后写成奏章，飞马进京交予鄂罗哩，鄂罗哩又联络了一些朝廷重臣，在奏章上签了字，联名弹劾英纶。当然，那是两个月以后的事了。

而当时，在清安泰走了之后，英纶便把歹毒的目光罩准了郑有财："罪犯郑有财，你知罪吗？如果你承认有罪，并求我饶恕你，本大人也许会让你免受皮肉之苦。"郑有财不愧为一条铁骨铮铮的汉子，他朝着英纶吐了一口唾沫道："呸！我郑有财堂堂正正做人为官，何罪之有？叫我认罪，办不到。若取我性命，尽管拿去。"英纶"哟"了一声道："还真看不出来，你郑有财的口气怪硬的，只是，不知道你的骨头是否也有你的口气那么硬。"他走近郑有财，踢了踢郑有财的身子道，"听你话中的意思，你想死是不是？那容易，本大人以为，世上什么事都难，就是想死容易。跳崖啦，钻水啦，上吊啦，等等，去死的法子简直太多了。不过，你郑有财现在想死却不是那么容易，本大人还没拿你开心呢你就死了，岂不是太便宜了你？"招招手，将英布招至跟前道："兄弟，我见你打人，一般只抽五鞭，是不是？"英布自得地道："大哥，哪需要五鞭？一般的人，只抽三鞭就足够了。"英纶道："兄弟，依你看来，这郑有财能禁得住几鞭？"英布瞟了瞟捆翻在地上的郑有财："这家伙看起来挺壮实的，只恐要抽完五鞭才行。"英纶道："依大哥看来，你即是抽完五鞭，郑有财也不会怎么样，只恐怕，你要抽到十鞭才行。"英布道："大哥，这怎么可能呢？我抽了这么多年，还从未抽过十鞭。"英纶道："兄弟如若不信，大哥与你打个赌如何？"英布道："赌就赌。我就不信他能经得住十鞭。"英纶道："兄弟，我们赌什么呢？"英布道："一切但凭大哥吩咐！"英纶道："好。大哥若是输了，大哥那几个女人就全让给你玩。兄弟若是输了，今晚就不要玩女人了，好不好？"英布答道："大哥说这样，那就这样。"

英纶笑着，退开几步。英布抓过郑有财，三把两把，将郑有财的衣服撕去，然后，抢起皮鞭，照准了郑有财的脊背，"嗖"地就抽了下去。只这一鞭就将郑有财抽得从地上弹跳起来。再看皮鞭之上,已然是血肉斑斑。这布满钉刺的皮鞭抽打在人的肌肤上,该有多么大的巨痛?郑有财真是个硬汉,硬是没叫出声音。英布有些愣住了。他这皮鞭也不知抽过多少人了,一鞭下去,准保会伴着一声惨叫。他抽到现在,还没有什么例外。难道,这郑有财的身躯,不是肉做的?英布暗骂了一声"他妈的",又举起了右胳臂,将皮鞭狠狠地抽在了郑有财的前胸上。皮鞭飞处,带起一片血肉。然而,英布依然没有听到他想听的声音。英布着实有些心慌,看看英纶,英纶正似乎含蓄地笑着。英布想,看来这郑有财真是他妈的铁骨头,要是我输了,今晚就没有女人可玩了。他喘了一口大气,重新举起鞭子,用尽吃奶的力气,劈头盖脸地一连抽了郑有财三鞭。抽完之后,再看郑有财,已然是血肉模糊。然而,郑有财并没有昏死过去,正睁着一双滴血的大眼,瞪着那些披着人皮的野兽。英布心里不觉有些发虚,右手也颤抖起来。英纶一旁叫道:"兄弟,继续抽啊!还有五鞭呢。"英纶那漫不经心的语调,听得英布很不自在。英布朝手心里吐了一口唾沫,咬牙切齿道:"好!我抽!我就不信这个邪!"用尽全身的所有力气,将皮鞭重重地打在郑有财的身上,一边打一边还声嘶力竭地叫道:"一……二……三……"五鞭抽过之后,英布踉踉跄跄地,一屁股坐在了地上。可想而知,英布在抽打郑有财的时候,用了多少的力气啊。突地,英布笑了起来:"大哥,你输了,我赢了,你那些女人都归我了……"原来,浑身血淋淋的郑有财倒在地上,动也不动了。英布陡长精神,一下子从地上窜起来,窜到英纶的边上:"大哥,你说话可要算数哦……你那些女人,今晚要给我玩儿了……"谁知英纶却不紧不慢地道:"兄弟,不要高兴得太早。如果大哥输了,大哥是决不反悔的。然而事实上,却是兄弟你输了……"英布道:"这怎么可能?我明明看见……"

英布说不下去了。那边,郑有财正一点一点地昂起头来,怒视着他们。英布惊道:"大哥,莫非这郑有财不是人?什么人能禁得住我这十鞭?"英纶哈哈笑道:"兄弟,不要这么大惊小怪的。这郑有财怎么会不是个人?他当然是个人,但他只是一个贱人。贱人嘛,当然就长着一副贱骨头,而贱骨头却是不怕打的。兄弟,你抽了他十鞭,他连吭都不吭一声,是不是?不过,虽然他生就了一副贱骨头,但本大人却有办法让他开口,而且,还能让他求我。兄弟,你信不信大哥我有这份能耐?"没听到英布的回话,英纶有些奇怪。低头一看,英布正蹲在地上唉声叹气呢。英纶问道:"兄弟,你这是何故?"英布哭丧着脸道:"大哥,适才与你打赌,兄弟我输了,而这么一输,我今晚就不能玩女人了。君子一言,驷马难追。兄弟不会对大哥耍赖的。可整个晚上没有女人玩,叫兄弟我可怎么过啊……"英纶笑道:"兄弟,瞧你这份出息。大哥只不过跟你开了个玩笑,兄弟又何必当真?""真的?"英布旋却化悲为喜,纵起身子道,"大哥不会是骗我的吧?"英纶道:"大哥何曾骗过你?真是没出息到家了。"英布连连道:"没骗就好,没骗就好。哎,大哥,你刚才好像是说,你有办法让这家伙开口,并还能让这家伙求你,是不是……"英纶踌躇地道:"大哥正是此意。兄弟你这回相信了吗?"英布即刻道:"相信,完全相信。从今往后,大哥就是说放一个屁也能叫人栽跟头,兄弟我也绝对的相信。但不知,大哥会用什么办法对付这家伙?"英纶没有回答英布,而是冲着大狼、二狼道:"汝等二人,速去将那贱人李氏带到此处。"

很快,两条狼便将那个李氏拖到了英纶的跟前。说是拖,乃因为原本端庄利落的李氏,经英纶一夜摧残,行走已是十分的困难。英纶乜了李氏一眼,对着那正怒目相向的郑有财道:"站长大人,看清楚了吗?这个女人,便是你的妻子李氏。"郑有财还是没有开口,只是,见到妻子这副模样,他那愤怒的目光中顷刻间便融入了巨大的痛苦。英纶邪笑道:"郑有财,像这么一个漂亮的女人却被你这样的家伙独自占有,实在是不公平。本来吗,漂亮的女人就是供所有的男人享乐的。所以,本大人昨晚上就将她好好地享受了一下，感觉还真的不错。现在，本大人决定，将这个漂亮的女人，也就是你的妻子李氏，赏给我手下的弟兄们玩玩。但不知站长大人意下如何？"

如果，此时的郑有财还能够站起来，他是会不顾一切地冲向英纶拼命的。然而，他不仅不能站起来，手脚也被牢牢地缚住，且还有几条狼在盯着他。英纶笑道："既然站长大人不言不语，那也就算是默认了。对站长大人的这种奉献精神，本御史着实钦佩。也罢，恭敬不如从命。既然站长大人如此慷慨大度，本官也就没有什么理由客气了。"转向大狼等人道："你们还等什么？"大狼等心领神会，立即按大小顺序排好，大狼第一，十狼排在最后。看来，像这种厚颜无耻地集体轮奸一个女人的勾当，他们已干了不止一次了。

漕站内的许多人都垂下了头，就连英纶带来的那些弁丁们，也有许多个扭过头去。而郑有财，见大狼扑向李氏，撕扯她的衣服时，也不得不开口叫道："不……不……"英纶见状，止住大狼道："且慢。站长大人似乎有话要说。"郑有财痛苦地一点点地爬向英纶："御史大人，不要对她这样……"英纶笑道："站长大人的吩咐，本官终还是要听的。但不知，你可认罪乎？"郑有财看着李氏，眼泪刷刷刷地流了出来。这眼泪，是愤怒？是痛苦？还是因为自己竟然保护不了妻子而自责？郑有财低下头去："御史大人，我……认罪……"

英纶道："早这样，怎会有皮肉之苦？俗话说，识时务者乃为俊杰。你先前不识时务，也怪不得本大人。现在你识时务了，本大人以为也还不算太晚。来，你爬过来，一点点地爬过来，向本大人哀求，哀求本大人放了你的妻子……"郑有财又看了妻子一眼，然后真的一步步地向英纶爬去。

突地，谁也没有想到，原先步履维艰的李氏，猛地站起身来，以惊人的速度，一下子跑到了漕河的边上，站立不动了。几乎所有的目光都跟着她跑去。她回过身来，大声对丈夫道："有财，做人不能低头。你一个顶天立地的男子汉大丈夫,怎么能向一个畜牲乞求?妾身之清白,已让那个畜牲玷污,早就抱有一死之心,你又何必为了妾身而折腰?有财,妾身这就走了……妾身对不起你。如果真有来世,那我们来世再相聚吧……"言罢,她纵身一跃,便投入那宽大的漕河之中。漕河水只现出一个波浪,旋即就又恢复了刚才的平静。似乎,它只知道不停地一直往前流淌,人间的一切辛酸和所有悲伤,都不能对它有所触动,顶多,它会涌起一朵浪花,转瞬却又消失得无影无踪。

英布怒道:"真是他妈的,竟让这个贱女人跑了……"英纶叹道:"可惜呀,这些贱骨头都不珍惜自己的生命。殊不知,人的生命只有一次啊……不过也好,她这么跳下河去,那河中的鱼儿可就要因此而肥嫩三分了……"又悲天悯人般地对英布道,"兄弟,那贱人一死,这郑有财恐怕也就不想活了。俗语道,帮人帮到底。与其让郑有财活在世上受罪,还不如帮他一把,叫他去和他的妻子相会。兄弟以为如何?"英布道:"大哥所言甚是。像郑有财这样的贱骨头,本就不该活在世上。"挥挥手,招过来几条狼。几条狼也不用再交待,有的拽腿,有的扯胳膊,将郑有财抬起,走到漕河边,"扑通"一声,便把郑有财扔到河里去了。河水依旧旋了个圈,然后又一切如故。

顷刻间连着消失了两个人,英纶似乎多少有点伤感。他对英布道:"兄弟,这里已经没什么看头了。为兄经过这一折腾,肚中实在饿得紧,还是去吃早饭吧。"瞥见那书记老头正呆呆地站在人群中,目光凝视着河面,英纶很是不高兴:"喂,老家伙,发什么愣啦?你过来,本大人有话对你说。"老头拖着异常沉重的双腿,挪到英纶的身边:"大……人,找卑职何事?"英纶见老头一副半死不活的模样,嗤笑道:"老家伙,你这么大年纪了,莫非从未看过死人?"老头重复道:"大人,找卑职何事?"英纶没好气地道:"什么事?老实伙,是好事!古人云,国不可一日无君,家不可一日无主。现在,那郑有财找他老婆去了,这漕站内便没有了站长。

本御史现在郑重宣布，委任你为该漕站的站长。老家伙，现在该高兴了吧？"老头吞吞吐吐地道："大人，卑职年迈，已是风烛之年，站长一职，卑职实不敢当……"

"混蛋！"英纶用了极大的克制力，才把抽向老头的巴掌收回，"老家伙，你可得放明白点。现在摆在你面前的有两条路，一是乖乖地做这里的站长，另一条路就是你马上去找你原来的站长。"老头无奈，只得点了下头，点过头之后，他又偷偷地看了河面一眼。那河面之上，仍旧风平浪静，一派怡人的景象。

第十五章

遭果报狗官丢狗命
交好运猪儿嘲猪爹

直到此时，英纶方才悟出自己已是大祸临头，忙大叫一声，向嘉庆爬去："陛下，奴才不该死啊！奴才还要以身相报陛下知遇之恩啊……"嘉庆背过脸去，挥挥手。两个侍卫便像拖死狗似的将英纶拖出了宫门。

英纶就这么在阎王埠漕站待了一个多月，几乎哪也没去。他叫那书记老头派人告知各处漕站，说是御史大人身体欠安，暂时不便前往巡视，望他们好自为之。而事实上，英纶当然没有病，他身体简直壮得像条发情的公牛，有这么一条发情的公牛在此疯狂，附近的渔民可就遭了殃。他只要来了兴趣，也不问是白天还是晚上，便叫英布带人前去渔村，搜找各色女人供他淫乐。有时，他嫌英布没有眼光，找来的女人都不合他胃口，就亲自到村庄里寻觅。一个多月下来，几乎所有的渔家女子都被英纶糟蹋遍了。最后，他实在找不着什么能够看上眼的女人了，便连那还是孩子的小姑娘也不放过。有一个十二岁的小女孩，让英纶奸淫了一回，虽未失去性命，苟活了下来，却落得个终身残废。纵是如此，英纶却还对英布道："阎王埠的女人没有玩头，都像死人一样，大哥我对此很不满意。"既"没有玩头"又"很不满意"，那英纶又为何在此待了这么长时间呢？原因只有一个，那就是，英纶要趁此机会好好地捞上一笔钱财。

英纶在离京之前，就做好了两种准备。一是准备趁此机会好好地尽情地遍尝天下美女，一是准备趁此机会好好地狠狠地大搞一批银两。他在阎王埠对英布曾说过这样的话："兄弟，既然出来了，就不能白白出来一趟。女人当然要尽可能地多玩，但玩过之后却也了事,我们终究还是要回京城的。回京之后的所有玩耍都是需要银两的,我们为何不在此大大地弄他一些钱呢?"英纶是这么说了,他当然也是这么做了。处置了郑有财之后,他以"抄没罪犯家产"为由,将郑有财的家居里里外外地翻了个遍。他本以为,一个枢纽漕站的站长,手握来往漕船通行的大权,家中定会有许多钱财的。有谁知,找遍了郑有财家的角角落落,竟然没有找着一钱银子。气得英纶是破口大骂:"郑有财啊郑有财,你连一文钱都没有,为何要叫这个晦气的名字?"一气之下,他叫手下一把火烧了郑有财的家。

与此同时,他又叫那书记老头传示各大小漕站,按不同等级规格,分别向御史大人呈缴一笔"巡视费"。大站交一万两银子,中站减半,小站再减半。谁若违逆,便按"渎职罪"论处。当然,仅靠各漕站上缴的银两是远远满足不了英纶的欲望的。他之所以铆足了劲儿在阎王埠待了一个月,最大的原因就是他对来往的大小漕船进行敲诈勒索。无论漕船大小,只要你没有按他的意思办,你就休想领取关文,继续运行。更有甚者,谁若有一点点反抗之意,很可能在英布的那根皮鞭下命丧黄泉。

英纶在阎王埠所待的一个多月里,共收受并勒索银两高达数十万之巨。英纶想,这么许多银子,回京之后,着实可以花它一阵子了。银子既已捞足,剩下的,便是想法子找女人玩了。阎王埠是不能再住下去了,这儿的女人既玩遍了同时也没多大味道。若按英纶的真实意图,他确实很想到大城市里去玩。城市大,女人就多,而女人一多,自己就能玩个尽兴。然而英纶却没有到大城市里去。原因主要是,他这个巡漕御史管不了那些地方官吏,大城市里肯定住着巡抚知府什么的,如若他们不给予合作,纵使英纶再有钱财,干起事来终也是不便。而英纶要干什么事,总是喜欢为所欲为的。英纶还不禁想起了那个曾见过一面的清安泰。像那种老匹夫,怎么会看着他英纶恣意寻乐而不闻不问?最终,英纶选择了离阎王埠三十里之外的桃花镇。

他选择了桃花镇当然也有原因。一是大城市既然不便前往，只好去小城镇，而小城镇的地方官吏只要给些银两便很容易买通。二是桃花镇离阎王埠漕站较近，自己就说是去镇上养病的，回京之后也好对圣上有个交待。他去桃花镇的最大原因，乃是他从别人口中得知，桃花镇虽只是个镇子，但镇上的娼妓却非常之多，而英纶，却历来都是喜欢和妓女们玩乐的。因此，在一个阳光明媚的上午，英纶拦下一只漕船，强行令船主将他们上百号人运往了桃花镇。

桃花镇果真非常繁华。虽是个镇子，但常住人口不下万余。它如此繁华的最大原因，是过往的漕船都喜欢在此停歇。它简直就成了来往漕船的一个重要集散地。这样一来，镇上的各行各业生意都兴盛发达起来。众多的生意当中，有一门生意最为发达，那就是古老的皮肉生意。明娼暗妓，也不知有多少人。桃花镇的地方长官胡应来粗略地估计了一下，镇上十五岁到四十五岁的女人当中，至少有一半是做这生意的。胡应来对此极为高兴，妓女们的钱越多，他的腰包便会越鼓。哪个妓女不向他纳税，也不管她是在册的还是没有登记的，只要不按期向他缴纳一定数量的"管理税"，他就毫不客气地着差役将她关入监狱中。

且说英纶，在英布等人的簇拥下，耀武扬威地开进了桃花镇。刚进镇内，便看见大街小巷中，有许许多多的花枝招展的女人们在穿梭来往。英纶一见，便心跳加速。他伸长了舌头对英布道："兄弟，看来我们真是选对了地方。"英布说得更直截了当："大哥，说句心里话，看到这些风骚的女人们，我恨不得马上就扑过去！"英纶点头道："兄弟言之有理。这些娘们儿，比起阎王埠那些未经调教的女人来，当真是兴味无穷呢。"

英纶急急忙忙地找了一家大客栈住下，又急急忙忙地叫英布把那个地方长官胡应来找来，然后亲手递给胡应来五百两银子，对他言道："本御史巡漕期间，不慎偶染疾病，欲在贵镇将养些时日，还望兄台多给些方便。"胡应来手捧着沉甸甸的银子，双颊差点乐开了花:"御史大人何必如此客气?大人光临敝镇,那是敝镇的福分,也是敝人及全镇百姓的荣耀。大人在此养病期间,想干什么,便干什么,敝人一定通力合作。"英纶笑道:"有兄台这句话,本御史也就完全放心了。本御史病愈离开此镇之时,定再将以一千两纹银相酬谢。兄台以为如何?"胡应来一听自己还能白白地到手一千两银子,若不是还有一点自制力的话,他可能就要兴奋得晕了过去。这时,你若叫他喊英纶"老祖宗"或"亲爹",胡应来也会毫不犹豫地答应下来。许是激动过度,胡应来的双眼竟眨出些许亮晶晶、热乎乎的泪花来:"御史大人如此相待卑职,卑职实在感激不尽。如若镇上所有人士,有对大人不恭不敬者,大人尽管拿卑职是问。"英纶点头道:"本御史免不了要去麻烦兄台的。"

英纶在桃花镇总共只待了二十余天,但经他身手所玩过的女人不计其数。桃花镇大大小小的娼妓,他至少玩了一多半。胡应来得知此事后,也不由得喟然叹道:"如此御史,如此玩法,当真是旷古未闻、后世难再啊!"英纶在离开此镇之前,眉开眼笑地对英布道:"兄弟,此番奉旨出差,可谓是不虚此行啊!"英布道:"大哥言之有理。只是,镇上女人,想来毕竟有些粗俗,若去大中城市一游,定然风味无穷。"英纶道:"兄弟不必多虑。待大哥回京,再向圣上讨份钦差之职,不就可以心想事成了吗?"一番话,说得英布等人都狂笑起来。殊不知,英纶回京之后,等待他的并非什么钦差之职,而是一条能勒断颈项的绳索。

嘉庆帝决定在养心殿鞠讯英纶,他之所以不在乾清宫公开审讯英纶,乃是出于私心。他和英纶的关系非同一般,只要有一点点可能或希望,他也决不会眼睁睁地看着自己的亲信人头落地。然而,清安泰等人的弹劾奏章上,却将英纶在巡漕期间的种种劣迹,一五一十写得清清楚楚,且人证物证齐全,连一点点含糊的地方都没有。嘉庆初看奏章时,确实是受到了极大的震动。若英纶果如奏章上所言,那他又何异于兽类?也当真死有余辜了。英纶,那么一个丰朗俊俏的男人,怎么会是这样?在嘉庆的心目中,英纶始终都是那个在花园里遇到的天真纯朴的小男孩。平日，嘉庆也时常听到有大臣在议论英纶如何如何不务正业，如何如何恣肆放荡，但嘉庆总是一笑了之。他认为，英纶还年轻，疏于公务，耽于女人，这也没什么大不了的，以后成熟了，也就会走上正轨的。但没成想，英纶竟粗野放荡到这种程度。纵是如此，嘉庆对英纶或者说对此事还抱有一些幻想。如果，奏章上所列英纶劣迹有某些夸张，如果，英纶认罪态度诚恳、且有明显悔改之意，嘉庆说不定就会考虑从轻处罚。因此，嘉庆就叫鄂罗哩召来兵部、吏部、刑部等六部大臣及军机处诸大臣，一起在养心殿审讯英纶。

英纶走进来了。他还是那么俊俏、那么丰姿绰约，且精神也特别得好。他的脸上是一团笑容，进来之后，还拱手冲着那些面容严肃的诸大臣们请安问好。只是，那些朝廷重臣们都没有理会他。他也不在意，径直走向嘉庆，一边走一边言道："陛下，奴才刚刚回到京城，还未来得及向陛下禀报巡漕事宜，陛下就先行召唤奴才进宫，是不是陛下有些思念奴才了？"

英纶可能是这次巡漕太得意了，一点也没有注意到嘉庆此时的表情。嘉庆正铁青着脸，目光逼视英纶，一言不发。鄂罗哩见状，忙呼道："给事中英纶，还不速速跪下？"英纶不满地白了鄂罗哩一眼，小声言道："鄂公公，我要跪下我自然会跪下，用不着你来告诉我。"

嘉庆猛然喝道："英纶，给朕跪下！将所犯罪行一一如实招来！"英纶这才看出苗头不对，"扑通"一声双膝着地，口中言道："陛下，奴才犯了什么罪？"嘉庆冷冷地道："英纶，朕委你为巡漕御史，是叫你代朕巡视漕运不畅之事，可你……究竟都干了些什么？"

英纶没注意到嘉庆的双唇都气得发抖，很是不以为然地道："陛下，奴才没干什么呀？只是奴才的身体一直不大好，未能按陛下旨意一个漕站一个漕站地巡视，但奴才在那阎王埠漕站一待就是一个多月，也算是完成了陛下交给奴才的巡漕任务，陛下以为如何？"

"你——"嘉庆用手指着英纶，要不是顾及皇帝的尊严，早就上前抽英纶的耳光了，"英纶，事到如今，你居然还在蒙骗于朕，不思悔改，更无一点点招供之意。那好，朕且问你，你在阎王埠漕站是否将站长郑有财扔进了漕河之中？"英纶道："陛下所言属实。但那郑有财是咎由自取。他藐视王法，独断专行，奴才只好代替圣上将他处置了。"嘉庆长叹一声道："果然如此！英纶，那郑有财之妻李氏投河自尽，也所言非虚了？"英纶道："那小贱人出身卑俗，一时想不开，与奴才有何干系？"嘉庆不明意味地点头道："好，好。如此说来，你叫手下到渔村强抢民女供你玩乐，也确有其事了？"英纶竟然笑道："陛下，奴才自小便有这个爱好，陛下您想必也早有耳闻。奴才以为，这只不过是生活小节罢了。"

嘉庆也笑了，只是这笑与英纶的笑截然不同："英纶，你倒是诚实得很啊！你到桃花镇上，以养病为名，昼夜招上百名娼妓与你淫乐，这恐也不假吧？"英纶似乎有些害羞起来，瞥了一眼身后的诸大臣，还乜了一眼肃立不动的鄂罗哩，最后看着嘉庆道："陛下，桃花镇之事，奴才现在想来，委实做得有些过火。只不过，奴才当时看见那镇上有那么多美貌女子，一时冲动，就那么做了。奴才想，如果陛下以后再派奴才出巡，奴才一定在这方面有所克制，以报答圣上隆恩。"

嘉庆重重地道："英纶，你，还以为有再次出巡的机会吗？"英纶忙道："只要陛下恩准，奴才决不推辞。只是，下一次，陛下最好能封奴才做钦差什么的，要不然，那些地方官吏见了奴才，都不冷不热的，奴才面子上确实挂不住。"嘉庆忽地哈哈大笑起来。这笑声，满蕴着凄怆和悲凉。在场的诸大臣，甚至包括鄂罗哩，都不禁为之动容。唯有英纶不解："陛下，您何故如此大笑？"

嘉庆摇头道："英纶，朕是在笑你啊……"英纶道："恕奴才无知，奴才实不知有何可笑之处……"嘉庆道："朕是笑你，死到临头了，居然还做如此美梦。真是可笑可悲，又可叹啊……"英纶听到"死"字，再不明白也要明白了："陛下，奴才何罪之有？"嘉庆道："英纶，你没有罪，你哪里会有罪呢？"英纶道："奴才既没有罪，陛下为何作死到临头之语？"嘉庆道："朕之所以这么说，乃是因为，你英纶即使死上十次，那也是罪有应得啊……"英纶英俊的脸霎时变成一片惨白："陛下，您如此说，奴才确实有些害怕。奴才胆小，禁不起陛下惊吓……"

嘉庆哼道："你的胆子确实是够小的。鞭打无辜，强抢民女，敲诈漕船，荒淫无耻。这胆子也太小了。"英纶急道："陛下，奴才所作所为，都是寻常小事，陛下何必如此认真？"

"够了！"嘉庆一挥衣袖，不觉提高了声音。如此看来，想救英纶一命的可能是一点也没有了。既已没有这种可能，那就应该快刀斩乱麻，给六部及军机大臣们看看。想到此，嘉庆异常严肃地道："给事中英纶听谕：你以催漕之官，竟行阻漕之事，本已是目无法纪，以执法之人，躬为无耻之事，尤属卑鄙不堪。你擅作威福，草菅人命，任意敲诈勒索，又何异于匪类？你出身豪门，世受国恩，乃贪污纵恣，一至于此，实属法无可宥。来啊，将英纶押赴市曹，先杖刑二十大板，然后着即处绞！"

直到此时，英纶方才悟出自己已是大祸临头，忙大叫一声，向嘉庆爬去："陛下，奴才不该死啊！奴才与陛下之间的友谊，可谓地久天长。陛下，奴才不能死啊……"嘉庆背过脸去，挥挥手。两个侍卫便像拖死狗似的将英纶拖出了宫门。

直到英纶的乞求叫喊声听不见了，嘉庆才又转过身来，神情漠然地对诸大臣道："英纶所勒索敲诈的钱财，及英纶所有家产，一律抄没充公。英布诸人，为虎作伥，助纣为虐，与英纶一并处绞。还有，"他盯住吏部大臣，"河南巡抚清安泰的奏章中，提及那郑有财还有一个族弟，就叫他族弟继任阎王埠漕站站长，以示嘉勉。"说完，又挥挥手。六部及军机诸大臣便恭恭敬敬地退出。

人都走了，养心殿内只剩下嘉庆和鄂罗哩了。嘉庆虽果决地处置了英纶，但其内心却是异常复杂的，故而，他动也不动地肃立在宫内,眉宇紧锁着。嘉庆肃立了一阵之后,终于开口了:"朕……实在纳闷,想那广兴,系高晋之子,而这英纶,是温福子孙,皆世家大族,为何竟同匪类?"原来,嘉庆此时,又想起了那个广兴来。那广兴和英纶,真是何其相似,都是嘉庆宠信之人,嘉庆都曾想着尽可能地保住他们一条命,可在铁的事实面前,他们又都走上了同一条路。他们之所以落得如此下场,其重要原因,当然是他们自身所为,如若他们不是那么罪大恶极,谁又能拿他们怎么样?不过,鄂罗哩在其中所起的作用,也是不能忽视的。如果他们没有得罪鄂罗哩,即使最后终不免一死,但至少不会死得那么快。

当然,鄂罗哩是不会将个中情由告知嘉庆的。他只是这么对嘉庆道:"陛下,老奴以为,事情既已过去,也就不要再多想了。俗话说得好,过去的就让它过去吧。更何况,无论广兴还是英纶,他们都辜负了陛下对他们的信任。他们纯属咎由自取,陛下又何必因此而不快?"嘉庆叹息道:"公公所言甚是。只是,他们皆系豪门世家出身,为何他们的所作所为,竟同土匪无异?"鄂罗哩摇摇头,无从回答。应该说,嘉庆在那个时候能想到这么一个问题,也实在是不简单。只是,他虽能想到这个问题,却怎么也想不出解决这个问题的办法来。嘉庆见鄂罗哩没有应答,只得又叹息一声,再苦笑一下,背过手去,慢慢地踱出去了。

一连串的案子,对嘉庆的打击非同小可,广兴和英纶都是他所宠信的人啊。嘉庆的身体瘦削了,脸色也憔悴了,加上天气渐热,穿的衣服渐少,远远地看去,显得似乎能被风吹倒似的。他时常想起当阿哥时代自己和八阿哥、十一阿哥的对话。那时,八阿哥和十一阿哥曾影响他把他的胸怀放在春花秋月、高天湖水之间,如果那时听了他们的话该多好啊。他现在多少有点明白顺治帝当年出家五台山的传说可能是真的,如今,他的爱后早已崩逝,现在的女人只能使他放荡,他也似乎只能在与女人的恣意放荡中,来麻醉自己,放松自己。做人难,做个君王更难呀。

正当嘉庆帝长吁短叹的时候,山东省即墨县的一个村庄里,一个女人正焦心地等待着丈夫的消息。她似乎感到她的丈夫凶多吉少。她,就是嘉庆十三年的进士李毓昌的妻子林氏。丈夫是今年五月份前往江苏江宁报到候任的,说好了七八月间就派人来接她和他的族叔李太清,然而七月已过,八月也至,不但没见丈夫派人前来,就连丈夫的只言片语,她也无从收到。她隐隐约约地有一种预感:丈夫,肯定是出事了,肯定的。

林氏的预感没有错,她的丈夫不仅是出了事,而且是出了大事。这事情大到嘉庆帝得知后暴跳如雷的地步。不过,在说她的丈夫李毓昌所发生的事情之前,应该先提一提另外一个人。如果没有这个人的话,李毓昌的结局很可能就会是另一番模样。这个人,便是赫赫有名、以文章和书法驰名朝野、又以干练清廉深得嘉庆帝信任的两江总督铁保。

铁保,字冶亭,号梅庵,祖籍长白山下,先世姓觉罗氏,后改栋鄂氏,满洲正白旗人。其家族多出武将,父亲诚泰官至总兵。铁保独喜文,于乾隆三十七年进士,授吏部主事。武英殿大学士阿桂管理吏部,见他介然孤立,无所附合,意有不可,急辩勿挠,尤为器重,屡加荐举,由员外郎迁郎中,补翰林院侍讲学士转侍读学士、内阁学士。五十三年冬,乾隆帝召见,称赞铁保慷慨论事,有大臣之风。次年补礼部侍郎,历京师会试副考官、江南乡试正考官。嘉庆四年,铁保以吏部侍郎出任漕运总督,详定改革漕运章程十一款。七年底调补广东巡抚时,记历年行政经验二十二条,书石镌之堂壁,以告后任。八年初转任山东巡抚。是秋,黄河在河南封丘县衡家楼决口,淹及下游山东章丘一带十九州县,铁保亲临指挥救灾,为早日合拢决口,拨银三十万两解赴河南。嘉庆帝表彰他"心无畛域,深得大臣之体"。十年正月,铁保升任两江总督,赏一品顶戴,成为管辖江苏、安徽和江西三省的最高军政长官。这么一个大名鼎鼎的朝廷封疆大吏,怎么会同新科进士李毓昌搞在了一起?

嘉庆十四年六月中下旬，江苏中部连日大雨。那天穹仿佛被人捅破了一个大窟窿，雨水顺着窟窿直倾而下，淮河下游河水暴涨。奔腾咆哮的黄河自清江入淮后，宛若一匹脱缰的野马，在瓢泼般的大雨中呼啸着，猛烈地扑击着薄弱的堤岸。堤岸终于经受不住大水的冲击，在山阳县附近崩溃了。汹涌的黄水，从决口处横冲直撞向着低洼的山阳县席卷过来。水声咆哮，惊雷怒吼，大雨倾盆。低垂的乌云宛若一条条黑色的蛟龙，翻滚着，云层相激，发生"呜呜"的怪叫声，听来令人心惊胆战。决堤的水头犹如一座崩裂的大山，足有两丈多高，齐刷刷地压过来，参天的巨树在水头的卷荡下，仿佛成了弱不禁风的小草，一片片的民房更好像小孩搭的积木，被大水只一推就软瘫了下去，大水之中漂浮着巨大的梁柱、淹死的猪牛和一具连一具的死人尸体。只一天工夫，大半个山阳县就成了一片泽国。大水吞没了无数的庄稼，吞没了无数惨淡经营的村庄。被大水赶出了家园的难民，成群结队栖居在被分割开的一块块高地上，没有衣服，没有粮食，只有仅能遮身的小雨棚。老人绝望地呻吟着，饿坏了的儿童凄惨地啼哭着，遭受了灾害的老百姓把生存的希望完全寄托在官府的救济上了。

一道道灾情告急奏折由军机处加上火急标志，送进了北京紫禁城的乾清宫。嘉庆坐在宽大的硬木蟠龙御座前，阅读着这些奏章，脸上罩上了一层愁云。他记得很清楚，自从登基以来，那桀骜不驯的黄河几乎年年要给自己带来一些麻烦。由于下游河道淤高，只要遇着连雨天，黄河就要决口。尽管他曾督促工部派专员视察过河南、江苏一带的堤防情况，拟定过几个加高堤坝的计划，但拨下一点款项，不是被朝廷挪做军饷，就是被部、省、府、县官吏层层贪污，所以始终未见成效。现在，老天又与自己作对，黄河又再次决了堤。两江总督铁保、江苏巡抚汪日章、江宁藩司杨护、淮安知府王谷，都递上了告急本章。嘉庆无可奈何了。他情知，如果不筹些银两去救济灾民，很可能会促使农民发生暴乱，如果真的发生了动乱，大局就不好收拾了。然而，拿什么钱去济荒呢？想来想去，也只有动用六部的资金了。于是他迅速地在奏章上批道："赈济饥民，各部筹银二十万两，着六部合议，速将赈银下放，钦此。"写罢朱批，他似乎感到轻松了一点，站起身来，吩咐鄂罗哩立即将圣谕送往军机处协办。

军机处不敢怠慢，立即将六部合筹的二十万两赈银送到了两江总督铁保的衙门。铁保为官比较清廉，一点也没克扣，马不停蹄地根据受灾程度的轻重，将赈银如数地分到各个受灾县。但是，清代吏治腐败，到嘉庆年间已达到不可收拾的地步。那些灾区官吏，向来以闹灾为自己发财的机会。所谓"小灾地皮湿，大灾万贯财"。二十万两银子听起来是个不小的数目，但经过各级官吏的层层克扣，能发到灾民手中的不过是十之二三罢了。所以救济银发出不到半个月，比上一次措辞更为激烈的请款奏折就又雪片似的飞进了紫禁城。

捧着这些奏折，嘉庆皇帝大发雷霆。一个上午之间，他分别传了军机大臣、工部尚书、都察院左右都御使、吏部尚书等进宫，拍着桌子指斥他们无能，把二十万两银子白白送给了那些贪官污吏。他命工部尚书立即制定限制水患的措施，命令都察院左右都御史派出能员，缉拿确有实据的贪官污吏。他大骂了吏部尚书一顿后，限吏部在两个月之内对所有官吏进行一次审核，务必铲除弊政，整顿吏治。等他发完脾气已经是中午了，军机大臣等还在乾清宫门外等着召见。嘉庆无可奈何地令军机大臣进来，征询他对救济河灾的看法。

军机大臣说："淮安府目前已成一片泽国，数万饥民嗷嗷待哺，朝廷救济银又被层层克扣，此事若张扬出去，必激起民变。依奴才之见，应即刻由国库再拨出三十万两救济银，以解燃眉之急，但在拨银的同时，应当严饬两江总督铁保，派出干练官员，到灾区监督发放，并及时清查账目，举发克扣救济银的贪官污吏，确保民有所得。"

嘉庆点了点头道："救济银的来源，朕已想过了，就从国库开销。铁保平日为官还算清廉，以他主持放赈谅无大失误，但派出监察的官员必须慎重选择，要从新委放的进士中物色。他们的名分要重一点，权力要大一点，以免徒有虚名。一切事项都委你传旨办理，朕静等你的料理结果。"

军机大臣毕恭毕敬地退出了大殿。嘉庆手扶着龙案，仔细品味着军机大臣的话，对于各级官吏居然利用水灾中饱私囊，感到万分恼怒，于是提起笔来，亲自给两江总督铁保、江苏巡抚汪日章写了两封上谕，严令他们亲自选放监察委员，不得草率任命。写罢，吩咐鄂罗哩立即直发江宁，这才铁青着脸踱出乾清宫，找晓月、晓云开心去了。

却说两江总督铁保，这几天也是连连发脾气。他明明知道，历来赈济灾民，地方官吏总是要落点好处的，但没有想到淮安府的官吏竟敢把救济银吞食了十之八九。自七月上旬以来，他连连收到吏部、工部的文告，提醒他不要激起民变，不久前又接到嘉庆帝的亲手圣谕，指斥他治政不当，办事昏聩，以至数十万两银子流入贪官污吏之手，并严旨切责他派员加紧督察放赈情况，若再将救济银白白花掉，定受国法惩处。而从淮安、山阳回来的幕僚们，又不断带来灾区惨状日益严重的消息，这一切使他又急又气，他顿着脚骂巡抚无能，不能制止贪污行为，又担心万一有谁振臂一呼，千百万难民揭竿而起，使他无法收拾。他最痛心的是自己居官数十年，以文章、书法驰名朝野，又以干练清廉深得信任，却被一场水灾毁去了半生的忠名，失去了皇帝的信赖。为了挽回损失，他召开了一个又一个的紧急会议，一面把新解到的三十万两救济银分发下去，一面亲自挑选官员，随着救济银一起前往灾区，查处贪赃行为，监督发放赈银。他遵照嘉庆的旨意，从近几年朝廷外放下来的进士中选派监察官，已经任命了四五名，但山阳县受灾最重，需要物色一位精明强干、办事认真的人前去，反复权衡，尚没有一个合适的人选。

如今，他坐在宽大的公案前，翻阅着一叠厚厚的候补官吏名册,仔细地搜索着自己的记忆。但他又很失望,在那本名册上,竟没有一个人能使他信任。天色已近黄昏,沙沙的风儿透过窗子吹进来,似乎带来一些寒意,没有月光也没有摇曳的树影,只有庭院的花丛中传来一两声什么小虫的鸣叫,使人更加感受到黄昏的静寂。铁保仿佛是真的觉着冷了,紧裹了一下衣衫,两眼依然盯着那本名册。猛然,在最后一页,一个名字跳入了眼帘。"李毓昌",这个名字十分生疏,似乎没有见过。再看看履历,山东即墨县人,嘉庆十四年进士,两个月前委派到江苏任用。铁保点了点头,心想怪不得不认识,原来他新到江苏不久。这样的新官往往还带有读书人的气质,办事一般十分认真,而且初入仕途,踌躇满志,不会干出贪赃枉法的事来;加之他是山东人,在江苏没有熟人,执法时不必有众多的人情顾忌,如果派他前往山阳县倒比那些久居官场的老候补官员去令人放心。想到这里,铁保心里似乎轻松了一些,用笔在李毓昌名字上做了个明显的标记,并随手写了一道召见令,令新科进士即墨李毓昌,明天上午来总督府听候委任。

应该说,铁保的这个决定还是十分正确的。李毓昌果真没有辜负总督大人的厚望。然而问题是,正是铁保这个十分正确的决定,却把一个本可在仕途上大有作为的李毓昌送上了绝路。而铁保也因此受到牵累,丢了半生的清名。这里,就不能不提及那个山阳县县令王伸汉来。

王伸汉本是山阳县城里一个卖猪肉家的子弟,自小饭量极大,街坊四邻都叫他作"猪儿",顺理成章地,他的父亲王大被叫成了"猪爹"。整天胡吃闷睡的"猪儿"十五六岁的时候,已然长得五大三粗,"猪爹"王大花了二百两银子,给王伸汉在县衙里买了一个衙役的差使。王大以为,不管怎么说,在县衙里干活,也算是有了一份固定的工作。山阳县很穷,能像王大这样一下子拿出二百两银子来买通关节的,简直是少之又少。王大的心愿当然是很好的,而从某种角度上说,王伸汉这小子,也实在是没有辜负父亲的厚望。他走入县衙门的第一天,就被当时的县令一眼看中了。县令走到他身边,用臃肿的手指在他的身上又是摸又是捏,口中连连称:"好、太好了,太棒了!本县恰恰缺少你这样的人!"

你道这位父母官为何如此满意王伸汉?原来,这位县令是一个特别喜欢以打人为乐的人。他总是嫌差役们用棍打人犯的时候下手太轻,没什么看头,故而,见到王伸汉这样一个身高马大的家伙,他能不由衷地高兴?当天下午,这位父母官就从监牢里提出一个拒不认罪的犯人,跪在了王伸汉的面前。父母官对王伸汉道:"这个人犯不肯认罪,你就打他几棍玩玩吧。"

一听"玩"字,"猪儿"王伸汉就高兴了。他本以为,堂堂正正的县衙门,肯定是规规矩矩的,没成想连县令大人也喜欢这么打人玩。若说打人,岂不是王伸汉的专业?王伸汉朝手心里很响地啐了一口唾沫,摩拳擦掌道:"老爷,不瞒您说,小的是最喜欢这种玩法的了。但不知,老爷是喜欢文玩还是武玩?"

县令一听,颇觉有趣,仿佛是找到了一个知音:"文玩武玩之说,老爷还是第一次听说。何为文玩?又何为武玩?"

王伸汉道:"小的可以将这人犯打得皮绽肉飞,但却不伤他骨头,这叫文玩。小的又可以一棍下去,便将这人犯致残,这谓之武玩。但不知老爷喜欢何种玩法?"

县令老爷捋着颔下的山羊胡须,沉吟道:"若是文玩,有趣倒也有趣,只是耗费老爷我宝贵时间。而武玩,尽管有些匆促,却看得实在,看得过瘾。"王伸汉道:"如此说来,老爷是喜欢武玩了?"县令老爷瞥了一眼跪着的人犯,拖长了声音道:"然——也。"

"猪儿"王伸汉不再言语,屏住气,憋足力,双手抡开,只见那木棍在他的头顶上划出了一条漂亮的弧线,"呜"的一声,那木棍便实实在在地砸在了那口中连呼"冤枉"的人犯臀部上。也没听见什么异样的声音,只有那人犯"哦"地一声闷响,便什么动静也没有了。县令老爷急急地走过来,看也没看那已然昏死过去的人犯一眼,匆匆问王伸汉道:"你这一棍,效果如何?"王伸汉面不红,气不喘,恭恭敬敬地回道:"老爷,小的这一棍下去,那人犯的屁股早已打碎。"一个人的屁股有多少脂肪垫着?这一棍下去,如何能将屁股打碎?县令老爷起初不信,然而找人验过之后,他就又不能不相信了。王伸汉的这一棍下去,那人犯屁股上的几乎所有的骨头,确然已全部碎裂。县令老爷惊叹道:"此乃神力也。老爷我一定要重重地提拔你。"还别说,就凭这一棍,没多长时间,王伸汉不仅被慧眼识才的县令老爷擢升为统管衙门差役的班头,还混出了"王一棍"的大名,"猪儿"的外号自然没人敢当面叫了。

就靠着这"王一棍"的大名,王伸汉的的确确地得了不少好处。谁家的人被逮进了衙门,在审堂之前,都要偷偷摸摸地给王伸汉送点银两,求他高抬贵手,手下留情。王伸汉对此是来者不拒。送给他的银两越多,他的棍子便打得越轻。若谁家没有银两奉送,那人犯可就要倒霉了,不是被打得半死不活,就是被打得腿断胳膊折。而在当时,县衙里抓人就像走马灯似的,几乎天天都有。因此,王伸汉这桩"买卖"越做越红火。

当然,他王伸汉也不敢将收受的银两全部占为己有。他清楚地知道,这一切,还得那个县令老爷说了算。县令老爷若对自己不满意,那自己就断了财路。王伸汉当然不会这么傻,他自小混迹街头,这方面的经验比他的老实巴交的父亲也不知要强多少倍。他在县衙里渐渐地混出了一个经验,那就是,无论如何,都要跟上司搞好关系,要不然,升官发财什么的,全是空谈。因此,在进衙门的那些日子里,他几乎把收受来的银两的一半又送进了县令老爷的腰包。这样一来,县令老爷对他就更是嘉勉不已。有时,县令老爷把一些小的案件,干脆就让给王伸汉处置了。

"猪儿"王伸汉进衙门不到一年时间,腰间已揣着至少有好几百两银子。那一天,"猪儿"很是殷勤地将"猪爹"王大请到了一家酒馆里,点了好多菜,还沽了一坛上等的好酒。王大吃着,喝着,正为自己的儿子有如此孝心而暗自高兴呢。却见王伸汉从腰间摸出一些银锭,重重地撂在桌面上,又重重地对他道:"这是二百两银子,是你为我买差使所花费的,现在,我一文不少地如数还给你。"又洋洋得意地喝了一大碗酒,抹了抹嘴唇道,"你以前老是看不起我,说我没出息,还把我吊起来打,可现在,你和我,到底哪个有出息?我现在一个月挣的钱,比你一辈子挣的钱还多。你还敢不敢把我吊起来打了?"王伸汉说着话,还不住地用余光瞟着王大,那模样,是很有些轻蔑的味道的。把个王大气得,差一点就将桌子掀个底朝天:"你——你挣的都是昧心钱,你还有脸夸耀?"王伸汉冷冷地哼道:"我只知道钱是好的,管什么昧心不昧心。你不要嫉妒我,你要有本事,尽管去挣好了!"王大长叹一声,跺跺脚,愤愤地走了。他本想趁此机会好好地劝劝儿子不要做太多的缺德事,可现在看来,这个儿子,根本就用不着再徒费口舌了。

从此以后,王大和王伸汉几乎就不再有什么来往了。他们之间的那种父子关系,实质上也从此断绝了。而王伸汉,也越发无拘无束、肆无忌惮起来。只不过,无论王伸汉如何肆无忌惮,他终归也只是一个县府里的衙役。那县令老爷,不知怎么地,看起来对王伸汉一直不错,可就是不再提拔他。这叫王伸汉很是不解,也很是有些愤愤不平。他以为,凭自己的手段和才干,仅仅当一个什么班头也实在是委屈。然而,不管他怎么不解,也不管他怎么不平,他也万万不敢在县令老爷的面前说个"不"字。好在随着时间的推移,他的腰包日渐鼓胀,这多少令他的心理有些平衡起来。因为他坚信,只要兜里有钱,就没有什么事情办不成。

第十六章
泼皮汉行贿成县令
文弱生对句得佳妻

王谷惊道:"老弟,若非本府及时赶来,你就闯下大祸了!"王伸汉不以为然地道:"小弟我该做的都做了。又送银子、又送女人,可我如此仁至义尽,他却一点情也不领,这不是把小弟我逼上了绝路?"

　　王伸汉是在三十岁左右的时候开始转运的。也就是说,他在山阳县衙门里足足当了十年的班头才开始时来运转。那一年,山阳县的县令调往别处高就,新任县令是一个叫王谷的人。这王谷长得身材魁梧,跟王伸汉的身躯几乎不相上下,且二人又都姓王。按中国人的传统说法,这两个人在五百年前是一家人,还有所谓"一笔写不出两个王字"之说。故而,王谷一见王伸汉便立即喜欢上了。他亲口对王伸汉道:"你的阅历已经不浅了,好好干下去。"王伸汉听了,就像是三伏天吃了冰块那么舒服,王谷叫他往东,他绝不朝西去,王谷让他下塘,他绝不跳下水缸。只是,这王谷看起来像是一个心地非常慈善的人,他不喜欢把犯人打得鬼哭狼嚎的。他对王伸汉道:"用酷刑逼供人犯,乃是官吏无能的表现,也是下策之下策。"王伸汉满以为这个县令老爷会有什么高招使犯人开口,但看来看去,这个老爷似乎也只有一招,那就是,犯人若不开口,他就将你打入地牢,直到你开口为止。故而,一时间,山阳县城的监牢里,人满为患。但不管怎么说,他王伸汉的那"王一棍"的惊世骇俗本领,就渐渐地荒废了下来。这,着实令王伸汉大为不快。而叫王伸汉更为不快的却是,尽管王谷几乎每次见到他都要拍着他的肩膀说"好好干,一定大有前途",但就是光听打雷不见雨声。一晃几个月都过去了,王伸汉依旧是个班头。后来,王伸汉琢磨了一阵,方才悟出其中的道理。那就是,自己再听从县令老爷的摆布,也不能叫"好好干"了,这"好好干"是要付诸行动的。

于是,在一个伸手不见五指的晚上,王伸汉悄悄地走进了王谷的住处,将一包沉甸甸的东西呈给了王谷。王谷也没打开包裹,只用手那么一掂,便知晓包裹里装的是银子,甚至都掂出了那些银子的准确斤两。王谷即刻笑道:"本老爷的眼光没有看错了人。你这小子确实是够聪明的。"还叫来一位漂亮的女仆,给王伸汉泡上一杯香喷喷、热乎乎的浓茶。王伸汉有些受宠若惊了,忙咧了咧嘴言道:"小的在老爷手下做事,一切还望老爷多多栽培。"王谷笑眯眯地道:"自然,老爷一向赏罚分明。"

自此,王伸汉又明白了一个道理,那就是,大凡做官的,没有一个不爱财的,就像是四肢着地的狗,无论家狗还是野狗,也无论它走到哪里,哪怕是漂洋过海,走到另一个世界里,它终归也还是要吃屎的。王伸汉明白了这个道理之后,便静等着王谷来提拔他了。可是,王谷好像根本就没有想过此事,只依旧对他说:"好好干,一定会有前途的。"王伸汉不禁纳闷了,心里话,我可是已经"好好干"了,怎么还是没有"前途"呢?王伸汉再动脑筋这么一琢磨,有些转过弯来。自己的那一包银子,只能说是去"干"了,但离"好好干"恐怕还有一定的距离。看来,这个王谷老爷的胃口可是不小,自己要想尽快地奔上"前途",就只有继续地"干"下去。好在王伸汉当时也想开了,虽然"好好干"要花去自己多年来积攒的银子,但只要有了一个好"前途",以后就会变本加厉地再将银子捞回来。这就叫舍不得孩子套不住狼。

这一次,王伸汉变得仔细起来,他不再一味地送银子给王谷,而是投其所好,拣王谷最喜欢的东西送。经过一段时间的观察,他发现王谷除了喜爱银子外,最喜欢的东西有两件,一件是珍奇古玩,另一件便是女人了。王伸汉加紧准备起来,不惜用一千两银子买回一只汉代的陶碗。王伸汉忘不了王谷见到那只陶碗时的眉开眼笑的表情。他又用五百两银子买回两个娼妓,又花费同样数目的银子请来一位名优专门调教那两个娼妓。时间不长,那两个美貌的娼妓便歌舞琴瑟,样样精通了。王伸汉嫌那两个娼妓原来的名字不好听,不能打动人心,便亲自给她们另起了新名,一个唤作"樊素",一个名作"小蛮"。别看王伸汉识不得多少文字,却也还记得私塾先生曾教给他的"樱桃樊素口、杨柳小蛮腰"两句唐诗。

一切准备停妥,王伸汉便拣了一个黄道吉日,恭恭敬敬地将王谷老爷请到了自己的家中。酒酣耳热之际,王伸汉唤出了"樊素"和"小蛮"。在王谷老爷那痴迷迷的目光中,樊素唱起了"高山流水"之曲,小蛮跳出了"楚王细腰"之舞。那曲子唱得妙,那舞跳得更是绝,而旋律和舞拍配合得简直就是天衣无缝。樊素唱得动情,小蛮舞得尽兴。在歌声和舞姿中,她们仿佛越发娇艳起来,似两朵鲜花正冉冉盛开。王谷老爷不仅是痴了,他看着看着都有些呆了。

王伸汉见状心中暗暗高兴,自己的一番心思算是没有白费。他重重地咳嗽了一声,然后装着不经意的样子问王谷道:"老爷,这两位女子的歌声舞步,可合老爷的胃口?"王谷由衷地道:"妙哉!实在是妙哉!本老爷怎么也不会想到,在这如此偏僻的小城,竟会有这等佳丽,实在是匪夷所思。"王伸汉轻轻地道:"如此说来,老爷是很喜欢这两个女人了?"王谷毫无掩饰地道:"岂止是喜欢,老爷我心中的爱慕,实在是无法形容……"王伸汉似是很随便地道:"老爷如真的喜欢,小的我就将这两个女人送与老爷解闷,如何?"王谷双目一亮:"你此话当真?"王伸汉道:"在老爷面前,小的怎敢诓骗?"王谷好像沉吟了一下,然后低低地道:"此二女如此绝妙,想必你心中也很欢喜。古人云,君子不夺人所爱。老爷我虽不敢谬称君子,但也懂得其中的道理。"

王伸汉暗道,既要当婊子,又要立牌坊,何苦之有?当然,他口中是不会说出这样的话来的。王伸汉做出十分诚恳的样子道:

"小的自小鲁钝,未曾学得多少诗书,这两个女人,老爷说她们绝妙,而小的却认为稀松平常,且觉得那歌声刺耳,舞步乱目。小的既不喜欢她们,老爷将她们拿去,不仅毫无夺爱之嫌,而且还能让小的清静许多,这两全其美之事,老爷又何乐而不为呢?"王谷听王伸汉这么说,似乎也就不好意思再谦让了:"那好,你既如此说,老爷我也就恭敬不如从命了。不过你放心,这笔人情,老爷我已深深记在心中。我,是从不会亏待别人的。"言罢,王谷也顾不得再吃什么酒菜,招呼一声,就将那樊素和小蛮带回自己的住处独自欣赏去了。

不过,在离开王伸汉之前,他笑嘻嘻地又对王伸汉道:"本老爷早就说过,老爷我没有看错人。你这小子果真是前途无量啊!"王伸汉很是谦逊地道:"老爷谬奖,小的实是愧不敢当。小的若真有什么前途,那也是老爷您关怀提携所致。"王谷哈哈笑道:"你我同宗同姓,再如此客气,可就见外了!"说完飘飘然而去。

这一回,王谷可是说到做到。一月之内,王伸汉连升两级。几年之后,在山阳县城里,除了王谷,那就是王伸汉说话算数了。也就是说,王伸汉在山阳县城里,凭着自己的"聪明才智",已经混到了"一人之下、万人之上"的位子了。这实在是令王伸汉高兴。而几年之后,叫王伸汉更为高兴的事又发生了:王谷因为"公正清廉、治民有方"的政绩,迁升为淮安知府。所余山阳知县空缺,因王谷向臬司、藩司及巡抚衙门大力举荐,就由王伸汉做了山阳县百姓们的父母官。这一下子,王伸汉的理想可算是实现了。在山阳城里,他成了说一不二的人物了。尽管他为了当上县官大老爷而几乎花光了他身上所有的银子,但他一点也不着急,他有的是捞钱的法子。山阳县这么多百姓,一个人只需搞他十两银子,自己也就成了百万富翁了。

还别说,王伸汉捞钱的点子也真不少。就说他制定的那个"人头税"吧,同别处相比,卓然不同,可谓是匠心独运、别出心裁。他除了让每个山阳县民每年须缴纳一定的银钱外,还另有新招。他将这个"新招"称之为"人头税"中的"特税"。比如,谁家要是死了人,必须向县衙上交一定数量的银子,这唤作"空头税"。谁家要是娶妻添丁,又必须向县衙缴纳足够的银两,这叫作"多头税",等等。偌大的山阳县,一年之中会有多少衰竭的生命逝去、而又有多少新的生命诞生?所以,仅这两种"特税"一年就为王伸汉挣得了上万两银子。一时间,搞得山阳县的生灵似乎不敢去死也不敢出生,但生生死死乃是自然规律,谁也抗拒不了。故而,王伸汉的腰包也就让银子撑得溜圆。

不过,王伸汉也绝非那种"见利忘义"之人,他很懂得吃水不忘挖井人的道理,他之所以能有如此荣耀的今天,那知府王谷大人实在是功不可没。所以,逢年过节什么的,王伸汉总是携着自己的心腹小役包祥,带着厚厚的一笔财礼,前往淮安府拜访那王谷大人。这一来二去的,王伸汉和王谷就好像真的成了一家人了。彼此相见,似乎没有了上下级之间的客套,竟自称兄道弟起来。这种融洽的关系,当然来自金钱的魔力。王谷就曾直言不讳地对王伸汉道:"老弟,你成了本府在淮安的三大摇钱树之一了!"而王伸汉,却也从王谷那获得了不少好处。最明显的是,无论王伸汉在山阳地界如何地翻天覆地,他王谷至多也就是睁一只眼闭一只眼。

当然,清朝政府是不会眼睁睁地看着王伸汉独断专行地在山阳境内任意翻手为云、覆手为雨的。有些正直的人士早就将王伸汉的所作所为俱禀上报。如山阳县县学教谕章家璘,虽年纪甚轻,但颇有一腔正气,曾悄悄地两次向巡抚衙门函告王伸汉。故而,巡抚衙门,包括两江总督衙门,都曾连续派员前来山阳核查。只是,王伸汉早就做好了应付核查大员的一切准备。他这准备工作说起来也很简单,就那么两件东西,或者说是两件法宝,一宝是银子,另一宝便是女人。银子当然是白花花的很有些分量,一般都是一万两一包。女人则尽是年轻美貌又颇懂风情的佳丽,一般都是两人一组。核查大员下来了,王伸汉便派心腹包祥前往打听。

若大员们贪财,他便送去"红包",如大员们好色,他就送去美女。如果来得大员既贪财又好色,王伸汉也就毫不吝啬地将"鱼与熊掌"全盘送去。还别说,王伸汉就凭这两件法宝,竟然无往而不胜。那些威风凛凛、不可一世的核查大员们,也当然是乘兴而来,满载而归,他们几乎无一例外地这么评价王伸汉"恪尽职守,体恤民众。所谓贪婪暴戾之说,纯属无端造谣"。

这样一来,王伸汉在山阳县知县的宝座上是越坐越稳、越坐越舒心。当然,什么事也总有个例外。王伸汉不可能每件事情都那么开开心心。他确曾碰到过很是不开心的事情。就说嘉庆十三年秋天吧,不知是不是那个县学教谕章家璘暗中举报的,江苏巡抚汪日章突然派了一个姓牛的督察委员,前来山阳视察政情。王伸汉因为事先不知道此事,虽未免有些忙乱,但心中却也毫不紧张。他有两件法宝在手,何惧来哉?照例地,他派包祥前去打听这位牛委员的为人。

包祥回报道:"这位牛大人极爱钱财。"王伸汉嘀咕道:"一个洞里钻出来的,还能有别样老鼠?不爱钱财的官吏,本县还闻所未闻。"他差人将一万两银子的"红包"送给了那位牛委员。手下回禀道:"牛大人说了,山阳县政绩一团乱麻,他要悉心查实。"王伸汉哼道:"这个牛狗屁,想玩什么花样?"

又着包祥前去打探。包祥回道:"这个牛大人又很好色。"王伸汉暗自笑道:"又是一位双管齐下的货色。"忙着挑拣了两位倾国倾城的美女送往牛委员处。王伸汉想,这回该满足了吧?谁知,那位牛大人并没有即刻打道回府,而是放出话来道:"山阳县情况很是复杂,本委员要仔细地巡查。"王伸汉得知后着实有些不安,莫非,这个牛委员与以往大员们不同?他是存心来找碴的不成?继而,一股怒气从王伸汉的心头升起。他当着包祥的面骂道:"他妈的!这个姓牛的也太不识相了。惹急了老子,老子就一棍打碎他的腰!"

这包祥既是王伸汉的心腹小役,心中所思所想当然也就跟主子差不多。他对王伸汉言道:"老爷所言极是。这姓牛的也太不知天高地厚了。他居然一点也没把老爷放在眼里,岂不是自己找死?只不过,姓牛的是上面委派下来的,如果不明不白地突然死去,恐怕对上面不好交待。"王伸汉怒道:"难道叫本县在这里坐以待毙不成?"包祥道:"那倒不必。依小的之见,既要痛痛快快地搞掉他,又要神不知鬼不觉地不露出半点破绽。老爷以为如何?"王伸汉点头道:"言之有理。如此看来,倒要好好地筹划一番。"

这主仆二人取得了一致的意见,便开始精心策划谋害牛委员的手段来。要不是淮安知府王谷前来,说不定,那个牛委员当真就死于非命了。王谷是听说巡抚衙门派员前来山阳而特地赶来的。得知王伸汉正计划要干掉牛委员时,王谷连连摇手道:"这万万使不得,万万使不得。谋害上峰派来的要人,罪莫大焉。"看王谷的表情,很是有些惊讶,"老弟,要不是本府适时赶来,你可就闯下大祸了。所谓凡事当三思而后行,老弟应当谨记啊!"王伸汉不以为然地道:"小弟我该做的都做了。给了他银子,又送女人让他玩,可他姓牛的还是不买账。我如此仁至义尽,他却一点情也不领,这不是把小弟我逼上了绝路?"

王谷哈哈一笑道:"老弟此言差也。想这牛委员的为人,老兄我也略知一二。他本是巡抚汪日章大人的一个亲戚,有了这层关系,他的胃口当然就要比一般大员的胃口大些。依为兄之见,老弟还应当破费些才是哦。"王伸汉依然气呼呼地道:"如果我再送些银子与他,可他还是不买账,这又如何是好?"王谷笑道:"老弟也太过多虑了。为兄敢保证,只要老弟你送足了银两,这山阳县境内便依旧风平浪静。老弟可信否?"王伸汉言道:"知府大人的话,本县敢不相信?但不知,还需多少银两才叫足够?"王谷稍一沉吟,然后道:"若本府所料不差,只需两万两银子便可堵住那牛委员的嘴。"

王伸汉一听急道:"什么?还要两万两?这姓牛的胃口也忒大了些!如若上峰派下来的大员都似这牛狗屎一般,那本县还不叫他们活活扒了一层皮?"王谷摆手道:"老弟也太过言重了。区区几万两银子,又何足挂齿?山阳县如此广袤,什么地方不能搜刮他个十万八万的?老弟又何出扒皮之言?"王伸汉想想也是,姓牛的能扒我的皮,我就不能去扒山阳县老百姓的皮?姓牛的扒我一层皮,我就去扒山阳县百姓们两层皮,反正吃亏的不会是我。于是,王伸汉就秉承王谷大人的意思,又着人给那位牛大人送去了两万两银子。

这两万两银子也真管用,刚送去不几天,那牛大人就兴致勃勃地离开山阳回巡抚衙门交差去了。又过了几天,王伸汉还收到了巡抚汪日章的一封亲笔信。信中,汪大人竭力称赞王伸汉治理山阳有方,正考虑酌情擢升云云。那信中罗列的一条条王伸汉的"政绩",连王伸汉自己看了都有些莫名其妙。至此,对于金钱的无与伦比的作用,王伸汉的认识又大大加深了一步。他愈加清醒地认识到,只要是官,就一定贪财,而官越大、地位越高,贪财的程度就越重。他认为,这就是当时社会中为官做吏的一条规律。只要你循着这条规律办事,你不仅不会做错事,反而会平步青云、官运亨通。他自己的经历,还有那位王谷大人的经历,就充分地证实了这条规律的永恒真理性。今年,黄河决堤,洪水几乎淹没了大半个山阳县境,正当王伸汉一边从上级调拨的赈灾银款中大捞一把、一边静候着汪日章巡抚大人对他酌加擢升的消息时,却大出意料地碰上了一个叫他寝食难安的头疼人物。这个人物的身份是两江总督铁保派到山阳县视察赈银发放情况的监察委员,他软硬不吃,既不爱财,又不好色,他一门心思爱好的,是全力以赴地调查核实王伸汉的所作所为情况。他,就是本年新科进士、山东即墨县李家庄的李毓昌。

在山东省即墨县的东边,有一个海湾,名叫崂山湾,湾边有一村庄,唤作李家庄。庄内住户,本来大都姓李。乾隆年间,一场瘟疫席卷了该庄,庄内人家,几乎十室九空。到了嘉庆年间,虽然庄内的人口增至千数,但李氏家族却只剩下二人:一个是年尚未及弱冠的少年，一个是这少年的族叔李太清。这少年，便是那李毓昌。李太清自幼习武，也许就是凭着他那强壮的身体，才勉强躲开了那场瘟疫的袭击。李毓昌虽然也侥幸活了下来，但多多少少受到了瘟疫的影响，尽管个头很高，却长得弱不禁风，加上一副眉清目秀的面容，简直就跟窈窕淑女没什么区别了。为了这个李毓昌，李太清可算是操碎了心。李氏家族就仅存他们二人了，抚养李毓昌便成了李太清义不容辞的责任。好在李太清的武功方圆数十里都很有名，前来投师学艺的农家子弟为数不少。尽管李太清还谈不上多么富有，但这叔侄两个的温饱问题却也基本上得到了解决。李太清真的是把全部身心都放在了李毓昌的身上，为了侄子，他年过四十依然孑身一人，缝洗烧煮，都是他一人承担。他省吃俭用，攒了一些银两，将侄儿送到了庄内私塾学堂里就读。果然，不到一年，李毓昌好学勤奋的名声就传遍了庄内外，尤其在吟诗作对方面，连私塾先生也常常对李毓昌竖大拇指。李家庄一千几百口人，大大小小，男女不等，虽然认识李毓昌的人不多，但只要一提起他，几乎没有人不知晓。李太清为侄儿的才学进步着实欣喜万分。而更让李太清欣喜万分的是，自己的侄儿，居然与本庄最大的财主林太富的女儿林若兰结了婚。这其中，当然有一些偶然的因素，但在这偶然之中，却存在着某种必然。就像俗语说的那样，有缘千里来相会，无缘咫尺不相识。李毓昌和林若兰也许本就有缘，又同住一个庄子，没有千里之隔，他们相见、相识再相亲的过程似乎也就顺理成章了。不过，要说起来，他们能够相见、相识终又合二为一，还要归功于林若兰的父亲林太富。

　　林太富确实很富，不仅李家庄的田地十之八九归他所有，就是邻近几个庄子上，也有他很多的产业。也许他见李家庄濒临大海，风光怡人，所以就将自己的住宅安在了李家庄。他的住处当然与一般的农户不能相提并论，不说那高墙深院和鳞次栉比的房屋了，单看他那两扇宽大厚实的朱红漆院大门，就足以让人羡慕不已。院门外，坐着两具石狮，又为这林宅平添了八面威风。那是嘉庆二年的事了，也是秋天，也是黄昏，林太富就站在那两具石狮当中，正声色俱厉地训斥着一个佃户。那佃户背弓腰驼，衣衫破烂，苦苦地向林太富哀求道："东家老爷，您就行行好吧，再宽限些时日吧……"林太富眼珠一瞪道："还要我宽限？你去年欠我的租子，我宽限到今年春天，你说春粮欠收，好，我又宽限到秋天，秋粮丰收了吧？你却还要我宽限。你到底想让我宽限到什么时候？如果每个佃户都像你，我岂不是要喝西北风？"

林太富不想再跟佃户啰唆，转过身，背过手，迈开步子，就欲走入大院内。就在这当口，也就是林太富刚刚走到那两扇朱漆大门的边上时，一个脆生生的声音传了过来："东家老爷请留步！"林太富一怔，不由自主地转过身来，却见一位细挑个头、面目清秀的年轻人正缓缓向这边走来。这年轻人他不认识。林太富歪了一下鼻子，很是有些不快地道："你是何人？为何唤我留步？"

年轻人一身长衫，穿着倒也朴素整齐，走近来，扶起仍跪在地上的那年长佃户，然后冲着林太富道："东家老爷，您和这位老丈的谈话我已听到。这位老丈挺可怜的，您就再把他的欠租缓些时日吧？"林太富因不知这年轻人的底细，所以心中虽很恼怒却也一时不便发作，只冷冷地哼了一声道："我看你是吃根灯草——说得轻巧。这杀人偿命、欠账还钱，自古以来就是天经地义。我如何非得要再宽限于他？"

年轻人淡然一笑。这笑虽是淡淡的，却也神采飞扬："东家老爷的话固然不错，但任何事情都不是绝对的。如果这位老丈有足够的粮食，我想他一定会如数交上欠租。现如今，他一家人已处在饥饿的边缘，东家老爷为何不大发善心、积积德呢？"林太富有些按捺不住了，阴沉着脸道："喂，我说，你是谁？为何管这档子闲事？"

年轻人双手一合道："不才李毓昌。不才以为，这根本就不是闲事，所以就站出来代这位老丈求个情面。"林太富重重地"哦"

了一声道："你就是那个李毓昌啊？真是久仰你的大名了。听说，你倒是很喜欢管闲事的。"李毓昌静静地道："读书人当以天下为己任，如果人人都不来管这种闲事，那受苦受难的，就只有我们老百姓了。"林太富不无讥讽地道："年轻人，既读书就要认真温习功课以博取功名，跑到这儿来说三道四地，就能说出个进士来？"李毓昌不卑不亢地回道："能否考中进士，那是我的事。我跑到这儿来，只是想替这位老丈求东家不要逼租太紧。俗话说得好，得饶人处且饶人。东家又何必一点乡情不念呢？"

林太富本想一口回绝，突地一个念头闯入脑海。只见他哈哈一笑道："早就听说李毓昌博学多识，今日一见，果然不虚。好，既然你再三替他求情，那我也就再宽限他几个月。"李毓昌忙道："如此就多谢东家老爷了。"林太富话锋一转道："不过，这得有一个条件。"

李毓昌毫不犹豫地道："有什么条件，东家尽管说。只要是我能办得到的，我决不推辞。"林太富点头道："好！老夫耳闻你才华出众，尤其擅长对句。老夫也曾念过几年学堂，现不揣浅陋想出几个句子让你应对，你若对得上来，一切悉听尊便，但如果你不慎没有对出，那老夫可就要……"应该说，林太富的这番话说得还是挺客气的。也许，李毓昌给他的第一印象还不错。若是平日，李毓昌恐怕不会答应，虽然他很工于对句，但他却从不想以此卖弄自己。只是，今日的情况大为不同。故而，稍稍沉吟了一下之后，李毓昌答道："前辈学富五车，后生本不敢唐突，只是迫于无奈，也只好在前辈面前献丑了。如我有不恭不敬之处，还请前辈海涵。"

林太富笑嘻嘻地道："好说，好说，你只要答应就行。"原来，这林太富平日也是十分喜欢吟诗作对的，闲来无事，便常与自己的小女若兰唱和应答，他虽早闻李家庄有一个才子李毓昌，但心中却着实不敢轻信。他想，一个年轻后生，能有多少学识？今天不期而遇，他便当然要考一考这个闻名遐迩的后生了。李毓昌又是一抱拳道:"前辈,天色已然不早,还请速速出句。"林太富也没怎么思考,脱口而出:"世间唯有读书好。"李毓昌对得更快:"天下无如吃饭难。"

林太富听了,不觉暗暗点头。这后生看来是有那么两下子,不仅对得快,对得准,还另有一层牵牵挂挂之意。略一沉吟,林太富又道:"一般面目,得时休笑失时事。"林太富此句当然也有所指。李毓昌轻轻一笑应道:"同是肚皮,饱者不知饥者寒。"李毓昌这一答句,依然快捷,依然工巧,也依然有牵三挂四之意。而林太富就多少有些不大自在了。在一个佃户的面前老是说些"饥"呀"寒"的,似乎总有点不妥。所以,林太富也淡然一笑道:"宠辱不惊,看庭前花开花落。"林太富的意思是,别看你总是挖苦我,但我气量宽大,以花开花落为伴,你又能奈我何?还别说,林太富的这一出句当真是有点意境。只不过,这样的句子还难不倒李毓昌,他瞥了一眼庭前的开开落落的花朵,继而昂首吟道:"去留无意,望天上云卷云舒。"林太富听罢,不觉叫出"好"来。李毓昌的对句,非但工整无比,且意趣恢宏,境界实是比林太富的句子大了许多。一时间,林太富竟有些不知所云了。如此看来,这后生李毓昌当真不是浪得虚名了。如果林太富一开始真的对李毓昌有好感的话,那么到现在,林太富就已经是实实在在地喜欢上了他。

李毓昌当然不知他在想些什么,只是见他低头不语,便低低地问道:"前辈,后生可否告辞了?"林太富对那一直站立不动的佃户言道:"你,可以走了。你所欠粮租,想什么时候交就什么时候交吧。"佃户赶忙道:"多谢东家老爷的大恩大德……"林太富苦笑着指了指李毓昌道:"为何谢我?我又有何恩德?你还是多多地谢谢这位后生吧……"那佃户又急忙给李毓昌施礼,李毓昌拦住道:"老丈不必如此,天色已晚,您还是速速回家,您的家人正等着您呢。"佃户千谢万谢,终于踏着夜色走了。

佃户一走,李毓昌便要向林太富告辞,正待开口,却飘来一句黄莺宛啭般的声音:"世事如棋,让一着不为亏我。"听到诗句,李毓昌也就马上忘了要走的事,他灵机一动,几乎是下意识地对道:"心田似海,纳百川方见容人。"林太富拍手赞道:"好!出得妙,对得就更妙!"

你道那黄莺宛啭般的声音是谁?她就是林太富的小女儿林若兰。见父亲久出不归,她便跑到闺房来张望,恰巧看见父亲正和那个李毓昌在一对一答。她本也是喜好对句的,便不声不响地蹩在院门旁,聆听着父亲、特别是那个早就耳熟能详的李毓昌的声音。她越听越激动,越听心鼓就敲打得越响,自然而然地,她的心中就滋生了一种情愫,这情愫,令她娇躯微颤、双颊彤红。好在她身边别无他人,又天色昏暗,也无人瞧见她此时模样。这副模样,或许就是爱情所致吧?既有了爱情,那就当然舍不得所爱的人从自己的眼前消失了,所以,那佃户刚走,她就不顾一切地边吟诗句边冲了出来。她这一举动应该说是非常巧妙,从中也可以看出她的聪慧灵性。她那一句"世事如棋,让一着不为亏我",既留住了那个李毓昌,同时也多少给父亲难不住李毓昌的尴尬局面铺了一个不大不小的下台阶,故而林太富要忍不住地叫起"好"来。

且说那位林若兰像只蝴蝶一般轻盈地飞到了林太富的身边,立定之后,她没容他们开口,又言道:"父亲,您说女儿的这出句与这位相公的那对句,哪个更妙啊?"看来,这位林若兰与一般的所谓大家闺秀确然不同。林太富笑道:"女儿,为父适才不是说过了吗?你这出句固然有些巧妙,但李公子的那对句,就明显更胜你一筹。"林太富称李毓昌为"公子",这称呼的变化,是否也说明了他们之间感情关系的某种变化?

林若兰却是一副打破砂锅问到底的模样:"父亲,您对女儿说具体点嘛,这位相公的对句到底妙在什么地方?"林太富似乎猜出了女儿的心思,所以也就慢悠悠地道:"李公子的这一对句,妙就妙在,它不仅境界十分阔大,而且还自然地道出了公子心中的一种远大志向。"又转向李毓昌,"李公子,老夫谬言,不知可否妥当？"李毓昌慌忙应道："前辈夸奖，小生实不敢当。"

你道李毓昌为何慌忙起来？原因当然就是那个林若兰的到来了。虽然天色已暗，看不真彼此的面目，但"非礼勿视、非礼勿听、非礼勿动"的教训，李毓昌却也还是记得的。可现在，虽然他竭力"勿视"，也竭力"勿动"，但他却实实在在地没有做到"勿听"。她那清亮幽深的声音，就像一块巨大的磁铁，将他的心房牢牢地吸住。他既然违背了"勿听"的教谕，又如何不有些慌乱？林太富当然没有一丝的慌乱，他前趋一步，向着李毓昌道："来，李公子，老夫给你介绍一下，这是老夫的小女若兰。"又对女儿言道："这就是大名鼎鼎的李毓昌李公子。"李毓昌和林若兰几乎是同时向对方施礼，只不过说出来的话却不尽相同。李毓昌说的是："小生这厢有礼了！"她说得比他稍微简单些："妾身有礼了！"林太富"哈哈"一笑，说出来的话颇有现代色彩："李公子，既已相识，我们也就不再陌生，以后，有空常来这儿走动走动，老夫实在是想向你多多地讨教！"

李毓昌还未及答应，那林若兰就抢过了话头。她说出来的话似乎比其父更直白："父亲，干吗要等到以后？现在正值秋天，今晚月色又好，为何不请公子就此留下，与我们一同赏月，你也可趁此向他讨教一番啊！"林太富即刻道："女儿言之有理。但不知公子肯否屈就？"李毓昌忙道："老爷和小姐的盛情，在下已然心领，但若我迟迟不归，我的叔叔定然四处寻找……还望老爷、小姐原谅。"林太富双手一摊道："女儿，李相公既如此说，又如何是好？"林若兰嫣然一笑道："父亲，这有何难？叫家人将那李公子的叔叔一并请到这儿来，岂不是两全其美了吗？"林太富笑道："人们都说我的女儿聪明，依我看来，我的女儿比聪明还要聪明十分。"又对李毓昌道："李公子，此番可不要再推辞了吧？"事已至此，李毓昌还能说什么呢？而实际上，李毓昌也真不想就这么匆促地离开。他点点头，挪动脚步，和林氏父女一起走进了深阔的大院中。刚迈入院内，一股浓郁的桂花香味迎面扑来。那林若兰似是不经意地道："何物动人？二月杏花八月桂。"而李毓昌的应答却是非常认真，似乎在她的面前，他不能有丝毫的懈怠。只不过，他的声音并不是很高，像是怕不小心惊吓了她："有谁催我？三更灯火五更鸡。"

林太富听罢暗暗一笑，但是没作声，脚步不停地继续往前走着。还故意紧走两步，将女儿和李毓昌丢在身后。似乎，他在给他们创造机会。不过，这院子也实在太大了，走了这么半天，才刚刚走到院子的中央。那儿，有一口小池塘，塘内挤满了像少女裙服似的荷叶，荷叶丛中，还零星地点缀着些红的、白的荷花，只是，因季节的关系，那些虽还在开放的荷花，早已经零落不堪了。

李毓昌见状，心中一动，便也弃了几分羞涩，轻轻对林若兰言道："小姐，小生有一上联，想请小姐以这池塘为内容，对一下联，不知可否？"林若兰微笑道："妾身才疏学浅，怎敢在公子面前卖弄？"李毓昌急道："小生只是见这池塘荷花情状，一时有所感悟，想聊作游戏，尚请小姐不要太过在意。"而实际上，李毓昌心中确有考她一考的念头。林若兰多么聪明，她如何看不出他内心的想法？许是她艺高人胆大，或是她根本就不情愿放弃与他对句游戏的机会，所以，她心中虽不是绝对的踏实，但口中却也说道："既然公子已有上联在胸，那就一吐为快好了。妾身当勉力应付便是。"李毓昌点点头："小姐，小生就冒昧了。"他"冒昧"地说出了一句上联，"柳影绿围三亩宅。"李毓昌的意思很明显，这林氏宅院实在是庞大，又被重重柳树遮着，不是"柳影绿围三亩宅"又是什么？再看那林若兰，对着满塘的荷叶凝眉。如此的月光下，如此的美貌姑娘站在一塘荷叶边沉思，此情此景，不就是一幅声色并茂的绝美图画吗？她抬起头来，轻启丹唇道："公子，妾身已想好一句，却不知是否切题。"李毓昌生怕她想坏了身子，急急言道："小姐勿需谦逊，只要与这池塘有关，便是切题。"林若兰嫣然一笑，便说出了一句下联："藕花红瘦半塘秋。"吟罢，她对着李毓昌施了一礼道："公子，不知妾身所对，可否妥当？"李毓昌连忙回了深深的一揖道："小姐出口成章，才思敏捷，小生着实佩服之至。"她和他本保持着一定的距离，此刻，她轻移金莲，也就和他若即若离地站在了一排。顿时，一股别于荷花、荷叶的异香，从她的身上散出，飘至他的鼻翼，飘入他的心湖，在他的心湖上漾起了一圈圈的涟漪。这涟漪荡击着他的身躯，他的身体不住地一阵哆嗦。虽有皎皎明月，她也未能看清他的异样，只是轻轻言道："公子，妾身适才所对，如有不周之处，尚请公子不吝指教。"他稳住心神，由衷地叹道："小姐所对，哪有什么不周之处？仅那一个'瘦'字，也就不知比小生的那'围'字要妙出多少分。小生实在是自叹弗如了。"他虽说着话，双目却也不敢看她，只将眼光投向那月光下的荷塘。似乎，那月光下的荷塘及荷塘里的月色，要比她更具魅力。她却不是这样，时不时地，用眼睛悄悄地看他一番，直看得自己心跳耳热，差点不能自已。这一男一女，虽然彼此言语不多，但并肩站在月光之下，又有荷塘月色陪衬，加上时或会心地一笑，这情这景，谁看了不会怦然心动？故而，那林太富站在一边，只静静地欣赏，也不过来打搅，真可谓是看在眼里又喜在心里了。

　　从此以后，李毓昌和林若兰的来往就日渐多了起来。只要有了空闲，他就跑到那林氏宅院中去找她。找得久了，林宅的仆从们也都认识他了，便由着他在宅院内四处走动。他当然不会四处乱走，他每次去的总是她的闺房。好就好在林太富对此几乎从不过问，他不仅热情地欢迎李毓昌到宅院里来玩耍，他甚至还鼓励自己的女儿跟着李毓昌走出宅院，到更广阔的地方去游乐。一个富甲一方的大财主，能做到这种地步，在当时也当真是难能可贵了。而对李毓昌的叔叔李太清来说，自己的侄儿能攀上林若兰这根高枝，连高兴都来不及，当然就更不会无端去干涉了，只时不时地，在侄儿的耳边告诫着，不要因男女情事而荒疏了学业。因此，李毓昌和林若兰之间的感情，便自自然然又非常迅速地向前发展了。大概也只有半年的光阴吧，两人的关系就几乎达到了如胶似漆的地步。

嘉庆四年，二十二岁的李毓昌和十八岁的林若兰成了亲。李毓昌又经寒窗苦读，一举中第，考取了进士。

……　……

在江苏省江宁城的南部，有一个地方，唤作聚宝山。说是山，其实是一个集镇，是文人云集、官宅栉比的地方。这里北倚镇淮桥，南临长干桥，又紧贴着聚宝门，交通很是方便，景色也十分秀丽，所以有不少闲官散吏都居住在这里。但由于居住者官阶不同，贫富很是悬殊，所以这儿的房屋也华陋不均，从高处俯瞰，会给人一种不谐调的感觉。聚宝门外的深巷中有一所十分简陋的平房，门楼已显颓败，朱漆的大门其色泽也已剥落，三间并不高大的北房，两丈见方的院落，虽嫌陈旧，却收拾得十分干净利落。北房门槛上，贴着一副笔力遒劲的对联，上联是"淡泊以明志"，下联是"宁静以致远"，表现出主人清雅廉俭的品德，这里便是新进士李毓昌的住宅。李毓昌虽已是三十又二年纪，但眉清目秀的模样依然如故，且仪态中处处透出一种风雅之姿。

他是本年春闱中的进士，吏部以他成绩优良特委江苏礼仪之邦候用。由于上任期紧迫，他连老家即墨也没有来得及回，就带着李祥、顾祥和马连升三个仆从赶到了江宁。他六月在巡抚衙门报了到，不久就逢黄河水患，道路阻隔，也无法把妻子林若兰和叔叔李太清接来同住。算算到江宁已有两个月了，却还没有接到委任令，李毓昌不觉有些烦躁。

这天清晨，他起身在院子里踱了一会儿步，感到没什么趣味，便走进书屋临窗而坐，翻阅一部新买来的《临中先生文集》。正读得有些兴趣，见家人李祥和马连升喜滋滋地走了进来道："老爷，小的们给你道喜来了。"李毓昌抬起头来有些诧异地问道："这喜从何来？"李祥把一道总督府的大公文信札递给了李毓昌道："总督大人要您即刻前往总督衙门议事。"李毓昌心中一动，忙着扫了信札一眼，果然是总督铁保大人传见。他不敢稍有拖延，连忙吩咐李祥去雇一乘轿子,自己换上官服前往总督府。

路程不很远,一会儿工夫,李毓昌便走进了总督府衙,接着,就被引到了府衙的东花厅。厅内,正坐着那个两江总督铁保大人。往日,铁保接见下属都是在签押房,而在东花厅接见一个新委候进士,这还是第一次。从中也可看出铁保对李毓昌的器重。待李毓昌坐定后,铁保也没有什么寒暄,开门见山地就问道:"目前黄河水患严重,黎民百姓涂炭,但朝廷救济银两却屡屡被贪官污吏克扣。万岁震怒,要严惩贪污克扣之人,然而贪官污吏弄虚作假,账目之中难见破绽,你看可有什么办法寻丝觅迹,查获赃证吗?"

李毓昌听罢微微一笑道:"卑职初入仕途,阅历不深,但淮安水患以来,倒也留意观察。那些地方贪官借灾情中饱私囊,无非是两种办法,一种是夸大灾情,谎报受灾人数,从中冒领赈银,一种是削减实发数目,进而克扣百姓。这两种办法从账面上都难以发现破绽,但只要到灾区去核对一下,漏洞立刻就会出现。所以要查明谁贪谁廉并不需要费很大周折。"

铁保心中暗暗称是,但表面上并不露声色,而是梳理着胡须道:"只是贪官既要贪污,必然会对百姓百般监视,核查人员想从百姓嘴里探出实情,也并非易事。"李毓昌答道:"俗话说得好,若要人不知,除非己莫为。贪官污吏大失人心,只要核查人员能下到百姓中去,破绽是终究会被查出来的。"

铁保点了点头,把手从胡须上拿开,面色突然庄重起来问道:"本总督若委派你去监赈灾民,你将以何为之?"李毓昌表情也变得异常严肃,答道:"拯民于水火,嫉恶当如仇。"铁保又道:"如果贪官以巨资贿赂于你,如何?"李毓昌答道:"卑职当以法置贪官于不义之地。"铁保重重地道:"你不怕那些贪官污吏们对你下毒手吗?"李毓昌也沉甸甸地回道:"岳武穆有言,文官不爱财,武将不怕死。卑职身负国家重任,何惜以一死救济苍生!"

铁保拍掌叫道:"好!本督就命你为监察大员,前往山阳县视察赈银发放情况。你务要竭尽全力,保证民有所得!"李毓昌应道:"卑职遵命!"铁保哈哈一笑,用手拍着李毓昌的肩膀道:"毓昌,本督把山阳的灾民可就全交给你了。"李毓昌斩钉截铁地道:"卑职决不辱总督之命!"言罢,李毓昌就别过总督大人,办好一应手续,带着李祥等三个家人,马不停蹄地奔向山阳县境。

却说那山阳县城里,这几天显得分外热闹,为迎接省里派来的察赈委员,县令王伸汉亲自布置,在县城内搭了三座彩色牌楼,县衙前披红挂绿。小小的县城张灯结彩,一派洋洋喜气,使人走进县城后会误以为这里逢到了什么国家喜庆大典,而把数万灾民饥寒交迫的现实忘得一干二净。王伸汉还派出了两批精干的差役,在察赈委员的来路上设下接官亭,准备了八抬大轿,恭候察赈大员。

然而,王伸汉没有料到的是,第二批救济银九万余两如期解到,那察赈大员却杳无音讯。王伸汉纳闷了,那李毓昌会到哪儿去呢?三天之后,王伸汉才接到灾区里正们的报告,那察赈委员李毓昌,并没有到县里落脚,而是直接到灾区去了。王伸汉一时有些慌乱起来,暂且搁下不提。

再说黄水横流的山阳灾区,灾民们已经断粮四天了。由于大水迟迟不退,凡是高岗处都挤满了无家可归的老百姓。他们衣不遮体,面色蜡黄,三五成群横躺竖卧,似乎连挣扎的能力也失去了。在被大水赶出家园的前几天,他们还能看到官府里的一些差役,有时甚至会发现一位县尉类的小吏来灾区登记饥民人数,里长们也曾带人送来一些救济粮和衣物。但是由于救济物资太少,常常被一抢而空。后来改为施粥,每天早晨可往指定地点排队领取一碗稀粥,几天后粥越来越稀,直到变成米汤。最近,连米汤也没有了。大人们还可以不声不响地忍饥待救,而那些可怜的孩子却饿得不断哭叫。不久,有的老人和儿童开始被活活饿死了。一些强壮的男人也禁不住饥饿的威胁,撇开父母妻子,前去寻找生路了。走不了的,就只有蜷缩在一块块的高地上,等待着死亡。

李毓昌率领着家人李祥、顾祥及马连升三人,在灾区连续转了三天,忍受着饥饿,脚踏着泥泞,亲自到一间间的破席棚子中去抚恤百姓，同时详细地记录受灾的人数，了解损失情况以及山阳县放赈情况。灾民们沉痛地陈述了他们的不幸，并异口同声地咒骂县令王伸汉，说他把大批赈济银两都装进了自己的腰包，只用几碗米汤一样的稀粥来应付灾民。李毓昌并不绝对轻信这些议论，却认真地把施舍的物资和救济粥都折合成银两数，对整个灾区的人数、救济品发放的情况摸了个一清二楚。

这一天，李毓昌在自己栖身的破席棚里，正借着昏暗的烛光审阅着几名乡正里长送来的告发王伸汉贪赃枉法的信件。短短的几天里，他收到的这类信件已达几十封了。他正看得投入呢，却见随同前来的李祥等三个仆人，一头钻了进来。还未等李毓昌开口询问，李祥就先言道："老爷，小的们来向您辞行！"李毓昌惊异地望着这三个仆人，不知他们为什么会在这种时候说出这样的话来。见主人疑惑不解，顾祥又抢上前一步带着怒气道："小的们跟随老爷，虽没敢指望升官发财，却也盼着能来山阳县在人前人后荣耀一番。谁知老爷放着县城不去，偏偏往这黄水坑里钻。小的们几天吃不上一顿饱饭，睡不了一个安稳觉，实在吃不消了，只好告辞另奉他人……"

李毓昌听罢不觉一阵恼怒，沉下脸来，异常严肃地道："李某奉总督钧令，来山阳察赈，只知为处在饥寒境地的百姓办一点好事，从未想过什么出人头地荣耀一番。如今山阳灾民正处水深火热之中，贪官污吏却乘机从中克扣救济银，使千百万ге百姓灾上加灾，你们难道无动于衷？老实告诉你们，跟随李某当差只能是苦差事，即使是到了山阳县城，你们也休想狐假虎威、趾高气扬。如果你们后悔，可以现在就走。"说完用锐利的目光扫视了三个仆人一眼，又把头埋到信件堆里去了。

那李祥、顾祥及马连升三人，本是想用辞行来要挟李毓昌，并没有真要离去的意思，他们知道省里来的察赈委员，在小小的山阳县地位是何等尊贵，哪里肯放过这个出头露面大捞一把的机会？于是，马连升假装被李毓昌的话感动了，赔着笑说道："老爷教诲有理。小的们实在是一时糊涂,从今后一心跟随老爷,不管多苦多累,决不再有怨言。"

但李毓昌严肃的神态并没有什么缓和,且又带着几分威严道:"如果你们不想走,我也要把话讲明,对你们要约法三章。第一,到了山阳县,只准你们替我料理私事,不得擅自插手公事。第二,不准与山阳县的衙役官佐单独接触。第三,不准私收山阳县任何人的半分银子。这三条,如果犯了其中的一条,我就要将你们送交有司衙门审理,听清楚了没有?"李祥等三人听到李毓昌这样说,不觉面面相觑,心里顿然感到了一阵失望,但表面上仍然唯唯诺诺,表示愿意听从老爷吩咐。李毓昌这才把面色放得平和了一些,言道:"这几天东奔西跑地,你们也确实十分疲倦。且去休息吧,明天早晨收拾行装,起身去县城。"李祥等三人赶紧应声"是",慌慌忙忙地辞别主人,钻进另一间席棚睡觉去了。

第十七章
拒美色委员秉正气
恋重金家奴动邪心

那两个女人媚笑道:"大人此刻有些心烦意乱,待奴家姐妹替大人稳稳心神可好?"说罢竟扭腰摆臀、一舞一唱。李毓昌按捺不住,大喝道:"呔,大胆贱人,竟敢如此调戏本官,看不砸烂尔等的狗头!"

山阳县令王伸汉这几天被李毓昌搞得神魂不宁。他在县城里张灯结彩迎候李毓昌,而李毓昌却直接去了乡里,等派出几路人去乡里迎接时,李毓昌又风尘仆仆地来到了县城。最可笑的是,王伸汉天天喊着接省里来的委员,全县衙役几乎都怀着小心谨慎的心情,等候着李委员光临,而李毓昌来到县衙门前时,却差点被看门的衙役赶走。王伸汉得知此事后,大发雷霆,当即下令将那个看门衙役重打二十大板,并赶出衙门。

如果说这么一个小小的插曲令王伸汉很是有点不安的话,那以后的事就更是叫他不安了。李毓昌根本就没听他的任何口头汇报,而是在到达县衙的当天,就下令把全部赈济账目调齐送审。对此,王伸汉却也不惧。因为这套账目完全是他一手伪造的,账面数额可以说是滴水不漏,谅李毓昌也看不出什么名堂来。谁知第二天一早,李毓昌就派管家李祥来县衙,要立即调取灾区各乡的户名清册。这一下王伸汉有些慌了,他请李祥先回驿馆,说户口清册调齐后自己亲自送去,但李祥却虎着脸冷冷地说:"我家老爷有令,叫我带了清册回去。"王伸汉无奈,只好通知书吏把各乡户口清册点齐交给了李祥。

户口清册被取走之后,王伸汉立即派心腹小役包祥前去驿馆暗中监视。包祥回来禀道:"那李毓昌整整三天没出驿馆大门,他房内的烛光常常是通宵达旦。他的三位亲随管家更是循规蹈矩，很少出来活动，偶尔在街市上转一转，也决不与人搭讪，而且从来没见过他们的笑脸。"王伸汉情知那李毓昌正夜以继日地在核察赈济银两的发放数目，不觉倒吸了一口凉气。他有一种直觉，这李毓昌李大人，跟以往那些省里派来的大员们，截然不是同一类人。他皱着眉对包祥道："不知这位李委员，葫芦里究竟卖的是什么药？"包祥倒是十分镇静地道："老爷不必过虑。千里做官只为财，不信这位李大人就不要钱。如今他故作姿态，不过是想多要几个钱罢了。老爷可请一位德高望重的乡绅去驿馆疏通一下，无非是多给几两银子罢了。"王伸汉先是点头，继而又摇头道："此话虽有道理，但本县以为，这李委员看来确实非同一般。在没搞清楚他的底细之前，万万不可造次，还是先差人前去驿馆试他一试为妥。"说罢，这主仆二人便细心地策划起来。

　　李毓昌在驿馆里埋头核查了五天，已基本上掌握了王伸汉贪赃的确凿证据。他发现，目前的户口清册与乡间的实际人数并不相符，由于近年来大量农户逃荒迁外，实际人数不过是清册人数的三分之二而已。而赈济账目上的领银人数，又远远超出了在册人数，尤其是领银数额，账目上是每人平均五分银子，但自己实地查访的结果却至多每人摊上二分左右。这样看来，发到山阳县的九万多两赈济银，竟有六万余两被克扣了。李毓昌望着堆满案头的账目清册，一股怒火直冲发冠。他的眼前映现出了灾民们在大风中颤抖、在饥饿中挣扎的景象，也映现出了山阳县城张灯结彩的景象。王伸汉那胖得臃肿的肥脸与灾民们枯瘦得几乎皮包骨的面容不断地在他眼前晃动。他情不自禁地把拳头捶向桌面，一只精致的景德镇细瓷茶杯被震到地上摔得粉碎。李毓昌被粉碎声惊醒，他摇了摇头暗暗告诫自己要静思制怒，待心境略微平静了一点之后，才提起笔来准备草拟给总督铁保大人的呈文。忽然，驿馆外一片喧哗，李毓昌正待询问是谁在深夜里还不好好休息，李祥却挑起门帘进屋来了。

李祥不知为何有些激动，他似乎忘记现在已经是二更多了，大声禀报道："山阳县首富乡绅赵荣前来拜访老爷。"李毓昌暗想，自己并不认识这个人，半夜三更他来干什么？本待回绝不见，又恐怕他有什么大事要报告，只得说了一声"请"。话音刚落，窗外已传来了一个人的说话声："李大人为国为民，真是废寝忘食啊！"接着，门帘被挑开，一位衣饰华贵、银髯飘洒的老乡绅笑眯眯地走进屋来，见了李毓昌深深地施了一礼道："小人赵荣，叩见李委员李大人！"跟着又倒退了一步，看那意思似乎真的就要下跪。李毓昌只得抢上一步携住他道："老先生不必客气，快快请坐。"赵荣毕恭毕敬地又施了一礼才在下首位上坐定。

李祥捧上茶来，赵荣在接茶的时候，冲着跟随来的华衣"管家"使了个眼色，华衣"管家"立即从怀中掏出一封"红包"递到了李祥的眼前，并言道："有劳管家，家主略有薄敬，不成敬意，还请管家笑纳。"李祥见了白花花的银子简直是心花怒放，刚要伸手去接，却发现李毓昌正用严厉的目光盯着自己，不觉倒抽一口凉气，无可奈何地摇了摇头。这一切，被跟随赵荣前来的"管家"全看在了眼里并记在了心上。这个华衣"管家"便是王伸汉的心腹小役包祥。包祥捧着"红包"又往李祥跟前送了一下，李祥赶紧推辞不收。赵荣伸出大拇指来赞叹道："久闻李委员清廉如水，想不到连您的管家都能够不收馈赠，老朽实在敬佩。"说罢令包祥收回银子，又对李祥道："老朽在驿馆前厅备了一席宵夜，特意招待管家的，老朽今天有要事与李委员相商，管家可肯赏光与我的管家权去前厅小饮一番？"

李毓昌对这位赵乡绅敢于当着自己的面贿赂李祥，已经十分不满，想不到他竟敢进一步借口驱赶自己的管家，实在是太无礼了。正要发作，猛然记起要静思制怒的告诫，思忖道：何不趁此摸一摸这位赵乡绅的真正来意？于是，李毓昌顺水推舟地对李祥道："既然赵老先生有此厚意，你就去前厅饮他几杯吧！"包祥见李毓昌应允了，就十分热情地走过来拉着李祥走了。

待屋子里恢复了宁静后，赵荣才笑着对李毓昌道："听说李委员来山阳后日夜操劳，县令王伸汉王大人十分惦念，又恐外界流言纷纭，所以便委托老朽来看望李大人。"李毓昌不卑不亢地道："为国赈民，李某理应如此。那王县令也过于关照了。"赵荣摇了摇头道："李大人过谦了。山阳灾民有了大人这样的救星，必能早日归返家园。王县令恐大人来后度支不便，特意嘱咐老朽，由本县乡绅共同集银五百两，以作在山阳公干之资，谅大人不会不赏脸吧？"李毓昌冷笑了一下道："老先生不觉得五百两银子太少了吗？"赵荣听李委员嫌钱少，心中大喜，立刻接道："这五百两银子仅是乡绅们给大人敬献的程仪。王县令还有一笔大馈赠，也委托老朽前来敬奉。"

李毓昌心道：来得正好，我倒要看看王伸汉要干什么。口中却言道："李某与王县令本无渊源，王县令为什么要给我馈赠？"赵荣凑过来道："看来李大人也是直爽之人，老朽不妨实话实说。历来黄河水患，地方官在分放赈银中都要留下一些，做为好处费，这笔费用当然凡是与赈济沾边的官员都要有份。王县令今年又循章办事留下了一点银子，省里、府里、县里各有司官役都已收取了例份。但这笔钱说是循章，又不合法，省里派大人前来查访，自然难免发现破绽。张扬出去，不但王县令吃罪不起，就是巡抚、藩司、道台大人面子上也不好看。王县令为此十分忧愁，特地委托老朽前来说合，只要李大人肯曲意为之掩饰，王县令愿赠白银一万两，为李大人置办家财……"

李毓昌听到这里，尽管再三忍耐，也压不住心头的怒火了。他站起来声色俱厉地对赵荣说道："王伸汉想用一万两白银封住李某的嘴？真是痴心妄想。本委员奉命来山阳察赈，只知道依法惩处赃官，为民夺利。王伸汉乘黄河水患，在啼饥号寒的灾民口中克扣粮款，致使数千百姓为之丧生，近万户家庭流离失所，其罪恶之大已属不赦。本委员正在详加核查，并决意秉公办事。今天王伸汉竟敢派人公开贿买朝廷命官，真是无法无天，胆大妄为。

本委员定要将此事呈报总督铁大人,依法严惩贪官污吏。你回去告诉王伸汉,叫他快快准备请罪文告,去制台大人面前自首,或许能保住身家性命,否则悔之晚矣!"

赵荣见李毓昌动了真怒,暗自后悔过于孟浪。泄露了王伸汉的底细,但事已至此,只好打肿脸充胖子,也站起身来软中带硬地回道:"老朽何敢多言?不过山阳县的银两已经花到了省、府各级官吏身上,李大人执意要告发,恐怕也得掂量一下,是大人一人说了算,还是抚台、臬司各级大员说了算?"李毓昌不屑地挥了挥手道:"不劳你来关照,你还是请便吧。"

赵荣唯恐再说下去激起李毓昌的火把自己扣下不放,赶紧就坡下驴道:"如此老朽告辞。"说完慌慌张张地奔到前厅,拉起了正与李祥谈得投机的包祥,跌跌撞撞地离开了驿馆,直向县衙跑去,而县衙的一间大客厅里,此刻,还依然闪烁着明亮的烛光。王伸汉正在客厅内心急如焚地等待着赵荣及包祥的回音。他希望李毓昌能把万两银票收下,那么自己的官职、地位、身家性命也就有保障了。他也相信一万两白银是一个诱人的钓饵,谅李毓昌一介穷书生不会不见钱眼开。但赵荣、包祥去了一个多时辰了,还不见回转,又实在令人不安,莫非李毓昌变了脸,把赵荣等人都扣下了?如果那样,可就坏了,但驿馆那里并没有送来一点紧急的消息。时间一点点地过去了,一轮上弦月已经移过了中天,夜风把院子里的几杆青竹吹得沙沙作响,好像也在预示着不安。王伸汉漫无目的地在厅堂内踱来踱去,此刻他有点埋怨包祥太不会办事了,为什么连送个礼单也要拖上一两个时辰?正在急得六神无主之际,院子里传来了脚步声。

王伸汉急不可待地一下子拉开了客厅的门。果然,门外正站着赵荣和包祥。只是赵荣显得垂头丧气的样子,包祥的脸上也是阴沉沉的不见笑容。王伸汉一见,便知道事情准是办砸了,但仍然抱着一线希望问道:"事情进行得怎么样?"赵荣没精打彩地将李毓昌的态度绘声绘色地报告了一遍。王伸汉一屁股跌坐在了椅子上,差点昏死过去。赵荣、包祥慌忙过去搀扶,又是捶胸,又是搓背,又是掐人中,许久,王伸汉才长长地缓过一口气来。赵荣知道今天是自己把事情办砸了,不敢久留,丢下那万两银票,安慰了几句便悄悄地溜走了。

屋里只剩下王伸汉和包祥两个人。王伸汉心里是又气又恨又怕,盯着包祥道:"这李毓昌也真是可恶至极。难道,我们就在这里束手待毙?"包祥并不回答,而是回身走到客厅门前,拉开门向外张望了一眼,又把门关得严严的,这才转身言道:"老爷说得不错,那李毓昌真是不识抬举。不过天无绝人之路,他的亲随奴仆李祥却是个用得着的人。"王伸汉好像在黑暗中看到了一丝光亮,立即追问道:"那李祥是何等样人?"包祥的脸上泛起了一丝阴险的笑容道:"这位李祥,不但贪财,而且胆大,他随李毓昌来山阳,只是想捞几个钱回去的,不想李毓昌假正经,害得他断了财路,心中十分恼恨。方才我与他一起饮酒,试着用话套引,他已答应暗中为我们通递消息。我给了他一封银子,他感激万分,说只要今后有用得着他的地方,尽管开口。"

王伸汉听罢,心情略微松快了一点,但旋即,他又紧缩着双眉道:"想那李祥,只是一个仆从,他又如何能帮助我等?"包祥走到王伸汉身边,贴在王伸汉的耳际道:"老爷,李毓昌之所以有恃无恐,是因为他手头有查账清册,如果能买通李祥,叫他设法把全套账目清册盗出来销毁,李毓昌也就失去了告发老爷的凭据。即便他再从头查起,我们也可推托找不到清册副本,令他无据可查。拖延上一段时间,他的复命期限也就到了。我们再花上几个钱,让他按我们的意思回复总督,谅他也不能不依。老爷以为如何?"王伸汉点头道:"你说得很有道理。不过,那个李祥,真的是那么可靠吗?"包祥立刻接过来道:"老爷,那李祥只认银子不认主人,小人一定能设法打通他的关节。"王伸汉长长地呼了一口气道:"如此甚好。你告诉李祥,要早点动手,不要等李毓昌把呈文写好了再动。"包祥回道:"老爷请放宽心。三日之内,小人一定会有好消息送来。"王伸汉满意地点了点头,嘱咐包祥道:"此事须要慎密,万万不可走露风声。"包祥道:"这个小人懂得。"

刚要走,王伸汉又叫住他问道:"那个李毓昌可曾携家眷女侍?"包祥道:"除了李祥等三个管家外,只有他李毓昌一人。"王伸汉点头道:"好,你再去找两个绝色的风流女子,送往那驿馆挑逗。我就不信,他李毓昌乃久旷之人,会对女色无动于衷。"这金钱和女人,乃是王伸汉出奇制胜的两大法宝,曾经屡试不爽。包祥言道:"老爷想得真是周到。他李毓昌不爱金钱,难道也不好女色?"王伸汉笑道:"不爱银子又不好女色的官吏,本县还从未遇到过。只要他李毓昌进了我的温柔乡,那他就得乖乖地听本县摆布。"包祥接道:"我们一边去收买李祥,一边用女色引诱李毓昌,这双管齐下,还不是万无一失?"王伸汉恶狠狠地同时又十分自得地道:"任何人,包括他李毓昌,都不会在这山阳境内翻起什么大浪!"言罢,这主仆二人一起大笑起来。这笑声,在这万籁寂静的夜晚,显得是那样的恐怖,那样的刺耳。

包祥贿买李祥的事情办理得十分顺利。他偷偷地把李祥约到一家酒店中,一面套近乎,一面提出请李祥帮助盗出账目清册的事。李祥痛快地答应了。包祥立即拿出一百两银子做定礼,李祥却说:"盗账册不是一件容易的事。我一个人孤掌难鸣,必须要与顾祥、马连升一起才好做手脚。"包祥明白他的意思,又拿出二百两银子让李祥转送顾、马二人。李祥见包祥出手如此大方,更加感到这件事大有干头。包祥一面敬酒一面说道:"事情办成后,我家老爷愿出三千两银子酬谢你们。李兄精明强干,看来这三千两银子是唾手可得啊!"李祥捧着白花花的银子,听着这顺耳的恭维,心中的那股兴奋劲儿,就甭提了,要依他的性子,恨不得将一坛酒都喝光,但又怕被李毓昌看出破绽,只得匆匆喝上两碗,便起身告辞。包祥有点不放心,悄声问道:"李兄,你看此事几天可以得手?"李祥轻松地答道:"三天后的晚上,我等将清册盗出,送往包兄家,如何?"包祥喜道:"如此甚好。一切都仰仗李兄费心了。"李祥道:"包兄不必客气,只要有银子,就没有办不成的事。"言罢急急离去。直到目送着李祥的背影消失在胡同尽头,包祥才回县衙复命。

转眼间,三天的时间就过去了。是晚,夜色又笼罩了山阳县驿馆。在察赈委员居住的上房里,烛光摇曳,李毓昌正在挥笔疾书举发王伸汉的揭帖。当一件件活生生的事实从他的笔下展现出来后,他变得十分激动,不觉把措辞写得严厉了一些。但是,当他准备建议总督大人从山阳县开始往上审查府、省各级官吏时,他又有些犹豫了。他知道,自己面对的是一个庞大的贪官污吏群,那些身居要位的贪污者,每个人都有一张赖以保护自己的关系网,其中有的与巡抚、藩司相连,有的甚至直通总督乃至京城,凭自己一个人,要想掀动这一大群人,实在是不可能的,而一旦触及到了这些人,自己就要成为他们的眼中钉,迟早要被他们拔掉。与其那样,倒不如明哲保身为好。想到这里,他手中的笔变得十分沉重。他放下笔,信步走出室外,一股清凉的夜风迎面袭来,他不禁打了一个寒战。上弦月已经坠下,满天繁星眨着眼睛,似乎是在监视着他的一举一动。宁静的院落里悄无人声,连夜风卷荡着树叶落在地上的声音都能听见。李毓昌缓缓地踱着步,思绪万千。他很想把李祥叫来谈谈自己的心里话。打自己考中进士以后,李祥就一直跟着自己。爱妻和叔叔不在身边,李祥是自己目前唯一的比较亲近的人了。但是,西厢房的灯光早已熄灭,想是几位随从都入睡了。他不愿再唤醒仆人,只好自己独自徘徊。这时,他的眼前又浮现出了灾区数万饥民在水深火热中挣扎的情景。数万生灵濒临绝境,而王伸汉之流却视若罔闻,并在垂死的灾民身上榨取钱财,真是可忍孰不可忍?李毓昌顾不得考虑自己的安危了,他快步走回室内,毫无顾虑地写出了自己的见解。他主张严查一切借水灾发私财的贪官污吏;他主张从黄河水患中发现的弊端开始,整顿整个江苏省的吏治;他主张坚决追回被层层克扣掉的赃款,立即发放到灾民手中。当他写完最后一句时,夜已经很深了。院内的风突然增大,把虚掩的屋门也吹开了,并把满地的落叶卷进屋来。李毓昌这才站起身来,走过去,想把门重新掩好。但是,他刚迈了两步,便停住不动了。因为,有两个人影轻飘飘地并肩走了进来。走进来的这两个人不是男人,而是女人。凭心而论,这两个女人不仅年轻,还十分美貌。

别说这是两个本就非常俏艳的女人了,即是那仅有三分姿色的女人,在这夏日的夜晚,着了单纱,往这烛光中一站,岂不也同样能勾得一些男人神魂颠倒?而这两个女人,身上的衣着比那单纱还薄,简直就等于没穿衣裳一般。李毓昌只是那么下意识地扫了一眼,便赶紧挪走了目光。你道何故?原来,她们本就已经够玲珑剔透的了,进得屋来,冲着李毓昌一笑,然后就双双卸去了身上那少得可怜的衣衫。

李毓昌虽勇毅果断,可面对着这么两个一丝不挂的女人,一时间也无可奈何。他斜眼看着屋角,口中却是对她们道:"尔等何人?为何夜闯本馆?"两个女人嘻嘻一笑,款款上前,一左一右偎住了李毓昌。一个女人道:"大人,何必要问我们是谁呢?你是个男人,我们是个女人,这就已经足够了⋯⋯"李毓昌抖动着身子道:"尔等所欲何为?"另一个女人道:"哟,大人,你这不是明知故问吗?你瞧,我们都已经这样了,还能干什么呢?喂,大人,你怎么不敢看我们呀?是不是,怕我们把大人你给吃了呀?"李毓昌不禁怒道:"尔等娼妇,若再一味纠缠本官,本官定将尔等送往有司衙门严惩!"一个女人惊呼道:"哟,大人这是说的什么话呀?我们是看你一个人寂寞,才过来陪你的,你可不要猪八戒倒打一耙哟?"另一个女人接道:"就是。大人千万不能狗咬吕洞宾、不识好人心啊!我们可都是地地道道的良家妇女哦⋯⋯"

这两个女人,一唱一和,竟然将这个堂堂的察赈委员弄得不知所措。他很想痛揍她们一顿,再将她们赶出驿馆,然而他似乎又有些于心不忍。毕竟,这只是两个女人。俗话说得好,好男不跟女斗。他又想唤起李祥等人,把这两人女人拖走,可自己置身于两个赤裸裸的女人中间,被外人看见了,又会作何感想?他正一筹莫展呢,却见一个女人松了他的臂,顽强地走入了他的目光之中,冲着他媚笑道:"大人此刻有些心烦意乱,待奴家为大人唱上一支小曲,替大人稳稳心神可好?"说罢,径自扭腰摆臀,且舞且唱起来。李毓昌就再也按捺不住了。他大喝一声道:"呔,尔等贱人,竟敢如此调戏本官,看本官不砸烂尔等的狗头!"说着,他真地抄起了一把椅子,高举过顶,作势就要砸过去。那两个女人可吓坏了,再也不敢颠狂,捡起地上的衣服,也没顾得上穿,就慌里慌张地逃出了屋子。

李毓昌兀自气咻不已,将椅子重重地掼在地上。他虽然没有想到这两个女人会是王伸汉派来的,但他也多少觉出了些蹊跷。这两个女人,如何会大明大亮地走入驿馆并闯入自己的屋内?他不觉向西厢房看了一眼,西厢房依旧黑乎乎的,什么动静也没有。他只得叹息一声,无奈地摇了摇头,便和衣躺在了床上。

他本是很困的,可经这两个女人一搅乎,他却又一时难以入睡,眼前,不禁浮现出爱妻林若兰的娇美面容。有了林若兰,他便什么女人也不会放在眼里了。此时,她一定会倚在窗前,面南而望吧?想到娇妻,一种内疚油然生起。自己,也太过粗心了,尽忙着查核王伸汉罪责了,连一封信也没有给她写过。她,现在到底怎么样了呢?还有叔叔李太清,已经是五十多岁的人了,身体还像几月前那般硬朗吧?这么想着,渐渐地,困意就向他袭来。他吹熄了烛火,翻了一个身,一会儿便沉沉睡去。

这边的烛光刚灭,那边的西厢房的门就轻轻地推开了。早就等得不耐烦的李祥、顾祥和马连升像幽灵一般,贴着墙壁向正房摸来。他们对正房的情况非常清楚。三间正房一明两暗,中间的明间是李毓昌的客厅,西边一间是寝室,东边则是存放账簿、清册的地方。白天,李祥已经仔细地翻阅了李毓昌的清册登记簿,知道凡是有问题的原始簿册都存放在东间靠后檐墙的一个大柜中。为了便于偷取,李祥特意关照马连升假装疏忽,把大柜的铜锁虚

341

挂在吊环上，只要溜进去一摸就可拿到簿册。他还让顾祥偷偷地盗取了账册室的钥匙模记，委托包祥配好了开门的钥匙。一切准备就绪了，才决定在今晚上动手偷取账册。而此刻，这三个人的心情都十分紧张。李祥溜到正房前轻轻推了一下门，门扉就打开了。李祥心中一阵欢喜，看来李毓昌并没有提防。他回身对隐蔽在阴影里的顾祥、马连升做了个手势。顾、马二人也凑过来。一个人紧贴着李毓昌的房间，倾听里面的动静，一个守候在院子中间，观察外面巡夜打更人的动静。李祥则闪身进了正房中间屋，轻手轻脚地向东间摸去。他准确地摸住了挂在门环上的大锁，用配好的钥匙轻轻一捅，锁被顺利地打开了。李祥进了账册室，回手又把房门掩上，走到靠墙的大柜前。他的心"怦怦"直跳，一种即将成功的喜悦使得他双手有点发抖，以至摸到悬挂着的铜锁时，竟怎么也摘不下来。他清楚地知道这个锁是马连升亲手虚挂上的，不会打不开。于是他定了定神，再次摸上去。可这一次，他的心一下子就凉了。沉重的铜锁牢牢地紧锁着，任凭他怎么撬也撬不开了。他又镇静了一下，抹去流到眼角的汗水，用力拽了几拽，大锁依然纹丝不动，粗大的锁梁紧扣住坚硬的柜门铁环。李祥明白了，这是李毓昌怕账册有失，夜间亲自检查了大柜，把虚挂的铜锁锁死了。他无可奈何地吐了一口浊气，照原路退了出来。当出了正房门时，前院传来了清晰的报时的梆子声。此时已是四更三点了。

王伸汉也是一夜没睡。他急迫地等待着李祥等人盗取清册的消息。按包祥的安排，李祥将清册盗出后，连夜送到包祥家，再由包祥送王伸汉审阅后立即烧毁。李祥曾说过要在三更以后动手，估计四更左右可以送到县衙，但王伸汉瞪着眼睛盼到五鼓时分，仍然没有一点消息，就连包祥也没有露面。王伸汉越等越急，越急越气，不由得在暗暗咒骂着包祥办事不得力，甚至打算挨过这一关后，就把包祥赶走。他哪里知道，包祥在家里更是像热锅上的蚂蚁一般，坐卧不安。从三更到四更，包祥一直是提心吊胆的，生怕李祥在驿馆内有闪失，坏了大事。从四更到五更，他更是连急带恨，又是担心李祥败露，又是埋怨李祥胆子太小，迟迟不敢下手。他明白，自己的前途，王伸汉老爷的性命，全都取决于今天晚上的盗册活动。他估计今天的计划是十有九成会成功的，但直到夜色渐渐退尽、黎明的熹光投到他的窗棂上，也没有得到李祥的回音。万般无奈之下，他只得假作有公事，来驿馆探听消息，才知道由于李毓昌防范严密，李祥等人没有得手。他不敢迟疑，赶快来到县衙，向等得焦急的王伸汉禀报。

王伸汉狠狠地训斥了包祥一顿，包祥只得听着，直待王伸汉发过火才悄悄地道："老爷请息怒，虽然昨晚偷盗不成，但李祥答应今夜还要活动，不盗出账册决不罢休。"王伸汉这才算松了一口气，他紧紧地盯着包祥说道："你要清楚，那李毓昌正在写检举本县的揭帖，一旦他的揭帖报了上去，纵使盗出账册也无济于事了，早一天得手就早一天断了李毓昌的根源，使他不敢发出揭帖，才能保全我们的前程。"包祥点头道："老爷请放心，我这就去催促李祥，让他今晚务必将清册盗出来。"王伸汉迫不及待地道："那你就快去催促。如果李祥等人提出新条件，你一概替我答应。本县的身家性命全在那几份清册上了。"

包祥不敢拖延，唯唯诺诺地退了出来，径直奔向驿馆去找李祥。但包祥怎么也不会想到，李祥、顾祥、和马连升三人，遭到了李毓昌的严厉斥责。早晨刚刚起床，李毓昌先把马连升叫过去，问他为什么不把清册大柜锁严。马连升假装糊涂说记不清了。李毓昌重重地道："你知道不知道那柜中是查出破绽来的账目清册？一旦这些东西有所闪失，整个山阳县营私舞弊的证据就丢了，而数万百姓也就无从得到拯救。你，怎敢如此疏忽？"马连升只得一再认错求饶。李祥见李毓昌声色俱厉，生怕马连升露了馅，赶忙上前说情。谁知李毓昌又把李祥申斥了一顿，并下令从此以后不许他们沾手重要文件，也不许他们随便到正房去，然后吩咐驿吏把正房厅堂加上从内部锁严的大锁环，清册柜都增加两道新锁，钥匙一律交给李毓昌亲自掌管。李毓昌本还想诘问昨夜那两个女人的事，但转念又一想，不便开口，只得恨恨作罢。

李祥却是暗暗叫苦，心里道，李毓昌防范如此严密，要想盗出清册可就千难万难了，所以，当包祥再次催促他今晚盗册时，他把两手一摊道："包兄，此事……小弟实在是无能为力了……"包祥无奈，只得回到县衙具实向王伸汉汇报。直到这时，王伸汉才算真正地明白过来，自己是的的确确地遇到了一个十分厉害的对手了。自己的两大法宝，金钱和女人，对李毓昌根本就不起任何作用。现如今，偷盗账册也未果。很显然，李毓昌已经将自己置于死地了。包祥见王伸汉瞪着眼按着桌子发愣，也感到了事态的严重，再也不敢乱出主意，只是悄悄地垂手侍立。而王伸汉，此刻已把所有的仇恨都集中到了李毓昌的身上。他意识到，目前自己与李毓昌已经到了不是鱼死就是网破的关键时刻，再也无法调和。他感到尽管李毓昌软硬不吃，但山阳县的权力还在自己手里，县衙上下的书吏差役，还都是自己的人，李毓昌实际上处在自己的包围之中，如果抓紧时机，设计除掉这个丧门星，那全局也就都活了。问题是，如果省里派来的大员突然死去，铁保总督就不会不过问。怎样才能应付好省里查究这一关，确是要动一番脑筋。

王伸汉的脑子里飞快地闪出了几个方案，但又都觉得不妥。这样，王伸汉和包祥一言不发地闷坐了半个时辰。包祥虽没开口，但却一直在看着王伸汉的神色，进而去揣摩着主子的心思。他隐隐约约地看出，在王伸汉的眉宇之间，已泛起一股凶恶的杀气，且杀气是越来越浓。包祥的心中有数了，低低地却是一个字一个字地吐道："老爷，依小的之见，既然那李毓昌对老爷已经不仁，那我们也就可以对他不义……"王伸汉的眼珠子一亮："你的意思是……"包祥没言语，举起右手，使劲向下劈。这动作，跟那砍头的姿势是一模一样。王伸汉重重地点了点头，咬牙切齿道："他要置我于死地，我就先送他见阎王！"包祥附和道："所谓当断不断,反受其乱。先下手为强,后下手遭殃。小人以为,既已决定如此,那就要快刀斩乱麻,容不得拖延迟疑。"王伸汉赞同道:"言之有理。拖三延四地,难免会夜长梦多。不过,此举事关重大,应须费心斟酌,要尽力做到万无一失才妥。"包祥道:"小的看来,欲确保此事滴水不漏,还得要找那个李祥帮忙。"王伸汉道:"只要能除掉李毓昌,找谁帮忙都行!"说着,这主仆二人的头凑在一起,很快,他们便定出了一个阴险凶残的杀计来。

再说李毓昌,他也可以算得上是个心计很细的人。举发王伸汉的揭帖写好后,他并没有急于发出,因为他觉得自己初入仕途,揭发这样大的贪污案必须证据齐全,数字无误,所以又把以前挑选出来的有漏洞的全部案卷,认真地核对了一遍,对其中一些数字做了订正,足足忙了三天。当他确信自己所掌握的证据已经无可动摇了的时候,才决定抄写报给总督大人的揭帖。

这一天,李毓昌吩咐李祥守住驿馆门,有人来见只说委员身体不爽,一律挡驾,自己关起门来抄写揭帖。大约中午时分,李祥进来禀报,山阳县令王伸汉特地前来问候。李毓昌有些不耐烦地道:"不是让你一律挡驾吗?"李祥答道:"别人可以挡驾,王县令乃是一县之主,小的如何挡得住?"李毓昌叹了一口气,只得收起抄了一半的揭帖,说声"请"。不一会儿,王伸汉冠带整齐、满面春风地进来了,一进门就道:"下官知道李委员察赈忙碌,实不敢打扰,只说几句话就走。"李毓昌只得强作笑容道:"王大人公务繁忙,难得过府相访,毓昌岂敢怠慢。"

说罢示意王伸汉坐下。王伸汉却不肯落座,从怀中掏出一个大红请柬说道:"本县各界仁人绅士感念李大人终日操劳,备办了一席酒宴,特委下官过府相请。下官自知李委员一向清廉,本不敢前来打扰,怎奈乡里们一片盛情,却之不恭,只好冒昧前来,请大人赏脸光顾。"李毓昌对这种宴会是最反感的了,特别是对王伸汉十分厌恶,所以当即就要拒绝。谁知还没等李毓昌开口,站在一边的李祥早已走过去接了请帖,十分殷勤地道:"难得合县父老垂青,王县令又亲自过府,我家老爷准于今晚赴宴。"

李祥的这个举动,很是出乎李毓昌的意料,所以李毓昌一时倒不知如何回答了。李祥偷偷对李毓昌使了个眼色,示意他不要拒绝。李毓昌不知李祥到底要干什么,只好不再发作。王伸汉见李毓昌已经默许了,便立即告辞。李毓昌也没相送,只由李祥代送到门口。可惜的是,李毓昌并没有看见那李祥和王伸汉二人曾会意地互相一笑。如果李毓昌看见了那种颇有深意的一笑,他是会应当有所警觉的。

那李祥送走了王伸汉,回到了客厅,见李毓昌沉着脸,便装作若无其事的样子,把请帖放到李毓昌的公案上。李毓昌很是不满意地道:"我早就吩咐过你不准参与公事,你如何敢大胆地替我接请帖?"李祥笑嘻嘻地凑过去道:"老爷息怒。小人以为,这是山阳合县要人联名相请,大人如果不去,岂不是冷了大家的心?"李毓昌想了一想,觉得也不无道理,自己来到山阳后,一头扎进公务之中,很少与山阳县的名流望族接触,当然也就不知道王伸汉在县里的名声如何,倒不如乘此机会观察一下,再者说,官场之间的必要应酬也是不能少的,若执意不去,难免被人视为清高、孤僻和不近人情,这对今后参劾王伸汉也多少有些不利。这么一想,他便朝李祥点点头,只是嘱咐李祥去了以后要少饮酒多留心。然而,他没有想到的是,真正需要少饮酒而多留心的,恰恰是他自己。

当晚,李毓昌便领着李祥前去赴宴了。宴席是在山阳县衙举行的。去了之后,李毓昌注意到,在来客之中并没有发现那位曾经代王伸汉行贿的山阳首富赵荣。看来,赵荣的缺席,当是王伸汉一手安排的。而此刻,王伸汉显得特别殷勤,不断亲自给李毓昌把盏斟酒。那些来客们,就像是事先约好了的,一个个轮番劝饮。李毓昌实在是推却不了,只得连饮了三大杯,三大杯酒下肚,他不觉有了点蒙眬的醉意。

王伸汉似乎也喝得过量了,说话变得语无伦次起来,他端起一大碗酒对着李毓昌道:"人生得意须尽欢,莫教金樽空对月。李大人终日操劳,难得一醉,且饮了这碗酒。"李毓昌自知酒力不济,连忙推辞了。王伸汉突地哈哈大笑道:"李大人,下官以为,一个人还是不要过于约束自己为好。大人自来山阳之后,恪尽职守,一尘不染,当真可以算得上是清官了。只是,下官痴长至今,却怎么也弄不明白清官与那贪官的区别。大人请看邻座那个宋先生,一生持正,烟酒不沾,做了三任知县是两袖清风,如今卸甲归田,竟没有一个被他救济过的百姓来看望他。早知如此,在任上吃点喝点,再顺便拿点,岂不比苦守清贫强得多?"

李毓昌顺着王伸汉的手向邻座望去,果然看见一位清瘦的老人,胡须已经花白,穿着一件不甚合体的绸衫,正有些发窘地闷头饮酒。王伸汉说罢,又带着醉意对那老者道:"宋先生,你说是不是?"那位宋先生似是被王伸汉的几句话挑起了一腔牢骚,愤愤地道:"宋某居官十余年,一尘不染,然而如今潦倒乡里,再也无人问津。想那些在任上贪贿聚敛之人,反而肥马轻裘,门庭若市,细想起来,真不如做个赃官合适了。"宋先生言罢,席间众人一时议论开来。有的大声赞同,有的却似乎不以为然。

一位秀才模样的中年人言道:"宋先生的话未免有些绝对,清官嘛,终究要比赃官强。只是,这也要看时势而定。设若天下都是清官,那做清官自然就要受人敬重了。但是,如果天下的官吏都在为自己捞钱,只有你一个人是所谓的两袖清风,那到头来,你不但不会得到谁的青睐,人们反而会怀疑你也是拿了别人的银子。结果名利两失,又何苦来哉?"王伸汉立即点头赞许道:"高论,高论!当真是闻所未闻。如此看来,王某以后居官倒也不能太死心眼了。"一时间,大厅之上,附和声甚众,大有将屋顶掀翻之势。

李毓昌再也忍耐不住,腾地起身言道:"如此高论,李某实不敢苟同。朝廷选拔官吏,原是使之替黎民百姓办几件好事的。居官者理应以国家、黎民为重,方算得有点品行。那些身居高位,只图捞取民脂民膏、置国家法度于不顾、视黎民生死若等闲的官吏,纵能骄横一时、享乐一世,却迟早要遭万民唾恨、遗臭千古。对这等贪官污吏,人人得而诛之,怎么竟有人要步其后尘、自甘与和珅之辈为伍呢?"李毓昌这义正辞严的一席话,说得满座哑然。而这一切,全都是王伸汉事先安排好的,他是想对李毓昌进行最后一次的试探和引诱,见李毓昌毫不为动,他甚觉无趣,只得假装酒醉,含含糊糊地道:"好!李大人说得真好。真所谓听君一席话,胜读十年书。下官早就耳闻,李大人不仅为官清廉,且学识渊博,尤其是写得一手好对子,但不知,李大人肯否屈就,于此即兴为下官留点墨宝?"那些哑然的来客,即刻回过神来,七嘴八舌地又附和起来。那中年秀才道:"王县令王大人,一向爱民若子,且执法如山,李大人若不为王县令王大人作副对子,也实是有些辜负了这良辰美酒了。"

李毓昌此时正酒浓胆豪,哈哈一笑道:"好!本官自来山阳,还从未写过什么诗词,今日一聚,也实在难得。本官就即兴给这位爱民若子、执法如山的王县令王大人作一副对子,聊作对王大人如此盛情的回报。来啊!文房四宝伺候!"在众人的掌声中,包祥早捧来了笔墨纸砚。好个李毓昌,成竹在胸,也不思考,提笔运腕,"唰唰唰",于眨眼之际,就写下了两行醒目的大字。这一写不要紧,可把王伸汉等人看得是目瞪口呆。你道李毓昌写下的是些什么文字?原来是:

> 爱民若子,金子银子皆吾子也
> 执法如山,钱山靠山其为山乎

这样的对联,王伸汉能不目瞪口呆?偏偏那个宋先生,许是酒喝得多了,竟然鼓起掌来,且口中还言道:"妙,妙,实在是妙。李大人不愧为个中高手。但不知李大人可否能以庭中青竹和这丰盛酒宴为题,再即兴一对,让在下等大饱眼福?"李毓昌又是哈哈一笑道:"李某虽无才学,但即兴作几副对子,却也能难住本官。但不知王县令王大人,此时可有兴致?"李毓昌说完,目光直视着王伸汉。王伸汉心中的那个恨啊,恨不能即刻就掐死李毓昌,然而众目睽睽之下,他却也只能抹抹额上的汗水,且还赔笑道:"李大人兴味正浓,下官岂敢扫兴?大人尽管抒意好了。"李毓昌点头道:"王大人既如此说,李某也就却之不恭了!"大手一挥,笔如游龙,一气呵成地写就了三十个大字。这三十个大字是:

　　修竹千竿,横拖直扫,扫金扫银扫国币
　　小轩一角,日煮夜烹,烹鱼烹肉烹民膏

写罢,李毓昌将毛笔一扔,逼视着王伸汉道:"王大人,李某这副对子写得如何?"王伸汉无奈,只能装作酒醉,端起酒碗道:"写得好!写得真好!王某定要为大人这副绝妙的对子干上一杯!"说完,一仰脖子,一碗酒"咕噜噜"地就吞下了腹内。李毓昌冷冷地道:"王大人,我看你是喝得过量了,还是下去休息的为好!"王伸汉故意嘟囔着道:"谁喝得过量了?我没醉,一点也没醉,来来来,下官再与李大人共饮三碗……"包祥连忙走过来,接下王伸汉的酒碗,冲着李毓昌歉然一笑道:"李大人,我家老爷酒后失言,还请大人见谅!"李毓昌不屑地道:"酒后之言何足挂齿?王大人既已喝醉,尔等就扶他下去歇息,李某也即刻告辞!"说完,扫了众人一眼,拂袖而去。

第十八章
趁黑夜恶仆行罪恶
吁青天遗孀究冤屈

睹物思人，林氏心中真如刀绞。忽然，她在那羊皮袍的衣袖上发现了几块黑色的斑痕，手搓不去，放到鼻下闻闻，有一丝淡淡的腥气，气味虽然淡淡，但却准确无误。她一下子明白过来，啊，这是血迹！

李毓昌回到驿馆，已经是二更天了。他平日不怎么饮酒，今天晚上在那宴席上破例地饮了三大杯，感觉到头有些发晕，草草地梳洗了一下，就和衣卧在了床上，不一会儿，他便沉睡过去。

李祥见李毓昌发出了鼾声，就急急忙忙地冲着门外叫道："顾兄、马兄，快进来！"早就等候在门外的顾祥和马连升，连忙钻进屋内。李祥阴毒地道："他已经睡得像死狗一般了，准备动手吧。"马连升从怀中掏出一包砒霜倒在李毓昌用的茶壶里，用水冲开。李祥道："再倒一包！他每次酒后总是要喝茶的。"马连升不放心地道："如果他今天不喝茶怎么办？"李祥从腰间解下一根布带，恶狠狠地道："他要是不喝茶，我们就勒死他。我们三个人，还怕弄不过他一个吗？"正说着呢，却听见床上的李毓昌翻了一个身。三个恶奴全都一惊，惊魂还未初定，又听李毓昌叫道："李祥！"

这一声喊，将三个恶奴吓得浑身发抖。李祥咬咬牙，使了个眼色，那顾祥和马连升慌忙闪身藏在了门后边。就听李毓昌又叫了一声道："李祥！"李祥硬着头皮，小心翼翼地走过去，低低地问道："老爷，有什么吩咐？"李毓昌蒙蒙眬眬中只感口渴，晕晕糊糊地道："茶水。"李祥答应一声，连忙将掺有砒霜的茶水倒了一杯，半是紧张半是兴奋地将茶水递了过去。李毓昌坐起身来，手托着茶杯看了一会儿，又侧过头来看看李祥。李祥一时不知所措，正自惊惶，却见李毓昌猛地捧起茶杯，"咕咚咕咚"地喝了下去。李祥一阵心喜，看着李毓昌把水喝完，接过杯子，又倒了一杯递过去。李毓昌摇了摇头，再次倒身睡下了。李祥掩饰不住内心的激动，冲着门后叫道："顾兄、马兄，快出来。我们成功了！"顾祥、马连升像狗一样地窜出，窜到李祥身边。顿时，六道邪恶的目光便紧紧地盯在了李毓昌的身上。

工夫不大，砒霜的药性发作了。李毓昌翻身坐了起来，手捧着肚子连呼腹痛。李祥一见，哈哈大笑。那顾祥和马连升也狂笑起来。见此情景，李毓昌总算明白了几分。只可惜，他明白得太迟了。李毓昌强忍腹痛，用手指着李祥道："你——你们这是干什么？"李祥阴沉着脸，狰狞地道："干什么？我的老爷，我实话告诉你吧，我们是受王县令王大人的委托，现在来送你回老家的。"话音未落，顾祥率先窜过去，拦腰将李毓昌紧紧抱住。马连升也没有迟疑，将李祥给他的布带子抖开，一下子套上了李毓昌的脖颈。那边的李祥立即拉紧一端，与马连升一齐用力紧勒。李毓昌虽竭尽全力拼命挣扎，但身子被顾祥死死抱住，无力挣脱，在布带子的紧勒之下，只一小会儿便七窍流血、气绝身亡。可怜这么一位刚直清正的李毓昌，刚刚迈入仕途，就惨死在贪官和恶奴的手中。世道险恶如此，公道不彰如此，这哪里还叫什么人间？

再看那三个恶奴，待李毓昌气绝之后，顾祥松开两手，抹去头上沁出的滚滚汗珠。李祥没去擦汗，将布带松开，结了一绳环挂在屋梁上，又与顾祥及马连升一道，把渐渐僵硬的李毓昌的尸身抱起来，脖劲套在布带之中，造成一个自缢身死的假现场。尸体悬挂好之后，三人慌忙打开毓昌的公文箱，取出那封义正词严的举发帖。李祥将举发帖掖进腰际，又唯恐现场留下痕迹，找了一块干净布条，沾着水抹去了滴在地上的血迹，正要继续清理作案现场时，忽听院里响起了脚步声。

三人大惊失色，还算李祥机警，"噗"地一声吹熄了蜡烛。三个恶奴伏在桌上不敢再动。夜深人静，万籁俱寂，院子中的脚步声显得异常清晰,眼见得是向正屋这走来了。马连升额头上又沁出了豆大的汗滴,黑暗中张大双眼紧盯着屋门。"梆、梆、梆"三声震耳的梆子响,使李祥等仨人紧张到极点的心情一下子松弛了下来,原来是驿馆的更夫,巡更报时无意中来到这里。两个更夫根本没有注意到屋里的动静,一前一后紧随着踱出了这座小跨院。李祥等人犹自余悸未退,不敢再多耽搁,悄悄地退出正房回到自己居住的西厢房躲了起来。

天亮以后,李祥等人故意把开房门的声音弄得很响,并在院中漱洗,大声说话,使人觉得他们一夜睡得很好。过了一会儿,李祥大声吩咐驿馆准备早餐,又故意对马连升道:"老爷昨天喝得多了一点,怎么还没有起来?"马连升道:"时候不早了,我们去叫老爷吧!"于是走到正房门前轻轻叩门呼唤道:"老爷,时候不早了,该起床了!"屋内当然没有动静。马连升又把门板拍得响了一些,依旧没有回应。李祥故做紧张的样子道:"莫非,老爷是出了什么事?"三个恶奴都装作一副惊慌的样子,找来六七名驿馆人役,砸开正房大门,只见李毓昌尸身高悬于房梁之上!

李祥大放悲声,与顾祥、马连升二人一齐瘫坐在地,其状倒也十分悲恸。还是驿吏比较清醒,一面劝慰李祥等人,一面火速上报山阳县令。王伸汉的动作非常迅速,不到半个时辰,他就带着三班衙役赶到了现场,匆匆地视查了屋内的情况后,王伸汉当着众人的面叹了口气道:"李大人哪李大人,你到底有什么想不开的事,竟如此寻了短见?"然后吩咐把李毓昌的尸首放下来,停在客厅里,又令缉查班头仔细地观察了现场,做好记录,当场将屋门封死,这才对县吏们说:"李大人系省里派来的大员,突然自杀身死,本县亦担有干系,尔等可将现场保护好,本县即刻前往淮安府,请府台大人前来验尸发落。"说完又把仍在啼哭不止的李祥等三人叫过来道:"你家老爷遭此不幸,本县也深感悲哀。你们三人且不要离开,恐怕府台大人还有话询问。"李祥等人连忙点头答应。王伸汉做完这些非常逼真的表演之后,威严地对左右言道:

"起轿！速速赶到淮安府。"

淮安知府王谷，五十出头，他体态魁梧，心广体胖，平日十分注意保养，所以尽管三天两头因病不理公务，面色却十分红润，一部修饰得十分整齐的胡须居然没有出现一点白色，使人有点不相信他已年过半百。这几天，他新讨来不久的七姨太与大奶奶争风吃醋，又吵又闹，搞得他心神不宁，已经托病不出衙门理事半个多月了。这长得小巧玲珑，简直就跟一个瓷人一般的亮晶晶、滑腻腻的七姨太，还是那个山阳县令王伸汉奉送的。只是大奶奶醋意太浓，常常搅得他和七姨太不能尽兴。王谷真想把大奶奶撵回娘家，但她的娘家却与巡抚汪日章大人有点关系，所以王谷也不敢对大奶奶如何。家人在门外禀道："老爷，山阳县令王伸汉有急事求见！"本来，王谷对王伸汉是有一种特殊的感情的。王伸汉是他一手提携才成了山阳父母官的，王伸汉每次来见他，从未空过手，而这人见人爱的七姨太，又是王伸汉慷慨赠送的。清代官场有一个不成文的规矩，就是每一个地方官都得有几个固定的钱财来源，俗称"摇钱树"，而王伸汉就是他王谷的三大摇钱树之一。

王伸汉进得大厅，恭恭敬敬地行了个礼。王谷让他在客位上坐下。王伸汉吩咐包祥将一对玉尊捧上来，谦恭地道："府台曾嘱咐卑职留意，寻找一对明朝的软玉尊。卑职寻访良久，始终没有找到。前天，卑职却偶然在山阳县街头地摊上发现一对，不知是否您意中之物？"王谷早被这对巨大的玉尊吸引住了，他接过那对软玉尊仔细地观赏，知道这绝不是一般的玉器，从那细腻的玉质、精湛的雕工看，堪称一件稀世之宝。这种货真价实的古玩，哪里会是从街头地摊上所购？王谷心里暗暗称赞王伸汉会办事，送来了厚礼又能使受礼者接之无愧，于是他笑吟吟地道："这对玉尊，正是老夫梦寐以求的宝物。"王伸汉不动声色地对包祥道："你且将玉尊包好，为府台大人送到后堂去。"王谷忙着谦谢道："老夫又让你破费了。"王伸汉不以为然地道："区区地摊上得来之物，不过是给您解个闷罢了。更何况，小弟能有今日，还不是您一手相携所致?"王谷也不再客气,对家人摆摆手,让家人和包祥一道,将那对软玉尊抬了下去。

屋里只剩下王谷和王伸汉二人。王谷心中正惦记着那横陈在床上的七姨太,口中言道:"老弟还有何事?"王伸汉放低了声音道:"卑职此番前来,是因为有一件事情不知如何办才好。"王谷皱了一下眉头道:"什么事?"王伸汉忙把李毓昌给铁保的揭帖拿了出来道:"这是察赈委员李毓昌写给总督大人的东西,请府台过目。"王谷接过揭帖,只看了两三行脸色就变了,匆匆浏览了一遍后,连说话都不利落了,也不知不觉地就忘了那个七姨太。他盯着王伸汉道:"老弟,这揭帖如何会到了你的手里?"王伸汉道:"这揭帖幸亏是到了卑职手里,不然,李毓昌危言耸听,卑职的前程无足轻重,但府台的官声可就要遭人非议了。"王谷自然心领神会,他暗中思忖,山阳县贪冒赈银,自己也没少捞外快,李毓昌力主详查放赈情况,严惩贪赃官吏,如果总督大人照准,自己首当其冲就难逃国法惩治。

王伸汉见王谷脸色骤变,知道他已经感到了李毓昌的威胁,就趁势不冷不热地加上了两句道:"李毓昌假作正经,诬举妄告,但如果总督大人偏听一面之辞,那各省可就要摘掉一大批顶子了。"王谷被王伸汉一提醒,不由得恨透了这个要揭他老底的李毓昌,气呼呼地问道:"这个李毓昌他现在哪里?老夫要找他理论一番。"王伸汉觉得火候已经成熟,索性单刀直入地道:"府台不用去找他了。卑职昨夜已经将他用药酒鸩死了。"

王谷"啊"了一声,没等他细细琢磨,王伸汉又言道:"淮安府这次放赈,各级衙门确实循例扣了一些银两,此事原是瞒上瞒下的惯例。省里来的察赈委员,大概至少有十多个,人人都是息事宁人,不加张扬,唯有这个李毓昌,张牙舞爪,专门找卑职的毛病。这揭帖明是对我,实则是要对府台下毒手。卑职屡屡求他曲意遮掩,谁知他挟嫌企图大捞一把,居然把竹杠敲到您的头上来了……"王谷越听越气,吼叫着问道:"李毓昌他要怎的?"王伸汉煞有介事地道:"他要您出二万两纹银!"

谁若想从王谷这儿弄走一分银子,那就简直是要他的老命。王谷气得暴跳如雷地道:"真是岂有此理,连老夫他也敢敲诈,本府定不与他干休。"王伸汉继续道:"卑职见这狗官要价太高,而稍有迟疑,他就要发揭帖,弹劾卑职。卑职实在是走投无路,又无法忍下这口气,一时情急,就买通他的家人将他毒死了。如今事已办完,揭帖也追了回来,淮安府所有官吏俱不再受其威胁,卑职特来向府台领罪。"王谷听说李毓昌已死,心里略微感到踏实,但想到一个堂堂的七品察赈委员突然身亡,省里岂不追究?想到此,心里又是一阵慌乱。

王伸汉已经揣摸透了这位知府大人的心事,又不慌不忙地道:"不必震惊,卑职既已下手,自甘愿代合府同僚受戮。但只要您能出面帮助料理,这满天的乌云顷刻就可烟消雾散。"王谷问道:"此话怎讲?"王伸汉就把伪造李毓昌自缢身亡之事说了一遍,又接着道:"如今他的三名贴身亲随可做人证,李毓昌尸身可做物证,只要您亲自前去验尸,卑职报个自缢身亡,您复审定案,就一切全了结了。"王谷听到这里已然动心,手理着胡须不再出声。王伸汉趁热打铁,站起身来对着王谷深深地行了个礼道:"府台如能大力回护,卑职愿再孝敬纹银两千两,以谢救命之恩。"

王谷一则怕这事闹大了,把自己也牵连进去,二则贪恋那白花花的两千两纹银,三则他早就与王伸汉是一丘之貉,多少有点兔死狐悲之情,略一思考,就做出一副无可奈何的样子道:"照说呢,本府应该依法而断,然而你是代阖府官员受过,本府也不能不念及袍泽之谊。你尽可放心,本府当尽力设法替你遮掩便是了。"王伸汉大喜道:"现在李毓昌死亡现场已被卑职封锁,还请大人火速前往验尸,以脱卑职的干系。"王谷懒洋洋地伸了个懒腰道:"老弟的心情,本府自然明白,只是老夫尚有一件急事需要马上处理。你可先回山阳,半个时辰之后,老夫即当前往。"王伸汉不敢再过催促,只得退出大厅,踽踽而去。你道这王谷会有什么急事?真有急事，半个时辰岂能料理完毕？只见王谷待王伸汉走后，马上转入后堂，将那对明朝的软玉尊捧在手里，径直去找那七姨太去了。

大约在申正时分，知府大人的大轿停在了驿馆的门前。在一群护卫、衙役、文武职官的簇拥下，王谷迈着缓慢的步子进了庭院。因临行前他同自己的宝贝乖乖七姨太颠鸾倒凤了一回，而七姨太得了软玉尊之后又确实十分地卖力，所以王谷此时的精神特别好，脸色也越发红润。王伸汉率山阳县差役恭恭敬敬地行了参拜礼。王谷端坐于临时摆放在院子中的公案后面，手捋着乌黑的胡须，环顾了一下众人后道："堂堂省府委员，在山阳察赈不到半个月，竟突然暴死。本府奉臬台之托亲来检查死因。山阳县可速将此事前因后果——禀来。"

王伸汉赶忙出来道："回禀府台大人。山阳县察赈委员李毓昌，乃总督铁保大人亲自委派，自到山阳后，并不与县衙官吏核对账目，只在驿馆闭门谢客，于昨日夜间突然自缢身死。卑职已对现场进行详查，未见遗书信件。仵作验尸确系生前缢死，但自缢原因不明。据其亲信管家李祥、顾祥和马连升讲，李毓昌死前数日哭笑无常，恐系疯癫所致。请府台大人明断。"王谷心里话，好个小子，演得还真是逼真。他点点头，令王伸汉退在一边，又回过头去喊道："仵作！"早有一名精明强干的中年仵作，从他身后的僚佐群中站出来，跪地候命。

王谷做出一股威严的样子道："山阳知县已验过察赈委员李毓昌的尸身，禀明系生前缢死。你可前去复验一番，速将结果当众禀报。"仵作应了一声"遵命"，即带起验尸的工具进屋验尸去了。王谷又装模作样地向王伸汉问了李毓昌来山阳后与什么人来往最密切。王伸汉答道："李委员只与自己带来的三名亲随管家朝夕相处，山阳县内并无近人。"王谷又问李毓昌的年龄、籍贯及平日人品如何。王伸汉回道："府台大人所问，卑职一概不知。"

王谷点点头，正好那名仵作已经验完了尸身出来，他就不再与王伸汉对话，径直问仵作道："这李毓昌的死因可曾查明？"仵作答道:"回禀老爷。这死者面色青紫,舌有吐出口外的痕迹,脖颈上有明显的布带勒痕,经查对,与从房梁上解下的布带痕迹相同,三者归纳在一起,可以断定系生前缢死……"在一旁提心吊胆地听候结果的王伸汉,心中暗暗欢喜。王谷也满意地点点头说道:"嗯,很好!你很能干!"

谁知那仵作话锋突然一转,继续禀报道:"……但是小人细检死者的鼻口,发现都有出血的症状,且指甲颜色发紫,这都系中毒身死的迹象。故而死者究竟死于何因,小人一时难以断定。"仵作的后一段话,使王伸汉宛如当头挨了一闷棍,半天舒不过气来。他暗暗埋怨王谷,为什么不事先对这仵作交个底?他也后悔自己一时疏忽大意,竟忘了花钱买通这个举足轻重的仵作。如今弄出个死因不明的结果,可就把自己陷入了一种绝境中去了。

王谷听了心中也是十分着急,但当着府里、县里若干下属及数百围观百姓,一时又不好发作。不过,王谷居官数十载,这点小小的难题自然困不住他。他盯着那仵作,慢吞吞地问道:"难道,这李委员的死因,就查不清了?"那位仵作好像是个十分认真的人,看起来也很有经验,回答王谷道:"禀老爷。若想查清死因,要用银针探喉检查……"王谷突然一声冷笑,打断了仵作的话,继而高声叫道:"淮安府养着你们一群差役,平日养尊处优,不思进取,今日验尸又自相矛盾,不能自圆其说,真是不学无术,胡言乱语,坏我大清朝名声。来人啊!把这个无用的奴才给我拖下去重打二十棍!"

这位仵作被王谷的突然发怒,吓得慌忙跪在地上叩头求饶。王伸汉看出了苗头,也抢出一步跪在地上假意替仵作讲情。王谷似乎余怒未息地道:"看在山阳知县的面子上,这次暂时饶过你。你且去再详细验查一遍,如果再如此矛盾,本府定要将你严惩不贷!"这位仵作也真是精明,见王谷发怒,已经明白了其中的奥妙,仔细回味方才禀报死因时知府大人的反应,大人似乎对报为自缢十分满意。他暗暗点头,决定顺水推舟,以便把自己解脱出来，于是二次进房验尸，不一会儿就走了出来禀报道："老爷，小的二次查明，那血迹系死者上吊后，因憋了一口气，无处喷发，咽气前才得以喷出，所以造成了鼻口破伤，而并非毒死痕迹。综上所述，小人可以确定，死者系自缢身亡。"王谷悠悠地问道："你，敢肯定吗？"仵作答道："小人敢以脑袋担保！"王谷这才点点头，吩咐书吏照禀报的意思填写尸单，又当众询问了李祥等三人。李祥等假作悲哀，但异口同声证实李毓昌是上吊死的。王谷也让他们一一做证了结，并通知死者亲属前来迎灵，又一面吩咐书吏造文向臬司、藩司、抚台和总督大人禀告。事情办得可谓干脆利落，仅用了一个多时辰，王谷就审理完了此案，打道回府了。

王伸汉吸取了淮安府仵作验尸时差点把事情闹大的教训，在王谷离开山阳之前，叮嘱王谷，暂时将府里的呈文压下不报。由他王伸汉亲自往臬司、藩司和巡抚衙门奔走活动，以保证呈文不被驳回。王谷当然同意了。王伸汉在动身之前，也就是王谷来山阳验尸的第二天上午，令包祥准备了一万两银票以及许多珠宝珍玩，做为打通关节的礼品，又吩咐县学教谕章家璘草拟一份禀报文稿，分递各有司衙门。但包祥把一切礼物银两准备停当之后，那章家璘的文稿却还没有送来。王伸汉派人前去催取，得到的回话是，李委员的死因尚未查清，文稿实难草拟，请县令另委他人。王伸汉大怒，下令立传章家璘来县衙复命。传令的衙役见王伸汉震怒，索性不再啰唆，硬将章家璘用铁链锁到了县衙。

这位章家璘教谕年纪虽只有三十出头，但一脸文儒相，举止斯文，言谈稳重，颇有学者风度。王伸汉让他做县学教谕，正是看中了他的才华。此刻，王伸汉忍着怒气与他见过礼，便问起文稿之事。章家璘却直率地道："李委员在山阳察赈，举止光明，行为磊落，灾区饥民有口皆碑，何以突然自缢？这不能不使百姓生疑。况且淮安府仵作在验尸时，明明指出死者鼻口出血，指甲青紫，有中毒之嫌。这样的大案若不查个水落石出，岂不是草菅人命？连省里派出的大员不明不白地死去都如此草率结案，那普通百姓又将如何？"

王伸汉一听就急了，忙截断章家璘道："本县勘察李毓昌委员的案件，可谓十分小心，府台大人又亲自前来验尸，难道还会有什么纰漏不成？你只管依本县的意思具文，其余事情你就不必多问了。"章家璘正色答道："学生为教谕已三年有余，一向以忠正廉明为宗旨。李委员死因不明，我何敢以一手掩尽天下耳目，写出违背天理公道的文告？"王伸汉陡然收敛了笑容，阴沉沉地问道："如此说来，你是不想写这文告了？"章家璘决然地道："断难下笔！"

王伸汉把眼一瞪，拍着桌子吼道："俗语云，养兵千日，用兵一时。你平日拿着本县的俸禄并不办事，到如今连一份小小的文告也不肯写，本县留你有何用处？还不给我从这滚出去！"章家璘好像早就料到王伸汉会有此举，一点也不惊惶，反而冷冷地道："知县大人要罢学生的职，悉听尊便，但若想以此威迫，欲折学生之志，却绝难奏效！"说罢头也不回地大踏步地走出了县衙的大客厅。王伸汉气得七窍冒火，当即就要好好惩治他一顿，但虑及李毓昌之事尚无着落，也只得摇摇头，自己动手胡言乱语地草拟了一道禀文，带着包祥等人，赶到江宁活动去了。

再说王谷，耐着性子在知府衙门等了十几天，才得到王伸汉的回话："省里各衙门均已打通了关节，李毓昌自缢身死已成定论，可以发出呈文了。"于是，王谷就以淮安府的名义，将确认李毓昌自杀的结案文告发往江苏各有司衙门。首先接到文告的是江苏臬台胡克家。胡臬台早就得到了山阳县的一大批银两，所以接到呈文后一点也没有犹豫，就在呈文上加盖按察使衙门的大印，转呈藩司杨护。这位杨藩司平日最喜欢做的是游山玩水、垂钩钓鱼，王伸汉摸准了他的嗜好，出重金买通了一位专陪杨护钓鱼的幕僚。这位幕僚乘钓鱼之机，多次讲述李毓昌自杀的新闻，故而杨护接到臬台衙门的报文后，好像早就对这个案子了如指掌，没有过问一句就具名照准，再转报巡抚衙门最后圈定。江苏巡抚汪日章料理公务素以懒惰出名，许多重要呈文都由一个姓曹的心腹幕僚代阅代批。王伸汉来江宁得知此事后,用金钱和女人这两件法宝,将那位姓曹的幕僚俘虏。姓曹的幕僚于是就擅自在李毓昌一案的呈文上做了"会衔禀告两江总督"的批示,然后请汪日章过目。汪日章老眼昏花,平日批阅文稿,从不耐烦读什么原文,只在幕僚的批文后签字画押,用印分发了事。所以由王伸汉、王谷合谋造出的伪证,仅仅十数天就顺利地经过了省府各衙门的会签,送到了两江总督铁保的手中。

两江总督铁保大人,自派出了一批察赈委员之后,倒是没忘了随时了解察赈的结果。但是两个多月过去了,十几位察赈委员都有呈文送来,唯有自己亲自选定的李毓昌杳无音信。他感到十分纳闷,曾派人前去淮安府询问过李毓昌的消息,府里答复说,李毓昌已去山阳赴任,因灾区阻隔,没有什么呈文报上,这使铁保感到十分烦躁。他知道山阳一带灾情最重,问题也最多,深怕李毓昌年纪轻,阅历浅,从而把事情办糟,也曾萌动了派人把李毓昌换回来的想法。恰恰在这时,一位亲信幕僚推举了一名典史。铁保拗不过亲信幕僚的面子,就答应时机成熟,将那位典史派往山阳去接替李毓昌。正准备下达调换令的当口,抚台衙门转呈的李毓昌自缢呈文递上来了。

铁保拿着呈文,心中很是一阵不快,因为李毓昌虽然官阶不高,只有七品,但毕竟是自己选派的专员,他在任所暴卒后,理应直接向总督府报信,由自己发落才是,为什么一层层地从府到省、再由省到督?这不是明明不把我这个总督放在眼里吗?不过,再细看呈文原件,这个案子倒是被列为重案,经过了一道道衙门的详查,说明江苏省各有司衙门并没有等闲视之,按照程序来讲也没有什么失礼的地方。究竟应该怎么办呢?不管怎么说,那李毓昌是自己一手选派的,自己曾对他寄予了厚望,现如今,他却吊死在山阳任所内。铁保一时确实是犯了犹豫,便招来那位亲信幕僚商议。那位亲信幕僚的脑子似乎特别地好使,他这样对铁保分析道:"大人,那李毓昌年纪轻轻,突然自杀,原来是应该细究

361

的，但汪巡抚汪大人却只将死因查明，并没有详追他为什么要自缢，这里恐怕就大有文章了。卑职以为，也许是这位李毓昌在察赈过程中自己有些不检行为，被地方官抓住了把柄，藩、臬两司碍于死者乃总督大人您亲自委派，不便张扬，故而从中就隐匿了一些情由。如果真的是这样的话，那江苏抚、藩、臬各衙门，也算是用心良苦了。"铁保想了想，觉得很是有点道理。那幕僚接着言道："退一步说罢，即使李毓昌的自缢还有别的什么情由，但是，如果大人一味地深究下去，江苏各衙门岂肯轻易改变原议？少不得又要扯来扯去，弄个不了了之，反而会给大人您招来怨恨。这种情况，大人您过去也不是没有碰到过。更何况，这李毓昌下去这么长时间，竟没发上一份报告来，其能力可想而知，他既已死去，谅他也没有什么可惜的地方。大人您又何必自找麻烦呢？"

铁保听罢，点了点头，连连说道："有理，有理。这李毓昌的所作所为，实乃辜负了本督对他的厚望。他如果不死，本督也要派人去调换他。如今既已死了，就再另委一个接替他吧。"幕僚紧跟着道："卑职前番所荐的那位典史，一向精明强干，是否就委了他去？"铁保乐得做个顺水人情，欣然允诺道："此事你就着手去办吧。"幕僚又拿起江苏抚台衙门的呈文道："大人，这份呈文……"铁保挥了一下手道："照准！"总督大人的一句话，李毓昌这位无辜的正直的官吏就算是白白地冤死了。而铁保本人，也因过于明哲保身，从此便毁了一生的清名。

不几天，淮安府就接到了督抚的照准批文。王谷立即通知山阳县料理李毓昌的后事。王伸汉见府台、臬台、抚台和总督大人都已明文认可了自己的伪报，心中大喜，一面暗暗庆幸自己闯过了一道难关，一面特地将李毓昌的三名仆从请到县衙，好言抚慰，且每人又加发了三百两银子，并主动出具荐信，将李祥推荐给长州通判当贴身长随，将顾祥推荐给宝应县白知县做管家。马连升是河南人，想回老家经商，王伸汉又额外地送了他五十两银子做路费，打发他尽速启程。至此，一场重大的谋杀案就被轻轻松松地遮掩过去了。如果，李毓昌一案真的就这么"轻轻松松"地了结了，那么，在这个世上，也就真的没有一点点公道可言了。俗话说，天网恢恢，疏而不漏，尽管此话不一定时时那么正确，但有的时候，它却也能让那些正直的人们看到它的灵验。

李毓昌的妻子林氏，为人知书达礼，十分的贤惠。虽然她和李毓昌婚后数年未能养得一男半女，但夫妻情笃，相敬如宾。李毓昌为应试苦读十余载，全仗林氏操劳家务。李毓昌在本年春闱高中后，本是想带妻子及叔叔一起往江苏候任，但由于赴任的期限太紧，只得独身先往江宁报到。林氏识大体、顾大局，只叮嘱丈夫生活起居要处处注意，执行公务要公正廉明，对待百姓要视若亲生骨肉一般，并劝慰丈夫不要太过挂念于她，待赴任安定之后，再行来家乡接她及叔叔李太清。李毓昌临别时道："待我一切安排妥当之后，就差人前来迎接娘子及叔叔。"他还掐指计算了一下，又补充道："最早应是七月，最迟不过八月。"林氏没再言语，硬是挤出一缕轻松的笑容，看着丈夫一步步地走出了自己的目光。剩下的日子，她便在家翘首等待了。

等过了七月，又等到了八月，不仅没等到丈夫差人来接她，就连丈夫的一封信也没有等到。她的心中顿时不安起来。不过，她常常这样来安慰自己，丈夫是初入仕途，公务过于繁忙，所以也就无暇顾及写信。这么想着，她的心里似乎也就好受些。有时，见李太清为没有子侄的消息着急，她还去好言劝慰。可是，时间一长，她心中也就不由得慌乱起来，夜间时常做噩梦，梦醒之后又常常是遍体冒汗，没多长时间，她的面容就日渐憔悴起来。李太清情知侄媳是把思夫的心情深深地埋在心底，为了避免触伤她的感情，他从不在她的跟前提及李毓昌，且主动地替她操劳一些家务。这两个人，都在心中暗暗地悬念着远在江苏的李毓昌。就在这无限的悬念之中，李毓昌的噩耗于九月中旬传到了李家庄。

林氏接到山阳县令王伸汉的信后，有如万把钢刀穿心，当时就昏死过去。李太清也老泪纵横，泣不成声。庄中乡邻，感念李毓昌未做官前扶危救贫、照顾邻里的品德，纷纷来李家探问、安慰。林氏万没有想到，春天与丈夫一别竟成了永诀，从此当阳冥相隔，阴山无路，再也不能见到这位多情多义的心上人了。因伤怀过度，她居然病倒了。病榻之上，她时时呼唤着李毓昌的名字，悲恸欲绝。只是，悲伤归悲伤，后事总得要料理。林氏强扶着多病之体，收拾行装，要亲自去山阳迎回丈夫的灵柩。

　　李太清见她已经到了弱不禁风的地步了，岂能让她再受这旅途奔波之苦？于是他千方百计地劝说，总算阻止了林氏要亲往山阳的打算。他自己则不顾年纪衰迈，要代替侄媳前往山阳。他走的那天是个阴天，冷风飕飕，让人不禁想到冬日。李太清背着一个简陋的行囊，登上了去江苏的路程。林氏一身素服缟衣，披着重孝送他到庄前，边走边泣泪，边泣边叮咛，弄得李太清心乱如麻。他替侄媳悲伤，也替侄媳忧虑。这个贤德的媳妇，今年才只有二十多岁啊，往后的日子，她该怎么过呢？这一老一少两位悲痛欲绝的人，洒泪分别在庄头一座已显颓败的土地庙前。

　　李太清虽是个武人，但社会阅历却十分丰富。他是看着李毓昌一点点地长大的，是他亲手将李毓昌抚养成人的。他对侄子的为人十分了解，越想越觉得侄儿不可能无缘无故地上吊自杀。他这辈子经历过的悲欢离合也不算少了，深知社会上的艰险与凶恶。那山阳县令王伸汉在信中称，李毓昌是作为省派的察赈委员前去山阳的。赈银既要检查，其中就必有问题。李太清凭着自己的经验和直觉，在未动身之前，就对那个山阳县产生了怀疑。他决心到山阳后仔细地观察，寻找一些蛛丝马迹。倘若侄儿真是死得不明不白，那自己就是豁出这条老命来也要把事情弄个水落石出。

　　经过数天的晓行夜宿，他终于踏入了山阳县境内。此时，黄河水虽已退尽，但被大水侵吞过的土地上，却依然一派荒凉。在饥饿中挣扎了几个月的灾民，于低洼避风的地方，搭起了一片片的草庐，眼巴巴地等待着官府的救济品。然而，他们等待的结果，却是一个失望连着一个失望。许多人为了活命，只得背井离乡。

李太清一路走一路感叹，暗暗责备侄子奉命察赈，却毫无建树，反将自己的性命白白丢掉。等进了山阳县城，情景就与灾区不同，居然披红挂绿，不时还会听见几声开市大吉的鞭炮响，确乎给人感到有一种过年过节的喜气。李太清自然无心欣赏街景，径直打听到县衙的路，中午时分赶到了县衙。知县王伸汉听说李毓昌的叔叔到了，亲自出来迎接，且脸上还做出一副悲悲戚戚的表情。不过，李太清还是看出了，在这位县太爷的悲戚与热情中，却透露出一股很浓的戒心。

于是，李太清也就不愿多搭讪，只是草草地问了问李毓昌的死因。王伸汉忙着把各级官府的批文抄件拿来给李太清过目，并带着几分感慨道："李委员为人聪明过人，只是心眼儿未免有点狭窄，不知为什么察赈尚未结束就自寻了短见，下官想起来每每落泪，真是可惜了一位人才。"李太清仔细地看了从总督到知府的断案结论，没有发现什么破绽。王伸汉收了批文，很是关切地道："天寒路远，李老先生一定十分疲倦了。下官已经给您安排了住处，老先生是先去休息一阵呢还是就去看看李委员的灵柩？"李太清道："太清千里迢迢而来，就是为了侄子的亡灵，烦劳大人派个差役带小老儿前去毓昌灵前吊唁一番吧。"王伸汉当即应允，而且亲自陪着李太清来到了停灵的荐福寺。

荐福寺四周，雾迷云遮。在阴沉沉的天空笼罩下，荐福寺内庙冷僧稀。停灵的僧房院里由于人迹罕至，简直就成了鸟雀的乐园。主持僧引导着他们，打开了两扇沉重的木门，门上居然落下了一层土，说明已经多日没有人扫过了。李太清见状一阵悲伤，想起侄子十数年寒窗苦读，好容易迈上了仕途，原指望从此便可大展宏图，光祖耀宗，谁知在这千里之外荒凉的冷寺内，看到的却是一具棺木，凄凄惨惨戚戚，孤魂飘荡在这无人问津的荒寺内，从此壮志化灰土，雄图化飞烟，留下一位年轻的寡妇，倚门空悲。想到这里，李太清悲从心头起，抚着棺木老泪纵横，竟然泣不成声了。王伸汉也跟着掉了几滴泪，还掉得有模有样的。

老和尚看着心中不忍，一面念着佛，一面燃起了几枝粗香。顿时，僧房里飘起一股浓浓的气味。李太清越发悲伤，号啕痛哭，花白色的胡须上沾满了泪水。王伸汉百般相劝。李太清好不容易地才止住悲声，一步三回头地随着王伸汉去到那驿馆歇息。王伸汉动情地道："李委员横死如此时日，魂魄日夜思归家乡。老先生宜速速扶柩归里，择个吉日安葬，也好使李委员魂有所归，就是我这个同僚也感到安慰了。"说罢声音有些呜咽，又用手捧出一百五十两银子来，言道："山阳小县，又逢灾后，伸汉难筹重金，这一百五十两银子是下官及山阳父老的一点心意，权且留作老先生的盘费吧。"

正说着，包祥手里提着一个大包袱进来，伏在王伸汉的耳边小声地嘀咕了几句。王伸汉点点头，把包袱交给李太清道："李老先生，这是李委员生前遗物，驿馆人员草草包裹，也没详加检点，请老先生查收。"李太清含泪接过包袱。王伸汉起身告辞。临走时一再叮咛李太清道："山阳实乃穷乡僻壤，也无什么好东西可以用来招待的。老先生还是早早把灵柩护送回老家吧。"李太清心情沉痛，只是诺诺应承，把王伸汉主仆送到了驿馆大门之外。

这一夜，李太清怎么也平静不下来。夜深了，山阳县城万籁寂静。李太清打开了李毓昌遗留下来的包袱，发现主要是一些衣物，还有几件未竟的墨稿，仔细查阅，都是一些即兴的诗文，并没有一点涉及公事。李太清不觉有点失望，可是当他翻到一篇长文稿的中间时，意外地发现了另有一篇没头没尾的文字，上面写着："山阳知县冒赈，以利啖毓昌，毓昌不敢受……"显然，这篇文字是由于检验遗物的人员马虎，将它当作是一般的诗文了，而没有毁掉。这么看来，遗物中凡是涉及侄子死因的文稿，早已被山阳县抽走了，但这篇被疏忽了的遗稿却露出了马脚。

李太清的疑窦越来越大了。他仔细思想，觉得仅凭这几句文稿尚无法作为王伸汉害人的证据。如果毓昌真的是山阳县所害，那自己在这里闹翻，这里人生地不熟，王伸汉能对年轻的侄子下毒手，也就可能会对自己下毒手，形势极为不利。不如暂且扶灵回山东，暗中查访出确凿的证据，再来为侄子鸣冤。想到这里，他感到山阳县是一刻也不能再逗留了。第二天一大早，他就找到了王伸汉，提出准备上路。王伸汉自然应允，还帮助李太清雇了一辆马车，又着人帮助李太清将李毓昌的棺木抬上车放妥，并一直热情地把灵车送到山阳县城外的接官亭，方才洒泪而别。

几天之后，李太清护送着灵柩回到了李家庄。林氏哭得像个泪人一般，扑到棺木上再也不肯起来。李太清一面陪着垂泪，一面竭力劝解。由于怕林氏悲愤过度，恐出意外，他就没敢说出文稿之事，只是将李毓昌的遗物交给了她。她抱着这个包袱，又是一阵抽泣，几乎昏厥过去。李太清急忙叫来她娘家的几个女眷，服侍她躺到床上。她怎么也不肯躺着，只呆呆地坐在床沿，嘴里念念叨叨，也不知说些什么。她那种悲戚的神态，就是铁石心肠也要跟着落下几滴泪来。从这以后，林氏两天内滴水不肯进，只是反复叨念道："官人且慢点走，等等为妻与你一同前去……"李太清急得坐卧不安，请了十几位平日与林氏比较要好的邻里女伴苦苦相劝于她，林氏才总算断了死的念头。又过了两天，林氏的饮食才一点点地恢复正常。李太清的心方才慢慢放下。殊不知，林氏前几天是被悲痛缠绕，没有仔细思索，如今痛定思痛，不觉对丈夫的死因也开始有了怀疑。她本是个极聪明的女子，既然有了怀疑，自然就十分注意丈夫生前的遗物。

这一天，前来照看她的邻里伙伴见她已逐渐恢复了正常，就都回家去了。夜阑更深，林氏在灯下打开了李毓昌的遗物。那一件件衣物，都是自己一针一线地缝制的，每件衣服都倾注着自己对丈夫的一片深情，也都留着丈夫的音容笑貌。这件宝蓝色长衫，是丈夫赶考前三天自己连夜缝起来的。记得丈夫穿上后显得异常俊秀文雅，他手捻着衣襟对她说："贤妻对我体贴入微，毓昌来日倘有进身之日，当以精忠报国答谢娘子的这一片深情厚意。"如今，物在人没，睹物思人，已在黄泉路下，一方棺木，隔绝了夫妻之情，往日情义终生难忘，一腔悲恸，痛断肝肠。林氏的泪水如同泉涌一般，滴滴嗒嗒地落在了长衫之上。她把一件件衣服梳理着，抚摸着，用心声与亡夫说话。万缕情思剪不断，理还乱。从今后，黄泉碧落空隔阻，音容笑貌不相闻，年年断肠处，只有那明月斜照下的一丘新坟了。想到这里，林氏又是一阵悲恸。她的泪眼模糊了，两手颤抖了，但仍然舍不得放开那一件件令人牵肠挂肚的遗物。猛然，一件蓝色的皮袍出现在眼前。这不是自己怕丈夫在寒窗前读书冻坏了身子、用头上青丝换来三张羊皮做成的吗？它粗糙，它简陋，皮袍里面还残留着一些羊膻气，但是丈夫不忘旧情，高中进士后，特地派人把这件皮袍取走。他还在来信中写道："穿着这件皮袍，只觉贤妻在用手暖着毓昌之身，顿感分外御寒。"如今，这皮袍回来了，可那穿皮袍的人却永远回不来了。林氏心中真如针刺刺扎一般疼痛。她轻轻理着那有些紊乱的羊毛，仔细地舒展着那有些发皱的衣服。忽然，她在那羊皮袍的右手衣袖上发现了几个黑色的斑痕，用手搓搓，痕迹不掉，放到鼻下闻闻，有一丝淡淡的腥气，气味虽然淡淡，但却准确无误。她一下子明白过来，啊，这是血迹。她急忙把衣袖翻转过来，在另一面又找出了几滴同样的黑色斑痕。她陡地站起来，径自出屋，推开李太清的房门，将那件羊皮袍递到他的眼前，颤抖着言道："叔叔，毓昌他——死得不明！"

第十九章
吟长歌忠良真堪悯
听短曲娇娆也须怜

嘉庆批断道："即墨新科进士李毓昌，一身正气，为民请命，不避斧钺，宜为群臣之表，特令赏加知府衔，优厚安葬。"写到这里，嘉庆笔走龙蛇，写了一首题为《悯忠诗三十韵》的五言长诗……

听了林氏的话，李太清当然很是惊讶。他把带血的羊皮袍细心翻看了许久，心中的疑点也就越来越明朗了。李毓昌的那份不完整的文稿，这带着血迹的皮袍，还有王伸汉那种虚伪的微笑，使他联想起了许多不正常的事情。山阳县为什么对我这样一个布衣百姓如此敬重？王伸汉与毓昌相识不到一个月，可王伸汉一下子就赠给了我一百五十两白银，这又是为什么？还有，毓昌在异乡暴死，我前去山阳扶灵，可毓昌的那三个亲随仆从为何都下落不明？那王伸汉又何故那么急促地催我将毓昌的灵柩运回来？这一个连着一个的疑团，都在说明着同一个问题，那就是，李毓昌死得不明不白。这里面，很可能隐藏着一个罪恶，一件阴谋。而要揭开这个阴谋，唯一的办法是要拿到确实可信的证据。

李太清怒火填膺了。武人的刚强气质，山东人的嫉恶如仇的性格，使他决定破釜沉舟，以一个布衣平民的身份，去抗一抗整个江苏省的大小衙门。他用十分果断地声调对含泪望着自己的林氏道："侄媳，明日清晨，请乡邻父老们前来，一同开棺验尸。"林氏一惊。按照风俗，死人既已入棺，那就万万不可再动弹。但林氏不是一般的女子，她立即意识到，开棺验尸是为丈夫昭雪冤情的最可靠办法。于是，她看着李太清，坚定地点了点头。

次日清晨，林氏奔进灵堂，在丈夫的棺木前点燃了一大束香。当香烟缭绕、盈满了灵堂时，李太清已经把四邻的十几位家长请来了。看看人来得不少了,林氏突地冲着邻里家长们直跪了下去。李太清在众人的一片惊诧中言道:"毓昌侄儿在江苏山阳县察赈,突然暴死,这内中可疑之处甚多。太清断定,毓昌是遭人暗害而死。今天请四邻父老前来,帮助太清做个佐证,我要当场开棺验尸,望各位父老乡亲看在毓昌平日为人的面上,目睹太清开棺。"李太清的话使来者们都大吃一惊,但很快就镇定下来。有两位六十多岁的老人说:"我们早就对毓昌的死有怀疑。你只管大胆开棺,将来是福是祸,由我们两人承担。"李太清拱手致谢后道:"如此,便请大家看仔细。"然后取出一柄大斧,用力劈向棺盖的缝隙处,只听"扑"的一声,斧头牢牢嵌入缝隙。李太清暗中运力,用力往上一撬,"吱吱"几声,大钉被拔动,棺盖就撬了起来。李太清往前挪动了两步,再向上一掀,搬开了棺盖。李毓昌的尸骨显示在众目睽睽之下。说来也是奇怪,这么多天了,李毓昌的尸身并没有多大变形。众人仔细审视,李毓昌的十指都是青黑色。显然,这是中毒的迹象。李太清用一根银簪探入死者喉中,只一接触,银簪立即变成黑色,怎么擦也擦不去。林氏一见,泪如泉涌。李太清大叫一声:"侄儿呀侄儿,你死得冤哪!"乡邻们目睹了这一切,也都明白了李毓昌确系中毒身死,个个怒发冲冠,纷纷鼓动李太清速速准备直接向京城投状。

是夜,悄无人声,李太清一个人独坐在自己的卧室内闭目静思。侄儿横遭杀害,贪官因弊杀人,自己握有充分的证据,只要据理力陈,这冤仇是不难昭雪的。但是,自己将要去告的,上自总督、巡抚这样的封疆大吏,下至藩臬、府道和州县各级朝廷命官,一个案子翻过来,将要伤害几十位实职官员,还要有十几个直接凶手可能被处极刑。这样大的官司,自己一个毫无靠山的平头百姓,能打得赢吗?如果打不赢,那……李太清不禁不寒而栗。他活了五十多岁,见过的世面也不少了,还没听说大清朝哪位清官为了一个普通百姓的冤情,敢站出来参劾声势显赫的总督和巡抚。他一生去过的地方虽不是很多,但也知道两江总督、江南巡抚是何等的炙手可热。不用说他们的权势可以通天，也不用说他们的下属如何像众星捧月般地维护他们，只说他们在江宁的衙门那种辉煌森严的气势，就足以叫人望而生畏了。他们是轻轻跺一下脚、整个江南就为之震颤的人物哇！老虎的屁股如何摸得？太岁的头上怎敢动土？自己竟敢去投状参告他们，这不明摆着以卵击石吗？李太清陷入了沉思和矛盾之中。猛地，他突然站了起来，自言自语地道："毓昌侄儿为国为民敢于在虎穴内力拒贪官。难道我就不能以一死来为他申冤？这样大的冤仇竟然隐忍不报，那贪官污吏岂不更加跋扈横行？为国为民为自家，都不能不挺身迎险，力抗群魔。我倒要看这群虎狼官吏能把我怎么样？"他终于拿定了主意。他要一个人远途跋涉，去京城都察院投状鸣冤，不是鱼死就是网破，纵使碰得头破血流也决不回头。

九月底，李太清风尘仆仆地赶到了京城。繁华的街市上，行人络绎，商幌招展。正阳门外的大栅栏一带是商户云集、戏楼栉比的地区，再往西不远就是会馆、旅馆的天下。从全国各地来京城办事的平民百姓，大都喜欢在这里落脚。李太清也在大栅栏西边的观音寺街找了一家小店住了下来，住下来之后，他便立即向一个店小二打听去都察院的路程及投状的规矩。这店小二是一个热心肠的小伙子，听说李太清要去都察院打官司，不觉把脑袋摇得像拨浪鼓一般，并言道："那都察院可不是好去的地方，要到那里告状，就得先滚钉板，上得大堂，御史老爷一声吆喝，能把胆小的人吓背过气去。问起案来，老爷拍，衙役叫，动不动就按下打一百大板，活人进去都得脱层皮。最可怕的是那些老爷们一不高兴，就把告状的连人带状子送回原籍，结果是白白跑到京城挨一顿打。所以我劝你要是没有太大的仇，还是别去碰那个钉子。"李太清没怎么多说，只问清了去都察院的路程，然后回到自己的房间，将托人写好的状纸拿出来，逐字逐句推敲一番，就上床歇息了。

第二天一大早，他出了小店，顺正阳门一直往北，再经过长安左门往西拐，便看见那威武庄严的都察院了。从辕门到大堂，都察院的大门全部敞开,站班的军丁校尉,持刀按剑,横眉立目,把本来就威严得吓人的衙门衬托得更加令人生畏。李太清心一横,将写好的状纸展开,高高举过头顶,毫无惧色地走进了都察院的大门。站班的军丁们见告状的是一位须发花白的老人,似乎都有些同情,堂威声喊得不太高,并且也没有让李太清滚钉板,就让他进入了大堂。这天掌印的是一位老御史,他详细地询问了太清告状的内容,心中不觉暗暗称奇,自忖道:"这位老先生胆子也太大了,怎敢一状把江南大大小小好几座衙门都告了呢?那两江总督乃是正一品大员,比都察院都御史品级都高,如何告得下来?"可细听李太清的口述,又觉得人家说得义正辞严,并没有什么离格的地方。老御史想了又想,最后决定将状纸收下来,令李太清回旅馆等候消息。

李太清没有想到的是,他的这一张状子很快震动了整个都察院。坐堂的那位老御史接下了状子之后,马上就将状子呈给了都御史。都御史一看这个状子,不但牵扯到几位封疆大吏,而且状上所述的情节也十分恶劣,不敢怠慢,立即与其他都御史共议处理办法。一位资历颇深的御史道:"该状所述事实干系重大,吾等谁也不好轻率处理。老夫以为,此状应火速送往军机处,并转呈皇帝陛下御批。"众御史你看看我,我看看你,最后一起点头表示同意。就这样,李太清的这一纸状,于当天中午就送到了军机处,而在第二天的早晨,状子就又出现在嘉庆皇帝的御案之上。

嘉庆帝是九月下旬回到北京城的。回到京城之后,几乎每天都有批不完的奏折,而奏折里面的内容,却又往往叫他很是不愉快。他曾一边批看奏折一边问鄂罗哩道:"公公,莫非这普天之下,就没有一件能让朕高兴一下的事情发生?"鄂罗哩张口结舌,不知如何回答。嘉庆又自顾道:"看来,能让朕高兴的,也只有大美人及小美人了。"故而,嘉庆将急待批阅的奏折处理完之后,就去找晓月和晓云高兴去了。说实在的,任何男人和晓月、晓云这样的女人相处,恐怕都会很高兴的。嘉庆帝虽贵为至尊,但终究也是个男人。晓月、尤其是晓云那不断更新的床笫花样,常常使得嘉庆有一种眼花缭乱的感觉。如此一来,嘉庆高兴是高兴了,但身体却难免有些吃不消。因为他不仅贪恋晓云的放荡不羁,他同时还贪恋晓月的温柔娴静。一个年届五十的男人,如何能敌住两个正值青春年少的女人?好在晓月、晓云这一对姐妹,也并非是那种一味地放纵情欲的女人,凭心而论,她们对嘉庆帝的身体还是顾怜有加的。纵是如此,嘉庆帝也每每感到龙体亏得紧。就说今天吧,早上一起来,他就觉得有些疲惫。也难怪,昨天晚上,他在二晓的身体上很是下了一番功夫。既然如此疲惫,他也就不想去批阅什么奏章了,可不知不觉地,他还是踱到了乾清宫。

鄂罗哩早在那儿恭候。嘉庆随口问道:"鄂公公,今天可有什么急待批阅的奏折?"鄂罗哩回道:"禀万岁,今天只有一件奏折急待批阅。"嘉庆闻言心中有些高兴,只一件奏折,批了不就完事了吗?然而,当他拿起那件奏折时,他就怎么也高兴不起来了。他拿的,正是都察院奏报的李毓昌被害案。不知是都御史平日与江南督抚有矛盾,还是都察院对黄河赈济亏空一事久有不满,这道奏折措辞十分激烈,建议皇上亲自审理此案,以惩贪官污吏。嘉庆读罢,心头的怒火一下子就烧起来了。他对黄河水患本来就心有余悸,他费尽心机筹款送到江苏,原为安定民心,换取个明君的声誉,他又亲自部署,令铁保选员察赈,没想到,竟然会有人到都察院状告江南官府通同舞弊,连自己一向信赖的铁保也被卷了进去。他更没有想到,一个小小的山阳县令,竟敢光天化日之下谋杀省派大员,并且居然受到上自督抚、下至府道的庇护。这样下去,江南的吏治将如何整顿?像李毓昌这样的清正官吏哪里还有活路?他越想越气,不觉动起怒来,将都察院的奏折狠狠地掷在案上。

鄂罗哩见皇帝突然震怒,慌忙跪倒,口中言道:"皇上息怒!龙体要紧。"嘉庆虎着脸指着那奏折问道:"这道折子你可看过?"鄂罗哩道:"奴才已经看过,见案情太过重大才将它放在了急办折内。"嘉庆愤愤地道:"江南官吏,个个该杀!"鄂罗哩道:"万岁息怒！奴才以为，这奏折所言，仅是山东李太清一个人的举发，究竟是虚是实尚未定论，万岁不必如此震怒！"嘉庆"啪"地一声把手击在案上道："鄂罗哩啊鄂罗哩，朕看你是越老越糊涂了！此事如果不实，谅李太清一介布衣也不敢进京越衙上控。一个平头百姓，一下子告到了封疆大吏的头上，他有几个脑袋？"鄂罗哩吓得再也不敢抬头了。嘉庆坐到龙案上，把那份奏折反反复复地看了三遍，又从奏折后取出了附录的李太清原状，认真批阅，对内中的细节进行了仔细推敲，之后，嘉庆断定，李毓昌的死一定大有文章。作为一个皇帝，他深知吏治不正对封建王朝是一个多么大的危害。自登基以来，他曾三令五申要吏部制定整顿吏治的章程，但有关章程制定了一大摞，各地方官吏的贪污受贿、营私舞弊的情况却越来越严重，直至今天发生了布衣百姓冒死参告封疆大吏的怪事。如果对这件事情等闲视之，那么举国上下就不会有一块清白的地方了。不久前发生的广兴和英纶两案，嘉庆现在想起来，依然心有余悸。

他托着李太清的状子，开始考虑如何发落。按惯例，这样的案子可以原件发回都察院，责成刑部、大理寺和都察院这三法司会审，但是三法司掌印官员的官阶仅与两江总督相同，让他们秉公究查恐怕有困难。发到江苏省让他们自审呢，更为不妥，那样做的结果只能是告状者倒霉。看来，这个案子也只有自己亲自过问了。于是，他提笔在奏折上批道："江南官府历来作弊成风，早该查究。李毓昌暴死案疑窦甚多，必有冤抑，亟须昭雪。李毓昌在县署赴席，何以回衙后遽尔轻生？王伸汉厚赠李太清，未必不因情节支离、欲借此结交讨好，希冀不生疑虑。李毓昌之仆李祥诸人，俱为厮役，王伸汉何以俱代为安置周妥？其中难保无知情、同谋、贿嘱及灭口情弊。黄河水患殃及数县，灾区官吏，不思与民解忧，反而层层克扣，亦属事实。朕屡降旨，派人察赈，孰料察赈委员竟遭暴卒，致使区区布衣赴京控告督抚大员，案关实职官身死不明，总应彻底根究，以其水落石出。"写罢，又发了一道给山东巡抚吉纶的圣旨，责令他把李毓昌的尸体运到省城，详加检查，查清致死原因。

圣旨发下后，他仍感到不放心，又降了一道急旨，着刑部、吏部会同把山阳县知县王伸汉及有关人证调进京城，由军机大臣与刑部直接审讯。他在圣旨里特别强调李祥、顾祥及马连升是案中关键，务必不令其逃逸或自尽。待把这些圣旨拟好发出后，时间已经过了正午。嘉庆感到一阵燥热，便叫过守在身边的鄂罗哩道："公公前去军机处传朕口谕，李毓昌一案要尽速查清。朕当三日一催，五日一问，倘若断得有误，休怪朕的宝剑不留情面。"鄂罗哩恭恭敬敬地记下了圣谕，出去传旨了。嘉庆又低着头生了一会儿闷气，这才起身找晓月、晓云出气去了。

且说山东巡抚，很快就接到了京城八百里加急送来的圣旨。这位在山东做了数年最高执政官的吉纶，接到圣旨之后，竟有点不敢相信自己的眼睛。在他的经验里，日理万机的皇帝是不可能直接插手一个地方上的案件的，何况告状的人仅仅是一个普通老百姓。但是皇帝的圣旨白纸黑字，如何能够怀疑？他暗暗想：不知这个李太清花了多少钱才弄到了这样一道圣旨。他却也不敢违旨，当即就派出了一队兵丁，护送一位六品的执事官，前往即墨押送李毓昌的灵柩，又亲自下令让按察使衙门选拔五名有经验的仵作，共同检验李毓昌的尸身。数天以后，李毓昌的灵柩运到了省城济南。吉纶亲自监督验尸。无数胸中燃着怒火的山东人，纷纷从各地赶来观看。他们为自己的同乡无辜被害感到气愤，要亲自看一看李毓昌是怎么死的。

仵作班的领班是一位须发已经全白的老人，据说这位老人在山东臬台衙门当了一辈子的仵作，断过无数疑难案件，被人尊为"活神仙"。其余四名仵作也是从各府里抽来的验尸能手。这五名仵作稳稳地坐在棺木前的长凳上，似乎胸有成竹。卯时二刻，巡抚的大轿来到了。巡抚大人吉纶今天显得特别严肃，他刚下得轿来，便传令百姓人等须在棺木三丈以外围观，不得向前拥挤，同时还告诫维护现场的军丁，只要百姓等没有越过界限，不得用皮鞭乱抽乱打。吩咐完毕，吉纶就稳步走向高擎着的一柄青龙华盖伞下，传令开始验尸。仵作们熟练地打开了棺材,发现尸身已经腐坏,只有骨殖尚且完整。细检各部骨殖,大部分已经变为黑色,唯独胸骨是暗黄色的。几位仵作似有难色,互相对视了一眼,那位老仵作却不慌不忙地拿出一把铜尺来,在尸体头骨上量了几下,又用手扒开保存完好的头发,仔细察看,看罢,指着头部对其他四位仵作耳语了几句,那四位仵作连连点头。老仵作这才走到吉纶面前禀报道:"回禀抚台大人,李毓昌遗骨已验毕,全身骨骼青黑,系砒霜中毒所致,唯有胸骨暗黄,说明死者是在毒性尚未攻心之前,即因他故而亡。查尸身、脖颈间,依稀可辨布带紧勒之痕迹,可断为在服毒后尚未身死之前又遭布带勒缠而死。据查山阳报呈的案卷,谓李毓昌是在房梁上自缢而死。然而,凡自缢者血阴直入发际,今观尸体发际血阴不全,不似自缢而亡,显然是人死之后,被外人抱持悬挂在房梁之上。以此推断,李毓昌之死绝非轻生自缢。"

吉纶听罢,很是满意地点了点头,吩咐将李毓昌的尸骨暂用冰块镇起来,妥为保存,以待上宪复验,然后命仵作填好尸单,连同自己亲自主持验尸的经过一齐封装好,仍派八百里加急快马送往京城直呈皇帝御览。

就在吉纶顺利验明李毓昌死因的同时,刑部派出提调王伸汉与其他人证的差官们却遇到了不少麻烦。提调王伸汉倒没费一点气力,到了山阳就将他拘禁了,但王伸汉的心腹仆人包祥却闻讯逃遁了。刑部缉查人员追到包祥的老家山西平遥县,也没有发现踪迹,亏得是山阳县那位被王伸汉废了的教谕章家璘在暗中提示,缉查人员才在河南商丘东郊的一个小村镇中拿获了包祥。马连升的下落也十分难找,费了几番周折才在河北省定县把他抓了起来。另外的两名仆人李祥和顾祥,则分别在长州和宝应县被找到拿获。这样一来,江苏省的大小官府也即刻沉不住气了。

首先沉不住气的是两江总督铁保,他深悔自己一时轻率,照准了江苏巡抚的报帖,为了尽力挽回损失,铁保亲自下令到山阳县,将山阳县合衙差吏都拘禁起来,分头质询,希望能得出个像样的结论来。谁知拷来问去，折腾了许多时日，竟没有发现一点线索。江苏省巡抚汪日章见总督重新过问此案，也坐不住了。他本性就又懒惰又糊涂，不想从头查起，只把藩、臬二司找来询问。藩台杨护所能知道的，只有他那位钓鱼的幕僚告诉他的消息，待进一步追问时，那位幕僚竟不辞而别了，故而这位杨藩台大人，在汪日章大人面前，支支吾吾地连一句整话也说不出来。臬台胡克家因收了王伸汉的贿赂，只一口咬定他是根据淮安知府王谷的验尸单结案，并不知道内中的详情。及至找到了王谷，王谷又把事情一股脑儿地推在了王伸汉的身上。等到汪日章想起应直接找王伸汉商议对策时，王伸汉早被提解进京了。就这样，整个江苏省官府，凡是沾了山阳凶案边的，没有一个不战战兢兢地等候着朝廷的最后决断。

而此时的北京城，最引人注目的话题，正是这个山阳凶案。奉皇帝亲笔谕令，军机处派出三名军机大臣会同刑部，审讯从各地押调进京的有关案犯及人证。王伸汉自知不管说不说实话，自己看来都免不了一死，所以横下一条心来，一口咬定李毓昌是自缢。及至会审大臣拿出李毓昌的骨殖来揭穿他的谎言后，王伸汉又干脆一问三不知，把事情推了个一干二净。包祥、李祥和顾祥等，也是守口如瓶，尽管他们知道事情已经败露了，但谁也不肯说出实话来。

幸亏主审的那位军机大臣目光敏锐，他看出在所有人犯当中，那马连升是个最胆小的人，于是就决定从马连升这里突破。一连五个通宵，连审带吓，连摆证据带拉拢劝慰，总算撬开了马连升的嘴。马连升把谋杀李毓昌的经过原原本本地供了出来。审讯官员见他所说的与验尸结果完全一致，就以这个供词为依据，分头对王伸汉等人加紧追问。在人证物证面前，几个罪大恶极的凶犯不得不投降了，分别招供了自己的所作所为。几个人的口供碰在一起，连细节都十分吻合。刑部觉得这个案子头绪已经清楚了，就将审理结果具折报给了嘉庆皇帝。

说来也巧，嘉庆帝几乎是同时接到了刑部、两江总督及江苏巡抚的三道奏折，奏折上都是报告对李毓昌一案侦审的结果，但内容却大相径庭。刑部与军机处的会审结论，情节清楚，证据确凿，主犯王伸汉等人俱已画押，可谓是真相大白。嘉庆不觉点头赞许。而两江总督的那份奏折，却是以八百里加急送来的，打开一看，折上奏道："万岁严旨缉查山阳凶案，奴才窃思李毓昌暴死实为可疑，恐系王伸汉为掩饰克扣赈银之罪，在酒席宴中投毒，致使毓昌饮毒而亡。但几个月来，奴才遍询当时同席之人，竟没有一人提出线索。奴才又抓捕当日宴席之厨役人员，严加审讯，终亦无结果。故席间投毒之疑，似可以摈弃，内中是否还有其他隐情，奴才正留意缉查，待访得实信后再行禀报……"

嘉庆读罢奏折，勃然大怒，大骂铁保昏聩糊涂已极，省中发生如此大案，竟然毫不觉察，乃至案情已然真相大白，还在那里痴人说梦。嘉庆大骂之后犹不解气，提起朱笔来批道："铁保身为封疆大吏，昏聩无能，如痴如盲，着将铁保即刻就地革职，发往乌鲁木齐效力赎罪，旨到即行，毋庸申辩！"可惜了这位在大清朝也可称得上是德才兼备的铁保，只因李毓昌一案，不仅污了他大半生的清名，也彻底毁了他锦绣的前程。虽然他在嘉庆十五年六月又被起用为叶尔羌办事大臣，七月又擢升为喀什噶尔参赞大臣，总理天山以南八大城的军政事务。但好景不长，嘉庆十九年，嘉庆帝以"仍前溺职，不能屡恕"的罪名，将铁保革职，发往吉林，交吉林将军富俊派拨当差。铁保发配吉林后，闭门思过，终日以学字书法自遣。直到嘉庆二十三年，铁保才得以还京，授司经局洗马。道光六年，他以三品卿衔退休，七十二岁时病卒。

嘉庆帝发落了铁保之后，又拿过了江苏巡抚汪日章的奏折。嘉庆一连读了两遍，竟不知这位汪巡抚到底说了些什么。原来，汪日章在这奏折中，忽而东拉，忽而又西扯，一会儿埋怨总督不明，一会儿却又责怪臬台无才，中间还时或夹杂着一些请安的话语，显得不伦不类。一句话，全折对案件没有一点结论性的意见，似是而非，模棱两可，实在叫人猜不出他的想法。嘉庆不由得震怒起来，自顾吼道："汪日章啊汪日章，朕留你在江南何用！"吼罢抓过笔来疾速地写道:"汪日章身为巡抚,于所属有此等巨案全无察觉,如同聋聩,实属年老无能,难堪布政重任,着即革职,夺去俸禄,永不叙用!"

就这样,嘉庆一下子便罢黜了两名声势显赫的朝廷大员。接着,他也不想再与军机大臣及刑部商议,完全按照自己的意图又做了如下的批断:"即墨新科进士李毓昌,奉委察赈,一身正气,为民请命,不避斧钺,不肯捏报户口侵冒赈银,断然拒绝重贿,居心实为清正,宜为群臣之表,特令赏加知府衔,优厚安葬。"写到这里,嘉庆激情冲动,诗才滚涌,笔走龙蛇,写出了一首五言长诗,题名为《悯忠诗三十韵》:

君以民为体,宅中抚万方。
分劳资守牧,佐治倚贤良。
切念同胞与,授时较歉康。
罹灾逢水旱,发帑布银粮。
沟壑相连续,饥寒半散亡。
昨秋泛淮泗,异涨并清黄。
触目怜昏垫,含悲览奏章。
恫瘝原在抱,黎庶视如伤。
救济苏穷姓,拯援及僻乡。
国恩未周遍,吏习益荒唐。
见利即昏智,图财岂顾殃。
浊流溢盐渎,冤狱起山阳。
施赈忍吞赈,义忘祸亦忘。
随波等瘈狗,持正犯贪狼。
毒甚王伸汉,哀哉李毓昌。
东莱初释褐,京邑始观光。
筮仕临江省,察灾莅县庄。
欲为真杰士,肯逐蹶琴堂。

揭帖才书就，杀机已暗藏。
善缘遭苦业，恶仆逞凶芒。
不虑干刑典，唯知饱宦囊。
造谋始一令，助逆继三祥。
义魄沉杯茗，旅魂绕屋梁。
棺尸虽暂掩，袖血未能防。
骨黑心终赤，诚求案尽详。
孤忠天必鉴，五贼罪难偿。
瘅恶法应伤，旌贤善表彰。
除残警邪慝，示准作臣纲。
爵锡几龄焕，诗褒百代香。
何年降甲甫，辅弼协明扬。

诗写罢，嘉庆又谕令山东巡抚吉纶采石造碑，精工刊勒，立在李毓昌墓前，以为万世垂念之志。一个封建帝王，为一个臣属作这样的长歌，是极其罕见的；而又将此诗造碑立于墓前，则更是绝无仅有之举。由此可见嘉庆帝对此案的重视程度了。

嘉庆帝一气呵成了《悯忠诗三十韵》之后，觉得有些劳累。稍事休歇片刻，他又接着批断道："感念李毓昌中年为国殉身，未留子息，也未有亲戚兄弟，特旨恩赐其妻纹银两万两，以为抚恤。毓昌族叔李太清，万里奔波，参告庸臣俗吏，忠义气节可嘉，着即赐武举人功名，以示奖掖。原山阳县知县王伸汉，承办赈务，捏开浮冒，从中侵饱，甚至将不肯扶同舞弊之委员起意杀害，实属凶狡。行凶之后，又以巨金贿买上司，遮掩恶迹，贪黠残忍，莫此为甚，着立处斩决，不得宽贷。其家产尽数抄没归官，其子息不论长幼俱发往伊犁，以泄幽愤。原任淮安知府王谷，身任方面，知情受贿，同恶相济，罪不可宥，着处以绞立决。王伸汉仆役包祥，助纣为虐，狼狈为奸，阴谋毒狠，罪大恶极，处以斩决。李毓昌仆役李祥、顾祥及马连升，为虎作伥，残杀忠良，一律凌迟处死。

其中李祥一犯尤为此案紧要渠魁，着刑部派司官一员，将其押解山东即墨，在李毓昌坟前行刑，摘取心肝致祭忠魂，以泄众愤。"

嘉庆一口气写完了对全部案犯及受害者的处理意见，心头总算舒了一口气。但他感觉到，既然这个案子已经公开化了，不如再惩处几个有地位有影响的大官，以作为震慑贪官庸臣的榜样，所以又降了一道圣旨，将江苏藩司杨护、臬台胡克家、两江总督府同知刘永升一同革职，发往河工效力。这些该惩处的官吏都惩处完了以后，嘉庆又想起了山阳县那位不肯与王伸汉同流合污的教谕章家璘。在贪官污吏成群的地方，居然有这样一位出污泥而不染、敢于坚持正义的小吏，实属难能可贵。于是嘉庆又特别降旨，将山阳县学教谕章家璘送吏部引见，以知县之职任用。后嘉庆又在谕旨上明确写道："着山阳县学教谕章家璘，以山阳知县之职任用。"嘉庆想，有章家璘这样的人知山阳县，山阳当会旧貌变新颜了。

山阳李毓昌一案，在嘉庆年间乃至整个大清朝当中，也是少有的巨案之一。嘉庆处理此案，可谓迅捷、果断，也很是彻底。只是，他作为一个封建帝王，虽然在惩治贪官污吏方面，不怎么手软，但是，他却无法从根本上做到防患于未然。他惩处了一批贪官污吏，可另一批新的贪官污吏又冒了出来。似乎，他惩处得越多，新的贪官污吏也就越多。在他以后的年月里，从朝廷到地方，贪污腐败之事几乎是层出不穷。对此，嘉庆也只能是望天长叹、无可奈何了。

嘉庆自处理妥了李毓昌一案之后，心中常常是惊喜交加。喜的是，李毓昌一案他处理得还算完美，多多少少起到了抑恶扬善的作用。而事实上，自嘉庆关于李毓昌一案处理的圣谕在京城公布之后，一些忠正的官吏确实是挺起了腰板，而那些大大小小的贪官污吏，受此震慑，也一时有了不少收敛，故而，朝野上下的的确确出现了一时的繁荣景象。当然，这种一时的繁荣景象究竟能维持多久，那似乎又是另外一回事了。

嘉庆心中惊的是，地方上的那些贪官污吏，竟无法无天到了将上峰委派的大员毒杀的地步。比较起来，嘉庆心中的惊着实要比那喜大得多。所以，出现在晓月和晓云面前的嘉庆，便常常是一副愁眉苦脸的模样。晓月私下里对晓云道："妹妹，陛下整日为国事烦扰，好不开心，我等姐妹要设法让他高兴才是。"晓云赞同道："姐姐所言极是。自李毓昌一案暴露之后，陛下已经好长时间没有同我们尽兴地玩耍了。"晓月道："听说，陛下近日常去永寿宫那边听后妃们唱曲。我们姐妹也为陛下唱上一曲如何？"晓云道："但不知陛下是否愿意聆听……"晓月道："以前，陛下倒是挺喜欢为姐替他唱曲的。"晓云道："以前是以前，现在是现在。现在一连串发生了这么许多事情，陛下的心情许是同以往大为不同了呢。"晓月笑道："那就死马权当活马医吧。"晓云却没笑，表情一时还很严肃："姐，你刚才说陛下近日常去永寿宫，是不是陛下已经讨厌我们了？"晓月听了她有些心慌："好像，还不至于吧……听说，陛下也只是去那儿听曲，未曾听说他曾留宿于哪个妃子身边……"晓云接道："如此说来，陛下近日不是常常独宿一处吗？"晓月低低地道："听鄂罗哩鄂公公说，陛下近来确然没有什么女人侍寝……"晓云忙道："既如此，我们就当尽速使陛下高兴才是。"晓月道："为姐也正是这个意思。"可怜这一对如花似玉的姐妹，虽然幸蒙皇上恩宠，但一有风吹草动，却也免不了提心吊胆的。其实，是她们误会了皇上。嘉庆对她们的宠爱，不仅没有丝毫的衰减，反而如烈火干柴一般，越烧越炽盛。

　　一天午后，嘉庆在观德殿处理完一应干事之后，就又转悠到二晓的住处来了。他来的时候确实是有点闷闷不乐的样子。他的本意，也不是来找她们寻欢作乐的。他只是不知不觉地、下意识地就信步走到这里来了。就他一个人，连那如影随形的鄂罗哩也不在身边。他刚刚举步迈入房内，就听见了一曲如泣如诉的歌声，那歌词咬得非常清楚，一字一句嘉庆听得真真切切。嘉庆举目一看，就见那晓云身着罗纱，正站在厅堂中央，旁若无人地自顾吟唱着。歌词很短，只有四句。晓云唱了一遍又唱了一遍。这四句歌词是：

莫道红颜多薄命，

> 人情到底惜芳魂。
> 生前禁得君王宠,
> 死后犹沾雨露恩。

嘉庆拍手道:"唱得好,唱得妙!只是,在朕听来,此曲未免有些悲伤之意。"晓月迎上道:"陛下如何听得此曲有悲伤之意?"嘉庆道:"两位美人虽为红颜,却亦如朕一般,活得好好的,如何有薄命、芳魂之叹?那生前、死后两句,又分明蕴蓄着许多的悲伤……"晓云吁道:"吾等姐妹,虽红颜如玉,但终日囿得此处,每每与寂寥为伴,这生,又与死何异?"嘉庆笑道:"小美人如此一说,朕便全明白了。尔等是在怨朕近日不常来与你们玩耍,对否?"他走过去,将晓云揽在怀中,"小美人休得怨朕。近来国事多舛,朕实在抽不出空来陪伴你们……"晓云嘟哝道:"陛下既如此忙碌,为何却有空前去永寿宫听曲?"嘉庆笑道:"这定是那鄂罗哩多嘴了,朕是去过永寿宫几次,但也只是听曲而已,小美人又何必耿耿于怀?"晓云仰头道:"陛下所言不虚?"嘉庆道:"朕一言九鼎。"晓云即刻招呼晓月道:"姐,快将你作的小曲唱给陛下一听。"嘉庆闻言,来了精神,"朕最喜欢听大美人唱曲了。但不知大美人所作何曲?"晓月轻言道:"奴婢昨夜难眠,草成四句小曲,还请陛下不得取笑。"嘉庆忙道:"大美人尽管唱来,朕当洗耳恭听。"晓月对着嘉庆施了一礼,然后腰摆柳、手兰花、樱唇轻启,娓娓道出四句小曲来:

> 香魂欲断凭谁续,
> 花魄揉残不自持。
> 休讶荒唐云雨事,
> 巫山入梦已多时。

嘉庆笑道:"好个休讶荒唐云雨事,巫山入梦已多时。朕,往日也曾做过如此美梦。只是,那香魂、花魄两句,似仍有责朕之意。"晓月也笑道:"陛下不常来抚慰,奴婢香魂只得欲断,花魄也只好揉残了。"嘉庆点头道:"如此说来,这一切当是朕的不是了。"言罢,又一手将晓月搂在怀里,朗声言道:"听了两位美人的小曲,此时又拥两位美人入怀,朕倒也不禁想起一首诗来。"二晓齐言道:"陛下所想何诗?"嘉庆道:"两位美人听朕一句句道来。"嘉庆所咏,也是一首七言小诗:

> 肉可销魂骨可怜,
> 人生只恐不当前。
> 得成比目何辞死,
> 愿作鸳鸯不羡仙。

话音甫落,晓月便惊叫道:"妹妹,陛下此时已相思难受呢。"

嘉庆帝的脸上又露出了难得的笑容。主子高兴了,奴才自然也跟着高兴。鄂罗哩见皇上整天笑嘻嘻的,自己的心中便也跟着喜滋滋的。突然,皇上道:"朕要封晓月、晓云为妃。"

虽然嘉庆亲口对晓月、晓云说了要立她们为妃,但她们却并未把它认真地当成一回事。不是说她们不想做皇上的妃子,大凡待在皇上身边的女人,有几个不想晋升为妃?而是她们心中清楚,要想成为大清皇帝的妃子,对她们而言,几乎是完全不可能的事。清律规定,所有汉人女子,一律不得为后、为妃。虽然历朝历代,也有例外之事,但这例外当中,又包含了多少曲曲折折?故而,晓月和晓云,也只把皇上的那句话当作是一种酒话,顶多,以为皇上当时只不过是一时激动或高兴随口说说而已。殊不知,嘉庆帝却是十分认真的。他当时是那么说的,也真的就是那么想的。他当然知道,要想把自己的所想变成现实,并不是一件轻而易举的事。他虽然至尊无上,说一句话能顶一万句,但若有大臣王公搬出清例条文来,他也实在有些棘手。还有,他若真的立二晓为妃了的话,对后宫那边,也应有一个较为合情合理的解释。总而言之,这件事情要办将起来,麻烦事是非常多的,而有些麻烦,恐一时还难以预料。

不过，嘉庆也还算得上是一个说干就干的人，更何况，他打心眼里确确实实地想把二晓立为妃子。若二晓真的成了妃子，他就可以堂而皇之地同她们二人同起同宿了。于是，他秘密地找来鄂罗哩及一干亲近大臣，将自己的这个意思说了出来，说完之后，他向众人道："朕的这个主意，可行否？"一干大臣顿时面有难色，互相对觑了片刻，终也无人应答。只有鄂罗哩心中暗喜，因为二晓是他亲自举荐给皇上的，如果二晓成了贵妃，他鄂罗哩岂不更加得到圣上的宠信？故而他见一干大臣无人言语之后，重重地咳了一声道："老奴以为，圣上至尊九州，欲立二女为妃，岂不是寻常小事？"嘉庆点点头，不觉看了鄂罗哩一眼，又转向众大臣道："诸位爱卿为何都沉默不语啊？"礼部大臣迟疑了一下，终于上前一步道："陛下此举，正如鄂公公所言，本为小事一桩，只是，有些麻烦之事，当妥为处理才是。"嘉庆笑道："朕召诸位爱卿前来，正是要想妥一些处理的办法。诸位爱卿可有何良策献上？"

嘉庆巧妙地将"立"与"不立"之事跳过，径自问起可有办法来。一干大臣也只好顺着皇帝的思路小声嘀咕起来。嘀咕了大半天，才勉勉强强地嘀咕出一个暂行办法来，那就是，各人分头去做那些有可能持反对意见的王公大臣的工作。嘉庆对这个结果不甚满意，但自己一时也拿不出什么好办法，只得向着众人道："如此，便请诸位爱卿多多辛苦。事成之后，朕定然论功行赏。"待一干大臣走后，他又小声地对鄂罗哩道："鄂公公可要常常催促他们。此事宜早不宜迟，还望公公费心些许。"鄂罗哩即刻道："陛下请放宽心。老奴就是跑散了这把骨头，也悉心为圣上效劳。"嘉庆笑道："有公公这句话，朕就放心多了。"还别说，半个月之后，这事情还真的有了些眉目。如果不是嘉庆突然间得了一种怪病的话，那晓月和晓云姐妹还当真成了大清皇上的爱妃了。也许，这就叫作"好事多磨"吧。只不过，在人间，又有多少事情能真正地称得上是"好事"呢？

第二十章

小舟子无端殪二美
大皇帝有意驱一阉

嘉庆就像疯了似的，一把将晓月抱起，使劲地摇晃着："大美人，你醒醒，你醒醒啊……"晓月还真的费力睁开了双眼，凄然一笑道："陛下，奴婢再也不能侍奉皇上了……"头一歪，便随她的妹妹走了。

嘉庆那场病生得也真是非常突然。早晨还好好的，召见大臣，批阅奏折，精神十分饱满，连一点患病的征兆也没有。做完一干公事之后，他就想去找晓月和晓云二人，将就要立她们为妃的好消息告诉她们。他嘱咐鄂罗哩及一干亲近大臣所做的事情，一直没有告诉她们。他是诚心诚意地想给她们一个惊喜。现在，事情基本上都办妥了，此时不告诉她们又待何时？然而，也就在他想着要去见晓月和晓云二人的当口，右脚还没有抬举，突然，他只觉大脑一闷，跟着双眼一黑，浑身的骨头便像是散了架，一点力气都没有了。他急忙扶住御案，吃力地言道："朕——这是怎么了？"鄂罗哩和另外一个太监看出了情形不对，连忙扶住皇上，轻轻地唤道："陛下，您龙体何处有恙？"嘉庆喘了几口大气，这才说出一句话来："朕——浑身无力——快扶朕去——休息。"

他这一休息，竟在龙床上躺了整整七天。嘉庆就这么突然地病倒了。他这病还异常地怪，不痛不痒，能吃能喝，就是浑身乏力，全无精神，既不想言语，也不思下床。这种怪病，弄得诸多太医们束手无策，谁也不敢贸然开出什么药方，只提心吊胆地恭立在御榻边伺候着。亏得是嘉庆整日只沉沉昏睡，几乎连看都不看他们一眼，要不然，这些太医们至少也要挨上一顿斥骂。人们不知道的是，嘉庆自己也正觉得奇怪着呢。他虽然一天懒得说上一句话，但他的心里却也很清楚。只是，他越是清楚，便越是觉得奇怪。因为，他身子躺在床上，脑子里却一直在做梦。他这梦做得还特别有意思，做来做去，只有一个内容。他又回到了今年的三月份，他携着晓月，带着鄂罗哩等人，悄悄地出了京城，去郊外寻找春天。后来，他们还真地找到了春天，那春天就藏在那神仙冈里。神仙冈里有神仙湖，湖中有神仙桥，湖边是神仙山，山顶上有神仙庙，庙前坐着打禅的就是那神仙长老。神仙长老在嘉庆的梦中竟是那样的逼真，一举手一投足，活灵活现。就是这个梦，嘉庆躺在床上一连做了七天。七天之后，梦没有了，那神仙长老也隐去了。而嘉庆的病也突然就好了，好得还非常彻底，就仿佛什么事情也没有发生过一样。

那天，嘉庆打了个长长的哈欠，又非常惬意地伸了个懒腰，然后便红光满面、精神抖擞地从床上坐起来。他朝四周这么一看，很是惊讶。宫中几乎所有的太医，都一排排地跪在床前，而鄂罗哩及诸多大臣，也都神色紧张地肃立在太医之后。嘉庆不解地道："你们，这是何为？"鄂罗哩见皇上开口了，连忙跑过去跪下道："老奴恭贺陛下龙体康复！"诸大臣也一齐跪下道："祝吾皇万岁、万岁、万万岁！"嘉庆蹙眉道："众位爱卿，朕只不过是睡了一觉，何病之有？"鄂罗哩长跪禀道："陛下，您在这里整整睡了七天七夜，可着实吓坏了老奴——"嘉庆晃了晃脑袋道："朕——果有如此之事？"众大臣齐道："鄂公公所言不虚。"嘉庆哼道："当真是咄咄怪事。朕在此昏睡七日，朕自己却毫不知晓，这岂不是天方夜谭？"转向鄂罗哩又道："鄂公公，你且将此事的来龙去脉说与朕听。"鄂罗哩便小心谨慎地将一应过程详细地说了一遍。嘉庆越听越惊奇，连连道："真是怪事，真是怪事。竟有这等莫名其妙的事情发生。"说完感叹唏嘘不已。

且说嘉庆在那场怪病好了之后的第二天，立即便想起了关于晓月和晓云的事来。他连忙召来鄂罗哩，迫不及待地问道："公公，朕欲立妃之事，进行得如何？"鄂罗哩答道："事情已全部安排妥当。只是陛下突然有恙，故良辰吉日尚未选定。"嘉庆着急地道："朕早已康复，公公还请速速选定时辰。"鄂罗哩似是早有准备，从怀中摸出一本厚厚的皇历来，批阅查看了一番，然后双膝着地，跪而言道："老奴恭喜陛下，后天便是大吉大利之日。"嘉庆嘉形于色，"哦"了一声，忙拿过皇历观看，果然，后天正是良辰吉日。嘉庆笑道："朕的夙愿，就要实现了！"示意鄂罗哩起身，并对他言道："鄂公公，此事得以顺利办成，你大功不可没。朕定将重重赏赐于你。"鄂罗哩道："为陛下办事，是奴才的本分，虽肝脑涂地也在所不辞，奴才又何敢言功？"嘉庆大笑道："鄂公公当真是朕的知心人啊！"一时间，嘉庆和鄂罗哩二人都欣喜不已。当晚，嘉庆就亲临二晓的住处。刚迈入屋门，晓云就扑上来紧紧地抱住他的身子道："闻言陛下龙体有恙，奴婢等惊骇不已。"说着，晓云的热泪便夺眶而出。嘉庆很是受了感动，轻抚其背道："小美人不必如此，朕此刻不是好好的吗？"晓月走过来，偎在他的肩上，幽幽地道："听说陛下龙体欠安，奴婢等确想前去探望，然而位卑身贱，不能成行，乞望陛下宽恕些许。"嘉庆感叹道："大美人何过之有？如其中真有过错，那也是朕之不是……"晓月忙道："陛下何出此言？"嘉庆道："若朕早立两位美人为妃，又哪来的这么许多遗憾？"晓月破涕为笑道："陛下既有这般心意便是，又何必如此耿耿于怀？"晓月也笑道："奴婢等但望能常侍陛下左右，又何曾奢望过如此前程？"嘉庆搂定她们，微笑着言道："两位美人是不相信朕之所言了？"晓月望着晓云道："妹妹，你相信陛下的话吗？"晓云却看着嘉庆道："按理说，陛下的话我是不能不信的，不过，姐姐既然不信，那我也只能跟着不信了……"嘉庆笑道："好个乖巧的小美人，竟把所有不是推到大美人的身上。"晓云嘟哝道："陛下，本来就是嘛！"嘉庆道："本来就是什么？"晓云转向晓月道："我等姐妹，只望能尽心陪伴陛下，从不曾想过有朝一日会升为陛下的宠妃。陛下为何于此事纠缠不休？"嘉庆叹道："如此看来，两位美人还是不相信朕啊……"晓月忙道："陛下龙体初愈,还是多多休息为好。"说着向晓云使了个眼色。晓云会意,也不再言语,和姐姐一道,硬是将嘉庆扶到了床上躺下。

嘉庆身子虽躺下了,但双手却没有老实,晓月玩笑道:"奴婢以为,陛下此刻还应多多安静些为好。"晓云却嬉笑道:"姐,就是让陛下颠狂,恐怕陛下也只能心有余而力不足呢。"嘉庆道:"两位美人听着,如果朕在两日之内真的立你们为妃的话,你们又待如何?"嘉庆的表情是严肃的,但她们却不以为然。晓月道:"如果陛下果真如此,婢妾愿即刻卸去所有衣衫,为陛下歌舞一番。"这可是十二月初的天气。嘉庆道:"大美人莫非不怕身躯寒冷吗?"晓月笑道:"脱不脱衣,也还未可知呢。"嘉庆点头道:"大美人说得不无道理。"又转向晓云道:"小美人却待如何?"晓云道:"如若这般,婢妾任由陛下处置好了。"嘉庆点点头,猛然拍了一巴掌,高声喝道:"鄂公公何在?"从门口处早闪出鄂罗哩来:"老奴见过吾皇万岁,并拜见二位贵妃!"鄂罗哩说着就直直地跪了下去。

这一着,大出晓月和晓云的意料。晓云讷讷地道:"姐,这是怎么回事?"晓月忙道:"为姐也正是纳闷……"嘉庆笑道:"鄂公公,直说何妨?"鄂罗哩再拜道:"两位贵妃有所不知,陛下旨意已定,于后天良辰吉日正式幸纳二位为妃。老奴鄂罗哩在此先行为两位贵妃贺喜了。"嘉庆挥了挥手道:"鄂公公,此处已没你的事了,你可以走了。"鄂罗哩唯唯诺诺地退去。直到这时,晓月和晓云才知道皇上所说乃是千真万确的事。大喜临头,怎能不欣喜若狂?晓云一下子跳起来,猛地抱住晓月道:"姐,这可都是真的呀?"晓月止不住地颤抖道:"妹妹,为姐……真不敢相信这会是真的……"这姐妹二人,情不自禁地搂抱在一起,又是哭又是笑,好不热闹。

嘉庆从床上坐起,重重地咳了一声道:"两位美人,朕可曾骗过你们?"晓月和晓云立刻偎在了他的身边,齐声道:"吾皇万岁、万岁、万万岁!"嘉庆接道:"朕既然不曾骗过你们,你们也就该兑现对朕许下的诺言了吧?"她们这才恍然记起先前所说过的话来。晓月率先站起,慢慢吞吞地道:"陛下,你真忍心看着婢妾被冻得浑身颤抖?"嘉庆故意将目光转到晓云的脸上。"大美人,朕既然说话算数,你们也该效仿才是。"晓月不再言语,徐徐地解下身上厚厚的棉衣。其实,她的身体正温热无比,又岂在乎天气的严寒?脱完衣衫,她贴近嘉庆,娇声问道:"陛下,这就要奴婢为您起舞吗?"敢情,在晓云的耳濡目染下,她的举动也变得有些泼辣大胆起来。嘉庆不得不看着晓月的身体了。嘉庆忙道:"大美人速到床上来,让朕为你暖和暖和。如大美人冻出个好歹来,朕可要心疼死呢。"晓月不敢客气,连忙钻入被中,钻到嘉庆的怀里。嘉庆用手探了探她的肌肤,果然冰冷无比。嘉庆又道:"若大美人真有个什么差错,应当是朕的不是。"晓云趁机言道:"陛下既如此说,那奴婢可就要上床了。"说实在的,嘉庆真的舍不得看着这两个美人受冻,但同时,他又真的舍不得放弃看她们裸身舞动的机会……

就在嘉庆和他的两个美人"千奇万巧画春图"的时候,一场突如其来的大雪,铺天盖地地飘洒了下来。这雪也真大,每个雪花几乎都有枫叶那么大。这雪也真密,雪花与雪花之间,几乎没留下一丝空隙。没有多少时间,整个北京城就全是白茫茫的一片了。等嘉庆觉着下雪,那已经是次日的上午了。

次日的上午,也不知具体是什么时候,反正嘉庆已经慢慢地睁开了双眼。那个时候,他还没注意到外面已经落雪。他的目光,全投入到身边的两位美人的肉体上了。左边是晓月,右边是晓云,两个人许是昨夜太过劳累,到现在还沉入睡梦之中。他意犹未尽地伸手在她们的身上摸了摸,这一摸,他便再一次地感受到了那种"再三偎着、再三香滑"的滋味了。她们睡得也太沉了,他摸索了许久,她们却依然合着眼。就在这时,他听到门外传来了鄂罗哩的尖细的声音。"陛下,陛下……"鄂罗哩叫得很轻很低,像是怕惊吓了圣上。

嘉庆问道:"鄂公公,是不是有什么急事等朕去处理?"嘉庆的问话显得有些冷淡,因为等着他去处理的,大多都是令他头疼的事情。谁知,鄂罗哩这样回道:"陛下,今天没什么大事,天下太平。只是，昨夜天降瑞雪，老奴以为这是一个好兆头，所以特来报与陛下知道。"嘉庆心道，昨夜何时落的雪？朕为何全然不知？他不禁哑然失笑。这也许就叫作"一心不可二用"吧。他这么一笑，精明的鄂罗哩却听见了："陛下何故发笑？"嘉庆闻言，忙敛住笑容，用一种淡淡的口吻道："朕所以发笑，自有发笑的道理。对了，公公适才说天降瑞雪必是一个好兆头，此话怎讲？"鄂罗哩道："陛下明日册立两位美人为妃，而昨夜却降了一场罕见的大雪，这不是喻明陛下此举乃顺合天意吗？"鄂罗哩此言，明显地带有奉承之意，然而嘉庆听了却是满心的欢喜，好像，这场大雪真的就是特为他立两位美人为妃而下的。

这么一想，嘉庆就来了精神，自己动手将衣衫穿好，一边朝门口走一边大声言道："如此说来，朕倒要仔细地看看这场大雪了。"打开门扉，一片茫茫的白光刺得他不由自主地眨了两下眼。待定睛这么一看，嗬，放眼望去，除了皑皑白雪，其他的东西好像都不存在了。雪虽然早止，但因积雪甚厚，浓浓的雪色映衬着天空，就仿佛是天空中依然在飘雪一般。嘉庆点头叹道："这果真是一场罕见的大雪啊！"又拍了鄂罗哩的肩膀一下道："公公踏积雪特为此事而来，当真是诚心可许、忠心可嘉啊！"鄂罗哩即刻道："区区小事，陛下不该如此谬奖老奴。"看鄂罗哩一脸的严肃，嘉庆笑道："好，好。以后朕只将公公对朕的忠诚记在心里便是。公公大可不必如此认真。"

忽地，嘉庆不知为何，竟然想起圆明园中的福海来。经过昨夜一场大雪的飘洒，福海会变成个什么样子呢？他还记得，今年正月里，他曾和鄂罗哩二人泛舟福海之中。那一天，正下着雪，雪虽然不大，但密密麻麻的、而且一直下个不停。他当时就直立在龙船之首，一任雪花飘落，确实有不少诗情画意。他甚至还记得那个叫王小二的船工，驭船的技术十分熟练，他一时高兴，曾叫鄂罗哩赏了王小二五十两银子。那个时候，他的心里十分烦忧，泛舟福海之后，确实得了不少的欣慰。而今，他似乎并无多少不快，有的只是兴奋,如果此时前去泛舟福海,应当别有一番感受。更何况,他这次泛舟,又可以携两位美人同去。明日就封她们为妃了,今日和她们在一起玩耍,谅朝中上下即便看见了也不会有多大的议论。

想到此,他问鄂罗哩道:"公公,还记得朕与你在福海泛舟的事吗?"鄂罗哩点点头道:"老奴记得,那是今年正月里的事情。"嘉庆道:"不错。公公偌大年纪,还有这般记性,确也难得。"鄂罗哩思索着道:"陛下此时提起泛舟之事,莫非是想再去福海一游?"嘉庆道:"正是此意。公公以为如何?"鄂罗哩道:"陛下之意,老奴怎敢多嘴?只是这大雪封门,天气如此寒冷,漂泊在湖水之上,对陛下的身体恐有不便。"嘉庆笑道:"既是想觅得一番情趣,又怎能惧这天气的寒冷?鄂公公再勿多言,还是先去圆明园做些准备为妥。"鄂罗哩谨诺一声,便匆匆地离去了。嘉庆又独自出神地观瞧了片刻雪景,这才折身走回屋内,来到床前,见晓月和晓云依然酣睡未醒,不觉爱怜地摇了摇头。他又出神地观瞧了片刻她们的睡姿,然后伸出手去,揭开被子,不轻不重地分别在她们的臀部上拍了一掌。

这一掌,还真地将她们拍醒了。嘉庆道:"朕带尔等去圆明园福海一游。"晓云即刻掀被坐起道:"陛下,那圆明园可真是美极了,只那福海奴婢尚未曾去过……"晓月道:"奴婢倒去过一回,但只是粗粗看了一眼,未能认真观瞧。"嘉庆笑道:"既如此,两位美人还不快快起身?"一下子,她们两个都翻身下了床,各自穿衣、洗漱、妆扮个不停,殊不知,她们这一去,却酿出了一桩可以说是天大的憾事来。

长话短说。嘉庆皇帝携着晓月和晓云,同着鄂罗哩一起,站在了圆明园的福海岸边。放眼四看,只见湖岸上那些早就枯萎了的树木上,此时都披着一身的白雪,确有"忽如一夜春风来,千树万树梨花开"的景观。冬日的湖水本就清澈,经大雪洗涤过后,湖水便显得越发的纯净。此时没有一丝的风,湖水静静地躺在那里,蕴着醉人的清纯和碧绿。这样的雪色映着这样的湖水,即使胸无点墨之人,也会因之神往不已。然而,嘉庆的双眉却渐渐地蹙了起来,晓月和晓云只顾赞叹眼前美景了,并未发觉皇上的脸色已经起了变化。鄂罗哩当然是时时刻刻地关注着圣上的,他见状忙小心地问道:"陛下,是不是叫宫女们都回去?"原来,那湖岸之上,包括嘉庆身边不远处,都密密麻麻地站满了各式各样的宫女们。按清廷规定,皇帝游渡福海时,宫女们要列在岸上齐呼"安乐渡"。不过,今年正月的那次泛舟,嘉庆就曾叫鄂罗哩将那些宫女们赶了回去。嘉庆道:"朕只是想与两位美人在这湖上静静地享受片刻,公公为何将她们一齐呼来聒噪烦扰?"鄂罗哩心里话,这些宫女哪里是我呼来的呀,这是执事太监早就安排好了的。但皇上说是他呼的,那就一定是他呼的。鄂罗哩点头哈腰道:"陛下说的是。这些人一起鼓噪,岂不扫了陛下的雅兴?老奴这就去驱散她们。"说罢,鄂罗哩甩开老腿,找着几名侍卫,很快就将如云的宫女们驱走了。

嘉庆的脸上这才慢慢地浮现出笑容,前趋一步,搂住晓月和晓云道:"两位美人,这福海的景致如何?"晓月道:"这里的景致,奴婢真觉得像是仙境一般。"鄂罗哩过来道:"陛下,龙舟已经开过来了。"只见一艘雕龙镂凤的彩舟,缓缓地靠了过来。嘉庆道:"两位美人,这就上船去吧。"晓月和晓云,一前一后地登上了彩舟。鄂罗哩刚要上船,嘉庆阻止了他:"鄂公公,船上没你什么事,你还是到对岸去守候吧。"鄂罗哩心道,是呀,有了那么两个美人,还要我这糟老头子作甚?便笑着,踽踽往对岸走去了。嘉庆上了彩舟,下意识地瞥了船工一眼。这船工看起来十分年少,脸型模样有些像那个王小二,但却又绝不是那个王小二。于是嘉庆就随口问道:"你是何人?那王小二何在?"年少的船工恭恭敬敬地道:"回万岁爷的话。奴才是那王小二的弟弟王小三。奴才的哥哥……已经死了。所以奴才就替他来为万岁爷划船。"嘉庆"哦"了一声,却也没问那王小二因何而死。一个皇帝,哪能什么都顾及到?嘉庆只是淡淡地道:"你哥哥的船划得不错……可惜。你既是他的弟弟,划船的本领谅也不坏吧?"王小三道:"奴才不敢在万岁爷的面前夸口,奴才只想尽心尽力地为万岁爷划船。"嘉庆点头道："那就开船吧。如果你的船划得和你哥哥一般好，朕同样也会赏你银子的。"王小三叩首道："奴才谢万岁爷。"

如果嘉庆此时能用心地谛听这王小三的话语，便不难可以听出，这王小三虽然看起来是毕恭毕敬的，但在那毕恭毕敬的话语里面，却蕴藏着不少明显的勉强，甚至还蕴藏着其他更为复杂的东西。然而，就是这些十分明显的东西，嘉庆也未能听得出来。因为，他的心思根本就没放在这个不起眼的王小三的身上，他的心思全部放在了那两个美艳温柔的美人身上。故而，彩舟刚一离岸，他就离开船尾，径自走到船首去了。晓月和晓云上船之后，晓云一头便想钻进船舱。那船舱里里外外，全绘着精美的图案，且颜色鲜艳，有些炫人眼目。但晓月似乎是个特别喜爱大自然的人，她拉住妹妹道："既是来游湖，就当认真观看湖中景色。"晓云道："在舱里不也同样可以观看吗？晓月道："船舱虽宽绰，但毕竟有些遮掩，怎如在船首看得仔细？"晓云想想也是，便跟着姐姐来到了船首之上。

这艘船跟嘉庆在正月里所乘的那艘船不同。那艘船的船首上盘着一条金光闪闪的巨龙，而这艘船的船首上却是飞翔着两羽光彩夺目的凤凰。敢情，这是一只专供皇帝后、妃们游湖的彩船。想必那鄂罗哩早就把晓月和晓云当作是嘉庆的两个妃子了。嘉庆走过来的时候，晓月和晓云正分别坐在一只凤凰的旁边。嘉庆拊手道："妙哉！明天的这个时候，两位美人便成了朕的两只凤凰了。"晓月偎过来道："陛下，直到现在，奴婢都不敢相信这一切都会是真的。"晓云也偎过来道："姐姐尽会说这些没出息的话。这船，这湖水，还有陛下，不全都是真的吗？"嘉庆笑道："两位美人现在说不到三句便就话不投机了。这却是为何？"晓月看看晓云，晓云也正看着她，"扑哧"一声，她们全都笑起来。嘉庆不解道："两位美人如何又大笑不止？"晓月道："婢妾等拌嘴，原是为了陛下开心呢。"晓云道："我们这一吵，陛下必然觉得有意思，这一有意思，陛下不也就开心了吗？"嘉庆点点头，将二人搂过来道："两位美人说得不无道理。不过，在这彩舟之上，荡漾于湖水之中,两位美人若再度争吵,恐实有大煞风景之嫌。"他这么一说,她们二人便忙闭了嘴,再也不言语半句。

嘉庆道:"两位美人为何又沉默不语?"晓月道:"奴婢等实不敢大煞风景。"晓云道:"婢妾虽不怕大煞什么风景,但却找不着赞美这风景的诗文。"晓月道:"闻陛下才思泉涌,何不即兴一首诗词,以饱婢妾之耳福?"晓云接道:"姐姐这话倒也有理。陛下此时若不吟诵几句诗文,当真是一件憾事呢。"嘉庆叹道:"整日为国事所困,又哪来的闲情逸致赋诗?不过,这眼前景色,却也实在美妙,两位美人又如此撺掇,朕也只好勉为其难了。"说罢,嘉庆挺立在船头,抬头看看湖岸那挂满雪花的一排排树木,又低头望了望船边的湖水,然后清了一下嗓子,咏出一首七言绝句来:

叶枯枝败实堪哀,
今日梨花昨夜开。
一船碧波留不住,
春风拂面美人来。

晓云率先叫道:"陛下当真是才思泉涌呐!"晓月跟着言道:"陛下所作诗句,不仅与眼前景致妥帖无比,还顺势将婢妾大大地夸赞了一番,实在是奇妙灵巧至极。"嘉庆哈哈笑道:"朕只不过信口胡诌而已,两位美人却如此夸奖于朕,朕当真是有些战战惶惶、汗不敢出呢。"晓云笑道:"陛下此时真的有淋漓的汗水,在这雪天之中,恐怕也出不来呢。"

就在嘉庆帝尽情地同两位美人大肆调情的当口,王小三偷偷摸摸地从腰间摸出一件东西来。这件东西不是别的什么东西,而是一把磨得锃亮的匕首。匕首的最大用途是杀人。王小三揣着这把匕首当然也是要杀人。那晓月和晓云与他无冤无仇,他当然不会去杀她们。剩下的,就只有嘉庆皇帝一个人了。也就是说,这王小三带着这把匕首正是要行刺当今皇上的。他本来是用不着这件东西的。只要将船弄翻,这么冷的天,无论是皇上还是乞丐,掉入湖中,都会完蛋。即使是岸边的侍卫想来援救,也鞭长莫及。嘉庆不喜欢带侍卫乘船游湖的习惯,正好给王小三提供了这个绝好的机会。然而,鄂罗哩临时又改变了主意,让他划着这条很大的用来装载后、妃的船供皇帝游湖。这么大的船,一个人要想将其弄翻,实是不易。故而,王小三也只能用匕首来解决问题了。他很快地看了一眼匕首,又将它揣回腰间,还没到动手的最佳地点。最佳地点是湖的中心。在湖中心动手,即便侍卫们立即发现了也来不及赶过来。而王小三以为,对付一个皇帝,又是去偷袭,只需一眨眼的工夫就足够了。至于得手之后自己该怎么办,他王小三根本就没去考虑过。他又按了按腰间,那硬硬的还在。他喘出一口长气,依然不紧不慢地划着船。

眼看着,船就要划到湖中心了。换句话说,他动手的时候就要来临了。情不自禁地,他开始紧张起来,握桨的双手也不自觉地有些颤抖,手心里,早已是冷汗涔涔。他使劲地咬了一下嘴唇,对自己道:王小三,你有什么可怕的?想想大哥和小妹吧,你有什么理由不愤恨?然而,即使他咬破了下唇,身体也依然在间或地抖动,他竖起耳朵,谛听着船首那边的动静,好像,那皇帝老儿已经不在船头了。他顿时心里一咯噔。莫非,皇帝老儿已发觉了自己的企图?但他又一细想,这是不可能的。确实不可能。王小三想得一点不错。嘉庆是不在船头了,他回到船舱里。因为湖面上起风了,风虽不很大,但这个季节的风吹到脸上、身上,总是很寒冷的,所以,在晓云的提议下,他就跟着二晓走进了舱内。

舱内果然与船头不同。因为这只船主要是供后、妃们乘坐的,舱内布置得既豪华又艳丽,还无比的温馨,且有一处睡觉的地方。晓云是第一个钻入舱内的,钻入之后,便毫不客气地将那睡觉之处占据了,口里还嘟囔道:"那些湖水看看就没多大意思,还是躺着舒服。"晓月笑道:"我这妹妹是越来越懒了……"嘉庆最后一个进来道:"看这模样,朕也只好坐在一边啰。"晓月催晓云道:

"还不起身让陛下休息……"晓云却不情愿,悠悠地摊开四肢道:"姐,你也忒多事,我又没叫陛下就那么干坐着,陛下也可以躺下嘛……"嘉庆笑道:"就那么一个铺位,你躺着呢,朕还有何处可以躺下?"晓云指指自己的胸腹道:"陛下不可以躺在这里吗?"她这么一说,嘉庆还真的动心了。

而就在嘉庆恣情肆意的时候,这只彩舟悄没声息地停了下来。停船的当然是那个王小三。王小三停船之后,就拔出匕首,慢慢地向船舱摸去。摸到船舱门边,王小三探头朝里一看,只见嘉庆正翻卷着两个女人的衣服,在她们的身上胡摸乱捏呢。王小三的心中,顿时涌起一股冲天的怒气。这皇帝老儿,果真是一个荒淫无耻的家伙,在这游船之上,也不忘干这种勾当。他义愤填膺,攥紧匕首,躬身迈入舱内。不知是因为过于紧张还是太过激动,他那攥着刀子的手和着身体一起在不住地微微颤抖。一步,两步,近了,更近了。他的刀子,完全可以戳进皇帝老儿的宽大的脊背了。然而,王小三此时却犹豫了一下。也许,背对着他的,毕竟是清朝的皇帝,皇帝,多么尊贵,是任何人都可以随便动得的吗?而他这么一犹豫,就永远地失去了机会。

他犹豫的时间,说起来也只是那么一刹那的工夫,而就是在这一刹那的工夫当中,那个躺在底下的晓云却无意中地发现了他的手中的匕首,并以惊人的速度跃起,扑了嘉庆的身上。与此同时,王小三的匕首狠狠地捅了出去。可惜,他没能刺中嘉庆。要不然,这个名不见经传的王小三就要改写大清朝的历史了。王小三的匕首准确无误地刺中了晓云的心脏,刺得那么重,那么深。晓云连一声"陛下"也没有喊出,就永远地别嘉庆而去了。嘉庆马上便明白是怎么一回事。好个嘉庆,不愧是一朝皇帝,遇此突发事件,却也没多少慌乱,忙着闪开身子,就要往舱外跑。王小三看失去了一次良机,不敢再有迟缓,急忙从晓云身体上拔出匕首,跨脚就要赶嘉庆。晓月见状,丝毫没有考虑,一下子扑上去,双手死死地抱住王小三的双腿,口中急呼道:"陛下,快走……"情急之下,

399

她该有多大的力气啊！王小三不仅没有甩掉她，反而被她绊倒在船舱里，而她这么一喊，恰恰提醒了嘉庆。走？往哪走？就这么一只船，怎么走也走不脱。与其无谓的逃走，还不如回身一搏。

这么想着，嘉庆却也镇静下来，连忙在舱内搜寻可有什么东西可拿。恰巧身边就有一只小木凳，嘉庆急忙抄在了手中。那王小三怎么挣也挣不脱晓月的双手，只得翻过身来，一下扎进晓月的体内。晓月惨叫一声，双手仍然抱着他的双腿不放。王小三急红了眼眶，一下又一下地扎在晓月的身上。嘉庆怒火中烧，怪叫一声，抡起那只小木凳，用尽平生气力，"嘭"地一声，砸在了王小三的脑袋上。嘉庆此番用的力气也太大了，硬是将王小三的脑袋削去一半。王小三的匕首还未能从晓月的身体上拔出来，就含恨而去了。

再看嘉庆，就像疯了似的，一把将晓月抱起，使劲地摇晃着："美人，你醒醒，你醒醒啊……"许是受了皇上的感召，晓月还真的费力睁开了双眼，凄然一笑道："陛下，奴婢再也不能侍奉皇上了……"头一歪，便随她的妹妹走了。她死时，双眼就那么睁着，似是在凝视嘉庆，似是心中还有许多话要对嘉庆说。嘉庆这会儿是真的疯了，将晓月和晓云抱到一起，在舱内嚎啕大哭起来，且边哭边大叫道："大美人啊小美人，小美人啊大美人，这到底是为什么啊……"

亏得是鄂罗哩带着几个侍卫驾着一只快船赶到，要不然，还不知嘉庆皇帝要疯狂到什么时候呢。鄂罗哩其实也没发觉到这只彩船有什么异样，他毕竟年纪大了，离彩船又远，不可能看见彩船船舱里发生的事情。倒是有一名年轻的侍卫，见彩船停在了湖中心，有些不安地对鄂罗哩道："鄂公公，那船……好像有些什么动静……"鄂罗哩心里话，皇上和两个美人待在一起，不弄出些什么动静那才怪呢。鄂罗哩淡淡地道："莫非，你看出了什么名堂？"那年轻侍卫道："我好像看见……那个船工也到了舱内……"鄂罗哩一想，不对，即使皇上和两个美人再玩什么把戏，似乎也用不着那个船工帮忙呢？鄂罗哩急忙道："你敢肯定吗？"年轻侍卫道："我只是，好像看见……"鄂罗哩略一思忖，觉得还是小心谨慎为好,如果皇上真的出了什么差错,哪怕是一点点差错,他鄂罗哩即使有九个脑袋也得一齐搬家。所以,他连忙召来几个侍卫,乘着一只快船,迅速地向湖中心划去了。待登上彩船,朝舱里这么一看,鄂罗哩的双膝马上就软瘫船板上,"咕咚"一声,差点将船板跪出两个洞来。"陛下,老奴来迟了……"那几个侍卫看见舱内有几具尸体,也慌忙跪在了鄂里哩的身后,叩头不已。

嘉庆终于找到了发泄的对象,止住哭叫,缓缓地走出舱外,站在了鄂罗哩的跟前,冷森森地道:"这个叫王小三的船工,是你找的吧?"鄂罗哩磕头如捣蒜:"是,陛下,老奴见他可怜,就让他来划船……"嘉庆一把将鄂罗哩抓了起来,像蛇蝎一般阴毒的目光逼视着他:"你找来这个王小三,就是让他来刺杀朕的吗?"嘉庆抓得太紧了,鄂罗哩几乎透不过气。"不,不,陛下,老奴没有这个狗胆……"嘉庆的言语,冷得就像北极的冰山。"你没有这个狗胆,但王小三有,王小三的狗胆,不就是你鄂罗哩给的吗?"说着,像丢一条死狗似的将鄂罗哩丢在了船板之上,鄂罗哩还未来得及跪好,嘉庆就飞脚一起,正中鄂罗哩的两腿之间,亏得是鄂罗哩本就为太监,要不然,再健全的男人着了嘉庆这一脚,也都只能变成太监了。饶是如此,鄂罗哩也被踢得头上青筋直跳,他还不敢叫唤,只一个劲儿地叩头道:"皇上恕罪,皇上恕罪,奴才万没想到会是这样啊……"嘉庆踢过鄂罗哩一脚,浑身就像虚脱似的,一点力气都没有了,踉踉跄跄地走回舱内,蹲下身去,抱住晓月和晓云的身体,又失声痛哭起来。

晓月和晓云,这两个绝代佳人,就这样莫名其妙地香消玉殒了。她们究竟姓什名谁,来自何方,谁也搞不清楚。有好事者曾去精心地考证这段历史,但越是考证就越是糊涂,仿佛这两个人根本就不曾存在过。如果,她们能多活上一天,也就是说,如果她们能成为嘉庆皇帝的宠妃,那么,在清朝的历史上,或许就会找到她们的来历。遗憾的是,她们没有这个福气。换句话说,她们是很不幸运的。而历史却又往往成全的是那些非常幸运的人。

尽管嘉庆皇帝后来以妃子的规格隆重地安葬了她们，但那说到底也只不过是一种形式而已。她们只不过是千千万万个宫女中的一员。虽然她们在一年之内极受皇上宠爱，但那只是因为她们有着美妙迷人的肉体，当她们的肉体逝去，谁还会记着她们呢？就连嘉庆皇上，没有多长时间，也逐渐地将她们淡忘了。只偶尔地，找不到可口的女人时，嘉庆才会依稀地记起她们。但这种"记起"，对嘉庆而言，充其量也只不过是一种无奈的企盼，待寻得了可口的女人，嘉庆的这种期盼也就顿然消失了。而普天之下，又会有多少像她们一样的女人可供嘉庆选择？故而，从这个角度上说，她们姐妹的所谓"美貌"，所谓"香消玉殒"，也实在是太普通、太寻常了。

不过，从另一个角度上来说，人终归还是有感情的。嘉庆虽贵为皇上，但也还是个人。是人，就会有一定的情感。所以，晓月和晓云死后，嘉庆皇帝着着实实地大为悲伤了一阵。甚至，在一段时间内，他连饭也不想吃，觉也不想睡，整日整夜地只回味着那两个美人的音容笑貌。由此可见，嘉庆皇帝的悲伤程度是多么地严重了。当然，嘉庆皇帝也不会忘了两位美人在临死时的情景。一想起这个情景，嘉庆就无比地愤怒。他愤怒了，就要找愤怒的对象。那王小三已经死了，王小三的家中也没有其他的人了，所以，嘉庆愤怒的对象只能是鄂罗哩了。他对鄂罗哩怒道："如果你在十日之内不查清楚事情的来龙去脉，朕就叫你和两位美人一起，入土为安！"战战兢兢的鄂罗哩，使出了浑身解数，费尽了心机，绞尽了脑汁，终也未能查出王小三为何要行刺皇上。最后，嘉庆虽然留下了他一条老命，但却毫不客气地将他撵出皇宫。可怜的鄂罗哩，只因在风烛残年之际，不慎走错了一步棋，从而抱憾终身。期年之后，鄂罗哩就抑郁而死。据说，他在临死前那一刻，口中还不住地念叨着晓月和晓云的名字。如果晓月和晓云九泉之下有知，当也会对鄂罗哩感激不尽了。因为，毕竟有人还在惦念着她们，而她们之所以能够和皇上在一起过了一段风光的生活，说到底，也是那鄂罗哩的功劳。至于鄂罗哩在弥留之际为何要念叨晓月和晓云的名字，恐怕，也只有鄂罗哩自己才能说清楚了。

第二十一章

寻漏洞小吏弄巨案
忧荒年天子治悬河

一听皇上提起河患，乾清宫里的气氛顿时铅一般凝重。不光各位大臣一个个面沉如水、一言不发，就是在宝座后面手执孔雀翎伞扇的宫女，宝座两侧垂手侍立的太监，也都面无表情，如木桩般一动不动。

王小三为何要行刺嘉庆？这里面有一个十分荒唐又十分暴虐的故事。故事的主人公应该是一个叫王书常的人。这个王书常长得白白净净，文质彬彬，三十多岁，在工部当了一名书吏。书吏一职，整天不是写就是画，要么就替大员们上下跑跑腿。王书常进工部干了几年之后，渐渐地看出了些门道：书吏虽然只是个很小的差事，但工部的权力却非常大。一年当中，全国大大小小的工程经过工部审批的也不知有多少件！只需从中做点手脚，那白花花的银子就会源源不断地流入自己的腰包。

于是，王书常依仗着自己的小聪明，勾搭上一帮狐朋狗友，紧紧抓住了工部这个偌大的官僚机构俯拾皆是的漏洞，大胆地干了起来。他们模仿大员的签名、私刻关防大印，虚开工程款项，从中渔利。前前后后，王书常等人一共骗取了朝廷的银子近十万两，却无一人发觉，这不能不说是一件十分荒唐的事。要不是后来与他串通行骗的那个工头常行会冒领工程银两事发、供出了王书常等人，说不定，王书常等人还能一直行骗下去。当然，这是后话了。

这一天，王书常正低头甩着双手走着呢，忽听得耳畔有人叫道："王大哥，真的是你吗？"他下意识地站住了脚，摸了摸头，只见一个年轻人快步跑了上来。年轻人跑到他的面前，瞅着他的脸，然后惊喜道："王大哥，真的是你啊？"王书常不觉皱了皱眉，淡淡地对那年轻人道："这位兄弟，恕我眼拙，你……是何人？"年轻人急道："王大哥真是贵人多忘事啊。从前，我们都住在一个胡同里。王大哥念书，我还偷偷地跟着学过呢。王大哥莫非都忘了？"王书常使劲儿地想了想，终于记起来了："你，不就是那个王小二吗？"

这年轻人，正是那个曾伺候过嘉庆帝泛舟福海的那个船工。原来，王书常和王小二都曾在一个狭窄的胡同里居住过，因王书常年长几岁，王小二便常常跟在他的屁股后面玩。又因同姓同宗，王小二便称他为"王大哥"。王小二见王书常记起了自己，十分地高兴，忙道："王大哥，听说你好几年前就到朝廷里做大官了，是不是呀？"

王书常心里话，什么狗屁大官，一个小小的书吏，能叫做大官？但他不愿在王小二的面前说出自己的真实身份。王小二不是说自己做了大官吗？那就姑且顺着这个思路说下去吧。王书常清了清嗓子，似是不经意地道："小二兄弟消息可真是灵通啊，连我做了大官也知道得一清二楚。莫非，小二兄弟也在朝廷里做事？"

王小二不好意思地道："哪儿呀。我大字不识两个，谁要我去？蒙我父母生前的朋友介绍，认识了宫中的鄂罗哩鄂公公，鄂公公见我还算乖巧，就让我在圆明园里划船。"王书常眉毛一动道："这么说来，小二兄弟倒是经常可以见着皇上了。"小二道："不是经常见。我去圆明园好几年了，只今年春上才见着皇上一次。皇上也真是大方，见我船划得好，一下子就赏了我五十两银子。乖乖，当鄂公公将那白花花的银子赏给我时，我差点高兴得晕了过去。喂，王大哥，你在朝廷里到底是做什么大官啊？"王书常吞吞吐吐地道："我做的官，说出来你也不懂……这么说吧，我是跟在皇上的身后干事的。"王书常这话儿显然是胡扯。他是这样想的，反正王小二也不知底细，要吹就拣大的吹。他这么一吹，可把王小二唬住了。"乖乖……王大哥，那你不是天天可以看到皇上了吗?"王书常笑道:"那是自然。皇上的许多事,都是我替他干呢。"

他这牛皮可算是越吹越大了。实际上,嘉庆虽也去过工部几次,但皇帝去了之后,像王书常这等身份地位的人,是根本不敢抬头观望的,也就是说,嘉庆到底长得什么模样,王书常根本就没有王小二说得清楚。但王小二却信以为真,一时间不由得对王书常肃然起敬,口中讷讷地道:"那……王大哥,你和我,当真是一个在天上、一个在地下了……"王书常竟有些飘飘然起来,似乎,他俨然便是皇帝的一位宠臣了。"小二兄弟这是说得哪里话呀?以后,若有机会,大哥我一定好好地提携提携你。"王小二一听,顿时欣喜若狂,连连道:"多谢王大哥,多谢王大哥!"又紧接着言道:"哎,王大哥,我家就住在这附近,如大哥不嫌弃,随小弟去坐坐如何?"

很明显,王小二已经真的把王书常当作是一棵可以依傍的大树了。王书常本是想回绝的,同这王小二有什么谈头?但转念一想,不去王小二家又能去哪里呢?反正自己正无聊着呢,随王小二去吹吹,或许可以散散心。一时间,他有些埋怨起蔡泳受等一帮狐朋狗友来。自腰包里有了充足的银子之后,他们便各自为战了,有的整日泡在赌场里,有的整日泡在妓院里。一开始还不错,他们不时地请他吃喝玩耍,可近来,他们却几乎将他这个大哥给忘了。有时候,他实在闷极了,想找他们聚聚,也终难如愿,以至于他落到了一个人闲逛大街的地步。

王小二怎知王书常的心理?见他的脸色一下子变得很难看,慌慌忙忙地道:"王大哥,你若有事,不去我家也罢……"王书常即刻回过神来道:"哦,不。大哥我今天休息,没什么事,就去你家坐一会儿吧。"王小二闻言,欢天喜地地将王书常引到了自己的家。王小二的家是在一个小街道的旁边,比较闭塞,两间屋子,虽不很大,却显得空荡荡的。王书常坐定之后,四周瞧了瞧道:"小兄弟看来还没有成家啊?"王小二有些羞赧地道:"父亲去世后,这个家就全靠我一个人,哪有什么钱成家啊。"王书常依稀记得,王小二还有一个弟弟什么的,便似是很诚恳地道:"小二兄弟以后在生活上有什么困难,尽管去找我便是。"王小二感激地道:"谢谢大哥这么关心我。我以后肯定是会去麻烦大哥的。"王书常好像是真的动了一点情感道:"小二兄弟,一家人怎么说起两家话来?如果我没记错的话,自你的父母故去以后,你好像就没有什么亲人了。以后,你就把我当作是你的亲大哥好了。小二兄弟意下如何?"王小二连忙冲着王书常拜了两拜道:"大哥,这样的好事,我就是打着灯笼也难找啊,小弟如何会不乐意?"两人又东扯西拉了一会儿,王书常便想起身告辞。他瞧王小二的这个家境,中午恐怕很难弄出什么像样的菜来,还不如到酒馆去,花几两银子,吃喝个痛快。

他正要起身,王小二抢先说道:"大哥,将近中午了,你在这坐会儿,小弟上街买些酒菜来,也好陪大哥尽兴地喝两盅。"王书常心里话,这么个穷家底,能喝得尽兴吗?刚要说几句客气话推辞,却见噔噔噔地从门外跑进两个人来。一个是约莫十八九岁的小伙子,一个是大约十三四岁的小姑娘。小伙子倒也大方,冲着王书常笑了笑。那小姑娘可就有些害羞,见着陌生人在场,忙着闪到了王小二的身后。王小二拉过二人道:"小三、小四,快见过王大哥。"原来,这小伙子便是王小二的弟弟王小三,那小姑娘当然就是王小二的妹妹王小四了。

王小三和王小四,都在附近的一个煤场里帮工,这会儿他和她的脸上,还有着未被洗净的煤灰。然而,王书常一眼就看出了,这位站在面前的王小四,是他见过的所有的小姑娘当中最标致的一个,细眉、红颊、小鼻子、小嘴唇,小巧的身段。因是暮秋了,她穿的衣服较多。王书常恨不能即刻就将她的衣裳剥尽,好尽情地观赏她那玲珑的肉体。打第一眼看到她时,他身体内的一股邪恶的热血就贯到脑际。他不觉舔了舔双唇,梦魇般地道:"小二兄弟,你怎么……还有这样一个小妹妹呀?"

王小二哪里知道,这个看起来眉目清秀的王大哥,正在动着淫邪的念头。王小二赔笑道:"大哥许是忘了,小弟的母亲正是生了小四后才死去的……"王书常点头道:"好,好,真是太好了……"王小二不明白,忙着问道:"大哥,你在说什么?"王书常觉着了自己的失态,即刻起身道:"大哥我突然想起了一件事情要急着去办,如若不然,还真的想留在这里好好地尽兴地喝上几杯呢。"说着,掏出一锭足有十两重的银子放在屁股下的椅子上,挣扎着挤出一缕笑容道:"大哥我初登兄弟的门,也无准备,这点银子,就算作大哥的见面礼好了。"言罢,对着那王小四重重地看了一眼,就急步离去。王小二是个很爱财的人,见着银子,连招呼都忘了打了,待想起要打个招呼时,那王书常早就没了踪影。

王书常去了哪里?他去了一家很是考究的小酒馆里。他到底有什么急着要办的事?他急着要办的,是尽快地想出一个周全之策将那个王小四弄到手。如此这般的一个小精灵,若不能得到,那人生还有什么意义?他当然没多少心情大吃大喝了,胡乱地点了几个菜,要了一壶酒,一边没滋没味地咀嚼着,一这紧蹙双眉苦苦地思索着。到底该想出一个什么样的好办法呢?叫蔡泳受等人去抢,固然很容易,可抢得不好,惊动了官府,麻烦事就来了。出高价托老鸨去买,自然很省事,但若王小二不肯,却也是徒劳。

从中午想到黄昏,王书常的头就要想炸了,也没想出个万全之策来。就在他一筹莫展之际,无意中听到一个人在说"皇上"什么的,他蓦地心中一亮。很快,一个鬼主意便冒了出来。他忙着将这鬼主意细细地搜索了一遍,觉得无甚破绽,确实稳妥可行,便长长地吁了一口气,大杯大杯地灌起酒来。

再说王小二,自得了王大哥的十两银子后,心中非常兴奋,连忙叫王小三上街沽了一壶酒,一个人有滋有味地喝了起来。没留神,喝多了,饭也没吃,就倒床睡下了。这一睡,直到傍晚才勉强睁开眼,看看屋内,只有王小四一个人,便打着哈欠问道:"小四,你三哥呢?"王小四答道:"三哥这阵子要加晚班,大哥忘了吗?"他"哦"了一声道:"中午酒喝多了,把这事给忘了。"又接着道:"快盛些饭来,我肚子饿坏了!"就在王小二起了床、坐在桌边正要吃饭的当口,那王书常一副醉熏熏的模样闯了进来,进门就嚷道:"小兄弟,大哥我又来了!"王小二敢忙起身让座,又叫妹妹敬上茶来。

王书常斜乜了王小四一眼,然后压低了声音道:"小二兄弟,知道大哥我中午去办什么急事吗?"王小二笑着道:"大哥是朝廷大官,专为皇上做事,小弟我如何知晓?"王书常眨了眨让酒精烧得通红的双眼,神秘兮兮地道:"兄弟,大哥中午去办的事,正是跟皇上有关的事,也是跟兄弟你有关的事。"王小二大惑道:"大哥,我……跟皇上……"王书常接道:"皇上近日身边少人伺候,早就嘱咐我留心察看。这不,大哥我一见兄弟的小妹,便突地想到了此事,所以就即刻入朝觐见皇上,将此事禀报一番。皇上听了大为高兴,谕示我今天晚上就将人带去让他观瞧,如若满意,就长留宫中侍驾。小二兄弟,你的好运来了!"

王小二听得身上一会儿冷又一会儿热,结结巴巴地道:"大哥,皇上……真的要小四去伺候他?"王书常煞有介事地道:"大哥还会骗你?哎,皇上让我将定金都带来了。"说罢,掏出一封厚厚的银子很响地放在桌面上。"小二兄弟,看清楚了,这是皇上给你的定金,整整五百两银子。"这王书常吹牛皮真的是不打草稿,皇上会给别人什么"定金",这岂不是天大的笑话?只是,王小二本就十分相信他的这个王大哥,现在,又见沉甸甸的五百两银子明明白白地摆放在眼前,他就更是坚信不疑了。

王小二一把将银子搂在怀中,声音抖抖地道:"大哥,这些银子全是我的?"王书常笑道:"岂止这些?皇上说了,只要伺候得好,赏银有的是。"王小二转向妹妹道:"小四,听见了吗?我们现在发大财了!"王小四早就听得清清楚楚,可她太小,几乎什么也不懂,只是懵懵懂懂地知道皇帝是一个十分高贵的人。虽然她实在不情愿离开这个家,但大哥已作出了决定,她又有什么办法?

王书常不敢待得时间太长,怕节外生枝,于是匆匆地道:"小二兄弟,皇上正等着我呢。不过,你要切记,皇上的一切事情都是绝密的。此事,你万勿跟别人提起。"说罢,拉着王小四的手就裹到浓浓的夜色之中。王小四怎知道路径?就那么被牵着,走进了王书常的那间大房子。她看了看,怯生生地道:"大哥,皇上就住在这吗?"他开心地大笑道:"小乖乖,皇上怎会住在这种地方?皇上跟我说了,在将你送进宫之前,要我对你进行一次全面的身体检查。现在,我叫你干什么,你就得干什么,明白了吗?"他还能叫她干什么?在他的淫威逼迫下,她只得脱尽了衣裳,站在床边,瑟瑟发抖着,像一只就要被屠宰的羔羊。

她悲哀地叫道:"大哥,我不要检查了,我也不想去伺候皇上了,我要回家……"他淫笑道:"想回家?这么容易?大哥我还没有彻底地检查呢,怎可让你走脱?"说着,将她拽过来,她似乎明白是怎么一回事,拼命反抗起来,并有两次差点冲出门去。他发怒了,找出绳索,将她的手脚捆住,又把她的嘴严严实实地堵上,然后就将她按在地面上,野兽似的糟蹋起来。他真的是一头凶残的野兽,当他感觉到情形有些不对时,她早已经咽了气。

他一时不免有些慌乱,毕竟出了人命。然而,这个人面兽心的家伙,没有多久便镇静了下来。他将被他活活奸淫致死的尸体,匿于房中一天,待天黑之后,他将尸体装入麻袋,扔到一条河里。他以为,事情到此就算是结束了。那王小二还真的以为妹妹是在宫中侍奉皇上呢。有谁知,她的尸体被一位捕鱼人无意中捞了上来,虽经河水浸泡了两日,但她的面容却还可辨认。这事还偏偏让王小二知道了。王小二一边痛哭着一边叫嚷着要找皇上讨个说法。王书常害怕王小二真的把事情闹大,就找来蔡泳受等人,秘密地把王小二勒死,投进一口井里。没成想,王小二的尸体又被人发觉。剩下的王小三看见哥哥和妹妹的惨死景象,身心遭到了极度的刺激,满以为这一切都是当今皇上所为,便一门心思要找皇上复仇。他听说在圆明园划船能见着皇上,便想方设法见着鄂罗哩，以一副悲戚的面容换得了王小二的工作。恰逢嘉庆游湖，于是便有了行刺嘉庆而杀死二晓的一幕。

王书常虽然惹出了麻烦，却也没事。他万没想到的是，那个常行会一次酒后失言，道出了在工部冒领骗领银子的事。这话碰巧被一个差役听见，将常行会抓入衙门。严刑拷打之下，他供出了王书常等人。此事迅速奏到了朝廷，朝中一时大为震惊。没费多少气力，就查明了王书常等人的犯罪事实。军机诸大臣不敢怠慢，连忙会同刑部将审讯的结果报与嘉庆。

嘉庆正为无端地失去晓月、晓云而十分痛心呢，闻听就在朝廷之内竟然出了这么一件大案，不禁决然作色道："王书常、蔡泳受等一干人犯，即行处斩，所有渎职大臣，皆要重重严惩！"结果是，王书常、蔡泳受及吴玉三人被处斩，蒋得明被绞死。苏愣额被革职，阿明阿被发往热河赎罪。德瑛被革去太子少保衔，先是降补工部左侍郎，后以二品顶戴"休致"回家。工部尚书费淳被削去官衔及大学士职，降补侍郎。与此案有关的人物，如大学士禄康、尚书侍郎一级的大臣英和及常福等，也都分别受到了降革的处分。

处理完了王书常的案子之后，嘉庆皇帝越发地闷闷不乐起来。如果，他要是知道了那王小三之所以会行刺于他，乃是因为王书常之故，他，又会作何感想？风风雨雨的一年终究是过去了，这位大清皇帝到底得到了什么、失去了什么？而等待他的，又会是什么呢？

这是一个姗姗来迟的春天。料峭的寒风时而还能带着哨音掠过这片辽阔平畴，掠过京畿四周的残瓦败舍。萧索的田野，破落的农户，官道两旁的瑟瑟发抖的垂杨，以及无声无息缓缓流淌的河流构成了一幅哀婉的图画。

死气沉沉的大地上散落着零乱的积雪。枯萎的杂草探头探脑地从田埂上、从沟堰中、从水草边伸出茎叶。永定河开冻了，水面上漂着枯草、烂菜和零乱的青苔。在寒风的吹送下，它们不时地跳起几朵浪花，泛起几圈涟漪，拧出些酒盅儿似的小水漩涡在层层的轻浪中不停地旋转，可是，一碰到水面的杂物，它们又"啪"地一下消失得无踪无影，溶入那清碧的河水中。永定河两岸，遍植了桃树、杏树、梨树。正当节令的桃、杏、梨花偏不开放，看那光秃秃的枝丫，似乎仍在显示出残冬的淫威。唯有河中那成团成团的深绿色苔草虽又重见天日，却懒洋洋地一动不动。

和直隶境内的其他河流一样，永定河系的最高水源出自燕山余脉中的一条深而不知名的山谷。在平原与山峰的交界处，依河而建的一座破庙远远望去似乎正袅袅地升起了炊烟，给这凄清的永定河两岸带来些许生气。回望那条幽深的山谷，此刻显得格外幽暗和静谧。山谷两旁的山岭为葱郁的黑松覆盖着，阵阵冷风搅起谷底薄薄的雪花，溶进了刚刚解冻的小溪。

谷口中那条偏僻的羊肠小道上，此刻出现了数个黑点。黑点慢慢地向前蠕动着，越来越近，正朝着前方的那个破庙走去。细细一瞧，原来是两匹驴驮着一些杂物，长长短短的支架上隐约可见标有一些刻度，外加几把铁锹，几捆绳索。一行人风尘仆仆。走在最前面的年轻人在唉声叹气，似乎抱怨着什么，牵着驴子的缰绳在艰难地行进。紧依在毛驴旁边的那位身着灰色布衫、脚穿一双粗布鞋的中年男子也是满脸疲惫之态，气喘吁吁地说道："大顺，此处河水流速甚缓，要不要下去量一下水的标位？"那位叫大顺的年轻人停住了脚步，摘下头上戴着的青麻帽，把拖在背上的二尺多长的辫子拿在手中，不停地摆弄着，也不搭腔，径直走到河边的一块巨石上，坐了下来。青麻帽在手中摇摇晃晃。

"唉，大顺，你也别跟我犯呆了，我知道，你一看到这条河，心里就不顺畅，是不是又想起死去的爹娘了？"中年人边说边走到大顺跟前，俯下身子，摸着大顺的脑门，唉声道："大顺，想开些，人都走了三年了，看你，孝心如此之重，倒愈加坚定了我治河的信念。"顿了顿又接着说，"也好！你先牵着驴在前面那座生了烟火的破庙里等我，我下去测量一回，马上就去。"说着挽起裤子，脱下那双粗布鞋，想了想，复又趿拉着，从驴背上取下标尺杆，一步一步走下河沿。

"徐大人，"大顺蹭地一下从石头站起来，紧赶几步，拉住正要下水的中年男子说道，"还是我来吧。"

清凉的河水浸着大顺的肌肤，他不禁打了几个冷颤，还是很坚决地举起标杆一步一步地沿着刺骨的河水走到河中央，抬头对岸边的徐大人说："大人，就在这儿吧。水标上的刻度是四尺一寸。下面的淤泥深不可测，深不可测……"正说着，大顺双手抱着的标杆忽然一歪，连人带杆一齐歪在河中。惊得岸边的徐大人高声叫喊："大顺、大顺，快游回来，抓住标杆快游回来。"

大顺费了九牛二虎之力，游到岸边。站在河沿，急得直跺脚的徐大人连忙伸手抓住大顺拖上岸边，心疼地问："呛着水没有？"一面替大顺摘去脸上的杂草、青苔，一面从怀中掏出一小瓶水酒，说道："快，快，喝上几口。"再看大顺身上穿的那个薄薄的棉夹袄"哗哗"地往下直淌水，一朵朵烂油似的棉絮绽露出来，经过河水的浸泡，滴下一摊黄浊的污水。大顺的脸色像生姜一样黄中带紫，双目紧闭一会儿，忙不迭地喝了几口酒，脸色才渐渐复原，可是下巴好像有些不听使唤，说起话来上牙下牙直碰，连着咳了几声，又唾了几口，感到嘴里还未净，弓着腰吐出几口水。徐大人扶住他，手在他的背上轻轻地拍着。大顺感激地望了他一眼。心想，我这点冻能算什么呢？在自己所接触的河工中，徐大人是最清廉的一个了。看其他治河官员的穿戴个个不都是绫罗绸缎，家里那个摆设，丝毫不比京城的那些一品大员们差到哪里去。吃的海参鱼翅更不用多说，光是那柳木牙签，一钱可买十几枚，也动辄就买几十枚甚至成百上千。整日无所事事，除了狎妓游乐就是赌场豪掷。但大顺还是跟着徐大人冒着凛冽的寒风跑完这条河，又跑那条河。

似乎很难说出自己心思的徐大人随着工作进展，一个又一个疑团不时地萦绕在他的心头。永定河两岸的筑堤稀松，沿岸的漏凹处，比比可见，散落着的筑堤石块零乱地堆放在一边，有的干脆堆放在河堤上，推倒在河中，不仅不能筑堤，反倒影响了水的流速。去年的水毁工程至今无人过问，河床淤积。种种迹象表明，倘遇洪水来时，又是一场惨绝人寰的灾难。

"徐大人，我们这是何苦呢？"大顺缓过神来，双手在头上不停地抓挠着，捋着长辫，一点一点地往地上挤水，接着说，"放着舒适的家里不待，跑到这儿受罪，徐大人，您也看看那班当官的，哪个不在捞油水。名为治河，实际上借治河之名，从中侵蚀财物，这帮人巴不得多闹水患呢！"接着咳了几声，脱去沉甸甸的棉袄，嘘着热气、跺着脚。徐端接住棉袄一头，两人一齐使劲，浑浊的泥水顺着徐端胳膊肘往下直滴，一股泥藻的腥气也在风中弥漫开来。

徐端道："大顺，我看你是不是灰心了，当初你报名来勘河，劲头可大了。"大顺拽过棉袄，搭在肩上，并不言语，徐端见状又叹道："好孩子，再喝几口。河总要有人来治才行，永定河不能再名不符实了。"牵过毛驴，取过驴背上的行囊，拿出一件坎肩，递与大顺，说道："快，快穿上吧，要是冻坏了身子骨，老爷我还真不知道去哪再找你这样的人呢！"肚子里一阵饥肠辘辘声响传出来，徐端微微地蹙起眉头，复又转身取出一大块烙饼，掰下一大半，"喏，人不吃饭肚皮响，咱们先吃一点，铺垫铺垫肚子。"他遥望前方，来时的山谷愈来愈开阔，视野所及，一两棵枯死的银杏遮掩着的那座破庙遥遥在望。大顺低着头，吆喝驴子，瞥了徐端一眼没有说话，低着头想自己的心思。

直隶一带的平原，有许多河。主仆两人自刚一打春，几乎天天都行走在长堤上，流水陪伴着他们一路欢快地唱着，可在他们听来无疑是一出悲剧的前奏曲。沿途所见让他们心酸不已。一群一群的叫花子像是从地里长出来的草芽，又开始沿街乞讨。店铺下、破庙里挤满了众多的流民。一家家，一窝窝，扶老携幼，拖儿带女畏缩在一起。碗筷的撞击声、孩童的号哭声、大人的哄叫声以及行人的叫骂声足以让主仆二人听了心寒不已。条件稍好一些的灾民，也仅仅能靠墙根、屋角搭起的破庵子、茅草棚将息。他们个个面黄肌瘦，披着褴褛的棉袄，腰间勒根草绳，端着破碗向人们讨饭。那情那景真让人见了心酸不已。说到底，是自己还没本事，没有管好这些河流，不熟悉它们的禀性，没理顺它们的脾气。为此，每次勘测完一条河流，回到家里都叹息不止，茶饭不思。几年来，每至秋收结束，就是自己辛勤奔波的开始。妻子常常埋怨，天底下的苦都让治水的官儿给吃了，可天底下的福都让地方官给享受了。今年初上，万岁爷终以自己的勤勉加官进职，自己何尝不想在任上多办几件有益于百姓的大好事呢？好好地干上几年，下可以不负百姓，上可以报答朝廷……"唉，难啊！"

　　徐端，字肇之，浙江德清人。徐端的父亲徐振甲在江苏清江县任知县时，徐端就随父一同住在多灾多难的清江县城。清江县城位于黄河、淮河和大运河三河交界的地方。因为地处水陆交通要地，大清朝自入关平定中原以来，就在这里布设了粮道、盐道，连接南北大运河漕运的船只，无不都要这里打尖、上税。清江县城也由此而逐渐繁华。但是，三河交界的好地势也同样有不利的一面。那就是，只要其中一条河水猛涨都会危及清江县的安危。从徐端记事时起，这富庶的县城并不曾显示出多少繁华的景象。治河几乎成了徐振甲的头等大事。久而久之，耳濡目染，徐端对治河倒有一番精当的见解。尤为重要的是，他从父亲身上继承了廉洁奉公的品德和事必务实的风格。日后以举人的身份被放任为通判一职，有幸随大学士阿桂东奔西走，甚是器重，留任河东总河。嘉庆三年，任为山东沂州漕道，是年睢州境内的河水泛滥，徐端预先筑就的堤坝起了很大的作用，遂得以迁升加三品顶戴护理东河河道总督。

　　徐端久在河防之任，深知直隶一带的水文地理，深感水火无情，为清治河患可谓殚精竭虑。然百密必有一疏，嘉庆十三年，刚被加封为太子少保的徐端已经察觉黄河入海处的堤坝甚危，一旦海潮上漾，必将倒流。遂上书嘉庆帝再次要求筑坝清口。可惜的是，由于治河大员贪赃浪费，致使坝口的质量过不了关，刚一泄洪，位于徐州十八里屯的智、信两坝就决口百余丈，被嘉庆帝褫夺翎顶、降三级留任到坝口复合之时。

嘉庆十五年，徐端以河东副总河的身份再次勘测东河道，因为永定河继嘉庆十年六月泛滥之后再次决口，一时间洪水横溢，房倒屋塌，饿殍载道，民不聊生。大顺的父母就是那次决口之后，流离他乡，乞讨为生，风餐露宿，染上重病，待拖着病体、踽踽而行到家已是气息奄奄，一病不起，没过几月，竟撒手人间。徐端目睹河水灾祸，不顾老病之体，发誓惩治河道。在一个偶然的机会，他招募大顺为自己的佣人。趁着开春乍暖之际，徒步勘测直隶一带的河水流速和深度。

随着测量工作的进展，徐端的心情就越来越沉重。……

正月初五这天，文武百官奏事照常举行。卯时还未到，乾清宫殿前的御路上便走来了缕缕行行的王公贵胄、部院大臣。天色还很黑暗，彼此看不清面容，也没有人敢大声说话，只偶尔听见一两声压低嗓门的相互问安声。

乾清宫里，灯光明亮，一片辉煌。八只精巧的宫灯把殿内照得如同白昼。古铜鎏金仙鹤香炉冒着袅袅的细烟，满殿里飘着沁人肺腑的异香，端坐在盘龙宝座中的嘉庆皇帝神态十分安详，他看到王公大臣们出奇地比往日均早一些恭候在殿前，脸上露着掩饰不住的笑容。到底自己的"为政在勤、勤则不匮"的训旨见了成效。关于"勤"字之义，看来朕不仅讲透了，而且大臣也能遵守。是啊，从来治世之君未有不勤，乱世之主未有不怠，勤则治，怠则乱，治乱之本于勤，非浅鲜矣。君勤则国治，怠则国危；臣勤则政自理，怠则政不纲。嘉庆帝越想思绪越多，一双明亮的眼睛在宫灯的映衬下流光溢彩，一会儿注视着躬身而入的大臣，一会儿扫视着高悬的宫灯。

嘉庆帝身着一袭明黄色龙袍，袍上前后绣九条团龙，下幅八宝平水，五色祥云绣出日、月、星辰、黼黻……这象征着皇家权威的龙袍,从来都是给人以尊严和神圣不可侵犯的感觉。想祖先们为能创立大清一朝前仆后继、命殒疆场,才换得这身威服,是何等不易啊。圣祖康熙南征北战、皇考乾隆励精图治才有今日大清之盛势。没想到,自己在位这十几年来,兵事、海事、河事不断,眼见得国势一天天地衰微下去,哪能不"勤"字当头呢?

嘉庆帝振作一下,望着站在前排的内阁大学士们,脸上的笑容和刚滋生出的忧思都一齐消失了。拿眼光扫了一眼众位大臣,缓缓地说道:"戴衢亨!"

站在后排的戴衢亨心里一惊,没想到,嘉庆帝抛开了站在前排的那一班内阁大学士,却直接叫到自己,亏得反应极快,连忙甩下朝服袖,紧走两步出列跪在阶下,叩首道:"回万岁爷,奴才在。"

戴衢亨在嘉庆帝的阁臣中,属年纪较轻、资历较浅的一员。在乾隆年间,他所任的官职只不过是各省学政、侍讲之类的职务。戴衢亨知道,正是嘉庆帝登基始,他的命运才开始出现转机。记得当年嘉庆皇帝授受大典时的所有重要诏书的撰拟都是由自己一挥而就,心情不免一阵激动,想到嘉庆帝对自己的赏识之举,戴衢亨跪奏道:"奴才奉万岁爷的旨意,遍观各地的工程,奴才以为,治河既要遵循古训,加宽河道,堵塞决口,同时又要采取因地制宜,以束紧河道,加快黄水流速,冲沙冲淤,加固河堤,修筑减水坝、分洪截流。"

嘉庆帝微微颔首道:"治河乃事关黎民社稷之大事。朕恨不能一下子就把千年水患根除以解救天下黎民苍生。"戴衢亨仰面望着嘉庆帝,心里盘算着是否要托出一整套治河计划,又怕朝中的其他大臣站出来,到头来双方各执一词,互不相让,反正出发点都是治河。

正犹豫间,嘉庆帝接着说:"治河之首要,当治黄河,黄河实在该叫功过之河,谁能治好黄河,其功之大,大得无可赏赐,即使有过,也过大得不能惩罚,朕即位以来,已经换了几任河督,可是没有一个把事情办得完满。朕百思而不得其解,今年又是一个开头，头年的饥民尚有未安置好的，要是今年还有水患，这叫朕愧对列祖列宗，戴衢亨你久在黄淮一带，可有合适人选，荐上几位？"嘉庆帝目光殷殷，语气沉重地说道，"现如今，河督进进出出，意见大都彼此相左，有时的确让朕感到难以决断。况治河又是一笔大开销，岂能垒了拆、拆了垒？"

此刻，乾清宫里的气氛也和嘉庆帝的情绪一样凝重。太监、宫女照例遵章办事，在伺候皇上之前不许顾盼，不许言笑，不许走动，所以，在宝座后面手执孔雀翎伞扇的两名宫女，分列宝座两侧，垂手侍立的太监，便只是面无表情地站在那里，如木桩般一动不动。

戴衢亨这次奉旨出京，代天行事，巡视漕运、视察河工就是为嘉庆帝获得第一手资料。可是，他又能说些什么呢？两年前，他曾三次上疏陈述治河要义，他认为，当前治河关键要在斟酌损益、掂量轻重缓急，各工点既不能一窝蜂地全上，也不能因为一点间歇又全部停下来。可眼下的情况都是一团漆黑，河工争着要上、要修，地方官吏在洪水来时与河工的矛盾十分尖锐，谁也不想牺牲自己地盘上的利益，开挖沟渠，以利泄洪，可一旦工程被毁，都要大修特修，其中原委不言自明。因此，戴衢亨原来进朝之前，本不想当着众大臣的面，多言此事，但见嘉庆帝对己如此器重，如此动情，不觉心里一热，喉头一阵蠕动，朗声说道："万岁爷心怜百姓，以百姓之苦为自己的心头大事，臣也为天下苍生感到欣慰之极。说起治河，奴才认为，前年停修的毛城埔滚水坝，因为两年未修，今年开春之后，要稍加巩固，在清江境内，仍需增筑坝，石坝仁、义、礼、智、信五坝，其中智、礼二坝仍需加高四尺。一来吸来水势，二来使渲泄之水势能容易控制，不致使水速加快，一旦开闸放水又贻患百姓。奴才以为，治河是一件长久工程，定要做长远打算，不能头疼医头，脚疼医脚。至于引黄济运固然能减缓水势，也能确保运河漕运，但绝非长久之计，长此以往，势必运河也淤垫甚重，反而阻碍漕运，只有高筑拦水坝，待冬季黄河水势减弱，开闸泄水，以清水冲刷黄河底部泥沙，才能确保汛期到时水流速度，做到真正防洪之效。"

端坐在龙位上的嘉庆帝两眼沉静地望着前方，太阳已高高升起，一缕清凉的光束带着上下翻动的粉尘斜射进殿内。嘉庆帝轻轻摆了摆手，当值太监连忙蹑手蹑脚地捂灭殿前的一排宫灯，又拨了拨铜炉内的炭火，从天空中呼啸而过的西北风给殿内的众多臣子们一种压抑的感觉。十二位殿外站立的卫士毫无生气地守在门口，冻得身上抖抖嗦嗦。

嘉庆帝心里清楚，黄河从三门峡向东，水势平缓，但到徽宁一带由于地形更加平坦，泥沙沉积，河床愈淤愈高，远远望去，恰似一条从天而落的土龙。老百姓把它叫作"天不管地不收"。就这样的高出平地数丈，因而得名"悬河"，也称"地上河"。因自明朝万历年间，潘季驯河成功，把黄河东出徐州，由泗夺淮，经云梯关入海的路线固定下来，位于洪泽湖以东的清口，不仅是黄、淮的交汇之区，而且是南北大运河出入的咽喉，成了最易出事、经常堵塞的灾区。听到戴衢亨的一番言论，嘉庆帝频频点头以示赞许。嘉庆心道，比起戴均元来，戴衢亨更能高屋建瓴，总体筹划得更周详、密致一些！

第二十二章

太和殿难题试举子
逸兴楼薄酒酬知音

嘉庆帝扫视广阔的大殿，开口说道："今日之大清，国运昌盛，海内一清，望尔等各展所学，不负朕亲试之厚望！"言罢，鸿胪寺正卿金盘捧来一张摊开了的黄绢，嘉庆帝提起朱笔，写下积郁于胸的题目：治河……

光阴荏苒、日月如梭，转眼又是一个正月十五上元节。按照京师风俗习惯，在这一天，家家户户都要喜气洋洋去闹元宵。昏黄的太阳还懒懒地挂在西山顶上的时候，男男女女、老老少少，便都换上了新衣欢欢喜喜地朝灯市口、前门外、地安门一带奔去。这几处的灯彩最盛，尤其是灯市口，历年的灯节都是人山人海，看灯的人们，有乘宝马香车的豪门子弟、富室千金，也有迤逦蹒跚的书香门第公子、小姐，相互搀扶的百姓之家的老翁弱妇，当然也有那些因水患而流落进京的外地灾民，连他们也暂忘了令人不安的境遇，且入境随俗地来凑一凑热闹。

灯市口的东南处坐落着一家客栈，名字叫"逸兴"，逸兴客栈二楼临窗的八仙桌边坐着两位气质不凡之人。此刻，一抹斜阳正照在那位头戴瓜皮皂帽、身着一袭墨绿衣衫的白净汉子身上，将他瘦削的身体投影到对面墙上。桌上摆放着的紫砂壶正氤氲地冒着热气。白净的中年人抬起臂弯端起一杯香茗递与对面的那位说道："肇之兄，你也别懊丧了，松大人虽说在皇上面前弹劾于你，可万岁爷洞鉴事理，不也没说什么。"说着自顾端起一杯，接着道："肇之兄，近来皇上正在气头上，吏部尚书温承惠已经查出王府太监李来喜串通都察院书吏韩振护，捏造匿名揭帖，陷害本府亲绵课。你想，松筠的奏折不一定会奏效的。"

徐端其实并不像戴衢亨那样去想，拱手说道："戴大人，我认为，两江总督对河工事例，干涉过多，皇上不知是否知晓此事？"

其实，徐端与仆人大顺披星戴月、忍饥挨饿、冒着初春的寒意，可谓费尽周折，也没能将勘测的实情呈报皇上。是的，当然徐端非常想这么做，可是同时治河的其他官员多方掣肘，总以与事实有不符之处，加以阻挠。徐端也是没法子，在孤立无援的奔波中，他感到凄凉和寂寞，更加想念自己远在清江的妻子和孩子。

徐端是在太阳偏西以后来到京师的。当他住进客栈时，戴衢亨便来问他有关沿河的情况，顺便告诉他，两江总督松筠在嘉庆帝面前参他一本的实情。徐端心里一片悲凉，他何尝不知这些地方官员与治河官员串通一气呢？

大顺呆坐在窗前，唧唧咕咕："早听说京师繁华无比，可今日一见，也不过如此，远不及我清江一个小县城哩，灰不拉叽，好玩处也没多见。"徐端苦笑道："好你个大顺子，你跟着我来京就是图享受来啦？要不是戴大人替我们结账，看我们还不得当了裤子。你有多少钱？"徐端瞅着低头不语的大顺继续说道，"这逸兴客栈也是你挑的，你说这家酒饭铺坐落在路口的拐角处，有两层，上为雅座，门面也收拾得清爽，店里也收拾得窗明几净，摆着十几副桌头，你现在倒不满意了。那好，下次进京不带你来了。"

戴衢亨在一旁听了，大笑起来，站起来踱到大顺跟前："大顺，你几时跟的徐大人啊？"大顺不知道眼前这位白净面相的官儿到底有多大，只知道，他们主仆二人的开销全由他一句话来了结，因此，可以不回徐端的话，但此人的问话确不可不答，连忙把朝窗的脑袋转了过来，歉笑道："戴大人，小的刚才说的是气话，大人千万别往心里去，天子脚下、首善之区哪能不繁华呢！嘿……嘿嘿……"

戴衢亨假装绷着脸，端起茶盖，叮当叮当地敲在桌子边沿，紫漆的八仙桌铿然有声，一边听着大顺的话，一边缓缓点头，他与徐端对视一眼，还要继续发问，却被徐端笑嘻嘻地拦住了。

"戴大人，"徐端扳着指头，继续说，"我这两年虽说跑过不少河道，可是，真正的治河经验也谈不上。我以为，戴大人应禀明万岁爷，多增加治河投资，一要慎选人员，宁精勿滥，在这点上，要对准一条路走下去，尽管大家都是为了治河，可如果意见不一，频换治河官吏，今天这里加固，明天那里疏导，众口难调，都要出主张、拿意见，势必又要事倍功半。前师不忘、后事之师啊。二要抓住时机，眼前冬旱虽说各地拦水坝蓄水不多、河流甚缓，但也不能说来年不发大水。"脸上的笑容又消逝了，边说边站起身来，蹙眉道，"各地都在歌舞升平，谁能想到这街旁乞讨的，有大半是因为水祸所致。"一激动，徐端的双手竟颤抖起来。

戴衢亨不住地摇头，感叹道："不瞒肇之兄，万岁对此也是忧心忡忡。"大顺一旁接道："刚扯会儿京师风俗，又回到正题了。我看，徐大人，明儿个咱们就回去，免得在这里闷死。"

"住口，不说话没人拿你当哑巴。"徐端一瞪眼，道，"去催催伙计。""好，好，我不说，"大顺不情愿地站起来，"我还真饿了呢，都快一天了。"说着连打几个喷嚏，他擤出一把清鼻涕道："好冷啊。"徐端的眼睛润湿了。

"别说河事了，今晚吃好、睡好，今天是个好日子。待会天黑下来，会热闹非凡的。"戴衢亨扶正短襟，也跟在大顺后面往楼下走。撇下徐端一人坐在椅子上沉思。

街面上有些阴暗，不少店铺都在紧张地关门歇业，几阵寒风，就把瓦蓝的天空吹得灰暗。要是往日，路上的行人已经很少了。就在这时，寒风夹带着些微微的雪花往下飘落。店小二正忙着张灯，工夫不大，客栈的门洞里一盏风灯高悬起来，风灯上彩绘的"逸兴"二字清晰可见。客栈的朱漆大门八字洞开，店小二扯了几声嗓子招得行人扭头看过来，却不见来往的客商。店小二扫兴地回走，正撞上大顺。

大顺气恼地说："哎，我说，嫌弃我们是吗？我家大人吩咐的饭菜怎么不见影儿了？快些！我的肚子早就闹开了。"店小二哂笑道:"亏你说得出口,大过节的,老板不在,人手又少,我忙得过来吗?"店小二甩了甩手中油腻腻的毛巾,没好气地说:"大冷天,就那么几个菜,值得开炉子吗?"

这句话让跟在大顺身后的戴衢亨脸腾地一红,他也是清廉的好官,感到有几样热菜够吃就行,太多太滥反而惹得徐端心里不愉快,没想到在楼上谈了半天,店家竟无动静是这么个理由。他不禁大喝一声:"店小二,过来!"听那威严的声音,店小二着实吓了一跳,见是刚才点菜的人,知道他大小是个官儿,可在这京城,那人来人往之中也不乏公王、大臣以及他们的奴才,就是紫禁城里的太监也常常摇摆出来,见得多了,自然也不像乡下的百姓听着锣响就不知该站到何处、腿肚子抽筋。店小二微微一乐,说道:"哟,这位官爷,我是随口说说,这就好了。"提高嗓门道,"楼上雅座,五香花生仁,鸡丁脍粉丝!"又拱着手对戴衢亨道,"客官听口音,你也是京城的人,或来京做官时间也有一段,看来还是第一次来这。今日不巧,上元节,店主人蔡老板回家过节,就剩下一两个伙计支应,酒菜都是现成,却难以求全,还望包涵一二。"

戴衢亨道:"这位住店的徐大人是来京的要员,不能怠慢伺候。再上些火锅。可有新鲜的美味?""有、有,才进的蟹,要不?"店小二一扬头,那意思:贵着呢!

戴衢亨点头应道:"那就上吧。"说着走到店面旁的一辆绿呢轿旁,对候在那里的二位家人道:"李令仁,快回去取些银两!"正在给轿子蒙盖防雨细绸子的李令仁停下活计,从轿头取了带官衔的纱灯,匆匆离去。

一阵景阳钟鸣,平日肃静的太和殿前面的广场上便传来了细细的鼓乐之声。不大一会工夫,顺着洁白的玉带拱桥向前望去,便见嘉庆皇帝乘坐着由三十六人抬的沉重的銮舆从保和殿后边的乾清宫内迤逦而来,悠扬的昭和古乐猛地由平缓如流水般的清新中升扬上来,御道两旁的鼓手把手中的喇叭吹上了无际的天空,惊起无数只寄栖在宫中古树上的鸟雀，呼啦啦振翅远飞，又似乎受音乐的感召久久盘旋在一片红墙明瓦之上。

嘉庆皇帝端坐的銮舆却顾不得那些受惊吓的群鸟，他对那些跪立在道路两旁的禁卫军，以及那些在丹墀之上的群臣阁老们似乎更在意。

直至太和殿的门前，嘉庆帝方才下来，就听当值太监张明东一声高呼："万岁爷驾到！"黑鸦鸦跪了一地的大臣们立时肃穆寂静。

嘉庆帝下了乘舆，却不急于过殿，在晨阳中舒展了一下身子、深深吸了两口略带寒意的空气，漫步踱着，先看了看巍峨壮观的太和殿，他注意到，那明黄的琉璃瓦片修葺一新，在阳光中熠熠生辉。高大的回廊上，那漆着紫红色的染汁似乎渗出水滴，光可照人。是的，经过几个月的修饰，这里已是焕然一新，翘首以待的灵龟、沉稳厚重的宝鼎、栩栩如生的仙鹤等殿内摆放的物件，早已燃上了特制的百合香，雾霭缭绕，品级山旁的八对象、骆驼依次肃立，纹丝不动，背上驮着的宝瓶在香雾中灿然生辉，一切都沾上了仙气，真给人以一种紫气蒸腾的感觉。

这样的排场就是对嘉庆帝来说也极为少见，他一动不动，用目光扫视广阔的大殿，开口说道："众位爱卿！国家三年一度的殿试今日又要开场，今日之大清，国运昌盛，海内一清，望尔等各展所学，不负朕亲试的谆谆之意，倡明圣道，各展所学。国家需要的是能够清廉正直、为政有方的勤政大员，众位都是各省的举人，理应各抒己见，为大清的昌隆尽出全力。以不负朕之厚望。"嘉庆帝说完，便有鸿胪寺正卿闪出班外，用金盘捧着一张摊开了的黄绢，躬身上前。嘉庆帝提起朱笔在上面写下积郁于胸中的一道题目：治河。

众人循礼退下之时，嘉庆帝方坐在龙椅上，望着那些参加殿试的人们带着激动的心情，不禁感慨，这些熟读诗书的饱学之士，真正有几位堪称国家栋梁？招手叫过董诰，说道："董老爱卿，朕一直想找个能够胜任的河道总督,不知在这班人中可能冒出来否?"董诰答道:"圣恩被泽百姓,上天也会降出人才。以臣之见,能精通治河要义的人当不在少数。""嗯,"嘉庆稍稍舒展一下眉头,继续说,"朕每次外巡,都见不少田园荒芜,似乎没有人安心耕作,户部又呈奏章,谓流民太多,这固然有奸佞之人不知体恤百姓、造福一方之故,想必还有在河流两旁的百姓年年俱遭水遭之故。朕对此日夜担忧。"

董诰面露难色,想了一会才说道:"万岁,臣有一言,那就是,河道总督一职不可再三更换,那样必无成见,终不可成就一事,徒费工时钱财。"说着拿眼偷偷地扫了一下嘉庆帝,不再言语。嘉庆沉吟地说道:"这、这也正是朕的心病。"起身离了龙座,随口对张明东吩咐道,"昨日传旨叫戴衢亨进见,不知来了没有?"张明东赶紧回话:"戴大人正在乾清门外候旨呢。"

"叫上来吧,朕在上书房见他。"说罢,一转身径自往后殿走去,张明东一挥手,三十六人抬举着的銮舆急急地奔过来。嘉庆帝一摆手道:"众位爱卿,在此把好关口,吏部侍郎戴均元也到上书房。"嘉庆帝踱着方步,在宫内的御道上不紧不慢地走着。太阳已爬上半空,一碧如洗的蓝天里,到处都闪耀着刺目的白光。阵阵寒意竟没有因为有日光的烘晒而显得热了许多,散发的仍然是透骨的冰凉。

戴衢亨着实吓了一跳,在清晨醒过时,天已大亮,当阿珠端着热气腾腾的洗脸水进来,笑吟吟地说道:"老爷今日可没有起早啊。"戴衢亨"呼"地坐起身来,佯装愠色,道:"阿珠,怎么不叫我一声,今天是殿试的大日子。昨天,皇上还让自备奏章,准备应召呢。你呀,你……"阿珠有些摸不着头脑,捧着一杯热奶,小心地问道:"你昨夜又没吩咐?叫奴婢……"

"是我的错,"戴衢亨仿佛生怕阿珠再说下去抢着说,"昨个的灯会如何?算是开了眼界了吧?我可错过了这样的机会。"接过毛巾,快速地在脸上抹了一把,把阿珠递过的热奶推向一边,说道:

"快去吩咐备轿，我这就去宫中，迟了，皇上会怪罪的。"阿珠不情愿地转过身去，不想却被戴衢亨紧紧地按住双肩，扳过来，仔细地睇视一会，深情地说："你昨晚又熬夜了。"望着整理得齐崭崭的书桌，又说道，"我跟你说过多少遍了，这些事不要你做。"阿珠默默地拿起一套朝服，精心地替戴衢亨穿戴好，理了理褶皱处，说道："我不想让你白养着。"

东边泛起大片红光。冷风撕扯着京城上空的炊烟。戴衢亨到宫中时，耳中的弦乐已悄然响起，牧歌似的旋律总摆脱不了一种苍凉味，在戴衢亨听来，那鼓乐之声应该宁静些，让人从那悠扬欢愉的乐声中找出一些澄明的道路，仿佛穿行出一条细细的水流，慢慢地流淌，去度过遥远的人生旅途。或许，我本不该在这官场上打发这令人焦心的日日夜夜，我适合做什么呢？戴衢亨脑海中一片空白，在静寂的等待中，他的神情一瞬间竟是那样漠然、疲困。

远远地见到嘉庆帝一行悠然而来，戴衢亨强打精神，急步赶上去，正欲行礼，嘉庆帝点头笑道："免礼！进来说话，还是这里僻静。"拉住戴衢亨的手说："朕看了你奏折，写得好，有自己的主见。走，进去说吧。"戴衢亨跟在嘉庆帝的后面，说道："是。"说话中还微微带喘，因为他几乎是跑向嘉庆帝的："皇上日理万机，也应当节劳才是……"说着便跟进上书房。

望着戴衢亨清瘦的面容，嘉庆道："记得几年前，你和大学士长麟赴河南视察，那时，对于你的提升，众大臣议论颇多，你道是为何？"嘉庆含笑不语，眼光在戴均元和戴衢亨脸上扫来扫去，戴均元答曰："是不是因为臣是他的叔父？"嘉庆帝摇了摇头。戴衢亨脑子一转道："臣略微知道一些，不便说。"嘉庆帝微微一乐，朗声道："正是、正是，你提出的利用天然闸坝减黄济运；淮扬境内急修云梯关外八滩，先石坡后土坡，再碎石铺压，以此修坝，必能加固河堰。朕当时以考察河工以此为标准，着实招来不少异议。"

戴衢亨忙道："臣以当时之状，叙当时之事，有何敢讨扰万岁爷的夸奖，只是臣实事实办，不敢欺君尔。"一席话说得在座的其余大臣，诸如百龄、松筠等面有赤色，尽管站在人丛中，可是，都深深地低下头。嘉庆帝何等精明，见状说道："这且不谈了。你现在管理工部，全国的水利设施由你一个人谋划，千斤重担压在你一人双肩，你能担得起来吗？"嘉庆帝以探询的目光紧盯着戴衢亨，又问道："可有适合人选，推荐上来。"

因离嘉庆太近，戴衢亨心情不免有些紧张，舒了一口气才说道："万岁，治理河工，人言人殊，臣斗胆直言，真正脚踏实地，有第一手资料的人，唯徐端徐肇之。"嘉庆帝一摆手，笑着说："没有第二人了吗？朕先前给你的奏折，你都看了，此人不可不用，也不可重用，属于务实的一种，但缺少硬气。无论如何，朕不会提携他，你看他上疏的治河策略，也有前后矛盾的地方，叫朕放心不下。可是，朕也不会不用他，他是个好官。"

听着嘉庆这些话，戴衢亨鼻子尖上渗出了汗珠儿。一直低着头，不敢仰视嘉庆帝。嘉庆缓缓地说道："有些事叫朕左右为难，朕知你心里一片净土，从未有私心杂念，将你的治河要略作陈述吧。"

戴衢亨听了这话，既觉得轻松不少，又似乎沉重了一些，心想，也只能略作奏陈一下。于是，便从袖中取出一份奏折，从奏折中，抽出一张图来，那是徐端入京后没日没夜赶制出来的。嘉庆帝伸手要过，摊在龙案上，先目视大概，便让戴衢亨一一指给他看。

"皇上，"戴衢亨清了清浑浊的嗓子，开口说道，"皇上，臣之治河大体分两步走，总而言之是以治河为本，治漕为标……皇上请看，这些河流均出自山地，按理不该淤积太深，因上游还有水草护堤，加之，水势甚缓。可一到下游便淤深超过标准，流速不畅。原因是，黄河缺口太多，泛滥一次，共需清理两年，即使如此，也不能完全治清，究其原因，还是治黄，堵住缺口是第一步，开挖中河是第二步，不致重新泛滥，最后，深挑正河，才能确保漕运无恙，畅通无阻……"由于说话太急，他竟在静寂的宫殿中，咳了几声。

午后的太阳,继续泼洒着它金色的雨丝,让人感到有些暖意。不觉之中,已过两个时辰,嘉庆帝在此期间,喝了数杯热奶,而递给戴衢亨的那杯,仍然端在手里,杯口面浸出一层奶皮子,一阵震荡之后,细碎的奶片挂在杯壁上,慢慢地下滑。

当值太监张明东轻轻一碰嘉庆帝的胳膊,两只手做出要搀着嘉庆帝的样子,嘉庆帝毫无厌倦地笑着对戴衢亨说:"就这样吧,你奏得很好,还要留心人才。拨给你多少银子呢?"董诰睁开眼道:"万岁爷,戴大人掌握户部。"嘉庆一笑说道:"这就难为你自己了。给多给少,你跟各地的督抚商议。"说完自起身去了。

体仁阁中应试的鸿儒们早已等得不耐烦了,但人人不敢动弹一下。十二色菜肴都用玉制的瓷盘高高攒起,中间四个大海碗垒着苹果、柚子、荔枝和葡萄干等水果,靠菜的周围摆放着——馒头、卷子、红绫饼、香酥脆、粉汤、白米饭……

众人望着这些诱人的菜饭,口水只能往肚里咽,有的强装不见,在交头议论着文题,胆子大一些的,竟争论起来。

忽然,当值太监一阵小跑进来,对礼部的官员耳语几句,刚想往外走,总管张明东的尖细的嗓音就在喧闹嘈杂的声音外响起:"皇上有旨,不必拘礼,即时开宴!"

也许是众多应试的考生所期待的,一声传呼过后,众人"唰"地一齐起身,拱手仰谢天恩,方才诚惶诚恐地坐下来,一个个慌得心头通通直跳,哪里还敢动筷子。

不一会,又是一阵弦乐响起,嘉庆帝在皇子绵宁、绵忻的陪同下,踱了进来。

街面上流动的人流都向灯市口汇集过来,人人手里都拿着待烧的烟花,拎着五彩的灯笼。星星在云层的遮掩下,消失得无影无踪。天暗得像是要掉下来。两边店铺的灯火也照不了多远。厚厚的云层中,似乎有神秘的瑞雪在黑暗中酝酿,果不其然,已经有人感觉到雪屑的凉意了。

就在人群躁动之时，店小二从外面送进了一大盘热气腾腾的鲜蟹。戴衢亨指着盘子说道："肇之兄，再喝一杯，此系黄酒，不碍事的。"徐端道："我只不过虚长几岁，盛情拜领，虽是黄酒，只是量窄，何况陈年老酒，味甘而醇，能醉死人哩。还是吃这个吧。"说着挟起一粒五香花仁送到嘴里，不觉间，又抿了一口酒。

戴衢亨扯下两只蟹螯，递一只给徐端。二人不再言语，只是持螯对酌。大顺顾不了许多，夹过一只整蟹，埋头去啃，心里暗道，不谈了吧，看看几样菜都凉了，还在谈？什么文章优劣、仕途进退以及世态炎凉、民间疾苦？光是治河还不难倒二位？吃完一只蟹，咂了嘴道："这蟹味就是不错。酒也好，不上头。"

"肇之兄，你的心思，我很明白，今晚一宴，不知何时再能对饮。《诗经》上有的，禽鸟尚求友声，为人岂不惜别。"边说边望着徐端，道："你想当面陈辞，可万岁爷似乎没这个意思，前几天，接到你的信函，我就为此奔走，可是连内阁大学士那儿都过不去，等待时机，以后再议吧。可你去意已定。"徐端摆手道："不必了。还有几条河等我去勘测呢。再说，清江老家已有数月未回了。"一种油然而生的愁思悄悄地攀上眉梢。

几天前，徐端接到吏部文书，要他来京，准备面奏皇上，陈述治河要义，这正是他早已盼望的心事之一。徐端知道，尽管希望不大，但仍然不顾风尘未洗便策马进京。今日，听得戴衢亨的口音，那希望又一次地犹如肥皂泡一样，破灭了。实际上，他心里清楚，要不是戴衢亨在皇上面前多次保荐自己，两年前的那场官司就结束了他治河的历史，马家楼处的河道决口是一团阴影在他心中无法抹去。

戴衢亨见徐端老是沉默不语，便碰了碰他，说道："想什么呢？还是你的马家楼子恰恰两年了，你还没完工。你看，这是众大臣参劾你的奏章，皇上命我带来，交给你仔细阅读，有些奏折，皇上在上面还做了御批，督责的意思是有的，但并没有降罪的意思，你不要担心，拿去看吧。"说着，从怀里摸出几封奏折递了过去。徐端忙放下举起的筷子,用手接过。他知道,此时此地,不便仔细阅读,便随手翻了几页。

这些参劾的奏章,都是出自朝中几个挑毛病的专家之手,也不过是些老掉牙的话,什么花钱太多,功效太慢,不该先这样,应该先那样,还有部议请旨,要给徐端降级撤职,甚至锁拿进京审问等等。眼睛一亮,只见在一封奏章上,写有嘉庆帝的一段话:"撤掉吴敬、徐端等河东总河之职十分容易,然有谁可替代,河务艰难,在朝的几十位大臣,谁能承担?可徐端敢于承担,其余臣工,哪位不是进出河督一职不下数次,可事到头上,依然相互推诿。河上推给地方,地方推到河上。在朕看来,谁也没有徐端踏实,尽管此人进言不多,但他有一片为朕分忧之心。若论罪处分,日后谁敢再来肩负此任?"看到这里,徐端两眼润湿,双手捧着嘉庆帝的这段话,嘴唇竟哆嗦起来,内心翻滚着阵阵热潮,情绪几乎不能自控,那样子,令人震惊,也让人害怕。

戴衢亨拍着他的肩膀,慢声道:"肇之兄,喝,喝一杯,这蟹都快凉了。"徐端并不推辞,端起来就喝,末了还将空杯子拿在手中一个翻腕,杯底朝下在戴衢亨的眼前一晃,那意思是,我已喝干了,顺手将空杯推给大顺道:"给我斟上。"大顺一皱眉,说道:"徐大人,别喝多了,你不是说我们明天还要赶回去呢!"徐端只说句"少啰唆"又埋头看下去。

紧接着的下一份奏折是都御史托津的一个参本,这托津不愧是翰林出身。奏章写得花团锦簇、文辞华美、滴水不漏。不过都是坐在屋子里想出来的。他把治河、修筑减水坝、开挖中河、挑挖上河搅在一起,一派横生指责、胡搅蛮缠的气势。看来,驳倒他倒不是很难,便把手中奏折放下,抬头对戴衢亨说道:"戴大人,这些弹劾奏章?"戴衢亨道:"尽阅无妨。"徐端说道:"兄弟都已阅览过了,可是,如今马家楼的决口尚未堵决,已近两年了。如果再有人密告我有意拖延,耗费工期,以图钱粮,那兄弟的罪可就大了。"

戴衢亨望着满脸红光的徐端道："哦，马家楼一事，我已经跟皇上说了，事情很明显，一是石料不够，二是监工不严。按理说，你也有一定的责任要承担，为什么不挺起腰杆呢？你只知自己两袖清风、廉洁从政，可是你毕竟是负责马家楼工程的。做人要清正为本，遇事要斟酌损益。你看你，身为几任河督，却一副穷酸之相，恕我直言，我并非希望像其他人那样从中牟利，但是，如果筹划得当……"徐端端起酒杯，又要一气抿下，两眼噙泪道："唉，一言难尽啊！"

忽然像是想起什么事的，戴衢亨低声问道："别想你的马家楼了，还有件最要紧的事儿，皇上昨个早朝刚退的时候，特意把我叫到上书房，说是有一封奏章也牵扯到你，让我特地问你一声。"徐端放下酒杯，一愣神，忙打断戴衢亨的话："什么事？"

呷了一口热酒，戴衢亨放下筷子，正色地说道："听说，你们修河时，整出了不少泥沙淤积的良田，这些田在马家楼还没塌倒之前都是有主的吧，而且还都是当地的豪门望族或一班致仕还乡、解甲归田的官员。"徐端紧皱一下眉头，点首表示确有此事。戴衢亨说："可你们并没有发还给他们，还有部分良田被你们卖掉了，或是送给治河的民工权作酬金了。有没有这回事？"

徐端过了半晌才拈须道："哦，对了，有这么回事。可是，戴大人，你是知道的，工钱少得可怜，不以此方法来激励民工的积极性，那工期何日才可完成？"

戴衢亨重重地拍了一下桌角，叹气道："我就怕这件事情啊，你想，那些致仕还乡的官员，所属的田地多半是花钱置购的，当然也有嘉庆皇上赏赐的，如此官夺民田，可不是一件小事啊。万岁爷本来就对河工大小官员年年花钱成千上万，而水患不断的现象深恶痛绝，如果那些官儿再来奏折之类的，肯定适合皇上的心意，看来皇上是要动怒的，怪不得，我在皇上面前曾暗示在殿前接见你，皇上一直未曾松口，这件事肯定起了极大的副作用。"

一直低头啃着黄晶晶的蒸蟹的大顺一听，就把一只肥胖焦黄的蟹螯放在桌上，吮了一下手，火气腾地一下就上来了，怎么，连这事儿也传到京城里去了，哦，修河时候，那般脑满肠肥的家伙个个像铁公鸡一毛不拔，等整出地来，又要归还于他们，哪有这等好事。大顺记得，徐端吩咐他下去筹粮时，手拿白花花的银子竟买不到粮食，要那些富户乡绅筹资措银时，个个叫苦连天，可哪家不是妻妾成群，连家狗都喂得通体油亮，一个不小心，大顺还差点撞在了狗嘴上呢。工程毁了，他们受了灾，可受灾的何止他几家？等河修好了，想白白要回那大片土地，良心都没长正呢。再说，原本他们的田亩本来是很少的一点，一经开挖、搬运自然大了许多倍，都要回去？瞎了眼了。

　　本来在这种场合，是没有他说话的份儿。可他性格耿直，又实在忍不住，想到正是因为这次关系，才导致徐大人不能觐见皇上的，更沉不住气儿，便三步并作两步绕过桌沿，对戴衢亨长长一揖道："戴大人，容小人说上两句。"不等戴衢亨答不答应，开口就啐道，"好嘛，真是大千世界，无奇不有，河治不好，治河的人便该扔进河里喂王八，说是他们无能、延搁工期，恶毒的就说私饱中囊、侵吞财物，河治好了，又把淤出来的良田平整修复之后，卖给田主，又说我们是霸占民产的贼人，成十恶不赦的大坏蛋。反正干什么都是错，好也罢，歹也罢，左右都是错，里外不是人，我、徐大人，谁也不用来治河了，坐在家里饱食终日、无所事事算了，玩腻歪了，厌倦了，站在别人身后，挑挑毛病，找找刺儿，拨拨火儿，拌拌碴儿，随意甩上几篇弹劾文章。这样，官可以越做越大，名声自然会越来越高，嗯！这倒不错，可有谁像我们家徐大人这样半饥半饱，还得操些正事，一面应酬上司的指责，一面心甘情愿地与河工们一起担土运石，累死累活，一心扑在工地上，拯救百姓于水患之中？"大顺越说越急，"这些事情，那些官爷们可上奏皇上了吗？全是他妈的属驴的，见着麦糠就一声不吭，套站绳索就四蹄倒退……"徐端见状，不由得把脸一沉，生气道："大顺，谁让你在这儿发牢骚，好吃好喝还堵不住你这张嘴。"大顺急忙收住,临来京城时,徐端再三嘱咐他要管好自己的口声,要谦虚,保持沉默,不能盛气凌人,出了乱子,他也担待不起,在这天子脚下,出出进进的官儿全是几品级的,再加上众多的王府家人,谁也惹不起,更不能在京城的官员面前露出丝毫怨气。讲得不好,不但与事无补,还极有可能引火烧身。大顺不情愿地吐了吐舌头,一副无可奈何的样子。

戴衢亨心里咯噔一下,天哪,原来还有这等事情,拿眼细细地打量着徐端,果然与上次离家时判若两人,两眼深陷,脸颊刀削似的附在骨架上,酒劲把他的脸染上一层红色,额下的胡须焦黄一片,看起来还行的身子骨此时已半俯在桌子上。大顺挪过步去,替他又续一茶壶。他那捧着茶壶的手有些抖动,让人看了心寒,他想安慰一番可一时又找不出适合的话来。过了好一会的沉默。屋子里静得很,店家在门口的吆喝声能清晰地传进屋里。就是隔壁房间的客人在猜拳行令、大声喧哗的内容也能辨个一清二楚。

"噢——"戴衢亨揉了揉发涩的双眼,"哎呀,徐大人,肇之兄,你可是大清朝的忠臣啊,你可写奏折将事情的详情禀呈上去嘛。"又改换口气,心疼道:"万岁爷不止一次说过,徐端总不像那些奏折所说的那种人,他人很廉洁,治河也有妙着,记得吴璥刚赴河东总河任上时,就曾说过,当年跟着阿桂大学士治河的那位年轻人将来一定会成为水患的克星。"闻听此言,徐端感到喉头一阵蠕动,酒也似乎清醒了大半,面含感激与歉疚的神情,一时不知说什么才好。情绪过去之后,接过戴衢亨的话说道:"万岁爷如此看重我,真让兄弟我感到愧对圣恩啊。想当初,在阿桂大学士那里学来的一套本领在实际治河中并没有多少派上用场。那时有阿大人坐镇指挥,一呼百应,谁敢不从?摊到哪家衙门的钱两,谁敢拖延?阿大人是殿前首辅、军机处领班,又立下赫赫战功,威信高,可现在,处处掣肘。千百年来,黄河水患频频,百姓屡受其害,但若要治好它,驯服它,化害为利,则是大清的福分。我也正是抱着人定胜天的思想去操作,可为什么人算究终拗不过天算呢？"

戴衢亨望着情绪激动的徐端道："这或许是个用人方略问题。我等只能进言而不能改弦。实际上，肇之兄所殚精竭虑的事情，也正是朝中一般大臣的借口呀，他们说，国家花钱治河为的是造福子孙百姓，清淤出来的田地发还原主难道不是天经地义的事吗？"大顺一听，在一旁又急了，刚想开口插话，徐端急忙予以制止，窗外一片亮色闪身屋内，夹杂人们阵阵的喝好声。徐端对大顺道："大顺，这里没你的事了，看，街灯过来了，下楼去看看吧，你不是生平第一次来北京吗？这可是京城中最好玩的地方和最好玩的时间了，不能超过一个时辰就得回来。"大顺悻悻地退去。

望着大顺的背影，徐端自言自语地说道："这是个苦命的孩子，能吃苦，将来要是当上治河方面的官员，也是一块好料子。"刹那间，他好像又回到几年前的往事中，直愣愣地望着客房的厚重的布帘，布帘在徐端的眼里呈现出有规律的摆动，在朦胧的幻觉中，他又似乎回到清江的老家，看到糟糠之妻和膝下缠绕的三个孩子。几张嘴嗷嗷待哺，孩子面黄肌瘦，一双双忧郁的大眼睛疑惑不解地望着他，仿佛一种声音，明显是稚嫩的天真的，在耳边响起："爹爹，爹爹，人人都说你干的这一行是个肥缺，怎么我们连饭也吃不饱呀，你挣的钱呢？"他自己乐呵呵地说："哪里是肥缺？爹在当官这方面是廉洁的。"小孩子不服输似的说道："你不是清廉的，如果是，怎么万岁爷连见都不见你呢？万岁爷还要降罪你呢？短短的几年工夫，你已在河工任上几进几出了！""啪"的一声，徐端闪电似的击出了一巴掌，孩子大哭起来，妻子也投来责备的目光，一言不发，领着孩子回房休息，似一阵风吹进屋内，留下一串背影让他呆呆地发怔，那刷地落下的布帘就像眼前的情景一样，不停地摆动，里面传出来妻子嘤嘤的啜泣声……

戴衢亨道："肇之兄，你也不必过虑，你别忘了，皇上是在最困难的时候，才将治河的重任交付于你的，当时的情形，你还记得吗，我们俩奔走在各处灾区，你召集民工抢修堤坝，我放赈救灾物资，真正的配合完好，没有出什么差错。那时呼风唤雨，叫天天灵，叫地地应，何等舒畅，记得，与肇之兄初次相见，还差点弄了误会，那时也是年轻了些。手中掌握钱权，前呼后拥的人太多，可是迟迟不见你的身影，我心里又气又急，不三不四的人都伸过手来，唯独该伸手的却不伸手，不道是何故？"望着徐端，继续道，"呵，原来站在最远处的，浑身泥巴的就是你。"

实在感到调不起情绪，戴衢亨缓了口气，亲自给徐端挟起一道菜放到前面的盘子里，手一抖动，大块的鸡丁掉到桌上，"啪"的细微声响和溅起的油腻把徐端从沉思中拉回现实。徐端忙着拿抹布在桌上擦了几下，一声长叹又从肺腑间传出。他不吭声，起来去沏茶。

"怎么这么瘦？"戴衢亨捏捏他的肩膀和手腕，劝说道："多吃、多睡，少想些烦心的事。"徐端点点头，木然的表情始终没有离去，高高拎在手里的茶壶淌着一串串脆耳的声响。戴衢亨说道："你已经尽心尽力了，有道是，谋事在人，成事在天，你的表现已经上对得起皇上，下对得起百姓，不用说，你或许对家人欠了许多，以后慢慢地补偿。"徐端突地冒出一句："可也对不起同僚啊，他们是那样的不理解我，又深深地怕我，唯恐我会上奏折告他们，在官场污浊的今天，仅凭一个人的能力是多么有限，再说，大家都是一条绳上的蚂蚱，别的不想蹦，任凭你蹦，又能折腾出什么名堂来。"戴衢亨说道："肇之兄，不能太悲观了，皇上对惩治贪官污吏的决心之大是前所未有的，王伸汉的案子不是明摆着的事例吗？事有曲直，水有清浊，终究会有个分界线的，我对皇上呈禀过，当然那是我个人的看法，治河中整出来的淤地，至少也有前明留下来的无主田地，有的或许已经早易其主，就是大清朝建立以来，哪一次洪水不会淹掉、冲毁万亩良田，可那些田地的主人呢？要么死了，要么流离他乡，你注意到没有，京城的天桥一带，公主坟一带的贫民居住地，有几家不是水灾的受害者，大都变成小商小贩了，也有凭手艺混在北京的，总之，回去耕种田地、重操旧业的，毕竟是少数，户部曾几次上奏，反映流民增多，社会秩序混乱，也有邪教趁机传播，皇上也下了两道圣旨，对流入京城的外来人加以整理，遣返原籍或是送往盛京去圈地造田。话说回来，再说那些淤地，经洪水一冲，地界难分，就是有主的土地，在修河时，他们可能是一不出力，二不出钱，难道国家花钱，从水灾中艰难整出的土地不该归国家所有吗？难道让他们出钱赎回国家整出的土地，变废田为耕田，不是理所当然吗？当时，皇上很是赞同我的观点，只是说了句，应该如此，不能有白送的，有没有白白送出的？"

徐端看着戴衢亨疲倦的神情，不由涌起感激和抱歉的心情，他们之间，不存芥蒂，相互体谅，在今天的官场中确实不容易，叹气道："戴大人说的情况是有的，我也是没法子，这整出的淤地，有一部分经我的手卖了出去，只要查明确属原来户主的，就一亩地增收些银两，不到十文，没有户主的，加上五两，毕竟是一方水土养一方百姓，还有一部分也是我当家卖给了那些治河的民工，实际上，这都算是报酬了，户部所拨的银两到了我手里少得可怜，几千民工要饭吃，要材料，可我在工期未过一半时已是两手攥肉了，我也没有法子。其他的都是别人经手的，至于是不是送给别人，我也不知道，听说，有些土地是白送给一些大户人家了，但我又能说些什么呢？只求于心平安，不占、不捞、不贪也就对得起良心了。唉，人有三六九等，食分五色档次，人心不一样，办起的事情也不一样，要是上面怪罪下来，大家都得承担，谁还区分？在下面办任何事情都难啊！"

第二十三章

看花灯世事成幻景
揖逝水宦海生横波

"贤弟,愚兄先行一步了。"徐端冲着岸上的戴衢亨紧紧地一抱拳,"贤弟请回吧,恕愚兄未有请辞之过。贤弟放心,愚兄落官不落志,还要整治河患,保一方水土,救一方百姓。"说着,竟流出两行老泪,声音不由得颤抖起来。

此时,天色逐渐地暗了下来,一颗颗眨着眼睛的星星出现在瓦蓝的夜空中,圆圆的似块烧饼样的月亮缓缓地爬向半天,渐渐地发出柔和如水的亮光,慢慢地倾泻在忙忙碌碌的行人身上,挥之不去。

从东华门王府街东至崇文街西,长达十里余的灯市口,忽然亮起了一盏又一盏新颖奇巧的灯,真是天上的星星,人间的灯河,交相辉映,组成一幅和谐的民俗画。那阵阵笑语无禁的红男绿女都毫不遮掩地呈露出都市人的优越心态:悠闲、恬适、自足而富有的生活,使他们的人流总是极缓慢、极缓慢的,唯恐谁要争了先,被人笑话似的。

在旁若无人的气氛中,他们还有空挤在一堆的小吃摊儿旁,品尝那些可口的小吃,巷口卖烧鸡、烤鸭、馄饨、豆腐脑、葱拌羊馒、炸酱面、羊肉串等各处摊点都连成了一团,一簇簇羊角风灯在无风的夜里更明更突出,在人们呵出的气流的撞击下摇摇曳曳的。

其实所有的人的眼睛都盯着灯市口哩。

有不少行人,看着渐次亮起的灯,遂相互抱拳,离开了叫卖干鲜果店的店铺,有不少摊主也收起汤、饼、茶等诱人之物,离开了摊位,齐把眼睛瞅向悬挂在面前的各色彩灯:走马盘香、莲荷叶、龙凤鳌鱼、花篮盆景……它们都依次地亮了起来。

玻璃灯通体透亮，使人心胸豁达；纱绢灯朦朦胧胧，引人无限遐想。

大顺的脸上还挂有余怒未息的神情，但在此时也在这些灯火交映的华光中被笑容替代，他走到义泰金银首饰楼前，眼睛似乎不够使了，他弄不明白，京城里的人咋个个是能工巧匠，看看这灯盏，那造型，里面的机关技巧，怎么能想出来呢？这么小的东西都如机关算尽，怪不得老爷一面嘱咐，京城里到处都是能人，都是大官。要武有武，要文有文，果然不差。可是万岁爷为何不多派这些能人下去治河呢？看我就是笨手笨脚的模样，啥也不懂，有时连刚教过的草图都看不懂。还是城里人强啊，大顺有些自卑。

义泰兴金银首饰楼前，照例是挤满了人，这里可是明角做成的走马灯的天下。一群人正目不转睛地围着一大圈儿看那灯上彩绘的八仙过海。只见那汉钟离、铁拐李、韩湘子、何仙姑……一圈一圈地转来转去，宛若安上自动机关，真个奇巧无比，引得街上摩肩接踵兴奋前行的人们，纷纷在这儿停下脚步，指指点点，啧啧称绝。

大顺也觉得十分有趣，刚滋生的赞佩心情凝在一起了，不禁脱口叫了一声："好！"突然自己一个不注意，被拥挤出来的人群搡了一个踉跄，身子前倾了一下，一下扑到前面那正观灯的一位男子身上，大顺连忙强止了脚跟，可是前倾的身子还是重重地撞了一下那人。

那人抬起头，令人难以觉察地耸了一下肩头，眯起细细的冷清的眼睛，紧紧地盯了大顺一眼，大顺连忙赔笑道："对不起，对不起，"双手一抱拳，举到右耳边，侧目道，"踩着老兄了。"那人见大顺这一套熟练的动作，似是官场中人，又加上已赔了笑脸，也点头示意："没有什么，不必客气。"并拱手还礼。听得出大顺的口音似是山东一带的人，便随口问道："敢问老兄哪里人氏，在哪里发财？"大顺最听不得这样的问话，可初次见面并不十分熟悉，本不想过多回答,可一听"在哪里发财"不禁心中一冷,头发梢丝丝冒气,淡淡一笑道:"老兄真会开玩笑,像我们这样的河工,风里来,雨里去,怎么能谈得上发财之说?"

那人蓦地一惊:"你是差役?"大顺道:"不知你所指何意?我不是抓人的差役,我是负责治河的,兄弟在河东总督徐大人手下供职,此次随大人回京到工部、户部复命的,敢问仁兄大名?"那人警觉地四下里望了望,见众人只顾看灯,哪里会顾及他们的谈话,便放下心似的笑了笑,"哟,看来还是官爷呢!"大顺有些不好意思,一面摆手道:"你说哪去了?我怎敢称官爷呢。还是京城里的人,个个能说会道。"一手指着眼前的那变幻着色彩的灯笼,继续说,"这里面说不定还有你的一个呢。京城里的人就是不一样,在乡下,怎么也找不出这些精美的灯来。今天,算是开了眼界哩。"那人却止不住地边点头边说:"当然,当然,京城嘛,毕竟不同乡下,三百六十行,行行有能人。"

大顺一听,感觉眼前的这个人说不定就是一位能人,说不定还是在京城里的哪个衙门担任个一官半职的,徐大人总说我出门不会说话,也不会办事,我偏要结识一两个官员给他瞧瞧,问道:"看年龄,兄台长我不少,敢问兄台在哪里供职?"

"兄弟姓林名清,十几年前也曾在永定河办差,终于是受不了这河工的苦,遂提出辞去差事,回乡务农,现在没什么职业,让兄弟见笑了。"林清毫不在意地讪笑着,"现在就在京城跑些买卖,日子还算过得可以,京里各部的官差也认得一些,日后有用得兄弟的地方只管放心来找,我对朋友可以说两肋插刀。"正说间,突然前面一乱,一队官兵盔明甲亮地开过来,借着灯火的余光,林清认得那是九门提督府的督办塔恩拖。正在静静地观赏街灯的人群被这一队兵冲得前俯后合。

林清双手一拱,朝大顺说道:"兄弟见你为人耿直,性格豪爽,颇想结识你这样的朋友,兄弟家住京西,直隶顺天府大兴县宋家庄人,永定河就从我家门口经过,如果兄弟有什么事偏巧路过那儿，提起我林清的名字，没有人会不知道的，以后若有缘分，说不定还能相见。"说着从腰间摸出一块紫黑色的玉石，递与大顺道："这个你且拿着，不管是你在何处若遇着麻烦，只要出示此玉石，保准平安无虞。"林清说话的语气越来越急，他实在舍不得这么与一位一见如故的朋友马上分手，可前面的拥挤越来越乱，为了稳妥起见，接着说："今日就此一别，尽管没有水酒相陪，实在遗憾了些，日后后会有期。"

大顺一见此人如此仗义，言语不像个轻浮攀附者流，便一把扯过林清的衣袖："有何急事吗？到那客栈一叙，我家老爷也在。"林清微微一笑道："绵亲王府里有位朋友已等着我呢！你要不是有公务在身的话，我倒可以邀请你。"用手一拍大顺肩膀，"我说，兄弟，我们日后定能相见，要相信这是缘分，那时，今日的戏言岂不成了可以验证的谶语。"说着扳过大顺的手腕，话刚说完，林清就头也不回地挤进看灯的人流中。

大顺往店里走，刚登上二楼的过道口，就听从东单牌楼方向传来一阵锣鼓笙声，缓缓过来一队举着彩灯的人流，他们高举的一团和气灯、和合二仙灯、三羊开泰灯和四季平安灯……犹如一条长龙，生机勃勃地向灯市口晃过来。

王孙公子们相率喧笑，官门小姐缓缓响珮，跟着这灯的长龙游向灯市口光华灿烂的灯海，霎时间，竟使天上的星月失去了光辉。真是"九陌连灯影""花市灯如昼"；或是"月华连昼夜，灯影杂星光"。

眼前的一切又吸引了大顺，他竟忘了回屋，俯在走廊木制的栏杆上竟又望得出神。

先前的一阵骚乱也惊动了戴衢亨和徐端二位大人，戴衢亨伸头一瞧，看到九门副提督塔恩拖正带着亲兵横冲直撞地从楼下经过，戴衢亨对徐端道："肇之兄，这是前往都察院逮捕韩振帮的，放着书吏不想去做，却想着去掐算绵课的招术，实在可恶。真金不怕火炼，皇帝三下五除二地便弄清了事情的原委。原来这韩振帮终日无所事事，便想出私刻绵课的印章，到处招摇撞骗，事发后又迁怒到绵课身上，庄亲王岂是那么容易糊弄的吗？"看看徐端好像对这个案子不甚熟悉，也没什么兴趣，他意识到自己喝多了。

"哎，对了，我前个儿曾在万岁爷面前保荐你到工部来，不知你意下如何？"

徐端连忙正色说道："戴大人此言过谬了，我连一个河工总督都尚不能胜任，尚且还屡遭万岁爷下旨切责，又何必到京师来，稍不留神，岂不连……再说，我一向感到治河是我的专长，何必扬己之短、避己之长呢？戴大人的心意我领了。"

"也罢，"戴衢亨说道，"待明日兄弟去见了万岁爷再说，那我就告辞了。"说着，兀自起身，对徐端拱手道："肇之兄，后会有期。"徐端见状忙一按桌沿，由于用力过猛，桌边摆放的一双筷子"啪"的一声，一个反弹掉落到地上，徐端顾不得去弯腰捡筷，指出桌角摆放的一小摊奏折道："戴大人，留步，这些奏折……"戴衢亨笑道："本想留给你细细观看，让你知彼知己，以便对答，现在看来也无甚用处了。但依然可看出肇之兄品性了。好，我一并带走，明日早朝再说吧。"说罢，拾起奏折，转身"噔噔"地下楼去了。

徐端望着戴衢亨不由得一番感叹，仕途艰险、官海沉浮，倒也冒出一位正直而又有谋略的人，比起他的叔叔戴均元来说，他更显得富有人情味一些。

猛地，一声清脆的炸响过后，半空里出现了无数个火球，眨眼之间，这团火球扩散开去，仿佛大片碎银，把暗黑的天空映得雪亮。徐端也止住感慨，把目光投向这不夜的空际。

观灯的人群一阵骚动，一齐仰起了头，惊喜地感到，"珍珠卷帘""天女散花""长虹卧波"……原来是灯会进入高潮，开始放烟花了。这是中国特色，自从祖宗有火药发明以来，在中国这块古老的土地上，人们的玩法就变得高级起来，什么能从古典诗词曲赋中寻觅到的佳句妙章，均可以用烟花的外在形式加以体现，惟妙惟肖，令人叹为观止。

紧跟着，街两旁响起了一声又一声的炸响。那黄色的"金盘荡月"，粉色的"水浇凤莲"，红色的"长明灯塔"，绿色的"葡萄廊架"……这些时新的烟花便先后出现在美丽的夜空，更奇特的是，星球莲花炬大张彩幕，变化多端，巧夺天工。一时间，火树银花、光怪陆离，把个大千世界装扮得五彩缤纷，加上同时有爆竹声声，二踢脚、升高三级浪、飞天十响、钻天火、匣子炮、地老鼠、滚绣球……天上、空中、地上焰火腾腾，烟雾袅袅，立体的五彩把个京城的灯市口照得如同白昼一样，令人忘了是在严寒天气，个个显得精神高昂，倦意皆无。

大顺可算是开了眼界，兴奋得满脸通红，他一步跨过好几个台阶，连窜带蹦地闯进二楼，不由得愣住了，他看到，满桌狼藉一片，剩下的碗筷都还没有收拾，碰翻的那坛老酒和着菜味，形成一股酒气熏人的难闻气味，令大顺只感一阵呕吐，差点吐出来刚吃进的饮食，他强咽了一下，慢慢地走到徐端跟前，见自己的徐大人早已拢着袖口睡着了。

勤于早起的嘉庆帝和往常一样，离开寝宫，随侍太监伺候已毕，御膳房便送来早点，洗漱、用完早膳过后，嘉庆帝兴致很好，虽说让他忧心的事不少，但大都得到妥善的治理。他感到自慰的是，去年一连的惩贪治纵、整肃政纪、重振朝纲的政绩已经赢得天下百姓的赞赏，各地的贺辞也如雪片似的飞过来，朝中大臣无不拍手称快。

昨夜在畅春园的灯会上，一派祥和的气象把整个圆明园的庆典活动推向高潮。嘉庆帝与众位嫔妃、皇子及亲族共聚一起，好不热闹。

嘉庆帝戴着一顶黑色狐皮帽，衣冠上有碧玉镶嵌，在宫灯的映衬下熠熠发光，身着一袭蓝缎子面的马皮袄，上有五福同寿的红黑色花纹，隐隐散光，外罩一件石青色绸面马褂，一色明黄的盘龙扣带紧束腰间，显得精神抖擞，气宇轩昂。

嘉庆帝对当值太监张明东说："明东！"明东应声而出，答道："奴才在！"

"明东，朕想这会儿去上早朝前，想把昨日积攒搁下来的奏折拿来一阅。"张明东一边摇头一边说："回万岁爷，昨个儿是正月十五，军机处的各位大学士及吏、户、礼等各部均未见呈上什么奏折。"

"噢。"嘉庆帝当即就阴沉着脸。张明东是初次调到嘉庆帝身边，原来只不过是个御膳房的伙计，能服侍万岁爷，那地位当然可观，说实在的，也是每位做太监的最大梦想，张明东终于凭着自己的聪明伶俐，巧舌如簧，善于察颜观色的本领在众多低下的太监中脱颖而出，成为嘉庆皇帝的跟班太监，原来的大太监常永贵已迁升内宫总管了，更是权倾一时。张明东见嘉庆帝变了脸色，心里暗惊，都说"伴君如伴虎"，一点不错，刚才还有说有笑、满腔喜悦，这会就要发怒了。他两腿在颤栗，一个哆嗦还没打完，那边的嘉庆帝把正在喝着的鹿茸滋补汤重重地放到案上，震得案上摆放的古玩珍宝"嘣"地跳了一下。"朕并没有说过，每逢节假之日，朕就不办理朝务了啊。"说着，嘉庆帝气呼呼地对站立在一旁的张明东说，"启驾！"

顿时，幽暗的紫禁城里传出一声："万岁爷启驾乾清宫！"声声不绝，间或能听到古树参天的枝丫头传来"扑愣扑愣"的鸟的展翅声，才过一天的清静日子，竟有些不习惯这熟悉的声音了，倒是寝宫外廊下的八哥、鹦鹉在不停地学舌"万岁爷启驾乾清宫，启驾乾清宫……"

紫禁城内的空气依旧弥漫着清新而刺鼻的硝烟味，看来，昨夜的紫禁城同样也是灯火连天，硝烟四起，坐在明黄软轿中的嘉庆帝就着幽长的宫墙边的四角方灯，还能看见有不少紫城的杂役太监们正挥着扫帚忙个不停，伴着"万岁爷驾到"的阵阵呼号，都像撂草垛似的倒身下跪。

嘉庆帝嗅嗅鼻子，闭目沉思起来。

两年前,嘉庆喜得皇孙时,就出现类似的情况。嘉庆十三年四月二十日,皇二子绵宁生子奕纬,也就是说年近五十的嘉庆帝得了个大胖孙子,嘉庆自然欣喜万分,立即将喜讯晓谕内阁。中外大臣依照前朝老规矩,纷纷具折陈贺,一片赞颂之辞,可偏不够凑巧,原先嘉庆帝对这些礼节性的恭贺尚能接受,后来连同各地督抚也飞片进京,一时间,连着几天不见一份有关刑名本章从衙门中传来,为此,嘉庆帝认为这种繁文缛节,完全无益于政事,下旨明示禁止。嘉庆帝认为,虽然得抱皇孙,但绝不能因此而耽搁了政事国事。嘉庆帝在召集群臣时说,朕初得皇长孙,国家有后继之人,本是吉祥如意之事,但朕并未忘记政事,也是心情高兴告知各位,在宫中也未有设席、演剧等娱乐,诸事照常进行,可是,你们身为军机处、御前行走、上书房和各部的大臣们,为何两天未进奏事来如此迎合朕呢?向来凡是遇见喜庆大事,本来要立决的奏章暂缓呈进,原有一定的章程,但是,并没有因为诞生皇孙连日不进刑名本章的先例啊?

尽管如此,还是发生了一件小插曲,足见积弊深重,嘉庆帝已明令禁止后,偏有位名叫仙鹤龄的提督太不识相,居然又具贺折上呈,折中写道:"诞降重熙,承华少海。玉质龙姿,前星拱极。本支百也,派衍东宫。"俨然皇长孙就是未来的皇太子降世,将要继承大统,他错把嘉庆帝的"有后继之人"理解为就是要将来当皇帝的人。嘉庆帝本来就讨厌这些歌功颂德之辞,加之已宣示禁,又看他曲解圣意,满嘴胡言乱语,更加火冒三丈。因为,嘉庆帝本人认为,奕纬的生母那拉氏出身"微贱",本来是皇子绵宁府邸中的一个使女,长得颇有几分姿色。一次,绵宁听她弹琴,琴音缭绕,吸引着绵宁踱至她的房内,半推半就的相拥中,春意勃发,遂种下皇种。生出皇长孙后,嘉庆帝在无奈之下特封为皇子的侧福晋,意即偏房,说明了就是小妾。这样的出身,皇太子怎么会轮到奕纬?何况当时尚未正式宣布绵宁为皇太子,怎么会有奕纬就是东宫的派衍呢?更何况这与清室密储制度完全违背了。如此溜须拍马，反而成为干扰政治安定的罪名。嘉庆帝一怒之下，把提督仙鹤龄以及替他拟稿的幕僚们，尽行革职。这就是使得嘉庆帝严明规定，无论何日何时，在何日发生，刑名奏章定要一一呈上。

可是今天是怎么了？

摇摇晃晃的软轿把气哼哼的嘉庆帝送进了乾清宫。下面一片山呼"万岁"声后，嘉庆端坐在龙案后面，两道目光像两颗夜幕下的流星所划出的光带冰冷地在众大臣脸上扫来扫去。

乾清宫一片静寂。

当只有戴衢亨的奏折呈上来时，嘉庆帝的脸色就愈加难看了。对站在最前排的首辅大臣董诰说道："董诰！""臣在！"董诰赶紧上前一步，没弄明白是怎么回事，有什么不顺心的事呢？哪个又惹他生气了？听到叫自己，俯身上前就要跪在丹墀下。"不必拘礼，董诰，朕让你去尚书房查一查，朕何时规定过上元节不许具章进奏？"

"绝无此事！"董诰嘴巴一张一合，下巴上的几绺白须也跟着上下抖动，望着嘉庆帝那威严的面孔，一时找不出合适的解释理由，忙叩首道，"这，这……万岁爷，可能众大臣见万岁爷宵衣旰食，难得有片刻休息，为感恩万岁，为照顾万岁爷的龙体康健，所以，各部才均没有上奏的章折……"董诰吞吐了半天。

"一派胡言！"嘉庆怒气冲冲地说道，及时地制止了董诰的言语，站起身来。太监张明东把嘉庆帝的一条胳膊托在手弯里，正打算引着万岁爷走到群臣中间，冷不防，嘉庆帝一抬手，拿起桌子上面的奏折，几步就踱到那一片低头不语的大臣们中间，举起戴衢亨的奏折，在众人面前晃了晃，高声说道："哪朝哪代，在一天之始，就只有一份奏章？嗯？"最后的"嗯"字的发出，很明显地语带严厉之态。董诰仿佛听了嘉庆帝"嗯"字后定要发怒了，忙一撩袍的前沿带头跪倒在嘉庆帝面前，谁也不敢仰视片刻。可以说，满朝文武一听这话，脸上都有些挂不住，紧接着"呼啦啦"跪倒一大片。

嘉庆帝见状，气色有所缓和，话却并未停止，说道："朕曾亲制《勤政殿记》和《勤政箴》，这是因为，朕自受皇考厚恩，从不敢追求丝毫安逸享乐，唯一能做的就是勤政爱民，才能继承先祖遗志，弘扬皇考美德，使朕大清江山得以永续流传，万古长青。可是，近半年来，众位大臣，是不是认为海内升平，苗事定，海事平，可以安享太平日子，做太平盛日的受惠者？朕以为，你们就是有这等心境。"嘉庆帝感到有些口渴，不自觉地清了清嗓子。随侍太监张明东连忙手捧一杯香茗递了上去。

嘉庆帝低着头，撩起杯盖，微微一吹，见上好的碧螺春茶浮在上面，悠悠下沉。接着抬起头来，继续说道："是的，朕以为，近来内外官员无所事事者甚多，真心实干的人太少。从前，朕多次降旨，命令在京的各部院衙门，遇有应奏之事，应当随时奏报，不得怠惰积压。每有陈奏之本，内廷办事人员，也时有苟且偷安，在家吃喝玩乐，甚至将六百里、八百里紧急公文全然也不放在眼里，总是推诿到第二天才奏报上来，反以体贴朕的身体健康为由，实在是大错特错，长此以往，政务又怎能不废弛呢？"

乾清宫里，众大臣跪在丹墀之下，大气不敢露出来，唯有嘉庆帝的声音在殿内的上空飘来飘去，时紧时急，嘉庆帝咽了一口香茶，铁青着脸道："都起来吧。"

众人连忙叩头谢罪，个个呆若木鸡似的站在殿下，嘉庆帝一边说，一边拿起龙案上的奏折说道："去年今春，农事收成依然不甚理想，因有天气原因，但就没有人为因素？水毁工程依然存在。朕早就明言，马家楼的漫口倒灌，一定要一查到底，马家楼一日不堵，朕的心情是一日不安，东河道总督徐端一事，年前有不少奏折对此事议论颇多，朕也有同感。"说着低下头看了一眼手中的戴衢亨的奏折，满意地"嗯"了一声，说道："到底是恢复了。"

就在嘉庆帝的话音未了之时，戴衢亨不失时地上前说道："皇上，河东总督徐端业已来京，不知皇上能否召见？"

嘉庆帝略一沉思，这当口，殿下一片叽叽喳喳的声音，抬头一看，两江总督松筠已出班跪在殿前的红地毯上，朗声叫道："万岁，臣有一言，不知当讲与否？"嘉庆帝把戴衢亨撇在一边，带着生硬的语气说道："松筠，朕何时说过，你不能讲话？"

戴衢亨心里一凉，知趣地退至班中，一副木然的表情久久停滞在脸上。一直担心的事终于发生了。

戴衢亨没能制止松筠的弹劾。那篇弹劾写得十分隐讳，只是罗列很多事实，就是那些看起来枯燥无味的词句，才打动了嘉庆帝。

"这么多的河臣都是懦弱无能之辈吗？其中必有隐情，查！查！查！"一般不太发怒的嘉庆帝一旦发起脾气来就面色铁青，顿时吓得满朝文武噤若寒蝉。戴衢亨心里明白，此时嘉庆帝的发怒没有任何有预谋的筹划，也不是仅做个样子给大臣们瞧瞧，作为大学士、御前大臣的戴衢亨刚和站在前列的董诰交换一下眼色，就证实了自己的想法，真是不谋而合。

戴衢亨知道，一遇难以决策的大事或者生气上火的时候，嘉庆帝总是这样在大殿里走来走去，这是他思绪一片空白时的习惯动作。

嘉庆帝一边走动，一边恨恨地点头："诚如松筠所言，河工连年用掉银两达三千多万，还说什么没有漏洞，又有谁相信？朕早就说过，河工用钱，要多少给多少，因为朕知道，拿军务和河工相比，前者总有一天能够平定下来，而大水则年年漫溢，小水又担心河床露出，船行不畅，是需要很多银两，朕从不皱眉，只要是水患永除，花再多的银两也是舍得的，朕何曾吝惜过？可是，朕不明白，一处险情，一笔银两，一个萝卜一个坑，就是大清境内的所有的河流都出现过险情，到现在为止也应该根除了吧，国家的银两怎么也不至于虚掷。眼前的事实是，有些河臣听任工员浮开，这样狮子大张口，又怎么能够做到花一笔银两办一桩事呢？"

松筠的奏章在嘉庆帝哆嗦的手中哗哗直响，嘉庆帝说道："查，全部一查到底。"

嘉庆帝的一通议论，把徐端的希望的肥皂泡打破了，连一点艳丽的光彩都没留下。也正是松筠对历任河臣的猛烈而又锋利的弹劾，使戴衢亨的奏章胎死腹中。在戴衢亨看来，这似乎是进入朝中为官以来的第一次奏折被嘉庆帝不置可否地决断了。尽管没有对自己奏章内容的重复，哪怕是一点的重复，戴衢亨已感到嘉庆帝对自己已是酒桌上挑鱼眼——高看了。他能说什么呢？

殿外掀起一阵清冷的劲风，刮了进来。此时，几位小太监已蹑手蹑脚地在逐个掐灭宫灯。殿内的高高燃烧的蜡烛晃动已呈暗红色的火苗，在被一个个盖灭之后，仍然冒着一缕缕青烟，有些刺鼻。天色已经大亮，东方泛红的曙光已照着殿前洁净的场地，外面晨起的喧闹声偶尔也能随着放亮的天光和强劲的冷风飘到殿里来，戴衢亨的空白的脑海中只是交叠着徐端那双忧愁的眼睛和松筠那张开合有度的嘴唇……

永定河边，清冷的风刮得枯萎的草茎到处乱窜，一株株排列有序的杨树拼命地抖动干枯的枝干，刺耳的声音飘荡在河面上，潺潺流水向东迤逦而去，这就是桀骜不驯的永定河。朵朵白云伫立在燕山的峰峦上纹丝不动，只有水面上的白色水气忽聚忽散，演绎着人间多少离愁之苦，上演着一幕幕官场浑浊的大戏。

仿佛是一杯白开水，无色又无味。戴衢亨深深地感到心里空荡荡的，有一股说不出的惆怅与凄凉，似乎要把徐端上下看个够。哽咽之间一时再也无语，用什么来安慰这位同僚呢？自己本是一介书生，能在短期内得到皇上的如此恩宠已是千古佳话了，实际上，自己何尝不感到京师人事纷扰，勾心斗角，相互倾轧，怎奈身不由己，既已陷入就不能自拔，面对在治河中结识的老友落个如此境地，实心实意地想帮一把，可是仍然力不从心。倒是徐端最先从惜别之情中超脱出来，笑着说："唉，戴贤弟，这是怎么了，我徐端虽说仕途失意，但为我这样出身低微的人能够结识像你这样的博学多才之人，并且称兄道弟，就已经感到是人生的一大快乐。古人云，人生得一知己足矣。贤弟，你也不必为愚兄悲怜而扼腕长叹，愚兄虽未进士及第，科甲出身，但愚兄尚能感知贤弟的一片厚爱之心。"

说着,对已经站在船头的大顺说道:"过来,给戴大人斟上一杯,千里相送,终有一别,贤弟就此留步吧,待日后相见,今日之凄凉又成为客谈的趣事了。"大顺跨步上前,手把两盏高脚酒盅,分别递与戴衢亨和徐端,心里也是一阵酸楚。

"来,愿贤弟依然步踏青云,辅佐皇上,创一代中兴之举。干——"说着举起酒杯一饮而尽,随手一抛,那只锃亮的酒杯在空中划过一道弧线,"噗通"一声掉入滔滔不绝的永定河中。

戴衢亨也脖颈一仰,一股热辣辣的暖流进入体内,面色赤红起来,说道:"端兄此去清江,不知何日相见,好在是去职留工,尚有回旋的余地,端兄也不必为此做顿足状。"

徐端哈哈一笑:"贤弟,为兄是那样的人吗?"

一边说着体贴的话,徐端一边往船头走去。看到那油漆尽脱的帆船,戴衢亨心里更是难过不已,原先他要徐端在京城多逗留几日,邀至府上小住,可徐端见终未被允许进见嘉庆皇帝,顿生去意,连马也不想骑了,只想坐船顺着永定河水漂泊而去。幸亏自己退朝之后还没来得及回府,径奔逸兴客栈,哪知人去房空,到几处驿路隘口打听,没有一点音讯,一下子明白过来,一面命家仆回府去取银两,一面策马赶至永定河边,这才赶上了最后一面。

"贤弟,愚兄先行一步了。"徐端冲着岸上的戴衢亨紧紧地一抱拳,"贤弟请回吧,恕愚兄未有请辞之过。贤弟放心,愚兄落官不落志,还要惩治河患,保一方水土,救一方百姓。"说着,竟流出两行老泪,声音不由得颤抖起来。

"水上风凉,"戴衢亨嘱咐道,"端兄一路保重!"情意殷殷。大顺忙着躬身进船取出一件棉布长袍替徐端披上,徐端手指大顺道:"贤弟,大顺跟我多年,现已有官职在身,日后有用到之时,还望贤弟多加提携才是,他是个苦命孩子,可为人厚道,办事耿直……"正说间,远处岸边一阵细碎的马蹄声由远而近,戴衢亨急忙挥手说道:"端兄慢走!"

戴衢亨的老家人李令仁翻鞍下马,手提一个大包裹,递给戴衢亨,说道:"老爷,这是夫人所凑的银两。"

徐端连连摆手:"清贫惯了,现存的银两也足以抵家,倒是戴大人在京里花销多些。"说着低声吩咐大顺:"开船吧。"戴衢亨急忙拦阻,高声叫道:"端兄,接住了!"手一扬,包裹从空中直落船头。"后会有期。端兄所托之事,兄弟都已记下,倘若他日有用什么闲职,定去信索要。"

怀抱包裹,徐端的心情久久不能平静,他张着嘴想说些什么,见戴衢亨已朝他扬了扬右臂,面含惜别的笑意,频频挥动手臂,依依不舍的情状莫可言表。

小船顺水而下,单调而有节奏的桨声留在这静静的永定河上。徐端高声说:"请回吧。请回吧。"戴衢亨沿着船行的方向顺岸走了几步,目送小船渐渐远去,"多保重啊"的一声临别嘱托回荡在广袤的天空。

戴衢亨收回目光,感到眼眶润湿了。老家人李令仁牵着马跟在后面,他闹不明白戴大人这是唱得哪一出,心道:敢情我家老爷如此器重徐河总,又是请他吃饭,又是岸边赠送衣物和银两,京城的人谁不知道干河工的是个肥缺,别看徐端外表寒酸样,说不定家里金碧辉煌、家财万贯呢?想到这,李令仁紧走两步,对戴衢亨说道:

"老爷,这位徐大人久在任上,怎么弄得身无分文,全不像其他治河的官员,哪位不是脑满肠肥,冒出油来,这里可有其他隐情?奴才记得原来的江西巡抚李月鸟每次来朝总是身穿缀着补丁的朝服,一把花白的长须弄得乱蓬蓬的,衣服脏得似乎几个月都没有洗过。总之,是一副典型的寒酸相,给人的外表印象就是天底下就他一个清官了。老奴当时就想,这样的人为官必定清廉无疑了,可是事后怎样呢?"

戴衢亨一听,低沉地喝道:"你啰唆什么?怎么拿李月鸟和徐肇之相提并论?那李月鸟乌七八糟的样子一看就是个口蜜腹剑的人,一看那身打扮就能知道,他是刻意装出来的。可徐肇之是那样的人吗?"见李令仁低着头,红着脸,轻叹了一口气说道,"令仁,你也是跟着我多年的老家人了,以后要学辨别些奸忠美恶。"

说实在的,仅是随口说出几句,李令仁没想到自家的老爷会对自己用这么个声调,这样一副表情说话,过去从未有过的事,李令仁深深地懊悔刚才的想法及言语,敢忙陪着不是,说道:"老爷息怒,老奴多嘴了。老奴也是心疼钱哪。老爷有所不知,刚才老奴回到府中,禀明夫人后,夫人翻了好大一阵子,才凑齐了二十两,又拿出一件给老爷缝制的长袍,交给我时,老奴见夫人也是面带愁色的。"

李令仁的话,戴衢亨当然相信,按理他身为朝中的大员,又新近加封了品级,成为殿前大学士,但俸禄却没有长多少。嘉庆帝给的几个有限的赏钱,除一部分用去捐给那些灾民难所外,另一部分都回给恭贺的同僚和奖赏府中的家人。戴衢亨回转身来,从李令仁手中接过马匹,翻鞍上蹬,一扬手中的马鞭,两腿用力一夹,那一身无半根杂毛的蒙古纯种马一溜烟地窜到前面。

马蹄声有节奏地踏碎了清晨的宁静,四周的农家庄舍也渐渐地吐出了生气,偶尔的狗吠声传来,显然是冲着这两匹疾驰的马。跑了一会,戴衢亨放慢了速度,等李令仁赶近时,勒住了马头。

"令仁,本不该告诉你的,"戴衢亨说道,"可是我不找个知己的人说出来,心里憋得慌。"

李令仁突然一惊道:"老爷要是有什么心事,放在心里不舒服,就直说出来,老奴跟了老爷这些年来,早已知道哪些话是什么分量,再说,老奴不管老爷说的什么,从不对外人说起。不瞒老爷说,就是夫人也甭想从我这儿知道。"言语间既感激又激动,他感到自己能作为老爷的知己就很知足了,也算是没有白伺候一回。事实就是这样,戴衢亨自幼时读书到出仕为官都是李令仁跟着的,这一对主仆风风雨雨所走过的路真比戴衢亨和自己的夫人还要长,自从戴衢亨的父母相继过世后,李令仁在戴衢亨的眼里也算是有辈分的人了，只是碍于官越做越大，碍于长时期的主仆名分，中年的戴衢亨对李令仁虽心底尊敬有加，但称呼上就一直"令仁，令仁"的这么叫着。

"令仁，"戴衢亨刚一张嘴，冷风就灌进去，他连忙以手掩面，打了一个闷闷的喷嚏，从衣袖中掏出干净的手帕擦了擦有些红意的鼻子，继续说道，"按君臣之道，我不该说啊。就一样，徐端几度进京都是想面见皇上，可不知为什么，皇上总不愿见他，我一直琢磨不透。大清朝那么多为官的，上至都部大员下至七品县令有多少人仰视过圣容，可在皇上的眼里偏偏容不下徐端一个人。每次我上奏本时，总有一些人立时跳出来反对，连我的叔叔戴均元也不例外，同为河工为何相煎呢？"

李令仁默默不语，戴衢亨又道："想这徐端也着实可怜，空有满腹治河要义，可到头来没干成一件像样而又体面的事情，让皇上开心。此次和徐端一别，我感到他情郁于中，愁闷得很，本来听说他是不喝酒的，可这回都是硬喝下不少，真怕他做出什么绝事来。"

李令仁见戴衢亨陷入悲苦的思索中，害怕自家的大人也因此情绪低沉，安慰道："老爷，老爷何必悲天悯人呢？你对徐大人已是尽了该尽的心意，连夫人也惦记着这事，老奴取你的新棉袍时，夫人有些不舍，我只说了一句'这是老爷吩咐的'。再说，你为官这么多年来，什么样的风浪没经过，老爷可曾记得，你从江西离任时，说你在任期间，府库亏空严重，那时老爷的境况可比这位徐大人惨多了，差点儿下了大狱，整日茶饭不香，又加上身体本来就虚弱，可把我们急坏了。幸亏皇上圣明，一眼洞穿了李月鸟的伎俩，偷鸡不成反蚀把米，落个凭空诬陷、革职归田，还发往新疆效力三年。真是'人心隔肚皮，虎心隔毛衣'，这一查下去，他自己家倒是半个府库。老爷也特心善了，还上奏保他，念其老迈，求皇上赦免。那个老家伙好像去年死了吧。不管怎样，老爷可不能为着一个徐端伤透心神啊。"

戴衢亨听了，仔细端详着李令仁，看得李令仁丈二和尚摸不着头脑，戴衢亨苦笑一声："正是你刚才提到李月鸟，才使我想起以前自己被诬陷的心境，大有和徐端同病相怜之感。"

"那是老奴的不是了。"李令仁不知是出于感动还是自责，竟有些涕泪交流了，他坐在马鞍上，朝戴衢亨深深地一揖，说道，"老爷是性情中人，老奴总感到老爷要是做了翰林院编修，或主管大清的文事，倒要好一些。"戴衢亨见李令仁受到自己的情绪感染，转而玩笑道："令仁，你要是在吏部为官就好了。但有一样，不管在哪里做官，都要考虑一条，就是时刻想到自己是臣，臣要听君的，如若不然，就是一介草民也能招来杀身之祸。"

"老爷说得极是，"李令仁破涕为笑了，"老爷就是凭着对皇上的忠心又加上自己的厚道、谋略，才能得以迁升的。"戴衢亨道："令仁，你还想拍老爷的马屁啊，吹上天也还是个管家，名为管家，实际上啥也不管。"戴衢亨的心境终于回到了现实中。

李令仁非常高兴，乐滋滋地说："老奴这一辈子跟定老爷了，不是老奴自夸，凭的就是对老爷的忠心。"说罢，竟不好意思地低下头，一拍马的屁股，嘴里说声："驾！"麻利地抖着马缰绳，催马前进。

主仆二人望着上升的太阳和在阳光中摇曳不定的晨雾，向京城里飞驰而去。沿途的高矮不一的草舍向后面倒过去，上下颠簸之中，戴衢亨的身子跟着起伏不定，他感到有些受不住了，一阵翻滚的酸火从胃里涌到咽喉处，他还是禁不住地吐了出来，勒住了飞奔的马，心道：坐惯了轿子，乍一骑马还真不习惯呢，要不是为了陪同皇上秋狩木兰，说不定，直到今天，还不会驰驱呢！是呀，一切都是为皇上着想，他想，如果说，皇上对自己有所偏爱的话，那还是偏爱自己的忠。他还想不透，徐端也忠啊。

经过这一阵来回思索和上下颠簸，戴衢亨抬头之间，高大的京都城门已矗立在耀眼的白光中，吱吱呀呀的吊桥上，急急行走着赶早市的人们。鸡声、鸭声、羊叫声和挑夫的吭吭声，刀声、枪声、铁链声和士兵的威吓声是那么和谐地组合在一起,虽然嘈杂些,但仍然不失为一曲难得的民乐合奏。

戴衢亨催马过桥,见到九门副提督塔恩拖正抽打一位长者,窖了一冬的红芋撒满了桥面,竟没有任何人去理会。戴衢亨刚想上前,老家人李令仁道:"老爷,像这样的八旗武士,你虽然认识他,他可不一定认得你,再说,你也没有穿朝服,弄不好……"

戴衢亨一听,点点头,无奈之中流露出深深的同情,从旁边走过时,老汉的告饶声甚是凄惨,他终究禁不住,勒住马,问道:"哎,这位官爷,让他捡起来,过去就是了。"塔恩拖余眼横扫了一下戴衢亨,见有些面熟,心道,这样的文弱老书生多得是,恐是疑会错了。冷冷地答道:"你莫要多管闲事,这个老头儿是流民,说来也怪,每天到了这儿都要摔一下,阻在桥面。"戴衢亨一听,心下生疑,扭头回望,见站在门洞旁的两个兵士正偷偷地捂嘴笑呢……

第二十四章

拜圣屈尊行臣子礼
过府传诏品女儿茶

明亮奏道:"历代君王拜孔庙只行学生之礼,皇上欲行臣子之礼,这怕有些不妥吧。"嘉庆帝一笑,说道:"朕就是要以臣子之礼,来表达朕的敬仰。为了民心归附,社稷安宁,多磕几个头,难道我就不是皇上了吗?"

嘉庆帝自从那天训斥了大臣们后,心里就像挖去了一盆炭火,渐渐地平静下来,仍旧是日夜操劳,但精神却很好。他的心里现在所惦记的就是一件事,那就是:应该按照既定的日期,去一趟孔庙才是,无论如何应该带着皇子们去一趟曲阜,了却久以存有的心愿。

这一日,车马备齐之后,嘉庆帝在宫门口对前来送行的大臣们说:"朕决定特地去一趟曲阜,孔庙、孔林、孔府都要去看一看。"众位大臣也没有上前阻拦的,这又不是去游玩,是办正事,退一万步来讲,即使是出巡游猎,谁又敢说个"不"字呢?

可就在嘉庆帝准备上辇的时候,礼部侍郎明亮却捧着一封奏折上前,跪禀道:"皇上,臣还有一事不明。"嘉庆帝眉头一皱,不悦地说道:"明亮,礼部只需备些应需之物,这有何不明?现成的体例摆在那儿。"

明亮把头一抬,说道:"历代君王去拜孔庙时,行的都是学士之礼,两跪六叩首,要是按照皇上的旨意,应是臣子之礼,三跪九叩首,这怕有些不妥吧。"

嘉庆帝一笑,说道:"朕就是要臣子之礼,来表达朕对这些圣哲人的敬仰。为了民心的归附,社稷安宁,多磕几个头,难道我就不是皇上了吗?"

明亮还想再要言语一番，嘉庆帝一摆手，干脆利索地制止了他，朗声说道："孔子曾说过'执礼皆雅言也'。《诗》以理惰性，《书》以道政事，礼以谨节文，皆切于日用之实，故常言之。礼独言执者，以人所执守而言，非徒诵说而已。明亮，你说，朕是该听你的，还是听孔圣人的呢？"明亮欲言又止，听得嘉庆帝问他，便说："孔圣人也没有规定礼数，这学生之礼和君臣之礼皆是根据周朝的礼制而来。"嘉庆帝问道："周朝之民，一成不变吗？"

明亮哑口无言。这一番君臣之间的对话像是安排好似的。

事实上，到了孔庙之后，嘉庆帝果如其言，行了三叩九拜的君臣大礼，在行礼之前，仍是明亮站出来又是一番如是说。随去的大臣自是心里明镜似的，倒是让那些前呼后拥的地方大员们个个惊叹不已。按照常规，祭了孔庙，就要去泰山封禅，以昭示大皇帝的文治武功。可是嘉庆却没有这样做，他说："朕的计划，还远远没有完成呢！怎么敢去泰山封禅夸功？再说，朕也比不得先帝在位时所创立的丰功伟业，他老人家在其漫长的六十年中也仅封禅几次，朕怎么敢刚在苗事已定、海事也平而河事未定之时就夸耀功绩呢？"就这么一来，一个勤政、谨慎、励精图治的嘉庆皇帝形象，马上传遍全国。各处的奏报，接二连三地飞进宫来，都谄媚地累报各地的政绩，当然都少不了"在英明圣主"的领导下，小小的一件拜访孔庙，被嘉庆帝当作一篇足可补天的文章，毕竟也还做得圆圆满满，让嘉庆帝兴奋了好一阵子。

最棘手的事情开始了。说得塌下天来，嘉庆帝也不相信户部尚书托津及顺天府尹初彭龄的所呈的内容。

前文说到，正当戴衢亨要力荐徐端时，松筠却上奏一本，弹劾众多河臣，从南河到东河概莫能免。正是因为这一本参奏，嘉庆帝原先欲召见徐端的念头打消了，嘉庆帝注意到当时的戴衢亨仿佛被浇了盆凉水似的，僵在那儿，想最后安慰几句。不想刚一退朝，就不见了戴衢亨的人影，于是就召集几位大学士一同到上书房慢议，最后，决定由托津及初彭龄前去查账。时间未过半个多月，就回来了。呈上的这个奏章怎么不让嘉庆帝感到心冷？

原来打算去后宫和皇后温存的嘉庆帝硬着头皮看下去。

"臣等奉旨办事，到任伊始，即宣布了皇上的裁决，所有河臣一律停职，等候查处，封缴河东总河督都府，索要了治河所费的详目表，皆一一对照，查证实据，又关押了所有的证人和经办人。这倒没有犯难之事，河臣及下属的一切大小衙门皆通力合作，进展颇为顺利。奈因人证物证具一一呈示，众河臣都无贪赃案情，近年来河工开支款项在逐一清核后，也未发现有贪赃现象。但，臣等以为，虽无贪情，可是，众河臣对于浪费、借支以及工程质量等项，皆有随意增价、添加的现象，有的地方徒徒费用饷银。……"

"附：银两实销清单一份……"

"望皇上圣裁。"落款自然是"托津，初彭龄叩首"。

嘉庆帝一口气读完，心绪烦躁起来，早二十多天之前，也即去拜孔庙之前，朕已经下旨将所有河臣撤职，如果不撤职，怎么办呢？

托津、初彭龄的办事效率倒是蛮快的，这下好，又一次把嘉庆帝推向一个难以决定的境地。

嘉庆帝在屋里踱来踱去，心里想起那天松筠的奏折，加上年前托津等众位大臣的奏章似乎都一直认为河臣们有贪赃的迹象，包括戴衢亨非常信任的徐端。这会倒要看托津说些什么？想到这，嘉庆帝对门外喊了一声："张明东！"不听答应，复又喊一声较高的。

几日的连续奔波，做太监的张明东着实困急了，竟倚着门外廊前的朱红色的门柱进入梦乡。他似乎梦见运河边上坐落着的小渔村，梦见儿时嬉戏的乡间小朋友，梦见依然和他一样在梦里也惦着他的父母，梦见自己被割掉的生命的根儿正欢蹦乱跳地回复到自己身上，梦见自己衣锦还乡娶了童年时的喜儿……总之，今天的张明东确实死一般地睡过去，他快近不惑的人了，依然像个孩子似的紧紧地搂住门柱，嘴里流出一长串口水，不是这副样子，谁也不会想到自小在宫里长大的张明东能睡得如此踏实。

嘉庆帝气上加气，正想推开门去寻找，突然，门被推开了，已升任内务府总管的常永贵带着一阵寒气闯进来："万岁爷有何吩咐？"

一见是昔日的贴身随侍太监常永贵，嘉庆帝抬手一个巴掌掴过去，怒道："瞧你荐举的好同乡，才多长时间就如此懈怠，这会朕有急事竟寻他不着？"常永贵顿觉脸上火辣辣的，他本是过来向嘉庆帝汇报内务总管的开销。作为宫中的大太监，哪位宫中的小太监不是瞧他的眼色行事？常永贵傻呵呵地呆立一会儿，心里就盘算如何惩治张明东了。"还不去找？"嘉庆帝望着发呆的常永贵，有些声嘶力竭了，在太监面前，嘉庆帝从来都不是温顺、和蔼的。他打心眼里鄙视他们。

常永贵哪敢再待片刻，只好颠颠地跑出去，说来也巧，正看到张明东拢着门柱，头倚着柱壁似鸡啄米一般，常永贵看了一会，摸了发烫的脸面，悄悄地来到张明东跟前猛踏一脚。

"哎哟，"张明东睁开惺忪的睡眼，吓得美梦从思维的深处溜之大吉，他连忙下跪告饶，"总管、老公公，确是奴才的不对，奴才该死。"

常永贵也不搭腔，甩开手臂左右开弓地朝张明东没头没脸一顿痛打。边打边骂道："你这该死的狗东西，皇上给你的恩德，你都当作什么了？皇上还没安寝呢，你倒死猪一般地睡去。"常永贵嫌手还不够狠辣，又用脚踹了几下，"看你个死狗下次再敢睡觉。"就这么连续几下，张明东已是鼻青脸肿，痛得钻心，最后连告饶声也不敢出了，生怕引起皇上的不安，搅了皇上的心境。

嘉庆帝哪里能看下去奏章，就听上书房外一阵由高入低的吵吵声，猜是常永贵已找到张明东，就在屋里喊了一句："都进来吧。"

常永贵像是拎着死鸡似的，把张明东扔到嘉庆帝的脚下。张明东蜷缩身子，跪直了身子一言不发，等候嘉庆帝的发落。嘉庆帝见他满脸是血，嘴角流着血，知道挨打不轻，又看看常永贵有些带喘地跪在那里，说道："张明东，太监必须忠于职守，你怎么能不知道呢?"张明东一听,拖起巴掌就要抽自己的嘴巴。嘉庆帝说:"不必自责,以后注意就是。常永贵,你也下手狠了些,快去弄些消肿止痛的药来。"

"奴才这就去办,只是这张明东一定要送内务府按律治罪。以平息皇上的怨气。"常永贵以手指着瑟瑟发抖的张明东,一面讨好地说,"万岁爷有何吩咐,由老奴去办。"

嘉庆帝见他一点不肯往自己身上揽些责任,哪怕是"荐人不当"也总是有份的,没好气地说道:"永贵,朕记得你在身边时也常会犯一些过失,那时,朕是怎教育你的呢?"一句话说得常永贵面红耳赤,不知该怎么办才好。嘉庆帝疑心他是装作不懂,便厉声道,"朕是在气头上,甩手打了你一耳光。可你不该将对朕的怨气出在张明东身上。再说了,张明东也是你推荐给朕的,你看把他打成什么样子了,叫他明日如何伺候朕的早朝,如何跟着朕出入皇宫各处,还叫人如何敢来做这样的差事,你想一个人包揽不成?"

常永贵越听越怕,心都害怕地提到嗓子眼,两只小眼睛滴溜乱转,无计可施,只得频频叩头谢罪,口称:"奴才知罪了,奴才知罪了。望万岁爷开恩,饶了奴才这一回。"张明东也浑身打着战栗,苦苦哀求:"皇上,都是奴才的过失,奴才遭打应该。"

"还不快去弄些药来!"嘉庆帝见自己的一石二鸟已达到目的,瞪起眼睛,对常永贵说,"才做几天的皇宫总管就抖起威风来,眼里还有皇上吗?"常永贵磕头出血,止不住浑身筛糠,听到嘉庆帝的喝斥声刚一落下,他战战兢兢地爬起来,嗫嚅着说道:"万岁爷息怒,奴才这就去办。"说完乖狗似的摇了摇尾巴转身出了上书房,心里这个气啊,看到路边的一株小松树正迎风摇曳,拔脚就踢过去,不想用力过猛,又是一阵疼痛难忍,差点叫出声来,胡乱用衣袖摸一把额头的污血,一溜烟地消失在黑暗之中,但在心里却永远留下了对张明东的不能宽免的仇恨。

嘉庆帝看着可怜兮兮的张明东,嘴角一撇说道:"明东,这连续几日,你随侍在朕的身边是很辛苦,可你看看朕,朕不是比你更辛苦吗?朕记得当路过大运河时,朕还对你说,再过些时日,朕想放你几天假,看看父母及乡邻,好让百姓知道,在朕身边的人也是个个锦衣玉食、养得白胖匀净的。明东,你已有很长时间未回家省亲了吧?"

张明东怎么也没想到嘉庆帝会对他说出这一番话,眼泪就在眼眶里打着转儿,一句话都说不出来,最后,终于憋不住还是嘤嘤啜泣起来,委屈得似乎更像个孩子。嘉庆帝道:"明东,你去休息吧,朕也想休息了。"张明东不敢挪动半步,心想,就是累死,也要伺候好皇上。

已经快到半夜了,张明东总是睁大着的眼睛似乎连眨一下也成为困难,死死地盯着前方。前方,空无一物,但他的眼睛总是直直地睁着。逐渐地,他已经学会了把疼痛的呻吟和悲怆的清泪留给心里,那是黑暗中的星空中最亮丽而又最隐蔽的角落。

送走了徐端,戴衢亨的心里颇不宁静,在慢悠悠的日子当中,打发自己无聊时光的唯一方式就是作些词赋之类的闲适文章。嘉庆帝的孔庙之行,自己也是因为偶尔感染轻度伤寒病一直闭门在家,足不出户。脑海翻腾着的一幅画面就是:清澈的河面上,远远漂去的一只简陋的小船,越来越远,似乎满载着一腔报国之空志,满载一船的惆怅与失望,惹得戴衢亨一连几天茶不思、饭不想的。

这一日,戴衢亨正坐在书房里手捧《论语》神情专注地读着,读到得意之处,总是不自觉地将头拗过靠背椅:"或谓孔子曰:'子奚不为政?'子曰:《书》云:孝乎!惟孝,友于兄弟,施于有政。是亦为政,奚其为如政?'"

戴衢亨每每读到此处,总感到有一种不可遏制的冲撞击着自己的心房,是心底浮起的一种感觉方能使他静静地坐在那儿,沉思半晌。

"老爷,宫里的张公公来了。"戴衢亨迟疑了一会,没反应过来:"谁来了?他来干什么?"戴衢亨慢慢地放下线装的《论语》,拿起桌上的一只刻有精美花纹图案的书笺夹在其中,拿眼盯着不急不缓地走进来的家人李令仁。

李令仁趋步上前,轻轻地说:"老爷,是皇宫里的张公公。"戴衢亨心内一阵惶惶,你道是为何?他知道,此时的嘉庆帝明明知道他戴衢亨的身子骨近日不太好,一般小事从来不宣他进宫,所以他一听是张明东来了,就猜出事情的原委有八九分了,忙对李令仁说道:"快快有请!"

话音刚落,张明东已跨进门内,仔细一点尚能看出眼里的白眼珠子还存着几根血丝,不是熬红,是外伤,因为红丝顺着方向齐齐地向眼角凑齐,形成一个撒鱼网。"戴大人接旨!"张明东一声喊叫。

"臣在。"戴衢亨连忙起坐跪倒。

"罢了!"张明东的嗓子依旧是很尖细,有些刺耳,"皇上命我来带个口谕,叫你用过中饭后,下午去上书房议事。"戴衢亨站起来,对候在门口的李令仁说道:"令仁,给张公公泡杯茶!"李令仁答应一声走出去。

戴衢亨不自觉地揉了揉眼睛,想止住一个哈欠,终于还是打出来了,两臂向上一阵舒展,面带笑容,问道:"张公公近日身体可好啊?"

"托万岁的洪福,还无大恙。"张明东摆弄了一下手里的佛坠,在他的手里,这只是一种礼节的仪式了。因为嘉庆帝可不像其祖父那样素爱佛教。只是每逢佛事要兴办时,自己也不横加干涉,但是,他的心思往往在过一段时间后,都要在佛堂里许愿一下。

不一会,李令仁托着茶盘进来,熟练地摆放后,手提茶壶往盛有茶叶的杯子里续水。戴衢亨听着清脆的茶水入杯的声音,眼睛一亮,将身子稍稍前倾,笑道:"不知张公公来时,皇上可曾吩咐过什么?我指的是可有什么事情要交代的,以便我斟酌再三,好写一封像样的奏章呈进去,有字据为凭,说话也稳当些。"

"噢,"张明东扑哧一笑,"朝中谁不知戴大人出口成章,还又得着费那笔墨差事。实不相瞒,我离开宫中时,已见松筠、托津、初彭龄等众位大臣进宫了。至于什么事情,我确实不知,绝非有意向戴大人隐瞒什么。再说——"张明东忽然闻得一股清香扑鼻而来,说道,"好茶,好茶啊。"

戴衢亨一笑道:"是的,张公公是知道的不敢说,想说的又不知道吧。"张明东的脸上竟无任何表情,古怪地道:"戴大人对我还不相信吗?不过,从万岁爷的口气听来,好像是下了什么很大的决心似的。"

"算了,"戴衢亨道,一边伸手从桌面上端起茶来,"反正要不了多会儿就知道的。"一边伸手把另一杯茶水推了推,道:"公公请用茶,我可是真人面前不露假相,这茶实在难得一喝,凭公公很是尊贵的身份,只怕也未曾尝这个茶。"

张明东尴尬地一笑,道:"是的,戴大人所言极是,此茶就闻其味来,我是没喝过,但我敢肯定,此茶是宫中的贡品。"

"高见,"戴衢亨道,"公公果真是见多识广,这正是万岁所赐的贡品,臣未敢独自享用。心想,既出自宫中,也应由宫里的人来品尝,才适合其味,不辱没茶的档次。"

"戴大人可知此茶何名?"张明东一脸呈现出聪明的神情,眨个不停的眼皮隐藏着众多机密似的,轻轻地呷了一口,摇了摇头道,"此茶名叫'女儿红'啊。"说着竟禁不住自己倒先笑起来,又补上接着说,"是从武夷山脉中的雁荡高峰与峡谷中产出的。此茶仅采摘的地形,听说就极是难得。另外,时辰也须掌握好,春茶吐尖时,务必于清晨冒露踏霜,选取一等茶尖,嫩而不清,沾露着霜,因是高山,在晨露和降霜的交接处才能寻摘;三是人难,务必是闺中未聘之女,年为妙龄,纤纤玉手采后,噙于口中。归结一下就是地难、时难、人难'三难',皆因最后是女子来完成,故叫作'女儿红',别名'三难'茶。"

张明东讲得煞有介事,连李令仁听了都目瞪口呆,我的妈呀,就这么一丁点茶需要如此劳神费力，一辈子不喝茶也不想喝。戴衢亨听了，有意地一笑道："真是闻所未闻，我说公公是从哪里听来的，这么玄乎，有些离奇了吧。"一指茶杯壁中的叶尖道，"也不见得如你们说的那样！"又端起杯来仔细地端详，疑惑道，"公公既然爱喝，就多喝一些。"又抬手招过站在门内侧的李令仁，说道，"既然公公喜爱，又说得头头是道，就包了一些让公公带回住处慢慢品尝。"

"岂敢，岂敢，我怎么好夺皇上所赐之物呢？"张明东一边兴致勃勃地推辞，一边品尝手中的茶。看看时辰过了一会儿，张明东起身告辞，戴衢亨送至府邸门口，张明东回头笑道："戴大人留步，我这就回去交旨了，省得万岁爷一直惦记着我呢。戴大人可别忘了。"

戴衢亨道："张公公慢走，我必定准时赶到。"抬头看了看天色，阴沉得很。难道又是雪天吗？他迟疑地退回府中，转身朝后面的那排房屋走去。他想去告诉夫人一声，也准备一下下午的奏对，这是他历年来的习惯。几乎每次召见之前，他都能够设计好几种方案，有时是同一种意思，但侧重点不同；有时就是同一意思，只是表达方式不同，一切都因环境的变化和嘉庆帝召见的是哪几位人而定，到时候抛出来，所以，往往很称合嘉庆帝的心意。从几年前的一个巡抚、官拜大学士而成为嘉庆帝的得力大臣，嘉庆帝也对他信任有加，视为忠诚耿介之臣。

几年来的朝中生活证明，自己所走的路是对的，但他又不无担忧，因为他感到嘉庆帝对处理河臣从一开始到现在都很随便，大有"今日存，明日去；明日去，后日来"的循环往复，用人不当是直接关系工程质量弊端频出的症结所在。凭着直觉，徐端的命运就像头顶上的天空逐渐加厚了云层，变得渐渐地暗淡了。

二月的北京又下起了小雪。纷纷扬扬的，撒满街道、房屋、树木、游乐场。飘飘荡荡在空中飞舞着，上下乱窜。似乎只有下雪并是下一场大雪，才能掩盖这京城的一切。把一切丑的、黑的都变得晶莹一片,纯白无比。

戴衢亨用完中午饭,心里想,别说,今天吃得还真不错:龙须菜、大口蘑、川竹笋,还有一对冻鱼翅。他边吃边夸时,倒是默默坐在一旁的戴夫人说了话:"你哪里知道?这是万岁爷让张公公带来的,听说你还向他吹什么'三难茶',一个字也说不出来,倒是人家张公公给你上了一课。"

戴衢亨哈哈大笑,用手一指庭院中簌簌下落的细碎小雪说:"南朝吴均有诗曾描绘雪景:微风摇庭树,细雨下帘隙。萦空如雾转,凝阶似花积……"戴夫人见他心情若此,心里暗暗地高兴,道:"老爷何不多饮几杯,借此以御寒?"

戴衢亨道:"现在不冷,正是细心玩赏的时候,夫人可安排厨房搞些名堂来凑凑趣儿,最好是挡寒赏雪的食品,如银鱼、紫蟹三鲜火锅等,今日不能多喝了。"戴夫人道:"多穿些!"又转身吩咐李令仁道,"把轿内的火生旺些。"

还是夫人贴己啊,正沉思间,忽见阿珠带着两个丫头正拖着有孕的身子踏着细碎的积雪朝书房走来。戴衢亨连忙跑出去,挽着阿珠说道:"这么冷的天,你咋不注意休息呢?"阿珠对身边的两个丫鬟说:"你们去吧。"

阿珠从她们手中接过一件紫绒绣袍,递与戴衢亨道:"这个穿上吧,说来也巧,就是刚才才绣好,你穿着试合不合身子?"阿珠一边说一边拿绒袍披到戴衢亨身上。望着庭外的逐渐加大的雪,戴衢亨心里暖烘烘的,他捧着阿珠的脸:"阿珠,真难为你了。"深情的目光在她秀美的脸上扫来扫去,见她鼻子上侧已隐隐有些蝶痕,关切地问:"阿珠,你自己也要注意身子,这会儿你一张嘴要喂两个人。"阿珠红着脸啐道:"奴婢怎能委屈你的种子?你放心,夫人安排得井井有条,可把我真正地养起来了。""别怪夫人了,"戴衢亨说道,"这些日子,是我的心绪不好,一直没过去看你。"说着伸手把阿珠抱在怀里,轻轻地抚摸了一会,低低地道:"今晚,我去你那儿,想我吗?"阿珠点点头道:"可只有一样,不许你胡来,我担心肚里的小生命呢。"

戴衢亨放开阿珠,一边试穿绒袍,一边转过身去,说道:"阿珠,我都不想脱下了。"阿珠用手轻轻在凸起的肚子上揉着,笑道:"我又没打算让你脱,你的身体我还不了解?"说完自己的脸先红了。

戴衢亨道:"好你没羞的,我要是刺绣做衣,给你做个比这更合身的,你信不?"两人相互打趣着,好不开心。对于戴衢亨来说,这一生中的两个女人,真一个不可少。

飘雪过后,气温骤降,寒冷异常。但见"阶铺密絮鹅毛雪,窗绣奇花凤尾冰"。戴衢亨估摸时候已到,就吩咐备轿,一切就绪后,戴衢亨和阿珠并肩到了门前,相互对视一眼,便躬身走进了暖轿。"喀嚓喀嚓"的杂乱脚步声远去了。

上书房前的空地上,扫地的太监正在忙碌着,从方砖铺就的地板上扫出一条甬道,湿漉漉的地面上像一块黑布从左右回廊的中间直趋暗红色的大门,树枝上已挂满冰凌屑儿,簇挤在一起,有的竟断裂掉落,清脆的音响此起彼伏,一阵寒风过后,更是"哗啦哗啦"的声音接连不停。一人正在仰头凝望这雪后的冰凌,冷不防被掉落的冰块砸了脸面,引得其他人一阵哄笑。张明东立马从上书房的外廊里窜出来,以手示意大家安静下来,不得喧哗,众太监这才默不作声,低头干自己的事了。

嘉庆帝生气归生气,正经事还得办。本想就在上书房与众臣议事,但转而一想,为了庄重起见,随后传出口谕,在乾清宫接见议事。这才有众太监在刚刚雪飘过后就忙碌不停的场面。銮舆路过乾清门时,嘉庆帝掀起明黄软缎的窗帘向外张望一下,见先行抵宫的托津和初彭龄两个人穿着簇新的紫蓝色的鹤补朝褂,俯伏着身子正在叩头,不禁含笑大声说道:"二位钦差大臣此行一路辛苦而来,快、快免礼了吧。"说着,用脚轻轻一顿,令乘舆停下,在丹墀下一手挽起一个,呵呵笑道:"朕没有料到你们回来得这么早。京城里已是洁净一片,银妆素裹,有欢迎二位的意思。"

一边说,一边转身对初彭龄道,"彭龄,你的手有些凉,应多穿些衣服才成啊……"一边沿甬道向正大光明殿缓步而行,语气神情间都透出十二分的亲热。

越是语气随和,态度热烈,二位钦差越是摸不着头脑,只得斜视着嘉庆帝,既兴奋又紧张地跟在左右。那边,原来想涌向上书房的随侍大臣董诰等,早就伺候在殿门口,见嘉庆帝挽着二人似乎兴致很高地走过来,忙一齐跪下,直待三人先后进殿,方起身鱼贯而入,斜溜儿伏在殿口。

"万岁有旨,列班听朝。"一声执事太监的高叫从里面传来,没行多远,就被一阵平地卷起的雪屑挡了回去。一班随侍大臣们,这才爬起来,往殿里面走去。

嘉庆帝端起御案上的奶汁啜了一口,清了清喉咙,对二位钦差说:"当着众大臣的面,说说你们的经过吧。"拿眼扫了一下殿内的大臣,咦,戴衢亨怎么没来?"明东。"

张明东就侍立在一旁:"奴才在!""你上午可去戴衢亨的府邸了吗?"嘉庆帝漫不经心地问。"回主子的话,奴才当然去了,奴才还在戴府品尝了万岁爷赐给他的上等好茶呢。"两个人这边正低声说,外面的执事官高声通禀:"大学士戴衢亨觐见!"

"传旨,快快进来吧。"嘉庆帝对二位钦差打量一番,说道,"朕见你们都消瘦了些。"托津和初彭龄赶紧叩头。托津道:"臣等殚精竭虑是应该的。只是,臣有一言,万岁在宫中勤政得很,叫做臣子的我们怎么敢懈怠呢?奴才说句私心话吧,奴才早就想为这事上个奏本,奉劝万岁爷定要做长期打算,要爱惜身子,或许奴才不知上下,但一听说,万岁爷每日办事都到夜里二更天。奴才想,万岁爷已不是当值壮年,已过五十寿辰的人了,不必如此宵旰操劳了。万岁一身系着亿万百姓的安危,要多多节劳才是。"说这话时,初彭龄把头埋得很低,心道:像这些有明显的奉迎的话,自己是说不出来的。

"朕何尝不想享福?事情太多,不能不如此啊!"嘉庆帝目光低迷一会儿,感到果如托津所言,眼皮沉重,浑身觉得有些不自在。以后是要注意身体了。心想,等这事一完,无论如何,也要走出宫里,到圆明园好好地休息一阵子。想到这,嘉庆帝目光闪烁一下,抬头望着白雪皑皑的宫院,慨然说道:"朕自继位以来,苗事起,海事起,待一切平定下来,这年年水患,年年搅得朕寝食不安,安敢高枕无忧。托津所言,甚合朕意,朕以为,只要朝廷大臣各个勤政爱民,朕也就宽心了。可是,实际情况不是这样,有的衙门表面看来相安无事,可一旦出起事来就不小,头几年的假印案、盗印案层出不穷,这都是各衙门没有勤政的结果。朕想,做君的要懈怠一天,做臣的就有可能以十天来抗之;做君的要休养一个月,做臣的就以一年来抗之。如此吏风盛行,朕怎敢松懈呢?"

第二十五章

惩河臣雷震勤政殿
会御妻雨润坤宁宫

嘉庆帝读着读着，眉头皱起来了。南河工程已由户部拨了两千四百万两，还是旧工未竣，新工未开，好个温承惠，狮子大张口，还要数百万才能如期完工，这些钱都花到哪里去了？一掷笔，心中难捺阵阵激动……

嘉庆帝顿了顿，见众大臣们个个有些面红，没有谁起来反驳，愈加想多说几句："礼亲王昭梿曾转赠给朕几副对联，说是翰林院的编修、御史吴赓枚所写，此人已于嘉庆十三年过世了。其中有一副是这样的，'奋与偾，盛衰之本；勤与惰，成败之原'，二语可谓是至理名言，朕常常以此为座右铭。朕想，这奋与偾、勤与惰直接关系大清江山开创新的事业的成败，也关系到祖辈开创的江山的盛衰。幸好这几年不似往年，各种大事都压得朕喘不过气来，现在只剩下治河了。"

嘉庆帝停顿了一下："看看吧，自十三年以来，黄河淮河永定河就决口三十四处，河南巡抚衙门里有淤泥一丈多厚，总共算起来，大概少说也有二十多万百姓出外逃荒，背井离乡……唉！"嘉庆帝摇摇头，没再说下去。一抬头，见戴衢亨正跪在外面的门槛边沿处，忙道，"朕不是叫你进来见驾吗？快、快……"嘉庆帝对张明东说道，"今天，反正是议事，又不是早朝，都给他们端上凳子，斟上茶水。"说着，嘉庆帝自己也走下来，一一从几位大臣身边走过，走到戴衢亨的旁边说，"这几日，听说你身子不好，朕让皇二子绵宁送去的慰品都收到了吧。"

戴衢亨又要下跪，被嘉庆帝摆手止住："算了吧，朕不是说过，君臣免礼了吗？"

嘉庆帝绕过镶金的大鼎,又回到龙案后边,望着各自就座了的众大臣道:"这样吧,朕来说一下二位钦差调查的结果。一句话,没有发现重大的贪情,这也可聊以自慰。但朕想,这河臣们太懦弱无能了。怎么能听凭下面乱报开支呢?如加培黄运大堤,夫役增价,多用银四万八千余两;上年挑复海口时,按疲累工段借银共十万六千两,又挑复控淮北盐河,既未事先奏明,所办工段复有淤垫,所有此项工程用银八万三千余两。你们看一看,怎么办呢?"

这一句"怎么办呢"在大殿内来回撞荡,众人感到,嘉庆帝的语气也不似先前的诚恳劝诫,增加了几许威严的分量。

董诰习惯地看了左右,见大家都默不作声,便拢起双拳,朝嘉庆帝侧目,微低着头说道:"皇上,臣想这些事情不是河臣不肯卖力所致,恐是事出无奈,还望圣上明鉴。"嘉庆帝面无表情,接过董诰的话,说道:"这话说起来容易,又不得罪人。再说,朕的耳边就是被这样的温吞水浇得有些失聪了。年年糜费,怎么就不能节约呢?朕看,是他们不懂'节约'二字作何解释!众爱卿想一想,这都是天下苍生所纳的税啊。朕自即位以来,就多次想,朕要仿效先辈,每隔三至五年在全国减税一次,以示朕对苍生百姓的恩德,可是,都没能做成。朕想,只要根除河患,何愁这样的日子不能到来呢?"说到这后一部分,嘉庆帝还真动了感情。

阴沉着的百龄在一旁只顾喝茶,平日里最不怕冷的他今天也穿得很厚,本来单薄的身子裹在大缎袍中显不出人样了。可巧的是,在进宫的路上,他遇到此次惩治河臣的发起者、两江总督松筠。一阵寒暄过后,二人就在宫门边的石鼓旁挡着零散的飘起的雪尘,一起计谋了很久。当时,松筠就说:"百龄,你估计皇上这次会怎么样处置?"百龄的回答是:"那又能怎么样?你的奏折一出,那些人不都被革职留工了吗?估计万岁爷此次不会将他恢复原职罢。"松筠一跺脚道:"正有这种可能。你想啊,前几次,哪回不是雷声大,雨点小,哪回不是河臣们进进出出,东河犯了事,调到南河,南河犯了事,调到东河,长此以往,都惯了。你不知道,那些河臣办事要多横有多横,说一不二。你要是该给的没给,不过三天,万岁就会知道了,下一道圣旨,将你没头没脸批一通,从前的铁保到现在的我松筠都受过此训啊。"

百龄记得,松筠说这话有急不可耐的神情。念自己曾在广州任职之时,是松筠前往办差,事后向嘉庆提及自己在广州是如何治贪的,又是如何坐镇衙门把准备起事的乡民逮到的,这才有嘉庆帝的日后提拔,身为吏部尚书要在揣摩透了圣上的心思后,才能保荐人选,这个人选当然是松筠荐上来的。那就是,陈凤翔。

百龄却并不这么想,心道,我又不是傻瓜,脑袋又不是长在你松筠的脖子上,我自己没有主见呐,提你的人,没门。正欲开口,又想,不急,不急。

戴衢亨本不想再提什么意见,他想,反正徐端的官职丢了,定不定罪,就要看二位钦差的奏折了。当他听到并无有重大贪情时,心中的一块石头落了地。这堵在胸口的大团大团的气流此时也顺畅多了,心想,要是今天能吃一顿可口的饭菜,会撑得走不动路。看看托津、百龄、松筠等大臣,个个神情或高深莫测,或隐藏着计谋,或面露焦急,或喜形于色,个个都不尽相同。他还注意到,松筠的眼神离不开百龄,那神情似有催促之意,这两江总督和吏部尚书一旦联起手来怕不好对付,适才董诰的一段话已经让嘉庆帝驳回了,也就是董诰了,换个别人也这么说,说不定就会惹得嘉庆帝又大怒起来。而那托津的眼神始终就未离开嘉庆帝的面部,几乎任何一个细小的表情,他都看在眼里,唯恐放过。这个呢?戴衢亨想,他不会站在哪一派别的立场上,他的眼里只有嘉庆帝,一切都凭嘉庆帝的意思行事,这倒不必过虑……真可谓绞尽脑汁,一阵盘算过后,他感到,自己必须先说几句。

"皇上!"戴衢亨神情肃然,从座位上站起来,步至殿内,就要跪倒叩首。

"哎,朕不是说过吗?免礼,坐下说吧。"嘉庆帝看着这位面容清秀的新任大学士,心里喜滋滋的:此人在自己的面前,从来是胸无城府,率性天然,可又足智多谋。在他看来,戴衢亨不像董诰那样深藏不露,也不像松筠率性直言、毫无方略,更不像百龄性情孤僻、故作清高,他不是官场斗争的勇士,而是一位极富情感的随和文人,一切都那么文质彬彬,有谦谦坦坦荡荡的君子遗风。

"你回位说吧!"嘉庆帝略一点头,面带不易察觉的笑容。

谢恩过后,戴衢亨清朗的话声就响在勤政殿内:"皇上,冰冻三尺非一日之寒。臣以为,河臣们的弊端不是只在今年才有所显露,自从海事平定之时,又有哪年没有灾祸发生过。实际上,在海事未平之时,河事就已经存在,诚如万岁经常训示的那样。"戴衢亨环视众人,余光中,只有董诰在看着他,其余的都在喝茶,吃着糕点。戴衢亨目光热切地投向嘉庆帝,嘉庆帝干咳了一声,一阵茶杯盖合的声音响过,众人都抬起头来,正襟危坐,嘉庆帝点头示意,说下去吧。

"万岁曾说过,海事也好,兵事也罢,概可以一劳永逸,归纳起来,这些毕竟是人事啊。可治河呢,是一个漫长的过程,在这个过程当中,任何一个细微的差错都可能导致功亏一篑。譬如:南河坚固了,但又久旱无雨,大堤植被死亡,土质松疏,风雨漫浸,就有泄漏的可能,一旦暴雨将至,势必堤毁成灾,东河修复完毕,极可能刚刚在竣工之际,或尚未竣工之时,阴雨连绵,连月不开,新近筑就的堤坝也同样受损,前年马家楼漫水一事,即是明证。自去年入秋以来,整个黄河流域,乌云遮天,秋雨连绵,像是有人把天捅了个窟窿,大雨起劲地泼洒,放着别的地方不说,就是上书房门口不也是水深过膝。从户部赶到上书房时,见大门紧闭,蹚水一看,里面尽是水茫茫一片,这事过后,万岁不也是知道的吗?是的,数年难得一见的大雨都下到地面,地面又能渗水几许,还不是全流归河里,致使河水猛涨,下游不说,仅上游就猛涨起来。当时，日涨三寸，大家还不相信，唯有皇上深悟之，调拨大批抗灾物资，才确保大堤无一险情的。当时，大堤闸门、减水坝、分水渠全部面临严峻的考验，这些情况不亲临者谁能知晓？因此，如此大雨过后，留下隐患之处，当也属情有可谅。"

嘉庆帝一直在点头称许，只是到了这最后，眉头才轻轻上挑了一下，很快又复平了。

嘉庆帝想批驳几句，还没等张嘴说话，朝班中忽地闪出一人，情急之中，语气有些结巴。

"万岁，万——岁！"

顺着声音，嘉庆帝转过目光，是托津，户部尚书兼钦差大臣托津，只见他脸色涨得泛起阵阵潮红，像刚喝了二两二锅头，不顾嘉庆帝的一再明示劝解，推金山倒玉柱似的跪倒就拜。嘉庆帝心里又是好气又是好笑，心道，这个托津，你的意思朕早就明白了，哪有一点大臣的样子，朕还一直想提拔你呢！看你这副猴急似的样子，唯恐别人抢了他的先，但无论如何，就像喜欢戴衢亨一样，嘉庆帝对托津越来越敢于直言表示钦佩、赞许，他话虽说得不完全，可是，要看他的奏章也算是朝中的一支笔了。关键在于，他说的每一句话，都像雨露一样滋润着嘉庆帝的心田，需要什么样的话，他都能及时地补充出来，从而免了自己的许多不便之处，只要对他的话表示态度：赞同、默许或反对。对于托津来说，他无所谓，不会因赞同而沾沾自得，也不会因反对而垂头懊恼，始终本着处处为自己设想的心情来表达每一句话。想到这，嘉庆帝说道："托津，你是有发言权的。不急，不急，又没人和你抢着说，起来吧，慢慢说，慢慢说。"

托津哪里能放过这样的大好时机，事关自己在嘉庆帝心目中的位置，他才不管其他人是怎么看呢！这么一大段的时间，他是干什么的？那就是用尽心机去分析、揣度嘉庆帝的每一句话，尤其是嘉庆帝在听大臣们言论时的面部表情，在他看来，那就是信息。尽管有时有不通的时候，但他的理解是，平常日子里时有曲解圣意的过失，嘉庆帝并无责备，大不了一笑了之，或当做插科打诨的小曲，这就给了托津的一个判断：当有违圣意时，尽管不对路子，也没跑调；但一旦对了路，无疑会让皇上认为自己对事物的洞察深刻。总之，有百利而无一害，比起那些真正一意孤行、按自己设计的方案，欲强加给皇上的强出万倍。做臣子的总有一个信条才是，那就是当今至尊者，唯皇上而已，不按皇上的旨意办，最终会落个粉身碎骨的下场。得不偿失，何必呢？自古以来，忠奸有别，忠的有名留青史的称颂，奸的有骂名千古的唾弃。实质上，历朝历代中的大臣们绝大多数都处在忠奸难辨的位置，在这一部分人中，不也有的青云直上，有的成为阶下囚吗？所谓官海沉浮正是此理。不想别的，为后来的子孙所虑，也应当唯皇上马首是瞻，保准没错。

嘉庆帝让他起来说话的声音，他根本没听见，当值太监见他还呆跪在地上，便走到他跟前，轻轻耳语几句。托津荡起感激的眼神望着嘉庆帝，正遇着嘉庆帝投过来似嘲笑又似赞许的目光，心里一阵温暖，开口道："谢万岁，但臣坐在大殿之中说话总感浑身不自在，自古以来在殿中议事，哪有做臣子敢在皇上面前坐着说话的？"托津说得极为认真，刚才心里的冲动，此时有退却的迹象，喘息不平的语气也趋于平静，话说得顺畅了。

"万岁，容罪臣跪着说话，"他自认为没按皇上的话去，所以自称罪臣。托津道，"刚才众位大臣的意见有不少相左之处，尤其是戴大人的一通言论，让臣听了如茅塞顿开，想必万岁也有同感喽。"他是明明知道，嘉庆帝对戴衢亨的话是不赞成的，似乎想要用一个激将法，以便突出自己的看法，而这看法，托津此刻有十二分的把握是和嘉庆帝一致的。

顿了好一会儿，托津又再接着说道："戴大人所言在臣听来，句句在理。是的，皇上确实说过，花钱治河不在一朝一夕，是个长期的预支过程。但家有家经，国有国经，如果没有全盘规划，头痛医头，脚痛医脚，那么请问病何日才能彻底痊愈呢？国家修复水利是应该的,但国家从征税中所得是有限的。自皇上登基以来,哪一年不在若干灾区实行减免赋税呢?重灾重免,小灾小免,对于治河的支付都年年加大投入,这是有目共睹的。依戴大人所言,治理河工应是个无底洞了,填进多少才能填满,我看永远是填不满的,总要有个度吧,要有个预支的计划吧,增役增价、挑控盐河等众多工程原本就在治河之例,硬要请上,未准之后,仍然一意孤行,又怎么不会产生妄用帑银的弊端呢?"

托津越说越激动,哽咽道:"如此劳民伤财,视钱两为儿戏的河臣,难道不该治一治吗?"唾沫星子在嘴里一阵乱喷,嘴唇已有一丝白白干意,托津用舌头环绕了一下嘴唇,幸亏是头低下的,也幸亏众人尚不注意他。托津继续说道,"万岁,臣实话实说。依臣看来,此次奉旨查办的几位治河大员,确无贪污的印象,但清廉之官未必都是精干之臣。这数年来,河事频出,一大批河臣掌有财物购置、分配的权利,在这些良莠不齐的河臣中,怎么不会产生浪费工银的现象呢?国家辛辛苦苦征来的税收就这样白白地葬送在这批无能的河臣手中,让每一位正直的臣子和天下苍生感到心寒哪。"说着,托津竟挤出一两滴眼泪来,"臣与初彭龄写此奏折时,无不扼腕叹息,真替那些河臣感到羞愧啊!"

两江总督松筠见状,也出列跪倒,在一旁帮腔:"万岁,托大人所言甚是感人。"再一次盯了百龄一眼,暗道,时机业已成熟,还等什么呢?

嘉庆帝颇受感动,禁不住走下龙案,扶起托津道:"好了,朕一直在想法子呢!"又对松筠道,"哪有适合的人选呢?"转身走了几步,带着怨气道,"朕本想提拔一批后起之秀的,朕以为,浙江巡抚蒋攸铦总掌南河比较胜任,但他向朕两度恳辞,言及'未谙河务,深恐才不胜任',朕没有法子。"

百龄看了看站在大殿中间无计可施的嘉庆帝,也感到机不可失,时不再来,忙着把刚送到嘴里的香茶又吐在杯中,干咳一声,仿佛不卑不亢地说道:"皇上,臣有一个人选。"

托津、松筠一听，也不用皇上的再次规劝，都感到目的已达到，前者想，无论如何，河臣要换，自己没白跑一趟，也切中了皇上的脉搏；后者以为，百龄这个老不死的总算开口了，自己推荐的人选肯定有了着落，也不辜负了陈凤翔所送的金贵的瓷器了。一笔人情账从此勾销。

"谁呢？"嘉庆帝转脸直视吏部尚书百龄，这一位也是自己一手提拔起来的，别的本事没有，下棋却有两下子。

百龄不慌不忙地答道："永定河道陈凤翔。"

嘉庆帝沉思一会儿，又把殷切的目光投向董诰和戴衢亨，看样子还是想征求他们二位大学士的意见。董诰低下头，避开了。戴衢亨既不点头也不摇头，他知道，此时说什么也晚了，看他们几位，又是痛哭流涕，又是拍拍合合，再说，嘉庆帝明显已站到倾斜于他们的天平上了，再说已是无益。只是风闻陈凤翔在直隶省任永定河道时的名声也不怎么见好，又无什么凭据在手上，能说什么呢？由于两目交错，不回答显然不行。刚要张嘴，董诰在一旁开口道："一切听皇上明断。"

"好！"嘉庆帝面色一沉，阴着脸朗声说道，"托津、初彭龄奉旨清查河工连年浪费银两一事，当归咎于河臣们的缺乏眼光，不堪担任河工一职，念他们均无有重大贪赃案情，着将历任河总、副总徐端、戴均元等尽行革职，连河署内四十五名员弁一律革职。加培黄运大堤夫役增价、挑复海口、挤济疲累工段等所费银两十一万四千余两，着所任南河总督陈凤翔分别勤追；挑控盐河、整复淤地，既未事先奏明，所办工地尚有大量淤垫，一时清理费用达八万三千万两，着由各历任河总分赔完缴。对徐端已有过革职留工的处分，此次除革职，应交部严加议处。钦此。"嘉庆帝这边刚说完，那边几位上书房的书记大臣就如同誊写一样清楚地呈给嘉庆帝。嘉庆帝接过后，不管墨汁尚还在洇湿，粗略看了一遍，回转到案边，抓起沉甸甸的玉玺，重重地盖在上面，嘴说道："就这样吧，散朝。"

戴衢亨一行人从勤政殿出来，天气更加寒冷，奇怪，还要下什么三月桃花雪吗？凭着在下面为官多年的经验，他想，今年的开春不算是个好兆头……

京城的胡同里，仿佛死去一般的沉寂，沿途有不少堆塑的雪罗汉还摆在街道的两边，早已冻得如同一摊铁疙瘩了，只是颜色不一样。倒有几只冻得瑟索发抖、尾巴紧夹在两股之间的小巷狗沿着墙脚一边嗅着食物的味道，一边蹒跚地走着。

"怕是冻得嘴都张不开了吧。"戴衢亨冷冷地望着这一切，心里想，这么冷的天，徐端怎么样了呢？他大概还不知道自己要被"严加议处"呢。

忽然，从深远的胡同里传出一阵哀乐声，伴有女人的嚎哭，在这凛冽的寒风中，很是凄凉。戴衢亨感到头皮一炸，浑身一个哆嗦，大概是谁家在办丧事呢？一跺脚，说道："走快些！"

春天里有一种景象与秋季很是相仿，那就是，每当暮春时节便总有落英缤纷，就似寒秋中残枝败叶的下场，一阵犹带寒意的春风吹落片片绿叶红花。显然，这些春日里撒落的大都是鲜艳绚丽的色彩，它要比秋季的枯黄腐朽的老树残叶的摧折，更让人生出一腔怜惜和伤感，好像人世间白发人送黑发人。

这一天，嘉庆帝用过晚膳，天色渐渐阴了下来。浓云压得低低的，天地间一片昏暗，一阵阵疾风吹得紫禁城里高大的梧桐树、紫槐、云杨摇晃不停。眼见一场大雨就要来临。嘉庆帝端坐在御案前，值日太监小心翼翼地掌上宫灯，备好笔墨。一大摞奏折又像往日一样摆放在嘉庆帝案上。他习惯地拿起笔，蘸了蘸尚散发着墨香的浓汁，随手翻起一个奏折。嘉庆帝读着读着，脸上的表情严肃起来，眉头皱起。心道：南河工程已由户部拨了两千四百万两，还是旧工未竣、新工未开，好个温承惠，狮子大张口，还要数百万才能如期完工，这些钱都花到哪里去了？越想越气，"啪"地一掷笔，站起身踱到窗前，心里难捺一阵激动。

此时，天已渐黑，外面下起雨来，一阵儿大，一阵儿小，把个梧桐叶、芭蕉叶打得劈劈拍拍地乱响，一股贼风尖溜溜寒嗖嗖地袭来，吹得窗扇几开几合，把窗帘儿撩起老高。嘉庆帝心中莫名地产生一阵寂寞。当值太监站在门槛边，见嘉庆帝神色不对，正待过去关窗户时，嘉庆帝一手示意道："朕这儿不要你管，你前去坤宁宫，看看皇后和皇子到现在都干什么？说朕马上就过去。"当值太监躬身答道："喳，万岁爷，奴才这就过去。"说着，一转身，迈步出了宫门。

不知什么时候，外边的风停了，雨一个劲地往下流，檐前滴水落在青砖上，嘀嗒嘀嗒响个不停。嘉庆帝望着案上堆起的各地奏章，又坐到案前。飘入房间的雨丝扯不断，理还乱。屋里有一些寒意。嘉庆帝原本昏胀的思绪稍稍定了定，他暗想，自己近日来的情绪为何不高？按理说，眼下也是太平盛世，福建洋盗已彻底剿灭，可以说，摇摆的时事就像自鸣钟该停一停，可总有些不顺心，感到心里郁闷得很。嘉庆帝叹了一口长气，找出一份奏折，定眼一瞧，原是两江总督勒保的奏文，只见上面写道："启奏万岁爷，臣奉旨在东海、黄海一带拟初试海运，经过实地勘行，海运之策不可实行，其理由有十二条：一、海运所需的船只应当高大坚实，而目前的船只尚达不到要求。二、海运离陆地甚远，虽有可以经过的航线，但沿途所需补给难以办到。三、海运的日期不定，岂可因为它而耽延物资的流通。四、虽说海上大的洋盗已经灭迹，但据查，仍有不少的小股贼盗出入海上，又不能拨专师来护，其海运的安全性大打折扣……"嘉庆帝看着，暗道：这么一来，海运断不可行了。唉，朝中这班老臣今天这么一个主意，明日那么一个主张，弄得朕两耳闭塞，竟也拿不了主张，看来还是要把他们都派出去办差才是。想到这，提起御笔在奏章上写道："勒保以一武将，东征西讨，灭白莲教匪，擒王三槐贼头，功不可没。今一文职相授，所办之事，甚合朕意，前因隐匿扬名帖一事而夺其武英殿大学士一职，复授之。工部尚书一职拟不夺去，仍留总督任。"嘉庆帝略一沉吟，又接着写道："勒保所议不可行海运之事甚合朕意,传谕军机处、上书房大学士处,海运之事断不可行,今后海运毋庸再议。"

嘉庆帝写完看完,似有不满意之处,又从案上铺出一张宣纸,拣其要言,复理顺句意,最后又添上:海运既不可行,万望各地河工官员加紧治水,以确保漕运畅通,以解朕忧。嘉庆帝取出金灿灿的御印,在朱砂印泥中按了一下,复又重重地按到那张绵白、光洁、柔和的宣纸上,长出了一口气。他站起身,在屋里踱了几趟来回,就听外面有声叫道:"皇上还在批阅公文呢!"嘉庆帝一听,心里惊讶,凭感觉,他知道是皇后钮祜禄氏来了。果不其然,当值太监不一会就跪禀道:"万岁爷,皇后来接您来了。"

望着嘉庆帝日渐清瘦的面容,皇后心里不禁一番愧疚。原来,当洋盗头目蔡牵被击毙时,本着斩恶务尽的理儿,前方将帅就把蔡牵的家属美眷一齐捉到,因为是要犯,不敢擅自发落,便统统解送京师。当初,嘉庆帝也因往年御审了几次王三槐,得着了许多真实情况,这回想也如此,所以对于蔡牵家属,也慎重其事地专门下了一道手谕,要亲自审讯。那日,嘉庆帝驾临瀛台,就由许多禁卫将领将蔡牵家属押到台前。嘉庆帝向人堆里一望,只见三四个男子,七八个妇人,便把蔡牵的兄弟和儿子提出,审讯了几句,也不得什么要领。望着几张稚气未脱的脸庞,嘉庆暗恨不已,同时也生出几分怜悯,恨的是蔡牵一事耗费国资几千万两,还搭上了忠勇义士李长庚,便没问几句就对大学士董诰低语几句,可怜蔡牵的几个儿子俱都凌迟处死。再拿眼一瞧妇人当中,却有一绝色女子,看她年纪不过二十出头,脂玉色的皮肤,桃花色的嘴唇,衬着一口乌金色的牙齿,嘉庆帝也就起了爱惜之心。因为,美人对于嘉庆帝来说也看得多,似这样奇异的女子着实少见。就这么着,嘉庆帝将她暗暗地留在宫中。皇后得知时,心中自然不悦,个中原委,自是不待自明,便下了一道懿旨,赐其自尽。当然,这事对嘉庆帝很有触动,待自己知道时,已是香消玉殒,心中极其痛悼。从此有好一阵时辰心中闷闷不乐,但时日一长,也就渐渐淡忘了,可是在皇后看来,却深愧做事过于鲁莽,加上嘉庆借口忙于政务,好久不来坤宁宫,所以,今日当太监去传说万岁爷要去休息时,便不顾风急雨大亲自来接嘉庆爷。

夜已将深,天黑得像墨染一样,有一阵阵闪电在云缝中跳动着,偶尔划破漆黑的夜空。凉飕飕的风横吹过来,树枝便一阵飒飒声响。乾清宫里却是灯火通明,烛光闪闪。嘉庆帝望着皇后一言不发,立在窗前。闪电时而像蟠螭虬枝,时则如金蛇行空,陡地从云缝中窜出来,将阴森森的空旷的大殿照得一片惨白,又是一阵哗哗的雨声和呼呼的风声交织在一起,在嘉庆帝看来,仿佛宇宙间什么都不存在了。透过檐前摇晃的灯笼,只见一排卫士一动不动地站在雨地里。

皇后盯着嘉庆帝好几次欲言又止,示意太监关闭门窗,都被皇上拦阻,终于忍不住,上前一步,幽幽地说道:"皇上,夜已深了,皇上再勤政爱民,心系天下,也要保重身子骨。要不,叫奴才们护送皇上回养心殿如何?您看,风急雨大,凉风侵体,还是回吧?"说着亲自取出一件狐裘披风为嘉庆帝披上,又帮着系上上面缀着的白檀马尾纽带。嘉庆帝转过身,却见钮祜碌氏上身穿着丝面的杏黄坎肩,一袭荷绿色的长裙,站在微红的宫灯下显得格外风姿绰约、神态俊逸,手里摆弄着素红纱绢,一脸安详而温暖地望着自己。嘉庆帝一看,不禁呆了,好一枝临风芍药!忙上前拉住皇后的纤纤细手说:"皇后,朕不知何故,近日总忧心忡忡,一切诸事皆不顺心……"皇后忙紧紧地握住嘉庆的手说:"皇上,我一介女子从来不过问朝政大事,再说,您也一直反对内宫传说朝中的事,我只是知道,皇上不应该事必躬亲,过问得那么仔细。想我大清朝何等地阔疆大,臣妾以为,总不会年年风调雨顺,五谷丰登,纵有一些地方不是天旱就是水涝,这些都是自然现象。如果发生灾情,皇上一心补救,也就是为苍生着想了。"嘉庆听着皇后的一席话,不禁也频频点头:"皇后说得甚是,朕也从来不信什么天灾有异兆之说,你看,你的一席话真让朕宽慰了不少。"说着轻轻地一拢皇后的腰身,闻着她身上的幽幽清香,心里暗想,好些日子不与皇后同床共眠,皇后毕竟还是皇后,丝毫不见滋生任何不满的情绪,对自己仍是一片深情。嘉庆帝多少有些感动。此刻,他真希望踱进一个悠闲的避风港,清清静静地躺一会,想到这便对皇后身边的宫女说道:"叫御膳房送几样点心到坤宁宫。"又转身对皇后说:"朕今夜去你那,好好地轻松一下。"皇后垂下目光,烛光在她的脸上镀上了一层蜡红,心里的瞬间也是憧憬那缠绵恩爱之夜。皇后说道:"皇上说到哪去了,皇上要去哪,哪儿不是一片春风沐浴。奴婢感恩还来不及呢。这不,一听说皇上要去,我这不是来接皇上来了吗?"说着便亲自拿起一件风油雨水衣替嘉庆穿上。对宫女说道:"晓鸾,换个大一点的宫灯挂在轿前。"那个叫晓鸾的宫女出去不大一会就进来禀道:"皇上,皇后,奴婢办好了,就请皇上、皇后上轿吧。"

第二十六章

医病客弱女尝苦药
惊艳容旷夫起遐思

嘉庆感到，头上的盏盏灯笼有如一个个小太阳散发着和煦的柔光，周身毛孔有说不出的舒展、畅快。嘉庆帝迈着沉稳的步子，不时用余光瞟瞟梅香细白如玉的脖颈，一阵莫可言状的快慰，春风一般地掠过他的心头……

夜雾渐渐浓重起来了。在夜雾的笼罩下，北京城里的各条胡同中许多地方都闪着幽暗的亮光。开始，那亮光由暗红变成边缘模糊的灰白的一片，再一霎，那灰白的一片便和夜雾掺混到一起。顺着方砖铺就的青石板往前看，在两盏大灯笼的两团红光当中，显出红漆大门。在模糊的围墙里面，是一片较明亮的灯光。隐约可听见里面有女人的啜泣声。声声哽咽透出一阵阵凄凉，为这座不大的室院平添了一份哀伤。过不了多大一会，两扇朱漆的大门"吱呀"一声慢慢地打开，打外面进来两位打扮得似乎像郎中的人，紧跟在后面的是位家人。

随着门环的扣响，门扇的启开，一行人径奔那哭声而去。

这是协办大学士戴衢亨的府邸。戴衢亨去年十一月份刚从南河视察回来不久，就一病不起。说起原因可能是受伤寒所致。此刻，戴衢亨倒在床上，面颊生红，豆大的冷汗一颗接着一颗往下滴，俯在身边的戴夫人则是不停地从丫鬟手里接过湿毛巾，轻轻地为他擦拭不停。

戴衢亨轻轻地睁开眼，嚅动了一下嘴唇，戴夫人连忙递过一杯莲子杏仁汤，俯在床沿，深情地问："要喝一些吗？"戴衢亨低低地答道："夫人，你不必难过，没事的，过不了几天就好了。"戴夫人脸一扭，眼泪"叭哒叭哒"地往下掉。一双温润的小手有些微微颤抖,还是强撑着把汤匙在碗里轻轻地舀了舀,搅拌了一会,又舀出一点,递到戴衢亨的嘴边,带着哭腔说道:"老爷,你喝一口吧,喝一口为妻我心里也算安慰了。"站立在一边的丫鬟阿珠更是早已哭红双眼,她也上前一步,放下手中的洗面铜盆,幽幽地对戴夫人说:"夫人,您歇会吧,昨夜就一宿没睡,夫人的身子骨可不能再垮了。"戴夫人坐在床沿独自垂泪。阿珠望着戴衢亨那张病容,实在不能把现在的戴衢亨和初见到他时相提并论。短短几年的工夫,那个风俊儒雅、办事干练、有勇有谋的戴衢亨此时已双眼深陷、口唇焦干,唯有宽阔的额头似乎尚在思考那些忧国忧民的大问题。

又是一阵头晕,戴衢亨紧闭着眼睛,嘴里却说:"夫人、阿珠快扶我,扶我坐一会,坐起来。"戴夫人和阿珠手忙脚乱,到底还是慢慢地扶起他。戴衢亨轻轻叹了一口气:"病来如山倒,可苦了你们了。"干咳了一声,慢慢地咽下了几口莲子汤,咬了嘴唇克制着呻吟,费劲地对旁边的两个女人说:"你们……怎么了?哭了?"到底没能抑制住抽搐的喉咙,一阵猛烈的咳嗽过后,吐出一口浓痰。阿珠俯身从床边拿痰盂接住了,又取出毛巾替戴衢亨擦了嘴唇,哽咽道:"老爷,您少说几句吧,郎中一会就来,依奴婢看来,老爷这是操劳过度,急火攻心,多休息一些时日,自然会好的。"边说边替戴衢亨掖了掖被角,又低着头对戴夫人说:"夫人也去歇息吧,这儿有我呢。"戴夫人听了心里不是滋味,但终于忍住了,站起身默默地看了戴衢亨一眼,戴衢亨下意识地抬起手,阿珠连忙紧紧地攥住,顿时,一股温热的感觉流遍了戴衢亨的全身。

戴夫人站在床沿想了一会儿,扭过身,向房门走去。守在榻边的阿珠不禁想起当年的情景。

阿珠初次相识戴衢亨时,是在那辽阔的蒙古草原上。几年前,戴衢亨负责护陪皇子绵宁去盛京祭过祖陵后,又奉嘉庆帝的密旨前往蒙古王公部落继续通好。实际上,清廷和蒙古王公部落的修好一直都没断过。每年的木兰秋狝就是一个惯常的例子。可那年,嘉庆帝在自己提出倡导勤俭、宽厚、爱民的治世的原则下，便取消了不少盛大的庆典活动，当然包括极度奢华的木兰打猎了。戴衢亨一行人办完公事便直接从长城北部的喜峰口一带回京。赶得也巧，当戴衢亨就要踏入关内的时候竟病倒在离长城不远的一个小镇上。

天阴得厉害，闷得像在蒸笼里似的。西方狰狞可怖的黑云还在一层一层地压了过来。戴衢亨的住处在小镇中虎桥坊一带中的小巷里。

病中的戴衢亨当然十分想念远在京城里的爱妻，可此时，动不动就风沙漫漫，也是一路劳顿所致，戴衢亨在客栈中就发起烧来。这可急坏了手下的家人。他们四处求医问药，可仍不见有何好转，眼见得戴衢亨一日日地消瘦下去，一群人却乱糟糟急成一团无计可施。

这突然而来的事变，使戴衢亨也心灰意冷，他暗忖，何时才能面圣？何时才能回到自己的家？何时才能见到自己心爱的妻子家人？实际上，他还想到，南河的水毁工程能不能按期修复，马家楼的漫水倒灌工程何日才能解除？他长叹一声，微睁双目瞅着跟着自己已有十几年的家人，幽幽地说道："李令仁。"五十多岁的跟班李令仁眼圈红肿，哽咽道："老爷，奴才在，您老人家有何吩咐？"戴衢亨咳嗽几声说："李令仁，我想，你待在我身边也无甚用处，有其他几位照料就足够了，你能否辛苦一趟，先期回京，告诉夫人，我自己的病，我还能知道，十年前曾有过这么一次，那也是在路途，从江西巡抚调至京城时，这你也知道，没什么大事的，你回去吧！不然，他们不急吗？"李令仁一听"扑通"一声跪在地上，叫道："老爷，那时，有夫人在身边，再说，我已派出几位兵丁去寻医问药了，老爷，你不能急啊！"说着，又爬起来，端过一碗热腾腾的姜汤，双手捧着送过来道："老爷，你喝一口吧。"戴衢亨轻轻地摇了摇头，闭目不语。

实际上，京城路过的大官病倒在客店的消息，也惊动了店主人何柱，一日三餐的供应都是何柱亲自操持。何柱来自江南，原先也曾担任过县衙的官差，是个既无兄弟又无姐妹的独生儿，他家世代务农，日出而作，日落而息，过着清贫的日子。何柱的母亲却出自乡间的私塾之家，识得几个字，待何柱长大之时，便教何柱读书识字，由此才当上县衙的官差，刚上任不及两个月的功夫，突然，天降人灾，瘟疫流传。一夜之间，母亲及亲属相继去世，何柱卸掉差使回乡，掩埋了亲人的尸体，便从此流落江湖。只在去年才落脚这个无名小镇，被一老翁招为女婿，当上店主。

这日，忧心忡忡的何柱揣着李令仁硬给的十两纹银前去抓药，小镇里有一条烂面胡同，走进胡同不远，有一座老字号的中药铺，虽然也是草棚瓦舍，但在杂乱无章的地摊中，却也算得上是鹤立鸡群的大铺面了。

何柱与几位熟识的摊主点点头，算是打过招呼，便急匆匆地往中药铺走去。此时正值初春的时节，余寒未退，何柱搓了搓手，闪身转进店门。店主蹲在火盆边正"叭哒叭哒"地抽着旱烟，抬头见是何柱，忙起身道："啊，何柱，抓药啊？是不是你老丈人身体不适？哎，昨个儿在街口碰见不是挺好的吗？"一缕烟雾从嘴里冒出来，随手在炭盆边磕了几下。何柱道："你老人家想到哪去了，实不相瞒，现有京城一品大员，病倒在本店……""什么？京城一品大员，你不是糊弄我老汉啊，没吃过猪肉，还没听过猪叫，哪有京城一品大员会落脚在你们店里？"何柱道："确实如此，您老不信，您老虽从京城来，可曾听说戴衢亨戴大人？戴大人也算是微服私访，并无声张，他原本可以从盛京从官道直趋入京，我估摸可能是戴大人想察看一下此地的民情，不想竟病倒了。据我看来，病还不轻呢！听戴大人的手下人说他曾得过此病，今天算旧病复发，茶水不进，双腮通红。要不您老人家去探望一下？"老中医略一沉吟道："不不，我自打离京以来，就曾对天发誓再也不与官府看病探诊，尽管戴大人在京城百姓眼里，为人正直，有口皆碑。奈何我这把岁数，也不能违了对天所起的誓言。"说着便转身走到柜台后面，仰头不语。胸脯一起一伏，似有难言之悲。

何柱预感到老中医心里憋着天大的委屈，只是零零碎碎地听老丈人谈起过，老中医本名姓陈，原在北京城里开了一个店面不大的中药铺。只是未曾向当街的恶霸打点过，便屡遭欺凌，最后竟被砸了店门，抢了店铺。陈老中医悲愤交加，索性倾家荡产也要在天子脚下出了这口冤气。哪里知道，那恶霸竟能上通府尹，下结地痞，告了半年的官司不仅没能打赢，反倒贴了不少家底。万般无奈之下，陈老太医求教一位算卦先生，历数悲惨境遇。那算卦先生道："古圣先贤早有明训，为政不难，不得于巨室，京城应有好官，本是极好的地方，可你能碰见几个呢？少数恶霸豪绅鱼肉百姓，而管事的官吏一味姑息，王法纵然俱在，而庶民之冤无由得伸。罢、罢、罢！"说完一手扯过算卦的幌子径自走开，消失在人来人往之中。陈老先生不由得老泪纵横，默默起誓一番，便一声不响地回到家里，收拾细软，带着十二岁的小女阿珠星夜离开京城……

何柱从怀里取出那十两纹银，道："您看，这是戴大人的仆人给的，您就开方子吧，权当是位普通的病人。"

正说间，店铺后边的小门"吱呀"一声，打里屋走出一位年方二八的姑娘，只见她粉面含春，花容带笑，自有一番诱人的姿态，身着一件合体的湖绿色粗布长裙，粉红色绣花短袄紧掐着那窈窕的细腰，仿佛春天里的一朵百合花，显得分外娇艳。何柱自然认识，这就是陈老中医的闺女阿珠。因阿珠与自己的妻子平素间有来往，以姐妹相称，关系自然就贴近了许多。阿珠抬眼看到何柱，轻启丹唇道："何柱哥，姐姐怎么这几日不见来玩？"说着慢慢走到爹爹身边含笑不语。何柱道："这几天，脱不开身子，店里的饭食全由她一人掌持。怎么也不见你去坐了，前几天，你姐姐说，身子有诸多不适，常感耳鸣目眩，腰腿无力，要不你过去给她看看？"阿珠嫣然一笑道："让她多休息些。"

陈老中医道："何柱，这十两纹银，我不是嫌少，但不能收下，只是不能前去探诊,如何对症下药?这样吧,我猜想,可能是受风寒毒疠所致,我给你拿两个方子,权且一试。"说着,挥毫写了两个方子递与阿珠道:"何柱店里有位客官病倒了,据说是个官儿,而且称得上好官,你快配好药叫何柱送去,救人如救火,老夫再犟,也不能误了病人。"边说边把阿珠捆扎的两副中药递给何柱。何柱心里叹道:到底是仗义之人。转身欲走,"慢着!"何柱惊讶地转过头去,暗想,莫非他老人家又反悔不成?只见陈老太医满脸愧色对阿珠道,"珠儿,你代为父去探诊吧。"何柱一听不由心花怒放,他知道,别看阿珠是女儿出身,可从小聪明伶俐,但凡父亲为求医问药的探脉、观其气色、对症下药等等,阿珠总是在一旁默记心中,时间一长,竟也能闻其声、观其色而判断病情,八九不离十。如此天资慧颖,陈老太医自然看在眼里,喜在心里,便着手教闺女一些用药常识,好在边关闭塞,也不大讲究男女授受不亲之古训,每逢陈老太医生病或有其他外诊,阿珠便担当起悬壶济世的角色。因此,何柱一听,忙对阿珠道:"那就再好不过了,也顺便给你姐姐望一下,她也时常念叨你呢。"

阿珠微一点头,对老父道:"那我就随何柱哥去了。"随手取过防风的面纱,又带上行医用的包袱,两个人一前一后朝虎桥坊的客栈走去。

和紫禁城里所有的建筑一样,坤宁宫坐北朝南,同样是一座富丽堂皇的宅院。那朱漆的大门上镶嵌着亮闪闪黄铜兽面门环,大门前左右矗立着两座汉白玉雕刻一人半高的石狮,好不威严。早有太监通知执事的宫女,今晚,嘉庆帝临幸坤宁宫。所以,当嘉庆帝和钮祜禄氏皇后所乘的车辇达到宫门时,一股奇异的醇香已从大门内的过道中扑鼻而来。坤宁宫的内外侍女正忙着张灯结彩,忙个不停地摆案设桌。垂花门里的大客厅里,放着罕见的四盆枝干约有一人高的蜡梅,发散着扑鼻的清香,这显然是由花匠把式预先延长了花期在特制的花房里培植的。铜制的长颈鹤香炉冒着袅袅的细烟,十六只玲珑的宫灯把宫里照得雪亮。

皇后搀着嘉庆帝缓缓地下了车辇，徐徐地步入宫中。嘉庆帝望着这熟悉的一切，不禁产生一种恍若隔世之感，在他的脑海中浮起那样一幅幅神奇般的画面来。

紫禁城高大巍峨的神武门上红灯高悬。彩旗飘动，一片喜气。

景山南麓寂静的长街上，挤满了挂着轿帘的各色花轱辘轿车。轿车一辆挨着一辆缓缓前行。由于这里已接近大内，赶车的车夫都不敢高声吆喝，也不敢把鞭子甩得啪啪直响，只是手提缰绳，轻声吆喝着驾车的骡马。骡马的鼻孔里喷出一股股热气，仿佛受到了感染似的也不敢昂首嘶鸣，怕惊吓着什么。那一辆辆缓缓而行的轿车里坐着一位位应选的秀女。刚过弱冠之年的颙琰听说是为自己选妻子，多少有些抑制不住的兴奋。虽说为皇子选妃不及为皇帝隆重，但入选的秀女哪个不是满怀希望呢？

那天颙琰陪生母魏佳氏在延晖阁落座。延晖阁位于顺贞门的西边，前面是御花园中的堆秀山。堆秀山怪石嶙峋，拔地而起，山上的御景亭与延晖阁闪闪放光的黄琉璃瓦顶一般高。山脚前洞门东西两侧台盘上的石龙口中，喷出两股高达数丈的喷泉，为凝重典雅的延晖阁带来了勃勃生机，从堆秀山到延晖阁的庭院里，长满了一株株葱郁的参天古柏，清晨的阳光就透过古柏繁茂的枝叶，照射在延晖阁正门悬挂的珠帘上，使摇动的珠帘闪耀着斑斓的色彩。

从顺贞门一直到延晖阁，高大的红色宫墙下面站着两排当值的太监，一个个面色严峻，垂手肃立。他们虽不像神武门外手执长枪、腰挂军刀的禁军那样威风凛凛，却也令没见过这样世面的秀女们心中乱跳不止。年轻的颙琰本来对这样定亲的场面不以为然，但一想到，在众多的阿哥中，自己极有可能被定为太子，想到未来的大清江山，想到如果在后宫没有一位端庄贤淑的皇后来操持，势必分散自己众多的精力。在他的内心深处，他感到自己的禀性似乎不大偏好女色，在众多的阿哥中，他的表现就是谨遵师训，锐意进取，他似乎与其他历朝的帝王不同，就是有一腔成就雄图大业的决心,要使大清皇朝成为最强盛最繁荣的国家,按照皇阿玛现在的做法显然远远不够,朝中不能让大臣的权力达到顶峰并一味地迁就,诸如和珅。但他还是来到延晖阁,这也是宽厚而孝道的天性使然。

望着个个身材窈窕端庄的八旗女子缓缓地走到眼前,他拿不定主意,只是朝母亲说:"一切全由额娘吩咐安排。儿臣要去上书房了,朱珪师傅留下的功课还没做完呢。"

……………

"皇上,请用银耳羹吧。"不知何时,嘉庆帝的眼前正站着粉面含春的皇后,顺着皇后手指的方向,嘉庆帝见到眼面前的黄案上,已经摆好了两小碗银耳羹,此刻正是晶莹透亮,微温可口。嘉庆帝端起来呷了一口,顿觉一股细细的甜香注入心头。他不由得朝皇后多望几眼。皇后虽说已不年轻,但其圣洁如玉、纯净似水、雍容典雅的风度与那种一般满人妇女中少见的书卷气依然存在。嘉庆帝望着眼前的皇后,迟疑地怔了一会儿,说道:"难为皇后了。"

皇后钮祜禄氏一双眼睛一刻也未离开过嘉庆帝,此时的嘉庆眼神不似平时的活泼、喜气,而是有着一种无尽的愁闷、压抑,看得出眉宇间藏着隐隐的忧愁,弄得皇后的神情也显得极不自在,显得有几分黯然神伤。要知道,皇后今天的封号来得多么不容易,嘉庆帝对自己的原配感情笃深。倒不是因为,她为嘉庆生了两位儿子、续了龙种,更主要的是她为嘉庆帝登基之初垫平了一些道路。原先的喜塔腊氏皇后一辈子温顺有加,可就是这位后来被尊为孝淑皇后的喜塔腊氏却无福可享,撒手人寰,嘉庆帝每到坤宁宫都不免有一番悲从中来的感觉。

嘉庆帝望着这里摆设,心中翻腾起来。他端着银羹汤汁慢慢地踱来踱去。坤宁宫靠里间的正屋一般都不住人的,即使皇后也只能在坤宁宫的东厢房内下榻。嘉庆帝正要迈过那道道珠帘,踏过红烛摇曳的灯火走到里屋,看在眼里的皇后连忙对嘉庆道:"皇上，我已经叫宫女们在此安置好了夜宵，皇上若有兴趣可以让些唱京戏的来解解闷儿。皇上，奴婢业已知道错了，不该让皇上扫了兴致，今晚要好好补偿才是。"嘉庆帝不好再说什么，似乎听得皇后话里有话，多少也有怨气，道："皇后，你想哪去了，朕是那样的人吗？一个逆贼的眷属就能让朕动心不成？朕只是怜惜几条人命啊。再说，对逆贼叛党，不能仅凭杀光，也要给些抚恤，以安民心，以证我大清朝向来是对事不对人，恩威并用。"皇后歉然道："奴婢错了，奴婢忘了自己是什么了。今晚不谈这些，皇上，看你近来寝食难安，奴婢疼在心里，皇上为天下百姓日夜操劳，固然是天下百姓的福分，可皇上也要顾念自己的身子骨儿。"说着，眼圈一红，轻轻接过嘉庆帝手中的银碗，递给一位宫女，吩咐道，"梅香，去看看准备好了吗？"梅香答应一声走了出去。

皇后转身到嘉庆帝的背后，拎起两个小拳头，一边轻轻地敲打嘉庆的后背，一边幽幽地说："万岁，奴婢知道，奴婢不及孝淑皇后的万分之一，可是……"说着竟伏在嘉庆的背上，嘤嘤啜泣起来。嘉庆帝也顿生恻隐之心，是啊，虽说孝淑皇后死了多年，可在朕的心中还是盛着她，按一般的理，皇后丧后三年，也就应册封新的皇后，可是竟让自己一拖再拖，好容易册封下来，又是按自己礼仪节俭的规矩，也没有什么大操大办。即便如此，朕在一年中也难得来住宿几日啊，虽说天天见面，可就是找不到那种感觉，无论如何，今夜要补偿些。

想到这，嘉庆帝凝眸注视着皇后，用左手轻摇着额下长出的胡须，点头道："皇后，今个，朕不是来了吗？今晚一切由你做主。你说吃酒就吃酒，你说听戏就听戏，朕想休息一会，你去看着张罗张罗。"嘉庆帝说完就势坐到紫檀木制的椅上，忽地又站起来，皇后见状，忙对进门的梅香道："快去把我那金丝制的皂黄座垫取来。"时辰不大，梅香给嘉庆帝铺上座垫，嘉庆帝又余光一扫，感觉这宫女轻盈飘逸，似风摆的三月杨柳，忙道："梅香！"梅香听见万岁叫她，忙过来跪拜在地。话一出口，便燕语莺声，沁人心牌:"奴婢叩见万岁!"嘉庆帝道:"抬头让朕瞧瞧。"梅香抬起头来,嘉庆一见,竟喜不自胜。梅香那白皙皮肤的瓜子脸庞,像一朵带雨的梨花,晶亮的双眸里忽闪忽闪的,像有着一大堆秘密似的,在微红的灯光映衬下,雪白的面容越发显得娇嫩鲜红。嘉庆帝越看越爱看,放在双膝上的两只手不停地摩挲着,终于,嘉庆帝眼睛一亮,猛地抓住梅香的娇嫩的小手紧紧地攥在自己的手里,就势一拉,把个梅香轻拎起来,拥入自己的怀中,笑道:"你叫梅香?"梅香两腮飞红,想挣扎一下,怎奈搂住自己的是"九五之尊"的万岁爷,她哪里敢动?浑身勉强地缩成一团。嘉庆帝或许是因为久不近女色,倒愈觉心旌摇荡起来。偏着头,低声地问道:"梅香!你几时进得宫中?怎么朕以前并不曾见过你呢?"梅香听到宫门有一阵细微的脚步声,顾不及回嘉庆帝的话,忙道:"万岁爷!皇后来了,叫皇后看见,奴婢就是死路一条了。"

嘉庆帝并不放松,用嘴呶着梅香的脸说:"梅香,多么动听的名字,听到这样的名字,怎么不想到古人所描绘的一幅幅画卷,怪不得,皇后这里,初春时节尚有梅花怒放,不消说,这肯定是你亲手培植的。"梅香还在挣扎,因那细微的脚步声越来越清晰,梅香道:"皇宫之中,一年四季的花都能见到,又何止是梅花,皇上若要纳奴婢为妃嫔,也要征得皇后的同意。"抬起一双水汪汪的大眼道:"奴婢出身寒苦,本是永定河边的农女,并非旗人。其他情况,皇后都略知道一些。皇后对我可以说有救命之恩。要是皇后吩咐的事,奴婢死不足惜。"说着,眼泪有如断线的珍珠滚落在襟前。

闻听此言,嘉庆帝讪讪地放下梅香,就在这一瞬间的工夫,皇后款款而来,见到嘉庆帝的窘状,又瞧瞧梅香凌乱的云鬟,心里明白了一切。皇后趋步向前:"皇上,晚宴已摆好了。梅香,服侍皇上过去用膳,我去去就来。"梅香一听,心中的石头算是落了地。她连忙扶起嘉庆帝,嘉庆帝心满意足地捏着梅香温润的小手走入东厢房。

刚一起步，就响起中和韶乐之声，丝竹管弦声声入耳，那奇妙的乐感仿佛一股出自山涧的清泉，一洗嘉庆帝的满腹愁云，那铮铮的七弦弹奏出一片鸟语花香的天地。初春的乍寒，在这神奇的弦乐中悄然隐退。嘉庆感到，头上的无数盏灯笼有如一个个小太阳散发着和煦的柔光，只觉得周身毛孔有说不出的舒展、畅快。嘉庆帝迈着沉稳的步子，不时用余光瞟瞟梅香细白如玉的脖颈，一阵莫可言状的快慰，春风一般地掠过他的心头。

是啊，自己是不是太操劳了？大清朝自建立以来百十年间，哪朝哪代不是都出一代英主？自己有幸得承大统，一方面是人品出众，才学过人，但冥冥之中，谁说不能没有天意呢？先皇乾隆励精图治，才思超群，可不也是仿祖先康熙六巡江南吗？虽说有名有目，那游玩的成分可在少啊？祖先如此轻松地坐上金銮，谈笑间，诸事皆顺，可是，轮到我就百弊丛生了呢？看来，锦衣玉食的皇宫与凌乱凋落的乡间，确实有天壤之别。唉，我有时自讨苦吃，何必呢？真正的治国不在朝夕间就能百废待兴的。疏远了妃嫔、皇后，有失天伦之乐啊。

正胡思乱想间，皇后迈着碎步，笑嘻嘻地说道："皇上，你这边看来！"说话的当口，梅香自觉地侍立在一旁。皇后道："梅香，天有些凉意，快去端人参如意羹来，叫她们几位把暖阁里的炭火拨旺些。"梅香道了一声，就去张罗了。

实际上，钮祜禄氏皇后经常感到自己生活在幸福之中。她也十分体谅嘉庆皇帝的苦衷，因为，尽管皇上身为天下的至尊，但也却担负着天下最大的职责，她作为他的皇后感到无上的光荣，尽管这种光荣姗姗来迟。皇后与嘉庆帝对视一眼，她感到嘉庆的一双眼睛充满笑意，皇后道："皇上，您笑什么呢？"嘉庆帝道："朕这些日都没到你这儿坐了，可看不出皇后有丝毫不快，看来，你也是难求的贤德之人哪！"

嘉庆帝那一双含笑的眼睛使得皇后更掩饰不住自己的欢喜。她紧紧地缠着嘉庆帝的手臂道："皇上，皇上日夜辛劳，以国事为重,奴婢又不能为皇上分担一丝劳累,愧疚还来不及呢,哪敢滋生怨言。"说着,急走两步,转过身来,深情地叫一声:"皇上,奴婢也实在想念皇上啊。"

嘉庆帝笑道:"这么说,朕有些慢怠了,那今夜朕要好好陪陪你。"他看出来,皇后刚才去梳洗了一番,却并没有刻意地去修饰,虽说穿的是皇后的常服,比起穿礼服来更显得娴静文雅,她的头上没有戴皇后的凤冠,满头如云的乌发上只是别着两支玉簪,鲜红的绒花插在鬓边,使她妩媚动人,嘉庆帝拉住她的手,问道:"朕想问问,你房里的丫鬟,那个名唤梅香是什么时候来的?听她自己说不是旗人?"皇后一听,长长地叹了一口气:"皇上,一言难尽,以后慢慢诉说给你听,大致情形是这样,去年秋天,奴婢去京城外的天禅寺进香时,见她面呈悲戚,当时,奴婢的身边仅带两个宫女,都被打发去买香了。只剩奴婢一人在观音菩萨面前许愿,这时,就听得殿后,有声声的哀求,奴婢前去打探,原来这梅香要当尼姑。奴婢见她不过十六七岁,心生怜惜,好言劝慰一番,才带她在身边,做个侍女。这丫头倒也勤快,实际上,连个宫女的身份都不是……"望了嘉庆一眼,愣了一下接着道,"皇上以为她如何?"

嘉庆帝正待回话,眼前门帘一挑,梅香进来,莞尔一笑道:"万岁,皇后,请入席吧。"嘉庆帝见梅香上身着月白色坎肩,下身笼着石青褶衣,脸上脂粉淡抹,蛾眉轻扫,微颦似蹙,体态转动之间,给人以凝重之感,忙道:"皇后,让梅香也随便些,既入皇宫内院,也就不必拘礼了。"皇后一听拿眼斜睨了嘉庆帝,没有言语。

清幽的天上,小船一般的弯月已航到了中天。那轻轻飘浮的薄云,此时早已飘得无影无踪了。嘉庆帝此时的心情也畅快了许多,他侧身望着熟睡的皇后,一颗爱怜的心里似乎涌动着大河的浪涛,或许是酒力刚刚产生,嘉庆帝觉得浑身仍然有一股躁动不安的血流贯通上下。他抓起绣龙锦披风,翻身下了龙床,望着娇嫩甜睡的皇后，慢慢地把她一只玉葱似的胳膊轻轻地送回被中。

嘉庆帝踱到雕花的窗格前，用手轻提吊拴，顿时一股清凉的夜风吹了进来，淡淡的月色有如流水一般泻进房中，嘉庆感到多年来使他沉重、窒息的心绪终于一扫而空，他似乎是第一次尝到轻松、愉悦的滋味儿。这时在东北方向的鼓楼上，传来几声清脆而幽远的鼓声。嘉庆帝仰着头打了一个响响的喷嚏，就在他低头掩鼻的瞬间，一件貂皮制的长袍从他的肩头罩住了全身。一声甜甜的"奴婢给皇上请安"使嘉庆帝很快意识到是梅香来了。

嘉庆帝一低头，梅香那秋水般的沉静明澈的眼睛、那瓜子型的俏丽脸蛋儿，已映在他的眼帘中。"——是你！"嘉庆帝那一双炯炯有神的眼睛盯着她，不停地闪烁欢喜的光芒，"起来，起来，你一夜没睡，昨夜酒喝多了吗？"嘉庆帝一边说一边就躬下身去拉住梅香的手，当他拉住她细长、柔软的手时，在一刹那，一股幸福的热流闪电般震颤了他的心。

有了皇后在席间的宽容，嘉庆帝虽是第一次见到梅香，便把她当作自己的人了。他紧紧地握住她的手，轻声道："皇后睡了，我们就不去叨扰了。到外间你那里去坐吧。"不容分辩地拉住梅香就往外间走去。梅香道："皇上，待奴婢把窗子关上，天快亮了，夜气很凉的。"迈着轻盈的脚步，把窗子关上。嘉庆帝搂着梅香的纤丰合度的腰身，低声道："梅香，虽不能说你是绝代佳人，可在朕看来，仿佛朕与你曾见过面似的，也说不出什么感受，虽说你薄施脂粉，淡扫蛾眉，但这正合朕的心意。你很懂得素能胜彩、淡可逾浓的道理。"梅香一听，马上用微笑的表情应道："皇上，奴婢承蒙皇后、皇上的厚爱，感激不尽。早年在民间，就听说皇上是有道的明君，今日能得皇上宠爱，叫奴婢怎好回报？"嘉庆帝道："朕还感觉到，你的身世非同一般，能否对朕细讲。"梅香一听，心猛地一沉，她轻启朱唇，微露皓齿，对着嘉庆帝道："皇上，奴婢身家系着天仇，不瞒皇上，奴婢本属旗人，……"说着竟一时哽咽，脸色涨得红中带紫，嘉庆一见连忙把她拥到外间的帐幔前，柔声道："别急，慢慢讲，天大冤情，有朕担待，有朕做主。"

一碗热腾腾的汤汁顺着戴衢亨的嗓子眼下了肚。没过多会工夫，戴衢亨紧闭了一天一夜的嘴巴终于嚅动起来，他试着张张口，火气冲破的嘴唇还有无数个细细的水泡密布在四周。一阵剧烈的疼感使他张开的嘴唇又闭起来。喉咙发出的嘶哑不清的咳嗽也只能勉强地挤到舌苔下面。他瘦削的面容上沁出一层细微的汗珠，终于，一声沉重的喘息发了出来。昏昏沉沉之中，他似乎觉得自己仍旧睡在小镇上的客栈中，而且睡得很暖和，很舒适，仿佛躺在船上随着波浪轻轻地摇摆，屋子里弥漫着的药香一缕缕地被他艰难吸入体内，他想动一下，抬起的右手，意识到在摸些什么，想睁开眼睛却怎么也睁不开……

突然，戴衢亨枯瘦的右手似乎被另一只手紧紧地握住，他的耳边也传来了一声："老爷，您已经脱离险境，再安心将息几天吧。"似缕缕浮动棉絮，那么轻柔，那么清白，那么温暖。戴衢亨的眼角不由得落下两滴浊泪，顺着太阳穴上的飘动的银丝直垂向耳际。他感到，是阿珠拿着手绢在替自己慢慢地擦拭。从鬓角到额头，再到脖颈，凡是阿珠所触之处，他无不觉得那里像皑皑白雪在渐次消融，那里荒芜的田园长出了青青的嫩芽……他，终于苏醒过来，睁开了眼睛！猛地勾住阿珠，欲要起床坐立。

阿珠一惊，以为是他刚刚苏醒，或是因为梦中的惊吓，连忙紧紧地抱住他，又轻轻地放倒下去，服侍他躺下，一面细心地掖好了被角，一面柔声道："老爷，您刚缓过来，不要多说话，一切都过去了，再也不会有什么危险了，您放心地睡一觉吧，我给您熬点粥去。"说着欲起身，取过搁置在床头的药碗、银匙，戴衢亨的思绪从纷乱中安静下来，微睁的双目中也能清清楚楚地看到阿珠那汪着荷花露水的眼睛似乎有些红肿，他默默地点了一下头，他觉得，自从有阿珠，自己屋子里的景象中都含着一缕飘荡的温馨。

是的，当阿珠端着煎好的药汤送进客栈的时候，戴衢亨怎么也不会想到，在这样穷乡僻壤的小镇具有如此佳丽，他的目光游移在众人焦灼的眼神里，似乎找到一口清洌的甘泉，浑身都感觉到了那初月的光辉的临照。他抵御着那几乎是不可抵御的诱惑，始终没敢抬起眼睛张望一下她的脸，但他看见她的手腕上戴着一只青玉的镯子——或许是从她的母亲那儿传来的，或许更早些，当这只玉的圆圈在他眼皮下微微晃动时，他就再也难以拨开它。他还真切地闻到了那呼吸的芬芳——是一种达紫香和紫花苜蓿混合在一起的芬芳。

健壮的躯体和内在的自信使他原来灰色的情绪陡地为之一振。在一番诊断之后，他执意要听一听这不平常女子的衷肠。何柱劝道："戴大人，先将息身子骨要紧，边塞小镇，顾不得许多琐屑的礼节，还望戴大人能够海涵。"戴衢亨微微一摆手，说道："店东家，你也太客气，想我戴衢亨绝非那样拘古礼而泥风俗的人。"说着对站立一旁的李令仁道："令仁，快给小姐端茶来。"李令仁一听连忙对何柱及阿珠道："你看，你看，光顾了说话，竟然连茶也忘泡了，您二位稍等，我去去就来。"说着拔脚就走，何柱一把拉住李令仁："不必客气，阿珠也不是外人，再说，在我的客栈里没有什么客套的。对吧，阿珠？"

端庄的阿珠一直在默默地观察戴衢亨的气色，她怎么也不能把一个因风沙毒疠的熏染而重病缠身的人与眼前这位久病之身的戴衢亨联想到一起。她原以为，他一定是老迈之人，咳喘加浓痰不止的病人，他一定是奄奄一息呈龙钟之态的老人，他一定是鬓角斑白、额头有着条条皱纹或是白净的面庞冒出层层油腻的官人，他一定是肥胖的手掌终年不勤四体的文人……然而，阿珠想错了，她从他那晶亮的眼神中，似乎感受到一种心灵的撞击，她从这位朝中一品大员的待人神情中，感到他不仅是位好官，或许更是一位受人爱戴的好人。阿珠转念又想，爹爹的满腹委屈或许可以在这位值得信赖的人这里得到伸张，如果那样的话，自己也就可以不必终年待在这漫漫风沙困扰的古镇，唉，怎么能想到离开这儿呢？街坊四邻、熟人亲友都待自己家如同上宾，比起那满市势利熏天的北京城来强了万分,按捺住自己的思绪,阿珠缓步上前对李令仁道:"李老伯,烦你将这药煎了,分别放在两个碗里,别弄混了,这是我爹开出的药方,你也留着,戴大人的病情不是你们想象的那么厉害。待我号了脉,再做定论。"

阿珠坐在床沿边上,将伸过来的那只左手轻轻地摊平,然后将自己那十分俊俏的脸乖巧地扭向一边,垂着的目光望着自己脚上的旧绣花鞋。她伸出一只白嫩嫩的肉手搭在戴衢亨的腕上,戴衢亨绛色草衣的衣袖边酷似残枝败叶的湖面上突然露出了一条鲜嫩的莲藕。戴衢亨那不曾消失的似看到初月光辉的眼眸中陡然射出一缕更强劲的光来,心腔里于是开始涌起一种轻松而又妙不可言的感觉。余光中,呈菱形的枣红色窗格上的棉纸就如许多只无形蝴蝶在颤颤地振翅抖动,跃跃欲飞。

阿珠默不作声,只顾低头望自己脚下那双绣花鞋上的两朵红牡丹,尽管它们已褪去了鲜艳的红色。窗户外面的雀鸟在屋檐下叫个不停。过了半个时辰,阿珠的手终于抬起来,始终安详的面容上隐隐有种愁容。她与戴衢亨对视了一眼。那种无言中的深情相互间得到了印证。凭着家学的医道,阿珠从他的急迷的脉搏中悟出一些从未见过的奇妙幻觉,那里显然勃发着蓬蓬的诗意。幼读诗书的阿珠自然想到李后主的《清平乐》:"别来春半,触目柔肠断。砌下落梅如雪乱,拂了一身还满。雁来音信无凭,路遥归梦难成,离恨恰如春草,更行更远还生。"

"路遥归梦难成……"阿珠喃喃自语。不自觉中,眼眶里已打湿了一圈泪水。她站起来,对何柱说道,"阿柱哥,戴大人的病不妨事的,诸事心情皆不顺,导致气脉紊乱,这跟爹爹的猜测不谋而合。只要把那三包一剂的汤药喝下,再慢慢调养就行,那四包一剂的汤药每日清晨煎熬时,只稍许喝下一小匙就够,不能多喝。"正说间,李令仁端着两碗热腾腾的中药走进来,问道:"阿珠小姐,到底该喝哪种药?"

何柱接过来,一一问明,对李令仁道:"取银两来。"李令仁会意地出去。

　　阿珠硬是不要半两纹银，急得李令仁左也不是右也不是。端着汤药的何柱也十分费解地问道："阿珠，收下一点吧，多少是些心意。"边说边舀起一小口汤药轻送到戴衢亨的唇边。阿珠见状，说道："还是我来吧。"阿珠端着汤药的手有些发颤，她是平生的第一次这么靠近一位陌生的男人，她也不清楚，她的一颗心向来是紧闭着的，此刻会慢慢地向这个病卧在床榻上的素不识面的男人敞开。她感到，内心深处涌动一股细流，在滋润着自身的同时，也滋润着身边的人。她极其娴熟地舀起一匙汤药，嘬起樱桃般的小嘴仔细地吹了又吹，那微张开的三个纤细的指头，笼着那团雾气，优雅地送到戴衢亨的嘴里。饱学诗书的戴衢亨似乎在干涸的沙漠中品尝到一泓清冽的甘泉。戴衢亨不由得泪眼模糊了，眼前晃动的一张如梦如烟的脸，那脸上的表情是疼爱、怜悯和担忧，一双沉思的又有所期待的深幽的明眸正关注地、无遮掩地凝视着他，他的心感到一阵悸动。

　　屋里弥漫着中药味，静极了，只能听到阿珠手中的汤匙与药碗的搅拌声。何柱感到气氛走了样，便轻扯李令仁的衣襟，李令仁一时还没明白过来，手捧着白花花的银两，不知所措，被何柱这一拉，顿时也明白了许多，他俩悄然离开屋子，到了外面，何柱道："李总管，您老是不是很早就服侍戴大人了？"李令仁自豪地答道："那还用说，别看戴老爷年轻，可论起人品，那是一等的，连当今万岁对他也是恩爱无比，我们府上就有不少是万岁爷亲赐的笔墨。今个儿，幸亏病在这个小镇，也幸亏遇到你这位好店主……"何柱见李令仁越说越多，越说越激动，嘶哑的声音里竟带有一种哭腔，听起来让人感动得经受不住，忙打住他的话把，接着问道："李总管！""唉——，你不能这样称呼我，我并非戴府的管家，只是戴府中的仆人，只是跟戴大人的时间长了，别人有时这么叫过，实际上，我是戴大人的忠实的跟班，说起来，戴大人对我们一家有着天大的恩德啊。"何柱说道。"戴大人的妻室可有几房？"李令仁一听，又来劲了，似乎凡是涉及到戴衢亨的事，他无所不知，无所不晓，忙说道："我家老爷只是明媒正娶了一房，这位戴夫人对老爷也是一片爱心，知疼知暖，可惜的是，戴夫人与老爷是自幼定亲，戴老爷是位孝子，对这位远房的表妹也是相敬如宾，可谈话总是不多，戴夫人未曾上过书堂，连描红一类的事也很少会做，你想，自幼生长在农家，能纺纱织布、缝缝补补就可以了，反正老爷与夫人相爱挺深。说起其他，我们戴老爷更是上下都夸。不说是巴结他，哪位朝中大员不是一妻数妾，平时还逛窑狎妓，可戴大人并不这样，从未娶过二房之类，也从不去那下三滥的地方，连有时官场逢迎，也只去府上坐坐，不去那聚仙阁、小红楼之类的场所，连一个歌女也从未带回府上。其实，并不是怕夫人，主要是戴老爷人品、节操高人一等，胸中所想都是国家大事，为大清朝出谋划策，费尽心机。"

何柱静静地听着，心中不免感慨一番，像这样的好官确实太少了。能在儿女私情方面清心寡欲的官儿更不多见。这倒是一个难题，或许是出于感激吧，不行，我要留心一些。想到这，对他令仁说："李老伯，去看看你家大人吧。"

春日的阳光从窗口照进来，使阿珠感到自己的脖子有一股微微发寒的温暖，在出了一身大汗之中，刚刚才清醒异常的戴衢亨又在极度的疲惫之中沉沉地睡去了，看着他那隐盖在棉被下的胸脯平稳起伏着和他脸上轻松怡然的样子，阿珠放心了，不由得把视线从那张长着略厚的嘴唇边的胡子、微微闪动的鼻子的苍白匀净的脸庞上移到那只自己刚刚抚摸过的手腕上，这时，一个念头，一个从未产生过的念头袭进她的心头，她多么想再次去抚摸一下他的手，哪怕只是轻轻地放在上面，她也会从这位有着不凡气质的人那里汲取自己的营养。她甚至想到去看看他那胳膊上的健美的肌肉，想扑倒在他那宽阔的胸膛上，去聆听他的心跳……但这念头刚一产生，自己也大吃一惊，如果说，初次见到这位官员时，她的思绪有些倒错而产生一些不合时宜的想法，那么，现在，则是该平静如水的时候了,可这样一个念头恰如一颗石子投进水面,在心的波纹中又激起一圈圈涟漪,心里不由得通通地响起纷乱的鼓点,满脸羞红,她捂住脸,有些害羞地站起来,从戴衢亨的身边走开。

迎头闯进的李令仁差点和阿珠撞个正着。李令仁急问:"阿珠小姐,我家老爷病症如何?不妨说来给我听一听。"阿珠一下子收去了脸上的红晕,答道:"不碍事的,爹爹给的两副药都能派上用场,一个是清瘟解毒汤,有浙贝母、川郁金、广陈皮、化橘红等中药煎制而成,这一碗已经给戴老爷喝下去了,另一碗是由虎骨酒炮制的正气汤,不能一次服下,须慢慢调养,估计不出十天,戴老爷就会康复如初。""这,这,叫我老奴怎么感激您爹呢?还有您,阿珠小姐,待老爷病好时,我一定让老爷具备厚礼,前去探望您家老爹,还有什么吩咐没有?"

阿珠见李令仁一脸虔诚之态,心想,有这样的家奴也算是一种安慰了,忙道:"别的没有什么了,每天,我都会来的,其他的由店东家告诉你。"说着急急地出了庭院。一阵冷风吹到阿珠的面上,她清醒了许多,刚才纷乱的思绪又趋于平静。

这初春的小镇也似乎刚从严冬的禁锢中苏复过来,穿过镇中的那条小河上飘着一缕缕雾气在盘旋着上升,河边的菜梗、烂叶以及枯萎的杂草随水流荡在两边,散发出一种腐酸味,阿珠和何柱打过招呼一个人慢慢地行走,尽管,何柱一再挽留,但阿珠还是不肯等戴衢亨醒来与他亲自话别,她此时的心情或许就像这虎桥坊下的小河一样,刚刚解冻,被禁锢十几年的心扉恰如这潺潺的水流不知要流向何方?等待她的未来的命运究竟是怎样的一种结局?这偏僻的角落,这迟到的春天!

一个人本应享受到春日太阳的温暖,可在阿珠看来,这道道发白的光芒像无数双探视人心奥秘的贼眼,她不敢抬头,拿眼瞅了瞅前方那熟知的来来往往的人群,平日里,她那小巧而甜蜜的嘴唇怎么也张不开,她害怕一旦开口说出话来,会破坏了她体内的生命柔和搏动，她的胸膛呼吸起伏，她不清楚这是欢乐的颤抖，还是痛苦的颤抖。她低着头慢慢地往回走，昏头昏脑地回到家里……

梦中的戴衢亨，似乎回到京城，回到燕山山脉下的各个村镇，他立在河边，望着永定河的潺潺流水、燕山峰峦上的朵朵白云、偶尔展翅掠过碧蓝天空的大雁，一阵阵发呆。冥冥之中，他似乎预感到朝中的老朋友一个个离他而去，一种说不出来的惆怅和凄凉油然而生。景物如此之美与心情如此之坏形成巨大的反差，忽然，从天而降的一朵云上飘飘走下一位仙子，她手持一小瓶净水，用玉指轻轻地从瓶中沾出一点，又轻轻地弹下，一声清脆的声音破空而来：戴衢亨，你不该为了一个女子作此庸人之志。戴衢亨张望着空空如也的碧空，仰面答道：人非草木，孰能无情？

"老爷，老爷！"一声声急促的呼喊，戴衢亨醒过来，两眼炯炯有神，气色由苍白转向酡红，似乎刚喝了几口水酒，戴衢亨收回自己梦中奇想，见老仆人李令仁正用干净的毛巾替自己擦汗呢，忙道："刚才那位阿珠姑娘呢？她是不是回去了？"李令仁道："是的，老爷！她已经回去了。不过，奴才问过她，她说，您刚才喝的药是清火解毒的，而明晨喝的是祛邪扶正的。这不，老爷在熟睡的时候，奴才见老爷满脸流汗，汗气腾腾，就知道老爷的病全好了。说起来阿珠真是不错，她爹爹有些犟脾气，可她倒是位温柔的好女子。她还说明天还来复诊一下。"

戴衢亨点了点头说："好了！难得我命中有此福分，落难此地竟能遇上这样一位奇女子。病好以后，一定要登门拜访，一并致谢。""那是，那是，阿珠可是连银子都丝毫没收下，还亲自给您喂药，……"戴衢亨感叹道："回京城传音的回来没有？你那还有多少银两？不然怎么致谢呢？"

李令仁一听也泄了气，但忽然间又来了精神："我看店主倒是不错，向他借些银两，日后加倍归还就是了。"正说间，何柱慌忙跑进来，看到戴衢亨，"扑通"一声跪倒在地，上气不接下气地喊道："戴大人，戴大人……"两声喊叫过后竟一时痰涌上来，说不出话来，戴衢亨道："什么事？快快说来，快快说来，李令仁快端碗水来。"李令仁刚一转身，何柱突然放声大哭，"戴大人，你可要为陈老太医报仇啊。"

戴衢亨一听，连忙披衣下床，扶起何柱，连声问道："你别急，慢慢说来，到底发生了什么事？"

此时，天空正翻腾着阵阵乌云，一声春雷原本应该催开万物，不想在此时此刻却下起令人揪心的淫雨。戴衢亨令李令仁带几个亲兵列在门口。功夫不大，霏霏的细雨就落下来。风沙呼啸着冲开房门。戴衢亨眼见何柱慢慢缓过劲来，便道："发生了什么天大事，有我担待，有什么天大的委屈，诉于我来，我不能做主，难道咱们的圣上不能做主吗？"

何柱撕心裂肺般地喊出了一声："阿珠她爹遭难了。就在阿珠离开本店后，我本想去感谢她，为大老爷，也是为自己。谁知道，当我踏进去，那阿珠已经昏死在她爹的身边，青天啊！"

第二十七章

恤民情招惹糊涂账
愧君恩了断潦倒身

嘉庆帝心想，真是东家长西家短的陈芝麻烂谷子的事，一甩手，走到张明东跟前，低声说："去，备轿！"随后对躺在地上的郎中道，"朕不是给你们两家断个是非曲直的，各自写一份诉状，交给你们的县令！"

清冷的太阳终于钻出东方那道厚重的乌云，跳了出来，顿时，漫天都是的一条条橙红浅粉的云霞也渐渐地亮丽起来。丝丝缕缕的光道为靠近地平线上的那道乌云镀上了一层金边，可以很明显地看出，那不是一道纯金，有许多的杂质掺在其中，幽暗处时时可见。但天空非常高远广阔，衬得阴湿的地面十分扁平，远远近近的一声声颤抖摇曳的鸡啼高亢地响起，仿佛那道道的炊烟四处漫起，在地平线上袅袅地上升，只可惜，在清晨的催促下，却听不到起早的农妇铲锅底的声音，或者，赶着牛儿下田耕作的农夫的吆喝声。

一身便装的嘉庆帝无论是在宫里，还是外出巡游，都有早起的习惯，他一路走着，不由得时时地向那愈来愈清晰的原野中望去，看见地面上露出一截截树桩，就眉头紧锁，似乎有些心惊肉跳。上面是否还挂着一些牲畜的皮肉与肚肠，自然也看不清楚，黎明的鸟雀唧唧喳喳叫得正欢。想必早被鸟雀啄得一干二净了。

他多少有些兴味索然，搜肠刮肚得来的几句诗也随低落的情绪跑得无踪无影。一抹薄云遮住了太阳，散发着一片清辉的光束，倒像是月夜而行了。"鸡声茅店月，人迹板桥霜"这句诗用在此倒觉合适了。他这样望着，却注意到那远处的地里蹲着一个黑影，他依稀看见是一个女人，在地里挖着什么，越走离那团黑影就越近,他认出来了,这不是自己住店的那位女老板吗?

他惊异起来,凭着那座客栈的规模,能不吸引来来往往的客商?大清早不催着伙计侍候客人,跑到这地里来做什么?

嘉庆帝紧了紧腰间黑色的腰带,随手一摆,远远跟在身后的太监张明东立刻一阵小跑过来,躬身答问:"万岁爷有何吩咐?"嘉庆帝道:"朕要去那边看看,明东,你且回客栈去,准备停当,朕想,还是回宫的好!"张明东赶紧又答道:"奴才听旨,奴才早说过了,万岁爷何必要亲自出巡,弄得奴才等人整日胆战心惊。"

"什么?你等胆战心惊什么?"嘉庆帝满脸不高兴地问,言下之意,在朕统治下的大清朝难道还有敢对朕下手的人吗?实际上,嘉庆帝的内心深处一想到嘉庆八年的闰二月,心里就有些胆怯,那次陈德于紫禁城神武门内持刀行刺,令人惊骇。

适才太监所言正中了嘉庆帝的一块心病。所以,嘉庆帝当然一时不快,愤然责问。"奴才失言,奴才失言,奴才该死,该掌嘴!"张明东边说边用手狠狠地抽了自己几个耳光,深陷的眼珠却滴溜溜地观察嘉庆帝的脸色。嘉庆帝啐道:"还不快滚!""喳!"张明东转身要走,"慢着!朕问你,朕的禁卫军都调来了吗?直隶总督温承惠怎么不速来接驾?"嘉庆帝问边向前走,张明东紧紧相随,一听这话,连忙答道:"万岁爷,奴才早已吩咐过禁卫军校尉马统领,万岁爷,您看,那远处的树桩下都蹲有禁卫军。另外,温承惠也快到了。万岁爷忘了,您昨夜才下旨召见的,估计今日必到。"

嘉庆帝并不表态,继续往前走,脚下的路是专供来往的骡车所行的,又处于洼地,嘉庆帝心里明白,四周看起来似乎没人,实际上,哪条沟沟坎坎中,都有自己的禁卫军,听说是校尉马统领把持,心里也犯起一阵嘀咕。这么说,自己的健锐营还留在天津卫喽,在那里保护皇后,保护一大批宫眷。唉,自己一时兴起竟把他们留在那里了。但是,嘉庆帝还没有胆小到寸步难行的地步。看着天上的太阳渐渐地升高,嘉庆帝整理一下自己头上的黑色丝绒瓜皮小帽,信步下了洼处,几位太监若即若离地紧随身后。

两边的土岸渐渐遮住了视线。被一夜之间的露水湿润了的泥土微微发出了土腥气。两边的土地不住地升高、升高,把嘉庆一行人关在散漫着土腥气的甬道里。嘉庆帝心里陡然升起一种恐怖感,低头望着脚上的锦缎面的布鞋,终于还是站住了。

"万岁爷,露水太重了,看看万岁爷的袍摆都被打湿了。"一位太监气喘吁吁地道。嘉庆帝也感到脚下有些凉意:"好吧,朕回去!"

就这么着,嘉庆帝不疼不痒地逛了一早晨。当他回到客栈时,猛一回头,只见散伏在各处的兵丁已经从隐蔽处往回撤了,时辰不大,马统领一身湿气地跑来跪禀道:"万岁爷,昨个可曾休息妥帖?如有不周,尽责奴才等失职之罪。"嘉庆帝不等他的话说完,就威严地打断他说道:"尔等只知保护圣驾,却不注重体察民情,要是踏毁田里的青苗,让老百姓平白受损,唯你等是问!"一时间竟脸色铁青,毫无笑意。

这座客栈落在行人来来往往的官道旁。可是,自打嘉庆帝的轿辇到这儿以后,那些小商小贩一个都不曾见到,平日里喧闹的马路也如同这清晨一样寂静。嘉庆帝接着道:"马统领,朕不是你们所想象的胆小之君。"一抬手,从马统领的腰下拽出一把明晃晃的军刀,对着客栈门前的那棵枣树,"嗖"地一下掷过去,不偏不倚,正中枣树的躯干,历经一冬而不落的枣树叶子成阵地"沙沙"落下。那柄军刀深深地插进树干中,刀柄还颤动不已。

"好准头!""真乃百步穿杨!""好!"马统领及数个太监大声地叫着。嘉庆帝微微一笑,神情与先前大不一样。他进了里屋,虽说是在客栈中,可这里的布置无疑又是一座行宫,只不过四周的景色与之不相协调罢了。抬脚脱去了湿鞋,太监张明东把早已备好的热水端上来,蹲下去为嘉庆帝慢慢地搓脚,一边搓一边问:"万岁爷,这才不到五天的功夫,您就把京郊一带的民情全都看在眼里了,百姓若是知道圣驾亲临此地,那还不知道怎样欢天呼地呢!"嘉庆帝喟然道:"你哪里懂什么察看民情,朕这一路上,虽谢绝各种进贡的礼物，也确实体味到百姓的苦衷，哎，你不必在这里伺候朕了，出去看看那店主人回来没有，就说朕要走了，想见一见她。""喳，奴才这就去。"太监张明东答应一声走出去。

嘉庆帝整好衣冠，屋里火盆中散出的热气，使得他习惯地从枕边摸出那把檀香扇，他轻轻一抖，扇面忽啦一下全部展开。嘉庆帝望着这把精致折扇，陷入了沉思之中。他如何不想效仿先皇数次南巡呢？他想向天下显示，经过数十年的苦心经营，如今，终于有了这四海升平、万民安居的大好局面。可是，这又算什么呢？今天这里水祸，明天那里旱灾，再不就是各地的邪教异徒又有死灰复燃之势，难得近几年风平浪静，好歹也算说得过去，但从未敢掉以轻心过！似乎各地的官员贪污之风又起，按下葫芦起了个瓢……

正沉思间，张明东的尖叫声在门外响起，"店主人已回来了，万岁……"嘉庆帝一听顿时发火道："都进来，朕身为一国之君，难道要在一位民妇面前遮遮掩掩吗？"一步冲向房门，"哗啦"一声，大门开了。嘉庆帝怒气冲冲地对张明东说道："以后说话，该说什么，就说什么，像你这样吞吞吐吐，又怎么能留在皇宫行事？"张明东"扑通"跪倒又是一连串的"奴才该死""奴才知罪""奴才应该掌嘴"之类的话儿。门边站着另两个太监都止不住地用手捂着嘴，生怕笑出声来。

一抬眼，嘉庆帝对站在庭院中的那位民妇说道："店东家，你过来。"那民妇哆嗦个不停，深低着的头压得只看见头顶上盘着的弯弯发髻，两条蓝色的带子把头顶上的发髻结成一对双环，听到嘉庆帝的喊叫，她急走一串碎步，深深地弯下腰，双膝一软，跪倒在地："民妇不知圣驾到此，罪该万死。"

"抬起头来，朕并没有说要治你的罪，记得刚来时，还曾见你笑脸含春。"说着一指院中的那棵迎春花树，接着道，"朕还想听你细说这迎春花的奥妙呢。昨日下午，你不是讲得很好吗？"嘉庆帝大度地一抬手，另一位小太监赶紧跑到跪着的民妇耳边，说道:"万岁爷恩准你抬头面君,还不快快谢恩。"话刚说完,又退回原地,站立不动。嘉庆帝留神一眼,见这位小太监长得白净面孔,两颗黑黝黝的眼珠似会说话般地来回转动,小巧的鼻子有些暗红,心里竟一时想不起来叫什么,顺势说道:"朕要和你谈话。"

那民妇伏在地上磕了几个头,才慢慢地起身,拨弄掉沾在膝盖部位的杂草,才敢用侧目瞟向嘉庆皇帝,慢慢地站起身。

踌躇了好大一会,嘉庆帝瞅着那民妇,慢声细语地问道:"朕问你,当朕昨日到你客栈住下时,你可曾识出朕的身份?"民妇摇了摇头。似乎没有找到一种威严的感觉,嘉庆帝又温和地问:"怎么这偌大的客栈就你一个人?你没有丈夫和孩子吗?"

民妇一听,不由得满面悲容,"扑通"一声复又双膝跪倒,哽咽道:"万岁,民妇已经三十多岁,焉能没有丈夫和孩子,说起来怕万岁爷怪罪,或是扰了万岁的兴致。"嘉庆道:"哎,这话说到哪里去了,朕乃一国之君,你有何难苦之处,不妨细说。"

民妇的眼泪扑簌簌地流下来,带着哭腔道:"民妇的丈夫去世已整一年,去年的此时,我丈夫到山上砍柴,他从来不用长工,家中的琐事都是自己去干,两个孩子尚小也不能跟着,万幸没有跟去,要不民妇也活不到今日。我丈夫在山上砍柴,据他自己咽气前说的,正砍着柴时,猛地从树丛中窜出一条一丈余长的青花蛇,我丈夫过去也曾见过,那蛇毒性大得很,我丈夫情急之下,拔刀去砍,不想偏偏这刀就深陷在树干里,一时抽不出来,就在抽出刀的一刹那,那蛇一口咬住我丈夫的脚脖子,丈夫的刀也砍断了青花蛇的七寸。当我丈夫挤出一些血水回到家时,便命一个帮工去药店抓药,那开药店铺的郎中在此一带小有名气,原本两家相处得很是和睦,都是为购置三分田,两家相持不下,最终弄僵了。真是事到危难处时,不得不去求告治解之药,哪知那郎中竟挟愤于胸,终不肯给,奴婢前去百般告饶,也无济于事,眼睁睁地看着我家丈夫咽气……"说到这里,那民妇已是泣不成声。

在旁的一行人,包括嘉庆都有些受到感染,嘉庆帝觉得,自己鼻子一酸，生出悲天悯人的柔肠，他继续问道："那你的孩子呢？"

民妇理了理散乱的云鬓，把头上插歪的簪子重新扶正。哽咽道："孩子都已送给城中姥姥家暂时寄养，民妇一人要操持这么一个客栈，如果再带孩子的话，肯定忙不过来的。"嘉庆帝点头称是。

民妇短而直的头发在面颊上披下来，遮住了半边脸，但是依旧可以看出她那腮帮子上挂着的清晰泪痕，眼光也非常忧郁，怔怔地立在院子当中发呆。嘉庆帝叹气一声，摇摇头说："这样的不幸让人听起来很难过的，你操持这么大的一爿客店着实不易，生意还好吧？"

民妇想了一会儿，说道："承万岁爷的洪福，生意还能做下去，本不想继续干的，奈何丈夫留下的欠款一时还没能还清，只有勉为其难，总不能欠账不还吧。好在天无绝人之路，守着看家本钱，尚能糊口度日，不敢烦扰万岁爷的挂念。"嘉庆一听，面露不易察觉的喜色，转过身来，对张明东道："朕的房钱要加倍多给些，以后尚有什么困难，尽管提出来找你们的知县及乡里的保长，在此立一块石碑，刻上朕曾住过此店，以后生意也会兴隆些。"张明东答道："万岁爷吩咐的极是，真不愧是万民之父母，还不快谢！"那民妇一听，连忙又伏在地上叩头称谢不已。嘉庆这才感到身上有些凉意，遂转身进屋。

明亮的烛火还在屋内摇曳不停，嘉庆在屋里踱着步子，沉吟了一会，把心一横，索性在这荒郊村野住上几日，传令把那误人性命的郎中带来，张明东领了口谕，带着几名亲兵去了。

转动之间，嘉庆的腰际环佩叮当作响，声音悦耳，用手一摸正是一块如意玉，通体通明湿润有加。有烛火的映衬呈现一团柔和的光晕忽明忽暗，嘉庆心道，这是皇后分手所送的礼物，皇后尚不知道我身在何处呢？一种思念油然生起，想来想去，决定还是回宫，尽管此次出来拜谒西陵，一路上有不少礼仪尽减，似乎这一带的民风民情还未了解个透彻，但多少也八九不离十了。等温承惠的人马一到还是回宫。正想着心事，外面的亲兵进来禀告：

"万岁，挟私报复的郎中已经带来。"工夫不大，那郎中头戴纶巾，进来时还神气活现，不知什么原因似的，头向后面微倾，显出不耐烦的样子。

嘉庆一见来人的这种神情，脚底生出两股恶气，断喝道："还不跪下！"那郎中一愣，心里犯起嘀咕，这人面含威风，言语间不像一般的地方官。迟疑了一下，后面的亲兵照着膝弯猛一下脚，"哎呀"一声，郎中感到一阵钻心的痛感，就如同一堆烂泥似的倒了下去，额头上，巨大的汗珠就滚落下来，下意识地用手一摸，小腿骨头就已经断了，他再也忍不住了，野猪似的嚎叫起来。

"大人，不知大人何故抓我？我罪犯哪条？"他凄声惨裂，痛苦万分，本来十分白净的面孔此时像是打了蜡似的，暗黄一片。面容顿时显得憔悴了许多。

嘉庆怒不可遏，他连自己也没想到，堂堂的天子竟当起一名县令的差事，眼见郎中如此惨痛，竟不知从何问起，心里有点怨恨手下人太鲁莽，做事不讲究火候，要是胡乱判他一通，恐日后，两家仍是不相和，想到这，对一直侍立在旁边的张明东说："赶紧去把太医叫来，替他医治一下。"这一个"太医"的专用名词从嘉庆帝的口声说出来，很细很轻，像三月的柳絮，轻飘飘的，在那郎中听来却不啻是晴天霹雳。他怎能知道，眼前端坐的是嘉庆皇帝呢？他为何住在这家客栈？又为何将我抓来？百思不得其解，一年前的事，他早就忘个一干二净了。

"郎中，我来问你，你如何与这家店主人结下怨恨，致使这家男人不治而亡，留下一女二子苦度余生？"嘉庆的语气和缓了不少，但射过去的目光依然很严厉。嘉庆注意到这跪着的郎中已不是跪着，而是斜瘫在地上，裤角有些血迹正慢慢地扩大，不一会已有一小滩。

奉命赶来的太医在见过嘉庆帝之后，动手医治这郎中的腿伤。这太医姓袁，字道平，是祖传的老中医了，服侍过晚年的乾隆皇帝，医道自然是很高超的，他细心地用手一探，对嘉庆帝说道：

"皇上，这人的腿骨已是折了，需要立即调治，如若不然，腿骨将坏死，危及生命也是可能的。"

郎中一听，更加印证了心中的猜测，急忙要爬起来叩头，但是不能够这样做，剧烈的疼痛使他半拖那条断腿，半是立起的身子朝嘉庆帝悲咽着说："万岁，罪民确有冤枉啊！"他的断腿失去了知觉，已汪在血泊之中了，面色变得惨白，痛苦不堪的泪水已流遍了面颊，他哽咽道："万岁，万岁错听了一面之辞啊，为何不容罪民详述？"他心里想，这一切包括打折了腿都是由嘉庆帝一手安排的。

忍住了疼痛，那郎中要叙述缘由。嘉庆帝心想，真是东家长西家短的陈芝麻烂谷子的事，一甩手，走到张明东跟前，低声说："去，备轿！"随后对躺在地上的郎中道："朕不是给你们两家断个是非曲直的，各自写一份诉状，交给你们的县令。"

嘉庆帝一刻也不想停留，就在这时，耳听村外，鞭炮齐鸣，锣鼓齐鸣，亲兵急忽忽地跑进来，禀道："万岁爷，温总督来了。"

"起驾！回京。"嘉庆帝一面吩咐，一面往外走，回首间，见那民妇站在院中哭泣，走过去，说道："朕已为你正名，何必忧伤呢？天下太平之日，也不能说没有个坎坎坷坷，想开些，寻个人家。"

民妇跪倒，叩头释道："民妇哪是哭泣，实在不知如何报答圣恩啊。"话未说完，张明东已搀着嘉庆帝登上暖轿径自离去了。

明月初升，云蒸霞蔚，浩渺而幽邃的天宇中涌出一盏冰轮，丝丝缕缕的轻纱在初升的冰轮周围翻滚缭绕，好似江面上的层层逐流的波纹，群星失去光泽，隐藏于乳白的幕布后边，好似不敢与皎洁的月光争辉，这样的好月色在清江古城是多么难得一见。徐端躺在床上已是一天一夜没有进滴食了。

月光似水，把空荡昏暗的瓦屋地面上，洒上了一层轻霜般的冷光，窗外微风吹拂，树影婆娑，却是异常的寂静。徐端心里明白，在这万籁寂静中，正孕育着一场不期而至的春雨，绝非是那淅淅沥沥的一种,他勉强地舔着干裂的嘴唇,想披衣坐起。刚发出一点响,候在床边的大顺就被惊醒了。不一会,里间的夫人也穿着皱皱巴巴的衣服站到了床沿。

"徐大人,点上灯吧。"大顺哀求道,"可想吃些什么。"徐端摇了摇头,艰难地抬起手指了指窗外,大顺眯着眼睛看了一会,点头道:"是的,是的,徐大人,您静心养福吧。现在就是天塌下来,也压不到你的头上了。"说着,打着了火石,点上了一盏滋滋作响的灯盏,放到紧靠床沿的桌上。徐夫人默默地将燃起的火苗挑了挑,也是一脸哀相,望着丈夫黑瘦的面庞,心里禁不住悲凉。

要不是这趟去京城,也不会落个这副模样,原先,自己是不允许他去的,可是,到底没能拦住,这下好了,几位平日里尚能接济一点的同僚们仿佛敬鬼神而远之了。心里不免生出一番不能原谅的情绪,望着徐端,眼泪在眼圈里直打转儿就是掉不下来。转身就去厨房。

一阵压抑的哭声不一会就从厨房里传出来,在寂静的深夜,传入徐端的耳膜,极远的又是极近的,极洪大的又是极细切的,徐端张着嘴想说些什么。大顺轻声说:"老爷,你老是不吃也不是法子啊。"两人彼此注视着,有半个时辰。

徐端苦笑一下,终于开了口:"大顺,告诉你婶娘,端那碗稀粥来。"大顺很是惊喜,刚到厨房口,就见徐夫人正在锅台边热那碗稀粥,灶下的火很旺,映衬得徐夫人秀美俊逸的脸上红扑扑的。大顺道:"婶娘,我来吧,你也是一夜未曾合眼了。"徐夫人看了看这位憨厚质朴的家人兼差办,心里不知怎么感激才好。她默默地退了出去,进屋看了看闭着眼睛的徐端,走过去掖了掖被角,以手摸面,试一试尚有余热的额头,徐端把她的手拉住了,感激地说道:"夫人,苦了你了。"边说边拍道,"夫人,倘若我真的不行了,你带着三个孩子该怎么办呢?"说着眼角竟流出泪滴,徐夫人看了如针刺心。一连半个多月,自打京城回来,就染上了风寒,要在往日早就好了,可是这回却一直这么拖着,弄得徐夫人心里整日提心吊胆。"去吧,去看看孩子,白天,这些小家伙真缠人啊。"徐端怅惘地叹了口气,"去吧,有大顺在呢!"

恋恋不舍的徐夫人刚走,徐端忽然感到胸中像是有块铜一样的硬物在紧逼着自己,压得自己喘不过气来。他的两手猛地一把床沿,大口喘着粗气,感到眼前有金星闪动,他用一只手艰难从怀中掏出早已拟好的书信,放到枕头下,心里明镜似的感到大去之期不远矣。这对于自己或许是一个结局,而且还不错,他明白自己的致命弱点,那就是,心肠太软了,工作又太实在了。虽说干河臣也有几年了,也经过几进几出,这中间有好多人的明劝暗讽,有坦言相助,都没能改变了自己的禀性,当和戴衢亨分手以后,他的心里就憋着一口气,始终发不出来,躺了这么长的时间,平日里点头哈腰的属下和地方官都像避瘟神似的躲开了。

他努力睁开沉重的眼皮,望着空荡的家中,心中很是难过,太对不起温柔贤惠的妻子了,对不起尚弱小年幼的孩子,想着想着,泪水已爬遍脸颊,他在深深的懊悔中睡去——

突然,一股狂风凄厉地呼号着,从村庄无数的屋顶上空掠过,摇撼着沉睡的大地,堤岸边高高的白杨树发出了"咔嚓咔嚓"的断裂声,多年沉积在房梁上的尘土,簌簌地落下来,狂风过后,火蛇在铅灰色的天空上乱舞,霹雳在树梢上炸响,雨注像无数条凶狠的鞭子抽打着大地,仿佛一群群的魔鬼,为了撕碎地上的一切,而疯狂地显示自己的淫威。望着由北奔腾而来的洪水,徐端在拼命敲击着破碎的铜锣,一点点声音也没有,早被淹没在哗哗的水流轰响中,他真是急啊,迎着像无数条翻滚跳跃的巨龙水浪直扑过去……

"老爷,老爷——"大顺接连几声急促的哭喊,终于把徐端从弥留之中呼醒了,他睁开眼,眼光黯淡下去,额头上竟起了一层豆大的黄黄的汗珠,他舔着干裂的嘴唇,想说些什么。大顺连忙扶起来,徐夫人又一次披着上衣焦急地望着一语不发的徐端,说道:"肇之,你要说什么啊!喝口药汤吧!"朝着放着铁皮煤炉的墙角走去，炉火的微光也暗下去，冒着热气的药罐正散发着阵阵浓烈的中药味，徐夫人端起来，用一条破旧的毛巾包好，斜竖起来倒入碗中。

徐端望着这一切，只能以摇头表示拒绝，他知道，自己将不行了，此时已是气血两亏、气若游丝了。前几天，他的精神稍好些的时候，就预感到这一天终将来到，在他的脑海中不时地出现那滚滚的洪水场面，仿佛给他某种暗示，他多次表示，这病不要再治了；再说家里用"徒壁"来形容毫不为过。他殷切注视着大顺，从枕头底下摸出一封信，递与大顺，点着信封的手指枯瘦如柴，指着北方。大顺瞟了一眼，见信是寄给戴衢亨的，便点头会意，掖好藏入怀中。

徐夫人用汤勺将剩药舀起要喂徐端，大顺也低低地说："老爷，您不能去啊，夫人、孩子都舍不得您啊。"

徐端撇过头，又朝夫人伸出三个指头，徐夫人悲痛到极点，一声干号仿佛从心底里发出来，她踉跄地奔出去。不一会，三个睡眼惺忪的孩子被徐夫人推至徐端面前，徐端默默地端详了一会，他实在太愧疚了，实在不忍心看到一生为官到头来给孩子留下仅能够糊口的一点点家产，清江城外的几亩地还是徐夫人节衣缩食攒下来购置的。徐端只觉得眼前一黑，一片白浪浪的世界在脚下伸展开来，徐端突然感到周围一片嘈杂的声响，旋转的水窝里，声嘶力竭地叫喊着："天哪，我不活了……"然后，是寂静，永远的寂静，徐端感到自己的身子飘起来，无数个淹死的幽灵飘浮在半空，围着自己又唱又跳，徐端不停地喝斥，喝斥，从未有过的震怒连自己也颇感吃惊，像是变了个人似的，像是有人在喝斥他：早如此，不至于今日，看看你们河臣的杰作吧。徐端低下头，洪水过后的原野裸露在清晨的霞光里。

徐端轻轻地挥一挥衣袖，满天霞光好像善解人意而怜悯的天使，给它们镀上了一层五彩缤纷的花环，赶走了成阵的乌鸦，乌鸦"嘎嘎"的叫声让人毛骨悚然……

徐端飘去了,像发黄的落叶轻轻地飘落了。

任凭妻子儿女以及忠实奴仆的凄婉哀绝的呼喊,徐端还是死在三月初春的寒气里。

五天以后,当大顺赶到戴府时,已是明灯高悬的黑夜了。

望着戴衢亨大病初愈的体态,大顺忍了再忍,还是夺眶而出的泪水渲泄了一切事情的过程。戴衢亨头脑一阵晕眩,实际上,他第一眼看到大顺一身缟素,心里就明白了八九分,没想到,大清朝中第一位治河能人就这么凄惨地走了,他抖抖擞擞地拆开徐端的来信,不禁潸然泪下,闰三月啊,多么不吉祥的闰三月!

徐端,你走得太早了,几次看你的模样都那么令人揪心,这次连你的模样也看不到了,戴衢亨颓然地瘫坐在紫檀木椅中,脑海中不时浮现出他与徐端交往的一幕幕场景。大顺泣不成声,蹲在地上呜咽不已。

老家人李令仁悄悄地走进来,说道:"老爷,你要保重身子骨,刚刚痊愈的病体可容不得悲伤啊。"大顺连忙擦去了眼泪跪在戴衢亨面前,说道:"戴大人,徐老爷尚有妻子儿女,奴才想想……"戴衢亨停止悲伤,问道:"她们都在何处?你是如何安顿的?"

"她们不愿离开清江县城,奴才已把自己的多年积蓄都留在那儿。婶娘徐夫人说要守孝三年。"大顺断断续续地说。

"地方官吏,可有什么慰勉厚赏?"戴衢亨问道。"甭提了,那班狗官在徐大人上次来京前,纷纷登门,络绎不绝,见徐大人空手而归,又忧愤而死,不乐死才怪呢,哪还有上门的。"大顺怒不可遏地答着。

戴衢亨听说,无奈地摇摇头,神色黯然。沉思一会儿,说道:"我这就去皇宫,叩见万岁爷,多发些抚恤费用!你也别回去了,户部尚缺个押粮官,你去补缺吧,好歹有个存身的地方。你放心,这一点权力,我还是有的。"

李令仁惊骇地说道:"老爷,徐大人因病身亡,又是革职官员,按例应不予奏报的。"戴衢亨一跺脚道:"快去备轿!虽说革职但尚在留用，有何不可以报！去禀报夫人一声，准备些银两细软，明日即给徐家送去。以解燃眉之急。"

安顿好大顺后，戴衢亨来到内房，见阿珠正在抚筝，筝声幽咽，不禁眉头一皱，走上去，问道："阿珠，我的身子已好了，你似有忧郁之情？"阿珠忙站起来，紧靠着戴衢亨的身子，眼里有晶莹的泪花在闪烁，答道："老爷病体好了，奴婢当然喜欢。怪奴婢想得太多，刚才听老家人说的老爷的同朝知己病故，身后如此清贫，不禁悲从中来，筝声也融入人情。"戴衢亨望着阿珠的清瘦面容道："这半个多月来，也难为你了。"

阿珠苦笑一下，其实她是由徐端的死不经意地就联想到戴衢亨，仿佛预感到一场更为可怕的后果正等待着自己，是的，命运就是这样，荒诞捉弄中有着惊人的相似之处，当时间的画幅步步逼近时，一切都有可能突然消失，就像汹涌的海潮猛然到来时令人猝不及防，而退潮时，同样不听你的挽留。

戴衢亨深深一瞥她那双充满疑虑的眼睛，安慰道："你也是多虑了。有你在，我就有了一生的保障。我去趟宫里，等着我。"

第二十八章
哭良臣倩谁佐大政
训庸吏怒其偾全局

月光如水，泻于地面，嘉庆帝站在月光里，心中甚是凄凉。对于他来说，失去了戴衢亨这样的一位贤相，有如剜去心头肉一般，不禁默默念道："上天啊，朕有何错，竟连连夺朕的臣子，夺朕的股肱之臣！"

稀稀疏疏的人影在两旁高悬的灯笼的映衬下，纷至杂沓，阴沉了一天的京城，赶在入夜的时候，淅淅沥沥地降了一场春雨，雨声很轻，雨丝很细，雨脚很密，透过轿帘的格窗望去，好似薄雪一般，使整个街道都罩在了一层雾濛濛的水气中。

两行热泪早已从戴衢亨的眼角流下来。他对于徐端的死当然是很悲痛的，更使他感到万分难过的是，他死得如此凄凉，想起这些，戴衢亨就是一阵阵的悲凉，感到飘荡在眼前的水气充满了酸涩、苦楚。

徐端的来信让他流了好几次泪，大意是叙述自己和他的相互交往，这一点两人都有同感，本不用赘叙的，这或许是有所求的最后补笔吧，戴衢亨想。那些淌着血泪交织而成的文字凝成了四个大字"死不瞑目"，这触目惊心的四个字在戴衢亨的眼前幻化成四滩汪汪的鲜血，他仍然不忘治河，这是他一生的本行，治河为本，它构成了他的来信中最显眼的一段。对这样的忠贞不二地履行职责的人，戴衢亨怎么不感动呢？

唉，谈来谈去，除了对自己的个性的检讨外，只字没提家中的困难，看来这一部分要由自己补写了。

上书房门前一声"戴衢亨求见"的声音着实让嘉庆帝吃了一惊，嗯，不是听说有病了吗？朕正打算询问他大后天能否随朕出游五台山呢？他对着跪在地上的禀事太监说："进来！"太监"喳"了一声就出去。

"哎呀，这霏霏之雨的夜晚，你拖着病体来干啥？"嘉庆帝从不怀疑戴衢亨的单独求见有任何个人动机，他完全没有必要，非到情急之下，他是无论如何也不会单独求见的。自从离开那家客栈，在天津的行宫会同皇后一道回来后，就一直想去看看，政务太多还没得及，这戴衢亨倒是自己先来了。

"不必拘礼，"嘉庆帝对正想跪拜的戴衢亨说，"你这时来有什么事？"

戴衢亨落座后，双手紧紧抓住椅把，喘息片刻，开口就道："臣是领罪来了。""这是何话？"嘉庆帝不解地望着戴衢亨，"你看，这本应属于你的事，朕不放心托津、松筠去办，就亲自调阅了。"言语间，丝毫没有帝王的架子。

"清律上说，革职之人的死去，按律不许上奏，但臣要奏出一人。"戴衢亨已有悲伤之色。

"哪家？"嘉庆帝疑惑起来，"到底是谁？"

"徐端，徐肇之。"戴衢亨无力地说了出来，用力撑起身子，把徐端写给自己的信递上去。"徐端死了，病死了？！"嘉庆帝有些吃惊，"这朕倒是没有听说。"边说边翻开徐端的信，看着，看着，面色有些阴沉了："难得的忠臣啊，这绝命书除了检讨就是治河，朕这几年来没有对他用错啊，朕正打算让他官复原职啊。朕始终不放心陈凤翔，蒋攸锷又坚辞不受。"

"皇上，"戴衢亨一抱拳，"徐端的死有七分人祸，"顿了顿，又深吸一口气，"皇上，实际上，他是忧愤过度、积郁而死的。"嘉庆帝正要插话，戴衢亨道："容臣禀完。"戴衢亨苍白的脸色随着情绪的波动有些涨红，便把有关徐端的前事后事原原本本地叙述一遍。

嘉庆帝沉思良久："这么说，朕嘉庆十二年时大批处分河臣有些过了。十五年、十六年，则没有什么大碍，连同徐端一起被朕革职的又不是他一人，怎么唯有徐端抑郁而死呢？"嘉庆帝有些

523

不解地问道。

"皇上，就于当时的事情来看似乎毫不为过，皇上圣明决断。可是那批被处置的河臣中，又有谁可与徐端相比拟？这位在大河上奔波了几十年，茹苦含辛、受尽煎熬的徐端与那些有着质的区别。他首先是一位能干的河臣，这一点皇上也曾亲口对臣说过，其次他是一位不折不扣的清官。临死前，他的家计需要别人接济才勉强过得下去，他家仅有田地三亩，瓦屋数间，没有仆人、丫鬟，像这样的河臣在朝廷中又有几位？"戴衢亨继续不紧不慢地说，他就是这样，越是事情急切，越是能够心平气和，他总是能够用强制力来掩饰自己内心的躁动。

"你有何建议？不妨说出来让朕听听。"嘉庆帝呷了一口张明东递上的奶茶，慢吞吞地问道，"若要朕专为此事下个圣旨恐有不妥吧。"他还有担心，倘若戴衢亨出此下策，那倒真让他下不了台，再说又不是什么特大的冤案。

"皇上，臣想，既然死者已逝，抚恤生者不也能体现皇上一片爱惜之心吗？"戴衢亨眼里终于闪着泪花，恳切地说，"皇上，臣以为应当着力奖其廉洁，身为河臣这么多年，临死穷困如他这般，怕是只有徐端一人了。"

嘉庆帝点点头："好吧！就依你说的办！"

戴衢亨心中的石头总算落了地，额头起了一些细密的汗珠。在这场辩论中，他没有牵及任何人，没有对任何人有攻击的微词，目的达到了，戴衢亨感到由衷的欣慰。他站起身来，就要告退。

嘉庆帝说："你的身体怎么样？朕一直很关心，过不几天，朕去西巡拜谒五台佛门圣地，不知你能否同往？朕当然是想要你同去的。"戴衢亨伏地叩首说："皇上如此信赖臣子，臣怎敢提个'不'字，臣一定扈驾前往。"嘉庆帝亲自扶起戴衢亨："朕担心你不宜远行呢，好了，你回去吧，明日早朝就不用来了。"戴衢亨心里猛地一热："皇上如此器重臣子，臣就是赴汤蹈火，也要报答皇上恩德！"说罢辞别嘉庆帝，情绪有些坦然了。

细想起来，这件事，自己虽做得草率了些，但还是得到了皇上的支持，总算可以告慰九泉之下的同僚了。正这么一路上想着，轿子已行到石虎胡同，不知为什么，这样一个地名总让他时时想起大漠小镇的虎桥坊。

　　夜已深了，水气浓重，到处湿漉漉的。

　　到府门口，李令仁取出挂在轿前的灯笼，搀着戴衢亨拾级而上，到了上面，戴衢亨长吐了一口气，看着李令仁扣打门环，忽听身后一阵杂步声，转头望去，只见夫人在两个丫鬟的搀扶下拾级而上，月白缎子绣五色牡丹的旗袍里衬着淡红的摆裙，外加一件宝蓝缎子的坎肩，油浸过的一绺鬓发有些散乱，满面倦容，高高撑起的油纸花伞像一朵花轻盈地罩着夫人的头顶。就着门前挂着的两盏御赐宫灯，戴衢亨看到另一位手里还抱着个包袱，遂不解地问："夫人这是去了哪儿？"戴夫人见是戴衢亨，眼圈一红："我能哪儿去呢？"

　　一位丫鬟忙接过来说道："这几日，老爷有病，夫人除伺候老爷外，还常去寺庙进香，许下愿，要是老爷病好，就给寺庙一些香火钱，今日去了，不想……"

　　"什么事？"戴衢亨向来不相信所谓进香解梦之说，纯属安慰罢了。见夫人流泪，多少被感动了。还没等戴衢亨开口，夫人便贴身来拥着戴衢亨往里走，问道："你要远行出门？"戴衢亨十分惊讶："你怎么会知道？"戴夫人默默地点头道："这就是了。"来到正厅，正厅前还挂着四盏白纱西瓜灯，照得内外通明雪亮。门楣上刻着嘉庆帝所赐的条幅："皇恩春浩荡，文治日光华。"十个贴金大字黄灿灿明亮亮耀人眼目。每一位来拜访的朝中同僚谁不羡慕。

　　丫鬟小杏端着热水、毛巾走进屋内，戴夫人接过毛巾，在盆中搓洗一下递与戴衢亨说道："你也擦擦吧。"戴衢亨接过热乎乎的毛巾在脸上揩了几把，湿热的毛巾驱走他脸上的寒意，对戴夫人道："我病体初愈，去歇息了。"戴夫人一把扯住道："又要去阿珠那儿？"戴衢亨无语。

戴夫人面色苍白，嘴唇由红变紫，喃喃地道："老爷，是不是嫌我老了？"戴衢亨连忙摇摇头："夫人何出此言？再说当时你不是挺宽容的吗？"戴衢亨最怕陷入家庭的琐屑，见夫人已在抽泣，虑及夫人的一片痴心，忙又安慰道："我不是去阿珠那儿，就到书房暂歇，还有好多事情要办。"

"老爷，为何不问我去哪儿呢？"

戴衢亨道："你不是去进香了吗？"

"老爷为何不问问我抽得什么签？"说这话时，面色阴郁下来，戴衢亨说："夫人还能不知我对此事的看法，孔圣人尚且说过尚不知生，焉能知死，我当然相信孔圣人的话。"

戴夫人心里可急啊，她知道不能阻止戴衢亨的远行，但在表面上的确是满腔柔情地说："老爷，你可少操劳一些。"她不敢说出自己抽的是下下签，尤其是不能远行这一条她铭记在心，双手捧着戴衢亨的脸："你比半月前又瘦了一圈。"

戴衢亨突然问道："这么说，有些事情你还不知道？""什么事？"

"我让老家人李令仁传给你口信，让你备些银两，寄到清江古县，再备些衣物由李令仁明日赶送过去？夫人哪！算是同僚知己的徐端死了，家里穷得叮当直响，一想这些，我就难过。"

"怪不得，你这么晚才会回来，"戴夫人拢了一下发髻说，"我当然不知道，下午就去了京郊的潭柘寺，出城进香去了，哪里知晓府中的事？"

"噢，难为夫人的一片惦念之心。"戴衢亨立马想到了，自己对李令仁的回话是多么的不在意，不留神，刚涌起的一股柔情就渐渐地淡了下去，他说："夫人，进香辛苦了，你去安歇吧。万岁爷不日即将要出趟远门，我们几位大臣照例是要打打前站的。"说着，相敬如宾般与戴夫人告辞，直奔书房而后又踅进了阿珠的房中，果然阿珠还没有睡，听到脚步声，便知道，戴衢亨来了。

阿珠放下手中的活什，没来及答语，戴衢亨已将她紧紧地拥在怀里……

"阿珠,阿珠,你真是太美了,心地太善良了。"好长一会儿,戴衢亨才说了这么几句。

午时将到,嘉庆正要更衣起驾,却见张明东一颠一颠地跑了进来,他来不及行礼,便大声说道:"万岁爷,皇后叫奴才过来传话,万岁爷要是能抽出身的话,请到后边瞧瞧去呢!"

"嗯,什么事?"

"皇后说,如妃娘娘感到不舒服,"张明东吞吞吐吐地道,"皇后让奴才告知皇上一声。"

"嗯!"嘉庆跌坐在龙椅上,忽然觉得自己又乏又软,心里这可气啊,偏偏这时出些麻烦。对跪在一边的张明东说:"去叫太医了吗?"

"皇后已经派人去了。"张明东答应道。

嘉庆帝刚要随着张明东前往后宫探视一下,就在这时,托津等一班大臣就陆陆续续地来到乾清宫,见嘉庆帝高高坐在龙案旁正批阅书文呢,猛吃一惊,呼拉跪倒一大片。嘉庆帝见状,眉头挑了几挑,沉吟了好大一会儿,才开口说道:"朕今日要去趟五台山,做西巡之举,跟朕一同前往的,已然安排好了,众卿在六部九卿要勤勉勿怠!"随后,手一抬,便有执事太监高呼:"万岁启驾喽!"

嘉庆帝不紧不慢地走回自己的辇舆,他从张明东焦急的脸色中,心中已有个大概,一上车辇,便对张明东下了口谕,让皇后留在宫里,不必去随驾西巡了,并对张明东吩咐道:"你在宫中,不要到处乱跑了,好生伺候皇后娘娘,不得有丝毫懈怠。"

据野史所传,清代历帝都会西巡五台山,因为顺治皇帝晚年看破红尘,弃了锦绣江山,瞒着国人,皈依到五台山做了佛门弟子,以后就在山中圆寂,不归皇陵。所以,自此以后的清室历代皇帝,多有到五台山巡游幸驾的,想也是纪念祖先的意思。

却说嘉庆帝带着扈从一路上浩浩荡荡地西巡,盛况空前,难以描述,震天动地的三声炮响,回荡在京城的上空,几百名仪仗校尉，腰悬宝剑，高举旗仗，排成了整齐、庄严、威武、雄壮的队伍，簇拥着嘉庆帝出了乾清宫。十几顶轿辇同时起立，百十面大旗呼啦张开，一时间，鼓号齐鸣，旗风猎猎，好不威武壮观。行进的官道上，一队队的兵士，排成了方阵，匆匆地向城外开拔，骑兵纵马奔驰，扬起了遮天蔽日的尘土。

此时，淅淅沥沥的春雨业已停止，春日的阳光暖融融地铺盖着大地，路边的柳叶儿恰如剪刀裁过的一般整齐，柔枝拂动，轻扬下点点的柳絮，空气里都弥漫着一股清新的气息。正是出游的好时节。

嘉庆帝一向是身处深宫，没有多少机会外出，他心中如何不想呢？前一次东巡，嘉庆帝的去路与归路都与大臣们有过一番交涉。尽管自己是九五之尊，仍然没有像样的出远门的机会，这回到了民间，种种色色的人文风情自然又别有风格。沿途观景，到处逗留，一路上，各府州县忙着办差接驾，说不尽的繁华。

实际上，嘉庆帝的车驾刚出北京城到了固安附近时，嘉庆帝的心情就没有畅快过。刚至固安时，就听侍从奏报，随同的大臣戴衢亨在轿中经受不住了，嘉庆帝骇然大惊，忙命车辇停下，直趋戴衢亨的身边，关切问道："你哪里不舒服？等一会儿，御医就过来了。"

戴衢亨望着嘉庆帝，面露无限的感激之情，他勉强地要下地行礼，嘉庆帝说："忍着点儿，前面一里就是行宫，你在此好好调养，就不去五台山了。"

"那怎么行呢？臣是扈驾大臣，焉能撇下圣上独自回京，臣这也是老病了，过了这会就会好的。"嘉庆帝依然不允，"朕早听说你病体缠身，本没打算让你伴驾，实在没有合适的人选，这样，待御医为你确诊后，你即刻转回，朕让董诰前来就是了。"

戴衢亨蜡黄的脸上显出力不从心的神色。

当日傍晚，在行宫中不能入眠的嘉庆帝披衣坐起，感到心里空落落的，戴衢亨走了以后，这种感觉一连持续了好几日。

一路上的繁华接待,山珍海味也弥补不了他心中的缺憾,久而久之,还是有些厌烦了。干脆下了一道旨令,各地官员不必为接驾劳神费力,只需供应生活的必需品,更不允许在这接风的排场上互相攀比。

有一天,嘉庆帝到了一处行宫,偶然和一个内侍说起道:"朕看这一路上的名山巨川,实在开阔胸襟,比常年待在宫里强多了。就是这民间的男男女女,总是有很自然的举动,举手投足间流露出至性至情。昨天,朕漫步野林,闻山歌知雅意。比起在宫里被礼节束缚住的好多了,朕特想去察看察看,领略领略民间的滋味咧!"这位内侍忽然想起什么,说道:"奴才有一位远房亲戚,挺机灵的,同奴才一样净过身,尚在弱冠之岁,就住在离这儿不远,容奴才去领来,若蒙万岁爷收留,他定会是腿脚勤快的好帮手。"嘉庆帝道:"哪有这些事?净了身尚不送入宫,至少也托人送到王府。""万岁爷有所不知,奴才也只是近日才得知的,山野僻寒,离州县都较远,又没交银两,官府怎能记录在案呢?"

"那好吧,"嘉庆帝说道,"带来让朕一瞧。"约莫一个时辰左右,那名内侍带着一位眉清目秀的后生走进来,嘉庆帝怎么瞧怎么顺眼,应答几句,果然伶俐无比,这个后生就是后来的林升。林升本是机灵的人,听见皇上说得如此这番后,当即奏称:"奴才所处的村子邻庄,虽然有几十家人家,可是住的地方是依山临水,树木扶疏,景致迷人,怪好看的,万岁如嫌在屋子里厌闷的话,就到那儿走走,也顺便体察民情。"嘉庆帝一扫往日的忧闷,性情大变,连说:"好,好,带朕过去看看。"

林升又疏奏道:"万岁爷如果前去,须要微服而行,免得惊动人家,反倒不便。""那一定是微服私行,朕过去也这么做过,总是不多会便露了身份。"嘉庆帝叹道,当下就换了便衣、小帽,带着林升一人,神不知鬼不觉的从行宫后门而出,直向一个村子走去。

果然,在嘉庆帝的眼里呈现的是"绿树村边合,青山郭外斜"的山明水秀的好风光。农人在耕田里来来回回,喝牛的声音此起彼伏，牧童吹着嘹亮的响笛，在山坡悠闲自得地放着牛，一切都是天然的点缀。嘉庆帝由林升领着边走边看，开怀不已。对于林升来说，自然是轻车熟路，从村中穿过，行至一条小溪，溪水清澈，数尾小鱼在石缝中穿来钻去。嘉庆帝就停下来模仿那"临渊羡鱼"的故事。

小溪旁一棵大柳树下，有一位十七八岁的女子正在那里浣衣，那女子虽然是布衣布服，一种村女的装饰，可是在那面庞上却天生的秀丽，如同白玉一般的皮肤，映在水里，更觉得清莹可爱。"宫里也仅只有梅香可与之相比，"嘉庆帝自语道，"林升，那家女子你认识否？"林升摇头，他是何等的狡黠聪慧，嘉庆帝这一问，就知道，皇上有意于那女子了，忙说道："万岁爷，您老等着，待奴才过去跟她说上几句，探听口气如何？"嘉庆帝点头应允，跟着林升也走上前去。

林升就向那女子说道："请问姑娘，我们是到五台山去进香的，现在迷了道了，应从哪儿走啊？"那女子停止投洗的衣服，放在手里，清澈的溪水哗哗地流着，水面上漂着无数晶莹剔透的小水珠，就像姑娘的白嫩的臂膀。那女子朝林升、嘉庆帝看了一看，才放出呖呖莺喉来说道："你们要到五台山去呀，还有一百多里呢！"林升故作惊讶地说："哎哟，还有一百多里地呢。这么远，眼见天色已晚，这如何是好？"嘉庆帝也跟着说道："现在，我口渴得很，你能否领我们去喝些茶水？"

那女子不假思索地用手一指溪水，说："喏，这个，这里水清，你们就喝这儿吧，保证管个饱。哎，不信，我喝几口给你们看看。"说着掩起细长胳膊，探下身去，捧一捧出来，水清可见她红润的掌心。喝完用手一抹，"怎么样？"越发可爱了。

嘉庆帝惊喷之余，说道："你们习惯喝生水，我们却不行，平日都是喝茶的，我们给你银子。"杏眼一瞪，那姑娘道："谁要了你们的银子，在这儿，银子不值钱。"嘉庆帝无奈，又说道："不说银子，你行个方便吧，行路之人，口渴是很难过的。"那女子道："我看你们倒不像歹人,就到我家里来喝吧,亏得我的父母亲都出去帮工了,不然还不行的咧!"说完,把洗好的衣物提了起来。

走不多远,到一个屋子的门口,那女子就停下脚步,"这就到了。"从怀中取出钥匙把门打开,让嘉庆帝和林升先进去,她自先到了厨房搬来两张板凳,用抹布亲加拂拭了一番,殷勤地让了坐,自己去烧茶。

环顾四周,嘉庆帝看这些屋子里,虽然又矮又小,倒也拾掇得干干净净,比之京城的皇宫来,可谓简繁各自相宜,顺顺当当,不可以有好孬之说的。林升早已趁着嘉庆帝不在意,独自溜了出去。

停了一会,那女子已把茶烧好,走过倒给嘉庆帝一碗,嘉庆喝惯了玉液琼浆,似这种粗劣的饮料本是不堪进口,可是既然出自美人之手,也要尝试一点。"还有一位官人呢?"那女子问起来林升来了,"年轻一点的?"

嘉庆帝含含糊糊地回答了几句,又向那女子道:"你忙了半日,也累得乏了,还是坐下来休息吧!"那女子点了一点头。因为天已暗了,就去点了一盏灯来,放在桌子上,自己也顺便在桌子边坐下,随手拿起一个妆盒,低头翻弄起来。

就着微红的灯光,嘉庆帝痴迷地望望她白中夹红的粉面,越发比溪边艳丽娇媚,早已忘了此行五台山的目的,忘了自己是九五之尊,絮絮叨叨地打探姑娘的姓名和身世了,那女子也是有问必答,姓梅,名蔷妹,年十七岁。父亲曾读过书,现在种田为业,母亲也是一样,有田一亩半,因为不够吃的,就外出帮工。梅蔷妹又问起嘉庆帝的姓名,从哪里来的,嘉庆帝先是笑而不答,继而又说,姓黄名帝,从北京来的。梅蔷妹说道:"你的名字真怪怪的,和皇帝一样,北京好玩么?"嘉庆帝边说边挪动板凳:"是的,你要愿意,我领你去玩,好吗?景物很好,吃穿都好!"两人的距离近了。

"你别骗我了,你叫黄帝,又不是当今天子,你能带我入宫吗?"梅蔷妹的一双杏仁大眼充满着憧憬的幻想。

"这你就放心好了!"嘉庆帝边说边把梅蔷妹揽到了自己怀中,"你看,"从腰间掏出一把金瓜子,"这些都是天子的东西,你要喜欢就拿去好了。"又解下腰间的一串佩玉,拎起来在梅蔷妹的眼前晃荡几下,声音清脆悦耳。别看她是乡间女子,对这些东西的珍贵程度也是略知一二的。她先是想挣脱出来:"我不要这些东西,求你放开我。"嘉庆帝道:"天黑路险,我上哪儿呢?我想在这里借宿一夜,就一夜行吗?"还是不放。梅蔷妹道:"我一个柔弱女子在家里留宿个男的,旁人知道会戳脊梁骨骂的。"语气有所缓和。

"明个一早,我就走了,"嘉庆帝哄道,"过不了几天,我再带人来接你,保证你能住进北京,有享不了的荣华富贵。"低着头,注视着梅蔷妹的粉颈,说道:"都说古代有四大美人'沉鱼落雁,羞花闭月',我看你就是足以让鱼见了自愧弗如的西施,再说,你既知道名誉,那西施的故事想必也听说了吧。"

梅蔷妹被他这一搂一抱,又巧言哄道,心里早荡漾开了波纹,低低地说:"那你就在这儿住吧,不过明早一定要走的,说话要算话,一定要来接我的。"嘉庆帝连声说:"那当然,那当然。"目的已经达到,心中自然欢喜得不亦乐乎。梅蔷妹说道:"我去弄些饭菜来。"不一会,两样简单的菜肴端上来,一碗土豆丝,一碗菠菜梗,请嘉庆帝吃。嘉庆帝顾不了许多,加上美人作陪,就胡乱吃了几口。待梅蔷妹收拾停妥后,便拥过这玉软温香的躯体,倒在床上……

天上的太阳已爬到了窗格子口,往里偷偷地窥看呢,翻身呓语的梅蔷妹忽觉眼前一亮,睁眼一瞧,顿时羞愧万分,她狠命地推了嘉庆帝一把,嘉庆帝陶醉的春梦才刚刚惊破,两人相视着各自穿衣。嘉庆帝忽然害怕被人识破,连忙匆匆告辞,往行宫赶去,梅蔷妹紧紧攥着尚未系好的领口,眼里涌出星星点点泪光,望着那个急急而去的背影,心中怅然很久,很久……

嘉庆帝临行前,对林升说:"既然你已净了身,就在这处行宫当差,日后定有升迁,不必联系哪家王府了。"林升千恩万谢。

"不过,林升,此事断不可对外人说。""奴才知晓,奴才知晓,要么干脆把梅蕾妹带入宫中,朝夕相伴,要不就给万岁爷这路上消遣解闷儿。"

嘉庆何尝不想如此呢?转而一想,说道:"不妥。"心道,董诰不比戴衢亨在这方面有很多宽容,此事传到他耳里,弄不好还能引来当头的直谏,烂眼干吗招那个灰呢,要是传到皇后耳里,那她的脸就更不好看了。再者,此去五台山是去做些佛事活动,五台乃清净佛地,带着女子前去,有诸多不便。

风吹过来,一道绿油油的麦浪扑进嘉庆帝的眼帘,在这一马平川的阔野平畴,远方山山相连的山峰,犹如看守这块肥沃土地的一个个巨煞神,嘉庆帝目光所及,感叹道:"果然深有佛意啊!"

前面的人停下来,董诰过来禀道:"皇上,五台山的山门到了。"话音刚落,三声炮响,五台山沸腾起来,各种乐器吹吹打打,念经声在山谷之中、山间之巅和巍峨的大庙中缥缈,似乎笼罩了半个天。

在这里,人变得渺小无比,成为佛的芸芸众生,因为皇上要来,今天的山庙大门前,聚拥的人不是很多,弯弯曲曲的盘山古道上,三步一岗,五步一哨,拎在手里的腰刀明晃晃的耀人眼目,山门豁然洞开,一位身着袈裟的长者端坐在山门前的团蒲上,等着嘉庆帝去跪拜,因为佛法无边啊。

嘉庆帝跪拜已毕,刚走进山门,山门就紧紧地关闭上了。五台山主事领着嘉庆帝在一处长着青草的坟头的墓碑前站立,嘉庆帝围绕着墓地走了几遍过后,行三跪九叩首的大礼。随后嘉庆帝及其随从就进入五台山的寺庙里。住宿、做些法事不提。

回驾返京的途中,嘉庆帝接到京城递来的快报,不禁悲从中来,一代贤相戴衢亨归西了,即命车驾停宿行宫一夜。是夜,嘉庆帝闷闷不乐,独步行宫之内好长一段时间不能入睡。他遥想当年这位年轻人以其儒雅的风度、干练的才华、踏实的作风从一大批地方官中脱颖而出,成为自己的左膀右臂、心腹臣子。嘉庆帝叹息不止，当下便写了一道谕旨，厚葬戴衢亨，并命车驾直趋戴府，亲自吊唁云云。

董诰进见后，道："皇上，生老病死，乃人之常情，世间必无不死之人。皇上不必过于悲伤，以损伤龙体。"说罢也有纵横的老泪从脸上缓缓流过。

嘉庆帝悲咽道："不是朕想不开这一人生关节，实在是怜其忠君，哀其早逝啊。"望着书案上写就的圣谕，道："董诰，你明日一早，骑马快行，先代朕微祭薄酒告慰英灵，朕要大大旌表戴衢亨，使活着的人感到有学习的榜样。朕不止一次说过，在朕的文武百官中，唯有戴衢亨办事略约让朕放心，实在是人才难得啊。"说着竟兀自哭泣起来。嘉庆帝以袖掩面道："朕这两年之所以稍感宽慰，能四下里走走看看，无不是因朝中有戴衢亨在。可惜，可惜，朕封他体仁阁大学士时，有些晚了。"

董诰道："皇上如此器重一位汉臣，让臣感动不已。皇上，古有言曰'人生自古谁无死'，戴衢亨独自享用'留取丹心照汗青'了。皇上早些安歇吧。"嘉庆帝点点头："你去吧！"

月光如水，泻于地面，嘉庆帝站在月光里，心中甚是凄凉。对于他来说，失去了戴衢亨这样的一位贤相，有如剜去心头肉一般，不禁默默念道："上天啊，朕有何错，竟连连夺朕的臣子！"他想得很多，从李长庚到如今，在这短短几年间，竟走了这么多忠心事君的人，留下的都是平平之辈。再说戴衢亨完全是自己一手提拔，感情弥笃，他不禁想起，过去的月月夜夜，想起在戴衢亨的奏章中那些温和适中、建议合体的言辞，想起在早朝时，要么一言不发，要么滔滔不绝的谦逊和才华，字字如珠玑，闪耀自己的独特视角和结晶……这些从现在看来，哪一位能够比呢？

夜露浸湿了嘉庆帝的上衣，望着西坠的月盘，他还是沉思良久。

侍从太监把一件大衣悄悄地给他披上，牵着嘉庆帝的手往回走。嘉庆帝神凝目固、漫无目的地朝着寝帐中走去，在连叹几口气后，在太监服侍下安睡了。

第二天，天色微明，嘉庆帝用过膳食，一打听，得知董诰已经出发了。心情稍稍宽慰了些，便上了舆轿，透过轿帘，田野的平畴不似去时的景观，这正是生长的旺季，平川之上，到处绿油油的，麦子已长了一尺多高，偶有阵风吹过，送来阵阵麦香。嘉庆帝看着看着忽然心中一凛，这里如此熟悉，猛地想起，这正是与梅蔷妹相识的一条路径，柳叶茂密，有山雀腾飞其间，上下翻翩，啼鸣不止。嘉庆帝对随侍太监说道："先前在此一带有位净过身的叫林升的人可在行宫之中？""当然在，他遇见了万岁爷，是他祖宗八辈修来的福分。"随侍太监答道。"那好，快去叫来，就说朕要带他入宫。"嘉庆帝想找个事做，以排遣心中的郁闷，毕竟是万乘之君，岂能为一臣子做儿女悲痛情，不过，在这一点上，嘉庆帝绝没有演戏的成分。

时辰不大，驻守行宫的林升匆匆赶来，像他这样的人，没有特召，哪里能有资格面见皇上。既然，嘉庆帝事先有过招呼，自然在行宫之中，他急得火烧火燎一般，但三军神色严肃，没有敢大声喧哗，也只得老老实实地干自己的杂活，通过老乡打听，才知道朝中死了重臣，吓得他不再敢为此事声张。

林升行礼后，嘉庆帝目光忧郁，低低地说道："前次之事，多亏有你，朕命你带几个侍从，把这个礼盒送去，将梅氏带来随行。朕不能对一位萍水相逢的女子失言。"林升喏喏答应。

奉了圣旨，林升就到梅蔷妹的家中，哪晓得已是人去屋空，如花美貌的梅蔷妹已经不在人间。原来她自那次与嘉庆帝春风偷度后，一日闲着无事正在家中拿着那些金灿灿瓜子玩味，他的父亲外出归来，见着这粒粒澄金，吓得不知如何是好，问她这是从何处来的，并追问因何而得。梅蔷妹自幼温良、活泼，猛然间听得这是宫里之物，细想当时来人自称姓黄名帝，料想定是当今天子无疑，便胡编几句搪塞过去。只说是顺官道而行时，捡路上遗物而得。心中却如重锤敲破鼓一样，哪里禁受得起，越想越感到自己红颜命薄，无福消受这齐天的赐福，一位贫民女子又怎么能入选深宫呢？再说自己又是汉人，终于在脑海中形成了一个死死的结扣，再也解不开了，一时急乱，竟投水而死。一缕香魂飘荡而去，嘴里还噙着三枚金瓜子。

林升得到了实情，只得据实复奏，嘉庆帝倍极悼惜，心想，"外邦女不从而死，梅蕾妹既从而殁，到处总是缘悭。正如心腹大臣溘然长辞一样，人间世事也真够烦恼的。"这样想着，便感到自己在不知不觉之中沾上了五台山的佛气了。一个"缘"字尽释人间的一切悲苦，一个"命"字诠解万物变幻的喜乐，生生今世，渺渺来世，怎又能看个透呢？

"皇上，"随侍太监禀道，"前面就是永定河了。"嘉庆帝坐在车舆中，望着静静流淌的永定河，心中又是一番感慨，两岸鸟语花香，碧草葱绿，一片生机。河水像是被驯服的绵羊，温顺地淌着，无声无息，远处的炊烟袅袅地升起，荡在云层中间，若有若无。自祖宗以来，世代所求的海内一统、天下升平的景象难道就是这个样子的吗？海晏河清，何日可待？嘉庆帝心道，徐端治理后的永定河已有三年无滥了，戴衢亨治理后的黄河也安静了数年，他们都是朕的有功之臣啊，可惜，天数难违……

嘉庆帝西巡归来的时候，春已过大半，阳春四月的北京城外的大道上，送行亭外迎候着嘉庆帝的正是皇子绵宁及几十位留京的官员。

铺满黄土的地面，被洒扫得平整干净，一路上摆着的点心贡品艳艳诱人。可是，嘉庆帝下了车辇，在"万岁"声过后，迎面对拜礼已毕的绵宁道："去过戴府了吗？"绵宁摇头，说道："儿臣在等皇阿玛！"

嘉庆帝脸色沉了下来，转身上了车辇，吩咐道："直接去戴府吊丧！"

刹时，哀乐奏起，在忙忙碌碌的当口，嘉庆帝已想好祭文，面对四十有七的戴衢亨的早逝，除了悲悼外，嘉庆帝能做的就是加封，追加戴为太子太师，入贤良祠。

真可谓:"杏黄绸带缚蟒袍,倒头香插明灯烧,最怕伤情红白事,死者逍遥生者熬。"

初夏之夜,夜幕笼罩着承德避暑山庄。云翳遮掩,一弯缺月在沉沉的云海中穿行,那淡淡的月光,时而隐匿,时而朦胧,把昏暗的光辉,轻轻地投洒在承德避暑山庄的烟波致爽殿上,鱼鳞般的瓦顶反射出清幽幽的光晕。

烟波致爽殿,建于康熙五十年,"四周秀岭,十里平湖,致有爽气",所以康熙题其额匾曰为"烟波致爽"。殿面阔七间,青砖素瓦,门窗廊柱均不彩不绘,保持原来木质本色,配以殿前苍翠的古松,色调和谐,淡雅宜人,浑然一体。

烟波致爽殿有明间三间,是每逢节庆、假日之时,皇帝接受后妃宫眷朝贺和幼年皇子晨昏定省之所。东边的梢间有两间阔居,是皇帝理政之暇与后妃们闲谈之处,西梢间两间,外一间为仙楼,是皇帝每日早晨拜佛烧香的地方。

靠西边的那间,又称西暖阁,门口挂着乾隆爷的御笔"抑斋"匾额,这是皇帝的寝居之所。迎门西墙下,摆设有紫檀条案一张,上面陈设着瓷瓶、玉山子及御制诗文。南面临窗,有矮床一铺,面向西设有黄缎绣花团龙御座。描花金漆小炕桌上,摆着文房四宝。北面罩内设龙床一张,上面垂挂着天青色的幔帐,床上铺着明黄色的床单,床上叠放着几床绫被,发出柔和而光闪闪的亮光。

一阵纷乱的脚步声在前廊里响起,就听几个人在七嘴八舌地说着话。"快,这是京师转来的八百里急文,一刻不能耽搁。""那也不行,万岁爷有旨,不能深夜禀报军情。再说,万岁爷与几位阿哥白天骑马,劳累了一天,现在恐怕早就睡了。""烦劳公公了,军情似火,一定要呈送上去。""哎,不是跟你说了,你还是回驿馆休息,天塌下来,有大家顶着。""这,这……我拿不到圣旨如何回去向我家总督交代?""哎,我说你别走了,再踏前一步就是禁地了。"

顺着声望去,月光下,在烟波致爽殿前,两个人在你一言、我一语地争辩着。就着清凉如水的月光,朦胧中似能辨出,拦住大门的那位正是当值太监张明东,见他一条腿前叉着,另一条半屈在廊前的台阶上。另一位,从装束上看,是一位四品级的旗牌官,不远的几位亲兵也瘫坐在地上或斜着身子依在古树旁,看得出,他们是累坏了,连战马的鼻孔还喘着粗气。

"张千总,我们累死累活地奔波,何必呢?还是先回去休息一夜,等明天再来禀报不迟。"一位亲兵对呆呆站在廊前的将军说。那个叫作张千总的将军虽然满面焦急,却也无计可施,没奈何只得转回身。走了几步,又回来对张明东说道:"麻烦公公明晨把这急报告知万岁爷。"却听不到任何声响,没走多远,一声重重的关门声,从后面传来,张千总长叹一声与几位亲兵迈着沉重的步履,并辔走向避暑山庄设置的驿馆。

这位张千总心情怏怏地回到驿馆,卸去外罩的铠甲,亲兵又端来热水,洗过之后,便倒头睡下。可他如何能睡得安稳,心道,万岁爷居然还有这些规矩,他被蒙在鼓里,哪里知道外面的事情。都督大人再急也是没用的。温大人来时交待我,要是讨不回圣旨就立刻回去,好做另外安排。看来明天又得奔波,不一会儿就在迷迷糊糊中睡着了。此时,皓月当头、长空如洗、静谧的山庄偶尔有一两声夜鸟的惊叫声划破林间的雾霭……

半个时辰过后,张千总仿佛从噩梦中惊醒似的忽地一声坐起来。额角的汗珠顺着面颊就滚落下来,他想不透,自己一行几百里地紧赶慢赶,竟连个皇帝的口音也没有。在他的眼前,仿佛闪现出那一幕幕惨绝人寰的场景……

滚滚的洪水、排天大浪,山呼海啸般地直冲向礼坝,礼坝的堤堰似乎在摇晃,在颤动,上面的天空乌云密布,闪电雷鸣,豆大的雨滴又密又急,溅起的泥浆一尺多高。虽说是七月炎热的天气,可这连续半月有余的天气,也使气温陡地变寒,坝上的两座小茅房里已人满为患,个个面部表情严峻,个个嘴唇发紫,不停地哆嗦。透过竹帘望着有如夜色般的外面,一片迷濛。空气中挤满了水雾。张千总立在堤边,只能听见浪头拍击的声音,他浑身湿透,抹了一把脸上的积水,才勉强睁开眼。他朝那茅屋走去,淤泥把他的双腿粘得像灌满铅块的竹筒,吃力、艰难,在千军万马的奔腾呼啸中,他警觉地意识到脚下的堤坝在颤抖。

虽说为一下级军官,他也能想象得出,一旦礼坝轰然倒塌,在它下游的万亩良田就要毁于一旦;这也不说,还有数万生灵又要颠沛流离,沿街讨乞,流民大增。万亩良田荒芜不收,数万生灵横遭水祸。他几乎不敢想下去,深一脚浅一脚、跌跌撞撞地跑向小茅屋。风雨交加的恶劣天气何时才是个头呢?沉雷一样的河涛又一次隐隐传来。

此时的嘉庆帝正搂着梅香蜷缩在绫罗锦被里相拥而眠。嘉庆帝望着这位天上掉下的美人,心旌摇荡,听着梅香均匀的呼吸,嘉庆禁不住用手轻轻地捏着她的灵巧鼻子。心道:总不过二十岁的女子,真是人生的妙龄阶段。上天何以惠顾于我,把她送到我的鼻子底下。漆黑油亮的一头浓发挽着髻儿,鬓如刀裁,肤似凝脂,弯月眉,一双丹凤眼似闭非闭地合着,秀美的鼻子下一张不大的樱桃小嘴含嗔带笑似的抿着。此时,但见梅香红晕满面,娇喘微微,两个酒窝时隐时现,真是雾笼芍药、雨润海棠。

风从雕花窗棂吹进来,吹得高悬的灯笼左右摇晃。阵阵更夫的锣声在寂静的庄园上空陡地响起。夜已经很深了。

嘉庆此时的"木兰秋狝"正是十七年的七月。至于说到"木兰秋狝",那是从康熙二十年之后才形成的制度,也是一种大典。所谓"木兰"原系满语的发音,意思为"哨鹿",一般是在每年的七八月间进行,故称"秋狝"。为了行围还专门设置了木兰围场,它位于承德府北四百里,在内蒙古乌达盟、卓索图盟、锡林郭勒盟和察哈尔东四旗的接壤处。

这里林木葱郁,水草茂盛,是大批野兽聚集生息的好去处。围场的范围相当大,东西、南北相距约三百里,其间又根据不同的地形和兽类分布,分为六七十个小型围区,每次行围若干区。其实,雄才大略的康熙帝之所以决定每年秋天举行木兰行围,并非为了寻猎娱乐，而是有着重大的政治、军事意义。一是通过行围，使八旗子弟上上下下既习骑射，又习劳苦，用以保持满族传统的骁勇善战和淳朴刻苦的本色，抵御骄奢怠惰颓靡等恶习的侵蚀。做到安不忘危，常备不懈。二是木兰围场之所以选定在内蒙，并不是因为那儿地形好、兽类多，主要是加强满蒙关系，实施对漠南、漠北、漠西蒙古三大部的管理。为了便于木兰秋狝，康熙还从四十一年开始，在北京至围场的沿途设置了许多行宫，其中最重要的就是热河行宫，又称为避暑山庄。

说起来，自嘉庆登基以来，总共行围的次数比起他的祖先来实在寥寥可数。究其原因，确是因为"教事"紧张。他也顾不上木兰秋狝。直到嘉庆七年，形势略有好转，才举行第一次秋狝大典。为此，嘉庆还专门发布一道上谕，作了一番解释："秋狝大典，为我朝家法相传，所以肆武习劳、怀柔藩部者，意义深远。……我皇考临御六十余年，于木兰行围之先，驻跸避暑山庄，岁以为常……朕继承大统，不敢稍自暇逸，特于今秋，举行秋狝，实本继承之志，若以山庄为从事游览，则京师宫馆池籞，岂不较此间更为清适，而必跋涉道途，冲履混潦，远临驻跸乎？！"意思是，我来避暑山庄并非游玩，并非为了换个口味，而是遵祖制。

礼坝清水下泄的事到底让嘉庆帝知道了。勃然震怒的嘉庆按捺不住心中的怒火，他抓起朱笔唰唰地伏案急就一章，上写道："陈凤翔怠玩乖舛，贻误全河大局，殊堪痛恨，即使革去一切职务也不能消朕心头之怨恨。若即将陈凤翔在礼坝工地戴枷示众两月。如礼坝克期堵合，再移往他处，期限不满不得离开工地，限满疏枷，发往乌鲁木齐效力赎罪。特旨下到各部，并汇知河总大员，以后凡有贻误，还要如此重惩，庶怵目警心，群知炯戒。"

嘉庆帝一气写完，在东阁房内来回踱着，急躁不安。此时，天刚刚有些亮，白色的绸袍在来回摆动，"嗞嗞"的摩擦声一阵急似一阵。仲夏黎明的寒气也未能褪去嘉庆帝脸上的汗珠。他想到，温承惠这次算是尽了一点绵薄之力，还没有辜负朕对他的一片信任,可是,可是……百龄的奏折为什么迟迟不来呢?

想当初减坝合龙,下游诸工完竣,有你百龄的奏折,李家楼大工合龙,河归故道,也有你百龄;可是,礼坝下泄,一片汪洋之中的民众挣扎于死亡的波涛中,倒没有你的奏折了?嘉庆帝猛地推开一扇窗户,动作之迅猛超过往常,吓得太监张明东紧紧地跟在身后,大气不敢出一声。

激灵一下,打个冷颤之后,嘉庆帝感到鼻子一酸,要打喷嚏。忍了忍,终于还是禁不住地喷了出来。

执事太监张明东赶紧为嘉庆帝悄悄地披上一件缎紫色的袍子,又端出一杯热气腾腾的牛奶递与嘉庆帝道:"万岁,奴才该死,差点贻误了大事。可是,万岁爷有过御旨,在致爽殿前不得高声喧哗,再说,张千总来时也并不是急着要见万岁爷,天也黑透了,奴才斗胆从门前走过时,宫女们说万岁爷已经就寝,不便打扰。所以,就延误了这么一夜时辰……"

"啪"的一声,嘉庆帝把手中的奶杯猛地摔在地上,这一声脆响惊得门外站立的几位宫女不由得大惊失色,差点叫出声来,有个胆大的,竟伸过头来,望着暖阁里的动静。张明东浑身一阵哆嗦,连忙伏地跪倒,泣声道:"奴才该死,奴才本不该犟嘴。"

嘉庆帝见状,真想抬起一脚踹过去,想了想,长吁一口气,说道:"朕也没说怪罪于你。你想,这幸亏是水祸,要是像前几年前,战事频起,你别说延误进报一整夜,就是耽搁半个时辰,朕也要了你的命。你下去吧。"张明东哪里敢下去,默默地转身去收拾地下的碎片,拿着抹布跪在地上一点一点地擦着。

嘉庆帝一甩手径往西屋走去。

西屋里的自鸣钟"当当"地响了一阵。睡眼惺忪的梅香努力地克制自己,不去过问前庭发生的一切,这确实是不该她过问。她望着向自己走来的嘉庆帝,腼腆地一笑,"若教解语应倾国,任是无情亦动人"。嘉庆帝弯下身子替梅香整理左右裙裾间垂下的长长流苏绦带,心里暗道,刚才的怒气也似乎在这笑容面前溶解了。

梅香抓起一把锦被半坐起来,那一抹如雪的酥胸正好露出一大截,嘉庆帝轻俯下身子,微笑道:"朕吵醒你了。"口中喃喃自语的同时,整个身子已经半俯过来,他那刚才还燃着火气的眼睛里此时此刻都涌上了浓浓情意,也随屋里的光线渐趋炽热起来。梅香莞尔一笑,伸出长长的秀臂就要去衣架上取挂在那里的衣裳,嘉庆帝说道:"你多睡会儿,皇后她们都还没起来呢,急什么呢?"梅香一听,幽幽地道:"万岁,您知道什么,正是皇后没起来,我才要去,如若这种事让皇后知道了,那还有什么好结果!"一边说,一边穿上嘉庆帝递过的藕色摆裙。

且说张千总在夜色退去、山庄已呈现在一片白光之中离开了嘉庆帝时,心头仍在突突乱跳。他手按腰刀在林地徘徊,一再追忆当时的情景,心中不免生出一股如释重负的感觉。虽说廷发的旨意已通过军机处下达,自己只得了口头圣谕,也宽慰了许多,到底没有白跑一趟。

冰冷的露水沾了他的裤角,全部都湿透了,裤子都贴在腿肚上,一阵风吹过,他打了一阵哆嗦,裹紧了上衣,又急急地赶回驿站。至少可以说,他没有白跑一趟,他想,这样回去也有个交待;从嘉庆帝的言辞中,也挽回了温承惠的一点面子。要知道,就是在四个月之前,因为温承惠对礼坝的修复迟迟没有供给银两时,还遭到嘉庆帝的切责,说什么"国家本不应乱耗帑资,但是,该花的银两一定要拨,不能因为一时筹措不到就相互推诿,该是谁出的,谁都不能说个'不'字"等等。这下好了,一千多万两的银子花出去了,换来了礼坝轰然崩塌,温大人也不会因此丢官,说不定还会受到表扬褒奖一番呢。一想到这,张千总觉得有一种说不出的开朗和愉悦……忽然,一声悠长的鹿鸣在密林间传出,紧跟着,仿佛万物都苏醒过来一样,清脆的鸟鸣声也此起彼伏。随着东方冉冉升起的太阳,林中的雾气飘飘荡荡地消隐在一片湿漉漉的空气中。透过茂密的树林,阳光斜射到路面上,残余的光芒斑斑驳驳地挤出树叶间隙,给潮湿的路面洒下了几点散乱的光环。

第二十九章

毙烈豹侍卫真勇猛
吐黑血富豪假威风

武子穆情急之下，喊一声："护好主子！"便抖落披风，刀交左手，一提丹田气，右手已变得猪肝样的青紫。这是红砂掌。说时迟，那时快，眨眼间，那只刚被马蹄声踏碎美梦的金钱豹已经身首异处了！

嘉庆帝的猜测有一定的准头，礼坝倒塌的事情就其性质来说十分严重。他预示到，远不仅仅只是一个陈凤翔的问题，在得知温承惠派来的人走后，嘉庆帝决意回京亲自办理这个案子。

隔了一日，嘉庆帝的车驾由避暑山庄向京城开拔。一路上，虽说浩浩荡荡，却也悄然无声，没有什么太大的动静，因为事先有旨意，不许礼部兴师动众地大肆铺排，更不许地方各级官吏奉送迎接，所以，嘉庆皇帝只坐了一辆曲柄黄盖的绿呢小轿骡车。一路上，嘉庆帝总觉得太慢，便留下宫中的美眷，亲自点定几名贴身护卫，决意骑马东进，又留下一队亲兵陪侍皇后及二位皇子，自己则骑一匹大青驹，两腿一夹，一溜烟地跑到最前面。急得张明东等几个内监心里火烧似的，紧紧跟在后面。在嘉庆帝的贴身护卫中，有一位嘉庆帝的心腹，那就是宫中大内高手之一：紫禁城殿前章京武子穆。自从陈德行刺案后，嘉庆帝可以说对宫中的侍卫来了个大换血。当他在一次大阅兵时，蓦地发现了在骄阳似火的烈日下，仍一丝不苟地站在队列最前面的武子穆时，心里就着实喜欢。果然，奏答应对几句之后，嘉庆便把他留在身边，近几年来的东奔西走，除了张明东经常跟随外，这武子穆跟在身边的次数也不少。相互接触的多了，遂变成心腹。不仅他的武功了得，在禁军大比武的时候，刀、枪、剑、戟样样精通，更难能可贵的是，此人不仅武功了得，更兼好学谦逊，和蔼沉稳，与嘉庆的交谈很是得体相宜。

实际上，嘉庆帝刚跑了不到一个时辰，就觉得胸闷，气似乎不够喘了。面颊上的油汗顺眉毛、鬓角往下直滴。毕竟，年岁不饶人啊。尽管骑着马奔走在官道上，可是由于山路崎岖，沙砾荡地，仅是那阵阵尘雾就足够嘉庆帝受的了。刚爬上一处高坡，嘉庆帝勒马驻足喘息甫定之后，除武子穆外的其他亲兵及数个内监才策马赶到。

嘉庆对身边的武子穆说道："子穆，朕感到，朕再也不似当年随先帝那样纵马驰骋了，多少有些力不从心。想当初，朕胯上烈马，风驰电闪般地奔行于木兰猎场，那是何等的自在啊。"说着，一副沉浸在回忆中的表情自然地流露出来。武子穆道："万岁，何能言及岁月？依奴才来看，就凭万岁的龙颜贵体也不能谈到……只是，万岁不论何处何地都以国事为重，如果有心力不及的话，那就是操劳得太多太累了。"嘉庆帝用手一抹胡子楂儿，感觉那粗硬的毛根很是扎手，痒痒的，嘉庆帝用手一指前方，说道："翻过此山，前面就是蒙古草原了。有多长时间没去，朕已记不得了。"

武子穆早已翻身下马，走过去把胳膊递给嘉庆帝说道："万岁爷，下来小憩片刻。要不，您带着我们这班奴才们，顺便绕一下古北口，去看一下草原的风光。"嘉庆道："也好，只是不便打搅蒙古各王公。"武子穆说："那不会，此地离京师尚不过四百多里，即使绕一下，转回时，也是能赶上皇后车辇的。"不提皇后还罢，一提皇后，嘉庆帝的思绪又转到梅香身上去了。

昨日，正是黄昏时分，窗外是一片银灰的天。嘉庆怒气未息地处理了这次礼坝下泄的事件后，楼顶还在夕阳余晖的映照下闪烁着瑰丽的色彩。随便瞥一眼，那林中的夜鸟此时就已振翅翻飞，在半明半暗之间寻觅自己的归宿或者追逐在空中舞动的晚餐。就在嘉庆帝欲回西暖阁时，突然望见呆立在门口的梅香，幽幽的脸上尚挂有淡淡的泪迹。撞见嘉庆帝的一霎间，她急急地转过身去，嘉庆帝心里一惊，心道，昨夜的温存伤害了她吗？在被中的梅香确实梅香四溢，在她的红绫内衫上，赫然刺有她自己精心绘出的三朵灿若红云的梅花，绵密的针脚，上下勾连，三朵梅花似三朵红霞、焰火，竟能在红色的底子上那般地突凸鲜艳，惊得嘉庆帝啧啧称奇。

嘉庆帝当时心上一喜，道："梅香，你的针线活很细致，看这三朵红梅，仿佛闻到幽幽的清香。"梅香正双眼神迷，心中的不安似揣个玉兔突突乱颤。闻着嘉庆身上的酒气，知道此时的嘉庆帝已是野马脱缰，再也不能管束自己，想到自己仅是皇后身边的侍女，此事若要皇后知道不知会怎样惩罚她呢。可是，梅香又哪里能有半点反抗的意思。记得嘉庆皇帝白天在殿旁的木桌上摆了满满的酒菜，当着皇后的面竟拉着自己的手硬要入座，皇后也是含笑不语。想是嘉庆吩咐过跟班太监，把鹿肉、羊肉、鸡丝、海带丝、竹节小馒头、螺丝馅包子，用筷子一样样夹到自己的碟中，频频举杯地说，不要拘礼，都是皇宫中的人，只当是共进晚餐，就像一家人一样。只喝了三四杯玉液，梅香已是头晕目眩，恍惚中，只见皇后在嘉庆的身边说了几句便悄悄离席，嘉庆喜不自胜的面容中透出得意的笑容，最后，直喝得自己珠翠摇动，脸热心跳，双眼神迷。后来，实在把持不住竟扑在嘉庆怀里紧搂不放，就像掉进深井之前，抓住一根草绳一样。当时，梅香想，万一皇后论我个以色惑主之罪，该如何是好？转念又想，可能是自己已经年及妙龄，该到花蕾初绽的时候了。

一想到这，梅香于不自觉之中开始有点酥胸起伏，吁吁微喘了。她本不是一个轻佻的女人，可此时此地，桃腮嫣红，美眸中流露着饥渴之色，娇躯不安地扭着。望着嘉庆帝的眼神中也有些急不可耐，"花径未曾缘客扫，蓬门今始为君开"，她喃喃自语，把个嘉庆搂得如胶似漆。嘉庆抿了抿焦干的嘴唇道："梅香，想不到你还是一个有情之人，满腹香词艳语。"望着美目流盼的梅香，燃起了炽烈的火苗。梅香本来就体如桃李而十分端庄，如今美眸睇睇，秋波荡漾，娇面越来越红，樱唇微张，真是万种风流，荡人心魄。

正是所谓"玉梅花下遇文臣，不曾真个也销魂"啊……

想到难捺之处，嘉庆回望身后的山峦，深感祖宗选中的避暑山庄真是人间美景。黛青仙山峰蜿蜒连绵，起伏不断，覆盖着的青松古柏之中。座座黄色的琉璃瓦建筑在阳光下闪闪发亮，苍郁劲拔的松林中不时传出幽幽的鹿鸣声。那青砖铺就的御道宽敞整洁。好一派北国的江南风光。

武子穆一扬手中的马鞭，指着前方，兴致勃勃地跳了几跳，像个大孩子似的笑道："好！真是好风光啊！"嘉庆一愣，掉过头来。果见自己所站立的山卯正是古北口的草原与那片树林遮掩的山庄的交界处。嘉庆自幼在内地出生，在重重的紫禁城里长大的。平日看惯了栉比鳞次的房舍，曲径幽深的巷道，虽然也曾在京畿山西一带巡视过，但那关内河山，总不免给人一种狭窄、闭塞的感觉，如今放眼一望，草树连绵，狐兔竞奔。只见茫茫草原，天高地广，一阵清风吹过，云动树摇，百草伏波，真让人耳目一新！

嘉庆吩咐道："看看后面的人可都跟上来了吗？朕要纵马奔驰一会，说不定会遇见几只猎物呢！"说话间，嘉庆帝已翻鞍上蹬，抖缰欲行。武子穆一蹿身，攀上一株古松，"嗖嗖"几下，攀着木枝，手搭凉棚，心里暗喜，没想到这么一上来，眼中之景与先前又大不一样，大片的森林的上空蒸腾起一片云雾，似纱似带，缠绕在远处的山际，迤逦的山路上有阵阵旗幡在时隐时现。不敢怠慢的武子穆朗声对嘉庆道："万岁爷，后面的车队也在急速地前行，估摸不到一个时辰就会赶上来。"说完纵身下跳，已骑在自己的青鬃马上。嘉庆帝马鞭猛地一抽，那马有如疾风般地已驶出数丈。这马本出自蒙古，见了草原如鱼得水，鸟出樊笼，又就地撒欢儿兜了几个圈子，长嘶一声狂奔而出。武子穆双腿就势一夹马肚儿，也风驰电掣般赶过去护驾。那些坐在地上的太监感觉汗还未干，就急忙上马,赶将过去。

突然,嘉庆一勒马缰,战马昂首嘶鸣,前蹄高扬,差点把嘉庆掀落下来,亏得身后赶上的武子穆及时赶到,伸手之间,已经站立在嘉庆帝的马头,双手死死地拉住马缰。几块青草皮在马蹄下四处翻飞。嘉庆帝惊出一身冷汗,脸上仍平静温和,心里暗道:"到底是长期没能骑马习武了,连这小小的动作也受不了。如果要是有更大的战事,朕如何能仿效先祖父那样御驾亲征呢?"武子穆刚才也是惊吓得脸色陡然,看看若无其事的嘉庆帝才笑呵呵地说道:"万岁爷的英姿仍不减当年啊,可把奴才们吓坏了。"

嘉庆帝正待答话,猛然看,十几只黄羊、两只狍子被惊得"嗯"地一下从草丛中窜出来,嘉庆帝忙从箭囊中抽出一支雕花狼牙箭搭在弓上,双臂一用力,扯得满月一般,"嗖"地一声射出去了,一只黄羊应声翻倒地草窝里,打个滚儿便一动不动了。嘉庆帝在马上扬弓大笑道:"武子穆,还不闪开。妨碍朕了。"说着,又要纵马。武子穆:"万岁爷,甭用您的大驾了。"一挥手几个亲兵对着那群离散黄羊追了上去。武子穆继续道:"万岁爷,我们不能进入草原过深。万岁爷,您老请看,前面横叉着两条路,往北一点一直通锡林郭勒盟蒙古王公,这一条就是绕着长城边儿,顺势回京之途。往前不到三十里就可以到一座集镇,名为太平镇,也是商贩们集中的地方,甚为繁华,走得紧一些尚能赶上集市呢。"

嘉庆稍一沉思,说道:"也好,你派几位亲兵前去打点一下,最好不要露了身份。"

话音刚落,乱石后面的草丛中唰唰一阵响动。人还没有感到,那几匹战马已在簌簌发抖。武子穆的神色刚才还在说笑,这会儿变得狰狞可怖,忙道:"都不要离开!说不准有强盗出没此地,这事儿我见得多了。快护好主子。"他一边回头吩咐侍卫、一边拔出明晃晃的钢刀,腰一猫,几个箭步奔那响声就过去了。只见那草丛后面,一只斑斓的金钱豹猛地挥出头来。头有小斗那般粗细,发出粗重而低沉的一声长嘶,几匹战马竟吓得一下子软瘫在地,成了一摊泥似的,不死不活地伏在地上。那只金钱豹有着黄缎一样的毛色,间杂着黑色的斑块,只见它爬上了岩石,懒洋洋地伸了一下前爪,仿佛漫不经心似的看着面前这几个人,拖着的尾巴此时直竖起来,龇起牙又吼一声。

武子穆情急之下,没有忘记喊一声:"护好主子。"便"唰"地一下抖落身上的披风,刀交左手,一提丹田气,"嗖"地一下,右手已变得猪肝样的青紫。这是红砂掌。说时迟,那时快,眨眼间,那只刚被马蹄声踏碎美梦的金钱豹已经身首异处了。众人一片欢呼:"好功夫!"

在侍卫的簇拥下,嘉庆帝走到武子穆跟前说道:"子穆,功夫不错啊。"武子穆道:"我疑心是响马盗寇,没想到是只猛兽!下手快了些,要不多周旋几下,说不定万岁爷还能看到一场精彩的人兽大战的表演呢。"嘉庆帝目含赞许之色,说道:"朕要赏你二品顶戴花翎。看你说得轻松,着实让我们吃惊不少啊。"武子穆道:"万岁爷受惊了。"

嘉庆帝手拊额下胡须说道:"只可惜了这张豹皮!"说完,众人大笑。

天热起来了,大地呈现出一片紫棕色。

太平镇有两千多户人家,在长城的西侧算是一个不小的集镇了。满地都是爬犁印子,街旁的棒子也叠得齐齐整整,一垛接着一垛。正午时分,正是艳阳高照的时候,街巷里的行人不见有多少。只在沿街当面的几家店门口,流着油汗的店小二坐在幌子下面,懒洋洋地摇着破扇子,手里照例捧着一杯凉透的清茶在有滋有味地喝着,不时拿眼瞟瞟路过的人群,准备随时随地应酬一下。

嘶哑的嗓音也稀稀拉拉的。有卖凉皮的、冷水的、绿豆汤的,有卖西瓜的、黄瓜的、水萝卜的,其中卖西瓜的最多。零星可以看到还有卖蛤蟆酥、面猴、羊犄角蜜的。在众多的西瓜摊位中也不啻是一种点缀。

武子穆等人先行到达一家老店,仅看那门边的拴马石被磨得光溜溜的，就知道这家老店的历史也不算短了，一打听，果不其然，足有七十多年了。仅辈分就已传至三代了。武子穆挑店时，格外小心，此次回京是悄悄的，不比在内地每到一处都有督抚派兵护卫，在关内外的接壤处，也时有流贼作乱。所以，选来选去，就在镇边一家僻静之所寻个住处，没想到，歪打正着，这家老店的主人在这内地的小镇边上竟挖出几眼清泉，日久开拓，形成一片方圆一亩左右的清水池。养着几十尾鲫鱼在水中游来游去，在水流出口的边沿，砌有一座汉白玉的小桥，桥下有网可以拦住鱼。沿溪是葱绿的垂柳，柔软的枝条软拂水面，水面上漂浮着一层嫩绿的水草，荷叶不多，但几朵莲花正在适时开放，朵朵粉红灿烂，使人想起那红色的云霞，或是桃色的梦幻。长期浸润在河底的石块上覆着一层鹅黄色的茂盛青苔，随水流轻轻地飘荡，不时地有几尾调皮的鱼儿在石头缝里钻来钻去，煞是喜人。

单是看这池水，倒使嘉庆帝想起自己的畅春园来。他在武子穆的引导下，径直往店内走来，无心慢慢欣赏。这家老店是个三间面的店铺，前边卖饭，后面住店。由于路上的波折，嘉庆帝带着侍卫急急地从原路赶回，再也没能深入草原半步，等到后面的文武侍从、太监、宫人都赶上来时，才朝太平镇进发，因此，错过了早市，等他们这一行三十多人到达时，个个都是汗水涔涔的。店老板正躺在凉竹椅上，冷不防呼啦啦地来了这么多人，再仔细一看，虽都是便装打扮，却一个个气宇轩昂、气质不凡，人物之间的长幼辈分上下分明，一进来，就包了全部房间，便命令伙计关店门上门板儿，不准再接客。老板何等精明，一看便知不是寻常客人，至少是路过此处的满蒙王公人员，因为在人群之中，有十几位女子是他平生所见的最为标致的美人胚子，你想，要不是王室成员，谁敢动辄带这么多如花美眷投宿客栈？店老板一头热汗地前后照应，不时催促伙计速备冷饮，以消暑解渴。但凡镇上还能买到的东西，一并买来。

嘉庆帝身着白色的府绸缎衫，一把精致的折扇唰地一抖，来来回回地扇了几下,便收起来,隔着抗暑的遮挡阳光的布帘感觉身子热、嗓子干,便对张明东道:"朕今日之苦,多有你一半职责啊。"张明东喏喏连声答道:"奴才该死。"手中的扇子不停地扇向嘉庆帝的后背,鼓风荡起绸衫,飘飘洒洒。他低着头,嘴上不敢吭气,心里却怨道:谁让你猴急似的乱赶,紧赶慢赶还能把倒掉的大坝再扶起来?人都遭殃了,这才想起惩治别人,不还是刘备摔孩子——收买人心。

不一会儿,武子穆弯腰进来,说道:"万岁爷先喝碗汤,消消暑气。"说着从八仙桌上拿起一只汤匙轻轻地舀出一点儿,递给嘉庆帝道:"万岁,这是'琥珀糕',请您先用吧。"张明东从嘉庆身后探出脑袋,瞅了一眼,说道:"想不到此处尚有京里的风味呢。"

这西瓜汁做得的琥珀糕,看起成色来,是以好甜瓤大水头的西瓜,去籽拧汁,放入砂锅煮沸,然后再拿去冰镇,待到用时,即用文火熬炼,至汁稍稍稠粘时,倾入碗内,冰镇凝结,色如琥珀。张明东说的就是这碗刚刚开化的西瓜汁。嘉庆帝没把心思用在这个上面,倒是感到武子穆忠心可嘉,凡是每到一处,饭食汤饮,无不先经他亲尝,然后才呈嘉庆帝。

"报!"一个声音自外面传来,"董诰董相国来了。"嘉庆帝一听,忙放下琥珀糕,对武子穆道:"忙宣进来,大热天的,从木兰围场赶来,着实不易啊。"武子穆知道,每次嘉庆帝木兰秋围,总是由大学士董诰先打前阵,带着大批的宫中禁卫军,把个木兰围场的一切设备,包括嘉庆帝的简易行宫都安妥停当,才赶回避暑山庄恭候圣驾。可是,此次事出有因,当董诰赶回时,在半路上就遇见嘉庆帝派出的信使,被告知万岁爷已经启驾回京,暂时撤离了木兰围场,董诰心急如焚,急点两千精兵跟着,浩浩荡荡地径奔嘉庆帝的路线寻来。到了太平镇,略一打听,便知道嘉庆帝住在城南的客栈里,遂不避酷暑急急赶来护驾。

武子穆一出来,就见董诰花白的胡子上汗水淋漓,连忙上前,拱手道："董老相国，一路辛苦了。"董诰见是武子穆，急忙问道："万岁龙体可好！听刚才侍卫们说，一路上有些险情。"武子穆笑道："董相国，那是他们没说清，快进去吧。刚才我已叫店主搬出几块冰来，分发到万岁、皇后那里，这令屋内热气降了不少。正好给董相国降温。"

武子穆这几句，说得十分得体，董诰听了十分舒服，便拉着武子穆的手道："到底是皇上的贴身侍卫，说起话来也有些味道。走——"武子穆赶紧一摆手道："董大人快进吧！"董诰边走边说道："子穆，你派几个人前往路上等候，说不定其他大臣不一会也会陆续赶到，都是从山庄那退回来的，万岁走得急，竟把这班臣僚们抛在后面了。"说着，一挑门帘，伴同一股热浪进屋觐见嘉庆帝了。

屋里的嘉庆帝端坐在青竹篾编制的藤椅中，已有两名宫女和几位太监轮流地替嘉庆帝扇扇，两位宫女是香汗淋漓，娇喘微微，面色赤红，鬓发散乱，知道她们是在皇帝面前尽心卖力。挥动的手臂连带着腰肢不停地扭动。说实在的，嘉庆帝的心里着实一阵痒痒，碍于有人在眼前，不便下手罢了。挥出一阵香风艳雨之后，嘉庆爱怜地说："回房伺候皇后去吧。"宫女相视一眼赶紧理了理散乱的云裳，提裙裾匆匆地向楼上走去。

实际上，董诰进来后，感到这屋里太凉爽了。一见嘉庆帝急忙上前跪倒问安："万岁爷一路酷暑，受惊了，受累了。"嘉庆望着眼前这位老臣心中不免一阵心酸，这位正直能言、敢于斗邪、又在自己身处危境之中忠心耿耿的臣子如今已是花白头发了，可这大热的天还要伴朕侍驾，应该让他致仕还家颐养天年了，可不能让他们在朕的身边一个个老去……正在愣神之际，董诰问道："皇上为何急急赶回北京？连阿哥们都还没得到音讯呢！"

嘉庆帝说道："起来吧，起来。"张明东立刻给董诰端上一碗绿豆汤，董诰接过先喝了几口放到八仙桌子，挪了挪凳子，一副欲坐还怕的样子。嘉庆帝笑着点点头，说着："坐吧，这又不是在朝里，君臣何必如此拘礼？再说，除了内廷的人外，谁也不认识朕究竟是哪方高人哪！"说着呷了一口冰镇的西瓜汁，继续说道："事出突然，原想先告知你们这班大臣，可没有一个在身边的。以后，但凡朕外出巡视，看来你是不能离开朕左右的。要不然，朕一时心中还真的没有主张呢。"

董诰歉然地说道："万岁，还是做臣子的设想不周。臣记得，去年十二月，钦差百龄奏称，减坝合拢，赏河道总督陈凤翔有差；三月份，百龄又称，李家楼大坝合龙、河归故道，按理也就完成皇上的旨意，可是刚过才几个月，礼坝就倒塌了。事必有因啊。"

一席话说得嘉庆庆频频点头称是："朕也这么考虑，好歹几天工夫就可回京了，到时再作些处理，看来没有铁的手腕是难以制住这个天大的漏口子的。"正说间，却听店外传来一阵急促的拍门声。

武子穆早就按刀跟在一个店伙计的后面，神色庄重的静观事态。那个伙计急忙奔过去，先用身子抵住门框，透过门缝儿打量着外面的来人说道："对不起，小店已经客满，请您老到镇上别的店去住吧，那边陈家老店条件也不错，还有很多空房子。适才，我们就是去那儿取得冰块，消暑设施也多得很。"

这话刚完，就听门外一个中年男子带着嘶哑的声音高声斥道："少啰唆！我们南来北往频次不是在此驻宿，误了秀林将军的大事，定叫你这个百年老店开不成。"说着一挤身子，耳听得门栓"咔嚓"一声。店伙计一个踉跄往后跌去，亏得武子穆眼明手快，一手抵住店小二的腰际，另一只手已照着来人，"唰"地一巴掌拍过去。那人"哎哟"一声，嘴里顿时不干不净起来："妈了个巴子，老子走南闯北，没见过你这样的客栈，还有拒客千里之外的。老子先前来过几回，不就相中你家店里有个清池，景色尚可。你小子……"刚想再骂几句，武子穆一把拉过店小二，另一只手刮着风声又打将出去。身影晃动之间，他已堵住店门，正眯着眼，望着那位跌坐在台阶下的中年男子。

一袭府绸的长袍，扎着根暗绿色的丝绦带，足蹬月牙形的小口软底布鞋，由于太热，脸上冒着红油油的光来，一看便知是一位颇有家资的富商。那富商滚在地上，双手捂住半个青肿的脸庞，云里雾里一般，一时尚明白不过来。他迟疑地从地上爬起，心道：今天遇到主儿了。几位跟班连忙扶起他，在店门边的一棵古槐树下就座，浑身燥热难耐，看到只不过是位寻常武士按刀倚在门边，心里愤恨不已。拿眼向旁边的一位家人使个眼色，那家人心领神会地飞身而去。这边，他跷着二郎腿，冷冷地与武子穆对视着，终究拗不过武子穆一双锐利的眼睛，便若无其事地搓了几下脸上的油汗，感到嘴里有股腥味，张嘴哇地一口，一大口浓浓的血淤吐出来，差点溅到武子穆的身上。仅一会儿工夫，那块艳红的血淤变成了黑色。

武子穆一挥手，几位紧身束衣的兵丁已经围过去，店小二忙拦阻道："这位官人，此人不便于应对。你们适才打了他，小的已是后悔莫及，再要折磨他，小的就怕……"武子穆冷冷地说道："你怕什么？怕他挟愤报复不成？"心想，此人若按惊动圣驾罪论处，怕是早没命了。

"官人，"店伙计一扯武子穆的衣袖，低声说道，"放他一马吧。"又心下迟疑道，"你们不知，这位是此镇上的有名的富户，名唤高扒道。倒不怕他富得冒油，他可是前吉林将军的小舅子。"武子穆眉头一皱道："哪个吉林将军？"店小二说道："官人看来不知此事，眼前这位主儿早年做过盐商，自从他的小妹嫁给了吉林将军秀林做了第四房小妾，地位跟着扶摇直上，做了这一带的盐商总会会长。名虽盐商，实际上什么都干，只要经他手的生意没有不赚个六七成的，就连我们这些客栈也是他常住的地方，每每从外地回来，必把家眷以及有时是从外面带来的女子带到本店小住几日，始乱终弃。我们几个伙计好几次见到那些被糟蹋过的女子衣衫不整地匆匆离去，情景甚是悲凉。"店伙计唠叨完这段话，眼睛骨碌地转了好几圈，见那富商坐在树荫下面吹胡子瞪眼地瞅着自己，便缄口不语。

武子穆去年才从禁军比武中一举成名，遂升为内廷侍卫，他哪里知道有吉林将军这回事？但他何等精明，对这样一位面目不清而又如此霸道的人也不敢小视，不禁起了三分警觉，刚才来路上经过兽患，这又要来了匪患不成？想到这，转身进屋禀告嘉庆帝去了。

嘉庆与董诰谈论了一会儿，便上了困意，打了一个长长的哈欠。董诰见状，忙躬身辞退，说道："皇上一路上走得太急了，反正事已发生，不必往心里去，待到京师后再做论处不迟。老臣这就告退，还望圣上龙体安康。"嘉庆帝道："你也须注意才是，就这样，各自休息吧。"说着起身，沿着木梯，上了二楼客房。这里有四间内室，里面全是木制的板块与厚实的墙壁间隔着，既能抗寒又能防热。因为是内屋，所以夏日的热风一般裹挟不进来。靠北的窗户上挂着一袭湖蓝色的纺绸窗帘，一踏进去，一种宁静致远的感觉便无意中滋生出来。靠屋角置放着大冰块，离得不远便感到脚下有股寒意。嘉庆心里暗叹，想不到这儿的设施也不差。

嘉庆在张明东的引导下，走进三间一连的大套房子。皇后及几位嫔妃业已妆洗完毕，正围坐在一起慢慢地啜饮着冰镇的绿豆汤。嘉庆也很疑惑，虽说这里地处偏僻，可老北京的风物特产倒是常见，不禁有些纳闷。皇后钮祜禄氏正端庄地坐着，一头凤钗摇摇欲坠，高高挽起的顶髻也插着碧玉银簪，在众多的嫔妃中确有仁惠之风。一位妃子说道："这一路上，又热又渴，可遭罪了。"皇后斥道："如妃你胡说些什么！皇上日夜操劳，寝食不安，还能承受得了，我们坐在辇轿上一路晃晃悠悠，尽赏沿途风光，岂有乏体之理？"众妃一齐说道："皇后说的是。"皇后又道："如妃怕是有喜了吧。"如妃满脸通红道："皇后不要取笑我了，或许是因为我想爱女了。"这么一说，众位嫔妃才又没什么话说。因为如妃所生的皇九女固伦公主是皇帝的最小一个女儿，皇帝视为掌上明珠，这是大家都知道的。

嘉庆帝立在门口，突然闻到一股淡淡的幽香，眼睛一亮，撩起布帘侧身进了第一间房间。果见,梅香半躺半倚地斜靠木床上铺就紫墨色的被巾上睡着了。嘉庆帝蹑手蹑脚替梅香轻轻地盖好被巾。梅香在睡梦中翻了一个身,差点掉下床来,心中打个惊颤,睁开睡眼,一看嘉庆帝正站在自己的身旁,连忙坐起,羞红的面庞深深地低垂,轻声说道:"万岁爷,奴婢想是刚才睡着了,多谢万岁爷替奴婢……"嘉庆帝面带笑容,说道:"梅香,是你身上的一种奇异的香味吸我过来的。"说着就半倾着身子把梅香揽在怀里,"让朕好好闻闻,我的心肝宝贝。"嘴就凑上梅香那张开的樱桃小嘴,凑着那两片丰润适度的嘴唇,凑着那两排明月般洁白的碎牙来回地吻着,耳鬓厮磨之后,梅香激动得有些颤抖,扭曲着身子如藤蔓一般紧紧地缠绕着。

武子穆被张明东阻挡在二楼的道口,里面传出的女人声音使他一时也不敢硬往里闯,他悻悻地退回。暗想,这不违背了初衷了吗?还不如待在山庄清静些,免得招了这么多不必要的麻烦。转念又想,不行,我还不能让那泼赖在店门口耍泼,正想赶回前门,张明东道:"皇后说,是不是该吃午饭了?"武子穆一想,也是,总不该饿着肚子吧。遂"噔噔"地下楼,他多少有些不解,一个小小的富商竟如此霸道?

午后的阳光射进来,搅起一团尘雾在光束中上下颤动,客栈门口的拴马桩上,几匹战马在西斜的树荫下大口地喘着粗气,喷着满嘴的白沫。放在前面成堆的草料由青变黄,没过一会儿工夫就变成一堆干草,几位亲兵懒洋洋地起身抱起干草放进院中的池水中浸泡一会又抱出来,湿漉漉地铺在马背上,几匹马不约而同地发出一阵"咴咴"的愉快的嘶鸣,惊得树上沉睡的知了从疲惫中苏醒过来,鸣叫不止。那富商咽着口水滋润着自己干燥的喉咙,似乎等得有些不耐烦了,不时抬头望望白花花的路面,他诧异,为什么派出去的家丁此时不见踪影?他娘的,他心里一阵诅咒,这几个龟孙儿准是跑到哪儿喝冰水乘荫凉去了,想想今天的这口冤气还没出,心里老觉不甘。他扯开府绸对襟褂,敞开白晃晃的胸脯以及居中长着的一小丛黑毛,抓挠了一会儿,竟沉沉地闭起眼睛,暗道:到底有区别的,想头几年我大舅子不倒台,哪能轮到这班贩马走卒在此逞狂。可是,这位道台大人也是他妈的不够义气,他可是我大妹夫一手提上去的。妈的,树倒猢狲散,去了这么大一会还请不来,真是知人知面不知心,人走茶凉。心中疑惑了一会儿,竟似死狗一般睡去,嘴角流着口水。倒有几只苍蝇"嗡嗡"地叫着从马粪上转移过去,吮吸那股可餐的秽物,那富商只觉嘴角痒痒的,难受,用手猛地一拍,倒把自己给震醒了。当他睁开眼睛时,武子穆提刀站在他面前,他一阵心虚,赶紧拍拍身上的泥土,手里提着油光闪亮的长辫,一动不动地望着对方,强作出一副满不在乎的神情,样子甚是难看。

"你是哪里的泼赖?报上姓名来!"武子穆刀交左手,讥嘲道,"看你这身横肉,肥肠流油,生意肯定不错。听店小二说,你经常带些女子来此鬼混,此次怎不见着人影?"那富商把左眼眉梢往上一吊,僵着脖子说道:"看你也不过是一条看家的狗,报出大爷的名声来,不吓破你的狗胆才怪。"张开的大嘴如同烧红的烙铁,如同吐着蛇信的毒蛇,几滴唾沫喷到武子穆的脸上。话音未了,就听"啪"地一掌打在右脸颊上,火辣辣地钻心般疼,"哎哟",那富商一阵摇晃,两个趔趄,就瘫在地上,双手不由自主地捂到脸上,感到手上是黏黏的东西,是血,在一阵刺痛之后,热乎乎的血顺着他大咧的嘴角流下来,粘稠而紫红的污血和他白胖的手形成触目的对比。那富商挣扎着爬起来,斜着身子靠在树干上,浑身像散了架似的往下滑,再也装不出狗熊样了。散乱的目光中弥漫着惊恐之色,他吃不准眼前这位到底是大爷还是孙子,他弄不明白,在自己的一亩三分地上还有人敢出此重手打他,他告饶了。

"大爷,好汉,兄弟有眼不识泰山,不知大爷做何公干,冒昧打扰,请罪、请罪了。"双手软软地抬起,朝武子穆抱拳道,"小的姓高,叫高扒道,名儿不好听。"边说边想一走了之。店小二跟在武子穆身后面露为难,想上去扶一把又怕得罪这不知身份的武士,不去吧又怕日后本店的日子不好过,左思右想,很是为难。硬着头皮,扯住武子穆的衣襟,低声说道:"好汉爷,强龙不压地头蛇,何必跟高爷计一日之短长呢?再说,你们家官爷以后要是再跑此道免不了还要住本店的。"又小心翼翼地趋步上前对高扒道说,"高爷,大热天的,也不坐着凉轿出来兜风,小店确实客满,都是本地人,生意道儿上的,抬抬手就过去了。高爷,您的人呢?"说着拾起地上的风凉帽递给高扒道说:"高爷,这样吧,到前房来喝杯西瓜汁,消消暑气,透透热气,我回去跟店老板说说……"边说边打着哈哈。

武子穆一来不想露了身份,二来也不想再惹出麻烦。他清楚,此时嘉庆帝正在午休,事情张扬大了,惊动了圣驾,自己也不好交差,于是口气缓和了不少,道:"这就罢了。"转身往店里走,又爱理不理地吩咐道:"店小二,让这位姓高的滚远点,别在这客栈门口煞风景,惹大爷恼了,丢进池里喂鱼。"看着高扒道那副狼狈的样子,跟在武子穆身后的其他几个侍卫也一个个前仰后合,捂着嘴笑得直不起腰来。

这边正要说笑着走开,忽然在店东边的官道上传来一阵锣鼓开道之声。众人抬头望去,却见大道上弥漫起阵阵烟尘,在搅起的灰土中,一乘官轿鸣锣喝道地走了过来。接又是四乘上挂紫青色纱罗的纳凉轿,隐约可见其中翠红绕缠,环佩叮当之声也隐隐传来。看样子是内眷,前呼后拥地足有五六十人,衣色很杂,丫头、老婆子、师爷、书办,长长地拖出一大群,后边又有十几头骡子驮着大小箱笼、梳妆台、画眉笼之类杂物,浩浩荡荡地往这边开了过来。

武子穆心里暗想,这大热天的,这帮人是去哪呢?想必是哪省的道台上任路过此处,也没在意,回头望了一眼,闪身刚要进店门。店小二从身后拽了他一把,低声说:"这位官爷,恐怕事情不妙。"猛一转身,武子穆意识到这是高扒道溜走的家丁搬来的官府衙吏,转身间,那柄明晃晃、亮闪闪的宝刀就已提在手里,随口吩咐道:"去几个人,把他们拦在百丈之外。问清来因,倘是过路的,就放过去的;倘是前来寻衅滋事的,就连同家眷以及所带物件一并扣下,等我禀明皇上或告知董大学士后再行定夺。"拿眼扫了一下四周,见再无异样情况,便放心回屋了。

不知不觉中,天早已过了晌午,北方的夏天也不过如此,日过午后凉,刚才还毒辣辣的阳光此时已柔和了许多。武子穆摸摸肚子,才听到肚里一阵叽哩咕噜的,感觉是有点饿了。

不管是什么季节,百龄总是这样迷迷糊糊、懒懒散散,衣服宽宽大大地搭在身上,愈发衬托出他的瘦削,他似乎更习惯含着胸走路,把那肥大的外罩的衣袖扯得很低很长,在府中、衙门里进进出出时,对周围的人和事显得有些漠不关心,但那双细小的眼睛里两粒墨似的眼仁总是不停地转动,让任何一位同僚总也摸不透他内心深处的想法。他有一脸白净的肤色,似乎是上了岁数,仿佛被岁月煎熬得失去了水分,像一层干瘪的面皮挂在脸上似的,丝毫不见有星点的红晕,永远习惯眯缝着眼看人,给人一种永远也睡不醒、宛如梦游人的恍惚迷茫的感觉。

百龄字菊溪,原是汉人张氏之后,后来举家抬入正黄旗。进士出身,乾隆间曾受到大学士阿桂的赞赏,称之为"公辅器也",官也越做越大,不想在奉天府尹任上负才自守,不知干进,一意地彷徨迟疑,终于一闲就是十年。没想到,这十年闲置对百龄来说无异于因祸得福,既没踏上和珅的贼船,也没落在治贪的狂风中落马。所以,嘉庆皇帝一经亲政,他便连获晋升,从两广总督任上调至两江总督,加封太子少保衔。两朝为官,几经风雨,更加磨练了他在官场中游刃有余的本领。在这副形容猥琐的外表里面,却是满肚子的机宜算计:他似乎能够把握准嘉庆帝的脉搏,在两广总督任上,治贪初见成效,又玩出不少点子,深得嘉庆帝的厚爱。调至两江总督时,适合时宜地抛出一整套治河的经验,提出在黄河下游接筑新堤,增建减水坝,其中王营减水坝便是他的杰作,规模宏大而耗资不多。当草图呈上殿中时,嘉庆帝一见不由龙颜大悦，说，像百龄这样的实干家，我大清朝中尚不多见。恰逢百龄六十岁时才有一个宝贝儿子。嘉庆得知此事，在百龄等文武百官来恭视万寿节时，赐百龄之子名为扎拉芬，以表示对百龄的宠爱。嘉庆十七年春天，百龄所负责的各项工程先后竣工，漕运、河运皆一路顺畅，较之往年早了一个半月，嘉庆帝又迭加优赉，赐百龄尚未一周的儿子六品监生。一时间在朝中传为美谈。

百龄扶住锃亮的脑门，脑门上方有几根稀疏的黄发，在微风的吹拂下正东摇西晃，俨然是一个孤独且冷漠的百龄的速写画中最有特色的一笔。枯黄的毛发编成的长辫软弱无力地耷拉至左肩上直垂到膝盖的部位。

此时，百龄感到一点微痛从心口出发，慢慢地上升到他的喉咙，并在那儿结成一块，而那一块又似乎很快地就要变成眼泪，甜甜的、咸咸的味道从舌根处蔓延过来。百龄憋不住地猛咳一声：一口浓痰终于吐出来，屁股下的太师椅似乎承受不了这样的猛烈冲击，发出一阵刺耳的"唧唧"声。他站起来，两手拢在胸前，几根苍白的胡须正好不偏不倚地搭在手的背面处。他只是愣愣地站着，目光穿越客厅上方的紫檀木制的雕花窗格到达一个遥远的地方，无处停视眼前的任何一物，但从心底升起一股浓浓的悲愁。

在朝中，他一向自诩办事稳妥谨慎，少言寡语，从不和同僚们面对面展开正面冲突，总是喜欢递上自己的奏折陈述自己的良计。可今天，他有些坐不住了。当他听说礼坝倒塌，致使清水下泄，下河州县亦被洪水淹没，富饶的土地上，茂盛的夏粮、错落的村庄尽在一片汪洋中时，他抱着的爱子差一点从怀中滑下来，幸亏夫人眼明手快，要不然又是一块心病了。

"怎么可能呢？怎么可能呢？怎么竟有这样的事呢？"他不由得发出一串串喃喃的自语。一时间，他只觉得自己的两只细小的眼睛什么也看不见了，跌跌撞撞地走了几步，扶住门沿，顺势摸到门栓，身体就颓然地倒了下去，耳朵里散出了阵阵的轰鸣。霎时间，心跳加快，一阵头晕，嘴角便流出了长长的口水。他的意识中,恍惚浮现出徐端那一幕革职后的最终结局。尽管自认为,他比徐端要老成得多,不在同一档次上,可谁知道,怒火中的嘉庆帝会采取什么样的措施呢?正儿八经的吉林将军秀林不是被杀了吗?等待自己的又会有什么样的结果呢?

百龄越想越怕,在夫人的大惊小叫之下,才从眩晕中镇定下来,他颤巍巍地望着酣睡在凉席上的儿子,叹气一声就走到客厅的太师椅上一坐就是半天。

老家人王冒走上前来,轻轻地替他泡了杯香茗,又悄悄地退出去,他不知道他们的百龄老爷又因为什么犯病了。刚才在门口迎进温承惠派来的旗牌官时,看那张千总风似的急冲冲地闯进,就心里疑惑,有什么大事呢?他实在想问一声,可见百龄刚刚缓过神的样子,还是强忍住,走到偏房里静坐。

百龄漫无目的地在庭院中转了一圈又一圈,在靠近院当中的一株高大的柏树下停了下来,感到很疲倦、很疲倦,要是以往,身体出现如此症状之后,他就要上书以病体为由寻求解脱公务的劳顿了。可这次,他连想也没想到,也不敢往那儿想。在柏树的树荫下,放着四个石坐墩,围着一张大理石桌,光洁的桌面上雕刻了一张棋盘。

手摸着凉意甚浓的纹枰,百龄的心终于静了下来。这棵高大的柏树此时上演着夏天繁茂的景象,叶片灿烂地绿着。有几只树虫把掉在桌面上的树叶啃得满目疮痍。百龄用手划拉过去,那几片叶子轻轻地落到脚边,抬头往上看,还有几片挂在树枝上摇摇欲坠。

夫人从屋里慢慢腾腾地走出来,手捧茶杯递到百龄面前,关切地问:"好些了吗?是什么事让你魂不守舍?差点没把人吓死,主要是孩子。"百龄惨淡地一个苦笑,说道:"是老朽不好!不该抱着孩子。你去吧,让我静一会,可能是最近几天太热了,时不时有些胸闷。"百龄有气无力地应答着几句,又低头沉思起来。夫人见状只好不再说下去,又款款地走回屋中。

百龄记得，张千总闯进来时，他多少有些不满。礼坝这么大的工程，可温承惠却迟迟凑不够应摊的银两，为此，他曾经向嘉庆帝密奏过，后来听南河总督陈凤翔说所需银两都已到位，百龄才放心地在家养病，便委派自己的老部下淮阳道朱尔赓额全权代办一切物资。张千总没有直接去书房，径奔百龄的内屋，张千总的第一句就是："百大人，大事不好，礼坝倒了。"当时百龄就一阵晕眩，等他清醒过来时，夫人告诉他，张千总已经回去了。此时，想来他不禁有些后悔，应该多问一些具体的情况，问题出在哪儿。想到这，他按住桌面站起来，死灰般的脸面上又恢复了往日的阴冷和高深莫测。

　　"王冒！"百龄干咳了一声叫着，"王冒，速速备轿，我要去总督府。"王冒正在打着瞌睡，猛听叫声，三步并做两步，走到百龄面前，说道："老爷，这会去府上干吗？老爷不是被恩准在家休息的吗？再说，这么大热的天……"百龄一摆手，他清楚，他待在家里根本没有被恩准，眼下正是洪水肆虐的季节，他哪敢在家"恩准"休养呢？原以为，此次雨季过去后，他又要在嘉庆帝面前陈述治河之要领了。他一向不服气嘉庆帝经常夸赞的戴衢亨，说他千般好。当戴衢亨病逝时，还亲自祭奠、赐号。这下好了，老而不得善终，想到这，他气恼地一摆手道："让你去，就去办。"此外不再说话，摸着棋路的手有些颤抖，几根胡须被说话的气流冲得一蹦一蹦的。

第三十章

同伴驾旧恋人邂逅
单赴任新太守遭殃

梅香怒从心头起,恶向胆边生,对着发愣的徐三标,扬手就是一巴掌:"徐三标,徐老贼,你还认得我吗?"那徐三标先是目瞪口呆,像庙中的土偶一样钉在地上,最后竟然眼睛一翻,嗷了一声便瘫倒在地。

王冒哪见过老爷如此动怒呢?赶紧一声不吭地忙自己的事,他跟老爷这么多年,这次算是见着老爷发怒了。平日里,老爷阴沉不语,不怒也令人胆寒,只是有了儿子以后,也能偶尔地看见老爷乐呵呵的面容,可那是怎样的一副尊容呢!一笑起来,脸上的肉皮全都堆到眼角,挤成一团。面目似乎比平时更可怕些。但不管怎样,他心里知道,老爷的这个官当得还不错。

百龄坐在屋里的绣褥上,旁边还有一只凉竹编的藤椅,那上面铺着一层薄薄的褥子。朝南的玻璃窗下,横一条紫檀条式书桌,上有青龙白瓷笔筒及笔墨砚台,靠墙的两壁,是摆满书籍的紫檀书柜,书屋的当中也有一张嵌有大理石面的紫檀圆桌。圆桌上摆有一方黄杨木棋盘。百龄多年来养成了一个习惯,那就是每每去朝圣前或去衙门前总要到这一排三间的书室来坐一坐。环视一下这静静的书室,闻闻这满屋的书卷气。

"老爷,车轿备好了。"王冒的声音在百龄听来,似乎时断时续,他还沉浸在这棋子的摩擦声中。几缕阳光透过窗棂上的玻璃反射到书屋内,顿时,阴暗的屋子明亮了许多。百龄手中的棋子也折射着散乱的阳光,像一颗颗着火的星星从百龄的手中一个个地蹦掉下去,熄灭在棋盒中。

百龄换好衣裳,即使身着一品官服,也是前襟长、后襟短。

百龄夫人替他先后扯了一下,总是摆不整齐,恼笑道:"你看你这副身子骨,哪像朝中的一品大员,出去了也不知道让别人怎么笑话你呢?"说着轻轻地拍了几下百龄的后背。她心里高兴,主要是刚才见百龄病得不轻,没过一个多时辰,就好了,心道,毕竟不是病,要真是病倒了那才令人焦心呢。别看百龄在外面威严十足,可在妻子面前却显得十分乖顺,先前的静坐多少净化了一点胸中的烦恼,感到气也顺畅了。他拉起夫人的手说道:"你负责伺候儿子吧,以后老朽就不要你管了。"夫人一下子挣脱了被攥着的手,说道:"老朽,老朽,真不知老爷老在何处?这么老了怎么还会有个儿子,依我看,你是心老,身不老。"百龄勉强一笑,说道:"夫人哪,老不老你知道。"忽然,嗓子一阵抽搐,连忙打住了下面的话,以手掩口,轻咳了几声,说:"你看,话也不能多说,怎么不是老呢?好了,夫人,我此去总督府,着实有紧要的事要办。先前没对夫人你说,是怕你听了不安,适才想好对策,心境就宽慰了许多。夫人在家静候吧。"

"老爷,你放心去吧,只要你身体没有什么大碍,我一千个放心就是。"说着,百龄夫人附在百龄的肩头,悄声说:"上个月,朱尔赓额送来了几株西洋参,我先给你煎熬着,回来就给你喝。人常说,冬病夏补,我想也应该补补才是。"

"什么?我怎么不知道这回事?"百龄吃惊地问。"哟,什么事非要你知道,你别忘了这个府上的内当家还是我。"百夫人杏眼一睁,"那是朱尔赓额特地前来拜你,可你上朝去了。我也推辞不过,就权且收下了。这又不是什么稀罕物啊。宝石、黄金我不收,这点礼品还算得上受贿吗?哼……大清朝就你一个清官了。"百龄不再言语。想好言再逗上几句,又没说什么,心里隐隐感到这不是一件好事,末了,就在他离开官邸前,对送到门口的百夫人说:"吃自己的俸禄不是很好吗?"径自坐上了凉轿,恢复了一脸阴郁的表情。

一阵凉风吹过来,轿上的丝绸波浪一样起伏不停。

事情过去几年了,梅香的哀伤已经渐渐地淡化。虽然时不时地那悲惨的一幕会在脑际浮现,她也常常迫使自己不再去想它们了。她的忧郁的心境被嘉庆帝唤醒了,她学会了呼应着嘉庆帝暗中投来的青睐目光。事实上,到了后来,每每嘉庆帝要与她在宫中做那种事时,她先是默许,继而应承地配合起来,都说被帝王恩宠如同沐浴着春风化雨一般的滋润,可在她看来,岂止是春雨,她甚至想这简直是阳光,是她年轻而健康的体魄所必需的一种营养。似乎离开了这一点,她的生活或许至今仍在阴影的笼罩下。这就是梅香的真实想法。

要不是这偶尔的发现,梅香就不打算回去了。她像往常一样偎在他的怀里,任凭他的手在她的衣襟里如同扫地一样。她滋生出的炽热情感震撼了自己,正是从这双手在她滑腻的皮肤上弹出的美妙而酣畅的琴弦,让她解悟到一个女人的生命灿烂的本质,并去认真地谛听另一个生命中发出的赤裸的邀请声。它们悦耳如同雨珠敲在金质的风铃上,在如此寂静的午后渐渐地高亢。

除非事情到了万分紧急的时刻,如若不然的话,武子穆无论如何也不会闯到宫眷的住处的。

武子穆知道,此时若大呼小叫,惊动圣驾,无论如何是不行的,当他拽着董诰往楼上去时,店外的砸门声已经越来越紧了。那刚才被打得鼻青眼肿的高扒道此时又神气活现地在门外高声叫嚷。碍于有圣上的吩咐在先,武子穆只是要几名侍卫守住大门,进来一个砍死一个,进来两个砍死一双。又命几名侍卫站在墙头,以作观望,如有逾而过者也格杀勿论,仿佛和对方摆出一副拼命的架势。

武子穆心里可着急啊,刚咽下的几口绿豆粥使身上的汗意有些退却,这时候又冒出一头汗来。他对董诰说:"董大人,看来只有叫醒皇上了。"董诰点点头:"对,对,叫皇上,你去上楼,我到前面去应付。"说着翻找衣物,要找出那身官服,可一时竟不知放在何处,只好硬着头皮走向门口。

武子穆不敢怠慢,此地就出在蒙辽交界处,要不绕道蒙古草原的话,他此时已守护在紫禁城城墙上了。可到哪里,就说哪里吧。他知道，一旦地方恶霸与官府勾结起来，那就什么杀人越货的罪恶也敢做出来。何况，他们的身份仅是来往的客商呢！

二楼上静悄悄的，一点声音都没有。张明东哪去了？还有几个太监哪去了？他无从知道。他记得，他被张明东拦在门口的那间屋子。他轻挪脚步在门口站了一会，喘了一口气，只感到脚下的凉气直往上窜。他解下佩刀放在门口，用手指轻轻地叩响门环。里面没有丝毫动静，仿佛死去一般，谛听一会，从里面隐约传来阵阵鼾声。他刚想下楼，前庭的吵嚷声似乎越来越急。他不得不掀起门帘往里就闯。幸好，他眼尖，一眼看见靠窗的床榻下摆放着两双鞋，他非常熟悉，那是男女不同的两个样式。他连忙拔回脚，退到门口，高声叫道："皇上，皇上，皇上醒一醒。"连叫几声没有回声，心想皇上、皇后一路劳顿，都睡熟了。又提高嗓门，叫道："万岁爷，武子穆有要事回禀。"

一声声急促的呼喊没有把嘉庆帝叫醒，却惊得梅香吓出一身冷汗。她不相信自己的耳朵，武子穆，这多么熟悉的名字啊！难道我的子穆哥就是万岁的贴身侍卫？她低头一见自己裸露的躯体，一股莫可言状的羞辱感顿时攫住了全身。梅香感到一阵痉挛、颤抖，仿佛一桶冰水从头浇下，彻心彻肺地凉，脊背似乎冒出一丝凉意。

梅香本能地抓起落在地上的丝帛被单裹住全身，她摇头不止，不会的，不会的，难道世界就这么小吗？我打听了多少军营都没查找到，我吃了多少苦到处寻觅，到头来，难道能在这里相遇吗？她反复思忖，没有答话。

武子穆又急着喊了一声："万岁爷，皇上，武子穆有要事回禀。"

这一下，梅香听清了，是她苦苦寻觅的子穆哥，那声音是那么熟悉，浑厚中带有沙哑。那急促的呼喊的频率对于自己来说是那么亲切，她混沌的脑海中清晰地映出那一幅幅美丽的画卷来……

静静流淌着的小河是从高高的布库里拉山下来的。这在当地被视为神山的圣物有着无尽的宝藏。河水顺着山脚缓缓地下滑，在拐弯处的树林边形成一个小小的湖泊，年轻的梅香正是第一朵花骨朵绽苞的时节，有着天然的美貌，犹似带露的山花；生性活泼，又像密林中欢奔的小鹿儿，天真烂漫，在她的眼中飘浮着的小水珠如同闪烁生命的眼神在幽蓝的水面上转动，她撩起那长长的手臂宛如银虾般莹澈，在使劲挥动着，创造着无数个晶莹的梦境。每当三春天气，正是春光和煦、山花盛开的时节，但见山前绿草如茵，鲜花似锦，一片嫣红，一片姹紫，一片鹅黄，一片粉白……每一簇花、每一枝柳似乎都幻化成自己婀娜多姿的身影。当然，少不了身边那位头裹纯白的毛巾、腰挂弓箭、手拿横笛的英俊少年——武子穆，在春、夏、秋、冬四季织成的情网里，两位相爱的年轻人总是在大人们默许的眼光中，密切地交往。老人们交口称赞，真是天造的一对……

终于，有一天，在片片落叶随意飘零、雨丝缕缕、连绵不绝的秋天的黄昏，两个年轻人互相依偎着，倾诉着。梅香的眼中始终噙住了一颗泪珠，仿佛凝固一般，她怎么能舍得她的子穆哥离她而去呢？她紧紧地抱着子穆哥的健壮的腰身，把柔软的躯体紧紧地贴在他的身上，那脊背上的绿色长裙被秋雨打湿，阵阵寒意向身上侵袭，她又怎能顾得了许多呢？她把脸埋在武子穆的怀中，这是她第一次和男人有这种接触，紧张、羞怯、激动、不安加上浓浓的离愁别意一起交织在心，她觉得眼前金花狂舞，仿佛连发梢都迷乱得有些发抖了，何况一位纯洁少女呢？

就这么紧紧地拥抱着，最后还是武子穆轻轻地掰开她的白嫩的手指，说了声："过不了几年，我就回来娶你。"她凝固的眼泪才如同断了线的珠子串串落下来……

迷糊中，嘉庆帝终于还是醒了。他一睁眼，猛见梅香裹着巾被蜷缩在床的一头，独自垂泪，心中当下一惊，刚想问个究竟，就听武子穆在门口声音陡地提高了许多，不忙不慌地答道："子穆，到底出了什么事呢？"武子穆道："皇上，前面聚了几十个人都要冲进客栈，被臣给挡在门外，这会儿他们急着要进店，怕是因为赶道做买卖的因天热口渴寻求借宿的。这会正跟老板吵上了，老板说店被我们全包了,可他们硬要进来歇歇脚。"武子穆说得极为平和,生怕惊吓着嘉庆帝。

就在这时,便听前庭的大门被拍得越来越响,似乎吵骂声也传进后院客房中来了。嘉庆帝感觉不对味儿,对武子穆说:"你去看看,朕过会就来。"一面说一面穿上衣服。抬眼看梅香还在垂泪,就俯过身子说:"香儿,没事的,你是受了惊吧,为什么不叫醒我呢?"

梅香只能强做出笑容道:"奴婢还不是怕惊了万岁的安寝。听得外面吵声挺大,这里又不是皇宫。"嘉庆帝摸出床头的怀表,见时针已指到巳末午初,说道:"也该醒了,光顾着清闲了,皇后她们不知可用过午膳了?你也穿衣吧,叫皇后看见,朕倒没什么,只怕你又担心这、害怕那的。"

这时,客栈门口的嚷嚷声似乎要把整个房顶掀翻似的,一浪高过一浪,都是随便地吃了点豆粥的皇后及数个嫔妃都从睡意中惊醒过来。因为皇后住的是最里间,所以,当如妃起床时,看张明东正倚着躺椅半坐半靠地睡得正香,走到跟前,"啪"地一拍椅把,躺椅一个闪忽,差点把张明东闪掉下来。张明东睁眼一瞧是娘娘,连忙拾起拂尘,搭在胳膊弯外:"哟,娘娘醒了,老奴适才睡着了。"边说边打了一个长长的哈欠,"老奴这就去叫醒皇上。"如妃一听就来气,竟敢在自己的面前称"老奴",银牙一挫,尖声说道:"你这该死的狗奴才,也有你睡觉的份儿。快去给皇后端些清水来,我去叫醒皇后。"

张明东听了,也没言语,也没有移动半寸脚跟,只轻轻弹了弹袍子上的灰尘,说道:"奴才是伺候万岁爷的。"尽管复又改口称自己为奴才,但这话让如妃听来极不舒服,又见张明东的身子微微后仰,大有重新坐下去的态势,声音陡地提高八倍:"好你个狗奴才,竟敢在娘娘面前耍起威风来。"一面说,一个急转身,挥起玉掌重重地打在张明东的脸上,顿时,张明东的脸上起了五只通红的手印。

这一打一叫,把皇后也吵醒了。不多会儿,整个客栈的人都知道了前庭发生的事。宫中几位胆小的宫女此时已有两腿站不住,左右摇晃起来。在吵吵闹闹的人群,皇后注意到梅香站在一盘清水旁边,静静地拧着毛巾,放到铜制的托盘中,端起托盘交给皇后,说道:"奴婢给皇后请安。"皇后一见梅香衣裳多少有些凌乱不整,知道皇上又在她身上动了手脚,心中涌出一股醋意,但没表露出来,只是把梅香拉到自己的房间,小声问:"皇上又欺负你的身子了。"梅香若在平时,总是低头不语,一副柔弱不振、深恐受责的样子。可今天,梅香紧咬着嘴唇,深深地点了点头。

皇后不经意地微笑道:"你不太愿意?"梅香站在一旁能说什么呢?或许只有她自己知道,在她的内心深处,此时正流淌着汩汩的羞辱而悔恨的血液,她因羞愤与自责而脸色潮红如灯笼一般。皇后说:"哎,自古以来,哪朝天子不爱美人,有的为了美女丧了国,破了家,亡了身。总之,一切灾祸,一切因为女人的灾祸在古今帝王身上都发生过,就是我们大清不多见的几次宫中流血有的不就是因为女人吗?远的就不说了,就说世祖顺治先皇帝不也是为了董鄂氏才抛却江山的吗?我也是从宫中像册中见到那位令世祖如痴如醉的美人的。"梅香不清楚,皇后要对她说这些干什么,她无暇去揣摩,也懒得去探究,她隐约感到自己似乎要走向生命的终结。当那熟悉的声音第一次进入耳膜时,她就有了这个想法,只是……只是还有满腔的怨仇还没有报,无论如何,她要向她的子穆哥倾诉一切,然后,自己一了百了。

皇后注意到梅香的微微嚅动的嘴角,平日那么柔和的嘴唇,在今看来,似乎僵硬了许多,在说话的时候,也丝毫不松弛。皇后淡淡地说:"梅香,当初你要求出家的情形,你还记得吗?"

"怎么能不记得呢?天禅寺遇见皇后是梅香终生的幸运,命运偏偏把一个苦命的孩子抛进福窝里,让她何以禁受得起?"梅香眼含着泪,她不能把对自己行为的愧疚转嫁到皇后身上。是啊,当初要不是皇后,又怎么能知晓子穆哥已是皇宫中的侍卫呢?可是,这一年多来,怎么没见他呢?

实际上,武子穆只是一年前才调至皇宫的,就是调到皇宫也没有机会和内宫的丫鬟相见。何况，皇后贴身的丫鬟又不能轻易离开皇后半步，即使偶尔有事要去办理，一般也摊不到像梅香这样有着特殊地位的人。

皇后继续不紧不慢地说："从皇宫里保留的画册来看，我当时就感到，你的长相极像两个人，一个是董鄂氏，一个是苏嘛喇姑，前者从像上看，微蹙双眉，似乎含着脉脉深情，又似乎带着幽幽怨气。袂带飘飘，好像要从秋风黄叶的山水中活脱脱走出来一样。我初见你时，猛然感到面熟，仔细一想又不是，但确实像极了。"

梅香看到皇后似乎还要说下去，心想，如再说一个故事，不管结局怎样，自己都会止不住放声大哭。忙止住情绪，面上呈现出一丝难以察觉的笑容道："皇后，不要取笑奴婢了。奴婢哪能和先人们相比美，奴婢是何身份？天壤之别。"

"那你是不是想要个名分呀？"皇后突然发问道。

"皇后，纵是奴婢有了可贵的身份，奴婢最终是要离开皇宫，回我的老家去的。"梅香坚定地答道，"皇后，我身上的罪过，百死莫赎其一。"说着，端起铜盆往外就走。低着头，走得又急，与僵立在那里的张明东撞个满怀，一盆水尽倾在张明东的身上。梅香本能地"呀"的一声，随口叫道："张公公，对不起呀，张公公。"

如妃见梅香的脸上有些挂不住，因为张明东一声未吭，刚想再训斥几句，忽见皇后一阵风似的走到张明东面前，"啪啪"几声更为清脆的耳光。张明东的另半个脸也肿起来了，皇后厉声道："好你个奴才，你刚才不说专门伺候皇上的吗？"一指梅香手中的脸盆，"去，出去舀盆水来，给几位嫔妃都洗洗，不信治不了你们这帮假男人。"指着张明东远去的背影又说了句，"回到京城就把你赶去扫地。看你还敢不敢横。"

梅香看着躬身退出的张明东，不知怎么的，心里生出一种怜悯，大约觉得自己太冒失，一边往外走，一边拿眼透过房间撩起的布帘，又跃过张明东的身影想去追逐那个让自己魂牵梦绕、肝肠寸断的年轻人。

总之，那熟悉的声音已经重重地拨响了梅香心中的一根弦，一根永远弹着簌簌泪水的琴弦。她的神情明显地为之一振，眼睛有些情不自禁地明亮而有神。她一想到，马上就可见到她的子穆哥，与生俱来的温婉柔顺带着那么艰深的寻求安慰的渴望，她来不及整理一下悲喜交加的面容，就急急地往外走。忽然听到身后的皇后说："梅香，让他去端水！看他日后还敢不敢在我们面前阴阳怪气的！"梅香听到了，感觉到了，可那促使她继续前行的声音不是来自身后，而是前方。她迟疑了一下，她听到的声响，一种玉佩发出的叮当悦耳的脆响，像拴在马脖子上的铃铛，她下意识地摸了一下，那不正是在见到嘉庆帝后的不几天，万岁爷送给她的一对温润剔透的如意玉佩吗？她似乎记得，当时她很是左右为难，迟迟不敢佩戴，只是到了山庄以后，才敢当着嘉庆一个人的面悄悄地系在前襟或前裙的腰际。她一下子明白过来：怪不得，皇后当着她的面说了那么多曲里拐弯的话。是的，偌大的皇宫中，哪有丫鬟婢女能带上如此贵重的佩饰？她深悔不已，她把这存有幻想的玉佩，一把扯下，攥在手中。

她明白了许多，自己身处宫中这年把的时间，岁月的苦楚似乎已麻木了她的灵魂，她怎么能抱有非分之想呢？她如何在自己的子穆哥面前解释这一切呢？她感到，心中的那根弦绷断了……在她娇小的躯体上划出来一道永远不会痊愈的伤口，一触就能……

嘉庆刚下来，就听外面一声高过一声的叫骂声，顿时气得脸白一阵、青一阵。他感到，怎么有这么多的麻烦总是让自己遇到，片刻小憩也不能够。听那外面喊得声嘶力竭，嘉庆帝的心里不禁打了一个寒战。他后悔一时兴起绕道越走一趟草原，不然哪有这些扰人心烦意乱的事体，越想越恼，呼吸也急促起来。

那边董诰等几个人在紧张地护着院子。武子穆一刻也不敢分神。在门后边来回警视，就听外面的高扒道厉声道："里面的客商，听好了，我高二爷能是好惹的吗？全死光了不成？交出凶手，放你们主人一条狗命，留下美女，凑给你们盘缠……"门外一阵淫笑声浪起来,紧接着就是一阵撞门,"咚、咚、咚"。武子穆看到门框边上的泥土"哗啦"掉下去,知道"躲过初一、躲不过十五",干脆一不做、二不休就要放狼入室。董诰一见,连忙制止,说:"武壮士,万不可如此,适才我看到外面有个头上顶戴花翎的官员,看他的官服似乎是五品官服,还是小心的好。"正不知如何是好时,耳中就听一股威严的声音:"武子穆,开门!"

武子穆一听,马上意识到该如何去做,连忙向身后的亲兵、侍卫道:"保护好皇上,退后!"说话间,已是运足了力气,双臂齐举,向那正要往里倒下的店门猛击一掌,那店门"轰"的一下倒向门外,飞起的木片向那边人群直刺过去,谁也没想到会有这样的结局,一片惨叫声相继迭起,就连一直劝说哀求的店小二也未能幸免,左边脸庞被碎木片重重地击了一下,一块青淤的痕迹明显可见。

高扒道那句"里边的狗东西都死光了吗?还不快出来受死"刚出口不及一半,门牙倏然脱落,原来已干的嘴角血迹上又流出一片,一只眼已肿得像小馒头似的,狼嚎一般地哭叫着。

随着那声巨响,武子穆和几名侍卫高手已分别从房顶墙头跃了过来,一字儿排开,把那适才叫骂正起劲的一班隔在外面……

站在屋外廊檐下的嘉庆帝早就怒不可遏了,他一生尚未见这样的阵势,在离京城尚不太远的通州境内竟有如此蛮横之徒,竟有如此行恶之官。一向都是宽容的嘉庆帝也下了决心处理了不少贪官恶霸,可没想到在自己的面前就有官商勾结、为非作歹的不法之徒。他哪里能容忍得了呢?毕竟此镇还是处在驿道旁边的。

嘉庆帝对一直观察自己的店主说:"你刚才吞吞吐吐、欲言又止的样子,想要说什么呢?"

店主一脸凄惶,丝毫不掩饰内心深处的恐慌,对嘉庆帝说:"看来,今天爷台走不了啦。"

"为什么?我本没打算走啊。"嘉庆帝反问道,心想,朕要是能走呢?真想跟店主打个赌,见他并不用心去听自己的话,两眼一直盯着外面的动静。果然,有了武子穆这一下,外面安静了许多，静得只能听拴在马厩里的几匹马在嚼着干草的声音。

店主不理会嘉庆帝的话，说道："爷台有所不知，本镇虽离京城不远，可是属三不管的境地，按理原属吉林将军下辖的一个区域。"嘉庆心中暗笑，吉林离此地甚远，怎么能管到此处？说道："莫非这是他们的一块飞地不成？"店主说道："飞地是什么意思，我不懂，爷台却不知地随人迁的道理。"

"什么？地随人迁？"嘉庆一时还真不解，刚才在皇后那里碰了一鼻子灰的张明东，端着一盆洗过脸水的，慢慢腾腾地往天井那边去，垂头丧气的。嘉庆叫道："过来，这位店主说'地随人迁'，你晓得什么意思？"张明东一副委屈的模样，刚想行礼答话，嘉庆丢给他一个眼色，他会意地说："估计是在一个地方做了官，尽管以后升迁，可此地的大小官吏仍受他的制约，如能做到这一点，那此人也非同小可了。"店主连声说："对，对呀！"转过脸向张明东盯了几眼，感到这个人说话怎么不对味啊，尖声细语的，复又瞅了瞅嘉庆帝，暗想，此人气质不凡，眉宇间有某种威严之相，难道？莫非？心中豁地一亮，难道是当今天子不成？尽管没有龙袍龙衣，但那身雍容华贵的尊容似乎也能说明这一点，不觉地感到两膝发软。

嘉庆已警觉到这位店主所提的秀林。头几年，嘉庆面对着愈来愈不像话的吏治官风，就开始体会到从严治吏的重要性和必要性。因而自嘉庆中期以后，无论是观念上还是在行动上，都已逐渐改变了亲政初期的过于宽纵和下不得手的软弱状态，开始变得严厉和硬气起来。在嘉庆十四年连续查处的几桩大案上，都充分体现了嘉庆的这种转变。

嘉庆十五年查处了秀林一案，更能证明嘉庆帝的不手软。秀林本是吏部司员，由乾隆一手提拔起来，从乾隆五十九年九月擢任吉林将军，在任长达十五年之久，一至到嘉庆十四年十二月调任吏部满尚书，可以说是"承受两朝恩遇，至为优渥"。但秀林本人却不知尽忠职守，竟以权谋私，利用办理参务的各种机会，动不动就摊派给各地商帮银两，从中牟利、侵蚀、吞收银两达三万之多，以致吉林各地的大小官员，人人效尤，影响极坏，一时贪风盛行。秀林还将境内的关卡，私行撤减，致使真正的长白山人参大量地落入自己的府库，还授意刨参的农夫私下里用秋参掺杂充数。实际上，一切弊端，都是由他一人作俑。案发后，嘉庆在查证属实之后，认为秀林非法营私、罪无可赦，当即传旨赐令自尽。同案犯数人皆被处以斩监候。

嘉庆不解地摇了摇头，问道："你口中所说的吉林将军不是早已被处死了吗？"店主愈加坚信，这满口京味的客商定有来头，听得问话也就不顾虑许多，点头道："是的，爷台说的一点不错，那秀林是被处死了，可他的亲属都在啊。刚才那位高扒道就是被处死的秀林的大舅子。过去，秀林在通州为官时，他攀附上了这门贵戚。秀林倒了台，那是在吉林任上，他沉寂了数月，可新来的通州知府又和他攀上了亲戚！"店主边说边细观嘉庆的表情，暗想，幸亏我没有把这位爷台怎么样！

"噢，原来是这么一回事。"嘉庆明白，此时的店主别看人样瘦得猴精似的，可从他的言语神情中大概已猜到自己的身份有八九分了。干脆一点，先解决了门外的事情再说。想到这，对张明东说："去叫房里的人稍安勿躁。"说着一甩步履，径往大门走去。身后的八名护卫早已是窜到他的前面去了。

坐在树荫下，一直静观事态变化的新任通州知府，正啜着凉丝丝的香茗，一对吊起的眉梢不停地抖动，想放又放不下来，嗫着的嘴唇中含着半片上等的茶叶，这样雷公嘴就显得突出了。他就是新任通州知府徐三标。说起徐三标，谁最熟悉？那就莫过于梅香姑娘了。

一日，闲来无事，在滦县任知县的徐三标带着一批打手，前往那片福地——梅香的家所在地。此地正是徐三标的管辖范围。徐三标信马来到河边，抬眼一望，果是景色宜人，家户不多，俨然滦县县城西南处的一个小小的庄园，山清水秀，草木葱郁，繁花铺地。徐三标乐呵呵地说道："都说这里景美，果然不差。"一个衙役涎着口水答道:"县太爷有所不知,这里还出着一名大美人呢。""什么?美人?还是大美人?本太爷怎没听说?"徐三标立马嗅了嗅鼻子,"在哪?在哪?"活脱脱一个小丑。

"看那,"那位差役手挥马鞭一指那几间房舍,"那里有处宅院,名为梅宅,后面是一处梅园。每年冬天腊月,梅香扑鼻啊。"徐三标一瞪三角眼:"你怎么如此熟悉?"那差役道:"这方圆十里八里的,谁不知晓?我本是卖油的,四处走动,这县城周围的乡村,没我不晓得的,要是太爷有兴致,小的还可再引荐几位呢。"

徐三标顺着那差役手指方向一看,果然不差,那里绿树掩映,竹篱斜插,前面一片白桦林遮掩着一道粉墙,看来还是有点名家风范呢。差役道:"那女子的父亲是本地有名的秀才。""有名?怎么讨不来一个功名?"徐三标不满,把瘦偏的脖颈向后一拗,马鞭一挥,说道,"我们过去拜访一下,看看那女子在干啥,说不定正等着大爷我呢。"说着一阵淫笑,策马前行,直奔那梅宅走去,马蹄飞扬,踏起一枝枝断了茎的花草……

在武子穆看来,眼前的现实令人突兀,就在武子穆一纵身跳到当街的中央时,高扒道捂着肿脸正在痛苦地嚎哭,突然僵直了身子立在那儿一动不动。武子穆知道,此时,高扒道的心肺俱裂,他有些遗憾,没想到这被激怒的一掌竟在闪身而出的同时,又再次击中那高扒道的后背。他本想起身出去时,打开一个局面,使外面的人不敢凭势众一拥而上,没想到这一出手,刚才还活蹦乱跳的高扒道此时一语不发。果然,武子穆看到,高扒道的身子左摇右晃一下,僵直地倒了下去,立刻引来一片惊诧声:"哎呀,打死人了!""捉住凶手!不能让凶手跑了!""徐大人啊,你可要给高老爷做主啊。"

徐三标跳了起来,叫道:"好一个有着贼胆的强盗,来人,都给我拿下了!"左右看看,竟都没人敢动,三角眼顿时露出凶光,"白养活你们了,一群饭桶!"正在吹胡子瞪眼地跳脚乱骂,就听庭院中又是一声:"放肆!都给我拿下!"

这边，侍立在徐三标身边的衙役终于从震颤中苏醒过来，一下子拥过来五六个，便要来捉拿武子穆；那边，几名侍卫都已亮出钢刀，起身捉拿徐三标。徐三标俨然是气极了，自从来通州府的上任，他还没栽过跟斗呢，今天怎么能在自己的一亩三分地上让镇上的乡巴佬看了笑话。他估摸，这名武士大不了不过是京城里的部属衙役，利用公务和商家结合在一起，实际上也只是起保镖的作用，我徐三标可是堂堂的五品知府，岂能咽下这口恶气。况且，自己的拜把兄弟高扒道又毙命黄泉，做兄长的岂能不替他报仇。想到这，他竟一抖衣袖，说："取我的官服来。"手忙脚乱地刚穿好，手里提着一柄宝剑，就要亲自上阵。五六个差役们一拥上前，要捉武子穆，却不防武子穆跨前一步，抬手之间，把他们都撂出好远，打翻在地。

此时，已站立在门口外的嘉庆帝气得双手颤抖，面孔发青，张明东向他看了一眼，董诰碰了他一下。嘉庆帝会意了，便对张明东点了一下头，张明东便扯着嗓子喊了一声："接——圣——驾！"随着这一声喊叫，武子穆向身后的侍卫们一挥手，一行人腰佩宝剑，熟练地掸了掸衣袖，径直走到嘉庆帝面前叩头行礼："万岁，请降旨发落！"

这一下，整个在场的围观的人，全都被惊呆了，还是那店主最先反应过来，抢先一步，便"扑通"一声跪下了，跟着，街口围观的人群便一个接着一个跪了一大片。院中的梅香搀着皇后等一行人都暗吃了一惊，都鱼贯而出，站在皇帝身后。梅香一瞧那神气活现的徐三标，怒从心头起，恶向胆边生，竟控制不住自己，紧走几步，对着发愣的徐三标，扬手就是一巴掌："徐三标，徐老贼，你还认得我吗？"

那徐三标先是目瞪口呆，像庙中的土偶一样钉在地上，这时眼睛一翻，瘫倒在地。在他的身后，立时响起一片嘤嘤哭泣声。

嘉庆帝好不奇怪，诧异地望着梅香，心里纳闷不止，回头瞟了一眼皇后，皇后也一脸疑惑地望着眼前的一切，只是对嘉庆帝说:"皇上,我想,这人也就是她的仇家了。"

嘉庆帝的此次回京,没想到在这偏僻的客栈中,顺手牵羊地惩办了民怨沸腾的通州知府徐三标。消息很快就像草原的强风一样传开了。

过往的农夫、士子、商贾、香客,交口称赞天子的圣明。一时间,嘉庆的勤政、惜民和明察秋毫,大内侍卫的刚武勇猛、机智能干,都被百姓传得神乎其神。

嘉庆帝托着胡须,手中精致的檀香扇上,两只雪白的仙鹤围绕一株古松,扇子在他的脸际不停地扇动,嘉庆帝品着上等的香茶,对店主说道:"你这里虽说偏一些,可各种风俗习惯,人情世故,跟京城不无一致,这倒是为何?"店主已被恩准坐着谈话,还是有些局促不安,涨红着脸,答道:"万岁爷所见甚是,这一带大都是京城里的流民,受万岁爷的恩惠来此居住。虽说,此地不比京城繁华,但人们还是都很感念皇恩的,因为京城的人口那么多,找生活没有出路,养家糊口十分不易,还是万岁爷体恤百姓,特许我们这些人组织前来此地开荒种粮,自给自足,又免征一定粮税、杂赋。大家相安,生活说得过去,日子长了,靠积累一点的家资,渐渐地发展起来。万岁爷,十年前的这儿四周尽是大片荒芜的野草、山林,可今天全都不见了。这还不都是托万岁爷的洪福。"店主口干舌燥地说了一通,还想继续说下去。嘉庆有点不耐烦地点点头:"好了,你休息去吧。"

一阵沉闷的雷声从西方的天际漫漫地滚过来,时辰不大,在沉闷的空气中就能闻到雨水溅起的土腥味了。

猛然间,几道刺眼的闪电划破墨似的乌云,紧接着一声炸雷平地里响起,震动得客栈似乎左摇右晃、吱吱呀呀地一阵怪响。坐在楼下小憩的嘉庆帝就听到二楼上一声声的尖叫,不由得心下气恼,这般女人们,就是胆小怕事,打个响雷,也能吓得魂不守舍似的,大惊小叫个什么?还有一点规矩没有?正想上去看看,董诰一挑门帘趑进屋来,对嘉庆道:"万岁爷,那件事还没有处理,到底如何发落啊?"嘉庆微笑着道:"此事,我正想找你商量,你看,这是朕写的一份草诏,你给看看如何?唤,这种事本来非常好处理,可徐三标罪大恶极,不加重处罚,不足平民愤。那个富商,就是与秀林有瓜葛的人,死不足惜,罪有应得。由此,朕想到,自古实施株连九族确有必要啊,董爱卿。"嘉庆帝倒背着双手,陷入沉思,在屋里急急地走来走去,显然是心中有些矛盾的,徐三标这个人,实在不应该分他这么多心事,朕之所以急急回京,难道是就是为这个半路上冒出来的一个小小的知府吗?那么多的事要等着朕去处理。嘉庆帝心里明白,自督抚以下官员,恃宠坏法、贪赃受贿的多如牛毛,半年杀一批也杀不尽。治国不能仅以严厉相适,当以恩威并举。若真的要杀,那还不容易,心里也乱成一团麻似的,理不出个头绪来……

董诰始终仰着脸,翘着一抹大把的胡须在静候嘉庆帝的裁决。他知道,皇上业已说过,把徐三标摘去顶戴花翎,交给刑部,围绕秀林余党查个水落石出,干干净净,再来一次大清洗。可这无疑给自己犯难了,秀林已死去一年多了,哪来这么的余党。再说,皇上也仅凭那死去的高扒道来断定朝中的各部还有要严惩的官员,可是,人都死了,还能查个什么?想嘉庆十四年时,处理山阳王伸汉的时候,也不过抓几个凶手就地正法,再革去几位巡抚、佥事之类的不痛不痒的小官,也就风波已息,再无动静。眼下怎么能平空起个惊雷,再兴官场狱海呢?董诰一动不动地注视着嘉庆帝,希望他从怒气中解脱出来,待不日回京再说。

实际上,嘉庆的心里所想根本就不在这个徐三标身上。徐三标虽说称不上恶贯满盈,但确也是抢财霸女、任意胡为的下流之辈。依律当斩,尤其是今天,虽然他是回到老家接家属去赴任,路过此地,看见把兄弟受人欺负,疑是强盗,便决意做件好事的,哪知弄巧成拙?

嘉庆帝当然不相信他的辩解,他要弄清楚是谁保荐这位其貌不扬、扯着公鸭嗓子说话的人从知县做到知府的,这是一。第二,今天的梅香举止异样,全然不顾忌一名宫中婢女的身份,似乎隐有天大的冤屈,只是到现在尚不知晓,到底何为?

嘉庆终于站住了,对着愣在一旁的董诰问道:"到底是谁荐举的他呢?"董诰不解地摇了摇头:"问题不在这儿,万岁。"顿了顿董诰继续说,"这就好比窗外的雨,又怎么能让猜测这雨到底因何而来?关键的地方,就在于,是按律交刑部还是就地正法。再说,还有好些事情,看起来都十分蹊跷……"

嘉庆对欲言又止的董诰说道:"你就直说了吧,该怎么办?"

董诰揉了揉昏花的眼睛,说道:"万岁真的不知这里面还有更深的内情?"嘉庆脸一红,悄悄地转过身去,他似乎看到梅香那轻蔑的目光。

老成持重的董诰也减去二十年前的刚正不阿,他要揣摩嘉庆帝的心思了。他想,一个后宫婢女竟敢抛头露面抽打一个五品知府,这在历朝恐是不多见的了,要是没有不共戴天的冤仇,她怎能做出此事呢?上有堂堂的天子,下有如狼似虎的侍卫,哪一点也轮不着她呀!可是,如果没有在嘉庆帝心中的特殊地位,她至多也是哭啼喊冤,怎么有如此刚烈之举?皇上业已吩咐过,要严惩重犯,其实按律也不应当斩,夺官去职就足以了。但皇上把徐三标看作秀林的余党,这就很难说了。秀林已死一年有余,他提升的手下人在各部均有任职,若照此查下去,越查越多,原本不安定的朝政又会引起轩然大波,人心不定,安能静下心来投入政事?人人不能不自保,又怎会挂念大清江山的社稷?

见嘉庆帝一直沉默不语,便赔笑道:"皇上有何旨意,尽管吩咐下来,让老臣去办理……"嘉庆帝略一沉吟,说道:"就让武子穆去做通州知府吧,跟了朕这几年,鞍前马后也算尽心尽责。朕去疏通皇后,也让梅香跟他而去。将徐三标带回,将由子穆按律办理,一切由他斟酌处置,朕也不为此分心了。"一席话说得董诰目瞪口呆,丈二和尚摸不着头脑,又不便再深问下去,但心里清楚,皇上那无可奈何的语气中,看出来,他有多么不情愿,多么勉强。

第三十一章
蒙隆恩姣娥别御苑
期厚宠阉童入宫闱

梅香紧闭着眼,任由他疯狂地吻着,她渴望得到的终于满意地得到了。冥冥之中,她感到这是一种补偿,也是一种报答,是弥补她自己生命的某种缺憾,她也忘情地投入其中,如痴如醉……不知何时,烛火灭了。

天色已经暗多了,一片红色的晚霞像泡沫似的浮在直压下来的天空。客栈院子的上空和整个小镇上的夜色都渐渐地浓了,几只飞蛾嗡嗡地飞过一道半掩着的大门,往里面的烛火直接飞去,烛火被飞蛾的翅膀闪得火苗很低、很低,屋里的光线也因此而忽明忽暗,花树的芳香一阵浓似一阵地吹进来。水面上浮起了一片蛙声,窗下有一只不归鸟在唱着低婉深沉的歌曲,如诉如泣。不一会,橙黄的明月在高高的树梢上悄悄地从厚重的云层穿出来了。

梅香走下漆黑的木梯,抑制不住的痛楚,差点让脚下的木梯给绊倒,她抓住扶手踉跄地伴着不归鸟的和鸣踅进那间亮着灯光的小屋。

她有一种很奇异的感觉在脑海中不停地闪现。她感觉自己像是飘浮起来,头上是一片黑黝黝的夜空,缀着稀疏零乱的星点。又仿佛她自己是一块破碎的舢板,在起伏汹涌的海面上颠簸个不停,身边的心上人虽说只是咫尺之隔,却也怎么够不着他的船沿,海面上茫茫苍苍,一望无际,无处是岸。

她就这么一直站着,手抓着透着丝丝凉风的窗棂,木格子的那种,不似宫中的"万字不到头"的那种,一直愣愣地站着。偶尔,在远处的夜空中,似乎是用来庆贺某种喜事的五彩缤纷的烟花灿烂地开放着,梅香的目光就追随着它们,开放后瞬即破碎,坠下天空顷刻便烟消云散,她想不出,白天与黑夜的区别,空荡荡的脑子里,给人一种近乎失真的感受。

为了等待这一天的到来,她付出得确实太多了。用什么样的语言来描述她此时此刻的心绪呢?

她全无半点痛苦,她全无半丝喜悦。她感到,即使现在度过的每一时刻都有可能成为生命中的最后时刻。人们往往愿意设想一个人临近生命结束时,对人生是怎样的留恋,因而进一步设想,当他们和生命诀别时,是怎样的绞心般的痛苦,甚至会咬破嘴唇,在心底深处发出一声撕心裂肺的喊叫:"我多么希望再活一天!哪怕仅仅是一天呢!"也许这样的词语写在纸上是多么生动,但在实际生活中却是多么不合情合理啊。命运啊,谁也无法抗拒的命运冥冥之中的安排,人算毕竟不如天算。

似乎有一条铁链套在梅香的脖子上,恍惚中,除了自己,谁也不能够解开这个结……

梅香只觉得鼻头一酸,憋在肚里的泪水终于倾倒出来,打湿了衣襟,打湿了裙裾,打湿了拴在腰间的碧玉。

事实上,当她愤怒之极挥手打了徐三标几个耳光之后的第一感觉便是:出冤气的时候到了。她怎么能忘了那幕惨烈的情景呢?

徐三标恶虎一般地踹开她家的柴扉,那只是一个树枝插成的篱笆,紧接着就听到"砰砰"的敲门声。正在习字的梅香惊吓之下,弄翻墨盘,浸染得雪白的宣纸一团乌黑。端坐在堂上,手捧《论语》的父亲刚读到"道不行,乘桴浮于海……"就打住了读声,而母亲正躬身在床沿上缝补松散的金边,"哎哟"一声,手中的细针便戳进了指头,全家人都回过脸,相互对视了几眼,梅香父亲才颤巍巍去庭院开门,门栓已被挤断,老父当即便栽倒在甬道的门槛边。是徐三标小心地扶起他,并喝住了那三个跟班的。

一番假仁假义之后,徐三标便直入主题,原本三房的家室,因病故了二个,只剩个二房,边说话间,那张尖嘴猴腮的脸上便凸出一对金鱼似的眼睛死盯着梅香刚闪身而进的闺房，从身影中，就已断定，必是绝色佳人。梅老爹搬出肚子里所能知道的一切词句来搪塞。当然少不了，小女业已定亲之类的话。可是，饿鬼岂能无食？外屋的恫吓声早已把梅香吓得缩在窗前。明理不通，梅老夫妻自是苦苦相求，终听得一句"县太爷的嘴就是法令，不办也得办"之类的话后，便有杂乱的脚步声向里屋奔来了。

几声惨叫过后，梅香就听母亲一声长嚎："香儿，快逃吧，到京城去找你的子穆哥——"梅香这纤弱的女子才跳窗而出，沿途的棘草划破衣裳，划破皮肉，她全然感觉不到。可她却记住了"徐三标"这切齿的名字，尽管他本人是在自报家门之后、官腔十足地说出来的，但她铭记在心了。

多亏了遍地杂草，多亏了那熟悉的树林，多亏了那山上的岩穴，这里的一切对于她此时那么亲切，那么体贴，那么温暖，它们以博大的胸怀接纳了她，以高而密的杂草和突凸奇幻的岩石隐藏了她。三天之后，当她蓬头垢面地走进那片土地时，清幽幽的河水照旧地流着，林边的鸟儿也继续唱着，是抚慰这颗受到摧残的心灵，是鼓励她去寻找远方的心上人？她来不及用敏感的神经末梢来体觉这一切了。

就这么靠着窗棂，梅香的思绪如同夜里的蛙鸣声，是这么自然，这么惬意。她实在弄不明白，自己柔弱的个性是在什么时候变得刚烈起来，宫中的生活把她引入了一种温柔富贵乡的梦中，她感到，整日似醒非醒，似睡非睡，她学会了看眼色行事，她学会了以貌美而娇舒，她很吃惊自己的变化，都说女人是水做的骨肉，都说女人是缠绕树干的藤蔓，都说女人是渴望爱抚的宠物……可这些，哪一点是自己能够拥有的呢？

天空在屋顶上面，而屋顶犹如扣住躯壳的一个盖子。她能打破屋顶，寻找一种奔放而自在的感觉吗？她扪心自问不已……

屋里的烛火渐渐地暗下去，武子穆一言不发，他怎能想到眼前这一切都是那么真实地存在呢？他一动不动地注视着在单薄的衣着中不停抽搐着的梅香,他很悔疚。实际上,在他的心底何尝不想她呢?那种情感是无法用语言来表达的神秘情感。出外这么多年来,无论身居何职,无论心情好坏,天气好坏,每到夜深人静之时,他都会想起她,那种感觉,仿佛在阴雨天突然看到太阳一般,是一种难以言明的幸福感,是永恒的诱惑,也许他被没完没了的事务缠身,无法告知家中的一切,也许在临走时,并无留下半点信物,但这不足以说明,他强悍的外表下没有一种深深的思念。

皇后对他的叙述是那么冷漠,那么轻飘飘的,几乎使他对眼前的一切都不能产生信任。皇后说,子穆啊,我身边的这位婢女,想来你是知道的,认识的。她多年来一直在寻找你,或许是天意的安排,让你们相逢在这破败的小镇,一切假如、种种设想都不必说了,反正你见到了她,至于她何以能来到我的身边,你去问她,你不知道,她想你有多么铭心刻骨,她的哭诉感染了所有的人,包括皇上也滴下泪水,你无法想象,在她身上承担了多少委屈,如今也算是有情人终成眷属了,皇上已吩咐的事,你知道吗?他摇了摇头,难道那刚烈的女子就是自己思念的阿香,那飘忽而来的香气似乎说明了这一点,那么独特,那么熟悉,多少次了,他梦中的梅香正踏着云锦向他走来,带着羞涩的微笑,带着沾露的发辫……

静静地听着皇后的诉说,听着皇后向他表露的意思,他是何等激动啊。他称谢不已,他如何才能报答圣恩哪?

皇后轻轻一笑,说道:"皇上还有些舍不得放你呢!他一直夸赞你,你的忠心耿耿,你的勇武过人,都是皇宫里少不了的人手。我对皇上说,先让他成家,回去处理好这件事,以后还有调回的机会,皇上勉强地答应了。你们这一对有情人终于会面,尽管来得迟了些,毕竟有了好结果,俗话说'十年修来同船渡,百年修来共枕眠',你就去吧。我已叫人给你单独腾出了一间房屋,明儿一早,别忘了来辞行。"武子穆连连叩首:"圣上的恩德,没齿难忘。"皇后说:"你先去吧,待会我叫梅香也去,今夜就留给你们了。你要多加体贴,可不能委屈了她,以后有机会,可到宫中来看看,毕竟是我把她带到宫里的,这一年来,她伺候周到,实际上,感情已超过一般的婢女了。"皇后一边说,一边取出一对碧玉簪,"这是我给你的,你带给她吧,留个纪念。我想直接给她,怕她心情一时难以承受离别之苦,才刚熟悉,才刚知根知底,又要走了。"武子穆才称谢退出……

武子穆有些不安,他望着这曾相拥过的躯体,竟不知如何是好,他一咬牙,轻轻走到梅香的身后,几次欲言又止,终于还是说出了:"阿妹,你受苦了。"

只是这一声,梅香鼻歙一酸,杏仁眼就蒙上一层雨雾,她再也抑制不住自己,猛地一转身,望着这张熟悉的面容,听着这熟悉的声音,一声惊叫,扑进了武子穆的怀里。是的,她日夜思盼的阿哥就近在眼前,让她怎能不放声大哭呢?经过这么多痛苦的洗礼,她是多么需要一丝安慰啊!尽管在宫中过着锦衣玉食的生活,可她这花瓶似的躯体里却是盛满了悲苦的清水啊。人生的大不幸,都压在她那秀削的双肩上,她只是放情地哭个不止,泪水似串串珍珠打湿了武子穆的胸襟,此时,再也没有过多的语言,两颗震颤的心紧紧地贴在一起,相互间能感受到彼此的心跳,真是心灵的交流。

武子穆只是紧紧地搂住她,他感觉到梅香的手也在搂住自己,生怕自己会跑掉似的,紧紧地搂住。他的意识全部逃走了,他空白的脑海再也控制不住自己。他低下头,拼命地吻着梅香的眉梢和眼角的泪珠。他忘不了,临走前,那小河边的情景,梅香带着幽怨的目光,那目光中,含有多少期待,多少希冀,那目光中含有稍纵即逝的火花,闪腾着一种少女萌动的情思,闪腾着一种失落的情感。武子穆疯狂地吻着,他感到自己的泪水也流下来,喃喃地说:"一切都过去了,一切都会好起来。"他吻着她丰满柔软的嘴唇,嗅着这阵阵散发的奇异的清香。她似乎醉了。

梅香紧闭着眼，任由他疯狂地吻着，她渴望得到的终于满意地得到了。冥冥之中，她感到这是一种补偿，也是一种报答，是弥补她自己生命的某种缺憾，她也忘情地投入其中，如痴如醉……这一夜，两个人过得非常好。不知何时，烛火灭了。

漫漫的夜笼罩着小镇，在深巷之中，偶尔传来几声狗叫，一切都那么安静，在死一样夜幕中，唯有一间屋里亮着灯火，一个身影站在屋中，迟迟不能入睡，这人就是嘉庆帝。

破晓的曙色亮起来，村镇上的鸡啼也此起彼伏地嘹亮地响起，红得出奇的太阳缓缓地爬上了地平线，是一个雨过天晴的日子。

巍峨壮观的京城坐落在平原上，逶迤连绵的燕山山脉似一个巨大的屏障环绕着它，在耀眼的阳光中，明黄一片的紫禁城是那么醒目地出现在众人的眼底。嘉庆帝乘坐的辇舆正好爬上一处高坡，香山的一座座龙楼凤阁，或红墙遮挡，或绿竹掩映，令人叹为观止。

京西一带方圆数十里的圆明园云树葱郁，气象万千，弯弯曲曲的小道连接了园内的处处景点，一时竟找不出哪里是自己的居住之所。

张明东禀道："万岁爷，是回紫禁城，还是回圆明园？"嘉庆帝正透过薄纱望着京城的美景，一时间还沉浸在回忆中……

世上的事就是这样，愈是不能得到的，就愈是吸引人。与梅香相处的日子惹得嘉庆帝心里痒痒的，他真的是被梅香的独具的气质和美色深深地打动了，在他的面前，又有哪位女子敢带着忧郁的气质和自己相拥而眠呢？可昨天的事实，让他是多么难以选择。当武子穆和梅香带着自己的圣旨赴通州上任时，他多么希望梅香能说个"不"字。他知道，皇后的余光一直盯着自己，表面上和梅香说说笑笑，拉着知心的话，像是依依不舍的样子。可嘉庆心里清楚，她要不是逼着梅香说出真情，也不会有今天的这一幕。他本人也和武子穆话别，殷殷地嘱咐一番时，眼睛不时地瞟向梅香，似乎经过一夜的雨露，她早已从悲恸中清醒过来，脸上挂着少见的灿烂的笑容，对皇后称谢不已。武子穆倒是忠臣，大有此番回去干出一番事业来报答嘉庆的厚恩的架势，丝毫不见有任何心存芥蒂之怨。嘉庆稍感宽慰。唉，毕竟人家两小无猜，青梅竹马。嘉庆叹了口气，又解下腰间的另一只碧玉赠给武子穆，并说，皇后也赠给了梅香一枚，这叫作成双成对吧，也是对你的奖赏，日后，得以升迁时，还要来看朕。这时，君臣才依依不舍地分手。

这一路上，嘉庆帝几乎把能够搜到的细节都想遍了，一次次回味，一次次感慨，要不是出了这件事，说不定真能纳梅香为妃呢。

"直趋圆明园。"嘉庆帝从沉思中拔出思绪，思路又回到了那个案子上。"陈凤翔可押到京城了吗？"嘉庆缓过神来，问一直站在身旁的董诰。董诰手捧军机处的折子，说道："军机处及刑部都等着万岁爷回去定夺呢。"嘉庆帝说道："百龄有没有奏折呈上？"董诰说："至今还未有。"已经是子夜时分了，上书房里还亮着灯光，从窗口辉映出的阴影部分里，还可依稀辨认嘉庆帝盘坐的身影。他决定还是回宫再说，望着御案上一堆堆急待处理的文书，嘉庆帝也就渐渐地忘了那小镇上的一切。嘉庆帝的思绪跳出了一个情感漩涡，很是费了一番精力。只是到现在，他才捧着一杯酽茶，盘膝坐在炕上，把目光转移过来，盯着窗外黑漆的夜空发呆。自从入秋以来，像捅漏了天河似的，北京城里，淅淅沥沥的秋雨就一直下个不停，给处在愁闷之中的嘉庆帝，又增添了几分忧愁。

他坐起身，踱到御案前面，文书堆积如山，大都是各地来的河汛和民事的奏章。这连续不断的秋雨使嘉庆帝十分忧虑。他疑心刑部没能很好地贯彻他的圣旨，这不，随手一翻，因礼坝的水祸受灾的百姓的情报十分显眼地摆在那儿，灾民眼见无法过冬，而户部已无再拨的饷粮用来赈灾，原因是在修复礼坝时已额外支出了一千万银两。嘉庆帝忧心忡忡，本想趁这几年战事平定，励精图治，搞好各地工程，让普天下的百姓遍泽恩惠，不想，才隔不久，便有烦心的事报上来。

"好你个陈凤翔，还敢上奏为自己辩解？"嘉庆帝的目光落在一份清秀而工整的奏折上，他一看这一行行悦目的小楷，就熟悉这是陈凤翔的笔迹。想当初，嘉庆帝打算提拔后起之秀，由两江总督百龄的保荐，提拔陈凤翔。实际上，提拔陈凤翔时，遭到不少大臣们的反对，说陈凤翔在直省时名声并不怎么好，仅担任永定河道，十四年又擢升河东河道总督，十五年又总掌南河，其实政绩并不明显。但嘉庆还是准了百龄的奏折，并提议要陈凤翔拿出办法。果然没隔几日，陈凤翔的奏章放到嘉庆手里，也是这么隽秀的字体，在上好的宣纸上透而不漏，饱而不涸，嘉庆帝爱才，心道：这或许是个精细的人。

嘉庆帝顺着陈凤翔的奏章往下看："……礼坝塌方，固然有臣子未临河工之罪，然而，礼坝的大堤却不是罪臣督修。当时，罪臣正在家养病，前后有十几天的时间，未能亲自察看，仅凭百龄总督的验证行事。开工之日，罪臣病愈，但身体依然很不适应，天气燥热，双膝发麻，酸痛不止，还是难以成行。八月初二，罪臣接到急报，下桩松动，有毁堤的危险，即着停止下泄河水。可百龄大人并未采纳，将其搁置，仍按罪臣的先前预放量排水。既然事情木已做舟，罪臣当承担尸位素餐之罪名。罪臣对万岁爷的惩罚，毫无怨言，甘愿戴枷以警世人；但罪臣以为，若只惩罪臣一人，恐众人不服，罪臣更是不服，既然一切都按照两江总督大人的话去做，为何罪臣一人承担水毁之全部罪名？果真如此，到那时，诚如万岁所言，又有谁敢担任修复河堤之责，局面也将急转直下不可收拾了。诚望万岁三思。"

看到这，嘉庆帝焦躁地站起身，朝外边喊了一声："张明东！"

"奴才在。"随着应声，张明东躬身前趋，"万岁爷有何吩咐？"脸上还挂着一道紫红色的伤痕，嘉庆问道："百龄来了没有？松筠来了没有？"

"回万岁爷的话！恐怕是要到了。奴才已让林顺前去叫了，估计这会儿该是在路上了。"张明东不安地答着，手却捂着脸。嘉庆帝沉思一会点点头:"哎,你的脸怎么了?"嘉庆随口问道。"回万岁爷,不小心碰的。"张明东说,"适才,奉万岁的旨意,给皇后送那只五香鸡时,石阶上的青苔滑倒了奴才。""胡说!从这去坤宁宫,沿途有走廊相接,何来青苔?"嘉庆帝一听这样不伦不类的谎话,便一语指破。

"奴才该死!"张明东快速地抽了一下嘴巴,低下头,不敢正视嘉庆帝,过一会,嗫嚅地说道,"奴才在皇后面前说话不小心,得罪皇后,奴才罪有应得!""你说什么来着?皇后一般性情温和得很啊。"嘉庆帝不解地问道。

"奴才送鸡去时,看到皇后正有说有笑,心情愉快,奴才想万岁这儿正宵旰勤政,就说了句,皇上正'为伊消得人憔悴'呢。皇后一听,就动了怒,骂奴才敢用艳词调侃皇后,就拿了一柄戒尺打了奴才。"张明东惶恐不安。嘉庆心道,是应该罚了,把脸一沉道:"你也是久在深宫的人了,怎么连长幼主婢也不分呢。你怎么敢在皇后的跟前说这样的话,看来你这个差事也当到头了。"嘉庆帝说得慢条斯理。

"不,不,奴才没敢在皇后面前说这样话,是对皇后的宫女应红说的,是应红告知皇后,皇后才传奴才进去受罚的。"张明东红着脸分辩道。

这下可把嘉庆帝惹恼了,没想到一个太监,竟敢在朕的面前连连说谎,要不一句句盘问,哪里还能得到更多的实情,再说,张明东对应红说的话不无几分挑逗的味道,之所以吞吞吐吐是想遮掩这一层的关系,不禁一拍御案:"好你个狗东西,竟敢连连欺骗朕。上次皇后是怎么说你来的,你从明日起就回膳事房烧火吧。"嘉庆帝狠狠地瞪了几眼张明东,"滚吧,这里不用你服侍了。来人,罚掉张明东本月的俸禄,拉下去,杖责二十大板。"

嘉庆帝心道,连个太监都敢欺瞒朕,那平日里有权有势的大臣们可都得提防才是。不一会过来几个武士把张明东拖出去,跟在武士身后的一个年轻的太监不由得心里暗暗得意,他连忙上前递给嘉庆帝一杯羊奶,谄笑道:"万岁爷,喝杯热奶吧。秋里夜寒,还是保好龙体安康才是。"嘉庆问道:"你叫何名?"

那名太监习惯地抹了一把脸,说道:"万岁爷不认识我了?噢,万岁爷,你喝一点,奴才再给你说。"嘉庆一时间竟想不起来,反正总感到熟悉。

"西巡五台山时,"那年轻的太监似乎想提请嘉庆帝的注意,有意地把话说得很慢,"那荒村之行,万岁爷在溪边时……"一面说,一面用眼观察嘉庆帝的脸色。

"噢,"嘉庆的手一抖,似乎打开了记忆的仓库大门,他倏地一下消失了刚浮现在脸上的笑容,"你何时进宫的?""回万岁的话,奴才进宫已有两年了。"那年轻的太监小声地说道。嘉庆仔细地打量他,这是一位年二十岁左右的太监,高挑的身材,长长的脸形,两只水灵灵的大眼睛,透着过人的精明,脸上挂着一丝微笑,显得谦和而又恭顺,但总有一些让嘉庆帝看了不舒服的讨厌的谄媚。但嘉庆还是欣赏他的机灵,看样子口齿伶俐,办事也利索。"你是哪位大臣推保来的?"嘉庆帝问道。他已认出这位小太监,好像当时给自己的印象还是很深的。那太监说道:"奴才名唤林升,记得在五台山脚下的那个荒村,万岁爷迷了路,就是奴才领万岁爷找到的那个……那个……"

嘉庆帝笑道:"别说下去了,朕想起来了,当时,朕对你说,一旦有机会,便可送你入宫。不想事情过了几年,你倒凭自己的本事,到了皇宫,真是世界太小了啊。你以后就跟在朕的身边吧。"林升喜出望外,叩头称谢,又说道:"奴才还没回万岁的话呢,是定亲王绵恩选来的。"嘉庆帝很满意,说道:"权且给你个八品的顶戴吧。"

正在这时,外面的值事太监高声叫道:"松大人、百大人进见。"林升一听,连忙对嘉庆帝说:"奴才这就去引他们到上书房来。"

时辰不大,林升的声音在门外说:"万岁爷,他们二位大人都在这儿哪!"

591

"叫他们进来！"

外边的百龄和松筠连忙甩了甩了马蹄袖，哈着满嘴的热气，躬身行礼叩见。

嘉庆帝望着二人，阴沉着说道："朕本想明日早朝办理这事，可是，心里总觉得放不下。"百龄说道："万岁，万岁也不能太劳累了，这才回来就批阅奏章，实在让做臣子的感动。"松筠附言道："事已如此，万岁不可太操心了。"嘉庆帝摆摆手，说道："天已入秋，看看，百龄的胡须上已结了一层霜，外面很冷，是吧？"

"不冷！"百龄正色地答道："皇上宵旰勤政，奴才们怎敢怕冷！"

"不说这些了，朕自接到温承惠的奏折，就一直在想，像这样的大事为何御前大臣不先期通禀，而省府督都抢个先手，这是何故啊？朕不想责备你们，你百龄也常常抱病坚持。今晚招你们来，议一下，下一步怎么个赈灾法？"

松筠沉思一下说道："万岁，天气已入秋，还是让户部多准备些棉衣用来赈灾御寒要紧。"百龄说道："皇上不必过虑，臣已经准备两千石粮食，已调集备好，只待万岁说声放赈，即刻可行。"嘉庆帝谨慎地问道："这个案子本身有没有其他出入呀？"

说这话时，嘉庆手里摆弄着几份奏折，静观百龄的神色。百龄显然极不自在，感到如芒在背，如鲠在喉，说道："臣的弹劾不知万岁阅览了没有呢？臣想，温承惠只仅仅通报灾情，当时，他正好派人前去协助放水，故事情来得突然时，他最先知晓，并派亲兵送信。臣那儿只有通过驿路，所以较慢些；臣按常规拟就奏章，臣以为陈凤翔急开迟闭，坝下松动时，不早早亲视，坐误时机，多浪费了二十七万两物资。"正想还要继续下去，嘉庆帝一扬手中的奏章："百龄，你不必说了，可就一样，陈凤翔不服朕的判决。"

松筠眼睛一亮，心里暗自高兴，跪道："臣一直在想，礼坝开工前后有数月，为何真正顶事负责的官员总没几个到场的，记得在四月份，万岁还表扬百龄大人筹划得当，节省银两若干哩。"语带讥讽。嘉庆帝听了，说道："此一时，彼一时。"

百龄有些难堪,趋前道:"万岁……"语气甚急。

"好了,你不要说了,回去吧!朕自有公论。"嘉庆帝只淡淡地一挥手,便不再作声。

百龄只觉得头昏耳鸣,却无言以对,只是默默地退出了上书房。这一夜,松筠和嘉庆帝商议了近两个时辰。当松筠走出上书房时,已是朝霞满天了。朵朵的大红云彩飘满了整个天空,这奇妙的美景,不知给人的是福是祸。

松筠从外表上看更像个倔老头,两条浓密的眉宇间,那紧锁着的眉头从未解开过,满腹心事且忧心忡忡的样子,别看松筠的官高位显,实际上,在嘉庆帝心目中的位置并不显赫,要是按照他的主意办事,那朝中的大员没有几个不受惩的。松筠最大的爱好是密陈己见,或单独地上一个奏章由太监直接送到嘉庆帝的手里,这种做法令嘉庆帝感到不快。嘉庆十三年时,松筠在一日早朝散后,并不急于回赶,而是急匆匆地赶到上书房门口,他知道,嘉庆帝有时下了朝后,仍要回上书房办会儿公务。当他远远看见嘉庆帝的舆辇来时,便上前跪禀道:"万岁,臣有密奏!"嘉庆帝当时就把脸拉长了,毫不顾惜他是两朝元老,斥道:"朕早就说过,绝不单独召见任何一位大臣,你难道不知道吗?"一句话吓得松筠从头凉到脚,但他仍不肯起来说道:"万岁,臣并非不想在朝廷中当面说明,可皇上能听进去吗?皇上已经被那舌巧如簧的官儿说得频频点头,似乎海运明日可行,实际上皇上只要再细想一下,海运断不行,臣不想见到国家财物徒徒受损而不尽大臣之职。"嘉庆帝道:"满朝文武中就你一个忠臣啊!"这话要是搁在其他大臣身上,早就筛糠了,可松筠腰板一挺,说道:"无论如何,望万岁爷细听臣等明言。"

嘉庆帝说道:"你的目的,是不是想通过单独召见,以享圣宠,好在朝中官员的心目中你是朕的得力干臣?"松筠说道:"万岁此言差矣。时分春夏秋冬,人分三六九等,臣不想独邀圣宠,只是要在万岁的头脑冷却下来时,尽纳忠言而已。"嘉庆帝说道:"松筠，你本来就德高望重，深得圣眷，但唯其如此，更应为百官群臣做个榜样，带个好头，本来嘛，为君之道，向来偏听则暗，兼听则明；可是如果人人都想单独见朕，那么还要早朝干什么？仅是为个点卯应酬？你也不想一想，今天，你的举动，就是坏了朕定下的规矩，说你这一点，毫不为过吧？"

一席话堵得松筠目瞪口呆，他怏怏地退立一旁，给嘉庆帝的舆辇让出条道路，待嘉庆帝刚一过去的刹那，竟又拦住车辇，跪奏道："既然万岁不肯以此坏了朝规，但臣要说明，真正的朝规并无此条，若要臣背出来也无不可，可是，这又确实是朝中不成文的规矩，是万岁想出的杜绝有小人以此为荣而称耀同僚，也是一番良苦用心，臣谨当遵守，但臣要说的话不能不让臣说，这里有奏折，是关于试行海运不可行事十二条。望皇上亲目后再做定夺。"差点没把嘉庆帝气得从车辇中蹦下来，但看到松筠一脸硬气，便无可奈何，让值日太监接过后，一句都不理睬松筠，就径自离去了。

当然，在试行海运失败后，嘉庆帝也未提起过松筠曾力主禁运的建议。

松筠注意到，嘉庆召他们二人同去，就是某种暗示，肯定是陈凤翔不服。另外，嘉庆的服饰也比往日在上书房办公不同，要是往日，有时一同召见的有好几位大臣，嘉庆帝常是身着便装，今日却是整整齐齐地穿了一身正式临朝的龙袍，只是没戴皇帝的红缨镶玉的高帽，他知道，皇帝此次倒真是有些动怒了。

在支走了百龄之后，嘉庆帝又对松筠密语了几句。松筠差点激动得眼泪掉下来，这是多么不容易啊。嘉庆帝说："松筠，朕给你个外差，不知你是否愿意承担？"松筠一听连忙从椅子上腾地一下站起来，非常庄重地给嘉庆帝行了个大礼，说道："臣虽有些年迈，但身子骨结实得很，请皇上放心，皇上就是给个再大的担子，臣也能担起来。"嘉庆帝说道："本想派个年轻的一点去，可戴均元不在宫中，托津有要务缠身。户部侍郎初彭龄和你同去，朕明日就告诉他。你们这些诤言直率的大臣，朕遇到的太少了。"

松筠老泪纵横，跪泣道："只要万岁吩咐的事，臣等万死不辞，何敢言累？皇上不必多虑了。臣明日就即刻动身，见到陈凤翔再说。"嘉庆帝点点头。松筠起身就要告辞，嘉庆帝拦住了他，"慢着，朕给下个圣旨吧。以示朕对此事的重视，明日可叫初彭龄带上户部的赈灾物资一同前往，边调查案情，便赈放灾粮。"松筠点头称是。嘉庆帝睁着红肿的双眼道："松筠啊，朕上一次让你办的事怎么样了？"松筠答道："万岁不必担心。盛京会勘陵进展顺利，不日有更详细的草图，便会由盛京呈来给万岁过目。皇家宗室的移居也不费周折。盛京城小东门外可建屋七十多所，至少可移居皇室宗亲七十多户吧。这一点不成问题。估计那一带的土地有近三千亩，给每家每户三十六亩绰绰有余，另外，两庙大凌河东有可耕地三千顷，每户给田三十六亩，可移户二千七百户，土地吃些紧但臣又测得，东柳河沟积水不多，若在河沟的基上开挖深河，还可得地二千余亩，还有其他的一些土地可供开发……"

嘉庆帝听了，满意地笑了笑，说道："你真是实心为国啊。经你这么一说，朕担心皇家支族的庞大问题，解决起来就有好办法了。你不知道，仅仅供给他们的开销一年就大得很，这不，一到灾年，户部就拿不出钱来，连内务府也吃紧得很，国家亏空肯定不小，不知那些上贡的银两又流向何处？"松筠一听，牙就咬得咯咯地响。

嘉庆帝叹了一口气说道："朕一直想减免赋税以昭朕的爱民之德，可力不从心啊。"说着，转过身去，望着御案上的灯火，"你也去吧，明日不必早朝了。"拿起朱笔伏案在各地的奏章上批阅起来。

紫禁城里传来了三声更响，雨雾笼罩着的禁宫沉睡过去。湿漉漉的方砖上面已洇出的水印折射出那片片昏黄的灯光。

松筠出来时，恰好遇着一队武士在宫里巡逻，个个身上盔甲锃亮，走起路来却悄无声息。新提拔的小太监林升引着松筠步出了上书房。一股深夜的寒意使松筠打了几冷颤，他裹了裹罩在外面的长袍，搓了搓手，急急地离去。

第三十二章

松钦差灾城放赈米
如皇妃月夜博欢心

受灾的百姓全都手指陈凤翔的囚车高声叫骂,有的骂他是"贼子贼孙",有的骂他是"侵吞公物的朝廷蛀虫",骂声一时不绝于耳,有几个愤然已极的灾民竟抓起一把把稀泥朝囚车飞掷过去。转眼间,陈凤翔已面目全非了。

果然是民不聊生的场面。

正处于礼坝下游的古城是河梁县城。虽说这里洪水已消退,但从城墙的基座的根部,依稀可见尚有五米来高的水痕,那明显的一道黄土色的细线就清楚地告诉人们这儿在炎热的七月曾遭受了怎样的灾害,在城墙上方有几块缺裂的青砖处,还有一簇簇杂草堆在其中。如果要是细瞅一下的话,那是刚插下的干枯了的秧禾,而非普通的杂草。大片农田颗粒无收,即使没有被淹着的农田又在连续的干旱后,也收入寥寥。在河梁县城的四周,水洼处处可见,一时尚不能干涸,实际上就意味着秋季的作物也安排不下去。因为,上方礼坝的缺口依然淌着浑黄的水流,绕着河梁县城坚固的墙基向东滚滚而去。城墙根的屋檐下、门洞里,到处是一滩滩烂泥,还没有清除干净。可就在这儿,已是满街搭起了简易的窝棚。那一群群衣衫褴褛、面黄肌瘦的难民在懒洋洋的阳光下嚼着腐烂的菜根。

一队全副武装的官军浩浩荡荡地走过县城。整齐的步伐声惊吓得行人到处躲藏。不一会,就听到婴儿的哭号声。那队官兵走得并不是很快,像是有意放缓了速度。

突然,在开进城里的一刹那,锣声猛地响起,原先已躲起来的灾民纷纷将头探出窝棚,想看个究竟,就听到:"灾民们注意听了,灾民们注意听了。万岁爷已派来了赈灾的大臣,在县城的四门都安设了锅灶,灾民们可到那去领救灾物资!""哐、哐"几声锣响后,同样的声调再次响起。

按照常理,凡是有钦差大臣来时,那就意味着有皇上的圣旨,如同皇上亲临一样。果然,有不少识礼的灾民相互搀扶着走出窝棚,跪倒在街道的两旁,山呼"万岁"声一时间稀稀落落地响起,不少骨瘦如柴的孩子赤身裸体地紧靠着墙脚站着,一双双空洞无神的大眼睛呆呆地望着这队官兵,看到他们满面红光、趾高气昂的神情,心里甭提有多羡慕,当兵真好!

那队官兵并不理会这些无礼的孩子,只是这么例行公事地叫着。众人谢礼已毕颤巍巍地刚想转身去摸出碗筷,寻找自己的孩子,又一阵锣声在身后猛地响起。"灾民们,此次受灾,有三分天意,七分人祸。南河总督陈凤翔因循私玩忽,渎职失察,致使礼坝倒塌,殃及下河州县黎民百姓。皇上已颁圣意,着即将钦犯陈凤翔戴枷赴工地,示众三个月。"果然,由二十四个官兵押着的一辆囚车缓缓从街道上驶过,从东门进,由西门出。

受灾的百姓全都手指陈凤翔的囚车高声叫骂,有的骂他是"贼子贼孙",有的骂他是"侵吞公物的朝廷蛀虫",骂声一时不绝于耳,有几个愤然已极的灾民竟抓起一把把稀泥朝囚车飞掷过去。转眼间,陈凤翔已面目全非了。

跟在后面的松筠坐在轿中正在打着瞌睡,听得嘈杂,连忙叫道:"停!"

一行人停止不前,松筠抖动着颔下的胡须,高声嚷道:"灾民们,虽说洪水冲垮了你们的家园,使你们一时无家可归,但是,本钦差——"话还往下说,又是跪倒一大片灾民,松筠激动起来,他说,"本钦差奉着圣上的旨意前来办案,大家有什么难为之处,一律到县衙前去。别忘了,东西南北四个城门处均有粥场,以解各位百姓的燃眉之急,这都是皇上体恤万民的心愿啊。众位百姓不要把罪行都推到一个人身上,他也不想要大家居无定所,飘泊流离。再说，他已是钦犯，不能随便出个人的怨气，大家应该把心思用到修复堤坝的工地上。"

一位老者仰头答道："这位大人说得对，我们不能光出了恶气，工程一天不修复，我们一天也甭提回去，难道就饿死在城里不成？"

松筠见人群有人应和着点头，便一脸庄重地说："实际上，礼坝的水灾比往年来小得多，没有克服不了的困难，凡是从今天起赴礼坝工地干活的，待修成后，按人头工程量计算，要钱给钱，要粮给粮，要地给地。"一席话完，人群沸腾起来，有的竟晃着身子要随人流去礼坝工地。

"慢着！要事先有个登记，还是组成保甲之例，十户为一保，五户为一甲，各自到县衙请求，不要太急，想干活，差事有的是！先去吃饱了肚子，领了救济的口粮和棉衣，先护住家小要紧！"松筠见人群一乱，生怕出了岔子，又对跟在身边的校尉模样的说道："县衙在什么地方？怎么不见县令前来接旨啊。"那军官正是前文提到的张千总，正是直隶总督派来护送钦差大臣的张千总。张千总也是迟疑，咋个不见河梁县令万道条。便对松筠拱手道："噢，我记起来了，这儿的县令前几天才被解职，主要是温大人上次来巡查时，发现有不少村庄办起了教派。什么'无生父母，真空家乡'的八字箴言，还筑坛盟誓，相约结帮，并没有发现做什么违法的事。不过，温大人还是解了他的职，把南河工地的监工万道条万大人调至河梁专事修复水毁工程。也算是此地的头头儿。"

松筠初一听什么什么教，心里一惊，天啊，这个教，那个教，都是邪教，一经发现，不论在何时何地都要铲尽除绝，怎么温大人没有上奏呢？因为他是御前大臣，凡有紧要的事都经过他们御前大臣的手中，心里想，可能是怕人事本来不定，而这么一折腾，怕起什么祸乱，干脆隐忍不言，想想也是，眼下灾民这么多，相互帮助，自是必不可少的，富有大户人家可以帮帮贫寒之家，什么以教派行事，恐怕是让那些贫穷的人好接受罢了。也就没再往心里去,对张千总说道:"这样吧,你负责设立粥场,先解救饥民要紧啊!"

"桂子飘香"这句成语,是由"桂子月中落,天香云外飘"(唐·孟棨诗)化出来的。万道条坐在衙里宽敞的庭院里,闻着阵阵的桂花香味,肚子里却犯着酸水呢。他手捧一本类似《笑林广记》之类的古人笔记书本正读得津津有味,感叹道:"要是还在马家楼子工地上当个监工,哪怕只是小小的监工,此时桂子飘香之时,也正是送礼如云之日。唉,偏要我来这穷困不堪的河梁县当个狗屁的县令,整日没有一件案子,赈灾的粮款既没到位,就是到位了也由钦差大臣一人把持,可以不经过县令等当地方官员直接发放。"

万道条放下书本,又随后拿起一只鼻烟壶,吸了几口,感到比那桂花香舒服多了。又仔细睇视一会这只精巧的烟壶,壶把上镶有几颗紫晶,奇的是在晶莹透澈的壶里面刻有一幅水墨画,一株古松虬枝盘起,下面是一只松鹰在地上回头望月。万道条是明白此道的人,知道像这样的鼻烟壶乃是壶中的真品,倘若是假那定是松上落鹰。"人就是能啊!"万道条感叹道,在松枝下方的空白处,还有一枚小小的印章,印泥的红色砂痕依稀可见。他已经记不得是谁送的了,反正那时大富人家为了获得肥沃的土地,可没少往他那里送东送西的。

"万大人,"一个皂衣差役进来禀道,"温总督派来的张千总要你见他。"万道条慢腾腾地站起来:"找我有什么事?"

"万大人,"等在门口的张千总未等万道条的话音落下,便一步跨进门槛,拱手道,"万大人,本官奉钦差大臣之命,前来就搭设粥场赈灾一事商议商议。我们不知到底有多少灾民还流落在街头,万大人帮着清查一下,钦差大臣正等着你回话呢!"几句不冷不热的话,让万道条收敛起脸上不快的表情:"啊,好说,好说,下官这就前去。真是我河梁百姓的救星啊。"万道条一面拱手还礼,一面满脸堆笑着说,"钦差大臣此时在什么地方?"

张千总没好气地说:"就在河梁城里。"恶心地翻了一眼万道条手中的鼻烟壶。

"啊,安民之举,安民之举,下官这就前去。"万道条一面说,"备轿!"一面起身往后院走去。

张千总注意到这脑满肠肥的县令的十个手头上缀满了宝石钻戒,在阳光下还真刺眼。"狗日的,当了几年治河的官都肥得骨头冒油了。"张千总在心里暗骂道。

松筠命人把陈凤翔押解到县衙,权作稍事休息。刚到衙门口,就遇见万道条身着一身簇新的官服慢悠悠地迈着方步,朝门口走来。松筠看了一眼那小小的县令,给手下的亲兵丢了一个眼色。那亲兵会意地一声高叫:"钦差大臣到。"这一声喊,吓得万道条再也不敢挪动半步,"扑通"一声双膝跪倒,似被砍杀的肥猪一般,瘫在地上,连忙又挪正了肥硕的屁股,跪着向前爬了几步,口称:"河梁新任县令、原南河道督署李家楼监工万道条拜接圣旨。"

松筠缓缓地从轿子里走下来,一步一步走到衙门口,说道:"起来答话!"万道条连着站了几次都没成功,还是身后的差役扶他一把,他才站起身来道:"下官迎接来迟,还望钦差大人海涵!"松筠说道:"本官另有要务缠身,你协助张千总搞好粥场,勿要漏过任何一位灾民。"一甩手带一队护卫径自往衙里走。来到公堂上,松筠即命解除陈凤翔的木枷。

松筠这才细细打量了陈凤翔,比起当年自己推荐时的陈凤翔,形象有天壤之别,瘦骨伶仃的,穿一件灰土布长袍,外头也没套褂子,脚下一双"踢死牛"双梁儿黑土布鞋上,沾满了泥土,辫子和袍角都沾着泥浆,一副清瘦的面孔,唯有一双会转动的眼睛表明他还活着。松筠心生不忍,低着头对亲兵说:"把犯人带去洗一洗!"

万道条和陈凤翔本来也很熟悉,都是河工,看到陈凤翔的惨状,竟生出一种兔死狐悲之感。他对松筠道:"禀告大人,陈凤翔虽然有过,可也不能如此折磨啊!"他知道,上一次也是松筠的密折，致使徐端等四十八名河工受到不同程度的惩治，徐端受不了打击，死了！对于徐端的死，他多少有些愧疚，毕竟同在一处工地上，他知道像徐端那样的河工再也找不出第二个了。本来他可以免于处罚，只要把摊的账目一一说清，恐那时，自己也有逃脱不了的干系，好在一向沉默的徐端竟一直没有说，这一下，划来划去，竟没有把他算上。实际上，他心里知道，有好些没有惩处的河工，如陈凤翔和自己，都是银子在起作用。

　　松筠冷眼看一下万道条，心道，这家伙脑满肠肥的样子，不知吃了多少民脂民膏，是不是让他也吐出一些来呢？当初查处徐端时，徐端为人还较廉洁，查来查去也没弄个明白，唉——。松筠接过侍卫递来的清茶，微微地吹了吹，咂了咂茶味，好茶，又止不住地猛喝一口，不想刚续的茶水还烫着呢，他只感到嗓眼一热，吐也不是，咽也不是，忍不住地猛咳一下，一口茶水还是从嘴中喷出，细碎的茶叶片直冲万道条的脸上而去。

　　刚才的冷眼已似两道利箭的光芒刺得万道条浑身不自在，此时，他正低着头理着自己有些发皱的前襟。感到脸上一热，本能地用手一挡，见是松大人吐出来的茶水，顾不得已湿的前襟，连忙站起来，掏出一块丝绸方巾，递了出去，说道："哟，松大人慢慢饮用，慢慢饮用！"又转过头对手下的差役道："混账，谁让你们用这么热的茶水招待松大人的。"一位面相白净的差役赶紧上前，从万道条手取过方巾，一面擦着堂上的公案桌面，一面对松筠道着不是："大人息怒，大人息怒，小的不知松大人口渴如此。"松筠一摆手，舌头舔了一下上腭，似乎脱了一层皮，只是轻弹一下挂在胡须上的几根茶尖，不在意地说道："还是万大人的茶好啊，本钦差猜得如果不错的话，这茶大概是'珠兰清茶'。"

　　看到松筠并不以茶热而迁怒于自己，万道条的脸上堆满了谄笑，说道："是呀，是呀，松大人不愧是谙于茶道的名家，就是'珠兰清茶'。"

　　松筠挺直了身子，以便让侍卫更好地擦拭胸前的茶水渍物，心里也暗叹，万道条这个人物不简单，连自己有此爱好也摸个一清二楚。但毕竟是马屁被拍准了地方，微笑道："只可惜，对'珠兰清茶'的泡制，水热则失其味，水凉则入口涩啊。"万道条一面频频点头，一面想这老家伙也是个顺毛驴，这就好办，说不定能从他这儿捞些好处呢。刚想检讨泡茶时有失方法，又听松筠道："再者说了，珠兰茶颜色清淡而非龙井，亦非素茶，不是心静如水的人不能辨其妙处啊。"言下之意，也只有我能在这百忙的公务中，还能保持一种心境。

"若松大人有空，今晚到寒舍安歇吧，下官也是初来乍到，没有什么好招待的。不过、不过下官有个外戚在安徽皖南一带专做茶叶的买卖，茶是不缺的。下官也正想从松大人您那里学些茶道呢！总听一班同僚说，饮茶和品茶是两回事，可下官对此一无所知，才有今日之错⋯⋯"万道条把想好的奉承话一古脑儿地说出来，生怕迟了半拍便没机会似的，滔滔不绝于口地说着。面含笑意，两个堆在眼皮中的眼睛却来回在松筠的脸上扫视。

松筠说道："改日再谈吧。等初大人一到，事情就多了。"他不再说下去，端起盛茶的杯子细瞅一会，这还是折盅盖碗，轻轻一弹，磬然有声，薄薄的壁上还雕刻出朵朵灿烂的菊花，花上蜂拥蝶飞，很是精致。自是爱不释手，轻托在掌中，走下案桌，对万道条说："你速带人去协助张千总维持粥场秩序，难民们有家不能归，流落街头，应及早安抚才是。"

万道条喏喏连声："松大人在此稍息片刻，下官去去就回。"说完，转身退出衙门，不一会，鸣锣开道声传进来，震得公堂上的尘埃簌簌落下，松筠眉头一皱，吩咐道："备马，去礼坝工地。"

这一天的夜晚真是少有的美妙！天空中没有一丝云朵，在瓦蓝的天空上，一轮皓月从东方徐徐升起，蓝得亮晶晶的，有些晃目耀眼。已是月朗风清的日子。

圆明园中的四十景之一的蓬莱瑶台更是美不胜收。它坐落在圆明园东部广大水面——福海中的三个相连的小岛上，岛是用嶙峭巨石堆砌而成的。岛上面积虽然不大，但房屋却有百余间之多，华丽精美，妙不可言。如果是在白日，从这里眺望四周，首先映入眼帘的是四面殿宇自葱绿的山峰上迤逦而下，其次是在河流的入海处，但见白玉朱栏的各式桥梁以及桥上的亭舍牌坊，出没于花明柳暗之间，单是那多种多样的桥的形式就足以让人眼花缭乱，有圆拱、瓣拱、尘拱、平梁、木板等各种样式。

福海四周的湖岸景象又各有不同：或用整齐的花岗石砌成平直的湖岸，以衬托长廊或林阴大路；或作碎石坡岸，有踏步斜登而上；或者是处理成像半圆形看台似的层层高阶，每层上都安置殿阁楼台，周围自是少不了的花团锦簇，五彩缤纷。瞭望远处，则是从深山老林中移来的成林野木，一派自然风光尽在眼底。

今晚不比往日，长春仙馆里灯火通明，热闹非凡，正是月朗星稀，柔和的月光尽兴挥洒着亮度，把长春仙馆妆扮得如同天上的仙宫一般。里面，喜气洋洋，高烧的红烛与满月争辉，耸立的琼楼和华服媲美。

嘉庆帝换了身华美的便装，一身紫云彩装上下合体，一条明黄色的绦丝带束在腰间，上挂环佩，叮当有声，足蹬软底皂靴，满面喜色。

比起嘉庆帝来，皇后钮祜碌氏更是嘴也合拢不上。今天是她的四十寿辰，她能不欢喜吗？她迈着轻盈的步伐来回四处指点，这儿应该怎样，那个应该如何，忙得她秀美的鼻尖上起了一层细密的汗珠，眼睑下面的脂粉有些脱落，她也全然不知。要知道，今天她十分开心，皇上终于从繁琐的奏章中解脱出来，亲自允许可以搞得大一些的活动，让她心满意足。

当值太监一声高喊："万岁爷驾到！"声音未了，嘉庆帝便踏进长春仙馆。

顿时，鼓乐齐鸣，一曲欢乐而祥和的中和韶乐缓缓响起，说起丹陛大乐和中和昭乐只有皇帝在大婚、即位时等重大庆典时才能演奏。但今晚，嘉庆帝特地准许演奏，以增加喜气的氛围，这里面自然还有其他原因。一时间，在长春仙馆的廊下由编钟、编磬、琴、篪、箫、笙等各种乐器齐奏的美曼乐曲便从低至高，婉转悠扬，嘉庆帝没有顾及到迎上前的皇后及众位嫔妃，自顾地把眼一转，暗暗称奇。

看吧，月门曲廊，烘托有致，漏墙花窗，宛若天成，各处皆精雕细刻，各具神姿。加上含烟的绿树，吐香的群芳，婉转的乐声，悠扬的钟鸣，真个是神仙境界！

踏着宽阔的闪着亮光的大理石甬道，登上铺着红毡地毯的台阶，嘉庆帝搀着皇后说道："依朕看来，今晚最美的就是你了。"一双灼热的眼睛在皇后桃花般娇红的脸上扫来扫去，看得皇后脸色绯红，轻声说："皇上不要打趣臣妾了。"

"哎——，朕说的是实话，你一点也不显老。"嘉庆帝还一脸认真相，拉住皇后的纤纤玉手不肯放松。如妃在一旁打趣道："哟，皇上也把眼神分散一下，好让我们这沾寿星光的人也能得到皇上的沐浴，才更有兴致啊。"一句话竟把嘉庆帝说得心里痒痒的。在如妃身后的恕妃、庄妃、信妃、谆嫔、荣嫔、安嫔等一群妃嫔果然一齐笑了起来。嘉庆帝说道："今晚要是看了你们几眼，朕岂不是要受损吗？皇后才是中心呢！大家聚在一起还不是众星捧月，捧谁，捧皇后吗？又不是你们的寿辰。可不能在皇后面前吃醋啊。"众妃嫔又笑了起来。

皇后一下子挣脱了嘉庆帝的手，说道："我可没讲什么排场吧。都是宫里的人来的，还定下一条规矩，不能送寿礼的。"嘉庆帝指着众妃嫔说道："那可不成，朕还带来的寿礼呢！"一摆手，跟班太监林升马上端着一个红绸覆盖的方盒进来，半跪在嘉庆帝的跟前，带着方盒的双手高高掌心向上，高度正好供嘉庆帝抬手即触的地步。

嘉庆帝轻轻地把红绸揭去，一座光芒四射的金香合和一只金光闪闪的金水瓶出现了。这两样东西都很精致，在上面精雕刻着松竹，鹤月，各有一行草书：与天地齐寿，并日月同辉。一看便知是嘉庆帝的手书,由内务府的金工们花费整整一个月才刻成的。此物一出,又立刻引来一片啧啧的赞叹声。

皇后很谦恭地接过,命人摆放在大供桌上,说道:"皇上,您不是一贯倡导要避免送礼吗?怎么,你今个儿带头毁了圣言,这要传出去多不好。说不定第二天,大臣不敢说会怎样,可各王公府第定要来送的,这叫我如何是好?"嘉庆帝道:"特贵重的自然不能要。一般的小巧玲珑之类的饰物也无甚大妨。只是一样,不管是什么玉制之类,概不能收。"皇后点头,赞叹道:"皇上教诲得极是。"复又拉着嘉庆帝手一齐坐到正面铺着丝绸的大案后面,桌面上,摆满寿桃、寿糕和果品。

嘉庆帝极其潇洒地落座后,抬手对众妃嫔说道:"都坐吧!"

此时,东湖的水面上,也是灯火齐明,宫灯摇曳着殿影,彩船散射着金波,那一番诗情画意,更是难以用笔墨来形容。

不知是谁说了一个笑话,后面有人在拍掌笑出咯咯的声来。嘉庆帝回过头去,见是如妃正妩媚地向自己瞟了过来,便会意地轻轻地点头。此时,打扮得十分妖冶的十位美貌的宫女身着旗人的服饰在大殿内宽敞的地面上正娜婀起舞,特有的满族人的舞步尽显她们的美丽的身段。黄色的天花板上,垂吊着三组共十五个红纱宫灯,把殿内照得通亮。地毯上舞姿蹁跹,歌喉轻啭。嘉庆帝用眼瞥了一下皇后,见她戴着长长的银质手扣儿微微弯曲着正拿一粒瓜子送入朱唇,全神贯注地欣赏那优美的舞姿,脸上似乎在回忆自己年轻时的倩丽。嘉庆帝挪动脚步,转过右侧淡红色的帷幕,走入一间房内。

嘉庆帝坐在一张软皮椅上,闭目沉思。他的近日心情要比一个月前强多了,他几天前接到从礼坝工地传来的松筠的密札,尽管嘉庆帝不喜欢用这种方式给他上奏章,但转而一想,松筠毕竟是大学士、御前大臣,反正他的奏折可不经军机处和其他御前大臣的过目,也就没往心里去。当他看到松筠说礼坝不日即可竣工、案情也有进展时,一直缠绕在心头的阴云算是解散了。所以,当他得知皇后四十寿辰时，便欣然允诺，命内务府好好操持一下，以做庆典，要是等到自己的万寿节反而不好如此办理。毕竟各地因水祸的灾民还没有安置妥当，再者，自己也暂时不想像先帝一样来个什么千叟宴，一不到岁数，二违背初衷。他想，松筠到底是没有辜负朕的一片爱心，年事高且不说，单是这办事的认真劲儿，在朝中当不多见。估计等他回来时，也有眉目了。

正想着，如妃款款地走到嘉庆帝的身边，拿起紫檀制的木桌上的一株小柄背捶，轻轻地在嘉庆帝的肩上敲打起来。

嘉庆帝已经知道，她一定会来的，便侧过另一个肩膀继续让她轻轻地捶打，便用一只手把如妃搂到怀里，让她坐在腿上，匕斜着眼，望着如妃的侧脸，白里透红，像是馋人的苹果，心里惊叹，到底还是如妃善于保养，全然看不出是生过孩子才三个月的女子，身段恢复得也很快。

这一段时间，嘉庆帝总是宠爱如妃，主要是因为，她为嘉庆帝生了最小的一位女儿。当然嘉庆并不是因为生了个孩子就宠爱她的，而是跟如妃在一起时，嘉庆帝似乎才能放开手脚。嘉庆帝一边摸着如妃的腰身，一面说道："如妃，你给皇后送的什么呀？"如妃答道："我能送什么呢？总不过几块丝绸罢了。"嘉庆帝说道："那到朕的万寿节时，你送给朕何物啊！"如妃猛地把转身子，两腿盘在嘉庆帝的膝上，娇嗔着说："皇上说，皇上想要什么呢？奴婢就给你什么。"嘉庆帝微笑道："朕还想要你给朕生个儿子呢！"他把如妃搂得更紧，紧贴在自己的胸前，说道："朕今夜恐怕不能翻你的牌子了。"

如妃手中的背捶不知不觉地从手中滑落，但她两条长长的臂弯却紧紧地勾住嘉庆的脖颈，水蛇似的腰身缠得嘉庆帝的身子有些不稳。头摇得拨浪鼓似的说："那倒也罢了，只是要到了皇上的万寿节，奴婢不能为您送个皇子了。"一句话说得嘉庆帝心旌摇荡。他抱起如妃，几步走到靠西侧的卧榻之处……几十天的烦恼、愁闷随着如妃扭动不止的身躯和微微娇喘的呻吟一扫而光。

607

那外面的悦耳的音响对于他们来说无疑是鸾凤和鸣，好不酣畅淋漓。

此时，什么荒村艳遇、梅香偷情尽抛九霄云外了。

曲终人散之时，皇后与众嫔妃互道问候之后，便一个人坐在桌边，想想不由暗自垂泪。是啊，毕竟人老珠黄了。再多的脂粉也掩饰不住松弛的皮肤、下垂的眼睑。想到嘉庆帝继位之时，自己是如何伴其左右，为皇上排忧解难，出谋划策，也算是机关算尽了。那时的嘉庆帝虽说无比钟爱喜塔腊氏，但她体弱多病，不能服侍皇上，大多是由自己来服侍的。那时的嘉庆帝也是对自己厚爱有加、宠幸至极。无数个美妙的夜晚现在回忆起来如同昨日一般那么清晰、逼真。可惜自己生育不旺，没能为嘉庆帝多生几位子女。尽管如此，比起喜塔腊氏和现在的众多嫔妃来说，自己也是连育两位皇子，或许是因为这，这皇后的桂冠才戴到自己的头上。如今，风韵不再、风光难存啊。

想到这，皇后悄悄地掏出手帕抹去眼角的泪滴，此时的神情与先前大相径庭，她本以为皇帝今夜肯定会与自己旧梦重温的，可最后竟在这偌大的长春仙馆里，还有一位妃子正沉睡在皇帝的卧榻之侧，又能如何呢？皇上毕竟是皇上嘛！

皇后抬起头，起身往后面的寝宫走去。突然身子一晃，感到有些目眩，忙扶住枣红木制的门框，长长地喘了一口气，后面的几位宫女很快地跑上前搀扶着她。皇后感到，不能再想这些令人心烦的事了。皇上不是说我"布仁惠之芳风，谒升平之郅治，母仪尊于天下，王化基自宫中"，是的，就应该有个皇后的样子。想到这，皇后对一位宫女说："翠红，你把我床上的云貂皮褛拿过去吧。"翠红答应一声，却迟迟不动，紧搀着皇后走到床沿，把皇后服侍好了，还站在那里，皇后又说一遍："翠红，拿去吧，夜里甚凉，小心他们会冻着。"翠红这才慢腾腾地抱起皮褛走出去。

皇后和衣倒在床上，眼睛却一直睁着，深恐皇上睡得不踏实。不一会，门帘哗啦一声响动，皇后头也不抬，说道："翠红，你交给谁了？要交给皇上的贴身太监林升，他会在皇上入睡时送进去的。"翠红并不答话。皇后一惊，掀开被子坐起来，一抬头，看见嘉庆皇帝正站在床沿，怀里抱着那云貂皮褛满脸笑容地注视着她。"皇上，"皇后叫了一声，伸手抓住皇上的衣袖说道，"胳膊都凉了。快……"嘉庆帝低下头轻轻地抚弄皇后的发髻，深情地说："不愧是'母仪尊于天下'。"说着自顾抬脚上床，道："今晚是皇后的寿辰，人生几何，朕能不来看你嘛。"

皇后翻身侧拥着嘉庆帝道："皇上，我叫翠红去，并非是有意提你个醒儿，也不想夺如妃之爱，都是皇上身边的人，哪个伺候皇上还不是一样。在我看来，只要皇上心情愉快就是奴婢的最大福分了。想这几年来，奴婢从未因此而自乱后宫的规矩，一切全凭皇上的意愿。"

"朕知道你的心，别说了，"嘉庆帝抱了抱皇后。皇后却对门外喊："翠红，把外间的炭火拨得旺些。"嘉庆帝说："不是太冷的，我们睡吧。"说着就要解皇后的衣襟，皇后推开他的手说道："皇上，你也得注意身子骨，如果皇上真的有意，过几天吧，今夜，就不必了。"说着，扯了扯锦被，把头埋在嘉庆帝的怀中说道："就这样，奴婢就知足了。"

刚到黎明时分，天果然变了，下起了毛毛细雨，不大一会就转成霏霏的小雪，而且夹着细细的冰雹，小沙粒似的，打得院外进进出出的行人的脸生疼。

松筠披一件坎肩，站在窗前，静静地回想起昨夜的情景。心里暗恨道，好狡猾的狐狸，平日里不显山露水，果然其中有诈。陈凤翔也难怪不服，一手造成礼坝倒塌的直接责任人就是你百龄，幸亏皇上看事明了，似一碗水似的，要不然，在今后的共事中，说不定百龄会有那么一天，会因那么一件事，也凭空栽到我的头上。

松筠长长地吐了一口气，白雾似的水气从嘴里、鼻里喷出来。他搓了一下手，心道，天变得好快，是啊，要是在蒙古朔漠，恐怕此时已是雪花大如席了。这么冷的天，怕是赈济难民的事要平添了许多麻烦,这个托津嘴上一套,办得一套,说是从军机处抽调大批军用衣物,可此时连个鬼影也不见。初彭龄也是办事迟缓,现成的粮食,就近取来,竟迟迟不到,现在各督府衙门的办事效率也太差了。

想到这,松筠踱到案边,提笔在手,俯在案上,两眼怔怔地望着早已摊好的宣纸,不知先告谁,是弹劾百龄呢?还是弹劾初彭龄呢?正犹豫不定,就听院内一阵"咔嚓、咔嚓"的脚步声,刚抬起头,张千总已裹着一身细碎的冰粒闯了进来。

"松大人,各处的粥场都安设好了,万大人也算明智,先动用一部分县衙的库存,这会儿怕是粥已烧好了。"张千总一踏进,就喜滋滋地说道。

"初彭龄可有消息?"松筠阴沉着脸问道。"有了,初彭龄正赶往河梁县城,先来的押粮官说,过水清地时,前面行走的好几辆车都陷进泥里了。还有一桩,就是在途中时,一辆马车受到鞭炮的惊吓,拖着一车粮食狂奔,最终被村民截获,非要扣下一些不可。"张千总变得有些不安地禀呈道。

"后来呢?"松筠暗吃一惊,这可是皇上特批的赈灾粮啊,"后来怎样?"松筠急着问了一句。

"终于被要回了,"张千总说,"那截粮的人都身一色皂衣,尽露头饰,也是一样的颜色。似乎是些帮会,倒是押粮的解官掏出腰间的牌子,那班刁民才客气地放了。"

"噢,"松筠有些疑惑不解,便道,"要押粮官来见我!"张千总答应一声退了出去。

松筠想起昨夜和陈凤翔的长谈,心里就明白了事情的全部过程,看着可怜兮兮的陈凤翔,心里涌起的一股恻隐的潮水。唉,无论如何,毕竟是自己在闽浙总督任上结识的陈凤翔,并是自己推荐给百龄的,如今落到这般田地,又怎能忍心呢?

他迟疑了一下,对站在门口的亲兵说:"带陈凤翔!"工夫不大,陈凤翔来了。

松筠拿眼一瞟,很明显,陈凤翔一夜都未合眼,衣服倒是换过,挺干净,只是太单薄,裹在里面的身子还有些发抖。松筠关切地问一句:"你没多的衣服了?"陈凤翔哽咽着答道:"自七月份戴枷在工地号众,哪里能脱开身,日后又押到京城,这不跟着大人又来服刑了吗?"

松筠扶着陈凤翔的身体说:"挺一下就过去了,先穿我的吧。"陈凤翔感激地说:"多蒙松大人关怀,罪人没齿不忘。"

"你都写了吗?"松筠问。"前后的经过都已说明,都写在纸上了,几个字样落在衙门里,恐怕此时已被刑部取回了。"陈凤翔有气无力地答道。

松筠有些动情了,看到过去有红似白且肥嘟嘟的脸膛此时已是飘着几根银丝了,不觉一阵心疼,连忙说:"你也不要太伤感了。待不日回京,你就可以免去枷锁了。你也要看到,因为你的过失,造成的损失也太大了。"松筠顿了顿说道:"待会儿,我和你一起去看看那些赈灾的情景,想来你的感触会更深。"

松筠说这话时,非常体己,非常和善,根本不像对待一个朝廷的命犯,陈凤翔只觉得一暖流涌上心头,毕竟是自己的老上级。这会儿,他想起来了,在浙江巡抚的任上,每次到松筠那儿都带去好几批紫砂茶具和特制的西湖龙井茶。他干咳了一声,说道:"罪臣只想把多余的蓄水泄掉,实在没想到会有这么严重的后果。"正要继续说下去,松筠把手一挥,制止似的接着说道:"别的就不用多说了,皇上怎么裁决就怎么裁决,我这儿不是说理的地方。你也想想,开着那么大的水流,自己竟不在现场,这本身就多大的错,固然你有病体缠身,可并未见你的半个字儿。你现在说这些,又有何用?"一席话又把陈凤翔说个哑口无言。这时,他才明白自己的身份,白给你人情不要,还要讨个说法,没有的事儿。陈凤翔一阵悲凉。

实际上,松筠对他的怜爱只是出于同僚,他不想让陈凤翔误会了自己,以为自己在替他辩解、开脱,这不是我松筠的看法。

至多说来，陈凤翔此时不过是自己的一颗棋子，想放在哪里就放在哪里，想做何用，就做何用。

松筠见陈凤翔默不做声，一时也想不到合适的词句去安慰一下，他有点烦躁："唉，陈凤翔，不是本钦差说你，事实就是这样啊，你看皇上临来时就有过交待，只严不宽。你还有什么可说的呢？功是功，过是过，功过不能两相抵消，自古如此啊。三国演义中有诸葛亮挥泪斩马谡，你也很熟悉。本钦差又有什么办法？"松筠拍了拍陈凤翔，朝门外喊："带陈凤翔下去用早点，顺便找件大棉袍给他披上。"说完退回案桌，提起笔在宣纸上埋头挥洒起来。

几名差役拿着木枷锁早已等在门口，陈凤翔见状，站起来，朝松筠深深地一揖，把垂到前胸的长辫子轻轻地托在手里，他仔细一瞅，见辫子里有无数根白发夹杂间，猛地感到一口浓痰涌到嗓子眼，禁不住地哇地一口吐了出来。再一看，不由得心惊肉跳，那浓痰里竟有星星点点的血丝，自感大去之期不远矣。

陈凤翔的猛烈咳嗽也没能把松筠从奋笔疾书中拉出来，工夫不大，松筠用狼毫笔在砚盘地仔细蘸了蘸，感到用墨不浓，随唤道："研墨！"门外的一个年轻书吏赶快进站在一边双手紧捏砚块一圈又一圈地磨起来。

赈灾粥场设在河梁县城的四门。现成的废弃的基石表明，这里已不是第一次开设粥场了。按照在城墙倒塌下来的砖瓦，依稀可辨出，这粥场就是明代的旧址。原来这里的仓库、堆房、差官的办事房以及巨大的锅灶都早已倾塌，可就是在原先的基石上，经过数个时辰的修整、搭建，也算是有些眉目，可以暂时应付那些嗷嗷待哺的饥饿的嘴巴了。

从礼坝下河一带流入县城的难民愈来愈多，尤其是东门和西门附近的通街小巷到处可见面黄肌瘦、衣衫褴褛、扶老携幼的人流。他们似乎习惯了这种方式，不约而同地聚集在粥场附近。一双双饿眼昏花的神情，一副副淡然冷漠的表情，在他们的附近的窝棚里不时传出几声悲鸣，甚而能见到有几家窝棚的外面竖起了条条白幡，不用说，那肯定是又有一位亲人从他们身边离去了。

透过轿帘，松筠默默地察看这一切，心头又沉重了许多，他注意到，那些灾民们并没有因为自己的到来而脸呈欣喜之色。前面的锣声开道也没能使灾民们停止脚步，尽管那挪动的每一步都很迟缓、呆滞。

一身便装的松筠下了轿，站立离粥场不远的高处，静观这一切，他想，一定要把这里的情况向嘉庆帝写个报告。远处的张千总正在指挥难民们有秩序地靠近盛满稀饭的大锅，然后离开，不得靠得很近，以免躁动不安。

难民们拖着衰弱的身躯，怀着难以遏制的求生的希望，从城内街道各处搭建的窝棚里不断地涌向这里。天还亮得没一个多时辰，在霏霏的细雨中，粥场的四口大锅前便排了长长的四队人。冷风吹得他们瘦削的躯体禁不住发抖。幸好，没过多久，太阳终于跳出浓浓的铅一样沉重的云层，给这样的场面带来一些希望之色。有几个难民，身着单薄的衣衫，仰头看着光芒四射的太阳，眼睛里流露出喜悦之色，是呀，对于他们来说，一个好的天气比什么都重要。

此时，继续在这饥饿的队伍后挨个儿的更是缕缕行行的灾民们。

大锅里煮的是小米、高粱米、米糠和野菜混合在一起的稠粥，每一口大铁锅里的粥都有几百碗，凡是在大锅前排队的难民，一个可以领一碗粥，不容许冒领。显然，这是不能填饱肚子的，只是让人不致饿死而已。

这时，一位亲兵跑到松筠面前说，初彭龄到了。松筠一听，长长地吁了一口气，忙道："快去扛几袋大米来，不要在锅里加糠了。"

大铁锅里熟粥的糟糠一样的香味在向四处飘溢，锅前面那挨个儿的难民个个吸溜着鼻子，深深地把久未闻到的香气使劲地往肚里吸着，一边眼巴巴地望着站在锅旁凳子上的差人。

差人手里拿一把大铁勺，正在冒着热气的大铁锅里搅和，等他停了搅和，便用手中的铁勺连敲三声锅沿，排队的灾民们便如

613

过江之鲫蜂拥过去。差人顿时圆睁了双眼,高声叫道:"慢来,慢来,不要挤,都有份儿!谁再往上挤,我可就不客气了。"说着又拿起一把小一些的铁勺,说道:"谁要挤,就给谁少一点。"果然,这一嗓子喊下来,难民们顿时安静了许多,还有什么能比少吃一口更可怕的事呢?

松筠暗笑,这个差役倒真会说话,能掌握别人的心理。"松大人,初大人、万大人让大人回衙门休息呢!"一直奔波未停的张千总上前禀道:"大人要见的那位押粮官因事发突然,现在已交卸完毕又回到户部去了,小的问过他,他也说不清楚,说是那年的一个观灯的夜晚,偶然捡到的一块牌子,没想到还真派上用场了。他之所以急着要回是因为原先有恩于他的一个大官的妻小去了他那儿。因此,他片刻也不敢停留,再说户部还等他的信讯呢。"松筠听了,就没放到心上去。

第三十三章
恼群臣轻重五十板
悯孤雁凄凉三两声

半夜里，寒气裹袭着陈凤翔冰冷的躯体，他滚落到潮湿的地面，他一动不动地静躺在那里，无数个人影在眼前跳跃，披戴白色孝布，发出一声声兴奋的邀请，他的灵魂悄然脱离躯体，在礼坝工地的上空游荡……

铁球已经进入轨道，再往下去，就任其自由发展了。嘉庆帝始终望着那两只用来活血健身的铁球自然而然地在那红木制的地板上滚去，默默地想。几位大臣，一言不发地站在他身后。

翠红和晓鸾各自捧一碗热气腾腾的人参汤和羊奶，站在嘉庆帝的身边，上书房里静极了，更显出做出决定前的紧张气氛。

嘉庆帝终于抬起头来了，问道："这么说来，难道朕错罚了陈凤翔不成？"说着两道目光直刺刚才还在硬着脖子慷慨陈辞的松筠。

"不，臣绝不是这个意思，"松筠连忙跪下，声音有些沙哑，他突然起了起身子，说道，"臣并没有为陈凤翔袒护的半毫意思，"他又是一遍强调，"臣只是想给皇上提供一些事实的真相，如若不能一碗水端平，那么在下为官的人就会感到无所适从。皇上请想，若无百龄的批示，陈凤翔也不敢放水，至少可以说，不敢放这么多的水，以致在礼坝下桩业已松动的情形下，仍然持续了一个半月。"松筠干咳了一声，继续说道："臣这里有百龄的手书的证据，皇上可否呈览？"

"朕都明白了，"嘉庆帝说，"大家都不要隐瞒观点，各自发表意见吧。"忽然，他不由自主地把目光落在书案上的两盒云子上，这是百龄从江南的一家老户货庄里买来的，虽称不上华贵，但有其柔和的色泽，落枰有声，声音却脆而不响；质地虽也比不上翡翠、碧玉类，却是难得的上等木料。白云杉树和一种稀有的古木，色泽黑而透亮，又经香油的浸泡，手感滑而不腻，很称嘉庆帝的心意。又不是什么古玩玉器类，嘉庆帝也乐得接下来，收为己有。

几位大臣面面相觑，相互对视了几眼，没有一个敢说话的。

还是老臣董诰站出人列，跪禀道："皇上，想几个月前，臣等随皇上在避暑山庄，初听此事时，臣一再恳示皇上稍安勿躁，待事情有了眉目才做定夺。可当时皇上却动了大怒表示要一惩到底，决不姑息手软。事后，也证明皇上言而有信，先赈灾以安定民心，后查清源头，才有结论。可见皇上对此事已有通盘筹划……"

嘉庆帝不耐烦地一屁股坐在绣褥凳上，接过晓鸾递来的羊奶微呷了一口，道："你们二人回宫吧，对皇后说，朕今夜就不去了，这里脱不开身。"见二位宫女款款退下，竟笑着说，"董诰说得极在理，朕不是没有考虑。"嘉庆帝想了想说，"做皇上的一般都很信赖臣子……"一时想不起下面要说什么。

刚刚替补晋身为大学士的托津说道："是的，皇上说得极在理，皇上愈是信赖臣子，做臣子的就愈是有负圣恩。老百姓在灾后得到的是朝廷的救济粮，就愈显得做臣子的无能。皇上请想，无能的臣子铸成大错，就不该降罪吗？"一席话说得嘉庆帝心里有些舒服，是的，做臣子应该向朕请罪，怎么好由朕来降罪呢？说得在理。

"嗯，托津倒是说在了朕的心坎上。"嘉庆帝说，"朕就想看看百龄是何动静，难道由朕亲自过问吗？"

松筠有些急了，忙道："皇上，不知皇上可曾听说'栽赃陷害'一说。远的不说，容臣说些近事。明世宗嘉靖年间，俺答各部王公屡次进犯前明的边境。有一次，俺答部队已迫近京城，宰相严嵩不做战争准备，只对兵部尚书丁汝夔说：'士卒力量弱小，难以和俺答相抗衡争胜，都城是近地，兵败不好收拾，当令诸将坚守，不要出战。俺答的目的在掠夺财物，抢足以后，自然退却。'于是诸将相互说道，有禁令不要出战，待俺答撤退以后，民间皆归罪于丁汝夔,当时的嘉靖皇帝下诏将他逮捕,严嵩恐前事已败露,便对丁汝夔说,不要害怕,我为你想办法。丁汝夔信以为真,不自喊冤,被判处死刑时,大声呼叫,是'严嵩害我'……"松筠说到情绪激昂之处,额上的青筋条条突起,面色赤红,似有一搏的架势。

嘉庆帝不由得怒火万丈,腾地一下站起来,厉声说道:"松筠,你说这话是什么意思?百龄是严嵩不成?朕是嘉靖不成?陈凤翔并非没有喊冤,要不然,朕怎么派你做钦差大臣。所用譬喻失当,有辱朝廷,来人,摘去松筠的顶戴花翎,听候发落。"厉声未断的语音在上书房里来回撞击,震荡着几位大臣的耳膜,都是一阵心惊肉跳。

松筠急呼道:"皇上息怒,臣知罪了,但臣决非心存辱没皇上的意思,此心可供天鉴。"话音刚落,冲进来的几位武士便像抓小鸡似的将松筠提了出去。

董诰叩首道:"皇上暂息雷霆之怒,松筠引喻失当,罪该受罚。但在微臣看来,松筠只不过是急于要迫皇上下决心整治因循苟玩之徒,确实别无他意。望皇上三思而定,切不可主次倒置,本末翻转。"说完,便一声不吭退在一旁,拢起了朝服的宽袖,双目一闭。

嘉庆帝缓过怒色,说道:"朕并不是有意袒护百龄。想当初,朕下狠心医治河工弊端,连降带罚治河官员四十八人,有案可查。朕想,松筠一贯有藐视朝纲的行为,只是他为人比较正直,办事干练些,朕一直把他视为朕的心腹大臣,你们都听说了吧。"拿起桌上的茶杯重重地一击,愤愤地道,"可是,今天,你们看他把朕比作何人。历朝历代的例子举不胜举,朕心里明镜似的,眼里何能容下半粒沙子,偏举前明的事例,以此来气朕。你们有所不知,陈凤翔名为百龄举荐,实际上是松筠推荐给两江总督百龄的,谁能查清此中可有什么瓜田李下之嫌?"

一提起这,托津在一旁猛然醒悟似的说道:"是的,皇上所言极是,就在查处徐端一案时,松筠亲口对百龄所说的,臣当时还记得似乎松筠对自己的这部下情有独钟,就这么定了陈凤翔的总督之职。"说这话时,脸上冒出一层虚汗。

嘉庆帝频频点头,说道:"当时,在场的大臣们都表示赞成,朕还问过戴衢亨他的意见如何?当时,他啥也没说。"想起戴衢亨,嘉庆帝有些酸楚。是的,当时,由自己一手提拔出来的官员今天竟没有几位了。费淳死了,戴衢亨也死了,要不就是因事而法办了,朕是否要反思用人的方略呢?这个百龄无论如何不能让他因此丢官……

实际上,董诰是个明白人,知道嘉庆帝说这些话的真正用意。此刻,他正琢磨如何才能保住松筠这顶乌纱帽呢。嘉庆帝见他一语不发,却完全抛开了满脸的乌云,微微一笑开口了:"哦,董诰,你在想什么大事呢?"

董诰一愣,忙不迭地答道:"大事吗,没有想,也没敢去想,小事吗,倒想起一件……"

嘉庆帝笑道:"你就别卖关子了,朕知道,你对朕刚才发火有些看法,只不过不敢说便罢了。"董诰略微一点头,答道:"皇上果然圣明,刚才臣想,皇上是派了松筠为钦差大臣去查办此案的,哪知案子还未了断,钦差大臣的帽子就先丢了,是不是让人以后见了钦差都不敢当啊。臣以为,钦差的职责就是让天下百姓看到皇上的恩典遍泽万民,让所有的百姓都能感到皇上无时无刻不在牵挂他们,这样人心才安定。从这个角度来说,松筠此行,据微臣看来,干得还不坏。"

他的这话尚未说完,嘉庆帝突然走到董诰的身边,脸上祥和,说道:"从大的角度来说呢?"董诰低下头,迟迟没回答。

"朕替你说了,从大的角度来说,就是惩治百龄吗?"嘉庆帝把手挥到半空中,"朕不相信,偌大的朝廷,年年的科举选不出一些能彻底为朕分忧的大臣们。"手指滑下来,坚决地说,"明日早朝,听朕的决断。"

众人一听,正要起身告辞,董诰却说:"皇上,那松筠呢?"

嘉庆帝略一沉吟，说道："暂且免摘顶戴，只是这个案子，朕已接过来了，日后再做安排吧。"

董诰等人这才出了上书房，乍一出来，全身都一阵冷颤，北风卷起地上碎屑的梧桐、紫槐叶片，"呼啦"一阵过去，又"呼啦"一阵刮回来。细碎的沙粒钻进了董诰的脖颈，他感到痒痒的，用手揉了揉，和另几位大臣拱手相别后，独自一个绕过乾清宫外的台阶，想出了宫门再坐上轿子。忽见远处有一个人正踽踽而行，定睛看时，是戴均元，忙上前打个招呼，说："均元，哪里去啊？"戴均元见是首辅大学士董诰，忙过来见礼："我正要去编修馆，皇上的钦定诗文刚才编好一部，正欲呈给圣上御览。"

"噢，"董诰点点头，"那你忙去罢。"刚想走，又回过头，吩咐道："首先选一些称颂德才贤人的篇章。"戴均元说："正是，正是。"两人拱手相别。

董诰目送在寒风中晃荡的身影，心里不由得顿生感慨。唉，本来仕途坎坷的戴均元这回又是一个大跟斗。他已经知道，几天前，嘉庆帝在对馆呈的《明鉴》纲要作出总结时，就已经心有不满了。只是《明鉴》尚未完工，不便插手而已。但董诰有预感，一旦按照那样的目录编下去，最终戴均元，还有大学士曹振镛都得受到牵连。还是自己悄悄地给曹振镛吹了个口风，暂缓一缓，先把嘉庆帝过去所写的读史感事诗收集起来，又省事，又不需多费心机去揣测皇上的意思，反正都是皇上自己写的。这样，稳妥些。

董诰边走边想，不一会来到大殿前，仰头环视一圈后，径直奔向自己的轿子。府中的几位轿夫见董诰来了，连忙说："老爷，您到哪去了？另外几位大臣早就走了。"董诰不耐烦地说道："嫌冷了，是吗？"坐在轿中，对轿夫说："你家老爷都很知足了，比起往年让你们在宫门外候着，强多了，还是皇上照顾老臣，让我们能在此下轿，知足罢。起轿回府。"

董诰坐在轿中，心里却想着上书房的一幕一幕，董诰想，皇上所顾念的，说穿了就是百龄，他是有意袒护，这不也是一种迁就吗？皇上经历过这么多的大风大浪，至今未能砥砺出一种敢说敢为的作风，比起先帝乾隆差远了！魄力不足啊，干任何事都不能一竿子到底，想起来就是一下子。尽管皇上日夜操劳，反复要求各大臣都能像他一样勤于政事，可这怎么能达到呢？皇上是天子，大清朝的一切尽归他所拥有，他注重的是江山社稷的稳定，他渴望的是歌舞升平、万民颂德的局面，可大臣们想的却不一样：坐稳位子，多捞些银子，荫及儿孙……董诰想着想着，就坐在暖和的轿中睡着了。

说一千道一万，百龄这一劫是过不去了。问题在于，朱尔赓额经办筑坝抢险的苇荡柴木，柴质霉湿不说，还夹带着大量的杂草充数。这些情况，百龄究竟知不知道，是故意指使，还是被其欺蒙？看来，解铃还须系铃人，当然百龄的这个系铃人也应在应惩罚之列的。

嘉庆帝叫上托津带着几十名侍卫，在自西华门出紫禁城时就一直这么想。已时值深冬，天清气寒，沿途的梧桐树早已是光秃秃的，徒剩下几根枯枝直插云天。一抬头，嘉庆帝还注意到在纵横交错的枝丫间有个鹊巢（实际上是鸦巢），嘉庆帝转身对托津道："古人讲，公冶长懂鸟语，听百鸟之音知其喜怒哀乐、悲欢离愁，朕疑心那是人编撰出来的，你以为如何？"

托津不习惯从上书房的暖室出来以后就浸着如此清冽的寒气，他正把自己的带毛领的朝服往上翻过去，用那一层貂皮上厚厚的卷毛捂住自己的两颊，听得嘉庆帝的问声，一时没明白过来说的什么，只得含糊不清地答道："万岁，天是很冷，这呼呼刮着的北风都带着哨音呢。"

嘉庆帝深深呼吸一口清冽的空气，"噗哧"一笑道："朕看你的脑子是被冻僵了。"羞得托津恨不得从马上摔下去，脸腾地就红了，当然也有被风吹的缘故。

"朕刚才是说鸟来着，"嘉庆帝一边说一边对身旁的一位中年侍卫道，"塔思脱，试一试你的身手。"塔思脱原是九门副提督，长有一双鹰隼般的眼睛，自从走了武子穆以后，嘉庆帝一直想再找一位领衔侍卫，为人要机警，武功要高强，各地都推荐了不少，唯看带队的塔思脱因其恶相被嘉庆帝相中，就留在宫中了。

塔思脱会意，"喳"字甫一出口，便见他人影闪动，有离鞍欲飞之势，但听叮当数声，高高的树叉上的鸦窝已剩下一圈边了，一只雏鸦飘飘荡荡地正好落在塔思脱的手中，策马过来禀道："万岁爷，仅一只雏鸦，嘴角泛黄呢！"

嘉庆帝觉得晦气，原想，惊忧鹊飞之后，必定鸣叫几声，然后才问托津这是何意？

"罢了，"嘉庆帝说道，"怎么会是一只呢？"托津道："可能老鸦带着能飞的都去觅食了。""嗯，"嘉庆帝点点头，"说得在理。""怎么给它送上去呢？"嘉庆帝自言自语，"上山容易，下山难，一个弹弓就足以毙命，可是如何才能老鸦回归之后有立身之地呢？"

"万岁果是个大慈大悲之人！这有何难？"塔思脱一边说一边晃动身形，顺着枝干哧溜哧溜地就爬到了鸦窝处，头却似拨浪鼓般摇动，那脑后的一根长辫七缠八绕地就盘在领脖处。

嘉庆帝抬头看时，惊讶地发现那鸦窝已恢复原样，原来，那叮当的声响就是腰刀出鞘和进鞘的声音。那一柄刀在旋转飞出之际已把底部连控带削地成为一个圈儿。那只雏鸦和底部的圈儿，在眨眼之间又被重新安上了。

托津赞叹不已，"好身手！"随行的武士也拍掌叫好，塔思脱于高高的树枝纵身一跳，身轻如燕地稳稳落在马鞍上，面色如常。

"似这种进退裕如、万无一失的身手，为臣还是第一次见到，"托津说，"万岁爷，臣以为，百龄是做梦也想不到，万岁爷会亲自去刑部旁审的，定能打他个措手不及。"

反正此时也摸不透嘉庆帝到底对百龄意欲何为，不妨借此试探一下，以做到心中有数。托津暗道，凭直觉，皇上对百龄的处罚还没有到那不可赦的地步。实际上，前几天的朝中辩论就足以说明这一点，皇上对百龄的辩词也是略有同情，只因松筠的坚持，才勉强交付刑部会同大理寺三卿共同审理。从刚才皇上的举止神情可以看出，皇上尚还有一颗对百龄心存迁就的心。托津对嘉庆帝说："皇上，董大人可去吗？"其情其状甚是小心翼翼。

嘉庆帝侧转过头，冷冷地看着托津，随口答道："怎么会少了他呢？你看朕的爱臣不多了。朕也是恨百龄铁不成钢啊。"

正说间，嘉庆帝望见前面的御道上，来了一行人，小暖轿上下颠簸，疑心是董诰，便策马过去，拦住轿子。果然是董诰。

"哎呀！"董诰一见嘉庆帝骑马披汗拦在轿前一声惊呼，手中的小暖壶差点掉在脚面上，他忙不迭地爬出来，对托津斥道："好你个托津，刚离开刑部任上书房行走大臣就是这样撺掇皇上的吗？皇上的身子骨能在这样的风雪地里骑马行走吗？"看看嘉庆帝的身后并无跟随的内监，心中一阵纳闷，在说话之间，已经下轿甩袖就要参拜。

"哎，董老爱卿，此事全由朕一手安排的，朕不想坐着车辇，就是为能让寒风吹得朕更清醒些。这样，你坐你的乘轿，朕骑着自己的御马，一同前往刑部，看看如何？""万不可行，这么大冷的天，皇上要出宫至少也带着车辇才行。"董诰顾不得自己打寒颤，撇开嘉庆帝，对嘉庆帝身后的侍卫道，"快去通知宫中备轿，还木呆呆地站在那里干什么！"

经董诰这么一说，嘉庆帝裹在狐裘皮衣里的身子也有一阵寒意，说道："难为董诰一片赤诚之心，朕下马与你们步行如何？你看前面就是刑部，干吗还要兴师动众呢？"说着掏出金表一看，刚过正午时分，便道："看来松筠要备些酒菜喽。走走瞧瞧，不妨当作一次野游罢。"托津也赶忙下马，搀着嘉庆帝，接口说道："万岁爷明鉴，臣应该向皇上请罪，倘若是因为天寒伤着龙体，为臣心中也不会踏实的，也是为臣心中愚钝，董大人说的极在理儿。"趁机把自己翻上去的毛领又翻下来。

为了摆脱困境，百龄已是数天数夜没有合眼了。他知道，此

623

事几乎已没有任何回旋的余地,想想不禁悲从中来,从花花世界的广东升迁到人心诡谲的京城,东奔西跑之间,从没有一刻清静。他曾经自视甚高,觉得自己是叱咤风云的人物,有着经天纬地之才,按目前的速度,在不远的将来当上个大学士绰绰有余。实际上,他已经接近这个高位,只差那么一点点。谁知,阴沟也能翻了大船,想想也亏,自己是太信任朱尔赓额了。深悔已是无意义了。想些什么点子呢?

百龄辗转反侧之际,心头忽地一亮,腾地从太师椅上站起,提笔给嘉庆帝上了一道陈表。

刚刚圈完最后一个标点,刑部便来了牌子,百龄一听,吓得面如土灰,怎么会挪到刑部呢?万岁如何不在殿里解决呢?一阵不祥的预感悄悄地袭来。他没有办法,刑部的旗牌官就在府门口等着他回话呢,那意思是最好跟着他们一起去,不能懈怠片刻。事已如此,只能听天由命了。

长叹一声之后,百龄想,该是安慰一下夫人的时候了。踱至内房,果然,百龄夫人正木呆呆地望着床中裹着棉被的婴儿,眼泪顺着脸颊往下掉落,痛苦悲伤的情状无可言表,"唉——,让夫人跟着受惊了。"百龄走过去,扳住夫人的双肩,说道,"此次一别,不知何日才能相见啊。"

百龄夫人哽咽:"老爷何出此言呢?都怪贱人没能看透那朱尔赓额的狼子心肠。想当初,您还在表中褒扬他办事干练呢,仅此一项就节帑银数十万两。……"

"唉,要是没有这封奏章,或许罪责尚能轻些,那就全会两样了。这是'失察冒功'啊!"百龄轻拉夫人的手,安慰道,"不过,为官这几十年来,我百龄尚无大的过失,或许万岁能宽勉些,夫人不必为我心虑过重。"

终于忍不住了,百龄夫人望着熟睡的儿子,一头把脸扑在百龄干瘪而瘦硬的胸脯上,强压住恐惧感,嘤嘤啜泣。百龄的小眼睛越过夫人的发梢,胸膛也是一起一伏,一时难以平静下来:"夫人,这又不是生离死别,带好儿子,这孩子还是圣上给起的名呢,足见皇上平日对我的厚爱,我已经给皇上写了一份请罪书,说明事情的前因后果,不会严重到令人不能接受的地步,夫人也放宽心。"

百龄夫人抹去脸面上的泪痕,赶紧给百龄找出厚厚的棉袍,又把皇上所赐的墨蓝色的湖绸夹袄穿在里面,千叮咛万嘱咐了一会儿。又叫过家人王冒,说:"王冒,跟紧些。不能让老爷有半点闪失。"王冒答应着去打点行头。

百龄与夫人各怀满腹心事,疑虑重重地分手。

当百龄踏进刑部时,里面的森严威武的场面没让他吃惊,他早已习惯了。再说刚从广东来京时就在这里干过刑部侍郎,后来调吏部尚书,这里的人大都熟悉。迎着高悬的"正大无私"的匾额,百龄不知道该坐到什么地方。他进来之前的一刹那,一眼就瞥见朱尔赓额正畏缩地站在一边,这位过去的心腹,干练之帮手,今天比以前任何时候都畏惧自己。百龄的目光刚扫过去,朱尔赓额就低下头,百龄心道:你比我还担心,还多了一层负疚感,不如来个坦诚以待算了。

当百龄的目光往右一瞥时,他顿时惊呆了,不由得喜出望外,抛开正堂中坐着的松筠,径直奔过去,一甩袍袖,跪头叩头:"罪臣百龄参见圣驾,皇上您老人家不该来此啊,罪臣于心不安哪!"说着,竟自顾大哭起来。闹得松筠不知如何是好,只能瞧着皇上的眼色行事了。

"百龄,朕怎么不能来呢,来看看你到底如何辜负了朕的栽培!"嘉庆帝不冷不热地说道,"按理说,你也算是第一个揭露陈凤翔罪过的人。"嘉庆帝轻描淡写的说话声,在刑部大堂的任何一个角落都能清晰地听到。百龄脸上红一阵白一阵,是啊,事发之后全部推给陈凤翔,把陈凤翔当做替罪羊,明眼之人哪能看不出来呢?松筠不正是知晓这一点又定了自己的虚诬之罪吗?

百龄深深地低下头,大堂里一片肃然。"松筠,怎么不开审啊。"董诰的一句话提了醒,松筠这才从嘉庆帝闯进公堂时的惊愕中挣脱出来。实际上,他也不想让百龄承受过大的罪责,既然陈凤翔是自己荐给百龄的,也已经戴枷在礼坝工地示众了,有冤屈不假,可事关自己曾是他的上级,又怎好开口呢?看他可怜兮兮的模样,也曾想借此治倒百龄,可话又说回来,治倒百龄又如何?没准嘉庆帝会让自己再去担任两江总督,这么多年来,多少朝臣进进出出升升降降都是平常的事了。自己又何必去讨这份苦差呢?

松筠轻轻一拍惊堂木,开口道:"朱尔赓额!"已被戴上刑具的朱尔赓额跟跟跄跄地走上前,"你所犯之罪,都可招认吗?"朱尔赓额道:"罪臣不可饶恕,望大人给以严刑正谢天下。"松筠进一步说道:"柴草霉质一事,两江总督百龄可曾知晓?"朱尔赓额说道:"百龄大人确实不知,当时事急,急需柴草、苇荡;一时碍难筹齐,阴雨连绵,数月不晴,哪里能购得上等木料?"松筠断喝一声:"本官不想听诉苦。"朱尔赓额退至一旁,甘心受罚。

松筠朝嘉庆帝一抱拳:"望万岁裁断。"

嘉庆帝也当仁不让地接过来,实际上,嘉庆帝的来与不来都是一码事,反正最后还是要送到他那里,听凭他的决断。自亲政以来,他事无巨细,一人独揽,所以"举朝慴栗、供职惟勤"。此次刑部之行,也是"惟勤"一例了。

由此看来,嘉庆帝冒寒冷而来,其意并非是为案子本身,而是以身示勤而已。

嘉庆帝望一下百龄,又看看朱尔赓额,脸色"刷"地变了:"百龄,你应该知道,在这样大事上,朕从来就不轻易听别人的。"顿了顿说,"自古以来,做事讲究尽力而为,并尽力办好。食君之禄,忠君之事,这是古之明训。能做到这点并不难,不怕自己吃亏,不计较个人的得失,这才算是'明臣'啊。"

百龄只感到头昏脑涨,耳边又响起嘉庆帝的话声:"对朕而言,你仍不失为一个忠臣。"嘉庆帝又转向松筠,"你也是,这一点,朕何曾怀疑过你们。但你俩有一个大毛病,就是心地偏狭,好胜心强一点，总想保住自己的名声，总想胜过别人。这不好，已故的戴衢亨之所以为朕器重，就是此人在慎独方面已经入道，你们还差得很远，别看你们的年龄也都不小了。"

松筠可全晕了，这是哪对哪呢？我是来受审的吗？这是不是在朝廷议事啊？百思不得其解。

发完一通宏论，嘉庆帝直奔案情而来："两年前，朕第一次大规模地处分河臣时，你们都是支持朕的，唯有戴衢亨设身处地为河臣着想，说了一大通理由，都被朕一一驳回。若是在今日，朕会三思而定的。"说到这，脸色稍稍缓和一点，"是的，无论是百龄，还是陈凤翔，都有罪，但罪的程度不一。陈凤翔是礼坝的亲自实践者，居然能不赴工地，罪不可恕，百龄也有罪，先是对霉质柴草没能一一查明，只知节省费用而忽视了质量，依朕看来，这一条应加在朱尔赓额身上。至于朱尔赓额的罪行交刑部另按清律制裁，这里就不讲了。百龄用人不当啊，是其罪一；后来，百龄也有推诿于陈凤翔之嫌，是其罪二。别的朕尚看不出来。你们所议如何？"

松筠见状，不得不走下堂来，对万岁行叩首礼后，说："万岁，臣以为百龄除有口述二条罪行外，当有虚诬大臣之嫌。他曾向皇上说过，陈凤翔自李家楼竣工之后，就再也未去过礼坝，在衙门里享清闲，纯粹是中伤陈大人。"

"好了，好了，"嘉庆帝连连摆手，"你不要说下去了，一切由朕做主。"说着，嘉庆帝正色道："朱尔赓额，是礼坝塌方的幕后操纵者，不可饶恕。朕已讲了，另案议处，以塞众谤。"环视众人后，嘉庆目光复又威严起来。

"至于百龄，革去太子少保衔，拔去双眼花翎，准带单眼花翎，降为二品顶戴，革职留任。"百龄心中的一块石头落了地，想刚才的担心与恐惧此刻烟消云散，唯有频频叩头。

"陈凤翔的反诉也应成立，偌大的罪过不应由他一人承担，但所属之罪也不能尽免，着即疏枷，依前者发往乌鲁木齐赎罪。"嘉庆帝品了一下香茶，继续道，"松筠此行，劳苦功高，能在纷纭之中，寻出根底功不可没。半月以前，原来的大学士应桂以年老致仕，准予罢免，其缺额由松筠替补。董诰，你以为如何？"嘉庆帝说完目光直扫众人后，落在董诰的身上。

　　"万岁圣明，恩威并用，宽严相济，甚合臣意。"董诰不敢怠慢，连忙表态。

　　"是呀，"托津也接着说道，"万岁目光深远，非臣等之不及，如此以来，说是秉承天意也不为过。"那意思，就是按天律来衡量也是公允无比的。

　　"回宫。"嘉庆帝站起身，对董诰等大臣说，"你们具拟一下，交给朕阅一下。"甩手步出刑部，百龄以膝代步，跪至刑部大堂门口，感动得涕泪横流。

　　五天之后，加盖嘉庆帝玉玺的圣旨连同军机处的公文一并传送到礼坝的工地。工地上沸腾了。原来，嘉庆帝恩准凡在职效力的河臣河工只要在春三月之前，使礼坝合拢，每人都赏纹银十两、百两不等，河臣晋升一级，河工赐田二亩，免交三年赋税。上上下下又怎么不高兴呢。

　　着即疏枷的消息传到了陈凤翔那里。几个月来，带病赴工的陈凤翔面目黝黑而白发苍苍了，手捧皇上的圣旨，俨然是一封加官进爵的福音书，禁不住潸然泪下，口中喃喃自语："皇上如此垂怜罪臣，臣焉敢不遵从呢？"想到迢迢路程，冽冽寒风，陈凤翔也是热血沸腾。在一连串的干咳之后，地面上、胸襟上也沾染了点点殷红的血汁。他全然不顾，冲出工地的窝棚，蹒跚着来到尚未竣工的工地上，手捧一把泥土，紧紧地揣在怀中。在他清楚的意识中，他似乎感到，去趟乌鲁木齐不过是回京述职而已。

　　破絮在他的肩头的黑色袄套中散露出来，他拽出一大块，把泥土往里充填，是想以此自责，还是想重获生命的原动力，都不得而知。脚下泱泱的水流依旧向东，冷风吹皱了水面，结了一层厚厚的冰层。在他的眼前晃着无数的人影在来回奔波，人影越来越重叠，变得模糊一团，怎么也看不清楚，一阵急躁攫取了他整个心胸，像有无数蚂蚁叮在伤痕累累的淤血口，吮吸着他的体液。

陈凤翔猛地扯下披在身的破套袄，露出苍老的肌肤，那肌肤上成块成块的淤血痂似丘陵一样重叠着，他有些神志不清了。

激动而兴奋的泪水依旧在淌着，淌着，突然，他又放声大哭起来，迎着呼呼的寒风在礼坝的工地上来回奔跑，瘆人的呼叫声震荡着河工们的耳膜。

"万岁啊，万岁，罪臣陈凤翔向您谢恩了。河工们，河工们，万岁已颁圣旨免去罪臣的疏枷了，罪臣要到乌鲁木齐去喽，罪臣要出远门了。"

几位陈凤翔的下属，现在的河监连忙跑过来，强行按住陈凤翔，把他连拖带拽地送他的窝棚里。有人送上一碗姜汤，强迫他喝下去，陈凤翔安静下来，均匀的呼吸声传出来，那么有节奏，那么舒畅，像是进入了甜美的梦乡。

半夜里，忽然醒来，寒气裹袭着陈凤翔的冰冷的躯体，恍惚中的陈凤翔感到四肢冰凉，手脚有些抽搐。他猛地一翻身滚落到潮湿的地面，他一动不动地静躺在那里，无数个人影在眼前跳跃，披戴白色孝布，发出一声声兴奋的邀请，他的灵魂悄然脱离躯体，在礼坝工地的上空游荡，游荡……

又是一阵剧烈的咳嗽，陈凤翔不由自主地伛偻着身子，一大口血从嘴中、鼻中、眼中、耳中喷出来。在他的眼前，到处一片红色的血雾。

他挣扎着跪起来，把手中的冰冷的泥土紧按在胸口，绝望地喊一声："万岁，罪臣去了！"訇然倒地……

早晨的时候，附着寒气的阳光透过雕花窗格射进屋子里，一道道昏黄的光束中，可看见一圈圈灰尘在旋转，有如凝固的玻璃管道里正流着不息的黄色水雾。一只浑身雪白的从波斯国进贡而来的玉猫，一动不动地卧在门槛上，那猫的两只琥珀色的眼珠瞪得圆圆的，凝视着那涌动着的尘埃中，会蹦出几样异物来，神情略显紧张，间或眼珠在褐眼睑中转动几下。如若不然，你会疑心那是一个玉器猫型般的摆设，是假的。

澹宁居里的嘉庆帝第一次破天荒地还在睡着。松软的床榻中央一道长长的凹槽中已经空着，游荡在槽中的只是嘉庆帝那身着睡袍的躯体。金钩在帐边轻轻地抖动，撩起而又放下的紫青色的云幔构成一道微弱的屏障，屏障在晃动着，和着行将燃尽的红色的蜡头，越发透出昨夜春宵的扑朔迷离。

"万岁。"澹宁居垂花门口传来老臣董诰的苍老声音。"万岁，老臣董诰及托津等文武官员前来侍驾。"

这是几天前都已决定的大事。嘉庆十八年七月十六日，嘉庆帝将启銮秋狝木兰或者说再次移居热河的避暑山庄。

外面的声音传进里面时，正在上妆扮相的钮祜禄皇后来不及细细品味昨夜难得的兴味。实际上，当晓鸾、翠红在身后精心为她梳理时，她凝视镜中的面相，不自觉地涌起一阵惆怅和失落感，再怎么打扮，也掩饰不住岁月的老态。从她的眼角眉梢以及嘴角蔓延的皱纹中，完全可以体察得到，时光一寸一分消磨女人青春的不可抗拒的魔力。是啊，在这泱泱的时光流水中，连孔夫子不也要像常人一样发出"逝者如斯夫"的感慨和长叹吗？何况我是个女流之辈呢。红颜易老，韶华不再，人为奈何天为……正沉思之际，忽听门外的求见声，心里一惊，面色顿时绯红如云霞。是啊，光顾得回味昨夜的缱绻，然而忘了今天的大事情，连忙一摆手对晓鸾说："快看林升他们那班太监是否伺候好了皇上，我过一会儿就过去。"

"皇后，奴婢这就去看看。"晓鸾答应一声，移动风荷摆柳的身姿，袅袅亭亭地移出里间的梳洗间，径往嘉庆帝的寝卧之室走去。转过一道屏风，见林升正缩头缩脑地侧立在屏风旁边，冷不丁地上前："哟，林升。"晓鸾走近时，猛地一拍林升的肩头，"皇后让你快叫醒皇上呢！还愣这里干什么！"

林升着实吓了一跳，一转身，见是皇后身边的侍女晓鸾，佯装怒色道:"皇上正还睡着呢!想昨夜又是一番苦熬,不知又费了多少心血。奴才们怎么敢呢?起码也要体谅皇上吧。你大惊小呼个啥,要注意爱惜皇上的身子。"林升有些不屑一顾道。

晓鸾吐了一下舌头,心道,昨夜皇上根本就没有勤政,而是同皇后合欢。当然,你在外间值班,就不知道了。也不便多说,这怎么好说呢?"你急个啥?来的几位大臣,奴才早已安排到勤政亲贤殿去了。"林升一副筹划得体的悠然神情。晓鸾抬眼见林升那双透着水晶一样的双眸直盯着自己,像是勾了魂似的,脸一红,啐道:"忘了自己是什么人了吧。"说着咯咯一笑,纤纤玉手便在林升白油似的脸上轻轻一抹,飘然而去。

实际上,嘉庆帝也已醒来。当林升轻手轻脚地趸进室内时,嘉庆帝一撩锦帐,咳了一声说道:"林升,又和哪位拌嘴呢?"林升赶紧急趋上前,单腿点地,叩道:"回主子的话,晓鸾奉皇后之命来催奴才看看主子爷醒了没有。几位护驾的大臣都由奴才安排到勤政亲贤殿里去了。奴才虑及昨夜主子批阅奏章十分辛苦,实在不忍惊扰主子的睡眠。"

"噢。"床上的嘉庆帝翻了个身,说道,"朕起来吧,今天还要远行呢。"心道,看你笑嘻嘻的模样,怕是又占了人家的口头便宜。本想说两句话,还是翻身坐起,"时辰是不早了,伺候朕起床吧。"

正大光明殿后面就是前湖,绕过前湖的杨柳堤岸,西向东一拐就是勤政亲贤殿,至于紧连着的几处景点,如飞云轩、静鉴阁、怀清芬、芳碧丛、生秋庭、秀林佳荫、清晖阁、露香斋等各处景点,均是圆明园的四十景之一。嘉庆帝每年至少有三分之一的时间驻足于圆明园内的澹宁居。因此,园内少不了有如紫禁城的各式建筑和各府衙门。此时,前湖的碧波轻漾,泛出闪闪烁烁的太阳碎片,金光点点。

上下翻飞的早雁在湖面上相互追逐着,发出阵阵和鸣,不时有红色的鲤鱼跳出水面,通体带着水花,"哗啦"一声又落入湖中,惊得群雁倏地一下振翅高飞,盘旋一圈后又俯冲而下,真是一番惊心动魄的鱼鸟之战。当静鞭三响过后,仿佛有灵性一样,雁子不知去向,鱼儿也沉入水底,有意回避着什么似的皆不见踪影,徒有一阵阵涟漪在水面上荡开去,消失在岸边犬牙交错的岩石中。

或许有预言的征兆,当嘉庆帝正沿着岸边的柳荫甬道徐徐前行时,湖中央猛地刮起了一股旋风,水波顿时急荡起来,一只碗口大小的水柱冲天而起,谛视间,有红色的鲤鱼在里面翻滚,场景令人惊悸。嘉庆帝心中纳闷,便命舆轿停下,望着这奇异的景观一阵沉思。那股旋风搅着水波,不一会便到了岸边,树叶哗哗作响,墨绿色的叶片都齐刷刷地翻卷过,柔嫩的枝条也像怒发冲冠似的上扬着。不一会,这平地而来的气流消失了,水面复归于平静。

嘉庆帝的脸上罩着一层阴云,钦天监按天干地支掐算出的黄道吉日值得怀疑。按理来说,嘉庆帝对这些现象都不会产生多大的顾虑,或许是人过五十天过午的自然现象所致,愈是上了年纪就是愈是对自己所做的每一件事都谨小慎微,唯恐有什么闪失,出了什么意外。

望着幽蓝的湖水,嘉庆帝在林升的搀扶下,步出轿辇,心里怅怅的。他眯着双眼,捋着下巴上稀疏的髭须,对林升说:"林升,朕昨夜做了个梦,梦见朕在山中独行,周围树木参天,密不可见三尺之遥,丛莽中出没在朕的周围尽是一群温驯的野兽,朕一会摸摸松鼠的光亮的尾巴,一会拍拍梅花鹿的斑驳的皮毛。似乎也有一阵风来,来得很猛。朕挥袖之间,周围的各式温驯的动物皆没有,只剩下朕一人在踽踽而行。再后来,朕就醒了。"嘉庆帝说这话时,语气极为缓慢,有意捕捉梦中的更多细节,但能说出来,还是这么多。"朕心中好生奇怪,朕不记得何时还有这样的梦境,大概是十几年的事了。"说完,略显轻松平淡的嘉庆帝,紧盯着林升,希望他能有个解释。

"回主子的话,"为了安慰嘉庆帝,林升说道,"奴才刚进宫时,就听总管常永贵说起,万岁爷从来不信什么奇谈怪梦的,就连一般的灾异学说也斥之为妄说,至于诸如天象示警之类的,更是嗤之以鼻。怎么万岁爷自己倒相信所谓的梦了。奴才不才,但对刚才的这一现象还能略知一二,万岁爷肯定知道,这是湖边湖岸的气温不一样的缘故,万岁爷,现在都将晌午了。看奴才的脸上已有汗意了。万岁爷不必去想这些,全当作园中又一奇观。再说,钦天监离这不远,要不奴才就去问一问。"

"也好!"嘉庆帝老是放不下心来,抬头遥望清澈澄明的蔚蓝色的天空,轻轻叹了口气。嘉庆帝心里明白,是自己日渐生起的疑心过于重了。自各地涌来的奏报看,今年应是相当不错的,南方入汛以来,并无多大的灾情,使他感到聊以自慰。就在昨天的上午,嘉庆帝在园中的清晖阁和几位大臣们闲谈时,初步点头表示了对托津提出的"嘉庆中兴"这一载入史册提法的认可。不知是不是冥冥之中上苍有意安排,嘉庆帝总感此时秋狝木兰心中有份不踏实的感觉。

嘉庆帝在众大臣的迎侍下坐定在龙案后,和以往的听朝一样,丹墀外二十名宫女、四十名太监按序排着,众星拱月般地护卫在嘉庆帝的周围,两位执事宫女双手各自执一柄宝扇,神情肃然地站在嘉庆帝的身后,一面长纱围屏云雾缭绕、纹丝不动地立在那儿。没有一丝珠光宝气的嘉庆帝按捺住心中的不安,对董诰说:"董爱卿,朕昨夜看了你转过的山东泰安府呈上的折子,心中略显不安。按理说,前几年都已灭绝的蝗虫此时又肆虐泛滥,是不是又预示着什么灾祸?"董诰叩首答道:"皇上,这事皇上不用放在心上,老臣都已查明,实情与奏折说的有出入,不是那么漫无天日,昏黄一片。偌大的齐鲁也就那么一两群,臣已命下面的督抚派人大加剿灭。这回又有新的奏折呈上,蝗早灭绝殆尽,庄稼受损不大。"一边说,董诰一边伸从袖中掏出一封奏折,就要呈递上去。

"放在你那儿罢,"嘉庆帝想了想,实在不愿被琐事再扰心绪,"有董诰办理此事,朕放心。"接着,嘉庆帝朗声道:"下属督抚章台,都养成这样的恶习了,无灾说成有灾,小灾说成大灾,大灾说得天塌下来,到底意欲何为呢?这是在往年也常有的事。可是一到年终，各地的情形就不一样了，没收的说成小收，小收的说成大收，又是歌舞升平的景象，如此之大的反差，个中也能说明些问题的症结所在。"

"皇上所言极是，"董诰知趣地把折子又揣进袖中，接着说道，"草率行事的官员往往都缺乏主见，遇事不够稳重，或重或轻都是想引起皇上的重视，以博欢心或以示忠心。实际上，适得其反。皇上……"

"说白了，前者是夸大险情，多捞些赈灾物资、钱款；后者是图名邀功，多捞些仕途的资本。"嘉庆帝冷冰冰地说，"去年秋天，朕派出的清查府库的大员没有一个不带回各地府库亏空的消息。你们知道，查了一批，今年又想故伎重演，这就是一个信号。朕要求你们各部院的大臣要善于甄别。不必事事都要向朕汇报。"嘉庆帝威严地接着道："初彭龄去了山西，还不见有什么消息，他那个案子内阁要多加留心，搞不好又是一个贪纵大案。"嘉庆帝还要说下去，一转脸瞥见钦天监官署的张师诚在殿前正跪着等自己召见呢。林升不知何时已站在自己的身后，便停住了话，问道："朕并没有召见张师诚啊。"声音不大却很严厉。林升一听，连忙凑上去，说道："回万岁爷，奴才去问他时，他竟吓慌了。又搬皇历，仔细查阅半天，说是十八日远行才正合适。奴才要赶回时，他非要跟着来不可，说是请罪的。"

嘉庆帝一听，一抬手差点打翻了林升递过的奶茶，胡子抖了几下，低低地对林升道："叫他滚回去。朕不见。"望着下面站列着的大臣们，竟不知如何去办。索性对托津说："托津，告诉军机处，朕于十八日启銮。"说着愤愤地摆手道："你们都跪安吧。"

第三十四章

常总管烟榻亵宫女
清天子行宫差皇儿

听着皇二子绵宁的舒心话语,嘉庆帝颇感宽慰,不禁笑了:"绵宁,难为你的一片心意。这样吧,朕要你去办件差事,"顺手拿起桌案上的一份奏折,递给二子绵宁,"这加急文书朕都已阅过,你去一趟,坐镇治蝗!"

紫禁城里,皇宫总管常永贵大模大样地在各处巡察一番后,突然一个饱嗝漾上喉头,禁不住打了一个长长的哈欠。他使劲地撺了撺鼻子,用力过于孟浪,差点挤出了眼泪。在一处僻静的角落里,看见两个宫女正在回廊边的圆凳上坐着打盹,心里一阵发毛,强忍着泛起的烟瘾,一阵风似的走过去。走近身旁时,那宫女身上的汗香味就散发出来,他根本不用四下里观察,只是一个纵身就扑过去。把两个宫女像搂着两只小兔子似的揽在怀里,白净净的嘴唇就左一口、右一口地乱啃起来。那两位宫女似乎已习以为常,刚才受惊吓的颤抖过后,竟老练地坐到常永贵的腿上,搭着他的脖子,娇气娇声地说:"哟,常总管,忙啥呢?咋不说一声,要是把我们吓死了,看你还能捞着谁?"说着各用一只手在常永贵的光光的脸颊上摸来摸去,惹得常永贵心里痒痒的。

常永贵咧着嘴流着口水说:"好你们烂心眼的,下贱妮子,不把大爷我放在心里啦,太小瞧大爷我了。别说我狠心,就是像你们这样的平常货色,别说死两个,就是死他七对、八对的,大爷我的屋里还能缺点烟的?"他咽了两下口水,像是提小鸡似的,把两个宫女带进自己的房中,踹开门,扔她们到炕上,自己便就势歪倒在一个宫女的腹部,随手从桌上取出一杆烟枪。另一位宫女熟练地把放在一只精巧银盒中的烟泥取出来,搓成软软的一团,按到烟锅上,跪着为常永贵点燃。

一大团烟雾从常永贵的鼻中、嘴中喷出来,形成一朵朵烟花,顿时,这一间摆设着许多昂贵的家什都罩在浓浓的烟雾中。常永贵一边不紧不慢地吞云吐雾,一边重重地在宫女身上胡乱地摸着、掐着,心中的恶浪通过吐出的烟雾得以平静下来。只是两位宫女的身上早已是青一块紫一块,泪水在眼窝里打着转转儿,就是掉不下来,也不敢掉下来,何况,她们也能就着常永贵喘息的间歇吸上两口呢?

常永贵过足了烟瘾,把烟枪递给压在身下的宫女说:"赏你吸一口。"那宫女麻利地翻过身来来不及整理凌乱的上衣,袒着酥胸,满脸感激接过来,噘起樱桃的小口对准烟嘴深深地吸了几口,身上的疼痛减轻了许多。另一个宫女眼巴巴地望着。"看得眼馋了吧,刚才你不是说,没有你,我总管就没人伺候了?""哈哈哈哈"一阵大笑,常永贵精神气十足,对那宫女说,"掌两个嘴巴子,要响的。"

那个宫女已云鬓散乱,竟抽出小手朝自己的脸上猛抽两下。常永贵似乎心一软,一把抱过来,说道:"亲乖了,哪能真打呢。"说着取出另一只烟枪递过去:"让你抽足一锅。"那宫女喜不自胜,连忙取过桌子铜盒里盛着的火折子,点上,也是一阵猛吸。

果房太监杨进忠算是该着倒霉。此时,他正急急地提着一篮子黄岩蜜桔往常永贵的住处走去。刚到门口,就从半掩着的门缝里闻到诱人的烟味,他咽了几下口水,干咳一声,不见里面有何动静,便硬着头皮闯进去。

那场景令人不堪入目,杨进忠好一阵尴尬,怔怔站在屋子中央,张着嘴说不出话。只见乌七八糟的屋子里,靠两边的炕上横陈着几具赤条条的人身,过于疲惫的三个人都已沉沉入睡。惊吓之下,他不敢多看一眼,把手中的果篮凭感觉放到八仙桌上。谁知这平常的感觉由过去的准确,此时竟变得相差太大,耳中就听"哗啦"一声,满篮的蜜桔翻倒在地上,撒落了一地。杨进忠后悔不迭，忙蹲下去去捡一个个不停滚动的桔子。

"啪！"一记重重的耳光，打得杨进忠头脑昏眩，一个蹲不稳，"扑通"一声瘫坐在桌边。余光中，那满身瘦骨的常永贵正一边穿睡裤一边抬脚朝自己的脸面踩来，又是一片晃动的金光。杨进忠咽下了一口浓腥的血汁，热乎乎的血流同时顺着鼻孔、嘴角流进了颈脖里，他几乎睁不开眼。青肿的眼角仅能辨出常永贵的大致模样。他还在努力地爬起来，跪在地上，把头深埋进两膝间，完全出自一种本能的保护了，刚咽进一口血汁，想张开嘴巴求饶，已经穿着利索的常永贵抬起另一只脚，又蹋到杨进忠的脸上。他一下子晕了过去，不省人事。

两个宫女都蜷缩在各自执着的锦单后面，面颊上的潮红已换成了苍白，抖抖索索地望着一言不发的常永贵，连衣服也不敢穿，因为，没有常总管的命令，又有谁敢动一下呢？

"你们这些下贱女人，"常永贵瞪着两只鹰隼似的眼睛，放出凶光，"还不快穿上衣服，滚！"这下两个宫女才抖抖索索地穿好衣服，相互对视一眼，离了炕，向常永贵道了万福，匆匆离去。

总管太监常永贵望着倒在地上的杨进忠，呸了一口，朝外面喊道："来人！把杨进忠拖回果房！要是死了就拉到后院喂狗。省些宫中开销。"偏房里都在打着瞌睡的太监都像弹簧似的一个个蹦起来。见了常永贵时，还带着惺忪的眼神。常永贵骂道："都是死了老子的绝种户，愣着干什么，还不快拖出去。"几个太监手忙脚乱地拖着杨进忠出去后，余下的几个便在屋里收拾一阵子，直到常永贵说了声，"都出去吧！"才躬着腰退出，那神情不啻是见了皇上一般。

夹杂在其中的张明东心道，你这样骂人家，怎么不考虑自己可是太监身份？自从被皇后瞧着不顺眼后，张明东就被发送到膳事房，做些下手的杂活，此刻的身份地位不能与在皇上跟前侍驾时同日而语了。幸亏，他自打进入皇宫时，就有这样的心理准备，才不至于因想不开而上吊自缢，这样的事在宫中极为普遍。究其原因，可能是大多数太监是抱着光宗耀祖才来的，一旦进入皇宫中总干些下三滥的活儿，心里怎能平衡得了呢？

怎么一进皇宫之中，一旦做了总管，说话的腔调、举事的行为全都变了呢？张明东眼巴巴地望着常永贵想。脑海中不禁浮现大运河边的景象来……

那一年冬天雪下得邪乎，一眨眼的工夫就封死了运河平原。河套里的村庄在浑茫茫的风雪中颤栗、呻吟。村西口，有一个篱笆小院，碎砖头堆满一地，土坯堆起的三间草屋前，还垒了一个黄泥草棚子，院子的东南角长着一棵胳膊粗直溜溜的杏树，草屋的油灯影昏暗不定，不时传出一阵阵女人的怪叫，躁动得庄稼人心慌意乱。小小的张明东蜷缩在黑暗的角落里，望着油灯下满脸焦虑的父亲，缩在堂屋的灶火坑旁，上身披着一件大补丁撂着无数块小补丁的青色薄棉袄，发狠地巴叽着旱烟袋，一会儿站起来，一会儿又蹲下。年幼的张明东特别懂事，知道这是母亲又在生弟弟了……

当他听到母亲的一声长嘶后，猝然间，里屋响起一阵"呜哇呜哇"沙哑的婴儿啼哭。他父亲倦意顿消，几乎一个跟斗跌了进去，又一个跟斗折了出来，在堂屋转了好半天，在火炕旁拧上了一锅子旱烟，可手指哆嗦着好半天才点着烟火。似乎是弟弟的嘶哑叫声，如同钢针猛戳在心口上，他浑身一阵痉挛。张明东注意到，他父亲狠吸两口浓烟，又喷出来，咬咬嘴唇磕掉了烟灰，从心底翻腾着一股抑制不住的热浪。他看到父亲从破旧的柜橱里取出大半瓶衡水老白干揣进怀里，把一个小网兜和一捆绳子掖进腰带上，又从小草棚里取出冰镩和铁锨扛在肩上，对着张明东一摆手，父子二人便义无反顾地扑向风雪呼啸的茫茫天地里……

实在太穷了，本来已经两天没揭锅了。不如此，又怎样给刚生下弟弟的母亲补身子呢？

"张明东，"常永贵的尖细叫声把张明东拉回到现实中来，"你在想什么？"

张明东眼前晃动这位同乡的太监，正是他的诱惑，他自己才在不经意间截断了生命的根儿，跟着这位总管来到这陌生的皇宫。听到叫声，张明东赶紧跨前几步，叫道："奴才听公公吩咐。"

常永贵说道："你都看到了。"张明东畏缩地点点头。"这班下贱的人太不知好歹了。"常永贵愤愤地一甩手，道，"不给他们一点颜色瞧瞧，简直不知道如何在宫里办差。"说着，取出烟锅，自己装上一团搓揉好的烟土，乜斜着眼对张明东道："你是太不机灵了，原来打算好好地栽培你，皇上对你也还可以，可你太不会办事了。皇宫里这差事，要全靠自身的灵气了。"张明东喏喏连声，望着烟圈后面的常永贵，心里有一种说不出的感觉，这位在乡下人的眼里红透了天的太监总管，至今仍是他效尤的榜样。他自愧不如，说道："奴才还是眼拙心笨，没想到在那些事上得罪了皇后。"张明东面带往昔不堪回首的表情，"罢了。"常永贵悠闲地抽着，脸色由铁青复归白净，"你去膳事房，也是重要的差事，过几年，我自会提携你，也不太枉你和我同乡一场，去罢！今天的事不要传出去。"

"奴才明白。"张明东赶紧退出了常永贵的屋子。

几天之后，嘉庆帝的车驾扈从经过艰难的跋涉，一路风尘仆仆，几经曲折，终于来到承德避暑山庄。这个地方从康熙二十二年开始兴建。历经雍正、乾隆一百多年的时间，到今天已是规模宏大，仅行宫就九九八十一处。建筑宏伟，气象万千。民间流传着俗语，"皇帝山庄真避暑，百姓之处仍热河。"自嘉庆七年开始，皇帝每年夏天都要去热河避暑山庄避暑。

热河行宫真乃避暑胜地，风景优美，夏季气候宜人。方圆数十里，广筑围场，凿池引水，亭台楼阁，杂植花树，忽而青枝苍郁，忽而竹篱茅舍，仅繁华优美的景点就有七十二处之多，实为天下一大景观。假山奇石，茂林修竹，绿草如茵，清风徐来，全无酷暑的感觉。

嘉庆帝一行浩浩荡荡，当车驾来到这里时，已是黄昏时分，在这里伺候迎驾的王公大臣们，全都在新搭起的彩棚外边跪迎圣驾，当然也少不了蒙古王公、青藏喇嘛、朝鲜使节等在此恭迎奉陪。大街上，张灯结彩，鞭炮震耳，鲜花充巷，人潮如流，山呼"万岁"的声浪从那头刚一起声，这边就接上开口了。有不少人挤在人流中连嘉庆帝的人影也没看见，声嘶力竭的"万岁，万万岁"呼喊声仍然经久不息，一时间，这片昔日的荒凉之地，成为繁华的风水宝地。

坐在轿舆中的嘉庆帝已经习惯了这一切，一切都全凭董诰传达口谕，并没有片刻停滞，便径奔避暑山庄的常驻地烟波致爽斋而去。

是的，嘉庆帝的心情面对这一切确实提不起兴致，他的细腻的心思想得太多了，也太沉重了。

就在嘉庆帝的轿舆还没有出直隶境界时，直隶总督温承惠的急报又奏上来，称直隶蓟州一带蝗害滋生蔓延，当即派员前往遵化州南营村督民收捕。而当地的老百姓竟跪在道旁称，该地虫不食禾苗，叩请官员吏役不必下乡。经询问，乡里人告诉他们说，此次蝗虫有黑黄两种，黑色者不伤禾，黄色者伤禾。该地皆为黑色蝗，即请中止派员收捕等等。嘉庆帝看罢啼笑皆非之后不由得勃然大怒。天下哪有蝗虫不食禾的道理？前一段时日，山东省有蝗灾蔓延，奏报也是轻描淡写，此次又故伎重演，真是是可忍孰不可忍。当即下令在一处路上行宫驻宿，急召温承惠来见驾。

幸好有董诰、托津等一班扈驾大臣们团团围住嘉庆帝你一言、我一语地开导起来。董诰急得下颏的胡须不停地抖动，说道："皇上此行就是要从政事中走出来，修养身体，不能太操劳过度，依臣之意下个旨意把这事查明也就算了，何必兴师动众呢？再者说，温承惠还能不明白此事个中原委，皇上就不必停驾了。这么大夏天的，暑气蒸人，依老臣之意还是尽快动身才好。"

满脸油汗的托津更是跪在地上，动着自己的心思胡猜乱想，情急之下竟找不到合适的字眼来说服皇上，只得顺着董诰的思路，说道:"皇上暂时息怒,容臣进一言。皇上请想,车驾在此停驻,一耽搁就不是一日两日。虽说是行宫所在,但毕竟难抵热浪,时间越长,人体越是疲惫,不如一鼓作气到了避暑山庄再说。皇上不知道,此地的饮水都成问题。"说罢重重地叩个响头,这才爬起来,感到脊背的汗珠顺着沟儿往下直落。

嘉庆帝眼望大臣,虽然没有说话,可脸上的表情舒展了许多:"唉——,真叫朕左右难为啊。原想此次能落个安静闲适的修养,可那雪片似的奏章,朕能不料理吗?"嘉庆帝在行宫的锦帐里来回走着,他当然能感到阵阵热浪侵袭而来,重重的锦帐里虽有宫女的鹅毛大扇,但扇过来的还是热风。外面白辣辣的阳光照得人马都睁不开眼睛,静寂之中,马的喷鼻喘息声还能依稀听到。嘉庆帝说道:"二位爱卿说得都很在理,可朕的心里放不下啊。今年看样子不会有大的水患,按理朕也该松松心才是,朕是担心,水患刚消,蝗灾又起啊。"嘉庆帝说完竟眼圈一红,流露出不能安稳时局的隐忧。

董诰劝解道:"皇上过虑了,蝗灾只要发动百姓扑灭即可。"托津也道:"倘使人力不够,还可谕示军机处,令各地督抚领军扑杀,定能灭绝。"

"你们还没有明白温承惠的奏折的底蕴,"嘉庆帝指了那封奏章道,"百姓竟谎称蝗虫有黑黄之分,且说黑色蝗虫不食庄稼,唯有黄色的才食。这样的弥天大谎背后一定掩藏着许多难言之隐,岂能瞒过朕的耳目?"嘉庆帝坐到案前,提起朱笔,思考了一会儿,见董诰、托津还愣在那儿。便道:"也罢,朕下一份圣旨督责温承惠大力捕杀,不得懈怠,不得有半点疏忽。百姓的汗水全洒在庄稼地里,嘴里的口粮就指着它们呢,怎么让蝗虫给糟蹋了呢?"说完挥笔在纸上写道:

"务必尽力扑灭蝗虫,不得使之稍有片刻蔓延。至于百姓所言,实在不可信。由此可想到,唐代文人柳宗元的《捕蛇者说》,文中言及,蒋氏一家为捕蛇而死其祖父、父亲二人,甚是凄惨,然仍从之终不肯改的原因，竟是'孰知赋敛之毒有甚是蛇者乎'的结论。尔等切牢记此篇。"

嘉庆帝还想再写下去，忽然行宫外又是一阵人马的躁动声。不一会，御前侍卫塔思脱风也似的闯进来禀道："万岁，阿哥们来到行宫见驾！"

"噢，"嘉庆帝想到，此次木兰行围原本不打算带诸位皇子，只因各位皇子的一再恳求，才破例恩准。自己先行一步，没想到这般皇子们行动的速度倒也不慢。不由得心里一惊，皇宫里可安排妥当，呼啦啦地来了这么多人，皇宫由何人看守？想到这连忙说道："叫他们进来吧！"

皇二子绵宁、皇三子绵恺比起他们的父皇来晚起身五天。按照嘉庆帝临行前的口谕，让他们八月初前往。但几位皇子待在凉风习习的圆明园里有些发腻，加之闻说，皇上一路上仍边走边批阅奏章，处理国家大事，心里就急耐不住。几个人一碰头，干脆，提前奔赴热河，劝说皇上少办些政务，免得天气暑热，身子骨吃不消，再弄出什么病来，还不如待在京城里。这才急急跨马赶来，命仪亲王永璇、大学士勒保、协办大学士兼吏部尚书邹炳泰、兵部尚书福庆等留京办事。

听到皇上的召见，皇二子绵宁、皇三子绵恺相互对视一眼，陡地各自都面呈难色，但既来之则安之，随后二人联袂趋步进入行宫。

嘉庆帝面沉似水，带着愠色道："朕让汝二人八月初旬再来伴驾打猎，为何此时就急急赶来？"

"禀皇阿玛，"皇二子绵宁躬身上前说道，"皇阿玛一路上冒着暑气仍在办理政务，儿臣等心里有所不甘。皇阿玛一贯主张儿臣等奋发努力，足见圣心宽厚。但儿臣说什么也不愿意见到皇阿玛一路上风尘之中尚在日夜宵旰。儿臣等放心不下，就想，若有什么紧急公务还须办理，不劳皇阿玛大驾，尽遣儿臣去办理就好。免得皇阿玛忧烦天下苍生之心，保重龙体要紧。"

听了皇二子绵宁的话。嘉庆帝心中一喜。嗯,还是皇二子深明大义,这话说得多体贴人,原来并非出于一片私心,随变了脸色道:"京城可都安置妥当?"

"回皇阿玛,"绵宁挺了一下快要散架的身子,顾不及揩拭挂在眼眉梢上的汗珠子,答道:"一切均按皇阿玛的吩咐去办了。"

董诰见状连忙插话道:"皇上,二位阿哥急急赶来,孝心可嘉,赏他们一个座,休息一会儿。"托津不等嘉庆帝点头,就连忙拉过两把凉椅,说道:"二位阿哥坐下说。"又对帐外喊了一声,"给二位阿哥端些冰镇绿豆汤来。"话音甫定,早有随侍太监端着碧绿色的汤汁放到二位皇子的面前。三子绵恺顾不得嘉庆帝是否同意,端起来就喝,一阵"咕咚、咕咚"的响声过后,那碗绿豆汤已见碗底。

绵宁却先向父亲投去征询的目光,见嘉庆帝点头示意,绵宁这才端起轻轻地呷了一口,润了润嗓子。

"朕确实为眼前的蝗灾所困扰,"嘉庆帝望着二位皇子的安定下来表情,慢慢地说,"你们来得正好,朕本打算绕道前往察看灾情,烦你们代劳了。"

二子绵宁忙放下汤碗,正色道:"皇阿玛尽请吩咐,若有差遣正是儿臣求之不得的。"三子绵恺也频频点头,但嘉庆帝看得出多少有些不情愿,也不便点破,只是想,选二子绵宁做皇太子真是没有看错人。实际上,关于太其的选定,正是嘉庆帝一生最得意的篇章,他没有曾祖康熙的烦恼,更没有其父乾隆的忧伤,很是顺利。

听着皇二子绵宁的舒心话语,嘉庆帝颇感宽慰,不禁宽容地笑了:"绵宁,难为你的一片心意。这样吧,朕要你去办件差事,"顺手拿起桌案上的一份奏折,递给二子绵宁,"这是温承惠加急文书上奏的,朕都已阅过,你去一趟,坐镇治蝗。"说完,伸了一下胳膊,感到连日的紧张情绪有些疲软,不禁皱皱眉头。绵宁注意到皇阿玛的疲惫之态,拖在脑后铮亮的发辫子已经花白了,眼角起了皱纹，心道，这皇帝的位子也不好坐啊。正在愣神间，嘉庆帝又说道："你们二位快去快回，不要耽搁了八月份的打猎，到时，朕还要考一考你们的马上功夫。"

绵宁、绵恺告辞了嘉庆帝，大踏步地向自己的卫队走去。头顶的太阳如芒刺一般，晒得他们娇嫩的皮肤仿佛要裂开似的。绵恺抹了一把脸上的油汗，惊讶地注意到手上有褪了皮的肤屑，不禁叹气一番。正要上马，塔思脱急急赶来说道："二位阿哥留步！"

二位皇子一转头，只见嘉庆帝已缓缓地走过来。绵宁、绵恺连忙收住了脚步，赶紧回身，怔怔地望着慢慢走过来的嘉庆帝，一脸疑惑。嘉庆帝面对二位皇子，笑着说："你们不必吃惊，朕有样东西送你们。"随着嘉庆帝的话音儿，随侍太监林升手捧一柄宝石雕花为座的黄玉如意，走上前来。二位皇子一看，全都惊呆了。这不是一柄普通的玉如意，这是乾清宫的镇案之宝啊！因为这玉如意的颜色近于明黄，古今罕见。当年，从顺治皇帝起，一代一代地传下来……嘉庆帝继承皇位之后，十分珍惜这件先皇御赐的宝物，一直放在乾清宫的御案上，成了镇案、镇宫之宝，也成了立君传位的象征。

二位皇子知道，皇阿玛平常日子一贯不主张以玉相赠之行为，今天，这是何意呢？绵宁连忙跪倒，膝盖触地的刹那，一股灼热从腿脚传上来，地面被炙晒得太烫。含泪奏道："皇阿玛只不过教儿臣去办差而已，但此黄玉如意乃皇阿玛镇宫之宝，如何能轻易让儿臣佩带。再说，儿臣等马上行走，携带此物不甚方便。望皇阿玛收回，儿臣定不辜负皇阿玛的一片谆谆教诲。"

董诰清楚，这是嘉庆帝担心二位皇子办不好这差事，故有意提高其权威，便立在一旁静观。

嘉庆帝说道："起来吧，朕只不过想让你们记住，这是你们第一次去民间办事，不能有闪失。这样吧，你们带上朕的谕诏去吧。要特别留意民间百姓的疾苦才是。"停顿了一下，"这如意也不过是个明黄色罢了，朕喜爱它，主要是因为此乃祖传之物罢了，说是让你们带上,只是想如朕亲临,朕言已出,岂能更改?"嘉庆帝望着二位皇子,实际上,他说得一点不假,反正以后肯定是要传位给皇二子,这一点,他自己早已拟好诏书,藏于宝匣之中,随时随地随身带着呢,绝不会食言,"上路吧!"

皇子又是叩谢一番,告辞而去。嘉庆帝的目光注视二人的马队随着滚滚尘土消失殆尽之后才收回来。

太阳颤颤地缓缓地爬上来,太液池边弥漫着一股淡淡的带有一点腥味的水气。四周静悄悄的,甚是安宁,一些不知名的小生命几乎都警觉地潜伏在草丛深处,偶尔,传出几声鸟叫声单调地在寂寥的上空扩散。

张明东自打被罚到膳事房后,良心受到了极大的震动,常常喜欢一个人坐在这太液池边待上一会儿。天空、土地、河水、杂草、野花……高山、大海、广漠、迷宫、神殿……漫无边际的一阵遐想,他真想再回一趟运河,投进河滩的怀抱,便如鱼得水了。一想到这,心里充满了说不出的清爽,尽管那里的山水有些萧条和冷落,但仍不失为孩子们的乐园,童年时代的美梦。"唉!"张明东长叹一声,他下意识地紧紧地夹住两腿,闭上眼睛,打着哆嗦,咬紧嘴唇,他的眼前仿佛又是一片白茫茫的运河滩……那凄凉的家中光景,那时,他是多么羡慕他的这位同乡啊,多么向往那黄灿灿的窝头、白生生的馒头和那一口咬到嘴流油的猪排骨,如今,这一切不费吹灰之力都得到了。但他的心情却茫然起来,难道这是太监的生活吗?这就是自己在空旷的田野挥刀割下生命之根的代价吗?他多么懊悔,他望望天,看看地,停留在水面上的目光有些呆滞而无聊。他向四周看了看,忽见几步开外的草丛掩映下,有一片硕大的芭蕉叶在风中簌簌摇动,叶片上还残留着一点水气儿,阳光投在上面,宛如有无数个小星星在闪烁。他不经意地凝视了好一会儿。忽然听到有个陌生的声音从那边传过来,他心里一惊,好奇地走过去。

"天皇,您去安慰一下咱们的弟兄杨进忠。"太监刘得才的声音传过来。张明东一惊，哪里来的"天皇"？这称呼不是要犯杀头之罪吗？他紧张得张大着嘴巴，一动也不敢动。

"什么？杨进忠怎么了？"另一个陌生的声音低沉而又威严地问。张明东想，这就是"天皇"，在这大内之中有谁如此乖张，敢擅自称为"天皇"，想到这他蹑手蹑脚地走过去。不想，脚下踩着一颗又光又滑的鹅卵石，一个不慎，"扑通"一下摔了个四仰八叉，身子就从卵石斜出的方向直扑向那片芭蕉叶。

这一下，可把正在密语的两个人吓呆了。只见一个身材高大，面目黧黑，须张如刺猬的大汉，一个箭步直冲过去，照准张明东的太阳穴位"扑"的就是一拳，张明东来不及"哎呀"地叫喊，便一声不吭地背过气去。

那大汉对刘得财说："好嘛，没想到皇宫里也不安全。"刘得财说："天皇不必惊慌，此人也是太监，还曾在嘉庆帝身边做过随身内侍呢。不知什么原因，又被贬到膳食房打下手，虽说他是太监总管常永贵的同乡，可看得出，此人似乎有点良心未泯，并未有过仗势欺人的事发生。前一次，杨进忠被打之后，他还去看看呢。不过，天皇，碍于他和常永贵的关系，我也没敢发展他，他也不缺什么，也没遭过什么大难。"

"天皇"说道："不能这样看问题，他肯定有难处，每一个当太监的人，除了他喜好功名，都是迫不得已的。"望着涨红脸的刘得财，"天皇"打住了说话，怕扯远扯多了，伤了这位兄弟的心，忙说道，"不管怎样，这是件棘手的事，不能放在这儿，赶紧想个办法。"

额上的汗也冒出来了，万一要被巡视的宫廷侍卫发现，那可就真完了。刘得财眼珠子一转，说："干脆这样，把他搬到杨进忠的屋子里。近日，大家都听说他倒了霉，可谁也不敢去看他。再说他的屋子就紧挨着苍震门后面的拐巷里，有一道墙隔着，既能听到外面的动静，又不能轻易地暴露自己。一举两得，'天皇'还可看看杨进忠，劝他隐忍一时，就像上次我被常永贵毒打得半死后，刚醒来，'天皇'所劝导我的那样。"

647

"好吧。"说着,"天皇"扯起张明东顺着浓密的林荫道,由前面的刘得财引路,左拐右拐,七岔八插,走进了杨进忠的屋子。

这位"天皇"是谁?他来这皇宫干什么呢?还得从头细表。

清代经过顺、康、雍三朝九十余年的发展,至乾隆时期走向鼎盛,这一时期内国内基本安宁,经济繁荣。表面上的繁荣掩盖不了百姓的生活每况愈下,出现了民不聊生、怨声载道的现象,而官吏们奢靡无度,官贪兵疲,整个清王朝也开始走下坡路了。嘉庆元年,在社会矛盾日益尖锐的情况下,川、楚、陕三省爆发了规模宏大的白莲教大起义。这次起义历时九年半,波及五省区。嘉庆帝在焦头烂额之余,调集全国之兵,耗尽国家之财,还多亏嘉庆帝扳倒了和珅,及时地弥补了国库的亏空。

大规模的白莲教的起义失败了,但它留下的许多火种还在继续扩燃。在北方的京畿一带,有一支叫作天理教的教派仍在活动。它是将京畿地区八卦教的一个支派坎卦教、红阳教及其支派青阳和白阳教、直鲁豫交界地区的一支震卦教和离卦教联合起来,定名为天理教。

坎卦教原名荣华会,它是当时北部地区势力较强、影响较大的一个民间秘密的组织。嘉庆十三年,荣华会的成员陈冒林被其弟在保定府告发,会内一些主要头目如宋跃进、刘呈祥等均被杖责后发配边疆,原来的副首领郭潮俊也被吓得不敢管事,使荣华会处于瘫痪状态。当时,荣华会另一位小头目林清在北京被推为首领。他们信奉"三际说"(即三教归一),就是把松散的青阳、红阳和白阳教合并为一个。以"真空家乡,无生父母"为"八字箴言",其意是要造就一个无生无灭、法力无边的"无生父母"作为超度人间苦难的"救星",使那些受尽苦难的穷苦百姓,得以登上"真空家乡"的天堂,到"极乐园"里去共享"荣华"。

这八字真诀,每天林清都要带领众徒们早晨向东、午时向南、下晚向西朝太阳磕头。每天坚持,即可运气;经常念诵,则不可受穷,给那些饱受灾祸的百姓以极大的心灵上的安慰。

林清本人是直隶顺天府大兴县宋家庄人，祖居浙江绍兴，以种田为业，后随父迁至大兴。林清十七八岁先是在北京西单牌楼里九如堂药铺内学徒，三年期满后到一家药铺当伙计，因嫖娼身生毒疮被逐出药堂，从此流落街头。在朋友的帮助下，又在顺城门外做过更夫。其父死后，他接替父亲做了南路厅巡检司书吏，一年后，在永定河办工，私折夫价，被查出革职。与别人合伙开茶店，终因好赌，终于亏本。后来不得不南下苏州、浙江等作粮道里的衙役，又在江宁（南京）一带行医。嘉庆十一年，回到京城大兴老家，由姐夫介绍加入京畿的荣华会。在不短的时期内，林清的遭遇十分坎坷。在长期的生活磨难中，由于他饱尝了无数的艰辛、歧视和逼勒，耳闻目睹了社会吏治的腐败、民不聊生的情景。因此，在荣华会中，干得格外卖力。

林清亲自走街串户，以行医治病为名进行传教活动，向人宣传学说，只要加入荣华会，就可以做到柴米不缺。他待教徒和蔼可亲，每当看到有谁不对的地方，都抱着善意的态度予以指出，直到对方点头承认错误为止，从不大声训斥，因此很快地赢得了广大教徒的爱戴。

嘉庆十六年，正当嘉庆帝得意地进行西巡的时候，林清先后三次南下，在河南滑县会见了九宫教首领李文成、离卦教首领冯克善，商讨了三方联合的重大问题。由于林清的徒弟牛亮臣的积极撮合，很快在七月，三个人在河南道口召开会议，定名为天理教，着手准备起义。他们建立了天理教的最高领导层，决定"八卦、九宫、林、李共掌"；林清为"天皇"，冯克善为"地皇"，李文成为"人皇"，起义胜利时，"约分土地，林取直隶，李得河南，冯割山东"。

早在嘉庆十六年八月，"彗星出现在西北方"。当即，钦天监上奏嘉庆帝称，彗星出在西北方，将是主兵之象，须得先为防备，方可消弭灾祸，可是嘉庆帝向来对所谓的星相之说从不相信。要不是皇后再三劝说，嘉庆帝说不定能把个钦天官给免了职，平白无故地扰乱民心嘛！再说，当时，嘉庆帝刚刚西巡回来不久，又无他碍，河事出奇地安静下来，大江大河都驯服得像个绵羊，哪里能有灾兵之说？皇后钮祜禄氏可是一门心思地相信，弄得嘉庆也将信将疑起来，遂听了皇后的话，问钦天监，此象应在哪年哪月，如何防备？钦天监又查核一遍再次奏道："在嘉庆十八年的闰八月。避之办法有，可将该年的闰八月，改为次年闰二月，就可以免却兵灾了。"嘉庆帝当即准奏，又装模作样地下了一道谕诏召示天下百官都要各自修省，免遭天谴。在匆匆之间，两年已过，眼看将到八月，远在避暑山庄的嘉庆帝此时正躺在温柔的梦乡里呢。

实际上，林清、李文成、冯克善等，也抓住了这一星象，为起义编造"天意"的依据。当时，李文成说："星射紫微垣，主兵象。应在酉之年、戌之月、寅之日、午之时，约定举大事必成。"

按照推算，应定于嘉庆十八年九月十五日午时起义。这一起义的时间，旋即被十七年正月在滑县道口镇的各地散首秘密会议被确定，分头准备。十七年十二月，李文成亲赴直隶大兴县黄村会见林清，约定好，时间一到，林清在京城这边动手，那边李文成准时在滑县举行。

一场起义的风暴就要到来了。

第三十五章
天理教深宫收徒众
嘉庆帝龙舟纳嫔妃

听到华妃问他,嘉庆帝慢声地说道:"也许世间真有所谓'悠悠生死别经年,魂魄不曾入梦来'的苦思之时,翩然出现。"华妃小嘴一撅,心道,我再怎么做,也不能夺去他对姐姐的一片痴情吗?

林清在来皇宫之前就已经惊吓得出了一身冷汗,仗着对北京的地形熟悉,他再一次逃脱了官兵的追捕。这样的事对于林清来说已有过两次了。当然不包括林清上元节遇到大顺那次。

一次,林清独自一人赶往紫禁城,寻找基化门的太监刘得财。刘得财是最早拜林清为师入教的一名太监。当时,走在熙熙攘攘的人流中,林清正在急急赶路时,冷不防胡同里的一阵大风掀起了林清的玄黑色的前襟,露出了挂在腰间的天理教坎卦腰牌,为众多行人所见。林清哪里注意到这一点呢?他正在盘算着刘得财是不是又多拉几位内廷太监加入天理教,正在想着应该在第一次给那些教徒们讲什么教理,也正在担心刘得财吸引的教徒是否都可靠呢!

忽然,后面一阵急踏的脚步声向自己紧逼过来。林清一惊,猛地一甩头,望见九门副提督塔思脱率领兵丁朝自己悄悄地靠近。他是何等的机灵,一溜烟似的挤进一家店铺,顺着后墙窜上了天窗,飞也似的逃去。不料,正疾步如飞的林清发觉四下里全是兵丁。情急之下,窜房檐、逾墙头一下子消失在紫禁城里。幸亏天色已晚,就着暮色,他跳进了皇宫,躲在刘得财的屋里一天一夜没敢露头。

再一次,林清与几位教徒,其中的一位在京城里开了一个酒馆，名为"一品香"。林清的到来使教徒们激动不已，捡了个临窗僻静的雅座坐下来喝酒，酒过三巡，菜过五味。林清应承不了教徒们的奉劝，不由得多喝了几杯，在大讲一番天理教教义后，一个不留神，说出了天理教准备在九月动手的消息，惊骇得教徒们忙着去关窗户，忙着去下楼探视。几个教徒刚下楼，就被腰挂宝刀的御林军给堵了上来。原来这几位御林军就在楼下小酌，楼上的喧哗声不时飘进耳朵，他们警觉起来，耳中模糊地听到有人在高声阔论什么教理，更有什么举事的计划，相互望了一眼，拔刀冲上楼去。

这一吓，林清酒也醒了大半。他脑子飞快地转了几圈后，非常冷静面对几位官兵走过去，热情地邀他们过去喝酒，弄得官兵面面相觑，不知所措。林清道："各位辛苦了，都是吃皇粮的，难免月俸紧俏，不够花。"说着，从口袋掏出四锭二十两的大银放到桌上道："各位官爷如蒙不弃，大兴庄村民林清愿意结交各位弟兄。这酒馆的老板就是俺的拜把弟兄，本人一向喜好交结，尤好舞枪弄棒的武艺人。"说时迟，那时快，一只大海碗被他两手合力，顿成碎片从宽大刚劲的手掌中掉落下来，引得教徒们一阵喝彩。林清见他们还有踌躇，便故做神秘地说道："各位官爷还是信不过我，我来问一句，各位中可有进入过皇宫中的人？"官兵中有个牌官模样的点着头。林清便一把拉住他的手道："好兄弟，我说几个人，想必你会认识其一。小的数果房太监杨进忠，宫门守卫刘得财、高泰、高广福，好了，不提这些没有身份的人，想必你听说过太监总管常永贵……"

天哪，这常永贵别说出入皇宫的人认识，就是京城的普通百姓虽说未见过，就听也听说过。林清一席话说得那个旗牌官连连点头，心想，幸好没抓起来。要不然这一闹下去，牵扯守门的太监身上，他要给你定个对皇宫不忠、不知宫中礼节等罪，还不是说着玩儿的事，上下嘴皮子一合，说打几十板就几十板，易如反掌，更别说那个阴阳怪气的太监总管常永贵，他不时去朝廷内的各部联系情况，尤其是每月一次的定期向内务府汇报安全情况时，稍微一个不留神被抓住辫子，轻则皮肤红肿，重则皮开肉绽，划得来吗？

想到这，那旗牌的脸色变成一盆秋菊，一面点头，一面道着不是，退出了雅座。临下楼时，还没忘冲着林清一抱拳，说了些"果是条英雄汉子，咱们后会有期"之类的奉承话。林清一面还礼，一面还是把两绽银子塞到那旗牌官的手中。只是小声吩咐道："别让你上司知道，就当是朋友送的辛苦费，打打散酒而已。"那几位官兵眉开眼笑，不迭地说着："承蒙关心，承蒙关心，日后定有所报，只要咱们在一天的位子上，就一天不会难为林兄。"说着，喜滋滋地退出了。

这一次，林清由东华门欲进紫禁城时，不想遇到麻烦。原来，这个东华门的守卫太监是果房杨进忠的同乡，平时都说好了的，进出都很方便。不想今天不巧，那个同乡正好去看望杨进忠了，不在，这下遇到了麻烦。一个眼尖的士兵，一眼就认出来，"哎呀！"一声惊叫过后，那个兵丁高声喊道："此人是邪教徒。"当然，他也不知道林清的真正身份，但仅凭这一点，就足够林清受的了。这一声对于林清来说不啻是晴天打了个响雷。林清扭头就跑，身后的一群侍卫及官兵随后就追。

林清撒开脚丫子，脚下生风，亏得一身轻功，闪过几条胡同，感到身后的追捕声越来越远。稍稍喘了口气，又在街面上信步观望，想去寻"一品香"躲一躲，情急之中，是岔了道，正迟疑寻觅逃路时，身后的呐喊声又迫近了。林清回头一望，那太阳光下的明晃晃的战刀格外刺眼，两边的行人对这样的阵式似乎熟视无睹，待那群官兵走近时，却训练有素般闪出中间的道儿，一下子把林清搁在路中央，孤伶伶地似汪洋中的一条小船，林清随着人流挤进一条偏僻的胡同里，像泥鳅般柔韧的身形左晃右闪之间，恰似一只飘忽不定的风筝……

就这样捉迷藏般耗去大半天的光景，眼看天色将黑，满天的星斗闪烁着不定的光，像是嘲弄而又担心似的眨着眼。干燥的并带沙土颗粒的晚风轻声地呜咽着，那是胡同口太窄小的缘故。林清的头上早已冒汗了，像是走在梦境之中，很后悔自己的莽撞，为什么不等刘进财出来赐物时先碰个头呢？

身后的追兵如影随形般紧紧地咬着自己，林清仗着夜色的掩护也没能摆脱追兵。忽然，刚刚拐过又一条胡同的林清耳中飘进一阵阵悲凉的哭泣声，不远处的一家大院门口高高挂起了白绫幡帏。林清贴着墙壁望着那高高的门楼上挂着的灯笼，上写"孙府"二字，心道，看来这是家大户人家。因为仅看那一番摆设，凭着对京城丧仪的熟悉，林清就判断出来。在孙府的门外竖着三四丈长的白幡，金童玉女青发碧眼，男左女右。

门的右首是一座塔棚，平地立杆，成楼台状，四面透风，谓之夏日搭建的"凉棚"，棚内飞檐走动，有层浪之感，谓之"三殿两卷棚"。是大户人家常见的丧仪式样。林清来不及细瞅，因为道口逐渐传来急促的脚步声，清晰地听到那队官兵的吆喝。"上哪儿啦？""没想到，这小子溜得还真快！""往哪儿追？这是个三岔口。""笨蛋，这也要问？你们几个就左拐往这条胡同，你们几位往右拐进那个八字胡同，其余的跟我直向前追，到那前门时，再会面。小心仔细地搜。"听来似是大内的高手，声若洪钟。

林清不敢怠慢，快速撩起腰间的白府绸褂巾，往腰间一扎，紧走几步来到孙府门口，一抬眼便望见那只加着红锦"落地罩"的棺木摆放在棚子的中央。前面，灵柩的上方拉着一道素花灵帏，前挂白布道道，上面还有些白纸写着的墨迹，林清低着头，没能细看，径直来到棺前设的红锦大座椅前，"扑通"一声跪倒叩头，嘴里喊着谁也听不懂的哭腔，三叩首之后，又从旁边的茶几上拿过一把檀香，拈香致祭一番，看看还有一壶酒，也不慌不忙地斟过一杯，又轻轻地浇在棺前的燃炭香炉内。

当林清下跪时，锣鼓"咚当"两响之后，月台旁清音也随之吹打，《哭皇天》的一个曲牌子。声音细细，加上堂鼓冬冬，真有个凄惨味儿。一时间，躲在大幕后的丧家陪侍孝女哭声又起，哀婉不绝。林清进入角色也快，自是悲悲凄凄一番，一面对那跪在一旁的孝子频频点头，那意思你们要节哀，一面跟着回事的人往后堂歇息。林清迈着极缓慢的步子与内心的不安形成反差，他听到身后的脚步声就在自己拐进庭院时，也消失在孙府的门口。"好险啊！"林清心想，差一点就再也逃不了。

回事的人一面引着林清往里走，一面悄声地问："老爷是哪个府上的，递个片子给我，我要喊报了。"林清一惊，忙又不紧不慢地说："就说孙老爷的拜把兄弟，清木木到了。"回事的人不假思索往里就喊："清老爷到。"大门内外又是三声鼓响加吹大号，接着梆子连敲四下（四下为哀音），二门的锺也跟着敲了四下。林清来到堂屋，屋里也是满堂白幡，几个孝子正在一片帏帐的四周，把纸钱轻轻地抛向空中，散落在屋子四个角落。林清又跪在蓝布拜垫上，轻轻地揭去罩在上面的红毯，又是三跪三叩首。这里是有讲究的，里堂的蓝布拜垫，上罩红毯，表示丧家不敢请来宾跪素垫，而由来宾自行揭去红毯以示谦逊。

林清匆忙行礼已毕，不等回事的人导引便独自往内院里走，装作要去上厕所的模样。众人哪把注意力放到他的身上，这时林清听到门口传进阵阵的喝斥声。

"什么？没有看见？这不可能！我们明明见着了这邪教徒往里去了，怎能说见？"

"官爷，孙老爷刚过世，还望各位官爷见谅，不能惊扰了东家，要不我们也不好看啊！"

"不行，不行，我们得进去查查，闪开点，闪开点！"

"好了，大公子来了。大公子，您看这些官爷硬要往里闯。"

"各位官爷，在下热孝在身不能行礼。至于你们说的什么邪教徒，根本没有。今天来这儿先父吊丧的都是亲朋好友，先父去世前也曾在翰林院做过编修，明日一早，各王府的执事帖就要送来，你们要是查不出而惊扰了先父的灵魂，我跟你们几位没完。"

听到这，林清心里坦然了许多。正暗自得意之际，就听，"那好吧，孙大公子，我们又不是冲着孙府来的，你别发火。我们就在门口处等着，等客人们用过晚膳，一一出来时再查不迟。"林清哪里再能听下去，心道，赶紧走吧。稍微一看地形，心中便有了底。孙家大院是旧宅，分三合房、庭院、外院。庭院是高门楼，有影壁、大金鱼缸、摆着几盆花木、夹竹桃、美人蕉和君子兰，长得格外繁茂。正房和两个厢房中间有个月亮门，直通袖珍花园。外院颇为宽敞，足有两三亩大小，还有车马棚、碾房、磨房、杂什间。看来这家姓孙的退职后还兼做生意呢，这产业也不算小。林清四下里看清方位，径奔那袖珍花园而去。

袖珍花园流萤轻飞，花香扑鼻。一时辨不出什么味儿，于是找了一处阴暗的花丛伏身蹲下。因见墙外有贼灯晃眼，知是兵丁在四处守候，大气也不敢出。躲在那里，不知过了多长时间，阵阵清风送来前院的吃喝声，他忍着饥饿难耐的感觉，露水已打湿了脊背。林清哆嗦了一下，暗道，这不是办法，正犯难时，就听花园的铁栅门轻微一阵响动。就着一团柔和的灯笼光，林清看到一个老妈子手提灯笼，正在絮絮叨叨地安慰身后一位有着婀娜身段的姑娘。

"三小姐，您这千金贵体哪里能吃得消呢？整日在那儿跪着，您怎能撑下来？不能再熬下去了。老人老了，自是要去的，有几位公子哥顶着呢。您宽心就是了。委屈你，三小姐，我老妈子的房铺虽比不上您的闺房，可倒也算清静，您就将息一宿，打个盹儿，也好受些。"老妈子一手提着灯笼，一手挽着三小姐，缓缓地走向靠花园西墙盖的一间瓦屋。林清一看，我怎么没注意到呢？说不定这儿通向庭外，隔墙就是街面呢！

"三小姐，您躺下吧。我老妈子还要到前面照应，您看这个乱的，几个该瘟死的倒像丧门星般盯在那里。我得去安慰女客，就不回来了。明早我看您就是了。"一声门锁开启的声音过后，老妈子提出灯笼就出去了。那间瓦屋里隐隐地透出光亮，烛光还一闪一闪的呢。

林清由于刚才走得急，浑身上下湿透了一大半，此时经夜风一吹，鼻子一酸，要打喷嚏。连忙以手掩口，一声不高的音响从手指缝里钻出来。再等一下吧，林清想，等这位三小姐睡着了再去躲一躲夜里的凉气，看看可有出门。

林清闪身转进小屋时，顿时感到周身通泰，瓦屋里的暖烘烘的气息真让林清有些舍不得走了。最使他惊喜的是，两边的拐角处果然有一扇紧闭的小门，像是很长时间都没开过，那上面缀满一圈又一圈晶亮的蜘蛛网在轻轻地一抖一抖。林清望着熟睡的三小姐，似乎能感觉到她的俊美的脸蛋上正冒着呼呼的热浪。看来她是太疲惫了，一袭镶着金线的漂白丝绸衫也没有脱下，和衣半躺在窄窄的床上，沉沉地睡着了。如豆的烛火轻轻地摆弄着她的上唇那一层细密的汗毛。林清看得一清二楚。

林清蹲在门框边，用肩膀杠住门板，紧张地听了听外面有什么动静。此时，恰值三声梆响，传来更夫的苍老声音。

"三更夜，天地接，人人定，鸡司鸣——"

林清用耳朵谛听前院，除了有间隔的哭声也没有什么。林清放下心。把手放到门栓上，轻轻地一拉，"吱扭"一声，那块久未开启过的门扇发出一阵不情愿的声音。林清透过门缝想伸出头去，不想那位老更夫的脚步声又踱了过来。林清连忙又关紧门扇，喘了一口气，往上不经意地一瞥。这下，他再也按捺不住心中的欲火，他把门栓轻轻插过那么一点。来到床前，仔细睇视着熟睡的三小姐，看到她的俏美的眼睛还挂着一滴泪水，胸脯在均匀地一起一伏。"要想俏，一身孝"，一点不假。林清把手轻放三小姐的面部，来回抚摸了几下，心里痒痒的。眼光顺着半耷拉在床沿的一条纤细修长的玉腿上，不禁心旌摇荡起来。他到底还是俯下身子轻喂了三小姐的玉容。抬手把三小姐的那条腿抬了上去。这一动弹，让熟睡中的三小姐不自觉地翻个身，睡梦中的三小姐发出一阵清晰而充满悲凉的痛苦的说话声："父亲，您不疼我了吗？

母亲死得早,父亲,我跟后妈怎么过啊。没人管我了,没人疼我了。"说着哼了几下,复又侧身睡去,满头墨似的云鬓遮掩了粉颈,林清感觉到三小姐的双肩打了一下冷颤。

"我怎能这样呢?我是天皇啊,'无生父母'是我教的口号,我怎么能带头破坏教会规矩?难道我的心还不够真吗?"紧咬一下嘴唇。口中顿时感到有一股腥味。林清真想狠抽一个嘴巴子。天哪,假如我天皇都不能按教规行事,那这次行动岂不付之东流,我们反清大计岂不是竹篮打水。眼前这样一位纯净的姑娘,不恰似一面镜子照出自己内心深处卑琐的灵魂吗?三更已过,看看太阳将要从东方升起,要是在宋家庄,那时,自己将带领众人跪接太阳的升起呢。天下信徒一家人,说不定这悲戚的三小姐正是教徒中的一员呢?

也罢,林清左思右想,理智战胜了邪念,随解下腰间的坎卦牌。咬破手指在那白色前襟上写下"真空家乡,无生父母"八个字轻轻放在三小姐的床头,又拉床上的锦单为三小姐轻轻地盖好,将坎卦腰牌和那条白色前襟一并放在一起。拉开门栓,警觉地伸出头四下里望了望,在外面又扣好门上的挂钩,一纵身,消失在茫茫的京城里,径奔一品香饭庄而去……

想起这亲身经历的一幕幕,林清怎么能不感慨呢。他望着还在不停呻吟的杨进忠,面呈焦虑之色,用手死死地抓住他的虎口穴,猛吸一口气,轻慢徐缓地把自身的功力通过自己的手指送到杨进忠的体内。约莫过了半个时辰,杨进忠艰难地睁开双眼,见是林清,挣扎着要起身跪拜,林清忙用手制止,刘得财一指昏迷中的张明东,悄声说:"还有他呢?"

"烟波致爽"为避暑山庄的三十六景之冠。地极高敞开阔,气极清朗透明,毫无蒙雾霭气,正如柳宗元所说的"旷如也"。四周有秀岭澄湖,湖面平波似镜亮丽而明秀。湖堤北起狮子沟,南尽于沙堤嘴,绵延十二里,山势自北而西,有松云峪、梨树峪、松林峪、榛子峪、西峪,四面环抱。湖水自东北方向南流,瀑布来自西峪，垂于涌翠岩之岭，瀑布奔流如同玉喷珠跳，晴雨夏雪一般，直向湖中汇流。站在烟波致爽殿前，俯仰天地精气，但见高峰入云，清流见底。所建的一切敞殿、飞楼、平台、奥室，各因地形，而以自然为主，不讲求豪华雕饰，妙在极为天然。四周皆致爽气。

难怪历朝历代的皇帝把此殿作为行宫的首选场景。

休息了几天后，嘉庆帝的精神好多了。他一大早就起身，带上一顶天鹅绒的缎台皇冠，身穿巴图鲁背心，外套一件石青色的开气儿夹袍，足蹬青缎凉里儿皂靴，腰悬宝刀、箭壶，背挎雕弓，满面红光地大踏步走出了烟波致爽殿。董诰等几位扈驾大臣简直想不到皇帝的情绪乍变得这样快。就在昨天的觐见时，董诰见嘉庆帝尚是满脸倦容，众臣在一起总只不过待了半个时辰，刚议事还没进入正题呢，嘉庆帝就挥手让他们各自休息，谁想到时隔仅一夜，他又这般精神抖擞了呢。

看见皇上步出烟波致爽殿，嘉庆帝手下的宫娥彩女一阵忙碌，高举着两柄绣着龙幅的团扇。紧随其后的执事太监林升手捧拂尘平端着胳膊肘，嘉庆帝的一只手就搭在上面，缓缓地走向众臣。

各位大臣山呼"万岁"已毕，董诰趋步上前，站到嘉庆帝的跟前，奏道："皇上，这几天皇上的身子骨可休息过来没有？"嘉庆帝高兴地扬了扬手说："朕此时正是风尘洗却，只待新的征途了。"用殷切的目光注视着董诰，看到这位苍颜皓首的扈命大臣，心中不禁感慨，从先考大行皇帝手中遗留下来的大臣们老的老了，退的退了，死了的死了。只有这么一位老臣，心中怎能不体惜一番吗？

"董爱卿，朕说起来比你还小呢，一路上的风尘，让你受苦了，朕想下一次就要往后推一推了。"嘉庆帝抬头看"烟波致爽"四个字，想到曾祖在此设立一个偌大行宫的妙用。不禁感慨：他们都有着过人的胆量和长远的规划啊。

董诰在嘉庆帝的鼓励下，走上前去与皇帝并行，边走边唠。

"万岁,这是要去哪儿呢?"太监林升望着嘉庆帝一时不知该如何选择。

"嗯,董诰,"嘉庆帝停住步子,"你看呢?"董诰一时不知其意,忙说道:"万岁的兴致高,最好都能各处转转。""是啊,董老爱卿要朕徒步走完这方圆几十里的山庄。"嘉庆帝面含佯怒之威。

"绝非此意,要不,"董诰低声说道,"要不备上车辇前往玉琴轩如何?此乃是乾隆爷时代建造的,匾额为乾隆大行皇上的亲笔御书,取'山水有清音,何必丝与竹'之意。"嘉庆连连摆手:"朕又不到那去小居几日。"实际上,嘉庆帝才不想去呢。他内心的真实想法,谁能够看透呢?当然是林升。

林升望嘉庆帝欲语难碍的样子,便道:"只要万岁爷高兴,万岁爷说上哪儿,就去哪儿。"嘉庆帝考虑到,这每一次来山庄总是先由大臣陪着游览山庄各处,今天不想这样,可又不便开口。实际上,他就是想带上林升和几位大内高手悄悄地独身下去,游猎访艳。昨夜,在和如妃的一夜缱绻之后,蓦地想起西巡五台的梅蕾妹和远在辽沈的梅香。嘉庆帝心里缺不了她们二位,听起来像姊妹,实际上截然是两种不同风格的人。但嘉庆帝的想法如何能透出去呢?他望着跟在身后的亦步亦趋的扈从面对如此秀雅的山峦指指点点,心里不禁想道,这些人只会吟诗作赋,真正善于理财行事风行的人不多。

"看来,今天是不行了。"嘉庆帝无可奈何地想,开口说道,"各位爱卿,不必拘礼,大家随便游览看看,走,林升,朕和你从这条路走。林升,想必你不知道,这一路走下去,就有景四十多处,够你看的。"嘉庆帝挪动龙体,徜徉在这大片大片的各部院臣子及众多嫔妃之中。

不知不觉到冷香亭。因为山庄的荷花到深秋仍不凋落,堪与晚菊、寒梅并称。果然,冷香亭一带有芙蓉万柄,涵光照影。大片的湖水中有鸥鸟翔浮上下,驻足细观鱼戏莲叶之间,大有"接天莲叶无穷碧,映日荷花别样红"之妙。

"这足以比西湖之美了。"嘉庆帝惊羡之余,不禁流露出对江南的向往,想着自从亲政以来,还没有一次幸游江南,比起皇考来说,有许多遗憾之处。

这一切些微的情趣被身后的托津看个一清二楚。他趋步上前奏道:"万岁,这里的莲花都是从关内来的,真不知在它们的原产地该是如何繁盛了。"嘉庆帝猛一回头,说道:"也不过如此而已。"托津遂知趣地缄口不言。

"哟,皇上在这里呢?你们看看,皇上这哪里是出来散心,是一步一步走向颐志堂。"话音刚落,从湖岸低处的青雀舫中走出一群花枝招展的女人。听声音,嘉庆帝就知道这位是喜塔腊氏即已故的孝淑皇后的最小的妹妹,原内务府总管和尔经额之小女,自孝淑皇后薨逝后,嘉庆帝破例恩准其小妹待长大成人后册封为华妃。

嘉庆帝眼睛一亮,在众多的妃嫔中,一度最让嘉庆帝痴迷而又不敢接近的正是这位华妃。正因为她是原来皇后的妹妹,长相特像,有如同胞姐妹。嘉庆帝怕见到她心中难免有伤感滋生,自从嘉庆八年的十月,昌陵工程告成后,才正式地将孝淑皇后安葬于太平峪昌陵地宫。嘉庆帝亲率绵宁至陵墓前举哀致奠,历数绵宁生母在世时种种宽厚贤惠风德。事后,嘉庆帝还亲自撰诗说:"永芳别型已七年,太平择地卜新迁。考恩垂泽沐深厚,后德流徽感激贤。濯泪徒倾三爵酒,伤心早废二南篇。临风追悼增哀思,廿载相依百世牵。"由此可见,嘉庆帝对于喜塔腊氏恩爱之情是很深的。

也正因为此,嘉庆帝不常光顾华妃居所,怕是见到她后顿增思念之情。但每隔数日还是要去一趟的,以聊慰其寂寞之心,越是如此,每一次去时,回来之后的嘉庆帝都不免生出好一阵感慨,叹"上穷碧落下黄泉,两处茫茫皆不见"的相思之苦。

不想今日在这青雀舫前遇到。青雀舫紧靠水心榭,依次望去,水心榭、清晖亭、畅远台、般若相、一片云皆是一路上的佳景去处。它们的共同特点是,站在致爽殿前可一览无余。

嘉庆帝笑道:"华妃,你倒是跑到朕的前面去了,女人是水啊。到何处都与水有缘。"想起梅蔷妹、梅香二位可不都是因水起缘的吗?

华妃初始进宫,还真够小心,力求以姐姐为榜样,梦想出个第二皇后来。可是,见嘉庆帝对自己恪守妇道、温柔言语之行颇有不大领情之状。遂暗暗生出悲凉,想到毕竟是等级森严的皇宫,差哪一把火都做不好熟饭,渐渐地性情发生了诸多变化,总奈生不逢时,嘉庆帝偏偏不能从繁杂的政务之中解脱出,即使来到后宫自己这儿的时候也属凤毛麟角,寥寥可数而已。日子久了,不时暗自垂泪。身边的一位老宫女多次教导开化,须如此如此,那意思就是要换一个人似的,不能步其姐姐的旧迹,那无论如何也不能提起嘉庆帝的兴趣。她注意到,嘉庆帝这几年除了打几个野食之外,主要还是如妃受到宠幸,连皇后也是早晚分一杯羹汁,心中难免不平,论姿色自己年轻而又漂亮,再说也未有过身孕生过孩子,浑身上下白里透红的肌肤仿佛熟透的葡萄,轻轻一弹就要出水一般,哪能比不过如妃呢?

此次有意无意之间,华妃刻意地打扮起来。抬头见嘉庆帝以异样的目光注视自己,不禁暗自惊喜,摆手止住了两边搀扶她的宫女。自己提着裙摆笑吟吟地迎着嘉庆帝一扭一摆地拾级而上,夹在手指间的一块描着花鸟的香巾随着走动上下翻飞。她一身桃红色的丝绸长裙,隐隐可见两条颀长而白皙的玉腿撩得裙摆一凸一鼓的。头上高挽的云鬟后系着一块方形的绿丝绸,绸上有一只略小一些的凤钗,串串珍珠透出红意,耳垂上的月牙形的吊坠叮当有声,恰风摆摇柳一般。这样纤细的身段,这样优美而脱俗的举止在深宫里哪能多见?在偌大背景的映衬下,嘉庆帝疑心她是从画中走出来的一样,清丽的容颜在淡淡的水色天光的映衬下,有如洛神一般。

嘉庆帝喜不自胜,忙走下走步,轻轻地拉住华妃温润的小手,放在手掌中揉搓不已。望着华妃那满月似的丰腴的脸庞,感到与以往判若二人，丰腴中透着端庄，而那横波浪动的眼眸又把庄重蒙上几分脉脉的情愫，嘉庆帝越看越喜欢，说道："她们呢？"

"回万岁爷的话，皇后她们都去般若相供香去了。奴婢前日已去过，故今日来到青雀舫，正打算恳请万岁爷赏奴婢奢用御舟呢。"说着晶亮的眸子闪出一股勾魂似的挑逗眼光，抓住万岁爷的手就没松过。

嘉庆帝含笑不语，也紧紧攥住华妃的手似乎等待她发出邀请。是的，每次皇上游幸各处，总是亲点几位陪侍。这种游戏再多出多少花样也有腻烦的时候。

华妃经过一段时间的脱胎换骨，岂有看不出来的道理。她微蹙着柳叶眉，樱桃小嘴轻启盈盈地说："奴婢求万岁爷一同登舟经湖如何？"说着放眼瞧过湖面，山色亭台，花木参差，湖光瑶碧，景色迷人。

"好哇，好主意！"嘉庆帝对华妃应道，抬步就走，后面跟着的几位大臣知趣地退后一旁，怕扰了嘉庆帝的兴致，连执掌鹅扇、华盖的宫女也悻悻地立在岸边，望着笑吟吟的华妃搀着嘉庆帝一步步登上御舟。那只硕大的御舟载着满船的银铃似的笑声，悠悠荡荡地飘进藕荷深处……

回眸岸边，但见长堤蜿蜒，直渡芳洲。湖中有岸芷汀兰，远望形若云英，又似大团的花朵飘荡在湖中。周边翠竹、青山、凤台楼阁尽皆倒影湖中，划动的船桨撕破了湖面的宁静，一晃儿，湖中的倒影皆摇晃起来，交融在一起，再也分辨不出它们原是何物。

华妃紧紧地拥着，嘉庆帝神色恬静，不时地指点着湖中的美景，笑声在静寂的湖面惊起无数只栖在碧绿色荷叶上的白鹭，翩翩起舞。那湖中的小洲也越来越清晰可见。香草遍地，异花长满小径两旁。泛舟湖中，桨声日影，嘉庆帝瞥着华妃在阳光下明亮白净而又泛着阵阵潮红的脸庞，禁不住地抱住她的腰肢。

华妃嫣然一笑，道："万岁爷，难得奴婢有今日宠幸，奴婢感念不尽。"

华妃轻轻地朝舟中打了个手势,不一会几位女子的小唱低婉撩人。侧过脸对嘉庆帝道:"万岁,我们进去坐坐吧,喝点什么。"嘉庆帝频频点头:"好,好,还是爱妃想得周到。"随后,揽着华妃,在两个宫女的簇拥下坐进了画廊船的舟中。

小啜了一些香茗之后,嘉庆帝注意到这舟中靠舷一边的半部分有一道紫色的纱绫隔开。要是在平常,皇后与众多妃子陪嘉庆帝游幸泛湖,则无此摆设,那撩人情思的乐曲正是从那幕后传来。透过船舷上的开合自如的小窗,嘉庆帝直愣愣地看着潺潺的流水从船舷划过,前面桨儿荡起的浪花在落下后的晶莹的水珠纷纷落到荷叶上,荷叶翻转,亮晶晶的水珠子滑洒在平平如镜的水面。嘉庆帝说道:"华妃,水清则芳,山静则秀。这几年,朕有些怠慢你了。"要是放在平时,华妃肯定是鼻子一酸,双眼红肿一番泣哭了,那时,嘉庆帝见状只得勉强安慰几句了事,可现在不同了。华妃伸着纤纤玉指捂住嘉庆帝的嘴道:"万岁说哪里去了?看到万岁整日地沉浸在国家政事之中,奴婢想分担一些又没有那些本事,只是想尽做妃子的本分,伺候好皇上。或许我还没有适应宫中生活,没能伺候好皇上,知罪还来不及呢,哪有慢怠之处呢?"

"华妃,"嘉庆帝说道,"平常日子都干什么呀?""那能干什么呢?"华妃勾着嘉庆帝的脖子,两条白嫩的长臂随着绸衫的滑落尽露无疑,"奴婢只是净扫尘埃,静候万岁的光临。有时到皇后那里坐坐。跟着皇后烧香拜佛,祈祷皇上身体康安,祈祷百姓五谷丰登。"

"难为你了,"嘉庆帝望华妃秀美的眼睛,心道,到底是姊妹两人,莫非是上天有意安排的吗?让朕始终都能和你在一起,再一想,毕竟是不同的两个人了。华妃见嘉庆帝有怔愣,忙一揉道:"万岁,想什么呢?"说着对侍立门口的宫女打了个手势,宫女忙隐去身影,不一会御舟便不动了。风透过八面开扇的窗户从容而入,纵然是炎热的夏口,这里也如同秋天那般凉爽。

听到华妃问他,嘉庆帝慢声地说道:"也许世间真有所谓'悠悠生死别经年，魂魄不曾入梦来'的苦思之时，翩然出现。"华妃小嘴一撅，心道，我再怎么做，也不能夺去他心目中的对姐姐的一片痴情。天哪，难道真是"百日夫妻似海深"吗？

忽然想起什么，华妃轻身取出一盒香匣，递与嘉庆帝道："万岁，您看这是什么？"定眼一瞧，嘉庆帝对此是那么熟悉，按着那个制作得十分精细美观的香匣，说道："爱妃也有此物？"

这是金豆蔻盒，是喜塔腊氏皇后生前喜爱之物，揭开包着的紫罗方绢，打开盒盖，一阵浓郁的香味直扑到鼻，顿觉魂销骨荡，刹那间，眼、耳、口、鼻、意，无不都属于孝淑皇后的了。那曾闻惯了的香味，将他尘封已久的记忆，一下子都泛了起来，正是这奇异的香味伴他度过了多少个不眠之夜，嘉庆帝感到自己学会练达的城府、隐忍的个性似乎无不与这香味有关。那时真是："承欢侍宴无闲暇，春从春去夜专夜。"解开罗巾，触目更不胜惊喜，金盒之中还留着两粒豆蔻，不由得想起杜牧的诗句："娉娉袅袅十三余，豆蔻梢头二月初。"正是孝淑皇后入宫的光景。

算一算快四十年了，但感觉就如昨日。那年——嘉庆帝十五岁（乾隆三十九年）。孝淑皇后，那时只是他的福晋，也才十三四岁的光景，虽开了脸，梳了头，仍是一副娇憨之态。嘉庆帝想起她那一双乌溜溜的大眼珠，不时乱转，而一接触到嘉庆的视线，立即眼观鼻，鼻观心，强忍矜持忍笑的神情，便不由得神往了。

"万岁，这是母亲送女儿进宫时，赠给我的。"华妃也似一脸娇憨的模样。"噢——"嘉庆帝缓过神来，深情地注视着华妃，这不是孝淑皇后的再生之身吗？想着，情不自禁地探手过去，慢慢地解开华妃颈上的系带，腰间的扣环，仿佛一阵风刮落的一样，在浸着荷香的暖风中，华妃光洁如玉的身段一下子敞露在嘉庆帝的面前。雪白脖颈下的一抹酥胸，被葱绿的小肚兜半遮半拦地覆盖着。嘉庆帝紧紧地搂住华妃，恍惚中如梦境一般，上下忙乱一番。那华妃更是在惊吓之余，早有准备似的，久旱的躯体如同蛇缠藤绕裹住嘉庆帝，芙蓉面上平添了许多红晕，嗫着的丰厚的嘴唇在嘉庆帝敞开的胸脯上来回吻着，发出阵阵经受不住雨露的呻吟。

御舟在水中上下颠波，起伏不定，几乎所有的船上宫女都被这剧烈的抖动吓了一跳，紧张地注目着舱中。华妃那阵阵的吟唤声令数个宫女紧紧地咬着嘴唇。她们是多么羡慕这一切。这至情至性的人之初，怎么不在她们的心头引起阵阵荡漾，泛起层层涟漪，成双成对的鹭鸶在空中盘旋，"啾啾"地啼鸣不止，仿佛湖中所有的并蒂莲花一起开放了，沉香弥漫在湖面的上空，久久不散……

就在嘉庆帝携众妃在避暑山庄尽情欢乐时，踌躇不定的林清正左右犯难呢。到底要不要吸收接纳这昏厥过去的张明东呢？不收，万一宫中的侍卫接到太监失踪的报告，那还了得？收吧，又担心这张明东和总管常永贵是一个鼻孔里出气，倘若有异心又该如何？

"嗯，——眼下还不到这样做的时候。天皇，尽管近日风声甚紧，不也是还没有一杆子插到底，弄个水落石出吗？"刘得财静思了一会，才小心翼翼地对犹疑不定的林清说，天皇，我们也不要因此而吓得风声鹤唳，草木皆兵，更不要自己给自己套上行动的枷锁，缚住了自己的手脚，不敢大力发展成员。"

"也罢，"林清下定了决心，"我先救活张明东，看看他是如何反应，这以后的教育要看你们二位了。"说着，林清盘膝而坐，闭目深吸一口气，那边刘得财连忙把张明东扶起来，坐正，拥到林清的面前。林清吐纳了一会，双掌猛地一用力，一股强劲的丹田真气徐徐灌入张明东的经脉之中，不一会，张明东的头上便冒出丝丝缕缕的青烟，面色逐渐还原成有血有肉的模样。刘得财扶住张明东的手也感到一阵阵颤栗，似乎有些透不过气来。林清复又双掌一抖，张明东的身体摇晃了一会，终于张开大嘴"哇"地一声带着哭腔，喊出了第一声。随着这一声叫喊，林清、刘得财连同躺在床上的杨进忠都惊诧不小。

恍惚若迷醉之中的张明东，在强大的气流的冲击下禁不住浑身一阵微微的颤栗，他感觉到嫩生生的太阳在树梢上颤颤悠悠地跳跃起来，明晃晃的金子般的光芒铺洒开去，给梦中的田野和村庄披上了一层神秘的盛装，仿佛娘的唠叨声、叹气声就响在耳边："咱家实在太穷了，拿不出一点糠米……这样下去，不都得饿死吗？""那有什么办法可以自救呢？""办法有啊！下关东做些苦力活，或许能养活自己，只要不是胡来的，平日警醒些，还能攒下一笔钱留作日后娶个小媳妇。"娘的悲咽声如同一本陈年老账，总是这么几句。

"娘，那近庄的柳树林的老常家是干什么的，香车宝马，前天儿子还见他娶了媳妇呢？"他当然不能忘记那个场面，可以说在那片穷苦潦倒的苦地上，凡是看过那个场面的男人与女人无不惊羡老常家的二小子。一阵悠扬的唢呐声隐隐传来，唢呐声越来越响，远远地瞧见一群人簇拥着一顶花轿从北往南飘荡过来。童年的张明东的心里痒痒的，魂儿也被勾了过去……这支迎娶的队伍，要比平日里乡间所见的庞大得多，排场得多：只见八个人抬着大红呢官轿，轿窗上玻璃上着的水银，画有凤凰图案，裹帏则红缎平绣乡花。前面引导的是牛角透明质画双喜字高架灯六对，后卫跟着四名穿靴戴帽身着外褂之人，手持长杆大藏香一支，其后是吹鼓班子，一路上随行吹奏。那些吹鼓手们，见围观的人多，就越发得意，跨步格外高远，脸憋得像猪肝，前仰后合地使劲吹打尽出了风头。小张明东的口水从嘴里流出了好大一节。紧紧地跟着，直到见着三十多岁的白面净须的常永贵搀着如花似玉的二八小妞当然也是披金戴银地走入洞房，他似乎听到洞房里传出的嘻笑声。按照风俗，刚入洞房的男女要立即验明正身，当他看到一方雪白的丝帕上有点点血迹拿出来给坐在太师椅上的几位老者看时，人们发出一阵惊呼声，散漫不定的目光隐去了多疑的成分。更吸引小张明东的是那一股诱人的香味，他躺在大席外棚的角落里，觉得头有些昏昏的，肚子里一阵阵咕噜咕噜乱响，胃里还一阵阵痉挛，他实在是让饥饿的魔鬼给缠住了，那些食客们的高叫，勾引得他两眼直直的，口水禁不住肆意流淌，他本能地巴叽着嘴，真想一头扑到那宴席上去抓一把……

"天皇,"刘得财稳重地说道,"他醒了,天皇不必劳神费力了。"

林清停住了运气、送气。将自己的身子移到张明东的前面,平搁在躺椅上,半眯着眼睛观察着张明东的动静。刘得财端了杯酒水递到张明东的嘴边,说道:"张明东,睁开眼吧,天皇就在你的面前。"

一听到什么皇,张明东吓得一哆嗦,睁开眼,见一黑面大汉正在自己面前的躺椅上调息运气,脑海的幻景一下子消失殆尽,他想起来了,在莫名其妙的刹那间,挨了重重的一击,天哪,难道刚才的幻景都是昏睡中闪出的吗?他忽然感到自己的生命在游荡的瞬间又复归了。是他,是眼前的这位打了自己,又救回了自己,无论如何,也该感恩才是,想到这,他直了直身子,双膝一跪,说道:"谢好汉不杀之恩。不知好汉何方高人?"

林清哂笑一会,说道:"我乃天理教天皇,你身为宫中的下层太监一定有诸多痛苦,我是来拯救于你,让你从苦海中跳出来,怎么样?"一道锐利的目光直射过来。

不失时机的刘得财说道:"张明东,要不是看你平日里还有些人气,怕你今日的小命就丢了。天皇是允不得有人窥见真颜的,我和杨进忠还有其他太监,都是教中之人。你没听说过'大劫来临'之说吗?今年是清朝的末路了。"张明东的脸色刷地一下变成了惨白。敢情这几天、乃至数月以来,宫里宫外传闻的"邪教"要"起事应劫"之说就是眼前的这位林清天皇。他稳定住情绪,突然抱住林清的双腿,放声就哭。不是他的情绪转变得快,确确实实在他的肚子里装着多少苦水,满以为他净了身以后就飞黄腾达,娶妻生子,直到成人之后,看到无数女性在眼前闪动,想亲近而又没有欲望的感觉让他痛苦不堪,尤其是他跟着嘉庆帝身边的一年多时间里,那深深的帏帐之中传出来的阵阵妙不可言、酣畅淋漓的哼哼声让他神往不止。这些又怎么不引起他深深的懊悔呢?他想起贫寒的家境,想起娘望着他惨兮兮的模样后,呼天抢地的嚎哭,直到此时,才感悟出出于救家的他给娘带来了多少绝望的悲呼。远非想象的那样,在宫里办差一下子就锦衣玉食,自家虽免征赋税,可清贫的日子依然,只要有稍许差错,一年的、一月的薪俸都有被扣除殆尽的危险。唉——想想这些,真是得不偿失啊。

面对着天理教中的至高无上的天皇,他怎么不想求得一丝心灵的安慰呢?

林清站起来,说道:"你要是有意加入我们天理教,那就拜师吧。"张明东立即退后几步,倒头要拜。刘得财一把扯住,说道:"你不可直接拜天皇的。这样吧,你这数月来,和杨进忠关系融洽,你先拜杨进忠,算是他的结交,然后拜我,再后,我们共拜天皇,聆听天皇的训示!"

第三十六章
造兵刃秘密起大事
劫囚牢公然反朝廷

几千人的教徒在滑县城里大大地骚扰了一番,百姓家家户户没有不上灯点烛的,一家家的都蜷缩在屋子的一角,惊恐地听着街道上一阵阵声浪,如同飓风卷过松林一样。"顺天保民,推翻大清!顺天保民,推翻大清!"

张明东不敢稍有迟疑,按刘得财所说的话,先拜倒在床上的杨进忠面前。杨进忠的伤势在林清的调理下已大见好转,赶忙披衣下床,接受张明东的跪拜礼,又引荐给刘得财。然后三个人,都齐刷刷地跪在林清面前,口称"天皇"不已。

刘得财带头说了一句:"位列上中下,才分天地人。五行生父子,八卦定君臣。"杨进忠捅了一下张明东,随后跟着念了一遍,张明东也念了一遍。

林清慢慢地说道:"众教徒,以后,在我的面前不能直呼天皇,按老规矩,叫'爷'才是。"踱了几步,又道:"在宫里的地位很是重要,在还没成大事以前,你们要勤念教经中的诵语,早晚各一遍。好吧,举行受礼仪式吧。"说着,亲自拿起一把檀香,用火捻纸点着,在空中烧了一圈。不待那道青烟消散,刘得财等三人磕头不止。张明东在杨进忠的授意下,伸手进入怀中摸出十两纹银交纳给林清,算是入教。林清把点着的檀香一人分给一撮。然后,口中念词:

"即入教中,就为教徒;从一而终,叛教而弃;上香发誓,性在这里。"

众人一起发誓。信誓旦旦之后,林清口授"真空家乡,无生父母"的八字箴言。林清说:"只要时常念诵这两句,既可以躲避灾祸，又可不患贫穷。比方说，张明东今日交十两纹银的根基钱，此钱又称福钱，将来成就大事之后，本教定要给予十倍的补偿。另外，根据本教的规定，凡缴百钱者，得地一顷，张明东所交十两纹银，可得田地一千亩。这个根基钱并非教内首领独自受用，主要用来接济教内群众，众多教徒都是穷苦出身，需要大家来帮助。"

刘得财说道："是的，是的，我和杨进忠都从中花了不少，我老家的三亩地也是交了根基钱以后，由教会给买的。"张明东听了，心中一阵感激。"张明东，若有什么困难，即可张口，本教定倾力相助。"林清说完，便逐一解释天理教义，大意是说，天理教十分重视家族的血缘关系。入教的兄弟才应当谨慎遵守，不能违反。

说了半天，张明东算是对天理教义有个大概了解，脸上渐渐地出现了陶醉的模样。林清接过刘得财沏的茶水，呷了一口，说道："你们还可以多发展一些。"说着，一摆手，刘得财、杨进忠连忙走出屋外，静观了一会，说道："爷，这会儿，夜幕已降，可以走了。"

谁知一行四人刚拐过宫墙的拐角，一队大内侍卫就迎面撞来。几个人吓得不知如何是好，林清正要将身一纵，跳上宫墙，张明东连忙扯住，低声说道："爷，不必惊慌，你们二位尽快转回。"原来，张明东眼尖，望着远远的来人就知道是常永贵领着的侍卫又一次巡逻，但他知道，若是刘、杨二位在场必将要遭盘诘，而自己或许可以搪塞过去。

张明东把林清写好八字箴言的丝绢折了几折，揣在袖中，其目的是早晚对着诵读，并且每日清晨要对着太阳诵读。掩藏好八字真诀，张明东拿着白绢的手在林清的眼前晃来晃去，那意思是指点宫中的各处要隘，林清一一熟记在心，实际上，也只有像张明东这样的太监对内廷宫殿、出入路径了如指掌。然后，有说有笑地就和常永贵迎了个照面。

"张明东，你怎么跑到这里来了，不是有人看见你到太液池去了么？"常永贵一脸阴气地说。那八字箴言已不知多少遍都念过了，张明东还是感到脊梁骨沟中沁出一层汗珠，甬道里的风也热烘烘地扑到水面上，一时间竟无语回答。张明东到底是机灵，他回答不上来时，张着嘴并未干张着，而是一下子跪倒在地哽咽着抽泣起来。边磕头边说："老公公，奴才的老爹在家病得很厉害，奴才特来向您告假。找您半天不着，不想在此碰到。"竟跪着不起来。

"你怎么知道的？"常永贵问道，"起来说话！"

"喏，这是奴才的远房表哥，自从奴才入宫以来，这表哥就时常在奴才家中做些活儿。"因为张明东知道，自己家有几亩地，可以抬出这点来糊弄老奴才。"噢，生人不可以入宫的，"常永贵上下打量着林清，"你是怎么入宫的？"不待林清搭话，张明东拿着白绢赶紧贴身过去，给常永贵揩一把脸上的油汗，抢着答道："老公公，是守门的人喊了奴才，奴才见他身无分文，就带进宫来找您，一是想告事假。二是想讨借些……"话没说完又止住了，因为，张明东看见常永贵的脸已拉得驴脸似的长。

"上次给你十两纹银，你又捎回家去了。"常永贵挑了挑红肿的眼皮，两只眼睛凸凸的，似鱼眼一般，"你别忘了，你家的几亩地都是公公我给的钱，到秋天再不还，就算我的了。"

"嗯，嗯，可以还的，可以还的。"张明东忙不迭地带着喑哑的声音答道，"这样吧，再给你三两纹银，加起以前的四十两，秋天连本带息八十两。少一个子，看公公我不剁了你一个手指。我这几年开销也大啊。"常永贵边说边取出细碎的三两纹银，"叫他赶快出宫，你就不必回去了。赶明儿，做给我送些水果之类的差事，这个老不死的杨进忠。"说完，丢下细碎的银子一摆手，走开了。

张明东又念了一遍八字箴言，掸了掸衣袖的香灰，啊，香灰，当年他娘给他治根部的肿胀时，不也是它吗？

这是一个令人向往的日子，八月末伏过后的第三天早晨，林清按照习惯带领众教徒聚集在村边的打谷场上面向初升的太阳正高叫八字箴言。众教徒按捺不住各自兴奋的心情，纷纷登上一垛垛草堆。遥望京城的方向，但见茫茫的地平线上，灰蒙蒙的云团之中涌出一轮血红的朝阳，将东方天际的湛蓝色的云块镀上了一层紫红的颜色,仿佛有排空峙立的浪涛涌着白沫冲击堤岸。渐次扩大浓烈的色泽。林清掐算着时日,估摸由李文成派来的精兵近日就到了。预想着两支大军同时在两地起义的壮举,不禁心潮澎湃,起伏不已。

浓重的露水打湿了林清的裤角,望着手下的教徒群情激昂的神情,林清也有些被感染。可以想象,在反清的大旗下,正式将京畿地区的白阳教和直鲁豫三省交界地区以震、离二卦为核心的八卦教联合起来以后,声势该是如何壮大。

林清想起刘得财递过来的消息,现在的宫中禁卫警戒已大大松弛下来,只有几位亲王和大学士留守宫中,仿佛是在等待他们去进攻一样。面对这一大好时机,林清于三日前急书李文成,速派精锐前来助阵,一举打下皇宫,整个大清天下便唾手可得。林清把这一想法立即传遍各教徒,他们又怎么不兴奋呢?可以说,个个摩拳擦掌,静候李文成的援兵到来。总之,起义前的一切秘密准备,都在紧锣密鼓下进行着……

"报!人皇派来的人已进至村口。"一声抑制不住的激动声把林清从沉思中拉出来。

这"人皇"的称谓让林清有些捂不住脸面,但林清还能够克制自己,毕竟自己是"天皇"嘛!俗语就是精神领袖,能有今天这样的局面,还不是自己三下河南的结果吗?但是,以自己的坎卦为攻打皇宫的主力军未免有些太冒险了。因为,坎卦的教徒精壮兵丁不多,尽管所占的部门主要,能征善战的不多。所以,在八月初的道口会议上,林清提出由李文成从所属的震卦中挑选精锐速来京城助战。

实际上,天理教也是按照八卦的名称来组织的。道口会议上,提出教的最高首领是:天皇林清,地皇冯克善,人皇李文成,并规定将来武装起义成功后,天下由人皇李文成统治,林、冯就如左右丞相辅佐李做皇帝……

"都引到议事大厅去,"林清对传信人下出口谕,又朝正跪在草垛上各自念经的教徒说,"都回去准备吧。"

"禀告天皇,震卦来了一百零八人,"那个给信的教徒跟在林清的身后,继续说,"据来的人说地皇、人皇都准备得差不多了。"林清点点头,并不言语,急急赶回村里的教会聚集地。刚一踏步,就听一声:"天皇到!"话音未落,林清已疾步踏上厅前的石台。由河南过来的一百零八人都是汗湿重衣,都像钉子一样一动也不动。偌大空旷的场地,变得一片肃静,林清开口道:"各位远道而来,一路辛苦了。"慰问的话刚一出口,那一百多人当即齐刷刷地跪下来,口中一齐喊道:"五行生父母,八卦定君臣。"

林清抬手示意众人站起来,队中走出一位头戴黄色方巾、身穿紧衣束身夹褂、足蹬厚底草鞋的人,跨前一步,拱手说道:"地皇、人皇经过合议由本官率部前来,本官陈爽及属下,尽听天皇的差遣。"

林清朗声道:"近日有闻钦天监有更改闰月的举动。但当时不改,事到临头才有此举,真是雨后送伞,过河脱鞋。本天皇又密算出一条天机,总共五句:'二八中秋,黄花落地。清朝最怕闰八月,天数难逃,移改也是无益'。"林清面露得意之色,"望众教徒齐心合力打入皇宫,救百姓于水火,拯苍生于苦海,死不足惜,勇往直前。"他的目光变得有些阴沉沉的,寒森森的,这是少有的表情,"各位抓紧时间休息,养精蓄锐,到时候,一鼓作气,只要拿下皇宫,内有我天皇林清,占据京城,外有地皇、人皇势如破竹,里外接应,大清的天下就是我们的了。"众教徒齐声呐喊:"顺天保民,推翻大清!"

林清忽然感到这两句有些刺耳,想刚才自己所编的那几句不伦不类的话儿,不如缩成琅琅上口的四句口诀来得快些。随后,林清望着鸦雀无声的教徒,振臂高呼:"二八中秋,黄花落地,天数难逃,改也无益。"众教徒带着激动难耐的情绪又跟着喊几遍。

最后,林清取过朱砂往空中抛散开去,众教徒在嘶叫声中散去。

转眼之间,到了嘉庆十八年九月,这一个多月来。各地的起事的计划都在紧张有序地进行,天理教应劫而起的大事也在一步步地落实。林清的几句口号一人传十、十人传百,就这么像入秋的北风传了开去。恰值此时,直隶一带的旱荒在焦躁不安的农民的言行中一一显现出来。按理,这样大的旱灾朝廷早该有动静了,该安抚的安抚,该赈灾的赈灾,不知是哪个环节出了差错,蝗虫过后的旱灾对于农民来说无疑是雪上加霜的灾祸,从宫中到地方竟无人过问。面对颗粒无收的惨景,大批农民在绝望之中加入天理教,以求谋生。

一时间,宋家庄是人来人往,络绎不绝,林清不停地发放库中的存粮,眼见得存粮告罄,物品也日益缺乏,林清急忙修书一封,捎人急送李文成,让他继续增粮提款。可李文成也是处处捉襟见肘,回信说,日子将近了,不必再收了。还是抓紧进城准备大事才是正路,等一旦得了天下,就打开各地的府库开仓放粮,那时将是何等辉煌的局面呢。现在最紧要的是要连通好宫中内线,不能稍有闪失,要计划详尽,考虑到各种复杂的环境和情况,以便做出不同的决断,如同众多链条上的每一环,少了哪一环都要链崩而事毁,乃至前功尽弃……林清看罢,不置可否地丢在一旁,心道,我还担心你能不能按时起事呢?

林清的担心不无道理,就在他自己连续出入皇宫察看地形、联络太监及京城里各处落脚点时,河南方向果然出现了意外。

九月初一的夜晚,河南滑县东南处的大伾山脚下的老孙头的铁匠铺内,人影幢幢,灯火不断,叮当作响的打铁声声震四里。老孙头烟熏火烤的古铜色的脸上露出难以言表的喜悦,为了鼓励手下的七八位徒弟卖命地干,他特地将自己的两位宝贝女儿叫来,端茶送饭,自己则坐镇指挥。多少年了,俺老孙头的铁匠铺也没有今日的红火,老孙头蹲在一旁,喜滋滋地想。他瞟了一眼堆在屋脚的一大堆破铜烂铁,要是在往日,这些大都用来打制一些犁、锄、锹、铲等一些农具。可是,今年则出奇的怪,没有多少农户来买这些,就连几个老主户也像约好似的都没有前来订做。头几天，他还为此犯愁呢，虽说天旱，可昨天下起了暴雨，大概今天应该生意不错吧，哪知今日仍不见个人影。中午当他望着将熄的炉火发出阵阵叹息时，忽然，平时只听其名、不见其人的李文成带着一队扈从登门了。老孙头唬得不知如何是好，面对这位大名鼎鼎的天理教人皇，他怔住了。记得，当时李文成二话没说，只是一抬手，封漆完好的二百两纹银就由手下抬到桌上。一张定购单就放在旁边，天那，那白花花的纹银真是一辈子也没见过有那么多，待点头哈腰地送走了李文成后，一看那单子，吓得两眼滴溜溜的圆："一千五百把大刀、五百杆长矛、四十把宝剑、马蹄掌一千二百枚……"这是要干什么？不是传说天理教是百姓的福音吗？谁家有个生老病死，有个穷困潦倒，只要一入教，念什么八字真诀，所有祸患尽可消除。前一阵子，老伴死了，自己心情不好时，差点就加入了这个教。好在自己舍不得交纳那几两的根基钱才没有加入，没成想，他们如此看重自己。把这一大宗买卖交由自己来做，让他怎么不感激呢？

"师傅，料不够用了！"一个年轻的后生满身流汗地跑过来，"师傅，三个炉子都点着了，风箱拉得呼呼的，徒儿估算了一下，生铁料不够用。"他一边说，一边扯起褂襟揩着脸上的汗。小伙子的胸肌、胳膊肉疙疙瘩瘩，孔武有力。他是老孙头最疼爱的一个，心眼诚实，干活卖力气。老孙头有将他招为女婿的打算。

老孙头乜斜了脚下的下脚料，说："先打完再说，人歇炉不停。实在没法，就将库存的农具、狗链、门环都用上。"

"好喽！"小伙子转身就去忙了。屋里通红的火光亮得如同白昼。

老孙头抽完一锅烟，磕下烟灰，缠上烟草带包，往腰间一别，高声道："从今夜起，每人多付工钱半两，顿顿加些鲜肉，另赏一两水酒。好好干。"老孙头边说边走边拍了拍正埋头拉箱的一个小徒弟的油亮的脊梁。就在这时，两位宝贝女儿，穿一身粗布衣裙端着热水，拿着汗巾款款走进来，不声不响地拧着汗巾的水，黑里透红的脸庞还有些羞答答的神色，一时放不开手脚。在平时，两个女儿连这些铁匠铺的门槛也别想踏进，可现在不同了。

"大丫二丫，快给你们哥哥擦擦汗！"老孙头一边吩咐，一边知趣地往外走，"俺去透口气。"

徒弟们都显出会意的笑容。

滑县老安司巡检刘斌微服私访来了。这是他几十年的习惯。他经常挂在嘴边的一句口头禅是：到哪座山砍哪山柴，干哪行活吃哪行饭。令人颇感费解的是，今夜正是入秋后的第一场大雨刚过，这城外的各家铁匠铺的生意出人意料地好。从东北到西南的几家铁匠铺内都是灯火通明，铁器的撞击声震耳欲聋，令他有些烦躁，凭着多年养成的职业嗅觉，直觉告诉他，这不是正常的现象。

接连察看过几家铁匠铺，得到的回答都是，刚碰天降大雨，地里被雨水浇个透，正是抓紧机会赶快播种的好时机，溜着屋里四下里望望，也都是成堆的农具坯型，找不出有甚破绽。夜风吹得他浑身颤栗，几个往日勤快的跟班的，都有些显出不耐烦的神情。可刘斌却仍然咬着上下直碰的大牙，稍不留神，一口冷气吸进去，刘斌都感到周身一阵激灵："别他娘磨磨蹭蹭的，都跟紧点！"刘斌把怨气发在下属身上。他想了想，说道："找个避风的地方，都换换衣服。"

一行人悄悄地向东南这家县城最大的铁匠铺摸去，倘若是闻到了腥味岂能放过，刘斌打心眼里不甘心。估摸还有半里路的光景，刘斌就听到那阵阵急促的"叮当"声，杂乱得很，不似一个铁锤的敲打。他急走几步，拐过前面的几丛树林，三下并做两下，就摸到老孙头的店铺前。里面的人声传出来，清晰可闻，有男有女，似有打情骂俏声，间杂其中。"好家伙，这老孙头唱的是哪一出戏？怎么连闺女也准许助阵了，这生意不赖嘛！"

他突然出现在门口，四下里一望，忙忙碌碌的身影中，没见着老孙头，众人回望他一眼，瞧他一身布衣的打扮，只以为他是天理教派来察视打制兵器的教徒，都没在意。大丫正在给一个瘦瘦的后生擦汗，嘴里还说："看你这排骨似的身子，悠着点儿，别累得散了架。"那后生大嘴一咧,诒笑道:"不会的,就是散了架,经你这么一调理不又直起来了。"一句话惹得大伙都笑起来。大丫尽管没听明白,但见大伙都笑起来,疑心这不是好话,使劲一拧,嗔怪道:"看你还耍贫嘴!"众人哄笑道:"使劲拧、掐,保证能弄出水来。"

刘斌的一双锐眼一下子就盯在散放一地的刀枪坯上,心里一惊,没来及训斥身后捂嘴偷笑的跟班,便一个箭步冲过去,指着那大堆的兵器,厉声问道:"老孙头哪去了?"环视间,猛然发现摆在桌上的一张纸,走过去,拿起一看,不由心惊肉跳,暗道:好家伙,这不是要聚众谋反么?"来人,把这几位铁匠都扣下了。"一声断喝过后,几个跟班缓过神来,不容分辩地审上去,三下五除二就把几位后生给绑了。大丫还惊呼道:"哎,你们干吗抓人啊。看不到俺们这儿在紧忙着呢?"说着一噘小嘴,气哼哼地就蹦过来评理。

刘斌伸手从怀中掏出腰牌,只是闪了一下,说道:"老孙头呢?"

老孙头正在诧异,怎么忽然间没有声音了。别是炉子烧得急,出了问题,已经急忙赶过来,刚到门口,就听里屋有喊他声音,这么耳熟?他不敢怠慢,一步跨进来。抬头见是老安司巡检忙上前应酬:"哟,您老怎上俺这儿来了,深更半夜的。""少废话,"刘一抖手中的字条,"就不要讲什么情面不情面的了,咱们公事公办。说!这是怎么回事?"语气充满威严。老孙头一见,立时蔫了,说道:"真人面前不说假话。这些兵器可不是俺的,是有人定做的。"说着便一五一十地抖出来事情的全过程。边说边想,二丫和大牛呢?难道是这个小子通风报信的?对刘斌说道:"俺家二丫,您见着了?"

刘斌心道,哎,这倒提醒我了。一摇头说道:"今夜都不许离开此处,不能走了半点口风,你们继续干活。"转过头附在一个跟班的耳边交代几句,那跟班的快速地退出了房间。老孙头示意他到里屋去看看,刘斌点头应允。

老孙头此时没有主见了,定要仗那大牛给出主意,刚踏进库存间,就着火光就看见,自己的二丫正与大牛紧紧地搂抱在一起,如痴如醉，不能自持。老孙头咳了一声，立时，二人像触了电似的分离开来，老孙头忙掐灭手上的火镰纸……

滑县知县强克捷得到禀报，立即密报河南巡抚高杞及卫辉府知府郎锦骐，请求派兵抓捕。密报说，打造兵器之多实属罕见，疑有不寻常之举，奈区区一县之兵力，势单力孤，望速增援等语。并亲自带三百名兵丁赶往老孙头家，埋伏在院中。一切依刘斌的计策行事，从外表看起来，像是啥事也没发生过。一切照常进行，只有强克捷和刘斌亲率十名武艺说得过去的亲兵杂在伙计中间，乍一看，还真以为新雇来的铁匠呢。

这边强克捷得知起事吓得非同小可，谁知晓高杞、郎锦骐皆是麻木不仁的人，他们对强克捷的惊慌失措甚为不满，以为只不过是地方寻常盗匪，哪里用得着兴师动众，有失体面，连个回信也没有就打发了来人。强克捷心急如焚，知道事情已十分急迫。遂与刘斌商议一番，认为与其守株待兔，不如主动捕拿的好。反正已无需多问，只要抓住李文成、牛亮臣这两位当地有名望的教首，一切事情便都迎刃而解，那时既可以防患于未然，又能使上司心服。别以为俺强克捷做事鲁莽，实在是心细得很呐。

计谋已定，强克捷说道："老安司，还烦你去一趟，出其不意，攻其不备。"刘斌应道："正是此理。"亲自挑出二十人束衣紧身，鱼贯而出。

说起李文成的出身、经历，与林清截然不同。他是河南滑县东北五里谢家庄的人，世代务农，祖父与父亲都是地主家的佃户。因李文成的三个兄长都因贫病交加而先后身亡，这使他不得不自谋出路。年轻的李文成先是帮人做木工（人称李四木匠），积攒了一点钱后就进了当地的私塾。在困境长大的李文成天资很高，好学善忍，但对孔孟之说甚为反感和厌恶。他常提出疑难问题与塾师辩驳，而且有一次当众砸了私塾里的孔夫子牌位，以致被赶出了学堂。他喜读书，尤对算术、天文一类的知识很感兴趣，推演八卦、演算历法也是拿手好戏，后来参加了梁健忠的九宫教，逐步显露才华，直至做上合并后的天理教的人皇。曾经赋诗一首，其中有一句"木立斗世清该绝"，照他自己的解释是：其中木、立、斗、世，分别是指十八、六十一、十三和卅二的变体，暗示清朝统治经过顺治十八年、康熙六十一年、雍正十三年，到乾隆三十二年就将垮台，可惜都没有应验，那么嘉庆十八年的闰八月无论如何大清朝也是在劫难逃了。他时常教导徒弟们说："你们好生用功，一劫能造万劫之苦，一劫也能修万劫之福。"李文成还预设了将来的政权设想，当然，他也担心这种设想有碍内部团结，只是提提，并未经常训示众徒。

九月初日的清晨，初升的太阳将李文成所睡屋子的一排窗户镀上一层金边。李文成正暗自自责，怎么起得这样迟呢？还要带领徒弟念八字箴言呢？他眯着眼睛，自己心里先默念几遍，正要出门，忽见窗前有人影闪动，疑心是未敢叫醒自己的徒弟，便开口道："去通知牛亮臣他们，都到东院的敞地上集合，还有要事办理。"说着趿拉着拖鞋，伸了一懒腰，这几日是太累了。不过心里挺高兴的，越是时间接近起事的日子，心里就越是兴奋，办起事来不知疲倦。总之，一切还好，没有出什么娄子。别说起来得迟了，今日的头脑却出奇得清醒，看来，觉是不可少的。

强克捷到底放心不下，见着派出通信的人，竟没带回一兵一卒，心里可真急了。这么多兵器不是用来造反的，还能用来干吗？派出的人说，好像两位顶头上司还疑心自己大惊小怪。不由得心道："李文成在这里图谋不轨，将来事体闹大了，朝廷少不得说我不预先禁止，将我加罪；我也无处申冤，迟早总是免不了一死的，还不如拼一拼，把奸人灭了。我纵是死了，也是为朝廷除害，得着一个好名，比受罪而死强得多啊！"转念一想，事还未发，怎么尽想死呢？好晦气。想一想，还是我亲自去一趟，好歹起个震慑作用。这才坐到轿中，催促前进，赶上刘斌后，吩咐道："你去抓牛亮臣，李文成交由我了，免得有漏网之鱼，至少可一举拿获两名首领。"刘斌点头，带人朝岔道口而去。

强克捷的轿子不声不响地落在李文成的住处，严禁跟随的士兵出声。他不知道，当差的人中也有几个和李文成是暗通声气的。强克捷见有人要扣响门环，急忙低声制止，他早已注意到门是半掩的，何必再劳此神而又打草惊蛇呢？

强克捷一步踏进门口槛，差点与急急外出的李文成撞个满怀。李文成出乎意料，当下心中一惊，逃也逃不掉，自己不会什么武功，口中默念道："无生父母，真空家乡。"不想没有作用，只得装作毫不在意的态度来，很恭敬地迎接，深深地一弯腰就要下跪，说道："草民不知强大人驾到，有失远迎，远迎——"耳中就听强克捷的一声断喝："左右，拿了！"众衙役不敢怠慢，便手举冰凉的铁锁镣铐，当头"呼"地一下就加到李文成的脖颈上，李文成口中大呼："冤枉，冤——"第二个"枉"字还未出口，强克捷已顺手扯下腰间的丝帕汗巾，递进李文成的嘴里，"带走！"

强克捷急于要探出李文成的口供，没有片刻休息，当即升堂提审。

惊堂木被拍得震天地响，吓得两旁衙役的腿脚都有些站立不稳，都紧紧地靠着水火棍，李文成仍是丝毫不在意的样子。乜斜着眼望着怒气冲天的强克捷一语不发。

"李文成，怎么堂堂的大教主今日到此竟装聋作哑了不成？说，你在滑县城周的铁匠铺内打造那么多兵器干什么？现在，你的党羽还有多少？"强克捷抑制住怒火，冷笑着问道。

李文成木讷地说："小人乃一介草民，从不知道有什么教，大人若要说小人在自家族内成立了互助互帮的行会还差不多，那也只是让大家拿出稍许家资，凑在一起留给遭受不幸的会员，大家彼此都有个照应，说到底，小人是为大人安定民心着想。谁家没有个意想不到的灾祸呢？小人知道，除非大灾大难而且还要普遍，才能上报朝廷统一赈灾。可是在实际生活中，谁能摆脱突然而至的灾难？至于大人所说的起事、教徒、兵器一事，恕小民确实不知之罪，又焉敢在大人面前装聋作哑？"

强克捷心中涌过一阵怒不可遏的怒火,提高嗓音,压住自己火暴的情绪,从牙缝里蹦出一段话:"好个李文成,不愧是私塾出身,教徒中的人皇,你自己做什么事,还想狡赖么?快快据实招来,免得受些皮肉之苦。"李文成跟着又是一句:"我做什么?又招供什么?我实不得而知。"

强克捷见他一味抵赖,死活不认,不由得勃然大怒,说道:"带证人老孙头!"话音未落,老孙头已跪着爬到强知县面前。在他屁股后面是昨夜李文成送去的二百两白花花的银两,他像傻了一样,频频叩头不止,面孔上白中透青,许是冻的。

强克捷一指老孙头说道:"李文成,这个人想必你也认识?""不瞒大人,我确实认得,乡里乡亲的,不是前庄就是后邻,怎么能够不认识呢!再说孙家打制的农具也蛮好的。"

"少扯些不三不四的废话!"强克捷说道,"你和林清以邪教惑人,你何必狡赖呢?这一点本县令已打听得明明白白。"正要继续说下去,大厅中摔过一人,紧跟着,老安司刘斌大踏步进来,被摔倒在会堂上的正是牛亮臣,看来被打得不轻,已是蓬头垢面,嘴角流血。刘斌上前禀道:"真是嘴硬,丝毫不露一点口风。"强克捷本想制止,已经来不及了。心道:刘斌呀,刘斌,你抓犯人一套又一套本领,怎不知审犯人以讹诈讹呢?

偏偏此时,李文成头一梗,说道:"是呀,这是从哪里说起呢?连个影子也没有的。"说着还拖着"哗啦、哗啦"的脚链手镣,艰难地迈向牛亮臣,安慰道:"贤弟,你受苦了。早知如此,我们也不必费这劳什子的心力去组织什么会了。"

强克捷跺着脚说道:"你们这帮教徒,难道真有所谓的八字箴言趋福避难的本领?依本县来看,吃硬不吃软,来呀,大刑伺候!"于是命令衙役给他们上了夹棍,紧夹十指,用力往两边拉。两人惨叫一声,昏厥过去。一盆凉水泼将过去,两人醒来。强克捷气急了,把头上的红缨帽一摘,拎着油亮亮的辫子往脖子上绕了几绕,喝道:"大板伺候,各打一百二十板。"一指李文成,道,"水火棍敲足!"

"乓乓、乓乓"的大板猛抽在两人的臀部、股部，只是那么几十下过去，两人的下肢早已动弹不得，只是机械地反应着棍棒的上下翻飞，做些抽搐的动作。李文成的两股部已是血肉模糊，血流一滩，尤其令人惨不忍睹的是李文成的双足踝部的脚筋已被敲断，就是治好脚伤也无法行走。牛亮臣也是血流遍身，几次昏死过去。两人的声声惨嚎令人不寒而栗，毛骨悚然。

"大人，不能再用刑了。"刘斌眼看二人气息奄奄，急忙上前，对强克捷耳语道，"大人，要是没有口供，打死了岂不死无对证。"强克捷点点头，愤愤地说："也罢，锁入大牢，两日调养，大后日，即解往省府，把人证、物证一并带去，正法示众。消除隐患。"一摆手，"退堂！"强克捷大声咆哮过后，恨恨地转身回到衙后的寝房。虽没有什么收获，但抓住两个要犯，就是最大的收获。

至少对于滑县这边来说，这一突然事变，便打乱了天理教原定的起义计划。就在李文成、牛亮臣被捕的当天，天理教各宫的首领宋元成、黄兴宰、黄兴相等人立即集众赶到谢家庄"红衣健妇营"，找到李文成的妻子张氏，人称李四嫂，她是红衣健妇营的首领。

望着没有恐惧、没有眼泪、两眼怒视滑县方向的李四娘，众首领不知该说什么好。尤其是得知李文成、牛亮臣二位不屈的汉子在酷刑严拷之下，仍不吭一声、不说一字、不招一人的时候，各位男教首再也待不住了。宋元成牙关咬得吱吱地响，冲李四娘一抱拳道："四嫂，你发个话，该怎么办？"说着，"噌啷"一声已将宝剑擎在手中，急切地注视着李四娘。李四娘此刻的心情是何其沉痛，她怎么甘心眼见得就要承受失夫之痛呢？与李文成相识在他落难之时，又结合在贫苦之日，这么多年的风风雨雨，铸下了多厚的感情，她也说不清，她只是想，倘若有一天李文成先她而去，她除了拼却最后一滴血外，决不会苟且偷生的。她紧锁的两道黛眉拧成了好几道弯，面色严峻。

黄氏兄弟也问道："四嫂，不能再有所顾虑了。不必担心京城的情况，天皇做事细密。"宋元成转了两圈，又焦躁地问："四嫂，你说一声，实不相瞒，众兄弟在我们来之前都已聚集好了。"

李四嫂长长地吁了一口恶气，平静地说："我只担心，天皇他们不知这里的突发事情，仍等到十五起事，到时，我们再援救不了，岂不落个功败垂成吗？再说，文成与林清都是经过特意的推算的。我们要对教徒们负责。"

宋元成急得一跺脚："计划赶不上变化吗？古人云，先发制人，后发制于人。今事已急，十五日之期，断不及待。四嫂，我们弟兄们已拟就急书，派人送至林清天皇处。即使林清天皇在这里，也会同意我等建议的，不会见着刎颈之交的兄弟死去而撒手不管。"

"好吧，"李四嫂对几位兄弟略一点头，"你们都是各宫的首领，四嫂我有一个请求，让我的健妇营也去参战！"一撩额前的刘海愤然而起。

三个人一齐点头，说道："那是，那是，今天就算举事了。"

李四嫂道："今夜行动，趁着夜色去劫大牢，另外，万不可放跑了强克捷。"

是夜，滑县城外异样地静谧，连夜鸟的叫声也没有。五千人的起义队伍分成四队悄悄地踏着朦朦的星光向滑县急速行进。分兵把守四方城门后，黄兴宰猛地点起火把，刹那间，城外四周火光通天，如同白昼。义军的呐喊声、厮杀声、锣鼓声、兵器的格斗声一时间淹没了滑县的四周。

守城的官兵在黑乎乎的城墙垛里，吓得连头也不敢抬，"嗖嗖"的箭矢如同雨点一样从上空下落，三百来号的兵丁哪见过这样的阵势？心里顿时崩溃了。还没看清这些爬上城墙的义军的脸面，就如同草人一样纷纷倒毙，或是不顾一切地从城墙上往下跳，哭喊爹娘声很是瘆人。

丢盔弃甲的兵丁像没头的苍蝇狼奔豕突。刘斌左抵右挡，到底第一个逃至县衙，将熟睡中的知县强克捷叫醒。强克捷此时早已瘫了，刚站定在县衙门口，就见眼前晃动着无数的火把，睁不开眼睛。一愣神，就感到搀着自己的刘斌"哎呀"一声倒了下去。

强克捷低头一看，刘斌业已气绝身亡，喉咙正中一只雕翎箭，箭羽还在微微颤动。强克捷下意识地摸了一把刘斌的双眼，算是给他合了眼，自己弓着腰，强撑着躯体，绝望地喊一声："大胆狂徒，竟敢无视大清律令，聚众造反——""扑"地一声，一柄飞刀从衙前的人群飞出来正中心窝，他咬牙挺住了身子，摇晃了一下，就再也不知世事如何了。

各门的义军会合一处，黄氏兄弟打开牢狱后，跪着就哭，命人抬了副担架，扶持好李文成、牛亮臣，直奔衙门。李文成紧握着牛亮臣的手说道："没有想到，你我二人还能活着出来。"黄氏兄弟更是一路悲咽，一路诉说："四嫂和宋宫主径直去了衙门，强克捷老贼今日是死期已定。"果然，他们赶到时，就着无数的火把，只看见衙门前一摊烂肉堆在那里，哪里还有死人的模样，愤怒的义军早将强克捷剁成了肉酱。可怜嘉庆王朝的一位干练的臣子就这么死去了。

李四嫂想阻止众教徒不要碎尸万段，见到李文成才觉得就是把强克捷肢解也不解恨。她忍了一整天的泪水终于夺眶而出。不待担架落地，便不顾一切地扑上去，紧紧把李文成搂在怀里。众教徒见了都远远地散开，有意将火把熄灭了不少，牛亮臣的在健妇营参战的妻子也一样地抚摸着丈夫受伤的躯体，悲咽不已。

李四嫂不停地在李文成的脸上吻来吻去，伤心欲绝，说道："为妻担心死了，怕是见不着你了。"李文成轻声道："我这不是好好的吗？照样指挥战斗，照样推翻大清。"说着竟自慰地一笑道，"今夜看你这身戎装越发英武而妩媚了。"

不一会，衙内就传出阵阵惊恐之极的救命声，有女人的哀嚎，孩子的哭叫，声音惨不可闻。李文成一惊，忙道："不能这样滥杀啊！"李四嫂也连忙奔向衙内，只见后院横七竖八地躺着两三个女子的躯体，在她们的身边各有一位紧紧地搂着她们不放的孩子。李四娘连连摇头。黄氏兄弟及宋元成见状都过来，说道："众弟兄们气愤不过，就连窝给端了。"李四娘突然感到，一股不祥的兆头朝自己袭来。

几千教徒在滑县城里大大地骚扰了一番，百姓家家户户没有上灯点烛的，一家家的都蜷缩在屋子的一角，惊恐地听着街道上一阵阵声浪，如同飓风卷过松林一样。"顺天保民，推翻大清！""顺天保民，推翻大清！"

众人在清理过的衙门内停驻，因为全县城没有比这更适合的场所了。李文成等各事稍定后，就对众人说道："今天这一举动，好是好，可就是有些对不住林大哥了。约定我九月十五这天，率兵去北京做外援；现在我们既闹了这个乱子，提前举事，前途必有官兵来截堵，要想进发就很困难，岂不是也耽误了他的大事吗？"

宋元成说道："我已写好急书发去，估计这两日就到，他接信后，也应提前。"黄氏兄弟补白道："我们因为你被强克捷那臭厮捉去，恐怕你吃了亏，所以赶快聚集来劫救，难免有许多疏忽之处，考虑问题不怎么全面。"李文成感激地说："要说不周的是我，怎能怪罪弟兄们呢？如今事已如此，只好投石过河，探试深浅后就走下去了。再说，我也要感激大家的冒死相救。"牛亮臣也在一旁点头。

"这样吧，"李文成喝了几杯奶茶，感到心里热乎乎的，说道，"我们不能等官军到来，我们先分路进攻，或许能抢在先路。我的脚筋已断，不能走动了，须调养些日子，暂时就守在滑城里，把它作为根据地并施发号令，如何呢？"众人点头称是，说道："但凭人皇吩咐。"于是由李文成支配、分兵两路，一路由黄氏兄弟率领直攻山东，欲与冯光善联络，一路由宋元成率领进逼直隶。李文成夫妇、牛亮臣等坚守滑县作为大本营，两路策应。一时间，集合的上万教徒浩浩荡荡开拔而去，好不气势。

直到此时，巡抚高杞和知府郎锦麒才真正着慌起来。连夜得报后，吓得面如土灰，急得如同热锅上的蚂蚁一般，硬着头皮，写了一份军情急报，派一队快骑直趋直隶总督府，千叮咛，万嘱咐，一定要在众"教匪"之前赶到。一环紧扣一环，直隶总督温承惠闻知也大惊失色，忙用八百里紧急文书上了一封奏报，说"滑县已失，县官被戕"。

第三十七章

礼亲王失礼遭贬斥
宁阿哥归宁受褒扬

嘉庆帝不紧不慢，口气却是那样的严厉，不留任何余地："着即革除昭梿的王位，以辱没大臣、私刑官员罪，罚其圈禁三年，朕早就说过，皇族不该仗势压人，尤其是对朝中的大员！"

天空阴沉沉的。雷雨前的狂风扑打着避暑山庄各处宫殿的门窗，噼里啪啦地乱响。庄内各处房间内都显得十分阴暗。嘉庆帝仰靠在那把宽大的紫檀木方椅上，一边漫不经心地捻着唇上的一撮黑毛，一边轻松地乜斜着皇后身后的两个站鬟：晓鸾和翠红。皇后则是双眉紧蹙，脸上一片焦躁不安的神色，她不时地将一双明亮的眸子投向门外，望一望铅灰色的天空，重重地叹口气。

"这天气，怎么偏偏赶上这天气……"

她诅骂苍天，她担心这场暴风雨就要浇下来，皇后扭着头看了嘉庆帝一眼，心里道：唉，皇上的心思这时又不知道搁哪里去了。

"晓鸾，翠红，你们二人到膳食房去一趟，备些酒菜来。"皇后吩咐道。二位宫女以为皇后发现了什么，显得很紧张，一时手足无措，红扑扑的小脸儿一瞬间变得煞白，她们使劲地低下头，愣在那儿站着。迟疑了一会，才战战兢兢地问道："皇后，要预备些什么？"

"随他们的便，弄些清淡可口的。"皇后似有不满。嘉庆帝问道："皇后有什么心事吗？"边说边下巴颏向前一仰，给晓鸾递了一个眼色。前些年，或许是因为伺候皇后的两个宫女年龄小的缘故，未加注意，这转眼到十六七岁，竟也长得小鼻子小眼，干干净净又水水灵灵的，让人想起荷塘里的小荷花，似开未开，清香四溢，举手投足间，周身上下透脱着鲜活的气息，这对他可是一种难耐的诱惑。甜甜的微笑,一双娇羞的眉眼,这些对于嘉庆帝来说都是一种诱惑。

前一阵子,嘉庆帝光顾着在华妃那里消遣时日,倒也可人,但次数一多,日子稍长,就感到有些腻歪。不久就回到了老住处烟波致爽斋。初始感到皇后略有不满,但经一番哄拥之后,端庄而又丰腴的皇后也就释然了。

"皇上,二阿哥他们可有音讯吗?"皇后不安地问,"你瞧这天,黑云翻滚,似有一场大雨要来,按时日,他们也应该来了。"嘉庆帝笑道:"这有什么?都是成人还用得着你为他们担心?再说这一路都是行宫,怎会淋得着他们?"二人正说话间,就听殿外一阵急促的马蹄声,皇后站起来,急急要走出西暖阁,刚动几步,太监林升就急急地闯进来,喜滋滋地道:"皇后,二位阿哥都回来了。"嘉庆帝一跃从太师椅上站起来,踱到皇后身边,说道:"朕说过,没事嘛。"

随着一声"阿哥觐见",绵宁、绵恺从外间大踏步地往里走,见着皇阿玛、皇额娘,倒地便拜。"儿臣奉旨办差,都已完毕,特回转来看望皇阿玛及皇额娘。""快起来,起来吧,这是天意啊,你们看明日就是十五,你们若是不回来,叫额娘怎放心得下?"皇后絮絮叨叨地说,"这几日额娘都在担心你们呢,一路风尘,苦吧?"

"谢皇额娘挂念。儿臣感激不尽。"两个人在皇后的搀扶下就近挪过凳子各自落座。

嘉庆帝半空悬着的心也放了下来,他如何不惦记他们呢?刚要开口,绵宁从怀中掏出那块明黄色的玉如意呈递过来,道:"皇阿玛,儿臣也算完璧归赵,请皇阿玛验明。"嘉庆帝不知是接还是不接,有意赏给他呢,怎奈绵恺在场,还是伸过手去,正欲收回,皇后"噌"地一下走过来,把绵宁的手抬了抬,转身对嘉庆帝说:"不要说我护着儿子,他们也都不小了。皇上自己说过的话,若是他们办事归来,就将这玉赏与他们,可不能说话不算,失信于孩子。"嘉庆帝心中一凛,心道,你意欲何为?不料,皇后又道:"绵宁，留下吧，绵宁办事稳定，细致，少不了日后还要出去的。"说着拿眼睛盯着嘉庆帝，那意思是，我说得在理！

小太监林升躬身进来，轻声问道："皇上，让阿哥们去歇息吗？"嘉庆帝一摆手："好！你们先去洗漱，待会到西暖阁用餐。"二位皇子称谢辞父别母而去。

窗外掠过一个闪电，隆隆滚动的雷声由远而近推了过来，一股雨腥浓味充溢在空气里。

透过格子花式的窗棂，嘉庆帝的目光掠向远处的绰绰树影，在低沉的乌云挤压下越发苍黑，他派出的托津还未回来，按原先的计划，过了八月十五的中秋节，就可以去行围打猎了。说实在的，嘉庆帝每到避暑山庄总不把行围放在心上，实在想避一避宫中紧张繁琐的事务，那纷至沓来的奏折多少令他感到活得太累、太乏了。他注意到玻璃窗外的澄湖在起着层层波浪，他似乎看到翻卷着的风荷凝碧，似乎闻到花香阵阵，雅意幽幽。

探头探脑的林升踅进来，问道："万岁爷，华妃派人送来一坛花，奴才叫人放在外廊檐下。"嘉庆帝说道："什么花？""还很别致，从坛底不停冒出水泡，有香气溢出……"林升摇头晃脑地想先卖个关子。

"混账，朕问你什么花？"嘉庆帝大不高兴，说着，甩袖往外走去。停在廊前驻足，一看，真是巧夺天工的佳作，窑烧的紫坛胎薄而又丰实，轻轻一按机簧还能看到内里旋转的花坛，在突突冒出泉水的上面，仿佛池中的小荷才露姿色。是一枝绿荷。嘉庆帝想，真是心有灵犀，朕刚想到那阵阵芳香，这会就在眼前。跟在嘉庆帝后面的皇后，嘴角略略一弯，没有说什么，心道，这个华妃尚不知足，想是见大雨将至，怕一个人落寞寂寥，想约皇上跟她一起待在冷香亭。更何况，那艘御制的青雀舫就停泊在不远处呢！

皇后转身向水榭宽敞的东阁走去。青藤爬满廊柱，枝枝蔓蔓地牵连一片，仿佛用绿色的屏风有意隔开似的。

林升小声道："万岁爷，华妃说泛游湖中，雨中更富有诗意。""闭上嘴,"嘉庆帝说道,"你应该静候在斋内,谁允许你到处乱跑,去,去看上书房那儿可有奏折。"一句话呛得林升脸上红一阵白一阵地自个儿去了。

远远地从廊前的那片花草丛中,走来了一行人,领头的是皇后身边的两个侍女,袅袅婷婷,风摆杨柳似的腰身,令嘉庆帝神往了好久。忽然想起了梅香,心中一番感慨。低头细赏那一只小小的绿荷,名花各有主,也不枉虚度一场了。

时辰不大,翠红来到嘉庆帝的面前,说道:"万岁爷,皇后让奴婢来请皇上用膳呢。"嘉庆帝这才止住了感慨,看着翠红,中等个儿,身条儿十分苗条,一张瓜子脸细腻白嫩,宛若凝脂一般,真是女大十八变,没想短短的几年工夫连这些婢女竟也神奇地出落成一个个地地道道的美人儿了。那小巧玲珑的鼻子,一双明澈清亮的眼睛,红润的小嘴儿,如同画儿上走下来的一般。嘉庆帝一面点头,一面伸过手去在翠红的脸上轻轻一抹,叹道:"你们都长大了,朕怕是老了吧。"翠红嫣然一笑道:"承蒙皇上夸赞!"转身就想走,嘉庆帝刚想用胳膊拦住她,猛然间又是一声响雷在烟波致爽殿上空炸开了。这一声惊雷吓得翠红差点叫出声来,扭头就扑进嘉庆帝的怀里,嘉庆帝眼睛一亮,就势抱住翠红抵在门廊柱上一阵轻佻的狂吻。翠红面色如赤,越想摆脱却越是摆脱不掉。吻得兴起,嘉庆帝就要……正在这时,皇后的声音传过来:"皇上,二位阿哥都在等您呢!"嘉庆帝只得放开,笑嘻嘻地拉着翠红的纤纤细手仔细端详着:"真是苗条、秀气,瞧这手指就像葱脖儿一样白嫩。朕还是第一次见你这样的美人儿。"说得翠红心里痒痒的,羞羞答答地不敢开口,只得理了理云鬓回皇后身边去了。

转过一座漆器屏风,就看到一张嵌大理石面的红木桌子,几张黑漆镶螺钿、贝壳的木椅,桌面上摆放着一个绣花的提盒。几位侍女早已站在一旁。嘉庆帝环视一下,笑着对皇后说:"今儿吃点什么?"话音未落,一位身着天蓝色旗装的侍女走上来,揭开盒盖的第一层,里面放两把玲珑、别致的壶,一把溢出浓浓的酒香，青花、白瓷、细嘴，容积不大；另一把是白底无花的细瓷壶，是盛佐料的。将壶取出，再揭去空格，两碟江州四美酱园的豆汁酱和抚顺的百年老陈醋，再一碟放紫姜片、宝塔菜、乳瓜、蒜瓣之类的酱菜，另一碟蜜饯杏仁、桃红、莲心、藕片、青梅、红瓜，红、黄、绿、白四种颜色，令人赏心悦目。嘉庆帝频频点头，称赞道："朕要赏给膳食房绸缎五十匹。"皇后颔首称是，说道："明日中秋十五，少不了又是大鱼大肉，山珍海味也吃腻了，今日正好享享清淡口味。"

侍女又揭开盒子的第二格，露出底层的一格：这一格是五档，中间是圆形，四周的四档呈多边形，每一档放一两样下酒的冷肴：脆膳，炸得透酥、焦黄；肉脯，紫红色的薄片，很像是楂糕切成的片，脆而鲜、耐咀嚼；蛋青包虾仁，白里带黄的蛋皮裹着粉红色的虾仁；醉蟹，澄湖中出的大闸蟹，敞开青色上盖，堆着蟹黄的嫩肉，黄白相间；还有鹿肉脯，烘烤出来的、清香扑鼻。别说二位阿哥，连皇上皇后也禁不住啧啧称奇，真是菜鲜味美。嘉庆帝正要下筷子，后面不知何时冒出的林升竟抢先夹过一点尝尝，嘉庆帝嗔道："林升，你也特心细了，这是朕在自个的殿里进餐，又不比往日，你去吧，不要扰了朕的兴致。"林升只得咽着口水，悻悻地退在一旁。嘉庆帝一摆手，膳食房来的一行侍女都退了出去。皇后叫过贴身的婢女，对嘉庆帝说道："就让晓鸾、翠红为我们斟酒吧。"嘉庆帝道："好的，好的。"转过头对绵宁说道，"说说此次灭蝗的情形吧。"

绵宁连忙起座，要正色答复问话。嘉庆帝道："这还拘什么礼？说吧，坐下边吃边说。"

绵宁慢慢地说道："果然如皇阿玛所言，天底下哪有蝗虫有两种颜色？更无黄色的蝗虫不食庄稼之说。儿臣一行赶到那一打听，得知不少详情，百姓不愿让官军下去帮助捕杀的原因是，他们行的善远没有作的恶多。名为捕虫，实为敛农而已。儿臣所到之处，代父行事，严禁了这样的行为，儿臣临走时，有不少村户的庄民箪食壶浆，跪送道路两旁，儿臣见了很是感人呢！"

嘉庆帝默默地沉思着，不知不觉呷了不少酒。实际上，酒未到唇边，一股醇香就直透心脾，这酒白中带绿，至少在地窖里埋了二十年以上。吃过之后，感觉极为舒服，舌尖上的美味，也如美妙的歌喉一曲既终，余音袅袅，余味无穷。

正吃着，谈着，忽然林升又急急地闯进来，凑在嘉庆帝的耳边小声地嘀咕了两句，嘉庆帝当即面色一沉，对林升道："让他们都到颐志堂去，说朕不一会就去。"把手中的象牙箸重重地一放，说道："朕已吃好，你们慢慢地吃去。"他站起身来，踱至窗前，望着阴沉的天空，一语不发，一道闪电把嘉庆的脸照得雪亮，紧接着一阵响雷过后，铜钱大的雨点子就噼里啪啦地砸下来，砸在干燥的土地上，地面上立时冒起一片白烟。

颐志堂在清舒山馆之西，有屋宇数楹，坐北朝南，圣祖康熙皇帝御笔亲题额曰"颐志堂"，又曰"光风霁月"。堂外一带，垒石依岸，澄波绕栏，曲牖生凉，明窗纳爽，是皇帝处理政务之暇读书学习的场所。嘉庆帝碍于烟波致爽殿住着后宫的一些宠妃，又不似紫禁城宽大深远，人来人往的有诸多不便，于是就把处理政务时不时地放在颐志堂进行，尤其是满族的内部事务大都在此。

嘉庆帝坐在青凉轿内，感到头顶的雨点稀稀疏疏，但很大，震得烦躁的心境更加上火。

事情缘起是百龄的革职。百龄自从因陈凤翔的案子受到训斥以后，虽说还有不少头衔在身，但自觉低人一等，办事却更加小心谨慎。在朝中的行为也不似过去的冷漠，而是有些人情味了。这一切，或许归于他的贤妻帮助的结果，但与嘉庆帝的反复开导也不无关系。每当和嘉庆帝对弈时，嘉庆帝总是说道，做人也如同下棋一样，不能孤立，独木难成林，要讲究粘、贴、连、竖、靠，总之要发挥每一颗棋子的妙用，做人也是这样，孤立是要被吃掉的。有时候，朕感到很孤独，这时就招部分大臣进宫随便聊聊，以遣寂寞。你好像体会不到啊。百龄对嘉庆帝的话可谓言听计从，可是自嘉庆帝去了避暑山庄，百龄又如同从前一样。恰逢礼亲王昭梿五十大寿，百龄得到一张请柬，当时还想起了嘉庆帝的平时教导，不想几日过后竟忘个一干二净，把个请柬随随便便朝书房的案头一放，愣是没有送寿礼前去恭贺。

至于礼亲王昭梿是如何大骂百龄的，百龄的家人当然无从知道，老家人王冒像往常一样前往京郊的几亩庄园里查看庄稼的长势时，恰遇昭梿的家奴。令王冒心寒的是，仅有的几亩豆苗早被洗劫一空，而紧挨着的大片的良田，即礼亲王的产业都完好无损。王冒气愤不过，站在田头大骂几声。不料想，正是这几声叫骂，招来了昭梿家奴的一顿毒打，当即门牙脱落，眼睛乌青，当他哭哭啼啼地在随从的搀扶下，摸回百龄府时，正是第二天的早晨刚过没久。百龄刚刚用过早点要去办理政务，虽说革职尚还留用呢，面对家人的哭诉，他顾不得妻子的劝解，偏着硬硬的脖子说，不能因为是亲王就可纵奴行凶，我百龄自有过失之处，但皇上早已处理过，我还是朝中的大员，撇开这些都不说，就是挨打的是平民百姓也应有个说法。小娇妻劝阻不下，只好由他。百龄气哼哼地要去礼亲王府。妻子看到了书房上的请柬，打开一看，全都明白了，对百龄道，官人不必自取辱没，忍了算了。百龄却不管这些，说，这或许是我一时疏忽，话说回来，我有不去的权利，我又没让他给我下什么请柬。"砰"的一声摔门，乘上轿子直奔礼亲王府。这才有，昭梿站在王府的威严的石狮下，双手叉腰，面对各部衙的正在去办理公务的官员高声辱骂的场面：你私受贿赂，怠工迁延，出了大事却完全推诿于将死之人（指陈凤翔），人心皆无，兽性大增，试问往来各官员，你的一个任内亏空河工的钱两多少？私自侵吞了多少？一旦万岁回来，本王非奏你一本不可。骂得百龄狗血喷头，气急交加，回到府中就卧床不起，还有难听的，不堪入耳，真让百龄欲死欲活。实在咽不下这口怒气，遂给远在避暑山庄的嘉庆帝上了一封奏章。林升所报的事儿就是由董诰接收后，感到有必要在清廷中为汉官出一把力，不然的话，有谁敢去得罪亲王,汉官今后还能有什么出路?

嘉庆帝刚一坐定,喘息未定,只见董诰和托津(看是刚到不久,一脸疲惫)还有其他几位扈驾大臣也都坐在颐志堂里。嘉庆帝仔细看了一遍百龄的奏章:臣是罪身,容万岁爷的宽宏,得以留任,当肝脑涂地在死不惜,虑及受辱,深感悲愤。本当一死明心,奈惧万岁嗤笑。特上奏一章,一是奏明实情,二是讨个公道,三是请求正名。如果不然,还不如让臣致仕还乡吧。嘉庆帝边看边生气,问道:"你们对此事是怎么看的?"

托津摸不清底意,随口答道:"百龄也是无事生非,个人之间恩怨竟值得上了封奏章,依微臣之见,驳去或好言相劝一番也就算了。"

嘉庆帝明显地表示不悦,说道:"若此事放在你的头上,又做何想?"弄得托津面起愧色,仍不甘心似的慢答道:"臣等岂能和王爷较真?应当登门道个寿礼未至之歉。"嘉庆帝从鼻孔里哼了一声,"如此小人之策,妇人之举,哪里还像个王爷风范?"不再搭理托津,把目光转向董诰。

董诰之所以让嘉庆帝知晓此事,真是完全出于公心,其耿直的脾气不容任何人以势压人,这明显的是挟私报复嘛!而这个"私"也就是因为百龄没有送礼,想到这,略一沉吟,说道:"臣以为,办任何事体,都应公私分明。纵百龄有千万个不是,万岁爷已有明断。此事只应由万岁提及以警示群臣,若哪家亲王动辄提及,多少有伤大臣之自尊。况且百龄只是未送礼贺寿而已,这与万岁一贯倡导的不要铺排礼数是相宜的。"停了一下,董诰继续说,"至于如何解除百龄心中的忧愤,臣想,万岁在批复奏折之时,好言劝慰几句也就行了。"

"不,"嘉庆帝不紧不慢,口气却是那样的严厉,丝毫没有留下任何余地,"着即革除昭梿的王位,以辱没大臣、私刑官员罪,罚其圈禁三年,就这么办,朕早就说过,皇族不该仗势压人,尤其是对朝中的大员。百龄是朕一手亲拔,虽有过失,但这一年来,河事甚平,着即恢复原位。"

托津听得明白,深悔刚才又一次失言,不待嘉庆吩咐完毕,早就来到案儿边,写好了诏书,嘉庆帝望一眼托津,取出随身携带的玉玺盖了上去,交由董诰,说道:"发回京去!"

干打雷,不下雨。轰隆隆的阵阵雷声把满天的乌云都震散、赶跑了。金色的太阳从云隙中间穿过道道粉亮的光柱,往外一望,真是绿柳遥渚,红荷近渚。

转眼之间,秋风渐起,金谷登场,不知不觉,自七月份前来避暑山庄至今已有一月有余,一年一度的中秋佳节就要到了。内务府一声下令,避暑山庄的各处行宫都忙活开了。庄里庄外到处张灯结彩,御膳房里蒸出一笼笼的大馒头和寿桃。宫女们忙着扎兔儿爷,近千号人足足折腾了数天,才见出一些眉目。

嘉庆帝一跨出西暖阁,就说:"桂子月中落,天香云外飘。"桂子即桂花,是一种珍贵的观赏芳香植物,有丹桂(红色)、金桂(橙色)、银桂(黄白色)。抬头看着廊上各摆四盆丹桂,花型尽管不太美观,但香味浓郁,真是隔着几重朱廊碧槛就能闻到。它的香味,既不是兰花的馨香,也不是水仙的幽香,更不是梅花的暗香,确实是一种甜香,飘然而至,特别惬意。按照往年的惯例,在山庄内自然要到偏殿的供奉牌位的神像前拈香叩拜,又走到烟波致爽殿里接受百官的朝贺,嘉庆帝耐着性子听完这些歌功颂德、祝愿天下太平的陈词滥调,心中当然惬意了。开口对林升说道:"请各处的宫妃都来这儿赏月吧,人多点热闹。"林升不敢怠慢,去传旨办理了。

嘉庆帝望着忙忙碌碌的宫女,一路走,一路瞧,看到晓鸾带几个人正在扎供月的物件"月光马",不禁走了过去,站在晓鸾的身后,猛不丁地道:"好一个栩栩如生的'月光马'。"晓鸾一听是万岁爷连忙转身要行大礼,嘉庆帝一把搀住,"不必了吧。"紧紧一捏,晓鸾猛缩手,说道:"万岁爷,皇后在那边廊下正摆贡品呢。"

嘉庆帝并非来寻找皇后的,说实在的,他就是有意地来找这两位宫女的。"上绘太阴星君,如菩萨像。下绘月宫,及捣药之玉兔,人立而执杵。藻彩精制,金碧耀煌。"嘉庆帝甚是夸赞了一番,对晓鸾道:"你说,你这手艺是跟何人所学的?"晓鸾怯生生地答道:"奴婢在宫中跟着以前的老嬷嬷学的。"嘉庆帝见晓鸾总是低着头,心中甚觉无趣,暗道:看模样挺标致,比起翠红来是瘦弱了些,还真有点仙风道骨的味儿。

"皇上,您在这儿呢?"皇后玉盆似的脸上带着笑意,身后一群贵妃都哄笑着簇拥过来,"皇上,陕甘总督那彦成来了,特意绕道去洛阳给皇上带来了十几盆鲜活的牡丹花,正在御花园呢。皇上去看看吧!"

嘉庆帝心想,四月的牡丹才是盛期,这那彦成还真会凑热闹呢,说道:"难得那彦成一片忠心,朕待会就过去。哎——,祭月的供品都备齐了吗?""这还用皇上操心,都放在神殿院内的供桌上。"皇后说着就凑到嘉庆帝的身边,轻挽起嘉庆帝的胳膊,说道:"林升,让銮舆伺候!"嘉庆帝说道:"不必了,又不是在宫里,不远的路,一会儿就到了。"其实,他不想和皇后共乘而已。

到了御花园,果见那彦成正在那儿让侍卫摆正花盆,听到一声"万岁驾到",连忙一甩官袖,低着头紧走两步,拜见嘉庆帝。

望着那彦成黝黑的面庞,嘉庆帝心里不禁想起先皇乾隆皇帝所说过的称赞那彦成的话:"大学士阿桂的孙子那彦成将来定是一个国家栋梁。"是的,自己在亲政之初,也曾把那彦成和戴衢亨同留军机处,主要用以抗衡权相和珅。随着岁月的流逝,那彦成的今天也不算声名赫赫。但这四年的陕甘总督确实干得不错,董诰不止一次向嘉庆帝建议此人可调到京城任军机大臣,给个大学士也未尝不可。但嘉庆帝自有他自己的主张看法,越是前朝中的权贵嫡子孙,越是不能破格提拔,所以近几年,那彦成由过去的四处奔波到今天在陕甘一干就是四年了。

"起来吧,那彦成,"嘉庆帝亲切地问,"陕西的旱情可有缓解?"那彦成摇了摇头说道:"禀皇上,天旱还较厉害,但前几日的一场大雨使秋种的庄稼有了个好的开头。旱情有所缓解。"

不要再问了,问也没用!到底忍不住地又问道:"那饥民怎么办?"那彦成说:"一般都是由县以下的人员,组织赈放的钱款以求救灾。"

"嗯——,那要是下面多报或少报,遇到这种情形如何处置?"嘉庆帝并不是有意赏花,而且来到御花园的目的就想亲自和那彦成谈心一次,考虑以后留个什么更适合他的位子。有一点是明显的,做治河的事,他几近不通,他只能当总督吗?那彦成听了嘉庆帝的问话后,眼睛一亮,决定露一手,实际上,按过去的资历,他完全可以不必如此,个中原委,一时也讲不清道不白。然而,到了今天,一大批迟于自己成名的官员都已跑到前面去了,虽说官级不小,可以不时受到嘉庆帝的请赏,心里老是不舒服,就想回京谋个大学士的差事。早晚与家人待在一起,共度漫漫的后半生,以免却放任为外的苦楚。时光的流水冲刷得原本有棱有角的那彦成终于变得性情乖顺多了。这不,此次面圣,特地带回些花草,与自己的美眷一同乘着宝马急赶来⋯⋯

那彦成说道:"谅也不敢,任何灾情一般是由下而上的申报,受灾人数、田地面积等上报来的数据,一般须经由总督府派下去的人一一核清,实施边赈灾,边摸底,双管齐下,既及时地传播圣恩,又阻隔、杜绝舞弊现象。"那彦成本是无心赏花的主儿。

"那彦成,"嘉庆帝问道,"朕看你选择的牡丹花挺好的,似有研究吧。"

"这——"那彦成一时语塞,应不是,不应也不是,"这——,万岁爷过奖了,臣在督府后面花园内所种的全是牡丹,与府中花匠闲聊,也是牡丹之事,时日一长,耳濡目染而已。"

"万岁,"那彦成一指这十二盆,说,"请看,这是重楼、叠翠、魏紫、姚黄、二乔、金钗,仅从名字上也是不俗气的。"果然这样,有的含苞欲开,有的怒放如盘,又刚刚淋了水,鲜灵灵的,十分漂亮。弯下腰去,又直起来,嘉庆帝在身后黄鹅大扇的遮掩下，说道:"紫萼丛开未到家,却教邀客赏繁华,如知年少求名处,满眼空中别有花。"一边轻吟,一边望着那彦成,说道:"唐代诗人令狐楚有赏牡丹诗可谓别有风味,那彦成可知道吗?"

天哪,那彦成暗想,皇上不愧是皇上啊,能够钻透我内心任何的一种想法,不由得诚惶诚恐起来,多少又有些惴惴不安,便低首说道:"臣尚能谨记'十年不见小庭花,紫萼临开又别家。上马出门回首望,何时更得到京华'。"

嘉庆帝击节称道:"果然还如以往。那彦成,就留在避暑山庄,跟朕秋狝之后,再说如何?"那彦成称谢。抬眼看到自己的家眷们正和皇后她们打得火热,心道,平时讷于言辞的夫人也学会了左右逢缘。

林升说道:"万岁爷,唯有牡丹真国色,花开时节动京城,这里算是'花开时节动山庄'了。"嘉庆帝问道:"牡丹何时为花开时节?""中秋呗。"林升尖细地答道。一下子惹得周围的人都哄笑起来了。

嘉庆帝拉着那彦成的手说:"朕与你好好的谈一谈陕甘近日情形。"那彦成只得跟去。嘉庆帝边走边说:"朕今夜要与你及那些大臣们共同赏月。"

等到晚上,来来往往避暑山庄的烟波致爽殿的人越来越多。白天,嘉庆帝有旨,今夜大会宾客,后宫皇后与大臣的眷属亦共叙一堂,皇上自和一班扈驾大臣共话中秋。面对如此盛宴,一时间,宫外宫里有头有脸的人都来了。身份高贵的诸如王公亲族、朝内重要大臣在园内等候,身份稍低的,只能在园外跪接。因为,这片不大的场子实在容纳不了许多人。

静鞭三响,圣驾来临,园内外一片山呼"万岁,万万岁"的高叫声,嘉庆帝满面笑容地下了銮舆,漫步走进御花园,但见园内彩绸结棚,五色迷乱,宫灯装点,火树银花,"月光马"矗立在醒目的位置,果与月光一般清辉亮丽。

嘉庆帝用手轻轻地一摆,算是象征性地虚扶众人,众人都站起来。嘉庆帝笑嘻嘻地说道:"今夜朕设宴款待各位,宫里宫外大都不必拘礼,大家难得聚合一处,各得其乐,各得其乐。"一指早已摆好的三十多桌酒席,"大家入座,各想自己的祝辞。"转头对皇后说,"朕说不坐车辇来吧,总是拗不过你,这礼节一施,情趣就没有了吧。"皇后忙不迭对身后的贵妃及王室族内的众妃说道:"大家跟我拜月吧。"一推嘉庆帝,"去,去,那边由你了。"

世俗有"男不拜月"之说,故中秋留给男人的任务就是借机大吃一顿。嘉庆帝望着都正襟危坐的大臣,一步就踏上自己的御座,放眼一望,但见明月高悬,风清气爽,已是皓魄当空,彩云初散之际。嘉庆帝落座后,林升便把盛着热水的银盆端到面前,嘉庆帝伸手洗了洗,揩干后,望着一轮皓月,举手施礼,默默祝愿:"苍天在上,臣爱新觉罗·颙琰敬告上天:臣一生为民操劳,深知事功易,成功难,成功易,终功难,善于始者必慎于终,自古无完人之美。敬天讫怜,赐民万福。"祷告一番后,转身对都在沉思不语的大臣们说:"今夜开怀畅饮,数日之后,怕都没有这样的闲情逸致了。"

"托津,你是啥时溜回来的,朕昨日刚要问你,你倒先走了。"嘉庆帝意在打破沉闷,半开着玩笑。

托津忙要施礼,见皇上恩准免了,也就坐下来道:"皇上,臣就不谈公务了。臣接着皇上的思路说下去。木兰围都已准备好了,行宫设于白洞,可谓位置适中,不远不近,各蒙古王公、贝勒的行帐也都搭好,只盼皇上休息数日后,就动身前往,以展雄姿勃发。"

嘉庆帝举杯说道:"众位爱卿到了木兰围场,一试高下,如何?"一仰脖颈喝了下去。众人这才有所放缓紧张情绪,同饮过后,就举起筷子,频频攻击早已相中好的盘中御膳。口中还念念有辞,感激不尽。嘉庆帝偏过头,对坐在身边的皇子绵宁说道:"这次,你的差办得不错,了却了朕和大臣们的一番心思,有模有样的。"绵宁得到皇阿玛的称赞,心中一阵激动,连忙站起来躬身答道:"儿臣有何德何能敢受皇阿玛如此夸赞,此次,全仗皇阿玛的料事如神，才没有让下面的贪官得逞，三弟绵恺表现也很出色。"

嘉庆帝听绵宁说话规矩，又加顺便捎上了弟弟，没有丝毫的贪功之心，心里十分高兴，说道："哦，你不必谦虚了，董诰已呈上奏折，要朕封你呢。在这里，朕暂且为你记一功。先赏纹银五千两，锦缎五十匹。同样，绵恺也有赏物。"二位皇子都起身称谢。

"今夜中秋佳节，众爱卿要吃好喝好，不必光顾得叨念君恩。朕要你们用膳完毕，各自回去，家人还要团聚呢！朕怎能光顾一人之欢乐，弃大家的合欢于不顾呢？"嘉庆帝望着皎洁的月亮，举杯道，"八月二十五日，起驾秋围木兰，大家都是常客了，轻车熟路，到时谁要是迟了，可别怪朕不客气啊。"

董诰抹了一把油嘴，朗声说："皇上请放心，有皇上勤勉作风，谅做臣子的也不敢懈怠。"一碰托津，说道，"别顾着吃呀，调调气氛。"托津吱哝了一声："鹿肉塞牙缝了。"上唇微撇，一只牙签上下捅动，不得已，说道，"万岁爷，臣等沐受皇恩，经常临听垂训，哪有敢懈怠的。"拿眼环视一下，突然见那彦成正把一大块糖酥放到嘴里，心道，馋鬼样，这宫里的膳食还没有几样我托津没尝过呢，说道："那总督远道而来，又是行武出身，人中俊杰，在外带兵治理陕甘，确实辛苦了。赶明儿，我们一班臣子就分推那总督替我们在皇上面前挽回一点面子。"

那彦成谦逊地摇了摇头，心道，想当年，我在军机处时，你还不知在哪个山角角里呢？真是三十年河东河西之转，当年因治河的过错自己远调陕甘，他倒是因治河的臭屁方略，得以荣升，人不可以一时论短长啊。那彦成没有言语，闭目吃他的糖酥，咬得"嘎嘣"直响，引得周围的人啧啧称羡。

嘉庆帝道："那彦成，刀弓可娴熟吗？"那彦成赶快下咽口中食，也不拘礼，说道："一日不曾脱手，越是太平日，越要刀弓熟。""说得好！"嘉庆帝击节赞叹。

这时，林升凑了上来："万岁，皇后那边好像都散了，各嫔妃都回住处，唯有一班大臣的内眷尚在偏房内等候。"嘉庆帝点点头，表示领会，朝托津轻摆一下臂。托津会意，站起来说道："万岁白日里已经操劳一天，臣子们不敢打扰，谢万岁爷的赏宴。臣等告辞了。"呼啦，站起来一大批。嘉庆帝未做挽留之态，说道："也好，也好，佳期难逢！"

众人辞行后，不大的御花园似乎加宽了许多。

夜风来了，阵阵凉意袭人。"花气袭人是酒香"，真是众妙毕备。嘉庆帝由皇子陪同，在林升的搀引下，踱出了御花园。

月光昏黄起来，一大片薄如游丝的云带密密麻麻地遮住了天空。偌大的一道晕环罩在月亮的四周，风似乎更大了。

到了就寝的东厢阁里，睡意全无的嘉庆帝靠在软垫靠背上，低头沉思，天已入秋，该回京城了，等打完几场就算了，已经离京有不短的时日了。正沉思间，林升端着各宫妃的牌子走进来。嘉庆帝想了想，还是翻了皇后。毕竟今晚是中秋夜啊。

"皇上，我还疑心皇上喝多了呢！"门帘轻挑，皇后带着两位宫女已站在门口……

转眼到了九月初九，这日正是传统的九九重阳节。古以九为阳数，九月而又九日，故为"重阳"。唐代的山水田园诗人王维曾写下一首诗，其中有"每逢佳节倍思亲"和"遍插茱萸少一人"的佳句，说的就是一种遗憾、一种惆怅、一种思念，这对于嘉庆帝来说，正切合他的心曲。要是在往年，这个俗称为登高节的日子，携一班簇拥着的文武大臣登高、饮酒，其乐融融。杜甫有诗"重阳独酌杯中酒，抱病起登江上台"，足见其影响力。可是，今年不比往年，连续的阴雨已让嘉庆帝大失猎兴，火急的战报又使他忧心如焚。

颁了一道道圣谕，只有一条是关于登高游景的，其余的都是探询滑县的教事。

初一日起，嘉庆帝纵马木兰围场时，徒奔了半日不曾获得一只猎物，招来托津问询原因。托津道："万岁，据臣看来，木兰围场的范围小了，原来的树林都被砍伐得差不多了。入秋风寒，草木枯萎，野兽失去遮掩，纷纷逃至山里，臣也是一只未获。"

嘉庆帝问道:"何不进山?"托津苦笑一声答道:"万岁,您老人家忘了,前几天下的是何样暴雨,溪水骤涨,沙渍泥淖,人马如何过得去呢?""依你之见呢?"嘉庆帝其实心里清楚,但总想和托津扯拉几句。

"万岁,依臣看来,只好下令减围,待来年再筹划扩大围场,移植树木,容得野物生存。"托津目不转睛盯着地面上的一株草茎状的植物,慢悠悠地答道。嘉庆帝一听,只好传令,减围扈驾皆回避暑山庄。忽又想起,二位皇子也是离京有了一段时间,便召见绵宁,嘱咐他们回到京城的宫里,一则照应一下,二则温习功课,绵宁点头称是。

到了晚上,二位皇子前来辞行,嘉庆帝见绵恺似有不悦,便问道:"回去苦读是件好事,怎么不高兴呢?"绵恺答:"禀皇阿玛,太师傅所教内容,儿臣皆不大明白,哥哥还行,太师傅常拿他为我的榜样呢。"一听这话,嘉庆帝怒斥:"好你个顽劣之相,不是你不明白,而是你不想去弄明白,想朕自幼学启蒙一直读书到三十有五,即使今天,朕不敢有一时的疏忽懈怠,正如练武一样,三天不打拳自己知道,十天不打拳别人知道,勤学多问是为根本。"

绵恺哪里能听进去,顺着皇阿玛的话把儿就张嘴,"倒真不如给儿臣再找位武师,儿臣的一身筋骨练就武艺还行。"

"啪"的一声,清脆的巴掌打在绵恺的脸上,"混账,"嘉庆帝喝道,"'武以强体,文以治国',现在朕时时提倡的练武是为了保持满人的传统,敬祖宗而不忘根本也。古往来之,哪有一味地以武治天下的道理?来,来,朕考你一考,不必说出意,只需背出即可,《论语》上'子谓子产有君之道四焉',哪'四焉'?"

绵恺捂着左脸,火辣辣的,忽闪着一双惊恐的大眼睛,脑子在急速旋转。他知道,皇阿玛要么不怒,一旦怒起来就雷厉风行,任何人也别想阻挡的住,可不像他在朝中办事,躬亲之余,还再三催促。在对待皇子们的读书上,嘉庆帝简直是一位过分的严父了。

吱唔了半天,也说不上半句,两膝一软,绵恺哭道:"儿臣知错了,儿臣即刻回京闭门苦读,待皇阿玛回京之日,也是儿臣熟记之时。"嘉庆帝之怒气略消了一些,转头对绵宁道:"你来试一试?"

绵宁正迟疑间,绵恺说道:"皇阿玛,二哥是会的,或许此时忘了。"嘉庆帝又好气又好笑,他何尝不知道此时的绵宁心里所想的正是兄弟之谊呢?他这是担心,若自己哗哗地背出受到褒奖,那绵恺若是有私则可能挟愤于心,所以宁愿共同受怨,也不愿让绵恺有何异想。

绵恺见绵宁面色红涨,禁不住掩口偷笑。"你笑从何来?"嘉庆帝的怒气又上来了,"你别以为你哥哥背不出来,他是担心你呢!蠢子愚顽透顶。绵宁,背出来!"

"谨遵皇阿玛之命,"绵宁不假思索地脱口而出,"其行己也恭,其事上也敬,其养民也惠,其使民也忠。"背完便肃立一旁。这下绵恺傻了眼,心里着实感激哥哥为人厚道,处处替自己着想。

"可明白你哥的意思吗?"嘉庆帝说,"今日即回,认真学习,过不几天,朕也要回去了,到那时再考你一考,倘若再背不出,休怪朕对你不客气。"做皇子谁不害怕封不上王位?这"不客气"的隐含辞就是不封王。绵恺只有连连点头,哥俩一脸虔诚地对着嘉庆帝施礼,退出行宫,返回京师了。

重阳节前一天,嘉庆帝接到了河南巡抚高杞及卫辉府知府郎锦骐的奏折,是由留守京师的军机处转来的,初始不信,"教匪已剿灭了好几年了,怎么会冒出一个天理教呢?此教是以何种形式得以迅速发展?怎么这几年来也不见各地的奏章有过提及呢?"嘉庆帝虽然一直处于困惑之中,虽然没有把这事态看得十分严重,但过去亲政之初的如火如荼的"苗事""白莲教"作乱,不也是弄得自己焦头烂额。

嘉庆帝想,从历来的经验来看,尽管事态不大,但要防患于未然,或防患于小然,一旦事情扩大了,又是几年的战争,不能掉以轻心。他一方面询问大臣,强克捷是个怎样的人,一面直接命高杞、郎锦骐驱命弹压。他还担心,倘若是百姓不堪繁重的苛捐杂税怒而杀之，只需擒住元凶即可，万不可滥杀无辜，激起民变。

正迟疑间，嘉庆帝便接到了直隶总督温承惠关于天理教在滑县密谋起义为强克捷发觉，捕住了匪首李文成等，"教匪"余部攻陷县城，强克捷被剁成肉泥的奏报。这下嘉庆帝可犯愁了，手指温承惠的奏报便颁发一道道圣谕，调兵遣将，进行堵剿，万万不可以让"教匪"直趋京师。因为，温承惠的奏报也提及"教匪"攻击的目标，并且定陶被破，茫茫的齐鲁大地也风起云涌。

嘉庆帝不能掉以轻心，前车之覆，后车之鉴。董诰站出来说："可否命温承惠为钦差大臣，立即驰往长垣、滑县进剿？"嘉庆帝刚想点头，托津呼地站起来："万岁，不可以，山东向来为直隶境内，有如此众多之徒，请皇上降旨发落温承惠，怎么可以命他为钦差大臣？"

嘉庆帝断然道："托津，不必多言，事情并非你说得那样可怕。邪教一节，此时断不可提及。将来擒获匪徒审讯时，亦不必根究习教。"

董诰说道："皇上圣明，当年白莲教匪就是以教的名义传播远扬，我等万不可为他们冠之以教。皇上还应给温承惠具体指示才行。"

想了又想，嘉庆帝说道："托津，你来记吧，温承惠一定要以剿起事匪徒为正务，别的什么概不要你过问，一切政务尽行搁起。对于那些乘着混乱、到处抢掠的无籍之民，也应从缓办理，暂且放他一放，不可以顾小而失大。拾了芝麻，丢掉西瓜。"嘉庆帝看着托津笔走龙蛇在话完后戛然停止，笑道："托津，你的书记速度大有长进。"说后便陷入沉思。

"万岁，可否让各地村庄各自招募乡勇，随时堵截。"托津眨着眼睛，以为出了一个好点子，有些洋洋自得。

"万万不可！"董诰惊慌起来，唯恐托津边说边写上，几个沉重的步子便踱到托津身后。托津双手一摊，白了董诰一眼，那意思是说，万岁爷还没发表意见呢，你倒急个什么？

嘉庆帝也站起身来，注视着董诰一会儿，朗口说道："董诰所言极是，想当年德愣泰、明亮在办理三省教匪起事时，就曾招募过乡勇，谁知道，成群结队、训练有素的乡勇反倒过头和官军做对，致使官军遭到很大的无谓伤亡，这就等于为起事匪徒扩充武装，且令官军无处可防，真假难辨，这个教训焉能不吸取呢？"低头对托津说，"写上，官军所到之处，可帮助附近村庄，自守为御，调控河沟、濠梁，用以为坚壁清野之助，亦是困贼良法。但是，务需言明，但凡民人自卫本乡本村尚可，若要提及组建乡勇兵团，万不能允准，断不得再蹈陋习。假若该处乡民有情愿随应打仗者，温承惠务必严行禁止，以防不测。"

托津为自己再一次多嘴而没有挨训斥，长吁了一口气，专心听嘉庆帝口谕完毕，边听边记下要点，形成一篇圣谕，递给嘉庆帝，小心翼翼地说："皇上圣明，还是小心才好。"

嘉庆帝浏览了一番，拿起治国的玉玺蘸着殷红的朱砂重重地盖了上去。随侍太监拿出御制的锦囊盛放好，封漆妥当便交由领军旗牌官以八百里加急文书快速下达。

正是这样的一封诏书，给急于北上的李文成的两路人马带来了极大的不便。各方大员，在接到嘉庆的谕旨后，积极进剿，虽说进展缓慢，但到底还是控制住了日趋扩大的局面。尤其是在防堵方面，颇为严密。眼见大军不能推向北去，李文成在滑县也是急得口干舌燥，情急之下派出三队精悍的坎卦教徒纷纷北上，谁知都被官军堵回，这边消息送不过去，那边还在等着十五日起事，等着北上应援后，两路夹攻力克京师。看来原先的计划成了黄粱一梦。李文成徒有自责行事不秘，待在滑县城里长吁短叹，要不是李四娘尽心服侍，恐怕要心灰意冷了。四娘劝慰道："不必过于愁虑，谋事在人，成事在天。各地教徒都在纷纷响应，只要宫中得手，何愁天下不乱，官军不溃？你的双脚已断，不要担心，有为妻在这儿，什么事都能挺得过去。"反复劝说好几次，李文成才安定下心来，一面指挥起义军向官军猛战，一面设法传递音讯。

中原大地，风在吼，血在流……

第三十八章

攻大内教徒挥刀剑
守禁宫皇子放鸟枪

突然，乌云骤起，雷声大作，大雨如注，刚烧起来的大火，不多会便熄灭了。战至傍晚时分，起义军死伤过半，尽管奋力抵抗，终因寡不敌众，或被擒，或被杀。仪亲王永璇亲率健锐营搜捕教徒，起义失败了……

秋高气爽，天阔地长。嘉庆帝虽说远在木兰围场，可京师的宫中照样登高取乐。

人们根据习俗在重阳节的前一两天，家家户户纷纷用面粉蒸糕互相赠送，糕上插着彩色的小旗，点缀着石榴子、栗子黄、银杏、松子等果实，或者做成狮子蛮王之状，置于糕上，称着"狮蛮"。京城里的各座禅寺都举办了狮子会，寺院的住持都盘坐在石制的狮子上，做着法事讲经文，吸引着许多游人，京城里的大户人家的子弟，多结成伴儿，到郊外登高望远，带些酒馔佳肴，欢宴击节，外出享用大自然赐予的明净的天空，清爽的空气，平畴阔野。

这一日，城里的酒店无一例外，卖新出的烧酒，酒香撩得人欲醉。街道两旁的菜馆、饭庄、小卖部、大货栈也不约而同地以色味上等的菊花装饰门面，每条街道的店铺两边、里弄的各户人家门口都摆着傲霜斗寒的菊花，散发阵阵浓浓的菊香，引得一班落魄的秀才、潦倒的文人徜徉街头，指着盛开的金菊品头品足，吟诗作赋，个个摇头晃脑，念念有辞之间，故做搔首弄姿，迂腐可笑之极。偌大的北京城沉浸在传统的习俗中，弥漫着秋菊绽放开带来的清新幽香。

街道上、天桥边、菜市口、流动的人群、移山摊位、高悬的幌子，组合绘出了一幅幅生动又而形象逼真的风俗图。

北京城是这样热闹，紫禁城焉能落于人后？乾清宫内养着几盆名贵的菊花，现在个个散溢着清香，直扑入鼻孔，其色泽、丰姿、造型都让皇二子绵宁赏玩不已，日日流连忘返。其中有花瓣呈黄白色的、花蕊似莲房一般的"万龄菊"，粉红色的"桃花菊"，白而棰心的"木香菊"，黄而圆的"金铃菊"，纯白而硕大的"喜容菊"等等都竞相开放，争艳斗奇，正是它们"傲霜斗群芳"的时候。

绵宁驻足观赏了一会，只见太监刘得财进来，把菊花一盆盆地抱到廊下吸收阳光。绵宁道："算了吧，阳光促使早发，等皇上回来时，恐怕就败了，放在阴凉处，开得慢一些。"刘得财心道："你等着吧，再过七日就是你们这班人的祭日。"随后不等绵宁的恩准便退出乾清宫，绵宁虽感诧异也未往心里去，又独步朝上书房走去，远远的就听到绵恺的读书声，心想，待皇阿玛回来后定要禀明。

刘得财的任务就是看护好菊花。他哪里有心思，守在宫里，回到住处，便取出一长串早已备好的钥匙揣在怀里，急急出宫。迎面碰上步军统领吉纶带着几十个兵丁骑马直奔皇宫，刘得财心下纳闷，不知何事。正愣神间，张明东不知从哪里冒出来，对刘得财说道："你上哪儿去？"刘得财答道："正要去一品香，哎，你赶紧到常永贵处打探一下，吉纶此时来有何事，他不是驻守卢沟桥的吗？"张明东面色一灰，连声说："好，我这就去打探一下。"

其实，林清在京的策划同李文成一样已事先泄露了，只是由于有关官员的因循怠玩而未能及时发现并及时举发。如林清手下有一个叫祝现的小头目，他很早就参与了天理教的活动，其族人祝海在预王处当差，祝现就想发展他，可惜被拒绝了。祝现为了挽救这位族人，冒险将起义的重大机密告诉了祝海，并细述起义的具体时间和步骤。祝海便于初九日的当天夜里密报了预王，预王答应道："还有一段时日，待嘉庆帝回来再说。"另一个就是吉纶

711

将军，卢沟巡检陈绍荣事前对林清在辖区内的活动有所失察，但事发前夕，他惊骇地发现属内的居民慌乱异常。一番探访后，得知实情，陈绍荣在林清动手前申报宛平县，县令派人捕捉。林清事先得了消息，早溜之大吉，随后县令又向吉纶汇报，惹得吉纶大怒："最近一段时日，天下太平，你是唯恐天下不乱是怎么的？你怎么会想出这样的疯话来蛊惑人心呢？本将军正虑及皇上马上就到白涧，要赶去接迎，少来添乱子。"说完，跨马而去。

直隶顺天府大兴县宋家庄，林清宅邸。

各部起事的众教徒首领正襟危坐，一语不发。厅内十分安静，掉根针都能听见，大家心里都怦怦直跳，神色在紧张之中透着兴奋。眼见得十五之期将到，可是李文成的消息一点也没有，但从京师守备的情形可以看出，至少整个起义的筹备过程还没有泄露一点消息，依旧松弛，大家心里自然有些兴奋。这时，大厅的后门突然一闪，林清一身青布皂褂，脚穿皂靴，神情昂然地迈进来。众人刷地一下全部站起，齐喊："无生父母，真空家乡。"声若洪钟，震得房梁咯吱直响，掉下一些灰尘。

林清示意大家坐下，目光环视众人，开口说道："为践二八中秋的诸言，上承天意，今日即日九月十四，眼看河南道口会议拟定的十五日就要到了，至今尚未有地、人二皇的消息，各位教主如何看这事呢？"言语之间，不由露出一丝焦虑。这几日，林清表面上依旧随和，和蔼可亲，无论是组织安排人事，还是准备刀枪箭棒，都做得井井有条，不紊不乱，可是心里又如何不急呢？起始，李文成还不放心自己，一个月前专程北上，这个九月十五是根据天象推演而来，已经做定了死结。可是都到眉上一把就眉下的节骨眼，咋就不见动静呢？每半月一次的固定联络也中断，派出去的人也都不见回来，到底是怎么回事？林清心里自然十分不安。眼下诸事都已准备妥当，可谓万事俱备，只欠东风了。所以，翻滚的思绪搅得林清两日来茶饭不想，昨天接到刘得财的密报，虽说有皇子居于宫中，可守护的禁军却不见增加，都在准备接驾呢。还透出了一个细节,张明东可以直趋宫中禁地——太和殿(亦即金銮殿)。

听得林清的问话,众人无不愕然。何出此言呢?噢,准是因没有李文成的消息,心怯了。

陈爽是李文成派来的援兵,久不见李文成的消息,心里有些发毛,见林清也有此意:"天皇,起事是一锤子的买卖,无论如何要慎之又慎。这样可好,先容鄙人只身一人快去快回,如遇李文成的大军即刻回禀,到时再动手不迟。"

本来对林清向李文成请求增援就有些不满的林清部下刘呈祥、龚恕、王世有、祝真、刘进玉等八卦各教的宫主,一听此话,互相对视了一眼,皆有不满之色。龚恕手接佩剑,站起来对林清"扑通"一跪,语气甚为坚决地说:"天皇,天数不可违,既然早在几年前就定的这一天,倘若改期举事,势必造成教徒内心波动,甚而产生对天理教的怀疑。民心不可失,鄙人认为,明日即进城,按计划行事,打入皇宫,挖掉大清的心脏,谅它也活不过明日。"

"起来,"林清的勇气增加一些,他疑心倘若李文成果真就在明日到了呢?到那时,众多人马进驻京城,宫中守备必得加强,吉纶再领步军从卢沟桥杀将回来,势必里外受敌。"大家都说一说!"

祝真扯着沙哑的喉咙道:"天皇,天下百姓早就不堪满鞑子的残酷,巴不得现在动手呢。再者说,天皇曾编得预言,二八中秋的闰月箴言,可以说,妇孺皆知,都在敛息等待呢。如果明日不举义的话,以后,天理教的影响势力大为削弱,以后再想壮大怕是很困难的。"

"重要在举事这一环节上,需慎之又慎,"陈爽红着脸道,"不错,改了日期是对民心有些影响,但一旦把握住了一次机会,一举而获,民心定可归附。退一万步来说,'木立斗世清该绝'不也是没有应验,成就一件大事,善于捕住战机,宁可舍弃无把握的事,也要注重实效。"

"你没进宫怎么就知不成功呢?"一个问。

"即便成了,没有外援又怎么能持久呢?"一个反问。相互间争吵了一会。林清招手喝止,他想,无论如何也得一诺千金,不然,何以号众?"众首领说得都在理儿。但是,我决定还是明日进城!"说完,和善的目光扫向陈爽,尽管刚才陈爽有几句话很是不中听。陈爽忙站起答道:"本徒尽心听天皇差遣,若有丝毫懈怠,不得有善终。"林清放心了,又扫向自己的部下道:"大家再议,到底去多少为好?"

众人的意见又是一番不统,有人说,多多益善,有人说,只需派精兵即可,多了反而容易过早暴露目标。正议论间,门外的信使一溜烟地进来,对林清耳语几句,林清点头,说:"众首领不必再议了。正黄旗汉军曹福昌和宫中太监张明东来了,听听他们的情况。"

曹福昌何许人也?清廷四品大员,独石口都司曹福昌。简短介绍,林清相识曹福冒,正是曹家败落的时候,曹父死时家徒四壁。曹父一生廉洁,死后留给子孙的就是几间屋子。林清时常接济曹福昌。终于,曹父的事让清廷知道后,按例让其子承袭父职。一日,当曹福昌求林清传给他解除贫困的灵丹妙药,林清就传他"真空"八字咒,曹福昌随后加入天理教。

林清执着曹福昌的手说:"曹都司也惦着这事?"曹福昌惶恐地跪下:"徒儿正是为此事而来。""有什么新情况?"林清问。"别的一切动静如常,徒儿得到了确切消息,嘉庆老皇帝将于十七日返抵白涧行宫。到那时,留守京城的大臣必定倾城前去迎接。因此,徒儿想,到那天分兵两路,一路直奔白涧把嘉庆老儿给杀了,俘获众臣;一路杀进宫中,那时宫里定更加松懈,成功的把握也很大。"

林清不语,望着张明东说道:"张公公,宫里动态如何?"张明东尖细地说:"请天皇放心,一切如常。徒儿来这,就是受了刘得财的派遣,宫里又抽了一些禁兵,奔白涧去了。上次,天皇与刘得财商议的派多少人去,刘公公认为,人不宜过多,因为紫禁城面积不大,多了反倒无宜,咱们天理教徒人人都有逢凶化吉、遇难呈祥的本领,必定能胜。"这几句话感动得林清握住张明东的白乎乎的手说:"还是要内应太监的引路才好!"林清对门外喊了一声:"给二位看座。"

林清道:"听了各位的言辞,使我林清非常感动,大家齐心合力,定能成功。期不可更改,天定日数,哪能改呢?人不可派多,有二百人足矣,我原本打算多派几百人前往,怕目标太大,这又加上宫中确难容纳,无需众多人数。众位以为如何?"

大厅内又起震耳的高呼:"尽听天皇差遣。"

林清站立案后,说:"众位,明日太阳升起,大家吃饱喝足,做完晨祷,即可着装进城,大家都明白了各自身份。杀入宫门时,即高声呼喊'奉天开道,顺天保民',那样京城百姓势涌助攻,本人留守此处,静候地皇、人皇的到来。我于昨夜卦了一签,上上大吉,有事即行。"众教徒都"噢"了一嗓子,原有的紧张、不安、争吵,都一扫而光。

"各自准备,统一联络,明日此时,大宴群雄,大清的天下就是我们的了。到那时,人人封官给地,要多少给多少。"林清兴奋地忘了入教时的许诺,一文钱给一亩地。"行动开始了!"林清用尽全力喊了一声,众教徒也摩拳擦掌,一哄而散。

曹福昌见林清没有采纳自己的意见,待众人散去后,与林清告辞说:"徒儿还有要务缠身,回去再做打探。"林清本想说,还打探什么,一切就绪,留下干吧,忽然想到,也好,尚有一夜工夫,万不可暴露任何一位。转身对曹福昌和张明东道:"二位一路辛苦,家不叙常礼,再会吧。"

一个教徒提着灯笼,把曹福昌和张明东送行好远好远。

这一夜真够静的,静得令人后怕,连狗都不叫一声,林清独自在庄内各处闲走,到处灯火通明,忽然,刷地一下全都灭了,只剩下天上稀疏暗淡的星光和柔和的月光冷冷地注视着地面的一切。

林清是早起以后决定率队到京郊的黄村的,他对列队站在面前的二百多名教徒做了最后一次动员："众位教徒，推翻满清的大事就搁在你们身上了，本天皇要求你们人人奋勇，个个争先，杀尽鞑子，马到成功，胜利凯旋！"一挥手做了一个出发的姿势，迎冉冉升起的太阳，众教徒各自藏好兵器，出了村，散落在京城的四处城门，都装作贩卖货物的小商小贩的模样，大摇大摆地入了城门。

接到入城无碍的消息，林清坦然地坐在黄村的一个教徒家中，那教徒也在出发之列，家中除了才过门半个月的新媳妇，其余的都是林清的随从。小媳妇不知林清何等身份，但见他气宇不凡的样子，就知道大小是个头目。一边殷勤地端茶送水，一边暗自担心丈夫别有意外，她总疑心丈夫所说的未来的美好生活，至少目前来说，自丈夫加入了这个教，家中的生活倒真是一天好似一天。林清独自坐在木制椅旁的一个方凳上，端着茶杯，静静地候着从京城里传来的喜讯，一动也不动，像座石雕的人像。小媳妇细碎的脚步声也没能提起他的精神，口里一直念着天理教的八字箴言。

九月十五日午时，在紫禁城的东华门、西华门，突然城门大开，原先散落于各地的小商贩，忽然间变成一个个手持刀剑的斗士，高呼着口号，挥动着白条子，冲进宫里，见人就砍。

起义正式开始了。

按照预先的部署，攻打东华门的由坎教宫主陈爽带头，刘吴祥压后，由太监刘得财引路。

攻打西华门的由龚恕带头，刘进玉压后，由杨进忠引路。居中应援的是对宫里各地都比较熟悉且能各处行走的不得意太监张明东。

午时刚过，众教徒立马脱去长褂，露出兵器，扔下白薯、柿子、汤圆等叫卖之物，像一股股流水急急汇集东华门。紧跟着太监刘得财的陈爽及四位行人则是原来打扮。守卫士兵见来这几个人，便上前盘问："刘公公，他们是何人啊？"刘得财刚想答话，就听陈爽一声断喝："天理教教徒！"说时迟，那时快，手起刀落，一道红光直窜半空，喷了陈爽一身，其余几位哪儿见过这样场面，急声高叫，"抓贼人啊！"均被跟进的天理教徒手起刀落尽行杀死，陈爽向后一招手，那些已露出刀剑的教徒呼嚓过来。

问题就出在他们身上，城上守军站得高看得远，早就疑心怎么今天东华门外有这些小商小贩，比往日增加了许多倍。正闲谈时，忽然见他们脱去长袍，露出刀剑，才惊慌起来，也就在此时，城门口传来一声声惨叫，城上守军高问："什么事？"不见回音，又见那些小商贩个个面露峥嵘，顿时吓得魂飞魄散，连忙冲下城来，见前面几位教徒已经没有踪影，只好一面抵御冲进来的教徒，一面死死地关上城门。实际上，冲进去的只有陈爽等五人，其余者被关门外，无法配合，大叫小呼之时，已有数名义军被城上的雕翎箭所击倒，其余的人赶紧念动八字箴言，念着念着又有几位中箭倒地而亡，余者仍边念边退，消散于京里的各处胡同，不见了身影。守城士兵也不追赶，立即上报九门副提督塔思脱。

且说被关在城门内的五人，刘得财引陈爽及其随从一行，沿南北夹道冲入苍震门，准备亲自杀死总管太监常永贵。迎面遇见张明东，便道："你且去东华门看看，可有进来的人，给他们引路！"张明东转身就走。苍震门内即为皇帝内宫，也称大内。几位守岗的士兵正嗑着张明东给的瓜子闲聊，毫无察觉。在不明不白之中，陈爽手起刀落砍死一人。另外几位"腾"一下平地跃起半丈来高躲过刀锋，顷刻间，腰间的宝刀已执在手中。他们都是大内高手，有的经历过大小数次战斗，应变能力特强。转眼之间，陈爽二人即被包围，徒有拼死抵抗，再无还手之力，陈爽就听同伴一声惨呼，知道是不行了。不等亮闪闪的刀锋劈过来，把手中的长剑直向自己脖颈抹去，颓然倒地，瞪得圆圆的双目似要看透那夹道上一抹深蓝的天空。

另外几位教徒也在太监刘金（刘得财的干弟弟）的率领下杀进熙和门，署护军统领杨澍增接到塔思脱的口信，率军直杀过来，一太监上前拦阻说："大内不得擅入，里面的贼子我们自行捉拿！"

杨澍增把眼一横,恶声道:"你定是教徒无疑!"遂挥刀劈过,不多会儿,三位教徒也受伤被俘。

攻打西华门一路,是首领龚恕带领的五十人,由太监杨进忠引路,由于他们多扮作挑筐的商贩,西华门守卫没有设防,他们便涌进门里,并把大门关闭,防止外面清兵增援,在城门上,插起"替天开道""顺天保民"的小白旗。

按理这一路四五十人杀进皇城,本是一股精锐力量,可惜指挥失当,未能发挥作用。导引太监杨进忠,忽想起前几天与尚衣监有隙,便将这批人先引向尚衣监,向里面做衣缝补的太监开刀,然后杀入文颖馆,又杀供事数人。

这批人转来转去,最后才到隆宗门,这是直通养心殿的通道。起义者用两根木棍撞门,撞不开,久攻不下,心急上火,龚恕望望很高的城墙,说:"搭人梯!"就在这时,塔思脱和杨澍增带几十名清军向隆宗门扑来,边冲边喊:"投降不杀!东华门教匪尽皆杀死!"杨进忠一看势头不好,脚下抹油跑了。

龚恕见搭人梯已经晚了,高喊道:"跟我来!"可在这九重之间,觉得东也有路,西也有路,不知走哪里好,大庭广众,层楼高阁,转了半天,其实仍在外城转悠,站在城楼上的塔思脱和杨澍增,一面吩咐往下放箭,一面将各处城门关闭。

当时,正在上书房读书的绵宁、绵恺,忽然听到喊关门的声音,出来一看,总管常永贵正面如灰土报告:东华门事发,不过冲进来的五人都已解决。

惊魂未定的绵宁稍感宽慰,天啊!皇阿玛过不了几天就回来了,怎能发生这样的事呢?将近下午二时,绵宁以为事态平息,准备赴储秀宫向内眷们说明情况,当然也包括自己的妻子。忽报西华门事发,隔不多久,隆宗门外杂声突起,撞门声清晰可闻。虽说绵宁当时已是三十一岁,绵恺十八岁,可是他们都养尊处优惯了,又没经历征战,如何不心惊肉跳?这些亡命之徒,会到他们九鼎之尊的圣地,直接意味着可能家破国亡,皇阿玛又不在,如何担当这天大的责任呢?

总管常永贵说道:"二位还不快到储秀宫躲一躲?这班穷凶极恶的匪徒正死命往里攻呢!"绵宁说道:"躲?不行!走!"转身从墙上取下鸟铳,厉声道:"上城墙!"不容置辩地抬脚就走。绵恺忙命内侍太监备好撒袋、腰刀,带着贝勒绵志,一行人急急地赶往储秀宫、养心殿。

刚走不远,但见浓烟滚滚,烈焰腾腾。原来是龚恕见久攻不下,便命众教徒一面掩杀,一面抱些干柴,放火烧门。伴着浓烟,不时地从里面飞出几枝冷箭,墙上的清军也小有损伤。这时,龚恕瞅准机会,拣了几张从太监房搬来的方桌搭好之后,纵身上跳,他知道,越是抵抗的顽强所在,越是核心地段,不停地高喊:"杀呀!杀呀!"众人齐呼,在深巷中传出阵阵轰鸣。自己攀上了墙头,刚一探头,一支箭"嗖"地飞来,用剑一挡,雕翎箭折为两截。

这枝箭正是塔思脱射过来的。龚恕看清来路,伸手往下示意一番,便有一个教徒递上弓箭,龚恕握弓在手,拈箭搭弦,"嗖"的一声,朝瞅好的方向伸头就是一箭。可怜塔思脱正举着弓箭四下里望,猝不及防,那枝箭正中喉处,"哎呀"一声重重地摔下城墙,下面攻门的义军一片欢呼,龚恕一跃上了墙头,正欲往下跳时,"砰"的一声,一颗子弹击中他的胸膛,跌在宫院之中。

正是在常永贵的提醒下,绵宁才放了第一枪。绵宁眼见得塔思脱中箭而死,来人又跃上墙头。绵宁知道,那墙头后面乃是储秀宫,心脏中的心脏,顿时吓得面无血色,不知如何是好,两腿有些颤栗,刚才的勇气荡然无存。常永贵提醒道:"若不用鸟枪打烂房上地下之人,别无它法了。"

绵宁一枪中鹄,又给清军以无尽的勇气,清军早就看清此人是个头领,果然,下面的攻势有所减弱,但仍有几个爬上墙头,都被鸟铳打死了。

爬墙不行,只有坐看大火焚门了。

719

正在此时，留京诸王及内务府大臣引兵进入神武门，大约下午四时左右，清军便集结了健锐营、火器营一千多人调入宫内，这些官兵皆是火枪装备，起义者抵挡不住，不得不自隆宗门退出，困守西华门。孤零零地无援无助，站在城墙垛往外高喊，可哪里有援兵呢？远远的有成群的百姓驻足观望，神情漠然，他们不知道皇宫发生了什么大事，正想探个究竟呢。

突然，乌云骤起，雷声大作，大雨如注，刚烧起来的大火，不多会便熄灭了。战至傍晚时分，起义军死伤多半，尽管奋力抵抗，终因寡不敌众，或被擒，或被杀。仪亲王永璇亲自领着健锐营把守四门，散落后，隐蔽在各处的教徒又被捉住了不少，此次起义宣告失败了。

清王朝的心脏——紫禁城的这场风暴，虽说时间极短，仅仅一天的工夫，但震荡波却是极大的。一时间，北京城里处于混乱之中。为了安抚民心，绵宁命几位留守大臣赶紧张榜公告天下，说是匪患已除，嘉庆帝不日回宫云云。

众多的传说尽管还时有所闻，但突出的一点是，清朝气数未尽，要不是这样，怎么好端端的晴空就突然下起大雨呢？如果没有这场雨，说不定教徒就攻入皇宫了……

晓行夜宿，驾辇匆匆，可以想象在返京的路上，经历一生坎坷的嘉庆帝从来没有感到像今天这样急迫地回京，自九月初十返程到九月十五日，短短的几天内，他收到了有关鲁豫天理教起事的奏报有十多件，无非谈论一个话题，确为"教匪"有预谋的起事，而且由来已久，气得面色铁青，好你个温承惠，朕把你看成栋梁，你倒简直是一个饭桶了，天理教就在眼皮底下你竟闻所未闻，岂不怪事？想到这就于飞行的轿中，口谕随侍太监："将温承惠革职，命那彦成暂时补缺，即命陕甘提督杨芳为先部先锋，大军直抵直隶协助围剿，调古北口提督马瑜驰往滑县长垣督办。"

"万岁，即使是教匪起乱，也勿应如此之急。"托津立马在嘉庆帝的面前，额头的汗珠也是一颗一颗地掉在马鬃毛上，混和着马汗直往地上淌。

停住驾辇,嘉庆帝遥望前方,眉头紧锁,一脸阴郁,董诰也急急地钻出车驾,气喘吁吁地跑过来:"皇上,不必惊慌!至少目前的局面还控制在我们手中。前面即到白涧行宫,就在那儿歇息,坐等事态进展,再斟酌损益,商议出兵不迟。"

嘉庆帝长叹一声:"十年了,十年,好端端大清朝又要生发事端,叫朕如何不心急啊!"说着竟带着哭腔,"朕不明白,朕勤奋治国,却总换不来人心安定呢?"手指锦绣江山,悲咽道:"万一再酿发起像白莲教匪作乱那样的事,叫朕如何应付啊!不及时返京,聚在一起谋划,朕的心都操碎了。"

白涧行宫依山傍水,风景宜人。行宫就建于宫道旁的山崖上,山那边是一溪深涧,乱石犬牙交错,加之水流甚急,远望那溅起的水花,恰似一道银练飘落在谷底。林升几乎是背着嘉庆帝走进行宫。这日正是九月十六。

一番忙碌过后,托津几乎不离嘉庆左右,忙这忙那,比太监照顾得还殷勤备至。忽然,山脚一阵阵密集的马蹄声打碎了刚想歇困的嘉庆帝。一声声长长的"报"字惊起白涧上空鸟儿四下逃散。

嘉庆睁开疲惫的眼睛,问道:"何事惊慌?"说这话时,感到自己的脊梁骨冒出冷汗。

"报,"旗牌官从山脚快速跑上来,衣服零乱不堪,面尘有烟熏火烤的痕迹。心里一惊,嘉庆帝连忙坐起:"你、你……"来人"扑通"跪倒,放声大哭,嘉庆帝丈二和尚摸不着头脑。

董诰一瞪眼:"京城离此也不过百十里路,何以用六百里文书,加急赶来?想惊圣驾吗?"来人叩头不止,双手呈递急报:"请万岁爷浏览!"林升接过后递与嘉庆帝。来人依旧很紧张。

果然,嘉庆帝的手指哆嗦不停,似是受冷挨冻的感觉。原来这是绵宁送来的急报,告知嘉庆帝:九月十五日午时卯刻,皇城出了大事,两路教徒围攻东西华门,其中西华门被攻破,甚至隆宗门也被大火焚烧,若不是天降大雨,隆宗门就被烧焦了,看到这嘉庆帝放声大哭，泪流满面……董诰、托津则盯着那旗牌，董诰道："你不是统军护卫杨遇增吗？为何要这副模样见君？"杨遇增刚想解释，嘉庆帝冲着董诰、托津说道："你们过来吧，瞧一瞧！杨遇增，朕念表现出众，特加封你三等男爵，顶单眼花翎，赏纹银三千两。"杨遇增感谢而泣。

杨遇增是由绵宁派出的，亲执书信由一位护军统领送达，这怕是在大清朝尚属首次，杨遇增从十五日夜登程，一路上就没有休息，可谓人困马乏，强打着笑意道："万岁，不必伤悲，宫中已安然无恙了，一切都等着万岁回去再作处理呢！"嘉庆帝点头，说道："辛苦你了，你下去休息吧。"

别说嘉庆帝看了满面流泪，就是托津、董诰看了也是心跳不止，皇宫乃是皇权的象征，宫廷中还供奉有他的祖宗。事情发展到这种程度，叫他如何面对祖宗呢？嘉庆帝怎么能不哭得伤心欲绝呢？

说是无恙就没有事了吗？绵宁知道个啥？

随从诸臣相互传阅了这份奏章，有的因参加剿过白莲教起义还留下过伤痕。多数知道，只要一沾"教匪"，就非常厉害，想起来仍心有余悸。多数被这突然事件吓昏了头，惊愕得无计可施。

托津脑瓜子好使，忙跪禀道："不如立刻返回盛京，然后调动大军重新入关？"

有大臣提出退回热河，依靠蒙古诸王公、贝勒、贝子、额驸的势力，进攻北京，还有的人认为不如就暂避在白涧行宫，以观动静，莫衷一是，搅得皇帝也不知所措。

托津道："臣赞同第一种！"有的各有赞同，托津急了，"眼下京城匪势被弹压，但匪众还没捉完，如果回去，再举事一次，又将如何应付？"

唯独大学士董诰与上述意见相左。他翘着几根胡须道："皇上，先前在避暑山庄、木兰围场，皇上不是说仅是'滋乱'而已，不久献俘虏的各地消息肯定会达到。皇上返京，有几大优点。一是只有皇上返京，才一可以鼓舞京内将士，奋勇抵抗，还可抚慰，增强信心；二来可以破除谣言，安定民心，稳定全国的局势；第三，只有进京，才足以表明我大清王朝尚未溃散，不会让那些外国公使、商团误解。"董诰说到动情处，涕泪交加，令在场的荣郡王绵亿大受感动，他是嘉庆帝的亲侄子，当时也跟着董诰说话，一边安慰董诰，一边对沉默不语的嘉庆说："皇上啊，宫里尚有大批亲人处在惶恐之中，他们都在渴盼您早日回京呢，即使从单纯的血亲关系来说，也应当代为分忧，况且皇上又是万乘之君呢？"

嘉庆帝望着众人，默默地站起来，踱至行宫里的内屋，一个人俯在桌案前，思索翻滚。他想，不回京城绝对不行，这不是临阵逃亡吗？各族王公、在京的亲王以后还敢实实在在地服帖朕吗？不仅如此，恐怕此举还将牵扯到自己的子孙后代，那后果更不堪设想了。去蒙古那显然降低自己的神武威略，丢失了大清朝的尊严，倘若留在白涧行宫，踌躇不前，只会表示出自己软弱无能，胸无成竹，还是冒险进京！

嘉庆帝决心已定，他马上召集群臣，对忠勇有功的皇二子绵宁大加褒奖，嘉庆帝说："朕对在这场斗争中的有功人员，定要一一封赏。但是，朕感到，应首先封二子绵宁为智亲王，其余皆论功行赏。众爱卿可有异议？"

托津说："万岁，皇子绵恺、贝勒绵志也应封赏。"嘉庆帝道："那是自然，还有九门副提督塔思脱、护军统领杨澍增以及其他诸位带兵增援的各室王公。"众臣正议论间，又是快马的飞奔声从脚下传来，嘉庆帝不禁心头一紧，众臣也跟着紧张起来，不知是福音还是祸讯。

此时，已是下午五时左右，嘉庆帝率领众臣步出行宫，西斜的日头泛着白光，照在他们身上。嘉庆帝的肩头有微微颤动。迎面走来的不是一般的旗牌官，而是仪亲王永璇。

听完永璇的诉说，嘉庆帝知道，回宫已根本无碍，决定立即回京。

十七日，嘉庆帝一行即抵达燕郊行宫。是夜，嘉庆帝才是真正的不眠，红肿的双眼不时掠向深邃的夜空。该怎样向天下交代呢？一篇"自我检讨"式的《朱笔遇变罪己诏书》刻发天下：

> 朕以谅德，仰承皇考付托，兢兢业业，十年有八，不敢暇豫。即位初，白莲教煽乱四省，命将出师，八年始定。方期与或赤子永乐升平，忽于九月初二日，河南滑县又起天理教匪，然此事究在千里之外。猝于九月十五日变生肘腋，祸起萧墙，天理教逆匪犯禁门，入大内。大内平定，实皇次子之力也。

> 我大清国一百七十年以来，定鼎燕京，列祖列宗，深仁厚泽，朕虽未仰绍爱民之实政，亦无害民之虐事，突遭此变，实不可解，总缘德凉愆积，唯自责耳。

> 然变起一时，祸积有日，当今大弊，在因循息玩四字，实中外之所同。朕虽再三告诫，舌敝唇焦，奈诸臣未能领会，悠忽为政，以致酿成汉唐宋明未有之事，较之明季梃击一案，何啻倍蓰，思及此，实不忍再言矣。

> 予惟返躬修省，改过正心，上答天慈，下释民怨。诸臣若愿为大清国之忠良，则当赤心为国，竭力尽心，匡朕之咎，移民之俗；若自甘卑鄙，则当挂冠致仕，了此一身，切勿尸禄保位，益增朕罪，笔随泪洒，通谕知之。

众大臣听了，无不面红耳赤，自愧深责。

十九日上午，嘉庆抵达京城，诸王公大臣侍卫等迎驾于朝阳门内，大家鼻涕一把，眼泪一把，其悲伤哀情，连在马上的嘉庆帝有些坐不住了，缓缓入宫，诸多王公大臣，跪听《罪己诏书》，大家都不禁失声痛哭起来……

嘉庆帝止了众人的哭声，拉着绵宁的手说："朕为有你这么一位儿子感到高兴啊！"扳过儿子的肩头，细细端详一番，转身对众臣说:"绵宁系内廷皇子,在上书房读书,一闻有警,自用枪击毙二贼,可嘉之至,笔不能宣。大家想想,要不是连杀二贼,余贼岂能善罢甘休?此举实属有胆有识。宫廷内地,奉有祖宗皇考的神御,绵宁以身作则,身先士卒,实属忠孝双倍。朕上次已颁诏封为智亲王,今日再添俸银,每岁一万二千两,以示优奖;三阿哥绵恺随同捕贼亦属可嘉。其余在廷臣工,有功必赏,内外诸臣当共感知其奋也。"

众人山呼"万岁英明",簇拥着嘉庆帝登上乾清宝座。不知为什么,他今日坐在这个位子上,感到无比亲切。他细细地抚摸那龙案的洁净表面,像是抚摩一位女子的皮肤,小心翼翼。他环视殿内的摆设,看着看着,眼泪不由自主地流下来……

京城十月,菜市口的刑场上,一并排站着天理教徒各宫首领,林清居其首。他环视越积越多的人群,一双眼似乎在寻找什么。秋风卷起落叶在行刑架上空飞舞,飞舞。他知道将被凌迟处死。他似乎早就预示到这一天的到来,脸上竟浮出灿烂的笑容……

正是七月,已近中午,骄阳燎烤着大地,天空中虽也慢慢地飘荡着几块白色的云朵,但地面上却没有一丝风。树叶打着卷卷儿,小鸟藏在树叶里,田野里没有一声鸟叫,这儿那儿时时有几只蝉在烦人地叫着。四野中农人已经稀少,可是官道上一支浩浩荡荡的队伍正在匆忙地前行。这是嘉庆帝带着他的皇子、王公及大臣们前往木兰秋狝的队伍。尽管人们都感到窒闷,喘不过气来,已厌倦了在这烫人的官道上行走,但是嘉庆帝的心里却特别高兴,今年他已六十岁了,十月六日就是他的生辰,如今经过他二十多年的治理,虽然烦心的事情层出不穷,有些事情甚至惊得他冷汗淋漓,但毕竟都一个一个地解决了。特别是天理"教匪",个个被绳之以法,如今可以说得上是天下太平了。而在这治平之时,欣逢自己花甲之年,怎能不让人踌躇满志?此时,到木兰围场打猎,检阅一下大清英武的军队,然后再过自己的生日,岂不是更有意义,更有情味?

銮驾行在宛平县境内，马上就要到行宫了，随扈的人们都非常高兴，而且此时又刮起了凉风，暑热渐渐消退。可是随即他们便惊慌起来，只见东边的天空上浓重的乌云滚涌而上，不一会儿铺满半个天空，大有"黑云压城城欲摧"之势。瞬间，乌云盖到头顶，起初是树叶从地上旋起，树枝儿不断摇摆；不久，沙砾横飞，树梢儿再也摇摆不动，只往一面倒去；又一会儿，碗口粗的大树被连根拔起，许多树干被拦腰吹断，鸟儿被风旋转在天空里又"啪"地一声被摔死，聒噪的蝉再也不鸣叫，时而"吱——"地一声，那必是被狂风扫荡后临死时发出的哀鸣。

　　突然间，嘉庆帝的车盖被风卷走，眼见着车就要翻滚，一个小太监叫道："皇上跳车。"尚在美梦中的嘉庆帝惊醒过来，随即从车上跳下，那些王公大臣，那些皇子皇孙，那些侍卫、妃嫔、宫女、太监，都被刮得晕头转向，不辨南北。二皇子绵宁、三子绵恺大叫着："皇阿玛——皇阿玛——"可他们并不能移动半步，嘉庆帝隐隐约约地听到喊声，可并不能张开口回答，只是歪歪倒倒，睁不开眼，张不开嘴，直不起身。突然间，感觉到有一只细腻凉滑的小手抓住他的手，拉了拉，嘉庆帝往那方向使劲靠了靠，正靠在一个人的身上和一匹马的身旁，嘉庆帝抱着马鞍，顿感身体稳固了些，在马的身边避一避风，也能睁开眼睛，见眼前并不是一匹马，而是四匹靠在一起。再看身旁的人，只有一个小太监，仍然紧紧地拉着他，另一只手则紧紧地攥着马的缰绳。马儿似通灵性，靠在一起，纹丝不动……

　　过了半个时辰，狂风渐渐停息，可是随后却是倾盆的暴雨。皇子皇孙们已找到了嘉庆帝，喊侍卫把皇上扶上马，向行宫赶去。

　　伞盖等一切东西都被卷走，嘉庆帝在雨中淋着，一会儿浑身湿透，他眯着眼，看着前方，扯天扯地尽是雨帘，看不了五步远。嘉庆帝问道："还有多远？"

　　绵宁道："还有半里地。"

　　嘉庆帝松了口气，可就在此时，胯下的马突然前蹄一跪，嘉庆帝差点从马上栽下来,要不是有一只小手扶着他的话。他看了看扶他的人,仍是在大风中拉他的小太监,他正左手执着缰绳,右手扶着皇上,在泥泞的路上跋涉着。

终于到了行宫,绵宁、绵恺从马上跳下来扶皇上进宫,洗了热水澡,很快换了衣服。热羹端上来,喝过后,皇上出了些汗,绵宁道:"皇阿玛歇息一下吧。"

嘉庆帝道:"没事儿——把侍卫们都叫来。"

侍卫们站在厅里,嘉庆帝看了他们许久,发怒道:"你们平时在宫中无所事事,只知领受俸禄,遇到大事时,就不见你们的影儿了。更可恨的是你们连马匹也没检验好,朕差点儿从马上栽下来——你们天良何在!你们都是满洲贵胄,数代享皇家厚恩,却不思为皇上出力,连大风大雨中都不见了你们的影儿。如果是在千军万马的乱战中,那你们还不把朕给丢到九霄云外去了!"

斥责以后,嘉庆帝罚他们一月薪俸。众侍卫退出后,嘉庆帝道:"把那个小太监找来。"

"哪个小太监?"近侍道。

"就是为朕牵马的那个。"

……………

绵宁道:"还能有几个小太监?把他叫来!"

近侍出去,不一会儿,小太监来到,站在嘉庆帝面前。嘉庆帝见他行走时如风摆柳枝,静立时如亭亭芰荷;二眉细细,弯进两鬓,目光闪动,满含春水;面白如玉,吹弹得破,两瓣红唇,如榴花绽芳。嘉庆帝不由想起那只手,那只在风雨中握着他的凉凉滑腻的小手,此时定眼看去,手指修长,温温润润,几近透明,白白皙皙,如同剥皮的葱根。嘉庆帝从来也没有见过这般俊俏的太监,不由得愣了一会神。

嘉庆帝问小太监道:"你叫什么名字?"

"奴才叫安福。"

嘉庆帝一怔,此人莫不是福安再生,想一想福安去世已经十四年了,于是问道:"你多大了?"

"奴才十四岁。"

嘉庆帝心里一紧,许久,才道:"你到宫中多时了?"

"奴才八岁入宫,初时在南府习曲学乐练舞。到皇上宫中,才刚一个月。"

嘉庆想,福安初到宫中时,也是在南府,后来又到五台山学武功,武功练成后,下山成为皇考乾隆帝的内侍,跟随乾隆几十年。福安对皇上忠心耿耿,体贴入微,对我也处处维护,时时关心。后来虽有一个太监鄂罗哩为我内侍,可那是个拍马谄媚之徒,并不像福安一样诚恳由衷地护卫、侍奉、关心先皇和我。虽然福安并没有在我的宫中真正服侍我,可我却时时能体会到福安那颗滚烫的爱心。如今,这个安福站在面前,他要是能像福安一样该多好啊——不只是名字很像,或者是相同。

想到这里,嘉庆帝道:"你今后就随在朕的左右,做朕的内侍好了。"

安福忙跪倒于地道:"谢主隆恩,愿皇上万岁,万岁,万万岁。"

第三十九章
偷工减料皇陵塌陷
吐雾吞云国运衰竭

嘉庆帝的陵墓，他的万年吉地居然因为偷工减料崩塌了！嘉庆帝脸色铁青，抓住安福的手道："小福子，总管陵墓工程的盛柱是喜塔腊氏的亲哥哥，是国舅呀！盛柱对得起朕吗？对得起他死去的亲妹妹吗？"

嘉庆帝到了行宫以后，一连数日大雨总是不停。第五天，奏报称永定河在京郊决口，宛平、大兴两县数百村庄被淹，百姓失踪上百人，又有数万人无家可归，正拥向京都。

嘉庆帝站在行宫高处往四处望去，田野一片汪洋，低洼地方只见树梢，有几个村庄已没了踪影。嘉庆帝急令京城妥善安置灾民，令大兴、宛平两县悉开府库以赈济，勿使灾民流离失所。

嘉庆帝又命启跸，赴避暑山庄，仍念念不忘木兰秋狝，可是哪里还能找到路径。

又过了一天，灾情奏报如雪片一样飞来：直隶京畿及河南地方暴雨不断，黄河水骤涨二丈有余。还没到第二天，奏报又到：

黄河于仪封、关阳决口！

黄河于开封符祥决口！

黄河于武陟马营坝北岸决口，水淹原武、阳民、辉县、延津、封丘、张秋等县！

黄河于……

………………

黄河于七八处同时决口，实为历史上从来没有过的事情，此时木兰秋狝的兴致已荡然无存，皇上即命取消今年的木兰秋狝，启跸回京，于是车驾又急匆匆地往回赶去。

一路之上，嘉庆帝见灾民成群结队，遂忧心如焚。每年河工支付的费用如此惊人，可是如今起到什么作用？——到处决口，这就是多年来治河的结果。亲政至嘉庆十年，南河工程，除正常修理工程费用三百八十万两外，另外抢险疏导等工程费用用去两千七百万两；自嘉庆十一年至二十一年，除岁修工程正常费用一千二百五十万两外，另外工程用至四千九百万两。

国家花了这么些银子，银子哪里去了？治河的成效在哪里呀？如果不治呢？——今后不治河了，随它去罢！

嘉庆帝的銮驾继续往前走着，将近京城，掀开车帘望去，村村被淹，人人流离。仅永定河决口就受损如此，那黄河决口带来的会是什么样的灾难啊！

一个君主难道能对水深火热中的百姓置之不理吗？

嘉庆帝刚到北京，一入城门，见城内各处都挤满了灾民，上百个一群，几十个一堆，处处都是叹息声、哭喊声、哀嚎声。如不尽快妥善解决灾民问题，岂不是又要生乱！嘉庆帝刚到宫中，马上谕令开仓放粮，并要各处官吏及九门兵丁帮助灾民，同时又告诫各地，勿使瘟疫和其他疾病流行。

治河，还必须治河呀！不然，则国将不国。

可是，黄河七八处决口，如何治法？派谁去治？嘉庆又忧愁起来，几十年来河督换了多少个，可是又有哪个把河治好了？现在河督陈凤翔如何？——要么召来老臣吴璥？

嘉庆帝还在焦虑时，御史荐云宽的奏折递到御前，奏曰：

"臣以为治河须先治人，须先治官，须先治吏，须先治贪，犹如昔日剿白莲教匪，关键在于吏治，吏治清则教匪平，治河亦如此。原河道总督徐端，廉洁奉公，习知弊端，每欲见皇上面陈治河之弊在于吏贪，后两江总督松筠反密告其恐有浮冒之嫌。徐端一生清正，死时两袖清风，死后妻儿生活无着。而现在的河督陈凤翔，本是直隶贪吏，皇上所知也，臣不知其因何废而复用。似这等根劣性贪之人，只能使治河之事更形败坏。陈凤翔治河，所用麻料掺杂沙土，秸垛则外实中空。相反，工地上玩好之物充斥：元狐、紫貂、熊掌、鹿尾等等，无物不有。河员等用公款随意购置，以材料费用报销。甚至在工各员，领出公款，捐纳买官，追河工竣毕，照捐升新衔议叙，实开投机取巧之晋擢捷径。如此用国家治河之银为自己捐官之事，绝不在少而在普遍。向来治河工程完毕，上报奖赏人员多系亲旧，甚至身未赴工地而名列推荐册单。臣以为治河之须先治官吏，由上可知，吏不治则河永远泛滥，如今之计，不若置河工于不顾，先刷新治河官吏，请皇上三思！"

提起吏治，嘉庆帝一阵揪心的疼痛。为皇子时，深恨和珅给国家带来吏治的腐败；亲政后，诛杀和珅，下决心整顿吏治。吏治实为国家存亡的关键所在，嘉庆帝对此是深以为然的。亲政几十年来，费尽心力，杀了许多，逮了无数，可是如今那贪官，那污吏，不少反增，这是怎么了？嘉庆帝深知御史所言都是实情，可是难道真的先治官吏再治河？那要等到什么时候，治河可是燃眉之急啊！何况，总不能把这些官吏都杀光了吧？

治吏也好，治河也好，目前的燃眉之急必须解决，如今七八个口子还能让它们日夜流淌？总不能放在那里不管，任黄河永远泛滥，让其明年还没有固定河道？

要治河！

派谁去呢？嘉庆帝最后还是想到治了几十年河的吴璥。嘉庆帝并不是忘了昔日两江总督松筠曾弹劾吴璥垫款几十万，恐有冒控；也没有忘记昔日两淮盐政劾扬河通判缪元淳虚报冒领公款时，曾奏称："璥路过扬州，与言厅员营弁不肖者多，往往虚报工程，且有无工借支。前在任六七年，用银一千余万，今此数年，竟至三四千万。"嘉庆帝没有忘了这些，可是这些弹劾奏折后来都查无实据，何况，松筠所劾的河工徐端，本是清廉之臣，却被朕偏听偏信，革去了职务，抑郁而死。难道这吴璥就不是被诬陷、被冤枉的？再者，这治河须要内行，如今谁懂治河？

嘉庆帝想来想去，决定还是派吴璥前往治河，以钦差大臣的身份前往督办河工,总管河南黄河治理工程。

吴璥奏报说:"本年黄河决口七八处,马营坝处决口较大,仅此一处,臣估算至少须银九百六十万两,再加上其余各处,共需银一千四百万两。臣以为,若无这些银款,决口各处,绝无修好合拢之理。"

嘉庆看罢奏折,眼前一黑,差点晕了过去,一千四百万两!我朝每年的总收入才四千二百万两啊!

七八个口子!

黄河开了七八个口子……

一千四百万两!

嘉庆帝浑身颤抖着,颤抖着。最后还是狠下心来——治!堵!拿银子!

各治河大小官员听说皇上拨出银子治河,兴高采烈;听说拨了一千四百万,笑逐颜开,激动不已,有许多差点乐出泪来。他们在心里高呼:"皇上万岁,吴璥万万岁!"

什刹海附近有一处宅第,从外观看,并没有什么特别的地方:普普通通的一个门楼,门楼外是两个很小的石狮,石狮两旁,排着二行老干粗大枝叶茂盛的槐树。这,就是吴璥在北京的府第。

进了大门,下了轿子,吴璥来到前厅的前面,见六七个狐狸笼子摆在那里,心里高兴,便仔细地察看起来。家人吴二走上前来道:"八月末,刚换下毛,从长白山的顶上捕来,比过去的好。"

吴璥道:"你辛苦了,剥皮和熟皮的人都找了吗?"

吴二哈着腰道:"找到了,是全北京手艺最好的。"

"我就要最好,银子可以多给他。"

说罢进了客厅,吴二跟上来道:"老爷,这全狐已经购回,小的想,是不是到苏州去一趟购点……"

"什么?"

"老爷有所不知,其他的河道官员,其穿着必苏杭绸缎,每季自定花样颜色,使机另织,一样五件。这些下官尚且如此,老爷身为河督，难道穿着就差于他们？"

吴璥道："穿着不要太讲究——那是外表的东西，惹眼。虽然长白山顶上的活狐狸十分贵，但穿在身上确实轻暖柔软，其毛刺目不疼，且并不太惹眼，如今谁没有狐皮衣服？可是定做的苏杭绸缎就不同了，我又不是不知道他们的那些勾当，但我身为河督，眼红的人多——"

"小的懂了。"

此时天已傍晚，吴璥出前厅来到后堂，屋中蜡烛已经点燃，吴府和大大小小的河官的家中一样，宅内纯用蜡烛。吴璥正在看几件玉器，其中的一件名"待月西厢"，正方形，高、宽各一尺五寸，中雕一厢房，窗外竹影摇花，窗内雕二女，一女抚颊侧首，满面含羞；一女指点窗外，面带调皮，二女栩栩如生，真是呼之欲出。最好的是，二女面如桃花，细眉如黛，皆玉石天然之色。吴璥正摇首赞叹这件鬼斧神工的玉器，家人喊他去用膳。案上摆了满满一桌，尝了几道菜，喝了一碗羹，吴璥放下金匙、玉碗、象牙筷子来到书房。书房内，碧玉盆景、红珊瑚树、骨扇玉扇等等，各种珍奇珠玉，真是琳琅满目，应有尽有。吴璥还没坐下，吴二来到书房道："老爷，小的当年随老爷在扬州时，结交了一位朋友，是个戏班的班主，很是豪爽，很是义气。他很想见老爷一面，如今特先拿来一件东西孝敬老爷，让小的转奉……"说着，吴二从袖中拿出一件东西来。

吴璥的眼睛都看直了，好久才喘出一口气来，他不敢相信是真的，以为是在做梦：眼前有这么好的东西！他定了定神以后，马上攫过来，像捧着刚出生的娃娃似的，生怕弄疼了它。他的手里捧着的是两块玉环，一块洁白，上饰浪花之形，一块青中染以墨色。两块肉好（孔径与宽边）若一，吴璥不忍释手——这绝对是春秋珍品啊！

"好！让他来见我。"

"小的明天就让他来见老爷。"

次日,吴二领进来一位中年男子,袅袅亭亭地来,双目蕴春,眉梢含情,一看便知是优伶出身。到了吴璈跟前,双膝跪倒,说道:"扬州姚亦奇拜见吴大人。"出语温柔婉转,如莺歌燕语。

吴璈道:"请坐。"

姚亦奇又袅袅亭亭地站起来,从袖中取出一个匣子道:"小人没有什么好东西奉送,这几颗珍珠,还请大人不嫌粗陋。"说罢把匣子放于案上。

吴璈虽年逾花甲,却满面红光,二目朗朗,精力充沛。据他自己说,这是学当年和珅吃珍珠的结果。此时一听说匣子里装的是珍珠,便情不自禁地解开锦囊,揭开匣子。顿时,一团耀眼的白光刺目而来。吴璈心中大喜,匣内的十颗珍珠,颗颗硕大无比,哪一颗也要几千两银子呀。吴璈把匣子放下道:"劳班主如此破费,本官实在不好意思。"

姚亦奇娇滴滴地道:"小人今后还望大人照应,这些许礼物,实在微不足道。"姚亦奇的那手指和眉眼一齐比划着,说得吴璈直痒痒。

吴璈道:"班主来得正好,本官正要组建梨园。你想,拜祭河神要演出,庆祝安澜要演出,大坝合拢要演出,等等,戏班是不可缺少的。你既是班主,正是在行的人,这组建梨园的事就交与你了吧。明天本官拨与你五十万银两,到扬州、苏杭一带多买些优伶歌妓。"

姚亦奇大喜过望,他本想在河工工地能带着班子演戏而不受干扰,并希望吴璈带官员们能光临他们的演出,没想到来到这里,就给了这样一个肥美的差使,竟给了五十万两的银子购伶买妓!

姚亦奇随即跪在地上道:"大人对小人如此栽培器重,小人就是大人的小黄鹂鸟儿,小鹦鹉儿。"说着那眼睛屡屡地向吴璈闪着春波。

吴璈浑身躁热,连忙走向前抓住姚亦奇的手,把他扶起来道:"你言重了,言重了……"吴璈的两手不住地揉摩着……

吴璥虽尚在北京，河南大工尚未开始，马营坝工地早已馆舍林立，商肆栉比。各种玉器钟表，各种珍玩，各种皮货绸缎，各种土特产，应有尽有，无物不备。优伶戏班，男娼女妓，蝇集蚁聚。市井人等，更是趋之若鹜，马营坝土地俨然成了一座真正的繁华的城市。当然，其他的几处工地，也如同集镇一样。吴璥出北京来到黄河岸边，一一巡查，最后才来到马营坝。

吴璥在一群治河官员的簇拥下来到工地，拿了一把系了红绸的铁锹铲起马营坝土地上的第一铲土，顿时掌声雷动，马营坝工地正式开工了！

随后，治河官员们乘轿来到马营坝工程的总管衙门。

尽管只有短短的两个多月的时间，衙门还是建造得气度恢宏，厅堂巍峨，檐角勾画在蓝蓝的天空中。

进了院门，迎面是一个二亩见方人口湖，湖的四周用青石铺就圆形大道，大道两旁种上了雪松。湖心用太湖石垒成了一个巨大的假山，有廊桥通向湖心。吴璥等就从这个走廊到了假山旁，欣赏了这个巧夺天工的假山后，又沿着另一条画廊走出人工湖。

走出人工湖，吴璥不由赞叹一声："好菊花！"

原来呈现在众人面前的是用万盆菊兰搭成的菊花山，菊花架用红松搭成，高耸与殿宇相齐。副督那彦宝道："吴大人，这一万盆菊花，有两千多个品种，集天下菊花之大全。"

是啊，吴璥早已领略了，这里的菊花争奇斗艳，一盆盆姹紫嫣红，美不胜收：银红针、桃花扇、紫虎须、灰鹤翅、玉楼春晓、枫林晚照、紫电青霜、绿柳黄鹂、贵妃醉舞、西施晓妆……让人目不暇接。转了一圈，吴璥意犹未尽，那彦宝道："大人，不妨日后慢慢欣赏品味，现在该看看办公的地方了。"

吴璥道："待花败了，这个架子留着，明年春天，摆上万盆兰花。"

绕过菊花架，便是一座屋宇，门前摆放着几十盆佛肚树（珊瑚树）和几十盆扶桑。进了屋里，首先是一个大厅，这里放着几十盆铁树和几十盆扶桑，十几盆橡皮树，十几盆八叶金盘，大厅的四壁，有的地方画着飞天壁画，有的嵌上巨大的镜子，这个大厅巨大无比，有了那些盆景和四壁的装饰，使得整个大厅并不显得空荡。

那彦宝道："吴大人，这是下属们办公的地方，总督堂在后面。"

吴璥没有到其他房中转悠，径自走出大厅，大厅的北面便是总督堂。总督堂前也凿了一个小湖，湖中也用太湖石堆了一个小山，湖水中放了十几对鸳鸯、鹭鸶和仙鹤，围着湖水，用五颜六色的鹅卵石铺成小径，小径的两旁摆着巨大的两行苏铁。进了总督堂的大厅，厅中摆放的奇花异草更让人瞠目结舌，大开眼界：仅天竺葵就有七八种，花开深红、大红、桃红、玫瑰红、洋红、粉红、白等色；玻璃翠也是如此，花开白、粉红、洋红、玫瑰红、紫红、朱红及复色。

由总督堂往东，走了半里地，有一个独立的院落，里面也有华屋几十间，院内也凿湖种树。众人来不及看这个院子，急急地走进大厅，大厅内放着几十张桌子，桌子满放着佳肴。众人坐定，开怀畅饮。

此时，前方的戏台上，锣鼓声响，丝竹齐奏，演剧也开始，河官们边饮边吃边看，直到红日西沉。

那彦宝又站起来，又是巴掌一拍，道："各……各位，明早从早……早晨开始演剧，各位，从明天开始，为……为……为庆祝安澜，演戏三月……"

话还未说完，吴璥站起来道："各位，本督以为，今年灾情严重，国家财政困难，庆祝安澜演剧，虽是惯例，但从实事出发，就由三个月改为两个月吧。本官的一片心意，还请各位大人能够体谅。"

下面一片奉承声起："吴……吴大人说……说得好，吴大人真是国……国家……贤……贤臣。"

席散，吴璥刚进室内坐定，梨园班主姚亦奇走来并领进两个优伶道："吴大人，这两个是小人的徒弟。"两个伶儿走到吴璥跟前,吴璥忙搂在怀里道:"名师出高徒,——不错。"他亲了亲,捏了捏,揉了揉道:"不错,好!"

开工不久,嘉庆帝接到吴璥的奏报,言称黄河决口已填了六处,现在仅剩两处,决口最大的马营坝处的工程进展也极为顺利。

与此同时,又有御史奏劾吴璥花天酒地,浮冒报销。不几天,吴璥又来了奏折,奏称:马营坝工程比原来想象的要艰难,请皇上再拨一百万两方可完工。

嘉庆帝起了疑心,马营坝工程已许九百六十万,现在再要一百万;这一工程难道能超过一千万!嘉庆帝急命直隶总督方受畴遣机警可靠人员改装易服,前赴马营坝工地密行察访。

嘉庆帝谕令方受畴曰:"须查清:所领公款经费,是否全归实用,有无奢侈滥费之事。驻工各大员,谁实心任事,竭力办公;谁自图逸乐,恣意安养。务得确情,据实密奏,不可稍有隐讳。"

方受畴接到皇上密令,心里犯了难:要说不据实禀奏,那是欺君之罪;如果据实奏闻,可是嘉庆十九年黄河决口,我同河督吴璥共同筑堵,那时我们……如果据实奏闻,那么不就拔出萝卜带出泥了吗?方受畴最后想:情愿派几个心腹到那里弄点东西来,分一杯羹,若日后皇上知道实情,我也可把责任推到去密查的人身上,先把他们斩了,再奏报……

方受畴派人明察暗访了近半个月,给嘉庆帝的奏报可想而知。

最后,嘉庆帝下令开捐,把捐官得来的钱交予吴璥。捐官例一开,还真的筹集了一百万,嘉庆帝把银子拨去后,谕示吴璥道:"国家不惜血本治河,总是为能把黄河彻底治好,虽不能一劳永逸,也不能让它年年肆虐,尔等行为,关乎国计民生,决不可玩忽,置国家、百姓于不顾。"

嘉庆帝自己也感到治河的银两出得窝囊,他已隐隐地感到,那些治河官吏肯定在恣意胡为。可是查访不到惊人的案例,又如何下手呢?御史所奏虽是实情,可是事情不具体,治哪个河道官员的罪呢?都撤换?那么有谁去治河?嘉庆帝想起治河,就是一阵阵的心绞痛。

嘉庆帝埋在治河的烦恼里难以自拔,而另一道奏折更是让他气炸了肺——

嘉庆帝的"万年吉地"——他的陵墓崩塌了!

嘉庆皇上感到一阵阵的眩晕,安福急忙扶住他,把他拥到榻上,揉着嘉庆帝的胸脯。嘉庆帝脸色铁青,抓住安福的手道:"小福子,总管陵墓工程的人是盛柱——他是喜塔腊氏的亲哥哥,是国舅呀!盛柱能对得起朕吗?能对得起他的已死去的亲妹妹吗!"

安福抚着嘉庆的胸口道:"万岁也别太气愤了,天下没有良心的人多了。"

案件很快查清:盛柱建皇陵偷工减料,致使殿宇渗漏,檀木糟朽,陵墓坍塌。盛柱贪污银十余万两。

在皇陵工程中贪污舞弊!

舞弊贪污者竟是嘉庆最爱的皇后喜塔腊氏的亲哥哥!

一连许多天,嘉庆帝郁闷非常,几十年来大张旗鼓地反贪,结果是什么?有什么效果?连自己的皇陵工程都有人敢偷工减料,侵吞公款!

这一天,安福扶着皇上道:"皇上应出去散散心才是,不要闷在屋里,这样会生病的,何况马上就是皇上的万寿节了。"

是啊,十月就是自己的万寿节了,自己须舒畅些才是。嘉庆帝的思想在发生着变化。

皇上随安福来到内右门外,突然,小福子急拉皇上快跑。到了一间屋里,忙叫来几个太监,并几个侍卫。

嘉庆帝道:"真是莫名其妙,这是为什么?"

安福道:"皇上,你看那个人很可疑。"

嘉庆帝从窗口望出去,见有一个人正探头探脑,东张西望,显然来路不明。遂命侍卫把那人捉住。

事情很快明白,此人是京城市民成德征。这成德征乘昏暗混入神武门,潜进景运门,竟然到了大门!到了嘉庆帝的身边!好在此人是想面见皇上告状。此人若是陈德的同类、天理教的教徒,那会出现什么样的后果!

嘉庆帝又是阵阵的心绞痛,阵阵头晕。

安福把皇上扶回宫内。嘉庆帝几乎一夜都没睡着觉。第二天早晨,他神情萎顿,侍卫们及护军统领个个递上奏折,请皇上治失察之罪。嘉庆帝看了这些奏折,更是气恨,他训斥道:"你们都是没心肝的,你们连祖上的影子都不如!"

是的,这些侍卫、统领都是功臣之后,其中就有阿桂的孙子,海兰察的儿子,额勒登保的儿子。

嘉庆帝命宗人府会同军机大臣查出责任人,一连几天没有回音。嘉庆帝怒道:"再查不出实情,把你们也统统革职。"

当晚回到寝室,安福道:"皇上,奴才听说事发那日值日侍卫扎拉芬在外城宿娼,被巡检锁拿回署内,其同事等前往抢夺,把锁扎拉芬和妓女的枷锁都扯断了,故而那日宫门值守人少。"

嘉庆帝气得七窍生烟,难怪军机处宗人府不敢把实情奏报。

当夜,嘉庆帝来到军机处,命连夜审讯,必把事情弄个水落石出。

次日,嘉庆帝早早地来到乾清宫,查案大员全侍立两旁。奏报道上来,果如安福所言。但是让嘉庆帝震惊的是,奏报上说京城各兵营,都统衙门宿娼玩妓,乃是平常又平常的事。奏报又称:被逮各侍卫不服,他们讲"八旗子弟嫖娼就遭罚,逛妓院就挨逮,那么宗室难道就不受约束了吗"?

嘉庆帝当堂追问宗人府:"宗室难道有人嫖娼吗?据实奏来。"

侍立各人都低着头,无人言语。

恰在这时,直隶总督方受畴来觐见皇上,嘉庆帝即命方受畴调查是哪一位宗亲有宿娼之事。方受畴想:我好不倒霉,尽让我查这样的案子,我能得罪得起谁呀?可是这一次与查河工不同,这是让我亲自调查而且是皇上又知道点风声的情况下,隐瞒不实的奏报很容易被皇上看破。于是方受畴真的认认真真查起来,不查犹可，一调查，让他大吃一惊：原来侍卫们影射的不是别人，正是皇上的亲侄子、仪亲王永璇的儿子绵志。绵志不仅时常宿娼，八大胡同人人皆知，而且他竟私买民女，金屋藏娇，匿隐不报。其妻父李长福，依仗皇亲国戚，捏造仪亲王谕帖，擅戴花翎，假扮为仪亲王侍卫，返原籍河间诈骗，无所不为……

方受畴思来想去，还是把实情奏报了上去，嘉庆帝捶胸顿足：我的亲侄儿也成了这个样子？

嘉庆帝马上召来哥哥仪亲王永璇道："王兄，我们的子弟难道这样不成才？"

仪亲王永璇瘫在椅中，摇着满头的白发叹道："他原先可不是这样，当年天理教作乱时，他在宫中还能立功受奖，看来，以后……"

两位老人陷入苦闷之中。许久，永璇道："此事必须严惩不贷，不然宗室八旗皆为游手好闲之辈，谁来继我大清事业？"

嘉庆帝深以为然，立即发诏夺绵志郡王衔，打四十大板，禁闭三年。将扎拉芬斩首，其余渎职侍卫皆流放伊犁。并谕：此类事情，一经揭发，即严惩不贷，切勿效尤。

这个诏谕一下，竟真的引来许多弹劾的奏折。

巡抚孟屺瞻收留了许多难民的少女作为婢妾，有的女孩尚是八九岁。巡抚王台南与他人妇通奸，致使本夫自毙其妻。更有副都统张秉枢，典当歌伎，携带赴广东任所，且令歌伎于衙署内卖唱获利。军旅威严，丧失殆尽。

一天晚上，嘉庆帝在养心殿内批阅奏章，看着看着，脸色铁青，巡抚高勋竟然鸡奸典雇幼童，致使幼童毙命。

嘉庆帝的手在颤抖，心在颤抖，浑身在颤抖，这都是一省最高军政长官，有的已六十多岁，怎竟干出这种事来？嘉庆帝越想越气，差点晕了过去。安福急忙来扶，道："皇上，歇息去吧。"

嘉庆帝随安福来到寝室，嘴里念念不绝地道："鸡奸……鸡奸……"随着安福到寝室后还不自知。

安福道："皇上，歇息吧。"说罢扶皇上坐在床上，为他宽衣解带。嘉庆帝此时方从气恼中醒悟过来,看着安福道:"鸡奸——"

安福道:"皇上别把那些事放在心上。"

万寿节马上就要到了,他一改往日的做法,谕示道:"自古以来,白须皇帝能有几个?朕年至花甲,实应好好庆贺一番,着准各地王公贵戚,大小臣工,一律准许进献寿礼,工部、礼部、内务府等通力协作,务使朕的万寿节热闹喜庆。"谕诏下过后,提起笔来写下四句诗:

予年及花甲,子四孙二人。

永荷纯佑命,繁衍瓜瓞申。

嘉庆帝在诛杀和珅的同时曾发诏谕严禁呈献宝物,并狠惩了一些进献违旨的宗亲及官员,现在,他开禁了。

次日,嘉庆帝颁诏全国,在祝寿期间,按例王公大臣要轮流向皇上进膳,督抚送玉如意,漕、盐等官员献土特产,翰林学士呈献寿词章。官员尽可来京叩寿,蒙古王公在热河行宫祝寿。万寿节二十天中,王公百官须着蟒袍补褂以示隆重。

为给他的六十大寿增添光彩,与民同乐,他宣布普免全国历年地丁正赋民欠及因灾缓征带征粮总共二千七百万两白银。嘉庆帝执政以来,在他六十大寿的时候首次普免全国漕粮、积欠,心里也备感欣慰。

嘉庆帝又下诏令中外胪欢,大小臣工,人思祝献,凡在京文职三品以上,在外督抚习员中书等,一应呈献词章。于是颂论疏表一拥而上,阿谀献媚,连篇累牍。嘉庆帝望着、读着这些歌功颂德的词章,欣喜之余又感到满足。

一湖南生员,携所拟万年颂进京呈递,于广安门外客店被拘留。嘉庆帝谕示道:"此与叩阍不同。拘禁献词送表之人,岂不影响喜庆气氛?真是无端引起纷扰。"

盛京义州城守尉呈递灵芝,随颂奏一件。颂章中错别字百出,所引《尔雅》一文,"汝"字误作"菌","释曰"误作"择曰","平"字误作"乎"字。其他引用的文字错别字之多更是触目皆然,嘉庆帝看罢,啼笑皆非。

十月初六日,是皇帝生日。嘉庆帝清早赴奉先殿衍礼,然后至太和殿登宝座,接受王以下文武大臣、蒙古王公、外藩及四川土司等行祝贺礼。

第二天,皇上赴圆明园。卤簿前导,皇子于辇前扈引。云集北京的文武官员不下数千,以至大臣命妇、京师士女,簪缨冠帔,跪于大街两旁。沿途自西直门到圆明园二十余里张灯结彩,香烟缭绕。锦绣山河,金银宫阙,剪彩为花,簇锦为屋,九华之灯,七宝之座,丹碧相应,不可名状。每隔数十步即筑一戏台,戏台上南腔北调,备四方之乐,俏童妙伎,歌扇舞衫,后部已歇,前部随起而迎之。

嘉庆帝目不暇接,看一处爱一处喜一处,銮驾缓缓前行。皇帝过后,商贾涌入,这一带遂成为热闹的"皇会"。

从初六日至初九日,嘉庆帝在圆明园天天设宴,招待参加万寿节的全体人员。

十月十日,嘉庆帝就要从圆明园回到宫中,嘉庆帝道:"朕欲亲临皇会,与民同乐。"

不料步军统领听罢大惊,急忙奏道:"皇上,此事万万不可,今日奴才已驱散皇会所有人众。"

皇上惊讶道:"这是为何?"

"回皇上,陕西已革生员杨钟岳呈送奏章,说京师西北山内有伏藏之贼,觊觎皇会,欲乘机萌动。奴才已设炮安营,防止突发事件。今天皇上回宫,为防万一,故奴才已令驱散皇会人众。"

嘉庆帝道:"恐为狂惑之词。"

直隶总督方受畴奏道:"此事只能信其有,不能信其无,以防万一。近日,定兴、新城、涿州、良乡、固安等处,窃牛掠马之事层出不穷,宛平、房山诸县,数十人成群,持械抢劫者甚多……"

还没等他说完,嘉庆帝怒道:"此等重大事情何不早奏,偏在今日!——你直隶总督是白吃饭的吗?"

方受畴双腿战战,冷汗淋漓,心道:"我真是个昏蛋,我提起这事情干什么?我真是老糊涂了。"

嘉庆兴味索然地回到宫中,沿途两旁几十里的张灯结彩,结撰楼阁、歌舞笙箫,巨大的仙桃,巍巍的宝塔……再也引不起他的兴趣。回到宫中,刚刚用罢饭,只见文颖馆上窜起一股股浓烟,随即,整个宫中像被捣了窝的马蜂一样,四处乱窜的到处是人。绵宁、绵恺等安顿好父亲,大叫着指挥救火。

鉴于天理教徒入宫的事件的教训,此时,西华门仍然关着,嘉庆帝即传旨开西华门放人入宫救火。可是在现场的前锋护军统领、副都统苏冲阿指挥官兵,用刀背敲打着前来救火的王公大臣,不准他们入内。甚至该管区前锋护军统领赶到,令门卫士兵辨认,也一概不得放进。

救火的只剩下了宫中的太监和一些侍卫,幸亏抢救及时,火势不太大,未及蔓延即被扑灭,只烧了几间房屋。

嘉庆想,若大火真的燃烧起来,将整座皇宫化为灰烬,他岂不成了千古罪人!嘉庆帝不顾一切,走向西华门,对侍卫们吼道:"朕已下旨放人救火,可你们拒旨不听,到底是何肺肠?难道存心要烧掉整个皇宫不成?"

苏冲阿等跪禀道:"奴才等实是怕开门之后众人冲进闹事,发生不堪设想之事。"

嘉庆顿足道:"真真糊涂悖乱矣!"

安福忙上前来扶着皇上道:"皇上回宫吧。"绵宁、绵恺等也齐来谢罪,劝皇阿玛息怒,回宫休息。

回到寝宫,安福为皇上宽衣解带,道:"奴才见皇上时常头晕心痛,莫不是得了什么病,何不召太医诊视一下。"

皇上道:"朕没什么病,每每头晕心痛那却是气的。"

"那么,皇上今后对诸事都要看开些——唉,可惜我是个阉人,不然,我一定做个能干的大臣,帮皇上把官吏们一个个都整治好。"

嘉庆帝道:"你有这份心意,朕就很宽慰了。"

次日,皇帝赴太和殿,在庆寿期间专门为武进举行传胪大典。隆重的典礼开始,胪唱时,一甲一名武进士徐开业,一甲三名武进士梅万清二人均未到班。嘉庆帝气愤填膺,怒不可遏,急令御前侍卫前往查明。侍卫到了馆舍,见二人正在喷云吐雾,吸食着鸦片。侍卫回报,嘉庆帝简直不相信自己的耳朵,又是一阵头晕心疼,一旁的安福看得真切,急向绵宁使眼色,二皇子绵宁道:"退朝。"

文武百官即刻退了出去。

绵宁、绵恺扶父皇躺在软榻上。嘉庆帝道:"没想到朕的六十万寿节是这样过的。"他看了看两位皇子道,"我大清有二害。治,则国存;不治,则国亡。此二害一为吏治,一为鸦片。二害中吏治更甚于鸦片,鸦片非吏治腐败而不能久存流散。但鸦片伤精败神,涸血铄体,吸之即成瘾,丧心病狂,理智全失。朕多次明令禁止,惩治不可谓不严,可如今看来收效不大,竟连武状元、武探花也吸食上了,可见官员们仍阳奉阴违,致使烟毒弥散。烟毒是亡国灭种的祸害,这怎能不令朕忧心忡忡啊。"

次日,嘉庆帝命刑部会同内阁、军机处,定出刑律,务必严禁鸦片流散,命吏部在铨选官吏时,把能否严禁鸦片当成一项考核官吏的重要标准。

第四十章
荒唐甚兵部丢大印
憾恨极山庄尽余生

嘉庆帝睁着恐怖的眼睛，他的灵魂在战栗，浑身哆哆嗦嗦，脸色铁青，在闪电的映照下，显得格外恐怖吓人。突然，嘉庆帝举起手来，伸出两个指头，绵宁忙跪倒哭喊道："皇阿玛，您放心吧，儿臣明白，一是腐败，一是鸦片……"

二十五年春二月，嘉庆帝坐在镜殿前的软椅上，望着圆明园的殿宇楼阁，翠柏绿柳，心里如这春天一样充满了温暖。自二十四年十月万寿节到春节以至如今，几个月来虽然烦心的事层出不穷，毕竟没有什么重大的事情发生，国家太平得就如这身边的湖水一样，虽然时有涟漪，但并没有什么大浪头。嘉庆帝觉得，自己已届六十，在位已有二十五个年头，如今太平无事，当去拜一拜祖先。几十年来，平了苗乱，剿除了白莲、天理"教匪"，平靖了海事，安定了边疆，摒除了西夷，现在去见祖先也问心无愧了。主意已定，遂颁旨准备谒祖陵。

嘉庆帝三月初七日启跸，初八日驻跸汤山行宫，兵部监印吏鲍干奏曰："皇上所带兵部行印遗失了。"

嘉庆帝打开盒子一看，果然里面装的是一枚车驾司的行印。

兵部行印竟能遗失！嘉庆帝一阵心痛，差点吐出血来。待回过神后，立即谕令庄亲王绵课会同留京大臣迅速查清此案具奏。

以前各朝何曾丢失过部堂大印！何况这兵部行印可以调动兵马，撤换人事，批发军需。嘉庆帝发过诏谕后仍然惊愕、愤怒、恼火，又感到不可思议。这又是典型的官吏懈玩渎职造成的，如不严惩，后患无穷。于是又下谕道：

"兵部堂官未能事先预防，均有应得之咎。大学士明亮管理兵部旗务，旧有勋绩，现已年老，不能常行到署，着革去大学士并降其五级。兵部尚书戴联奎，左侍郎常福、曹师曾，右侍郎常葵，先行摘去顶戴，俱交部严加议处，五日内具奏。"

庄亲王绵课、留京大学士曹振镛、吏部尚书英和等接谕后急忙拘来兵部有关人员审讯，首先讯问兵部监印吏鲍干，因为正是鲍干在三月八日向兵部报告说行印丢的。

鲍干供曰："兵部有堂印和行印两枚。堂印留兵部，行印随皇上出巡。初七日皇上启跸，小的到库中取印时，抱起匣子，觉得极轻，心里大惊，于是打开一看，印证了我心中的怀疑：匣内空无一物，哪有大印的影子？小的顿时吓出一身冷汗。大惊之后，小的想搪塞了事，小的想：如今天下太平，皇上出巡怎能用得着行印，不如匿而不报。若今后发现行印丢失，只说这印不是我丢失的，是随皇上出巡丢失的。于是小的便不动声色，把车驾司的行印装在盒子里，携带出来。初八日，小的越想越后怕，即使没有战事，万一皇上在出巡时要撤换哪个将领，用行印却发现不在，我这隐匿不报的罪过岂不更大？于是就把丢印的事说了出来。"

绵课等再问鲍干其他问题时，他便什么也不知道了。又连天加夜地讯问了二日，鲍干仍如是说，绵课等遂把审讯结果报嘉庆帝。嘉庆看罢大怒，遂向留京王大臣谕曰：

"据兵部奏闻，兵部行印与行在武选职防及武举关防等司印贮藏在同一大箱，存于库内。各印均为铜质，唯兵部行印及用印钥匙牌系银质。三月七日取印时，箱内铜铸各印俱在，唯有银印及银牌遗失，而贮存印信之印箱又是在库内旧稿堆上寻获的。如此，则鲍干所言纯为虚假之词，尔等应思：各印既同贮一箱，何以只将银印和银牌窃去？窃贼仓促间哪有余暇将印箱移置高处？而银钥匙及银钥匙牌所值无几，为何一并窃取？尔等对重要关节不问，只在无关紧要处拷询，实为愚蠢！"

绵课等接谕急讯鲍干，问："谁人与你一同进库取印？"

鲍干曰："纪洪。"

绵课差人急把纪洪找来，纪洪道："小的从没有与鲍干一同去取印，与他一同去的是任丘。"

于是又把任丘传来，任丘道："是小的与鲍干一同取印，但那时行印确实是丢了。别的小的就不知道了。"

绵课一直七八天连夜熬讯，鲍干、任丘再也说不出什么新东西，于是绵课奏曰："鲍干身体虚弱，未便刑求。"

嘉庆大怒，于行营中连发数谕斥绵课、曹振镛、英和等无能。

绵课等人想，也许审问的路子不对，于是查起其他人来，查讯了一个月，果然有了收获。把总郭定元持有盖着兵部关防的信札。提审郭定元时，郭定元供称这些信札是兵部周恩绶给他的。提审周恩绶，周又供称说，他曾与鲍干商量，盗用关防，目的未遂，便串通掌管空白札的沈文元，取来空白信札交给郭定元。

绵课、曹振镛、英和等以为案子有了重大突破，遂把兵部信札及审讯情况奏报嘉庆帝。

嘉庆帝接过奏报，看了看信札，气得双手直抖："昏庸，昏庸，无能，无能……"

随侍王大臣见他脸色铁青，不知皇上为什么生气。不一会儿，皇上道："这郭定元所持信札上的印信，实系兵部堂印，并不是行在印信。其年月墨笔字迹，也是用印在前，书写在后，与遗失行印一事毫无关涉。此案应另立案查处，即使有关涉，对这等信札怎能看不出是堂印印信而非行在印信。"

绵课等接到圣谕，又感到线索全无。不久皇上谕示又到，谕曰："鲍干、周恩绶等显然是捏造谎言，其说前后矛盾，连其在库中取匣一节的供称，也明显有假，对其必须严审！"

刑部经连日审讯，兵部堂书鲍干又称："去年九月初三日，即皇帝行围抵京当天，已将兵部行印与知武举关防及各司行印同贮一箱入库。堂书周恩绶曾于九月十三日请领知武举关防，于当月十七日送回贮库。嘉庆二十五年三月初七日，请领兵部行印时，才查知印已遗失。当即派人四处寻找，库丁康泳宁在旧稿案堆上将空印箱寻获。"

嘉庆帝接到奏报中的审讯结果,又是一阵气恼,这供词中的纰缪之处也太多了!分明是一篇谎供。嘉庆帝遂谕令留京王大臣等严切追问堂书周恩绶并饬知行在兵部,将上年随围的领催书役人等已来行在者,立即交行在步军统领衙门派员解部归案。

四月初三日,嘉庆帝回到大内,审讯情形仍未见奏报。嘉庆帝谕令将庄亲王绵课、大学士曹振镛、吏部尚书英和以及刑部堂官俱罚俸半年,各衙门所派承审此案之司员均罚俸一年。同时谕令绵课、曹振镛、英和三人四月十日起,每日必须赴刑部讯案,早去晚散,不可懈怠,若再迟延,严谴立降。

可是十几天过去了,案子仍没有头绪。绵课自责没有审出实据,奏请处分,其实是想脱身,希图皇上能另派他人调查审讯此案。嘉庆帝当然不准另派他人审理,谕曰:"此案业经绵课等审讯多日,口供屡次更改游移,断不能另委他人审理。将来即使将伊等全行斥革,仍必令其将此案究出实情,方能卸责。今着即将绵课等先行拔去花翎,曹振镛等降为二品顶戴,仍令其加紧鞫讯,限定于五月五日之前究出正贼或起获行印。倘能如此,当立即予以开复。不然,则将于初六日降旨治罪。"

嘉庆帝仔细思忖此案后,又下谕绵课等曰:

"行印有正、备印匣两份。既然行印是上年秋围路上遗失,而钥匙、匙牌与行印及正印匣则必然一并失去。上年九月初三日交印时,其必是将备用印匣抵充入库的。备用印匣既无钥匙,又无银匙牌,倘事先不向鲍干嘱托照应,收贮印信之鲍干岂会接收?尔等应据此严鞫。"

绵课等遂对书吏俞辉庭、堂书鲍干等日夜熬讯。实在熬不过去,俞辉庭、鲍干遂交待说:

"上年皇上前往木兰秋狝,可是路上连天阴雨,诸河泛滥,遂暂停行围,提前回銮。返京途中在宛平行宫时,行印连匣被窃。是夜,看印书吏俞辉庭睡熟,窃贼潜入,将缚于账房中间杆上的行印连匣窃去。尔后俞辉庭用备用匣加封,贿赂嘱托堂书鲍干蒙混入库。当时,兵部当月司员庆禄、何炳彝二人受贿赂后并未开匣验视。此后,鲍干又贿赂收买了该班书役莫即戈私开库门,移动印匣,做出行印在库被窃的假象。"

案件终于清晰,嘉庆帝诏曰:

"思辇毂之下,尚有如此情弊,其直省地方官回护规避,久成结习,牢不可破,如盗案则匿不申详;邪教则巧为消弭。视己之功名过重,以致颠倒朝廷之政事,良心何在?迨至酿成巨案,其罪又岂止于降黜?岂非避重就轻,必致避轻就重乎?"

嘉庆帝又谕令直隶总督方受畴和直隶提督徐锟,遴选能干员弁,在古北口及巴克什营至密云一带百里内外,梭织往来,明查暗访。但此印终没有得到。

圆明园的镜殿内,嘉庆帝躺在椅子上,已感到精疲力竭,安福揉摩着他的太阳穴,他的肩膀,他的脊背。嘉庆帝道:"朕也知道兵部行印的案子只审了一半,其余更重要的关节还没审。盗印有无险恶的目的?俞、鲍等人背后有无指使?他们索取兵部信札的目的何在?丢失印信后是否造成了损失……"

次日,盛夏的酷热难当,嘉庆帝却一定要去喜塔腊氏的寝陵。除安福为他准备着一切外,人们百般地阻拦,可是谁也拦不住。

一路上,嘉庆帝肥胖的身体大汗淋漓,绵宁看着皇阿玛老态毕现,心里也是一阵惆怅。在喜塔腊氏的寝陵,皇上亲为祭酒,然后对绵宁道:"你母亲要是能活到今日该多好啊,她在时整日为朕提心吊胆,从没轻松过,现在扔下朕一人独受寂寞——已二十多年了。"

当晚,明月如水,青松低语,嘉庆帝兴酒酹地,老泪纵横,口占诗句道:

松楸阴满路,触目总含辛。
后去逾廿载,予年届六旬。
未能同白首,徒自酹黄尘。

三爵抒悲绪，怆看几案陈。

嘉庆帝从陵地回到圆明园，立即决定七月前往木兰秋狝。

在过去，前往木兰前，虽然他一再重申秋木兰狝的意义，可是总有人劝阻。鉴于此，此次秋狝动身前，他先发制人，谕示道：

"倘有无识之徒、敢于朕前建言阻止者，必将其人立予革职，发往伊犁。"

是的，在嘉庆帝看来，秋狝木兰是遵从祖制家法，是绍统守成的重要举措。

为了堵住大臣们的嘴，他又讲了一个故事："侍读学士纪昀，是先皇时的第一才子，饱学机敏，受先皇格外恩宠。有一次，他曾劝阻先皇说：'巡游所耗太大，地方财力枯竭，皇上是否考虑予以救济。'言下之意秋狝造成财力困难。皇考听了他的话，当然明白是什么意思，叱之曰：'朕以汝文学尚优，故使领四库书馆，实不过以倡优蓄之，汝何敢妄谈国是？'"

嘉庆帝讲了这个故事后，又喋喋不休地重复着每年必讲的话："木兰秋狝主要是习劳练武，避免八旗由安逸而荒疏武备，同时也为款洽周边民族。况行围不过十余日，仍照常办事看本，并不是盘游畋猎。如果说行围只为游玩欢览，则朕驻圆明园，附近之清漪、静明、静宜各园，比之避暑山庄更为清惬。人性好逸恶劳，谁不乐意深居简出？朕这是因典礼所关，祖宗成法俱在，不敢从朕开始而怠旷家法。"

今年与以前不同。以往，即使是在去年万寿节，无论嘉庆帝把道理说得多么透彻，都仍然有许多人劝阻，当然他照样成行。去年只是由于暴雨不断，阻住去路，他才不得不折回北京而取消秋狝木兰的。可是今年，他就只讲了这么几遍，再也没有一个人提出异议，更不用说劝阻了。皇上准备了满腔回复大臣的话反而没有倾倒出来，如此地反常，如此地恭顺，嘉庆帝反倒觉得有点不自在起来。

七月八日清晨，嘉庆帝从圆明园启跸，开始了秋狝木兰的旅程。随行的有皇二子智亲王绵宁、皇四子瑞亲王绵忻，皇长孙贝勒奕纬。

一路上，嘉庆帝的心情并不平静，他不知道今年的木兰围场到底又是个什么样子，那些围猎的王公大臣，那些军士们又是一种什么样的风貌。

记得他亲政后第一次木兰秋狝时，进入围场，但见树栅倒塌，往来车迹如同大道，盗木者各立寮栅，砍倒砍剩的树干及木墩到处可见，余木倒地，被焚烧的枯枝灰迹遍地皆是，触目疮痍，如同一私置木厂。行围时除了只射了两只狍子外，所得到的，只有挂在树梢上的几封匿名奏书。奏言管围官员与盗木偷猎者狼狈为奸、沆瀣一气。嘉庆帝心里好不尴尬，按惯例首次获兽必须选最好者敬献祖宗，而嘉庆帝只能选一只狍子，那是多么大煞风景呀。嘉庆帝羞愧之余，严惩了管园官员，换上了一批精干人员管理，并拨出专银维修围场，可是其后一直到嘉庆十一年才有点改观，围场中才有了鹿的踪影。

回想起过去几年在围场的找猎，嘉庆帝发出阵阵长吁短叹。

七月十三日，銮驾沿河谷御道行进，两边山岭蜿蜒。峰巅谷底，蔚为奇观。傍晚抵达常山峪行宫，晚膳后，嘉庆帝特意叫来绵宁。父子二人出了后宫宫门，宫门两旁屹立着十八棵罗汉松。罗汉松苍劲挺拔，风骨傲岸，岁月对它们来说似乎只能平添其峥嵘。看着它们，嘉庆帝想说什么，但终于没有说出来。

嘉庆帝带着绵宁来到四柱亭，亭的旁边有许多石碑。嘉庆帝在其中的一块碑旁停下来，俯首肃立。

嘉庆帝指着周围的群山道："朕随先皇多次在这里居住，先皇在这里留下许多诗篇。那时秋狝木兰是多么壮观啊。先皇思念圣祖，多么似我今日思念先皇啊。"说着他问绵宁，"你还记得乾隆五十六年你皇祖秋狝木兰的事吗？"

绵宁道："儿记得。那次随皇祖行围于威逊格尔，儿曾引弓中鹿，儿记得那时皇祖八十一岁，儿那时才九岁。皇祖见我射一鹿，高兴异常，赐我黄马褂翠翎，并专门写诗一首，此诗我仍记得：

> 尧年避暑奉慈宁，桦宝安居聪敬听。
> 老我策骢尚武服，幼孙中鹿赐花翎。
> 是宜志事成七律，所喜争光早二龄。
> 家法永遵绵奕叶，承天恩贶慎仪刑。

"我射中鹿时九岁，而皇祖第一次射中鹿时十一岁，所以皇祖特别高兴——这件事我一辈子也不会忘了，往事历历在目……"

嘉庆帝流下泪来，道："你皇祖诗记射鹿，其实是看到国家后继有人而深为欣慰啊。那木兰围场，就如我大清的影子，木兰围场若废颓荒芜，我大清也就衰落了。"

"皇阿玛……儿知道皇阿玛执着于木兰秋狝的苦心了……"

"此次朕要亲眼看看这几年木兰围场治理得如何，若没有改观——你就留在那里亲自治理。"

十四日车驾继续前行，傍晚到了喀喇河屯行宫。晚上，嘉庆帝携安福走出殿厅，来到三宫后院的小花园，随后来到一轩。俯仰之间，似乎与灿烂的群星靠得很近，与这莽莽苍苍的大地融成了一体。忽然一阵风吹来，嘉庆帝打了个寒噤，不由得蹙额抚胸，安福连忙扶住他道："皇上，奴才总认为皇上有病，为何不让太医诊治？"

嘉庆帝笑道："这绝不是什么病，你不要担心，朕的春秋长着呢。先皇年望九旬，现在八兄和十一兄已年逾古稀，仍精神矍铄，朕也会和他们一样的。"

十五日，车驾行至广仁岭，皇上坐在轿中。周围，山峦林木苍郁，峡谷幽静深邃，流水潺湲相伴。不一会儿，路径平坦，前面一片开阔，真正是"山重水复疑无路，柳暗花明又一村"。嘉庆帝心旷神怡，谕令停轿。

他走下轿子，舒展一下筋骨，道："马匹伺候。"侍卫们牵过马来，嘉庆帝道："朕要策马越过广仁岭。"

绵宁道："皇阿玛还是坐轿吧。"

安福也忙道："皇上还是坐轿的好。"

安福深深地了解嘉庆帝的身体。皇上的眼皮已非常松弛而且肥厚，他的手掌肥厚柔软但却没有什么力量，他的大腿已毫无弹性，他的腰部叠起几层皮囊，高耸的腹肚肥嘟嘟的，胸部耷拉下松软的双乳……何况他又时常心痛头晕。

嘉庆帝没有在意绵宁和安福的话，跨上骏马。扈从的王公大臣见皇上神情飞扬，没有丝毫的倦容，更无什么病态，甚为欣慰欢喜。

嘉庆帝放马驰去，驰骋于塞外江南的怀抱，秀丽的水色山光和幽雅的景色尽入眼底，他成了这片苍莽大地的儿子，成了那布满晚霞拥着红日的长天的儿子。

车驾到了避暑山庄后，嘉庆帝并没有作什么停留，他不想被劳心的案牍和恼人的政事所困扰，十七日即奔赴木兰围场。

十九日，从张三营行宫出发经东崖口入木兰围场，场中御营已经设好。此次大营嘉庆帝谕示官员们一定要仿照乾隆年间的样式安设。嘉庆帝带着皇子皇孙、蒙古王公、文武百官及侍卫人等走进大营中的御营，考察着一切。

御营内方外圆，占地纵为二十丈六尺，横为十七丈四尺。正中设黄幔城，黄幔正中又建黄幄，高两丈，穹庐盖顶。嘉庆帝来到中屋正中的御座上坐下，观察着左右悬挂的各种武器。随后出庭观看。庭左右各设圆幄。嘉庆帝走出黄幔城，见幔城外面用黄色绳结成网城。网城周围设连帐一百七十五座，构成内城，内城上插金龙黄缎三角形小旗四十一面。内城外面又设连帐二百五十四座，建成外城。外城设启旗门四座，每门树大旗两面。外城上插金龙黄缎三角小旗六十面。外城周围，设宿卫帐九个，就是行在的内阁六部、都察院、提督衙门的宿帐了。

嘉庆帝望着这一切，心中充满快意，他终于又回到了先皇鼎盛时期的木兰围场。环视着这雄伟壮观的大营，嘉庆帝长出了一口气：木兰围场定会世世代代繁荣昌盛。

嘉庆感到无比的满足和自豪。

晚膳上，嘉庆帝谈笑风生，吃得很多。皇子皇孙们见皇上这样快乐，心里也无比高兴，特别是绵宁，看到大营如此俨然整齐，建造得如此一丝不苟，也是长舒了一口气，大清依旧是大清，一如过去一样宏伟威严。

膳后，嘉庆帝传令明天开始围猎。为了使围猎重现乾隆时的风貌，嘉庆帝又亲自询问了一番，回报：围塔布囊官员、围兵、虎枪手、鸟枪手、鹿枪手、向导等等一应准备停当。待诸事都安排妥当，嘉庆帝才回到了寝幄。

嘉庆帝兴高采烈地走向床边，真想唱两句曲儿，可是猛然间脚下一绊，差点摔倒，幸亏安福手疾眼快把他扶住，不然的话嘉庆帝一定会摔得很响，以至于明天打猎都不一定能参加，嘉庆帝低头一看，见红毡高高地鼓起一块，用脚踩一踩，又硬又滑。

安福道："看样子是块石头——这些人真不认真，皇上的床边，地面上怎么这样不平坦。"说着扶皇上坐上床。

嘉庆道："把毡子掀起来把石头搬走。"

福安唤来门外的太监和侍卫，把毛毡掀起一看，大吃一惊，原来根本不是什么石头，而是一个野兽的头骨，皮肉还没有腐烂，透着一股臭味。嘉庆帝闻着后一阵恶心，多少天来的高兴劲被扫去了大半，犹如吃了一盘香香的花生米儿，可最后一个竟然是发霉的。

嘉庆帝突然说道："把这几块全掀起来，让朕看看下面。"

待几个太监和侍卫揭起几块羊毛红毡后，果然，地面上这一片那一片尽是灰烬，灰烬中夹杂着动物的皮毛和骨头。

嘉庆帝有气无力地道："再铺上吧。"

几盆火炭赶走了夜凉。两个太监扛来一个贵人，走到嘉庆帝床边把她放在床上,这本来是嘉庆帝的吩咐,他今天兴致好,要幸女人。可是当那个白玉似的胴体放在他的眼前时,他却早已没了兴致……

第二日五更,嘉庆帝用膳完毕,在皇子皇孙王公大臣的簇拥下走向看城,此时,管围大臣率蒙古布围官兵一千多人以王公大臣领之,绕围场由远而近,将会于看城时连呼:"玛喇哈、玛喇哈……"合围完成。嘉庆帝见围内果然有一群麋鹿,高兴非常,遂佩橐鞬、执弓矢,在几十个侍卫的陪同下,莅围引弓射猎,数箭中的,四围高呼万岁,有侍卫拾起麋鹿,同时又高呼万岁。此时嘉庆帝昨夜的惆怅早已烟消云散,不一会儿又驰马回到看台,令皇子皇孙和王公大臣们射猎,他的眼睛紧紧地盯着绵宁,见绵宁射中一鹿后不由得叫道"好——好!"可是转眼看那些蒙古王公台吉,一个个并不卖力,只是懒洋洋地做着样子,好像是给皇上以体面似的。嘉庆帝回想起当年随先皇围猎时,那些满蒙王公台吉和各部落的射手,个个争先恐后地捕猎,急风骤雨般的马蹄声、喊杀声震动山野。可是如今看他们那种样子,哪有尽心尽力射猎的?

散围后,蒙古王公台吉们前来邀赏,他们每人持的麋鹿尾竟多达十几个,少者也有七八个,皇帝大感不解,明明见他们在围中并无所获,可是他们的猎物却怎么如此之多?绵宁如此卖力却如何只射中了五个?

第二日围猎,嘉庆帝对那些蒙古王公台吉更加留心,见他们比昨日更加懈玩,可是散围后所交的猎物却仍然很多。

这其中一定有假。

晚膳后,嘉庆帝叫来绵宁、绵忻,说出了心中的疑惑。

绵忻道:"昨天儿臣已看出端倪,但恐皇阿玛气恼,故没有说出。围猎时蒙古王公台吉只是做做样子,可是收围时,蒙古骑兵故意开些缺口让鹿只逃逸出围,围外等着的那些王公台吉的奴仆,手持套竿正好将其套住,然后献于主子,主子再拿这些猎物向皇阿玛请赏。"

原来他们把围猎当成了玩腻了的游戏。

嘉庆帝传令不再让蒙古兵围猎，明日八旗兵丁围猎。

从康熙、乾隆直到嘉庆，都把围猎当成是训练八旗子弟骑射布阵的最好方式，尤其是天下太平已久，恐八旗子弟耽于安乐，不知以讲武习劳为务，荒疏骑射，这对于以马上得天下的清朝来说，若真的出现这种情况，意味着什么，那是显而易见的。所以，八旗围猎更受嘉庆帝的重视。多年来，他呕心沥血地整顿围场，排除重重干扰坚持秋狝的目的，不正在于此吗？

次日五更，嘉庆帝如往常一样，已来到看城。数千八旗子弟组成的围猎军队已经启动。军队中设黄纛为中军，左右两翼以红白纛为标帜，两翼俱受中军节制；两翼各以一蓝纛为前哨，两前哨则各以巴图鲁侍卫三人率先驰行，前哨进、后队依次进发，把野兽驱赶入围中，围在核心。嘉庆帝在看城上远远地看见围内有十只鹿，虽觉很少，但见军士们行列整齐，阵容整肃，心里也颇感安慰。可是合围时队伍混乱起来，眼见着十只鹿只剩下三只，最后连一只也没有了。

嘉庆帝在看城上急命管围官员前来申明队伍混乱理由，可是屡叫不来，嘉庆帝气恼异常，追问兵士他们为何不来，兵士们答道："管围官员副都明志、散秩大臣公舒阿明，根本就没有入围，到现在也不知他们到何处玩赏去了。"

嘉庆帝大怒，随即革去明志和舒明阿的职务，并谕明天继围猎，若有玩忽职守者或懈怠而不尽心尽力者，严惩不贷。

次日，围猎刚一开始，指挥旗便行列错误，尾纛落后跟不上，中纛迷了路，队伍遂散乱毫无章法，乱糟糟、叫嚷嚷如同儿童玩游戏，嘉庆帝在看城上见此，一阵阵头晕目眩，心中绞痛，差点从上面栽下来。

围猎了两天，几千名八旗兵丁没有猎到一只鹿！

嘉庆帝回到幄中，随手翻开一本书，那上面记载着康熙帝六十六岁时在秋狝途中对八旗子弟们讲的一段话——

"朕自幼至今,凡用鸟枪、弓矢获虎一百三十五、熊二十、豹二十五、猞猁狲十、麋十四、狼九十八、野猪一百三十二,哨获之鹿凡数百,其余围场内随便射获诸兽,不胜记矣。朕曾于一日内射兔三百一十八,若庸常人,毕世亦不能得此一日之数也。"

嘉庆帝览此,汗颜羞愧,摇首叹息……

树木被滥伐,动物被偷猎,拨去的银子被挪用贪污,木兰围场凋零矣;士不能弯弓,兵不能鸣枪,将不能列阵,军队涣散矣。嘉庆帝几十年惨淡经营的木兰围场,呕心沥血整顿的木兰秋狝,如今就落得了这样的结果?

惨不忍睹!

嘉庆帝再也不愿在木兰围场待下去,虽是秋高气爽,嘉庆帝再也无心欣赏周围的景色,只是急急地回到避暑山庄。

嘉庆伫立在四知书屋内,他觉得,无论如何他也要惩治那些在木兰围场玩忽职守的人。木兰围场正如他统治的帝国一样,无论他倾注多少心血和精力,似乎总是不见起色。难道木兰围场真的就整顿不好了?难道吏治的腐败就真的成了割除不掉的毒瘤?嘉庆帝开始检索他亲政以来所走过的路,审视着他二十五年所做的事情。他首先想起洪亮吉,思考着洪亮吉的那一篇招致他流放的进言,如今看起来他说的是对的,惩贪决不能手软,决不能姑息,该杀的绝不能放过,该杀多少杀多少,哪怕杀光。人才从哪里来?从下面来,要不拘一格,要采取新的方式任用人才,不是没有人才,而是我的眼光、手法太陈旧了。撤换官吏,首先从朝廷做起,那些无能的昏庸的都让他们下台,要大胆使用新人,不能只使用功勋之臣,宗室八旗……

嘉庆帝正想着如何再像他亲政之初那样大张旗鼓地整顿吏治,军机大臣急匆匆地进来报告道:"皇上……皇上……"

嘉庆帝望着他,收回了思绪。

英和道:"陕西、河南、山东等地连日暴雨,黄河水暴涨……

现在……"英和吞吞吐吐。

嘉庆帝道:"幸亏前几天马营坝工程已经圆满竣工了,幸亏结束了,要不然,一年的工夫就白费了,一千多万两的白银就白费了。"

"皇上……皇上……"

"你到底有什么事,说。"

"皇上……奴才……"

"快说!"

"皇上一定要冷静,奴才刚刚接到七百里急报,河南,马……"

"马营坝怎样?"

"马营坝崩决了,其决口比去年更大!"

"扑——"嘉庆帝吐出一口鲜血来,英和大惊,抱住要栽倒的皇上,大叫:"来人哪——"侍立在一旁的安福也早已抱住他,惊骇得差点昏了过去,几个太监急忙奔来,见皇上胸前沾满了鲜血,震惊、骇异,无法用语言来形容……

一千多万两白银的马营坝工程!

国家一年所有财政收入的四分之一啊!前几天接到工程圆满竣工的奏报,今天接到了大坝崩溃的急折!

绵宁、绵忻、奕纬及太医等急急地赶到四知书屋,此时皇上也已清醒过来,太医要去把脉,嘉庆帝把手甩开道:"朕没病,一时气急。"

太医道:"皇上,如此气急心痛竟至于喷血昏迷,绝不可大意啊,奴才以为皇上一定要平心静气地颐养心性。这几日决不要再过问政事,不然后果不堪设想。"说着,早已又拿起嘉庆帝的手腕,不由吃惊,道:"皇上的病已非一日,为何不早早诊治?"

安福哭道:"奴才早就劝皇上,可皇上总以为没有什么。"

"说没什么,也没什么,只是——"

嘉庆没有让太医说完,笑道:"后果绝没有你说的这么严重,致于颐心养性,唉——,倒是甚合朕意。"

太医道:"奴才先开一些药,千万要服下。且现在就回寝宫歇息,绝对不能让人打扰,皇上须一个人静养十几日,然后才可以视事,特别是近几日,决不能劳心伤神!"

绵宁、绵忻、英和等齐道:"一定听从太医吩咐。"

绵宁、绵忻、奕纬等送皇上到了烟波致爽殿后,急又回来向太医道:"皇上的病没有什么吧?"

"奴才已说过,说严重是很严重,说没什么也没什么,关键在于静养,皇上的病用药是次要的——所以王爷及各位大臣决不能把什么有刺激的事情告诉皇上。即使是在今后很长时间,无论是大喜、大怒、大悲,皇上都不能经受,更不用说现在了——皇上得的是严重的心疾。"

皇子皇孙及众大臣尽皆愕然。

绝对不会有人来打扰皇上,大家对皇上的身体如此恶劣都心事重重的。可是嘉庆帝自吐血以后,心情精神反比以往更好,心胸也似乎更豁达了,更敞亮了。嘉庆帝想:我今却确实应像太医说的那样,不能气,不能怒,先皇遇事稳如泰山,行事雷厉风行,如今我要学先皇,要沉稳,要开朗,把愁苦忧郁抛到九霄云外去。嘉庆帝又想起亲政之初自己的风采:我要坚决惩治腐败,拿出诛杀和珅的胆略、决心和智谋去整顿吏治。首先从治河抓起,只有把吏治整顿好了,才能治好河,治河大臣从下面提拔,那些昏庸的无能的坚决弃去不用,更不用说那些侵吞公款的了。从治河入手打开缺口,杀一千就杀一千,杀一万就杀一万,决不手软!

这样想着,嘉庆帝感觉自己似乎真的年轻了——这时,如果喜塔腊氏在身边该多好啊?

晚膳时,皇上喝了鹿茸血,饮了燕窝粥,面色红润,二目朗朗,神采飞扬。绵宁、绵忻、奕纬等看了,格外高兴,心里轻松了许多——大概皇阿玛(皇祖)并没有太医说得那样严重。膳后皇子皇孙也没有和他老人家多说话,便把他送到烟波致爽殿他的寝宫。然后又叮嘱了安福及几个近侍太监几句,就离开了。

嘉庆帝的兴致却出奇地高昂,他叫来安福道:"陪朕出去走走。"

安福道:"太医和王爷一再叮嘱要皇上卧床好好休息静养,奴才以为皇上还是听他们的话为好。"

嘉庆帝笑道:"朕自觉精神焕发,哪有什么病症,他们只不过看朕吐了点血,被吓坏了。"说着走了出去,安福见皇上兴致如此高涨,也不便拦阻。

嘉庆帝出寝室到了殿中,品味起皇考乾隆为烟波致爽殿题的对联来,题联有二,其一是:

鸟语花香转清淑
云容水态向暄妍

另一联是:

雨润平汛桑麻千顷绿
晴开远峤草树一川明

此时,外面月挂林梢,大殿笼罩在朦胧的月光中,嘉庆帝读着先皇的诗句,真有飘飘欲仙之感。

嘉庆帝坐向宝座,想:从明天起就开始整顿吏治,从今天开始大胆提拔几个新人,于是写下手谕。擢升詹事府少詹事奎照为詹事。奎照是英和的儿子。和珅独揽朝纲时,见英和年少英俊,才华横溢,托人欲将其女许配,遭英和与其父德保的拒绝。那时和珅在朝中一手遮天,多少人谄媚巴结唯恐不及,而德保父子竟能不屈于淫威,实属少见。嘉庆亲政后,提拔英和为尚书继而任军机大臣,如今又提拔他的儿子。嘉庆在谕中说,提拔这样的人是要提倡"贫贱不能移、富贵不能淫、威武不能屈"的大丈夫风气,今后的用人方略将有巨大改变。嘉庆帝要通过擢升奎照向天下传达一个消息,要培养一种新的社会风尚。

手谕写定,嘉庆帝心情十分舒畅,引安福前往云山胜地。嘉庆在路上道:"自古社会风气的形成与转变都是由吏治引起的,风气不正决不能怪百姓,责任在官吏身上,在朝廷这里。"

安福道:"皇上自己下午还说要放松自己,不问政事,现在又说起政事了。"

"好,不谈。"

云山胜地是一座五间的二层楼房,这里是正宫的终点。此楼的楼内不设楼梯,而由楼前东侧小巧玲珑的假山蹬道上楼。来到楼上,凭窗远眺,月光下,林峦烟水,一望无际,湖光山色,美不胜收。近视,山庄灯火辉煌,有如浮荡在苍海之上,这一切美得如海市蜃楼……

这里真是人间仙境啊!

安福拿了件大氅披在皇上的肩头道:"皇上,夜凉得很,别尽站在这里,进房去吧。"

嘉庆帝躺在寝宫的床上,这里比较温暖些舒适些,可是他的心里却觉得特别的寒冷,冷气从心里直往外冒。他知道自己是受了风寒,于是让太监去熬碗热汤来。可是喝过热汤以后仍不减心中的寒冷,于是就在身上盖起棉被,蒙头大睡,一旁的安福虽心里特别紧张,但见皇上只说冷,并没有其他的异常表现,也就没有去喊太医,五更时,嘉庆帝的身体发烫,安福大惊,急忙叫来太医,太医大惊道:"皇上是受了风寒——皇上昨夜出去了吗?"

安福喏喏着道:"到后面的楼上站了会儿。"

嘉庆帝道:"是朕执意要去的——朕是受了点风寒,养一天就好了,不要紧张。"

太医急忙开了药方,可是还没等皇上服药,突然,嘉庆感到一阵心绞痛,一阵头晕,头倒向一边,太医大惊,叫道:"万岁怎么了?"

可是,嘉庆帝嘴歪着,怎么也讲不出话来。

绵宁、绵忻等更是吓得面如土色,早已呆了。太医更惊愕,他知道,这是皇上的心疾复发了!

过了半个时辰，大家都明白了是什么事情发生了，嘉庆帝也意识到什么，用手示意让拿笔来，安福急拿过文房四宝，嘉庆帝握笔在手，抖抖索索地写下手谕，众人看时，大体上能看清，是提升少詹事朱士彦为内阁学士，翰林院侍读学士顾皋为詹事府詹事。

恰在这时，热河上空电闪雷鸣，道道电光把寝宫照得白惨惨的，阵阵惊雷在山庄上炸开，摇荡着山庄，似乎要把避暑山庄劈个粉碎。皇子、皇孙、王公大臣、太医、太监，都被巨雷霹雳震呆了。他们围拢在嘉庆帝的床边护卫着他，嘉庆帝睁着恐怖的眼睛，他的灵魂在战栗，浑身哆哆嗦嗦，脸色铁青，在闪电的映照下，显得格外恐怖吓人。突然，嘉庆帝举起手来，伸出两个指头，绵宁忙跪倒哭喊道："皇阿玛，您放心吧，儿臣明白，一是腐败，一是鸦片……"话还没说完，突然，似有一个火球闪进烟波致爽殿，整个大殿被白亮的电光照了彻透。同时，一个炸雷崩响在烟波致爽殿上，烟波致爽殿像被几条蛟龙抓起来腾到天空，突然间又摔到地上，整个大殿的门窗被炸得粉碎，大殿摇荡着，有几处已坍塌。阵雷滚过，众人再看皇上，似乎已崩逝了。太医把脉试探，果然，嘉庆帝到此时走完了他人生的整个旅途，就这样为他的一生划上了句号——而那两根手指仍高高地僵在那里……

嘉庆二十五年（1820年）七月二十八日，嘉庆帝崩逝于避暑山庄烟波致爽殿，享年六十一岁。

八月二十七日旻宁（即绵宁）即帝位于太和殿，即道光帝。

十月，向嘉庆帝恭上尊谥曰："受天兴运敷化绥猷崇文经武孝恭勤俭端敏英哲睿皇帝"，庙号仁宗。